I0729089

اسارتی برای پرواز

فرامرز صراف‌زاده زرگر

سریال کتاب: P2345430143

عنوان: اسارتی برای پرواز

پدید آورنده: فرامرز صراف زاده زرگر

صفحه آرا: فائزه کریمی

طراح جلد: ریحانه عامری پویار

شابک: ISBN: 978-1-77892-025-7

موضوع: رمان مهاجرت و ادغام در جامعه جدید

مشخصات کتاب: Paperback Book , A5

تعداد صفحات: 468

انتشارات اولیه: زرین اندیشمند

تاریخ نشر در کانادا: جولای ۲۰۲۳

Kidsocado Publishing House

خانه انتشارات کیدزوکادو

ونکوور، کانادا

تلفن: ‏+1 (833) 633 8654

واتس آپ: ‏+1 (236) 333 7248

ایمیل: INFO@KIDSOCADO.COM

وبسایت انتشارات: HTTPS://KIDSOCADOPUBLISHINGHOUSE.COM

وبسایت فروشگاه: HTTPS://KPHCLUB.COM

قوی سیاه فرهنگ ایران

آیا تا کنون یک قوی سیاه دیده‌اید؟

آیا شما هم باور دارید که تنها قوی سفید وجود دارد؟ باور به وجود قوی سیاه دور از ذهن شاید باشد؟ شاید هنوز یک قوی سیاه به چشم ندیده‌اید؟ قبل از کشف استرالیا هیچکس نمی‌دانست که قوی سیاه وجود دارد و همه خیال می‌کردندکه امکان‌پذیر نیست اما زمان کشف استرالیا قوی سیاه که قویی بسیار زیبا و کمیاب بود دیده شد. و بسیاری از مردم باور کردند که قوی سیاه نیز وجود دارد.

و ما، یعنی خانه انتشارات کیدزوکادو، قوی سیاه را در فرهنگ ایران بوجود آوردیم. قوی سیاهی که امکان وجود و باورش سخت بود.

هم‌زبانان ما نیز شاید از وجود یک انتشارات رسمی خارج از ایران که این امکان را به پدیدآورندگان یک اثر فرهنگی برای انتشار اثرشان در سراسر دنیا بدهد و همچنین دسترسی به کتاب فارسی را به علاقمندان کتاب در سراسر دنیا آسان کند، خبر نداشتند و انتشار و تهیه کتاب فارسی از یک بستر جامع مانند قوی سیاه غیر ممکن به نظر می‌رسید.

افتخار داریم که سهم کوچکی در گسترش فرهنگ غنی‌مان داریم و امکان انتشار آثار به فارسی و هر زبان دیگری را برای اولین بار برای نویسندگان فارسی‌زبان میسر کردیم. امکان جهانی‌شدن پیامشان و رسیدن صدایشان به دنیا را...

و اما برای ما غربت‌نشینان، سفارش کتاب فارسی از **آمازون** و یا هر وبسایت کتاب‌فروشی و دریافت‌اش درب خانه، لحظه گشودن آن بسته، بوی کتاب و ارتباط با زبان مادری بسان دیدن قوی سیاه شگفت انگیز است.

در رسالت ما یعنی، در دسترس گذاشتن سریع و آسان، آثار و فرهنگ غنی ایران و معرفی نویسندگان ایرانی به فرزندان ایران، به کتاب دوستان ایرانی و به تمام دنیا، همراه ما باشید.

Read the words feed the world.   بخوانید تا دنیا را احساس کنید.

خانه انتشارات کیدزوکادو

قوی سیاه برگرفته از کتاب قوی سیاه نوشته نسیم طالب

فهرست

پیش‌گفتار

تصمیم‌های مهم زندگی آن‌هایی هستند که شما از روی اختیار بین دو یا چند گزینه حق انتخاب دارید و این انتخاب تا آخر عمرتان، بر زندگی‌تان تأثیرات بزرگی خواهد داشت. تصمیماتی از قبیل انتخاب شغل، ازدواج، بچه‌دار شدن یا مهاجرت. البته عده‌ای معتقدند مهاجرت حداقل برای آن‌ها اختیاری نبوده و به این کار مجبور شده‌اند و به اصطلاح، به نوعی تبعید ناخواسته دچار شده‌اند. صرف‌نظر از این‌که مهاجرت جبری یا اختیاری درنظر گرفته شود، مانند بسیاری از تصمیم‌های دیگر زندگی نکته‌های مثبت و منفی به همراه خواهد داشت؛ چیزهایی از دست می‌دهید و چیزهایی به دست می‌آورید. اگر تأثیرات مثبت تصمیم شما بیشتر از تأثیرات منفی آن باشد، احساس می‌کنید که تصمیم درستی گرفته‌اید. برعکس، اگر اثرات منفی تصمیم شما از اثرات مثبت آن بیشتر باشد، احساس پشیمانی خواهید کرد.

صرف‌نظر از علت مهاجرت، جداشدن از فامیل، دوستان، فرهنگ و محیطی که در آن بزرگ شده‌اید بسیار ناراحت‌کننده خواهد بود. متأسفانه خیلی‌ها زمانی به ارزش و اهمیت این داشته‌ها پی می‌برند که درغربت قرار بگیرند. آنجاست که در نامه‌ها و حرف‌هایشان از درد غربت می‌نالند. در کنار درد غربت، تصمیم به رهاکردن تمام چیزهایی که در وطن با تلاش فراوان

ساخته شده‌اند و شروع یک زندگی از صفر، کار ساده‌ای نخواهد بود، برای همین اکثر مهاجران نمی‌توانند جایگاه اجتماعی‌ای را که در وطن خود داشته‌اند، در جامعهٔ جدید به دست بیاورند. لازم است بگویم که این کتاب هیچ‌گونه ضدیتی با مهاجرت ندارد و چه‌بسا برای بسیاری مهاجرت نه‌تنها مصیبت و ناکامی نبوده، بلکه موفقیت چشمگیری را به همراه داشته است. این کتاب نمی‌خواهد به این سؤالات پاسخ دهد که آیا چمدان‌ها را باید بست؟ چه موقع باید چمدان را بست و به کجا و چگونه باید رفت. از نظر نویسنده، تصمیم به مهاجرت تنها به خودِ فرد ارتباط دارد زیرا هر فردی با توجه به موقعیتی که در وطن خود دارد، طرز فکرش و فاکتورهای دیگر می‌تواند تصمیم درستی بگیرد.

این کتاب روایت‌کنندهٔ زندگی واقعی افرادی در قالب رمان است که با سختی موفق شده‌اند اقامت کشور دیگری را دریافت کنند. قصد کتاب نه‌تنها بیان احساسات افرادی است که قصد دارند مهاجرت کنند یا مهاجرت کرده‌اند، بلکه در لابه‌لای جمله‌های خود بیان می‌کند که مهاجرت دو طرف دارد؛ افرادی که مهاجرت می‌کنند و آن‌هایی که در کشور خود مهاجران را می‌پذیرند. کتاب با توضیح مشکلات و تضادهای بین آن‌ها بیان می‌کند که مهاجرت ابتدا دارد، ولی انتهایی ندارد. همچنین در این رمان خواننده با فاکتورهای مهمی آشنا می‌شود که به افراد مهاجر کمک می‌کند تا در جامعهٔ جدید بتوانند جایگاهی را که لیاقتش را دارند، به دست بیاورند. همچنین کتاب قصد دارد تا درجریان یک رمان واقعی به نکاتی اشاره کند تا مردمی که پذیرای مهاجران هستند بهتر با احساسات و فرهنگ آن‌ها آشنا شوند زیرا نویسنده عقیده دارد شناخت بیشتر و بهتر بین مهاجران و مردم کشورهای مهاجرپذیر به ادغام بهتر مهاجران در جامعهٔ جدید منجر خواهد شد و درنهایت زندگی برای هردوی آن‌ها زیباتر می‌شود.

این رمان نه‌تنها برای کسانی که در فکر مهاجرت یا در راه مهاجرت هستند و یا مهاجرت کرده‌اند حاوی مطالب مفیدی است، بلکه برای مردمان کشورهای میزبان نیز نکته‌های ارزشمندی دارد.

فرامرز صراف‌زاده زرگر

فصل اول
(کمپ جنگلی)

در یکی از شب‌های سرد اواخر ماه فوریه سال ۲۰۰۱، محسن چمباتمه روی تپۀ کوچکی نشسته بود که با چمن‌های وحشی نسبتاً بلند پوشیده شده بود. درست پشت حصاری که محوطۀ کمپ موقت پناهندگی «هوخوفین[۱]» و تپۀ کوچک را از مزرعۀ ذرت پشت کمپ جدا می‌کرد. این مکان را محسن در همین سه چهار روزی که از کمپ جنگلی به کمپ موقت پناهندگی آمده بود برای خود پیدا کرده بود. کمپ جنگلی اصطلاحی بود که پناهنده‌ها به چهار چادر بزرگی که هرکدام گنجایش دویست‌وپنجاه نفر را داشتند، اطلاق می‌کردند. چادرها وسط جنگل، تقریباً کنار یک اتوبان برای پناهندگانی که تصمیم داشتند در هلند[۲] درخواست پناهندگی بدهند، برپا شده بودند. ورود و خروج به آن آزاد بود تا اگر کسی تا قبل از اولین مصاحبه‌اش، از دادن تقاضای پناهندگی در هلند منصرف شد، بتواند از

هلند خارج شود. متقاضیان پناهندگی معمولاً می‌بایست بین سه هفته تا گاهی سه ماه در این چادرها زندگی می‌کردند تا نوبت اولین مصاحبه‌شان با ادارهٔ مهاجرت هلند برسد. در اولین مصاحبه پناهنده‌ها رسماً ثبت‌نام می‌شدند واز آن‌ها اثرانگشت گرفته می‌شد تا نتوانند در دیگر کشورهای اروپایی درخواست پناهندگی بدهند، حتی اگرهلند به درخواست پناهندگی آن‌ها پاسخ منفی می‌داد.

چون شرایط زندگی در این چادرها مخصوصاً در فصل سرما سخت بود و این شرایط با تصوری که اغلب پناهنده‌ها از زندگی در اروپا داشتند در تضاد فاحشی بود، پناهنده‌ها به این چادرها لقب کمپ جنگلی داده بودند. شاید دلیل دیگرش این بود که درعین حال که کمپ مسئولان انتظامی داشت که بیست‌وچهارساعته آن را کنترل می‌کردند، ولی در بین پناهنده‌ها قانون جنگل حکم‌فرما بود و هرکه قوی‌تر بود می‌توانست وسایل فرد ضعیف‌تر را به زوراز او بگیرد یا وادارش کند که برای او کار کند، مثلاً لباس‌هایش را بشوید و معمولاً شکایت هم کمکی نمی‌کرد. در این کمپ افراد از هر ملیتی بودند. بعضی‌ها به دلیل جرایم بسیار خطرناک از کشور خود فرار کرده بودند و با عنوان پناهنده در کمپ زندگی می‌کردند.

محسن شش هفتهٔ قبل، پس از اعلام پناهندگی در یک ایستگاه پلیس در آمستردام[۱] به کمپ جنگلی منتقل شده بود و او را بعد از چهار هفته برای اولین مصاحبه به مرکز پناهندگی تراپل[۲] برده بودند. در مصاحبهٔ اول که معمولاً سه تا چهار روز طول می‌کشید، متقاضی پناهندگی باید در این مرکز دربسته زندگی می‌کرد و حق خروج نداشت. بعد ازاین مصاحبه، ادارهٔ مهاجرت تصمیم می‌گرفت که آیا پروندهٔ پناهنده ارزش باز کردن و بررسی بیشتر را دارد یا آن‌که مشکل پناهنده کاملاً داستانی تخیلی و غیرقابل باور است. چنانچه پروندهٔ پناهنده برای بررسی بیشتر باز می‌شد، فرد متقاضی به یک کمپ موقت منتقل می‌شد،

---

۱ Amsterdam: پایتخت و از نظر جمعیت بزرگ‌ترین شهر کشور هلند است. این شهر در استان هلند شمالی در غرب هلند واقع شده است.

۲ Ter Apel: کمپ مرکزی ادارهٔ مهاجرت در کشور هلند که در آن مشخصات پناهنده ثبت می‌شود و پناهنده به صورت رسمی اعلام پناهندگی می‌کند. پناهنده‌ها چند روز در این مرکز مصاحبهٔ اولیه می‌شوند و توضیح می‌دهند چگونه به هلند وارد شده‌اند و چرا این کشور را انتخاب کرده‌اند.

در غیر این‌صورت پرونده در همان مراحل اولیه بسته می‌شد و پلیس فرد متقاضی را از هلند اخراج می‌کرد. از آنجا که پروندهٔ محسن برای بررسی بیشتر باز شده بود، او را بعد از چهار روز از مرکز پناهندگی تراپل به کمپ موقت هوخوفین منتقل کرده بودند.

محسن همان‌طور که روی تپهٔ پشت به کمپ و رو به حصار اطراف کمپ نشسته بود، سعی می‌کرد تعداد میله‌های کوچکی را که به صورت عمودی بین میله‌های بزرگ حصار قرار گرفته بودند، شمارش کند، ولی بعد از شمردن چند میله قاتی می‌کرد و شمارش میله‌ها از دستش خارج می‌شد. دوباره و دوباره سعی می‌کرد از اول میله‌ها را بشمارد، ولی شمارش دقیق آن‌ها از این فاصله تقریباً محال بود، مخصوصا که حصار در شب فقط با نور چراغ‌های محوطهٔ کمپ قابل دیدن بود. محسن با خودش گفت: «حداقل با این کار وقت می‌گذره. شاید هم سریع‌تر بگذره. چه بهتر!". از پشت سرش بادی وزید و چمن‌های روی تپه را به حرکت درآورد. این حرکت مواج چمن‌ها بالاخره باعث برهم خوردن تمرکز محسن از حصار میله‌ای شد و به حرکت مواج چمن‌های اطرافش نگاه کرد. انعکاس نور چراغ‌های محوطهٔ کمپ از پشت‌سرش حرکت مواج چمن‌ها را بهتر نشان می‌داد طوری که بر اثر خطای دید، محسن تصور می‌کرد چمن‌ها به‌طرف حصار در حرکت‌اند و با خود می‌گفت شاید آن‌ها هم می‌خواهند ازاین کمپ لعنتی فرار کنند و در جای دیگری برویند. با ادامهٔ وزش باد سرد فوریه، محسن با دست پاهای خود را که از زانو خم شده بودند، محکم‌تر به سمت شکم کشید تا گرمای بیشتری را حس کند. با وجود داشتن کلاه احساس می‌کرد که وسط سرش، جایی که کاملاً بدون مو بود، دارد یخ می‌زند و عینکش روی بینی بزرگش می‌چسبد. با خودش گفت: «همیشه فکر می‌کردم کشورهایی که کنار دریا هستند زمستان‌های ملایم‌تری دارند، ولی مثل این‌که هلند این‌جوری نیست. باز جای شکرش هست که اتاق‌هامون گرمه». منظور محسن از اتاق‌ها، چهاردیواری بود که درآن چهار تخت دوطبقه برای هشت نفر قرار داشت و بیست عدد از این اتاق‌ها داخل یک سولهٔ پیش‌ساخته قرار می‌گرفتند. اتاق‌ها با دیوارهای چوبی نازکی از هم جدا می‌شدند طوری که صدا از اتاق کناری به‌راحتی شنیده می‌شد. داخل این سوله‌ها هشت توالت، شش دوش و شش دست‌شویی/ظرف‌شویی وجود

داشت که معمولاً کثیف یا خراب بودند. داخل کمپ موقت هوخوفین کسی اجازهٔ آشپزی نداشت و هر پناهنده روزانه از آشپزخانهٔ مرکزی ناهار گرم دریافت می‌کرد و برای صبحانه و شام هم باید از بیرون غذاهای آماده و سرد یا نان و پنیرو کره خریداری می‌ کرد. هر پناهنده در هفته چهل خلدن [1] برای مصارف شخصی دریافت می‌کرد. کمپ هوخوفین هشت سوله، یک آشپزخانهٔ مرکزی، یک اتاق لباس‌شویی با هشت ماشین لباس‌شویی و هشت ماشین خشک‌کن داشت و یک ساختمان آجری دوطبقه داشت. ساختمان آجری قرمز رنگ کنار ورودی کمپ قرار داشت، محلی که اتاقک انتظامات، ورود و خروج افراد را کنترل می‌کرد. این ساختمان که از نظر ظاهر و استحکام آشکارا با ساختمان‌های پیش‌ساختهٔ دیگر کمپ فرق داشت، محل مراکز اداری، خدمات پزشکی، دفتر انتظامات کمپ و پلیس بود. هشت سوله با حروف بزرگ از A تا H نشانه‌گذاری شده بودند و آخرین سوله یعنی سولهٔ H که در انتهای محوطهٔ کمپ قرار داشت، مخصوص پناهندگانی بود که زیر هجده سال سن داشتند و به صورت انفرادی درخواست پناهندگی داده بودند. کمپ هوخوفین بزرگ‌ترین کمپ موقت پناهندگی (OC)[2] در هلند بود که گنجایش بیش از هزار پناهنده را داشت. تپه‌ای که محسن روی آن نشسته بود درست در سمت چپ سولهٔ H و در انتهای کمپ قرار داشت، جایی که حصار میله‌ای کمپ را از مزرعهٔ ذرت جدا می‌کرد.

محسن که هنوز روی تپه نشسته بود و به حرکت مواج چمن‌ها زل زده بود، می‌توانست صدای یک موزیک آفریقایی را از یکی از اتاق‌های سولهٔ H که پنجرهٔ نیمه‌بازی داشت، بشنود. همراه صدای موزیک، گاه‌گاهی صدای مشاجرهٔ دو دختر را هم می‌شنید. با خودش فکر کرد: «اگه پول انرژی رو خودشون می‌دادن الآن توی این هوای سرد پنجره رو باز نمی‌ذاشتن و به جای اون شوفاژ رو کمتر می‌کردن و صدای ضبط و دعواشون مزاحم دیگران نبود.» چنین مشاجره‌هایی را محسن در اتاق خودش هم دیده بود و در کمپ مسئله‌ای طبیعی و روزمره محسوب می‌شد. از آنجا که خودش اهل دعوا و مشاجره نبود،

---

1 Gulden: واحد پول کشورهلند تا سال ۲۰۰۲ بود وپس از آن به یورو تغییر یافت.
2 Opvang Centrum: مرکز پذیرش و نگه‌داری

دیدن هر روزهٔ این بحث‌ها احساس دلتنگی‌اش را بیشتر می‌کرد. شاید به این خاطر که بروز این رفتارها نشان‌دهندهٔ نداشتن حس اعتماد و محبت بین افراد است و این مسئله درغربت بیشتر برای یک پناهنده آزاردهنده است.

هر پناهنده گاهی که دلتنگ وطن، خانواده یا دوستان خود می‌شد، سعی می‌کرد این دلتنگی را جوری تسکین دهد یا موقتاً فراموش کند تا زمان را راحت‌تر سپری کند. یکی با خوردن مشروب، یکی با مصرف مواد مخدر، دیگری با رفتن به دیسکو و یافتن دوست‌دختر یا دوست‌پسر. اگر کسی نمی‌خواست برای این کارها پولی خرج کند، می‌توانست با شب‌نشینی و ورق بازی کردن طولانی‌مدت با کسانی که هم‌زبانانش بودند ساعت‌ها دور یک میز با آن‌ها باشد و برای همدیگر خاطره‌ها و جوک‌های تکراری و گاهی بی‌مزه تعریف کنند. اما محسن هر وقت این حس دلتنگی سراغش می‌آمد روی همین تپه می‌نشست، پشت به کمپ و رو به حصار بین کمپ و مزرعهٔ ذرت. انگار با پشت‌کردن به کمپ سعی می‌کرد حتی به‌طور موقت فراموش کند کجا و با چه کسانی و در چه شرایطی زندگی می‌کند و این مسئله نوعی خوش‌خیالی و امید کاذب را در محسن به‌وجود می‌آورد. همین بارقهٔ کوچک خوشی و امیدواری سبب می‌شد تا او بتواند شرایط را راحت‌تر تحمل کند. ولی امشب دلش بیشتر از شب‌های قبل برای ایران، فامیل و دوستانش تنگ شده بود. شاید به این دلیل که فردا سی و ششمین سالروز تولدش بود و در کمپی که پشت‌سرش قرار داشت، هیچ‌کس این را نمی‌دانست و اصلاً برای کسی مهم نبود. با خودش گفت: «اگه تهران بودم حتماً اِمشب با دوست‌هام واسه تفریح بیرون بودیم، ولی فردا شب حتماً خونهٔ خودمون بودم تا دست‌پخت مامانم رو بخورم. حتماً مامان برام برنج و ماهیچه درست می‌کرد. مامان می‌دونه که من عاشق این غذاش هستم. کاش کارت تلفن داشتم تا به خونه‌مون زنگ بزنم و با پدر و مادرم صحبت کنم.» ناگهان بغض گلویش را فشرد. با این‌که کسی اطرافش نبود احساس شرم می‌کرد که گریه کند. شاید به این دلیل که مرد بود. شاید چون دیگر بچه نبود و در فرهنگ ایرانی گریه مال زن‌ها و بچه‌ها بود. اما دلیل واقعی گریه نکردنش این بود که با وجود خواهش‌ها و التماس‌های پدر و مادرش تصمیم گرفته بود ایران را برای همیشه ترک کند.

درحالی‌که با قورت‌دادن آب دهانش سعی می‌کرد بغض خودش را تسکین دهد، با خودش گفت: «تصمیم خودم بود و کسی مجبورم نکرده بود. هنوز هیچی معلوم نیست، شاید واقعاً تصمیم درستی بوده. برای قضاوت هنوز خیلی زوده. گریه نکن که اشک‌ها رو صورتت یخ می‌زنه می‌شی صورت یخی.» با خنده سرش را کمی بالا گرفت، نفس عمیقی کشید و چشمش به ماه افتاد. در اوج اندوه یک‌باره جرقه‌ای از امید و شادی در دلش زده شد. با خودش گفت: «وای این همون ماهیه که از ایران هم الآن دیده می‌شه واین یه نکتهٔ مشترک بین ایران و این کمپ هست.» دوباره باد سردی وزید و چمن‌های روی تپه را به رقص واداشت و دوباره افکار محسن را به هم ریخت. به ساعتش نگاه کرد. نزدیک دوازده شب بود. دوباره با خودش فکر کرد: «فکر کنم باز امشب بی‌خوابی به سرم زده، شاید بیشتر از شب‌های دیگه. بهتره امشب به جای یکی، دوتا قرص خواب بخورم، ولی ممکنه قرص‌هام زودتر از موعد تمام بشن، بعد از کجا قرص خواب بیارم؟» محسن با خودش از ایران چند بسته قرص خواب آورده بود تا در صورت نیاز استفاده کند.

بلند شد، از تپه پایین آمد واز کنار سولهٔ H به سمت سولهٔ E راه افتاد که اتاقش در آن داشت. هنگام عبور از جلوی درِ سولهٔ H با مردی برخورد کرد که با سرعت در حال خروج از سوله بود. با این‌که آن مرد مقصر بود که بدون آن‌که به جلوی خودش نگاه کند با سرعت از سوله زده بود بیرون، محسن ناخودآگاه به فارسی گفت: «آه، ببخشید» و به راهش ادامه داد. بعد از سه چهار متر، از پشت‌سرش صدایی شنید: «ببخشید ایرانی هستید؟» محسن درحالی‌که دست‌هایش را در جیب اورکتش کرده بود و از شدت سرما در اورکت ضخیمش فرو رفته بود، به طرف صدای آشنای فارسی برگشت و زیر نور چراغ سردر سولهٔ H جوان تقریباً بیست ساله‌ای را دید با موهای ژولیدهٔ مشکی، شلوار جین و کاپشن کماندویی رنگ‌ورورفته. محسن به طرف آن جوان حرکت کرد و در همین حال پرسید: «بله، ایرانی‌ام. شما؟» جوان بدون توجه به سؤال محسن پرسید: «سیگار داری داداش یه دونه بهم بدی؟» از این فاصله حالا محسن می‌توانست صورت پسر را کامل ببیند. در جواب جوان گفت: «نه ندارم. سیگاری نیستم. شما هم توی این کمپ هستین؟» جوان با حالت عصبی ادامه داد:

«ای لعنت به این شانس. این موقع شب هم که همه‌جا بسته‌ست. تو اتاقت هم سیگار نداری داداش؟» محسن دوباره تکرار کرد: «نه، ندارم. گفتم که سیگاری نیستم. کدوم سوله زندگی می‌کنی؟» جوان با بی‌حوصلگی و با حالت عصبی زیر لب آرام گویی با خودش حرف می‌زند، گفت: «ای بابا! شانس منو ببین. بعد یه حال خفن فقط سیگار می‌چسبه که اونم توی این کمپ لعنتی پیدا نمی‌شه.» بعد دوباره با صدای بلند پرسید: «از هم‌اتاقی‌هاتم نمی‌تونی یه سیگار واسم جور کنی داداش؟ اگه بشه دمت خیلی گرم.» محسن که از سؤال تکراری جوان دربارهٔ سیگار خسته شده بود، کلافه گفت: «من توی اتاقم فقط با یه سومالیایی رفیقم که اونم سیگاری نیست. اگه این‌قدر به سیگار نیاز داری، خودت اینجا دوستی رفیقی نداری که ازشون سیگار بگیری؟» جوان که معلوم بود از صحبت با محسن ناامید شده، با پرخاش گفت: «بی‌خیال داداش... بی‌خیال. هیچ خیری از ایرانی‌ها به آدم نمی‌رسه، مخصوصاً تو غربت.» بعد از گفتن این جمله‌ها، جوان سریع برگشت و در تاریکی پشت سولهٔ H غیب شد. محسن درحالی‌که برگشته بود تا به راهش ادامه بدهد، با خودش فکر کرد: «عجب آدم‌هایی پیدا می‌شن! بعد از چند روز یه ایرانی توی این کمپ پیدا شد که اون هم توزرد از آب دراومد. سه تا سؤال کرد که جواب دادم، ولی حتی به یه سؤال منم جواب نداد. اصلاً انگار نمی‌خواست سؤال‌های منو بشنوه.»

اکبر، جوان بیست‌وچهار ساله‌ای که از محسن سیگار خواسته بود، در ایران هم که بود زیاد بقیه را جدی نمی‌گرفت. با این‌که دیپلم‌ردی بود و شغل‌های زیادی را امتحان کرده بود، ولی هیچ کاری را نمی‌توانست بیش از چند هفته یا در نهایت چند ماه ادامه بدهد و دست آخر یا اخراج می‌شد یا خودش انصراف می‌داد. تنها کسی که برایش در این دنیا مهم بود مادرش بود که می‌دانست بعد از فوت پدرش در یک تصادف رانندگی، زمانی که اکبر نوزاد بوده، به تنهایی و با سختی‌های فراوان او را بزرگ کرده بود. وقتی مادرش با اشک از او علت ترک ایران را پرسیده بود، اکبر گفته بود در ایران فرصت شغلی مناسبی برای او فراهم نیست و در خارج می‌تواند شغل دلخواه خودش را با حقوق بالا پیدا کند و برای مادرش هم پول بفرستد تا دیگر مجبور نباشد روزی ده ساعت در آن کارخانهٔ لعنتی کار کند.

اکبر یک هفته‌ای می‌شد که از مرکز تراپل به کمپ موقت هوخوفین منتقل شده بود. پروندهٔ حدود ۵۰درصد از پناهندگان بعد از اولین مصاحبه‌شان در مرکز تراپل بسته می‌شد و در همان مراحل اولیه آنجا را ترک می‌کردند و چون از آن‌ها در هلند اثرانگشت گرفته شده بود، اجازه نداشتند مجدد در سایر کشورهای اروپایی درخواست پناهندگی بدهند و باید به کشور خود باز می‌گشتند. بسیاری از پناهنده‌هایی که پرونده‌شان برای بررسی بیشتر باز شده بود و به کمپ‌های موقت از جمله هوخوفین منتقل می‌شدند، این تصور غلط را داشتند که مراحل رسیدگی به درخواست پناهندگی‌شان به اتمام رسیده و به آن‌ها اقامت دائم داده شده است. اما زمانی که در روزها و ماه‌های بعدی هر هفته اخراج پناهنده‌ها را از کمپ‌های موقت یا حتی دائم می‌دیدند، به اشتباه خود پی می‌بردند. اکبر هم جزو همین دسته از پناهنده‌های خوش‌خیال بود. در همین چند روز گذشته که از کمپ جنگلی و مرکز تراپل به کمپ هوخوفین منتقل شده بود از دریافت اقامت سرمست و شاد بود و سعی کرده بود بقیه پناهنده‌های ایرانی را که در کمپ با آن‌ها برخورد داشت متقاعد کند که کسانی که از کمپ جنگلی به آنجا منتقل شده‌اند و بعد از مصاحبه‌شان ترک خاک نگرفته‌اند همگی به‌زودی، در ماه‌های آینده اقامت دائم دریافت خواهند کرد. برای همین ظهر روز گذشته داخل صف ناهار به مژگان، دختر هفده ساله‌ای که با هم از ایران حرکت کرده بودند و از کمپ جنگلی به کمپ هوخوفین منتقل شده بودند اطمینان خاطر داده بود که نگران آینده نباشد چون قطعاً هر دو اقامت هلند را خواهند گرفت. ولی مژگان در چند روز گذشته از تعدادی افغانی که مدت زیادی در کمپ‌های مختلف موقت زندگی کرده بودند شنیده بود که انتقال به کمپ موقت یا حتی دائم تضمینی برای دریافت اقامت نخواهد بود و پناهنده‌هایی را دیده‌اند که بعد از ماه‌ها یا حتی سال‌ها از کمپ موقت یا دائم اخراج شده‌اند. شنیدن این حرف‌ها مژگان را ناامید و عصبی کرده بود و باعث شده بود که دو روز پیش با اکبر دعوای سختی کند. اکبر ظهر روز گذشته در صف ناهار به او گفته بود که با یکی از پرسنل اداری به اسم اشکان که ایرانی مقیم هلند است و مسئول اسکان‌دادن پناهندگان در اتاق‌های کمپ است، رفیق شده و سیگاری با هم کشیدند. اکبر دربارهٔ آیندهٔ خودش از او پرسیده و اشکان سربسته گفته که

مهم‌ترین و اصلی‌ترین قسمت کار را گذرانده و اگر نشان دهد که آدم خوبی است و اهل شر و شور نیست اقامت می‌گیرد، هرچند ممکن است طول بکشد. سپس اکبراز قول اشکان اضافه کرده بود که همهٔ این حرف‌های مأیوس‌کنندهٔ داخل کمپ که اکبر هم شنیده بود شایعاتی هستند که یک مشت آدم مأیوس و ناامید پخش می‌کنند یا کسانی که پروندهٔ آن‌ها اشکالی دارد. حرف‌های اکبر روحیه و امید تازه‌ای به مژگان داده بود و باعث شده بود نه‌تنها با اکبر آشتی کند، بلکه برای اولین بار اکبر را شب به اتاقش در سولهٔ H دعوت کند تا لحظات لذت بخشی رو با هم تجربه کنند. بعد از رفتن اکبر از اتاق مژگان، آرامش به مژگان دست داد که با لذت اطمینان‌خاطر از دریافت اقامت در وجود مژگان درهم آمیخته شده و باعث شده بود روی تخت به خودش کش و قوسی بدهد و به پشت بخوابد و به سقف خیره شود. مژگان با آن‌که از نظر چهره دختر سبزهٔ کاملاً معمولی‌ای بود، اندام زیبایی داشت و البته چیزی نبود که خودش فقط اعتقاد داشته باشد. وقتی در ایران بود، بسیاری از دوستان و اقوام از اندام کشیده و زیبای او تعریف می‌کردند و حتی بعضی از دخترهای فامیل حسرت هیکل او را داشتند. درحالی‌که به سقف نگاه می‌کرد با خودش فکر کرد: «اکبر که اقامت نداره. ولی خب، درحال حاضر اکبر به عنوان کسی که از من در این کمپی که درش قانون جنگل حاکمه میتونه محافظت کنه.» بعد چرخی زد و روی شکم قرار گرفت و درحالی که با یکی از حلقه‌های موی مشکی اش بازی میکرد با خودش گفت: «اشکالی نداره. فعلا که همچین کسی رو ندارم. ضمنا این رابطه که دایمی نیست، برای طی کردن این دوران سخت کمی خوشگذرونی لازمه. بعد لبخندی زد و دوباره کش و قوسی به خودش داد. از زمان خروج از ایران این اولین بار بود که چنین حس خوبی پیدا کرده بود. بعد از چند دقیقه روی تخت نشست و خودش را در آینهٔ نیم‌قدی که به درِ کمدش چسبیده بود، دید. با لبخندی به تصویر خودش در آینه گفت: «آره مژگان خانم، اقامت می‌گیری میری تو خونهٔ خودت زندگی می‌کنی و اون‌جوری که دلت می‌خواد زندگی می‌کنی و خودت واسه زندگیت تصمیم می‌گیری نه اون بابای متعصبت که همیشه مثل زندان‌بان باهات رفتار می‌کرد و کتکت می‌زد.» در همین موقع کسی چند ضربه به درِ اتاق زد. صدای ضربه‌ها رشتهٔ تصورات زیبای

مژگان را از هم گسست و او احساس کرد دوباره به دنیای واقعیت‌های تلخ برگشته است. اول فکر کرد که دخترهم‌اتاقی‌اش که اهل روسیه است از پیش دوست‌پسرش برگشته، ولی فوری یادش آمد که او گفته بود شب پیش دوستش که بیرون کمپ زندگی می‌کرد، می‌ماند. اصلاً به همین خاطر بود که او امشب اکبر را دیروقت به اتاقش دعوت کرده بود. اتاق مژگان جزو معدود اتاق‌های دونفرهٔ کمپ بود که به کسانی که مشکل جسمی یا روحی داشتند با تأیید پزشک کمپ تعلق می‌گرفت و چون مژگان در کمپ جنگلی بارها دعوا کرده بود و بارها گفته بود که به خاطر شرایط سخت زندگی در ایران به آسیب‌های روحی دچار شده، بنا به توصیه پزشک، او را پس از انتقال به کمپ موقت در اتاق دونفره جای داده بودند که آرزوی هر پناهنده‌ای بود.

پس از شنیدن صدای در، مژگان کمی سر و وضعش را در آینه مرتب کرد و با صدای بلند گفت: «ja». این کلمه را از زمانی که به هلند آمده بود یاد گرفته بود و می‌دانست که هم به معنی پاسخ مثبت «بله» است و هم به معنی سؤال‌کردن با کلمهٔ «بله؟». از پشت در صدای آشنای خانمی را شنید. «مژگان جان بیداری؟ می‌شه یه دقیقه در رو باز کنی؟»

مژگان قفل در را چرخاند و در را کمی باز کرد تا صاحب صدا را تشخیص دهد. از لای در لیلا را شناخت که امروز صبح در صف مقابل دفتر پلیس کمپ برای زدن مهر روزانه [۱] با هم آشنا شده و مدتی با هم صحبت کرده بودند. در همان صحبت شمارهٔ اتاق‌هایشان را ردوبدل کرده بودند. لیلا با لبخند از لای در گفت: «سلام مژگان جون، ببخشید دیروقت مزاحم شدم. خواب بودی؟»

مژگان در را کامل باز کرد و جواب داد: « سلام لیلاجون، نه بابا بیدارم. چه زحمتی؟ بیا تو. تنهام و هم‌اتاقیم امشب نیست. بیا تو دیگه.»

لیلا گفت: « نه قربانت. داخل نمی‌آم. بچه‌م تازه خوابوندم باید سریع برگردم اتاقم. نان داری بهم بدی عزیزم؟ آخه امروز همه‌ش مشغول شستن لباس‌ها و تمیز کردن

---

[۱] در کمپ موقت پناهنده‌ها هر روز با کارت شناسایی به پلیس کمپ مراجعه می‌کنند تا حضور خود را اعلام کنند. چون قبلاً هر پناهنده برای حضور و غیاب کارتی به همراه داشت که در آن پلیس کمپ مُهر می‌زد و اسم این حضور و غیاب مُهر روزانه بود.

اتاقم بودم. هم‌اتاقیم اصلاً اهل تمیزکاری نیست. اتاق رو گند برداشته بود. برای همین فراموش کردم برم شهر نان بگیرم. هم‌اتاقیم هم قربونش برم نان هم داشته باشه به کسی قرض نمی‌ده.»

مژگان جواب داد: «آره عزیزم، الآن برات می‌آرم. بیا تو یه چای بخور. این‌جوری که بده.»

مژگان این را گفت و رفت داخل کمدش را بگردد و نان بیاورد. درحالی‌که داخل کمدش را می گشت ادامه داد: «من خودم شام تخم‌مرغ آب‌پز با گوجه و خیار خوردم. دیگه گوجه و خیار ندارم، ولی تخم‌مرغ دارم. می‌خوای اونم بدم بهت؟»

لیلا گفت: «نه، فدات شم. فقط نان لازم دارم.»

وقتی لیلا با بستهٔ نان از کنار سولهٔ E رد می‌شد تا خودش را به سولهٔ D و اتاقش برساند، خودش را سرزنش می‌کرد که چرا تعارف کرده و تخم‌مرغ را قبول نکرده بود چون به جز یک دانه خیار و نمک چیز دیگری در اتاقش نداشت. با خودش می‌گفت: «احمق، اینجا ایران نیست که تعارف کنی و خجالت بکشی. به خاطر بچه‌ات هم که شده باید دست از این اخلاقت برداری و الا اینجا دوام نمی‌آری.» در همین موقع از کنار محسن عبور کرد بدون آن‌که در آن شب سرد زمستانی به هم توجهی داشته باشند. محسن پس از گفت‌وگوی کوتاه با اکبر و جداشدن از او آرام در حال قدم‌زدن به سوی سولهٔ E بود و برای رفتن به اتاقش هیچ عجله‌ای نداشت وهنوز به رفتار اکبر داشت فکر می‌کرد.

در راهروی سولهٔ D لیلا صدای گریه پسرش را شنید. صدا به قدری بلند بود که به‌راحتی از اتاق آن‌ها شنیده می‌شد. وقتی خودش را با عجله به اتاق رساند، پسر چهارساله‌اش آرش هق‌هق‌کنان روی تخت نشسته بود و با وحشت به اطراف نگاه می‌کرد. معلوم بود تازه از خواب بیدار شده و در غیاب مادر ترسیده است. لیلا به‌سرعت کنار آرش روی تخت نشست و محکم او را در آغوش فشرد و نزدیک گوشش نجوا کرد تا او را آرام کند: «گریه نکن عزیزم. آرش جان، مامان اینجاست.» پسرکم گریه نکن مامان ناراحت می‌شه عزیزم.» اما آرش با شدت بیشتری در آغوش مادر گریه می‌کرد و درحالی‌که آرام‌آرام با دست‌های

کوچکش به شانۀ مادر می‌کوبید، لابه‌لای هق‌هق تکرار می‌کرد: «کجا بودی؟ کجا رفتی؟ چرا رفتی؟ چرا تنهام گذاشتی؟» در آن لحظه چنان حس گناهی به لیلا دست داد که در این سی سال عمرش چنین حسی را تجربه نکرده بود. این‌که پسرش همۀ این سختی‌ها را ناخواسته تحمل می‌کند چون او تصمیم گرفته بود ایران را ترک کند. چون او دیگر حاضر نبود با پدر آرش زندگی کند که بعد از شش سال زندگی مشترک، لیلا از او متنفر بود و در ایران حق طلاق با مرد است و لیلا علی‌رغم میل باطنی محکوم بود تا آخر عمرش با مردی زندگی کند که از او نفرت داشت. خودش سختی‌ها را به خاطر خواسته و تصمیم شخصی‌اش با دل و جان تحمل می‌کرد، ولی آرش به خاطر خواسته‌های مادرش و همچنین چون مادر نمی‌خواست از پسرش جدا شود، این سختی‌ها را تحمل می‌کرد. در واقع لیلا سرنوشت آرش را به سرنوشت خودش گره زده بود بدون آن‌که نظرش را پرسیده باشد. برای همین از خودش می‌پرسید آیا این خودخواهی او نیست؟ این سؤالی بود که گاه و بی‌گاه از خود می‌پرسید و تا کنون هم جوابی برای آن نداشت.

لیلا درحالی‌که آرش در آغوشش آرام‌تر شده بود به طرف دیگر اتاق نگاه کرد، جایی که زن سومالیایی به همراه سه فرزندش به لیلا و پسرش زل زده بودند. لیلا مثل این‌که مقصری برای رنجش فرزندش پیدا کرده باشد، با عصبانیت به فارسی سر زن داد زد: «حتماً تو و بچه‌هات بچه‌م رو بیدار کردین، آره؟ مگه تو آدم نیستی؟ مگه خودت مادر نیستی؟ نمی‌تونستی بچه‌م رو آروم کنی تا من برگردم؟»

زن سیه‌چهره و چاق که متوجه خشم مادرانۀ لیلا شده بود ولی از حرف‌های او سر درنمی‌آورد، درحالی‌که سه فرزند دو، چهار و هفت ساله‌اش را دور خود روی تخت جمع می‌کرد به زبان خودش چیزهایی را با عصبانیت به لیلا گفت و سپس سکوتی بر اتاق حاکم شد و به جز صدای دل‌دل زدن آرش چیز دیگری شنیده نمی‌شد. گویا هر دو مادر احساس همدیگر را درک کرده بودند. زمانی که بالاخره آرش در بغل مادر خوابید لیلا او را بلند کرد و روی تخت خودش گذاشت. وقتی درِ کمدش را باز کرد تا بسته نانی را که از مژگان گرفته بود آنجا بگذارد، یک لحظه خودش را در آینۀ شکسته و کوچکی که از داخل به در کمد

چسبانده بود تماشا کرد. دستی به موهایش کشید و برای اولین بار تعدادی موی سپید در میان موهای قهوه‌ای رنگش دید و سپس چروک‌هایی که در گوشهٔ چشم‌هایش و بالای پیشانی ظاهر شده بودند توجه او را به خود جلب کردند. از خودش پرسید: «اگه الآن کسی منو ببینه فکر می‌کنه چند سالمه؟ سی‌وپنج؟ چهل؟ یا حتی بیشتر؟» با این‌که زایمان با عمل سزارین و عمل آپاندیس و همچنین ورزش نکردن همه باعث شده بودند که تناسب و زیبایی اندام لیلا نسبت به یک زن اروپایی کمتر به نظر برسد، ولی چهرهٔ او زیبایی و وقار خاصی داشت که برای اکثر مردها جذاب محسوب می‌شد. همین زیبایی یکی از دلایلی بود که همسرش سوگند خورده بود هرگز او را طلاق ندهد و بارها گفته بود نمی‌تواند تحمل کند کسی دیگر جز او از زیبایی لیلا استفاده کند.

صبح روز بعد، محسن با صدای داد و بیدادی از خواب پرید و متوجه شد در اتاقش دوستش پسر سومالیایی با یک پسر اهل سوریه در حال مشاجره هستند و هرکدام به زبان خودشان و گاهی با انگلیسی دست‌وپاشکسته سر دیگری داد می‌زند. تخت‌ها دوطبقه بودند وتخت محسن طبقهٔ دوم تختی بود که دوستش می‌خوابید. بلافاصله از تختش پایین پرید. به ساعتش نگاه کرد. نزدیک ده بود. شب قبل دیروقت بعد از این‌که از روی تپه به اتاقش برگشته بود با قرص‌های خواب توانسته بود بخوابد. هنوز اثر قرص‌ها کامل از بین نرفته بود برای همین احساس خواب‌آلودگی و سردرد می‌کرد. دوباره به تختش برگشت. هرچند با آن سرو صدا خوابیدن غیرممکن بود، ولی او می‌خواست حتی شده برای ساعتی فقط در آرامش دراز بکشد. اما صدای دعوا هر لحظه بلندتر می‌شد و کم‌کم داشت به یک دعوای گروهی بین سومالیایی‌ها و سوری‌ها تبدیل می‌شد. محسن با عصبانیت و مستأصل از شرایط به‌وجود آمده دوباره از تخت پایین آمد. باعجله لباس پوشید تا به قسمت انتظامات کمپ برود که در طبقهٔ اول ساختمان A قرار داشت. معمولاً پناهنده‌ها سعی می‌کردند مشکلات و دعوای بین خودشان را بدون گزارش و دخالت انتظامات کمپ یا پلیس حل کنند. بیشتر آن‌ها تصور می‌کردند دخالت انتظامات ممکن است صرف‌نظر از این‌که چه کسی مقصر است، روی بررسی درخواست پناهندگی آن‌ها تأثیر منفی داشته باشد. آن روز محسن شاید چون از

جدال‌های همیشگی بین هم‌اتاقی‌هایش عصبی شده بود یا چون خودش مستقیم درگیر دعوا نبود، تصمیم گرفت دعوا را گزارش کند. او به زبان انگلیسی به مسئول شیفت صبح انتظامات که زنی پنجاه ساله و نسبتاً چاق با موهای کوتاه و قرمز بود، دعوای اتاق‌شان را توضیح داد. آن زن از محسن پرسید اهل سومالی است یا سوریه و محسن گفت ایرانی است. زن باتعجب پرسید پس چرا آمده و دعوا را گزارش می‌دهد؟ محسن دوباره توضیح داد که در اتاق خواب بوده و به خاطر سر و صدای دعوا بین آن‌ها بیدار شده است. مسئول به ساعتش نگاه کرد و پرسید: «یعنی تا الآن خواب بودی؟» محسن که از سؤال‌های بی‌ربط او بی‌حوصله شده بود، با کنایه از این‌که دیر از خواب بیدار شده و وظایف مهم روزانه‌اش را به موقع انجام نداده عذرخواهی کرد و از اتاق خارج شد. درحالی‌که دست‌هایش در جیب شلوارش بود، در محوطهٔ کمپ قدم زد. هوا مثل بیشتر روزها ابری و سرد بود، طوری که بخار دهانش دیده می‌شد. هنوز سردرد داشت. سردردش ضربه‌ای بود و درست لحظه‌ای که پایش در موقع قدم‌زدن به زمین می‌خورد سردردش ناگهان افزایش پیدا می‌کرد، طوری که کاهش و افزایش سردرد با قدم‌هایش هم‌ریتم شده بود.

از دور دید که چند نفر از انتظامات به طرف سولهٔ E می‌روند. با خودش گفت بهتر است چند دقیقه قدم بزند تا سروصداهای اتاق فروکش کند، بعد دوش بگیرد. بهتر بود هم‌اتاقی‌هایش نفهمند که او دعوا را گزارش کرده بود. حوصله نداشت برای خودش دشمن‌تراشی کند. تصمیم گرفت به شهر برود و یک کارت تلفن بخرد. در ورودی کمپ سه باجهٔ تلفن بود که پناهندگان می‌توانستند با کارت تلفن به فامیل‌شان در کشورهای دیگر تلفن کنند؛ ولی به دلیل کیفیت پایین کارت‌ها یا کیفیت نامطلوب تلفن‌ها معمولاً یک ساعت طول می‌کشید تا ارتباط برقرار شود و تازه آن موقع هم صدا قطع و وصل می‌شد.

بعد از دوش‌گرفتن، ساعت نزدیک دوازده و نیم بود که محسن به طرف صف دریافت ناهار گرم راه افتاد. انتهای صف به اکبر بر خورد و پشت‌سر او داخل صف ایستاد. محسن بعد از مدتی گفت: «سلام. دیشب بالاخره سیگار پیدا کردی؟»

اکبر که معلوم بود انتظار این هم‌صحبتی را نداشت، با حالت گیجی گفت: «چی؟ کدوم سیگار؟»

محسن گفت: «من محسن هستم. دیشب تو تاریکی به هم بر خوردیم و تو از من سیگار خواستی که متأسفانه نداشتم بهت بدم. شما هم فوری رفتی و فرصت نشد بیشتر با هم آشنا بشیم.»

اکبر گفت: «آهان یادم اومد. آره بابا، بعدش سیگار پیدا کردم. من اینجا هرچی بخوام به دست می‌آرم.»

محسن لبخند زد و گفت: «ایول بابا. پس اراده کن یه اقامتم واسه من جور کن داداش.»

اکبر که از کنایه محسن کمی دلخور شده بود، با سر به صف ناهار اشاره کرد و گفت: «لعنتی چقدر آهسته جلو می‌ره.»

محسن برای آشنایی بیشتر دوباره تلاش کرد و گفت: «اسمت چیه؟ کدوم سوله هستی؟ بچه کجایی؟»

اکبر گفت: «داداش قربونت جای من رو نگه‌دار. می‌رم دوستم رو واسه ناهار بیدار کنم الآن برمی‌گردم.» بعد بدون این‌که منتظر جواب محسن بماند دنبال مژگان رفت. محسن با خودش گفت: «نه بابا، مثل این‌که آب من و این جوان توی یک جوب نمی‌ره.»

بعد از پانزده دقیقه که محسن با ورودی مرکز پخش ناهار ده متری بیشتر فاصله نداشت، اکبر با مژگان برگشت و درحالی‌که به محسن اشاره می‌کرد، گفت: «جای ما جلوی این آقاست.» مژگان سرسری به محسن سلام کرد و همراه اکبر جلوی او ایستادند. چند نفری از توی صف به زبان خودشان شروع کردند به اعتراض. معلوم بود از این‌که دو نفر تازه آمده‌اند و جلوی صف ایستاده‌اند، عصبانی هستند. مژگان از روی ترس همراه با سؤال نگاهی به اکبر انداخت و اکبر آرام گفت: «ول‌شون کن بابا. من تو صف بودم و این آقا دوستمه و جای من رو نگه داشته. کجای این کار غیرقانونیه؟»

از عقب صف یک پسر سیاه‌پوست و تنومند که اسمش آبراهام[1] بود جلو آمد، یک‌دفعه مقابل اکبر و مژگان قرار گرفت و به زبان انگلیسی با لهجهٔ آفریقایی شروع به قیل و قال کرد. از آنجایی که چشم‌ها و سوراخ‌های بینی‌اش گشاد شده بود، معلوم بود به‌شدت عصبانی است. مدام با دست به ته صف اشاره می‌کرد. مژگان با ترس دست اکبر را گرفت و گفت: «مثل این‌که داره می‌گه بریم ته صف. اکبر بیا بریم. ول کن بابا. فوقش یک ربع بیشتر منتظر می‌شیم. بهتر از اینه که شر به پا بشه.»

اکبر رو کرد به مژگان و با عصبانیت گفت: «چی چی رو بریم ته صف؟ باز کلی باید معطل بشیم. بی‌خود کرده. جای من اینجا بوده. من توی ایران نذاشتم کسی حقم رو بخوره، اینجا هم نمی‌ذارم.» بعد رو کرد به آبراهام و به فارسی و انگلیسی دست‌وپاشکسته توضیح داد که جایش از اول اینجا بوده و برای کاری رفته و حالا برگشته. مژگان لابه‌لای حرف‌های او تکرار می‌کرد: «اکبر، اون که زبونت رو نمی‌فهمه.» اکبر و مژگان جوری با هم بلند صحبت می‌کردند که برداشت آبراهام این بود که آن‌ها نه‌تنها از رفتار خود پشیمان نیستند بلکه او را تهدید می‌کنند. برای همین بیشتر عصبی شد. ناگهان گردن اکبر را گرفت و از داخل صف پرتش کرد روی چمن‌های نزدیک سالن و فوری برگشت به طرف مژگان و دوباره داد و فریاد را شروع کرد.

مژگان درکمپ جنگلی چندبار دعوا کرده بود، ولی فقط با دخترها یا زن‌ها و آن هم فقط برخورد لفظی بود و هرگز در عمرش درگیری فیزیکی نداشت به جز چندباری که با پدرش کتک‌کاری کرده بود چون پدرش فهمیده بود که او دوست‌پسر دارد و مژگان هم با جسارت این را حق خودش می‌دانست.

آبراهام با صدای بلند سرِ مژگان داد می‌زد. مژگان هم درحالی‌که شوکه شده و بغض کرده بود، گفت: «نمی‌فهمم چی می‌گی. لطفاً آروم باش. اوکی، می‌رم ته صف. آروم باش.» ولی مژگان چنان گیج شده بود که نمی‌توانست از جایش حرکت کند. حرکت نکردن او باعث شد آبراهام فکر کند همچنان مژگان اصرار دارد همان‌جا بایستد. او این‌بار مچ دست

---

[1] Abraham

مژگان را گرفت و خواست او را به طرف اکبر پرت کند که همچنان گیج روی چمن‌ها نشسته بود. مژگان هم شروع به جیغ‌زدن کرد. محسن محکم بازوی آبراهام را گرفت و خیلی آرام ولی جدی شروع کرد به انگلیسی صحبت‌کردن. همهٔ این اتفاقات فقط در چند ثانیه رخ داده بود، ولی به نظر مژگان زمان خیلی کُند می‌گذشت و با خودش می‌گفت: «چرا این دعوای لعنتی تموم نمی‌شه؟ الآنه که انتظامات بیاد و واسه‌مون بد بشه.» بقیه پناهنده‌ها کنار ایستاده بودند و با هیجان منتظر بودند ببینند عاقبت این دعوا چه می‌شود، ولی کسی دوست نداشت بیهوده خودش را وارد درگیری کند چون ممکن بود در پرونده‌اش تأثیر منفی داشته باشد. مکالمهٔ بین محسن و آبراهام کوتاه و بدون درگیری بود. آبراهام دست مژگان را با عصبانیت رها کرد و رفت سر جایش داخل صف ایستاد، ولی هنوز هم آن‌ها را چپ‌چپ نگاه می‌کرد.

اکبر درحالی‌که پشت گردنش را ماساژ می‌داد، کنار مژگان ایستاد و پرسید: «خوبی؟ نره‌خر آسیبی که بهت نرسوند؟»

مژگان که هنوز توی شوک بود، گفت: «نه، این آقا به موقع کمکم کرد.» بعد رو به محسن کرد و گفت: «دست‌تون درد نکنه. لطف کردین. همه‌ش تقصیر اکبره. گفتم بیا بریم ته صف. این زرنگ‌بازیت ارزش این همه درگیری رو داشت؟» محسن تا خواست چیزی بگوید اکبر زودتر گفت: «بفرما! به خاطر جنابعالی کتک خوردم، اینم عوض تشکرته؟»

مژگان حالا جلوی میزی رسیده بود که به هر نفر یک ران مرغ سرخ‌شده، مقداری سیب‌زمینی سرخ‌شده و کمی سالاد داخل یک ظرف یک‌بارمصرف می‌دادند. مژگان همان‌طور که بستهٔ غذایش را می‌گرفت، با تعجب رو کرد به اکبر و گفت: «به خاطر من کتک خوردی یا به خاطر حماقت خودت؟» بعد درحالی‌که سه نفری از سالن خارج می‌شدند، به حرفش ادامه داد و گفت: «اکبر، مشکل تو اینه که عقدهٔ خودبزرگ‌بینی داری. نه زورت به طرف می‌رسید نه می‌تونستی باهاش صحبت کنی. جالب اینه که نمی‌خوای کوتاه هم بیای.»

اکبر که رنگش از عصبانیت قرمز شده بود ولی نمی‌خواست عصبانیتش را نشان بدهد، گفت: «زورم می‌رسید، نخواستم دعوا راه بندازم.»

مژگان با پوزخند گفت: «آره ارواح عمه‌ات.»

اکبر با عصبانیت از حرکت ایستاد و چند لحظه به مژگان نگاه کرد. محسن که تا آن موقع صلاح ندیده بود در دعوای آن‌ها دخالت کند، گفت: «امروز اولین روز آشنایی ماست. بهتره این ماجرا رو که تموم شده فراموش کنیم. من پیشنهاد می‌کنم بریم اتاق من اگه موافقین و ناهار رو اونجا با هم بخوریم. موافقین؟»

با قبول این پیشنهاد، با هم به طرف سولهٔ E راه افتادند. در راه که حالا اکبر تلاش داشت نشان دهد که با محسن دوست صمیمی است، گفت: «ایول، نگفته بودی بزن‌بهادر هم هستی. پسره حسابی ازت ترسید ها.»

محسن گفت: «اتفاقاً من اصلاً اهل دعوا و کتک‌کاری نیستم.»

اکبر گفت: «پس چه جوری این غول‌بیابونی رو آروم کردی؟ ازت ترسید که گذاشت و رفت دیگه.»

محسن گفت: «من فقط چیزهای رو که تو به فارسی بهش گفتی، به انگلیسی بهش گفتم.»

اکبر گفت: «فقط همین؟ خوب این‌ها رو که منم با انگلیسی دست‌وپاشکسته بهش گفتم، ولی طرف قبول نمی‌کرد.»

مژگان پرسید: «اکبر، چرت نگو. تو اصلاً انگلیسی بلدی؟»

اکبر گفت: «سرکار خانم اگه بلدی، به جای گریه کردن حالیش می‌کردی.»

محسن گفت: «بنا شد دیگه در این مورد بحث نکنید. البته به پسره دوتا مطلب دیگه هم گفتم. اول گفتم خجالت نمی‌کشی با این هیکلت دست رو یه دختر بلند می‌کنی. اونم گفت نه و می‌خوام با پس‌گردنی بفرستمش ته صف. بعد گفتم مطمئن باش این دعوا روی پروندهٔ پناهندگیت تأثیر بدی داره. اینو که گفتم کوتاه اومد و رفت.»

اکبر گفت: «اقرار می‌کنم زبانت از من بهتره. حیف که مژگان باهام بود و الا به حساب این غول‌بیابونی می‌رسیدم.»

بعد از این‌که وارد اتاق محسن شدند، سه نفری دور میز کوچکی نشستند که نزدیک تخت محسن بود تا ناهار بخورند. قبل از ناهار، مژگان دستش را جلوی محسن دراز کرد و گفت: «من مژگان هستم و توی سولهٔ H زندگی می‌کنم.»

محسن دست مژگان را فشرد و گفت: «منم محسن هستم. از آشنایی با شما خوشبختم. ما ایرانی‌ها برخلاف اروپایی‌ها اول کلی با هم صحبت می‌کنیم بعدش خودمون رو به هم معرفی می‌کنیم. تفاوت‌های فرهنگی گاهی خنده‌دارن، نه؟»

هر سه خندیدند و محسن رو به اکبر کرد و گفت: «شما هم باید اکبرآقا باشی. دیدی بالاخره اسمت رو فهمیدم.»

اکبر که معنی کنایه محسن را گرفته بود، با لبخند گفت: «چاکرم داداش محسن. دفعه‌های قبل فرصت نشد. به‌هرحال در خدمتیم دادا.»

محسن پرسید: «کدوم سوله هستی؟»

اکبر گفت: «سولهٔ F یکی بعد از سولهٔ شما یعنی آخرین سولهٔ کمپه دیگه. تو اتاقم از هر قوم و ملیتی هستن، افغانی، آلبانیایی، سوری، ویتنامی... خلاصه جنگله. من فقط واسه خواب می‌رم اتاقم و در طول روز بیشتر با مژگانم.»

محسن گفت: «ولی مژگان تو سولهٔ H هستش که مربوط به زیر هجده ساله‌هاست و ورود بالای هجده ساله‌ها به اونجا ممنوعه، مگه نه؟»

اکبر جواب داد: «آره، من بیست‌وچهار سالمه، ولی قیافه‌ام به زیر هجده ساله‌ها می‌خوره وایرادی بهم نمی‌گیرن. محسن جان، تو اتاقت نمک پیدا می‌شه؟ سیب‌زمینیش رو نمی‌شه بدون نمک خورد.»

محسن گفت: «خودم ندارم ولی این بچه‌های سوری دارن. نمی‌دونم اجازه دارم بردارم یا نه.»

اکبر گفت: «ای بابا! محسن جان! خیلی سخت می‌گیری. دادا تو این کمپ شلوار آدم رو بدون اجازه از پات درمی‌آرن، حالا شما واسه نمک می‌خوای اجازه بگیری؟ بگو کجاست خودم برمی‌دارم. مشکلی هم پیش اومد جوابش با من.»

محسن گفت: «اکبرجان، اون‌هایی که بدون اجازه شلوار درمی‌آرن که استاد راهنمای من و تو نیستن عزیز. خودم الآن برات نمک میارم.»

وقتی محسن به آن طرف اتاق رفت تا نمکدان را از روی میز پناهنده‌های سوری بیاورد، مژگان از زیر میز لگدی به ساق پای اکبر زد و آهسته گفت: «یه‌کم تربیت داشته باش. نمی‌بینی طرف آدم‌حسابیه؟»

چون محسن سریع برگشت اکبر فرصت پیدا نکرد که جواب مژگان را بدهد.

وقتی محسن با نمکدان برگشت، پرسید: «اشکال نداره بپرسم شماها دوست معمولی هستین یا... چه جوری بگم؟»

اکبر گفت: «ما دوستیم، ولی دوست صمیمی. با هم از ایران زدیم بیرون. یه‌جورایی می‌شه گفت موقع سفر من بادیگارد مژگان بودم و هنوز هم هستم. مگه نه مژگان؟»

مژگان گفت: «آره. در اصل این خواست پدرم بود. پدرم دنبال یه مرد قابل‌اعتماد می‌گشت که اونم بخواد از ایران خارج بشه تا من هم همسفرش بشم. از طریق آشنا و اقوام اکبر رو پیدا کرد. بعد از این‌که دربارهٔ اکبر پرس‌وجو کرد و تونست بهش اطمینان کنه، وسایل سفرمون رو فراهم کرد و این شد که ما تا اینجا همسفر شدیم.»

محسن پرسید: «اکبرجان بچهٔ کجایی؟»

اکبر گفت: «از لهجه‌ام معلوم نیست؟»

محسن گفت: «شبیه مشهدی‌هاست، آره؟»

اکبر گفت: «نه. بچهٔ شیرازم دادا. شما بچهٔ کجایی؟»

محسن جواب داد: «بچهٔ تهران، محلهٔ تهران‌پارس. مژگان هم که باید همشهری من باشه، آره؟»

مژگان گفت: «بله، تهرانی هستم. البته اصلیت پدرم شیرازیه و خودم هم شیراز به دنیا اومدم، ولی تهران بزرگ شدم.»

بعد از ناهار، محسن از اکبر پرسید: «سیگار داری اکبرجان؟» و بعد هردو زدند زیر خنده. مژگان پرسید: «قضیه سیگار چیه؟ مگه شما سیگاری هستین آقامحسن؟ اگه سیگار دارین یه دونه هم به من بدین.»

محسن که هنوز می‌خندید، گفت: «نه، سیگاری نیستم. برای شوخی پرسیدم.»

اکبرهم با خنده گفت: «این یه قضیه‌ست بین من و آقامحسن که دیشب اتفاق افتاد.»

مژگان پرسید: «آقامحسن، انگلیسی شما خوبه؟»

محسن گفت: «بد نیست. در حدی که می‌تونم گلیم خودم رو از آب بیرون بکشم.»

مژگان گفت: «می‌تونین به من هم یاد بدین؟ اینجا واقعاً زبان مهمه. وقت آزاد هم که خیلی داریم. البته اگه مزاحمتی نیست براتون.»

اکبر با پوزخند گفت: «ای بابا! حیف وقت آدم نیست که صرف زبان بشه؟ همه‌جا می‌تونی از زبان بین‌المللی استفاده کنی.» بعد با ایما و اشاره شروع کرد به شکلک درآوردن.

محسن لبخند زد و گفت: «خب آره این‌جوری هم می‌شه با دیگران ارتباط برقرار کرد. مهم اینه که ارتباط برقرار کنی، حالا چه جوری زیاد مهم نیست. فقط باید مواظب باشی طوری ارتباط برقرار نکنی که پس‌گردنی بخوری!» دوباره همگی خندیدند.

مژگان وسط خنده گفت: «اکبر چرت‌وپرت نگو. دیدم امروز تو صف ناهار چطوری با زبان بین‌المللی تونستی با اون پسره صحبت کنی.»

اکبر گفت: «خب تقصیر من چیه؟ اون پسره زبان بین‌المللی بلد نبود.»

محسن گفت: «به‌هرحال یاد گیری زبان در هر زمان و مکانی می‌تونه مفید باشه. چرا شماها تو کلاس‌های زبان هلندی که اینجا برگزار می‌شه شرکت نمی‌کنین؟ من خودم توی این کلاس‌ها برای ایرانی‌ها و افغانی‌ها توضیحات معلم رو ترجمه می‌کنم. این‌جوری هم زبان هلندی یاد می‌گیرم هم وقتم با کار پرمی‌شه.»

مژگان گفت: «من می‌خوام انگلیسی یاد بگیرم نه هلندی. هلندی واسه چی یاد بگیرم وقتی اصلاً معلوم نیست اقامت هلند رو می‌گیرم یا نه ؟ چرا وقتم رو برای زبانی صرف

کنم که فقط تو هلند کاربرد داره نه جای دیگه؟ بهتر نیست وقتم رو بذارم واسه انگلیسی که همه‌جا حتی تو همین هلند هم کاربرد داره؟»

اکبر وسط حرف مژگان پرید و گفت: «ای بابا، باز داره می‌گه معلوم نیست اقامت بگیریم. صدبار گفتم بازم می‌گم. به همهٔ ما که پرونده‌هامون رو باز کردن و از کمپ جنگلی به این کمپ منتقل شدیم، اقامت می‌دن و الا همون اول ما رو هم مثل خیلی‌های دیگه ترک خاک می‌دادن. محسن جان حرف بی‌حسابی می‌زنم؟»

محسن جواب داد: «من دربارهٔ اقامت نظر نمی‌دم چون دربارهش اطلاعی ندارم، ولی دربارهٔ یادگیری زبان انگلیسی باید بگم که چون تدریس زبان هلندی به انگلیسیه، در کنار زبان هلندی می‌تونید انگلیسی هم یاد بگیرید. البته یادگیری هر زبانی به پشتکار و تمرین زیادی نیاز داره.»

بعد از مدتی صحبت، بالاخره اکبر با اکراه و مژگان با خوشحالی پذیرفتند فردا برای ثبت‌نام در کلاس‌های زبان اقدام کنند.

فصل دوم
(کمپ موقت)

با گذشت بیش از یک ماه از اقامت محسن در کمپ هوخوفین، او یاد گرفته بود چطور رفتار کند تا بهتر و با دردسر کمتری با زندگی جدیدش کنار بیاید. در این راه دو اصل مهم را به تجربه یاد گرفته بود. اول این‌که تا جایی که ممکن بود خودش را مشغول نگه می‌داشت، برای همین نه‌تنها در کلاس درس هلندی به‌عنوان مترجم به معلم کمک می‌کرد، بلکه زمانی که اشکان، کارمند ایرانی-هلندی کمپ، حضور نداشت در درمانگاه پزشکی یا در صحبت‌هایی که مسئولین کمپ با پناهنده‌های ایرانی یا افغانی داشتند نقش مترجم را ایفا می‌کرد. گرفتن مترجم تلفنی هزینه داشت و درصورتی‌که یک پناهنده اجازه می‌داد از

محسن به‌عنوان مترجم استفاده می‌شد تا در هزینه‌ها صرفه‌جویی شود. بسیاری از پناهنده‌ها باور نمی‌کردند که محسن برای کارهایی که انجام می‌دهد دستمزدی دریافت نمی‌کند و آن‌هایی هم که باور می‌کردند او را سرزنش می‌کردند که چرا مجانی خرحمالی می‌کند. آن‌ها این نکتهٔ مهم را فراموش کرده بودند که کار کردن و یادگیری زبان سبب شده بودند که محسن به جای شب‌نشینی‌های متعارف در کمپ، شب‌ها به موقع بخوابد و صبح‌ها به موقع بیدار شود و در اصل به زندگی او شکل داده است صرف‌نظر از این‌که محسن عقیده داشت مهم‌ترین چیزی که یک پناهنده دارد از دست می‌دهد عمر و جوانی اوست که هرگز تکرار نمی‌شود. پس چه بهتر از این گذشت عمر استفاده کند و چیزی یاد بگیرد که حتی اگر بعدها اقامت هم نگرفت و مجبور شد به کشورش برگردد بتواند از آن چیزی که در مدت اقامتش در کمپ یاد گرفته استفاده کند، در غیر این‌صورت جز اتلاف عمر هیچ‌چیز دیگری ثمرهٔ این مدت نخواهد بود.

یکی از سرگرمی‌های جالبی که محسن از هلندی‌ها یاد گرفته بود دوچرخه‌سواری بود. تا آن زمان محسن فقط در کودکی دوچرخه‌سواری کرده بود. در ایران دوچرخه‌سواری یا مخصوص بچه‌ها بود، یا در روستاها و شهرهای کوچک افرادی که درآمد مناسبی نداشتند از دوچرخه به‌عنوان وسیله نقلیه استفاده می‌کردند یا دوچرخه‌سوارها از آن برای تمرین یا مسابقه. ولی در هلند دوچرخه وسیله نقلیه‌ای بود که عمومیت داشت و تقریباً همه با هر جنسیتی و سطح درآمدی و سن و سالی و در هر شرایط آب و هوایی از آن به‌طور روزمره استفاده می‌کردند و محسن فهمیده بود که بدون دوچرخه زندگی در هلند اگر نگوییم غیرممکن ولی بسیار مشکل خواهد بود. برای همین با پس‌اندازکردن پولی که هفتگی می‌گرفت توانست یک دوچرخهٔ دست‌دوم بخرد و بعد از بیست و اندی سال دوباره دوچرخه‌سواری کند. با این‌که هوا هنوز سرد بود، یک روز در میان تا شهر هوخوفین که تا کمپ ده کیلومتر فاصله داشت، دوچرخه‌سواری می‌کرد. این کار نه‌تنها برای خرید اجناسی که نیاز داشت بلکه برای تخلیه انرژی و خسته‌شدن بود تا شب‌ها بتواند راحت‌تر و بدون خوردن قرص خواب بخوابد.

دومین اصلی که محسن یاد گرفته بود این بود که سعی می‌کرد با هیچ پناهنده‌ای صمیمی نشود. بیشتر رفاقت‌ها در کمپ بعد از مدتی به دشمنی و دعوا تبدیل می‌شدند. در شب‌نشینی‌ها بعد از خوردن چند گیلاس مشروب، آدم‌ها طوری با هم صمیمی می‌شدند که حاضر بودند همان لحظه جان‌شان را برای هم بدهند، ولی فردای آن روز در حال دعوا و چاقوکشی با یکدیگر بودند و شب دوباره در جمع دیگری، همان افراد پشت‌سر همدیگر حرف می‌زدند و برای هم نقشه می‌کشیدند. گاهی طوری درگیر دعواها و کشمکش‌های خودشان یا ملیت‌های مختلف می‌شدند که فراموش می‌کردند کجا هستند، چرا اینجا هستند و فردا چه چیزی در انتظارشان است. محسن تنها با هم‌اتاقی اهل سومالی‌اش که مهندس فیزیک بود کمی صمیمیت داشت و گاهی هم با اکبر و مژگان رفت‌وآمد می‌کرد. هرچند به واسطۀ شغلی که داشت همۀ ایرانی‌ها و بسیاری از افغان‌های کمپ را می‌شناخت و آن‌ها هم او را می‌شناختند و سلام و علیکی با هم داشتند، ولی فقط در همان حد احوال‌پرسی بود و نه بیشتر. بعضی‌ها فکر می‌کردند که این رفتارش به خاطر خودبزرگ‌بینی است که در جمع حاضر نمی‌شود، ولی چون او همیشه برای کمک به دیگران حاضر بود، کمتر کسی این نظریه را قبول می‌کرد. هرچند بعضی از پناهنده‌های ایرانی خود را از نظر فرهنگی و شخصیتی بالاتر از افغانی‌ها می‌پنداشتند، همان‌طور که برخی در ایران این‌گونه تصور می‌کردند و به همین دلیل گاهی باعث می‌شد با پناهندگان افغان در ایران بدرفتاری کنند. ولی محسن کاملاً مخالف این طرز فکر بود و سعی می‌کرد در مقابل همه، صرف‌نظر از ملیت‌شان رفتاری متواضع داشته باشد.

در بیرون کمپ هم با یک خانوادۀ هلندی آشنا شده بود. آنمیک خانمی چهل‌وپنج ساله اهل هوخوفین بود که لباس‌های دسته‌دومی را که یک کلیسا در هوخوفین جمع‌آوری می‌کرد با اتومبیل خودش به کمپ می‌آورد و با قیمت بسیار کمی می‌فروخت. در کمپ برای این کار اتاقک کوچکی در نظر گرفته بودند که آنمیک [1] روزهای سه‌شنبه و پنج‌شنبه برای فروش لباس‌ها در آنجا را باز می‌کرد. درآمد مختصری که به دست می‌آمد از طرف کلیسا

---

[1] Annemiek

صرف تهیه کتاب و اسباب‌بازی برای کودکان پناهنده می‌شد. آنمیک بدون دستمزد کار می‌کرد و حتی پول بنزین اتومبیلش را خودش پرداخت می‌کرد. کار کردن بدون دستمزد یکی دیگر از فعالیت‌های عمومی بود که در فرهنگ هلندی نهادینه شده بود و برای محسن تازگی داشت و خودش هم به همین صورت در کمپ کار می‌کرد. برای او خیلی جالب توجه بود که این نوع همکاری را بچه‌ها از کودکی در مهدکودک‌ها و مدرسه‌های ابتدایی یاد می‌گرفتند که اولاً همیشه گروهی کار کنند و ثانیاً گاهی کاری را که دوست دارند بدون دستمزد و صرفاً برای کمک به دیگران انجام دهند.

از آنجا که چانه‌زدن موقع خرید در فرهنگ ایرانی و افغانی نهادینه شده است، خیلی وقت‌ها پناهنده‌های ایرانی و گاه افغانی از محسن درخواست می‌کردند تا موقع خریدن لباس از آنمیک چانه‌زدن را برای آن‌ها ترجمه کند. با توجه به این‌که تقریباً همهٔ هلندی‌ها صرف‌نظر از سن یا تحصیلات‌شان می‌توانستند انگلیسی صحبت کنند، محسن می‌توانست با آنمیک صحبت کند و با آن‌که خودش اصلاً اهل چانه‌زدن نبود، ولی سعی می‌کرد در مورد تخفیف قیمت بین آنمیک و خریدار نقش مترجم را بازی کند. از نظر محسن، قیمت لباس‌ها آن‌قدر کم بود که به ندرت به دو یا سه خلدن می‌رسید رد نتیجه چانه‌زدن بی‌معنا بود؛ ولی از نظر پناهنده‌ها مخصوصاً خانم‌ها یک جور سرگرمی حساب می‌شد و معمولاً با خنده همراه بود. محسن با این روش با آنمیک دوست شد و وقتی او از محسن دعوت کرد که برای صرف نوشیدنی به خانه‌اش برود با کمال میل قبول کرد. در خانهٔ آنمیک محسن با پیتر[1] همسر پنجاه‌وپنج سالهٔ او آشنا شد؛ همچنین با سه فرزند آن‌ها که یک دختر و دو پسر بودند. از آن به بعد آنمیک یا پیتر گاهی با اتومبیل دنبال محسن می‌آمدند و او را برای صرف شام با خود به منزل‌شان می‌بردند. چون پیتر مربی یک تیم کوچک بود و به فوتبال علاقه داشت، بعضی شب‌ها به همراه پسرانش و محسن فوتبال باشگاه‌های اروپا را تماشا می‌کردند. بعد از مدتی پیتر به محسن پیشنهاد داد که اگر پناهنده‌ها بتوانند یک تیم فوتبال تشکیل

---

[1] Peter

دهند، او می‌تواند زمین چمنی برای تمرین تیم تهیه کند. پیشنهادی که محسن فوری قبول کرد و قرار شد پیگیر این کار شود.

بعضی از تجربیاتی که محسن در این مدت کوتاه کسب کرده بود به بهای سنگینی به دست آمده بودند. در کمپی که از ملیت‌های مختلف، افرادی با فرهنگ‌های مختلف جمع شده بودند، برداشت اشتباه از رفتار افراد می‌توانست به برخورد بین آن‌ها منجر شود.

در یکی از بعدازظهرهای اوایل ماه مارس، محسن لباس‌های کثیف خود را برای شست‌وشو به اتاقی برده بود که ماشین‌های لباس‌شویی در آن قرار داشتند. بعد از نیم ساعت انتظار، بالاخره برنامهٔ یکی از ماشین‌ها تمام شد و صاحب لباس‌ها که آنجا حضور داشت آن‌ها را از ماشین خارج کرد و محسن لباس‌های خودش را داخل ماشین ریخت. همان‌طور که ماشین در حال کار کردن بود، محسن روی صندلی نزدیک ماشین نشست و مشغول مطالعهٔ جزوهٔ زبان هلندی‌اش شد. در مدت شست‌وشو حتماً باید صاحب لباس‌ها در اتاق حضور می‌داشت. کسانی بودند که تحمل یک ساعت انتظار کشیدن را نداشتند. این افراد به محض این‌که وارد اتاق شست‌وشوی لباس می‌شدند یکی از ماشین‌ها را خاموش می‌کردند، لباس‌های نیمه‌شسته را از ماشین خارج می‌کردند و روی زمین می‌گذاشتند و لباس‌های خودشان را داخل ماشین می‌ریختند تا از آن استفاده کنند.

بعد از مدتی، دختر سیاه‌پوستی که هفده هجده ساله به نظر می‌رسید وارد شد و پس از آن‌که ماشین دیگری خالی شد لباس‌های خودش را داخل ماشین لباس‌شویی ریخت. در همین حال پسر سیاه‌پوستی که بیست ساله به نظر می‌رسید وارد شد و شروع کرد به صحبت با دختری که مشغول کار بود. معلوم بود که همدیگر را از قبل می‌شناسند چون در ابتدا لحن دختر با پسر دوستانه بود. کمی که گذشت دختر جدی شد. معلوم بود که در مقابل درخواستی که پسر داشت مقاومت می‌کرد. در یک لحظه، پسر دست راستش را داخل جیب پشت شلوار جین دختر کرد که با اعتراض دختر همراه شد، ولی پسر با سماجتی وقیحانه دستش را بیرون نمی‌کشید و با این‌که دختر با تغییر دادن جای خود سعی داشت پسر را وادار کند که دستش را از جیب پشت شلوارش بیرون بکشد، ولی پسر با تغییر دادن جای خود همچنان به کارش

ادامه داد. دیدن این صحنه برای محسن باورکردنی نبود. محسن وقتی در ایران بود اهل متلک انداختن به دخترها نبود، ولی بارها چه در ایران و چه در کمپ دیده بود که پسری به دختری متلک می‌اندازد یا حتی قسمتی از اندام دختر را لمس می‌کند، ولی هرگز این‌طور جسارت وقیحانه‌ای را ندیده بود. با خودش فکر کرد لابد این پسر فکر می‌کند چون اینجا کمپ است پس قانونی هم ندارد و اگر هم دارد قانون جنگل است که قوی می‌تواند هرطور که دوست دارد با ضعیف رفتار کند و چون این دختر تنهاست و زیر هجده سال دارد، هدف خوبی برای این پسر پررو خواهد بود. همین افکار باعث شد که حس نوع‌دوستی محسن آمیخته با مقداری حس قهرمان‌بازی در او به وجود بیاید. تصمیم گرفت از دختر دفاع کند. همین که محسن با پسر درگیر شد، دختر بلافاصله از دست پسر فرار کرد. محسن دست پسر را از پشت گرفته بود تا تکان نخورد، ولی او تقلا می‌کرد که دستش را آزاد کند تا ضربه‌ای کاری به محسن بزند و هم‌زمان به زبان خودش، با خشونت سر محسن داد می‌زد. در این کش و قوس، عینک محسن روی زمین افتاد. پسر در اولین فرصت یکی از پاهایش را روی عینک گذاشت و آن را شکست. کمی بعد، دختر همراه چند مأمور انتظامات وارد اتاق شدند. محسن از این‌که دختر او را تنها نگذاشته بود و دنبال کمک رفته بود خوشحال بود و با خودش گفت معلوم است دختر خوبیست و چه خوب شد نجاتش دادم. وقتی مأمورها دست‌های محسن را از پشت بستند و پسر در آغوش دختر جای گرفت، محسن فکر کرد اشتباهی رخ داده و برای مأمورها توضیح داد که برای کمک به دختر از دست این پسر مجبور شده با او گلاویز شود؛ اما آن‌ها به حرف‌هایش توجهی نکردند و او را با خود به ساختمان پلیس کمپ بردند.

پس از مدتی سؤال و جواب، محسن متوجه شد که از طرف دختر به دخالت در حریم خصوصی و از طرف پسر به ضرب و شتم متهم شده است. با عذرخواهی محسن از آن دو نفر و انصراف آن‌ها از پیگیری شکایت خود و با توجه به این‌که محسن در کمپ کار می‌کرد و اولین مورد شکایت از او بود، محسن را آزاد کردند. بااین‌حال محسن به دلیل اختلال در نظم کمپ، به چهارده ساعت کار در قسمت نظافت کمپ مجبور شد و با این‌که در درگیری

عینکش شکسته شده بود، اما چون خودش مقصر بود، باید پول عینک را خودش پرداخت می‌کرد و بیمه هزینهٔ عینک را قبول نمی‌کرد.

محسن مجبور بود چهارده روز بعد از کار مترجمی در کلاس زبان هلندی و ناهار، روزانه یک ساعت آشغال‌های محوطهٔ کمپ را جمع کند. در یکی از همین روزها که محسن با چوب‌دستی زباله‌های محوطه را جمع می‌کرد، متوجه کیف پول مشکی رنگ‌ورورفته‌ای روی زمین شد که لابه‌لای چند قوطی خالی نوشیدنی افتاده بود. در کیف دویست خلدن پول همراه چند شماره تلفن پیدا کرد. او فوری کیف را در جیبش گذاشت و با ترس به اطراف نگاه کرد. از اشتباه کودکانهٔ خودش عصبانی بود که چرا اول اطراف را کنترل نکرده تا چنانچه کسی متوجه او نیست کیف را در جیبش بگذارد. به خودش گفت: «حالا که توی جیبت گذاشتی خیلی طبیعی به کارت ادامه بده. انگار نه انگار که چیزی پیدا کردی. اصلاً شاید کسی ندیده. نکنه دوربین مخفی باشه؟ وای نکنه این یه آزمایشه که ببینن که من چقدر آدم خوبی هستم و با این کارم بهم اقامت ندن؟ بهتره دوباره کیف رو پرت کنم سر جاش. نه بابا، ولش کن. دیگه کاریه که کردم.»

با این‌که دویست خلدن پول زیادی نبود، ولی برای یک پناهنده در آن شرایط پول زیادی محسوب می‌شد. روز بعد، روی تابلوی اعلانات یادداشتی به چند زبان مختلف دید که از یابنده کیف جیبی مشکی درخواست شده بود با یک شماره تلفن تماس بگیرد. محسن هنوز تا آن زمان دودل بود که آیا کیف پول را به صاحبش برگرداند یا نه. وقتی یادداشت را دید، با خودش گفت: «با این پول چقدر از مشکلاتت رو می‌تونی حل کنی؟ فقط می‌تونی باهاش واسه چند ساعتی تفریح کنی، ولی صاحبش داره دربه‌در دنبالش می‌گرده پس معلومه که واقعاً بهش نیاز داره.» محسن بلافاصله به شماره تلفن داخل یادداشت زنگ زد و به زبان انگلیسی با مردی که آن‌طرف خط بود برای ساعت ۱۶ جلوی در سالن ورزشی داخل کمپ قرار گذاشت.

محسن پنج دقیقه زودتر مقابل در بود و پس از مدت کوتاهی پسر سیاه‌پوست چهارشانه‌ای که قیافه‌اش برای او آشنا بود نزدیک شد و از محسن دربارهٔ کیف سؤال کرد. چند لحظه

سکوتی بین آن‌ها حکم‌فرما شد چون هردو برخوردی را که چند هفته پیش در صف ناهار بین‌شان اتفاق افتاده بود، به یاد آوردند. روزی که محسن به خاطر مژگان مجبور شد دست آبراهام را بگیرد. محسن مشخصات کیف را پرسید و آبراهام با دادن مشخصات درست، آن را از محسن گرفت و بدون کلامی رفت. محسن همان‌طور که به طرف سوله‌اش می‌رفت خودش را سرزنش کرد که اگر می‌دانست صاحب کیف چه کسی است و به جای تشکر چنین رفتاری می‌بیند، هرگز با او تماس نمی‌گرفت.

بیست سی متر جلوتر، محسن دستی را روی شانه‌اش احساس کرد و هم‌زمان شنید که کسی گفت: «مای فرند». وقتی برگشت، دوباره آن پسر را دید که دستش را برای دست‌دادن جلو آورده بود. محسن با تعجب به او نگاه کرد و دستش را جلو برد. او خودش را آبراهام معرفی کرد و بعد از تشکر به محسن گفت از حالا تو دوست واقعی من هستی و سپس از او جدا شد.

تجربهٔ برخورد با این رفتارها به محسن ثابت کرده بود که مهاجرت مخصوصاً اگر از طریق پناهندگی باشد می‌تواند تأثیرات مهمی بر آدم‌ها بگذارد، طوری که از آن‌ها رفتارهایی سر بزند که قبلاً محال بود از آن‌ها دیده شود. گاهی بیان یک جمله یا بروز یک رفتار از یک پناهنده چنان در تضاد با شخصیت او بودند که ناگهان خودش از بیان آن جمله یا آن رفتار شوکه می‌شد و از خود می‌پرسید در این مدت کوتاه چه اتفاقی برای من افتاده که این‌قدر از شخصیت واقعی خودم فاصله گرفته‌ام؟ گاه حتی احساس پشیمانی به حدی بود که فرد در جهت جبران برمی‌آمد، البته اگر فرصتی برای جبران باقی مانده بود.

زمانی که محسن با هم‌فکری تصمیم گرفت تیم فوتبال تشکیل بدهد، اعلامیه‌ای را به زبان‌های مختلف روی تابلوی اعلانات عمومی زد که در آن به کسانی که مایل بودند در تیم فوتبال کمپ عضو شوند اعلام شده بود با محسن تماس بگیرند. در اعلامیه آمده بود که همه می‌توانند در این تیم ثبت‌نام کنند و هدف از تشکیل تیم، علاوه بر سلامتی، لذت‌بردن از فوتبال در کنار آدم‌هایی از فرهنگ‌های متفاوت خواهد بود. پس از مدتی پانزده نفر بین سنین هفده تا چهل سال برای ثبت‌نام به محسن مراجعه کردند. به جز محسن، تنها

ایرانی‌ای که ثبت‌نام کرده بود، مژگان بود. آبراهام هم ثبت‌نام کرده بود که بعدها معلوم شد در یکی از تیم‌های معروف کشورش عضو بوده.

پیتر برای اولین جلسۀ تمرین زمین چمنی را در حومۀ هوخوفین رزرو کرده بود و به کمک او و چند نفر دیگر، چند دست لباس و کفش دسته‌دوم ورزشی به رایگان برای اعضای تیم تهیه شد. اولین جلسۀ تمرین درست در بعدازظهر روز اول عید ایرانی یعنی بیست‌ویکم ماه مارس انجام شد. در کنار زمین، علاوه بر آنمیک و فرزندانش، تعداد دیگری از دوستان و آشنایان آن‌ها و کسانی که شنیده بودند تیم فوتبال کمپ برای اولین بار تمرین دارد، جمع شده بودند که حدوداً صد نفر می‌شدند که این مسئله تشکیل و تمرین تیم را برای پناهنده‌ها جدی‌تر می‌کرد. وقتی همه با لباس و کفش ورزشی به کنار زمین آمدند، چشم بسیاری از بازیکنان روی مژگان خیره شد. خودِ محسن اولین بار بود که از نزدیک یک زن را در لباس ورزشی می‌دید تا چه برسد به تمرین کردن با او. به جز معدودی از جمله آبراهام، بقیه تا آن زمان فقط از تلویزیون یک دختر ورزشکار را دیده بودند.

پیتر شروع کرد به دادن تمریناتی که بازیکنان گرم شوند، از جمله دویدن دور زمین. در حین تمرین، یکی از بازیکنان به اسم علی که اهل سومالی بود به محسن نزدیک شد و پرسید آیا این دختر هم جزو اعضای تیم است و زمانی که محسن پاسخ مثبت داد، علی با کمال تعجب گفت که غیرممکن است که یک دختر در تیم باشد.

در پایان اولین جلسۀ تمرین مشخص شده بود که چه کسانی بهتر بازی می‌کنند و چه پستی در اختیار چه کسی باید قرار بگیرد. آبراهام و علی جزو بهترین‌های تیم بودند و محسن به همراه بیشتر بازیکنان در حد متوسط، ولی مژگان و دو مرد چهل و سی‌وهشت ساله یکی اهل ویتنام و دیگری اهل چین معلوم بود که برای اولین بار است که فوتبال بازی می‌کنند و با تشویق مداوم آنمیک و پیتر سعی داشتند تا آخر تمرین با تیم همراه باشند. پیتر و یکی از دوستانش بازیکنان را با دو مینی‌بوس به کمپ برگرداندند و وقتی محسن می‌خواست به طرف اتاقش برود علی از او خواست که فردا دربارۀ تیم با او صحبت کند.

فردای آن روز، بعد از ناهار علی، آبراهام و چند تن دیگر از اعضای تیم به اتاق محسن آمدند تا دربارهٔ تیم و آیندهٔ آن با او صحبت کنند. علی که معلوم بود به نمایندگی از طرف آن‌ها صحبت می‌کند به انگلیسی که اکثراً می‌فهمیدند شروع به صحبت کرد.

علی گفت: «ما فکر می‌کردیم که تشکیل تیم کمپ جدیه، ولی مثل این‌که فقط برای بازی و سرگرمی باید وقت‌مون رو هدر بدیم.»

محسن پرسید: «چرا همچین فکری می‌کنی؟»

علی جواب داد: «خب توی تیمی که یه دختر و مرد چهل ساله باشن یا کسانی که تا حالا پاشون هم به توپ فوتبال نخورده، همچین تیمی نمی‌تونه موفق باشه. خودت فکر می‌کنی می‌تونه باشه؟»

محسن گفت: «تا منظورت از موفقیت چی باشه؟»

آبراهام گفت: «اکثر ما فکر می‌کردیم قراره یه تیم خوب شکل بگیره تا پس از مدتی بتونیم با تیم‌های خوب هلندی مسابقه بدیم و بتونیم در بازی‌های رسمی اون‌ها بازی کنیم.»

علی گفت: «این‌جوری شاید شناخته بشیم و چندتا از ما به تیم‌های خوب هلند دعوت بشیم و خودش شاید یه راهی باشه واسه گرفتن اقامت و زندگی بهتر در آینده.»

محسن گفت: «چیزهای که شما دارین می‌گین با اهداف تشکیل این تیم خیلی فاصله داره.»

علی پرسید: «هدف تیم رو چه کسی تعیین کرده؟»

محسن جواب داد: «خب پیتر و من این اهداف رو برای تیم تعیین کردیم و در کل هدف این بوده و هست که تیم برای همهٔ پناهنده‌ها باشه و منظور تشکیل یه تیم حرفه‌ای نبوده و نیست.»

آبراهام گفت: «خب چه اشکالی داره اگه یه تیم حرفه‌ای تشکیل بدیم؟»

محسن گفت: «آبراهام! تو چرا این حرف رو می‌زنی؟ برای تشکیل یه تیم حتی نیمه‌حرفه‌ای امکانات و شرایطی لازمه که ما در کمپ حتی یک موردش رو نداریم. اگه

می‌بینی که همین امکانات کم رو برامون فراهم کردن فقط برای این بوده که من براشون توضیح دادم که ورزش از جمله فوتبال اگه تو کمپ همه‌گیر بشه سطح سلامتی پناهنده‌ها بالا می‌ره و اوقات فراغت‌شون پر می‌شه که خودش باعث می‌شه درگیری کمتر بشه و به‌طور غیرمستقیم مشکلات کمپ رو کاهش می‌ده.»

آبراهام که معلوم بود متقاعد شده، پرسید: «یعنی ما حق نداریم حرفه‌ای بازی کنیم و وارد یه تیم خوب هلندی بشیم؟»

محسن گفت: «مسلماً حق داری، ولی نه با این تیم. اگه فکر می‌کنی بازیکن حرفه‌ای هستی و از این راه می‌خوای اقامت بگیری یا درآمد داشته باشی، می‌تونی با پیتر تماس بگیری و ببینی از چه راهی می‌شه با یکی از تیم‌های حرفه‌ای هوخوفین تماس گرفت تا اون‌ها بازی تو رو ببینن و راهنماییت کنن.»

علی که می‌دید حرف‌های محسن روی آبراهام و دیگران اثر گذاشته و موضوع حذف بازیکنان ضعیف از تیم در حال منتفی شدن است، گفت: «ما یه تیم قوی می‌خوایم برای کمپ و با این بازیکن‌ها نمی‌شه یه تیم قوی داشت. این سه نفر باید از تیم اخراج بشن و الا من دیگه بازی نمی‌کنم. من حوصله و وقت بازی با دختر و پیرمرد رو ندارم. آبراهام، تو دوست داری وقت خودت رو با بازی با این‌جور بازیکنان صرف کنی؟»

آبراهام سرش را به علامت منفی تکان داد. علی همین را از بقیه پرسید و پاسخ بقیه هم مثل آبراهام بود. بعد از آن علی از محسن خواست که به مژگان و آن دو مرد مسن بگوید که دیگر در تمرینات تیم شرکت نکنند. محسن قبول نکرد و گفت هم با این کار مخالف است و هم چون امکانات تیم از طرف پیتر و دوستانش تأمین می‌شود، آن‌ها هستند که باید در این مورد تصمیم بگیرند نه او. قرار شد خودِ علی با پیتر تماس بگیرد و درخواست اخراج آن سه نفر را بدهد. زمانی که همه از اتاق محسن خارج شدند، علی ماند تا خصوصی با محسن صحبت کند.

علی گفت: «تعجب می کنم از تو! مگه تو مسلمون نیستی؟ به‌عنوان یه مسلمون چطور از یه دختر مسلمون برای یه تیم مردانه ثبت‌نام کردی؟ حالا خودِ اون دختر به ظاهر مسلمون اشتباه کرده و خواسته بازی کنه، تو که هم‌وطنش هستی چرا قبول کردی؟»

محسن گفت: «تو مثل برادر من هستی و هر دو مسلمونیم، ولی پیتر و بقیه این تصمیم رو گرفتن. خودت اینجا می‌بینی که در فرهنگ‌شون بین زن و مرد فرقی نیست و اون‌ها می‌خوان همه اجازه داشته باشن توی تیم بازی کنن.»

علی گفت: «ولی ما مسلمونیم و باید به مردم اینجا نشون بدیم که اعتقاداتمون چیه و بر طبق اعتقادات خودمون رفتار کنیم.»

محسن گفت: «علی جان، می‌بینی که اینجا همه آزادن بر اساس اعتقادات خودشون زندگی کنن. به نظر من اگه ما می‌خوایم اعتقادات اسلامی خودمون رو نشون بدیم، بهترین راهش اینه که برای جامعهٔ هلند مفید باشیم. نشون بدیم که اعتقادات ما اجازه نمی‌ده که آدم خلافکاری باشیم و برعکس ما رو ملزم می‌کنه که به دیگران کمک کنیم و زندگی‌مون رو با پول حلال راه ببریم. اون دختر هم آزاده که فوتبال بازی کنه یا نکنه و به اعتقادات خودش ربط داره.»

پس از مکث کوچکی، علی از محسن پرسید که آیا با مژگان رابطه ای دارد یا فامیل اوست که از او پشتیبانی می‌کند. محسن که از این سؤال عصبانی شده بود، گفت با مژگان در همین کمپ آشنا شده و سؤال علی اصلاً سوال خوبی نبود. سپس علی به محسن گفت فردا با پیتر تماس می‌گیرد و بعد از آن از اتاق محسن خارج شد.

چند روز بعد جلسهٔ دوم تمرین فوتبال بود، ولی قبل از تمرین پیتر درخواست کرد که قبل از رفتن به زمین با همهٔ بازیکنان در کمپ صحبت کند. پیتر خیلی دوستانه دوباره اهداف تشکیل تیم را تکرار کرد و اضافه کرد که این حق همهٔ پناهنده‌ها در کمپ هوخوفین ـ صرف‌نظر از سن و جنسیت و نژاد ـ است که اگر مایل هستند در تیم بازی کنند. بعد از آن گفت که اگر کسی با هدف تیم مخالف است یا فکر می‌کند که سطح تیم پایین‌تر از سطحی

است که او دوست دارد بازی کند، می‌تواند همین حالا با تیم خداحافظی کند. همهٔ بازیکنان به مینی‌بوس سوار شدند تا برای تمرین دوم به زمین فوتبال بروند.

پیچیدگی زندگی یک پناهنده در محیط جدید زمانی زیادتر می‌شود که در کنار این مسائل، تفاوت فرهنگی و اجتماعی بین او و محیط جدیدی که به آن وارد شده هم اضافه شود. هرچه این تفاوت فرهنگی بیشتر باشد، پناهنده مشکل بیشتری با محیط جدیدش خواهد داشت. برای همین محسن دیده بود که پناهنده‌هایی که از روسیه یا کشورهای بالکان آمده بودند مشکل کمتری از این نظر داشتند. هرچه قدرت درک و آنالیز پناهنده از محیط جدید و راه‌های هماهنگ‌شدن با آن کمتر بود، مشکل او باز بیشتر هم می‌شد. برای نمونه، محسن شبی را به یاد داشت که او را برای ترجمه بین مسئولان کمپ و اکبر فرا خواندند و بعدها که اکبر با محسن صمیمی‌تر شد کل جریان را برای او تعریف کرد.

ماجرا از این قرار بود که با گرم‌شدن هوا در ماه آوریل، اکبر هم مانند دیگر پناهنده‌ها تمایل بیشتری پیدا کرده بود که پیاده یا با دوچرخه در جنگل‌های زیبای اطراف کمپ گردش کند. در داخل این جنگل‌ها راه‌های خاکی برای دوچرخه‌سواری یا پیاده‌روی درست شده بود. اگر این جنگل‌ها در اطراف اماکن مسکونی قرار داشتند معمولاً شلوغ بودند، مخصوصاً در تعطیلات آخرهفته یا روزهای تعطیل که مردم همراه فرزندان‌شان یا سگ‌هایشان برای قدم‌زدن به این جنگل‌ها می‌آمدند. اما از آنجایی که کمپ هوخوفین از شهر هوخوفین نسبتاً دور بود، جنگل نزدیک کمپ نسبتاً خلوت بود و از زمان تأسیس کمپ گاهی تعدادی پناهنده آنجا قدم می‌زدند یا دوچرخه‌سواری می‌کردند.

در یکی از بعدازظهرهای ماه آوریل که اکبر در جنگل قدم می‌زد، دید فردی با دوچرخه از روبه‌رو به او نزدیک می‌شود. هنگامی که دوچرخه‌سوار از فاصلهٔ نزدیک اکبر عبور کرد، او توانست ببیند که مردی حدوداً پنجاه ساله و هلندی است. بعد از چند دقیقه دوچرخه‌سوار این بار از پشت به او نزدیک شد و به فاصلهٔ کمی جلوی اکبر توقف کرد و وقتی اکبر نزدیک او رسید، آن مرد به انگلیسی و خیلی دوستانه شروع کرد به صحبت‌کردن.

اکبر متوجه شد آن مرد که خودش را یان [1] معرفی کرد پنجاه‌ودوساله است و این نزدیکی‌ها به تنهایی زندگی می‌کند و از اکبر همین‌ها را پرسید. اکبر که خوشحال شده بود بالاخره یک هلندی دست دوستی به سمت او دراز کرده، با همان زبان به قول خودش بین‌المللی با هزار زحمت به یان فهماند که اسمش اکبر است و بیست‌وچهار سال دارد و از ایران آمده و در کمپ زندگی می‌کند. یان از اکبر دعوت کرد به خانه‌اش برود و چون او هم تنهاست می‌توانند دوستان خوبی برای هم باشند. قرار گذاشتند که روز بعد در همان مکان و ساعت همدیگر را دوباره ملاقات کنند تا به اتفاق برای نوشیدن چای به خانهٔ یان بروند.

در راه برگشت به کمپ، اکبر از موقعیتی که برایش پیش آمده بود خوشحال بود و با خود می‌گفت: «مرد خوبی به نظر می‌رسه. شاید به کمک اون بتونم همین نزدیکی‌ها کاری پیدا کنم تا پولی به دست بیارم، بعد مژگان می‌بینه که اکبر زرنگه. کار هم نتونه واسم جور کنه، حداقلش اینه که هر روز می‌تونم باهش برم بیرون و ازش زبان هلندی یاد بگیرم یا از طریق اون با چهار نفر هلندی دیگه آشنا بشم یا فوقش برم خونه‌اش و کمتر تو کمپ لعنتی بمونم.»

اکبر دربارهٔ آشنایی‌اش با یک هلندی به کسی چیزی نگفت چون فکر می‌کرد ممکن است کسانی که زبان‌شان از او بهتر است تلاش کنند با یان دوست شوند و بعد به خاطر حسادت سعی کنند او را از چنگ اکبر در بیاورند و باعث شوند رابطهٔ آن‌ها به هم بخورد. او شک نداشت که اگر یان با پناهنده‌ای که زبانش بهتر بود آشنا شود، چون راحت‌تر می‌توانند ارتباط برقرار کنند، ترجیح بدهد به جای اکبر با او دوست شود.

روز بعد اکبر بعد از گرفتن دوش و پوشیدن لباسی تمیز سر قرار رفت. لباس تمیز را از همان دست‌دوم فروشی که آنمیک توسط کلیسای شهر هوخوفین برای پناهنده‌ها راه انداخته بود خریده بود. یان سرِ ساعت رسید و پس از دست‌دادن و روبوسی به طرف جادهٔ آسفالت نزدیک جنگل راه افتادند. از این‌که یان با او سه بار روبوسی کرده بود خوشحال بود چون به گمان اکبر و طبق رسم ایرانی‌ها، سه بار روبوسی نشان‌دهندهٔ صمیمیت بود. اکبر

---

[1] jan

خوشحال بود که با یک بار آشنایی، یان آن‌قدر با او احساس صمیمیت کرده و این‌طور نتیجه گرفت که حتماً یان آدم اجتماعی و خون‌گرمی است و مخصوصاً علاقه دارد با خارجی‌ها با فرهنگ‌های متفاوت آشنا شود.

بعد از خروج از جنگل به بنز یان رسیدند. اکبر به زبان اشاره سؤال کرد که آیا اتومبیل مال خودِ یان است و او جواب داد بله. اکبر خوشحال از این‌که دوست هلندی‌اش فرد متمولی است و حتماً اگر با او دوست صمیمی شود همه‌جوره به او کمک خواهد کرد تا هرچه سریع‌تر زندگی جدیدش را در هلند شروع کند و اکبر در این راه کمتر سختی بکشد. در راه با زبان شکسته بسته و بسیار سخت سعی می‌کردند با هم ارتباط برقرار کنند و گاه خودشان هم از این طرز صحبت‌کردن خنده‌شان می‌گرفت. یان با خنده و خیلی صمیمی صحبت می‌کرد. دست راستش را روی پای اکبر گذاشت و در همان حال به او فهماند که پسر زیبایی است و از او خوشش آمده. اکبر سعی کرد موقعیتی را که در آن قرار گرفته بود سبک‌سنگین کند، ولی کار بسیار سختی بود. از یک طرف در فرهنگ ایرانی تعریف‌کردن از زیبایی یک پسر بیست‌وچهار ساله پس از یک آشنایی مختصر به هیچ عنوان جایگاهی نداشت، مخصوصاً اگر این تمجید با لمس بدنی همراه بود. برای همین نمی‌توانست منظور حرکت یان را درک کند تا نسبت به آن واکنش درستی بروز دهد. از طرف دیگر روی آشنایی با یان حساب زیادی باز کرده بود و می‌ترسید با برداشت اشتباه از رفتار یان و بروز واکنش منفی سبب دلخوری او شود. چیزی که اصلاً اکبر در آن موقع نمی‌خواست بین او و دوست جدیدش رخ دهد. برای همین سعی کرد زود قضاوت نکند. از روی اجبار لبخندی زد، اما از نظر یان این حرکت نشان‌دهندهٔ رضایت اکبر در برقراری رابطه بود که می‌توانست یا برای لذت یا برای کسب آسان پول باشد.

در خانهٔ شیک یان، اکبر برای اولین بار از زمان حرکتش از ایران احساس در خانهٔ شخصی بودن را تجربه کرد. وقتی یان فنجان‌های زیبای چای را روی میز کوچک جلوی مبل گذاشت و کنار اکبر نشست، دستش را دور گردن او حلقه کرد و با دست دیگرش شروع به نوازش او کرد. برای اکبر جای شکی دربارهٔ نیت یان باقی نمانده بود، ولی چنان شوکه

بود که زمان لازم تا آنچه را در حال رخ دادن بود، باور کند. برخورد خشن اکبر و تغییر ناگهانی رفتار او باعث تعجب و عصبانیت یان شد و از او خواست که خانه‌اش را ترک کند.

ساعت نزدیک ده شب بود. محسن مشغول شستن تعدادی ظرف و بشقاب در دست‌شویی سوله بود که یکی از مأموران انتظامی کمپ آمد و توضیح داد که چون یک ایرانی در خارج کمپ مزاحمت ایجاد کرده پلیس وارد ماجرا شده و زمانی که پلیس متوجه می‌شود که آن فرد پناهنده است و در کمپ هوخوفین زندگی می‌کند او را به کمپ آورده تا تحویل مأموران انتظامی کمپ بدهد. بنا به درخواست پلیس، فرد مزاحم باید فرمی را در مقابل مأموران کمپ امضا می‌کرد تا آزاد شود و چون این فرد زبان هلندی و انگلیسی نمی‌دانست از محسن درخواست کرده بودند که برای ترجمهٔ توضیحات پلیس و فرم، به ساختمان بیاید.

در اتاق انتظامات کمپ، محسن با اکبر که روی صندلی نشسته بود مواجه شد. چهرهٔ خسته و رنگ‌پریدهٔ اکبر که روی لب پایینی‌اش خون خشک شده بود و بعضی از قسمت‌های لباسش پاره شده بود حکایت از یک درگیری داشت. محسن تا وارد شد گفت: «اکبر! می‌گن تو مزاحم کسی شدی، آره؟ آخه این کارها چیه می‌کنی؟ نمی‌گی واسه پناهندگیت بد می‌شه؟»

اکبر با حالت ناله گفت: «جان مادرت آقا محسن تو دیگه شروع نکن. من اصلاً مزاحم کسی نشدم. اتفاقاً این من هستم که از اون مرتیکه شکایت دارم.»

محسن گفت: «شاکی تو هستی؟ ولی این‌ها چیز دیگه‌ای می‌گن.»

در اتاق به جز اکبر و محسن دو مأمور پلیس حضور داشتند که اکبر را آورده بودند و دو مأمور انتظامات کمپ که آن شب کشیک‌شان بود و مسئول کمپ هوخوفین که اسمش آلفرد بود نیز حضور داشت. پلیس‌ها زمانی که اکبر را به کمپ آوردند از دو مأمور انتظامات خواستند که به مسئول کمپ تلفن کنند تا خودش شخصاً به کمپ بیاید تا همان شب به موضوع رسیدگی کند تا از بروز موارد مشابه در آینده پیشگیری شود. آلفرد معلوم بود از این‌که این موقع شب از خانه‌اش به اجبار به آنجا کشیده شده بود، به‌شدت عصبانی بود. بعد

از صحبت کوتاه اولیه بین اکبر و محسن در بدو ورود محسن، آلفرد با حالت عصبی به محسن گفت که آنجا آمده تا صحبت‌های اکبر را ترجمه کند نه این‌که با یکدیگر خوش‌وبش کنند. محسن توضیح داد که اکبر را می‌شناسد و از این‌که برای کسی مزاحمت ایجاد کرده شوکه شده برای همین با او صحبت کرده است.

پس از آن یکی از پلیس‌ها برای محسن توضیح داد که یک مرد هلندی اکبر را برای صرف چای به خانه‌اش دعوت می‌کند و بعد از ورود به خانه چون از اکبر رفتار غیردوستانه می‌بیند، محترمانه از او می‌خواهد که خانه‌اش را ترک کند، ولی اکبر قبول نمی‌کند. وقتی صاحب‌خانه به زور می‌خواسته او را بیرون کند، اکبر حمله‌ور می‌شود و آن مرد هم از باغبانی که در حیاط منزل مشغول کار بوده در خواست کمک می‌کند و آن‌ها با زحمت زیاد اکبر را از خانه اخراج می‌کنند؛ ولی اکبر چندین بار زنگ درِ خانه را می‌زند و سروصدا راه می‌اندازد طوری که مجبور می‌شوند به پلیس زنگ بزنند. با رسیدن پلیس به خانهٔ آن مرد، پلیس از اکبر درخواست می‌کند که از آنجا دور شود و مزاحمتی برای آن مرد ایجاد نکند، ولی اکبر امتناع می‌کند برای همین پلیس او را بازداشت می‌کند و به ادارهٔ پلیس می‌آورد. در آنجا معلوم می‌شود که اکبر پناهنده است و در کمپ زندگی می‌کند.

با توجه به این‌که اکبر به آن مرد و خانه‌اش خسارتی وارد نکرده بود و آن مرد از او شکایتی نداشت، پلیس تصمیم می‌گیرد او را آزاد کند و به کمپ تحویل دهد، ولی باید در حضور مسئول کمپ تعهدنامه‌ای را امضا می‌کرد مبنی بر این‌که دیگر هرگز مزاحمتی برای کسی در خارج از کمپ ایجاد نکند. محسن همهٔ حرف‌ها را برای اکبر ترجمه کرد و اکبر با حالت خشن گفت که در خانهٔ آن مرد به او بی‌احترامی شده، برای همین او عصبانی شده و به آن مرد پرخاش کرده بود و چون نمی‌دانسته چطور به کمپ برگردد، از او خواسته با اتومبیلش او را به همان جایی که سوار کرده بود، برگرداند. سپس آن مرد باغبانش را صدا کرده و دو نفری خواسته‌اند اکبر را از خانه بیرون بیندازند، به قول اکبر مثل زباله. چون اکبر مقاومت کرده، آن سه نفر درگیر شده‌اند و او هم از خودش دفاع کرده است. آن‌ها او را با وسایل باغبانی تهدید کردند و سپس مثل آشغال از خانه بیرون انداختند. اکبر از آن مرد و

باغبانش به خاطر کتک‌زدن و تهدید جانی شکایت دارد و حاضر نیست تعهدنامه‌ای را امضا کند. در مقابل سؤال مسئول کمپ که صاحب‌خانه چه بی‌احترامی به تو کرده بود، اکبر حاضر به پاسخ‌گویی نبود و این سکوت حسابی آلفرد، مسئول کمپ را که می‌خواست هرچه سریع‌تر فرم توسط اکبر امضا شود تا او بتواند به خانهٔ خودش برگردد، عصبی کرده بود. به همین خاطر به محسن گفت خیلی واضح به اکبر توضیح دهد که اگر تعهدنامه را امضا نکند مجبور می‌شود به ادارهٔ پلیس هوخوفین برگردد و تا زمان دادگاهش در زندان بماند و همهٔ این‌ها روی پروسهٔ پناهندگی‌اش اثر خیلی بدی دارد.

محسن بعد از این‌که همهٔ توضیحات را برای اکبر ترجمه کرد، به او گفت: «ببین اکبر جان، من واقعاً نمی‌دونم چه اتفاقی توی خونهٔ اون مرد بین تو و اون افتاده و لازم هم نیست که بدونم. تنها چیزی که می‌فهمم اینه که این مسئله تو رو خیلی ناراحت کرده که مجبور شدی این‌جوری واکنش نشون بدی. این درسته، ولی کش‌دادن این مسئله کمکی که بهت نمی‌کنه هیچ، ممکنه واسه درخواست پناهندگیت هم بد بشه.»

اکبر درعین خستگی و اندوه گفت: «می‌خوام صدسال سیاه هم این‌جوری اقامت نگیرم. ول کنین بابا! تا می‌خوایم حرفی بزنیم یا کاری کنیم می‌گن واسه پناهندگیت بد می‌شه. خب بشه، اصلاً گور بابای اقامت.»

آلفرد که دید صحبت آن‌ها طولانی شده، با پرخاش به محسن گفت: «فقط مطالبی رو که بهت می‌گم براش ترجمه کن، نه بیشتر! می‌فهمی؟»

محسن که از دست او کلافه شده بود، با احترام ولی جدی گفت: «اولاً من کارمند تو و ادارهٔ تو نیستم که به من دستور می‌دی. ثانیاً من توی مشکلی که پیش اومده هیچ دخالت و تقصیری ندارم که این‌جوری سرم داد می‌زنی. ثالثاً من فقط برای کمک به تو و سازمانت اینجا هستم. می‌فهمی کمک یعنی چی؟ الآن هم می‌رم و می‌تونی برای مشکلت یه مترجم تلفنی بگیری، اوکی؟»

بعد از این جمله، محسن از روی صندلی روبه‌روی اکبر بلند شد تا از اتاق خارج شود. یکی از پلیس‌ها نزدیک در جلوی محسن را گرفت و ضمن عذرخواهی توضیح داد که

همه ممکن است عصبانی بشوند و این موقع شب پیدا کردن مترجم تلفنی کار مشکلی است و خواهش کرد به ترجمه ادامه بدهد تا مشکل حل شود. محسن برگشت روی صندلی و سپس به پلیس‌ها توضیح داد که چون او به فرهنگ ایرانی آشناست سعی می‌کند اکبر را راضی به همکاری کند، برای همین گاهی صحبت‌هایش طولانی می‌شود. پلیس هم از توضیحات و کمک او تشکر کرد و گفت مانعی ندارد.

بعد از مدتی که محسن و اکبر صحبت کردند بالاخره اکبر تعهدنامه را امضا کرد، درحالی‌که زیر لب به یان فحش‌های رکیک می‌داد. وقتی اکبر و محسن به طرف اتاق‌هایشان قدم می‌زدند، محسن سعی کرد او را آرام کند، هرچند حدس زده بود که چه اتفاقی بین اکبر و آن مرد هلندی رخ داده، ولی صلاح نمی‌دانست دراین‌باره صحبت کند. چنین حرف‌هایی در فرهنگ ایرانی به‌شدت تابو هستند و حتی اگر در حد پیشنهاد هم رخ داده باشد، اگر علنی شود، برای دریافت‌کننده پیشنهاد شرمساری به بار خواهد آورد.

زمانی که به سوله محسن رسیدند و خواستند از هم جدا شوند، اکبر گفت: «به زحمت افتادی محسن جان. دستت درد نکنه. فقط یه خواهشی داشتم ازت.»

محسن برای اولین بار می‌دید که اکبر بدون لاف و تکبر و خیلی صمیمی حرف می‌زند. جواب داد: «خواهش می‌کنم، کاری نکردم. حالا راحت حرفت رو بزن.»

اکبر درحالی‌که کمی بغض کرده بود، گفت: «اگه ممکنه مسئلهٔ امشب بین خودمون بمونه. آخه همهٔ ایرانی‌ها که جنبهٔ شما رو ندارن. یهو می‌بینی یک کلاغ چهل کلاغ کردن و یه داستان واسم درست کردن و توی کمپ که...»

محسن حرف اکبر را قطع کرد و گفت: «اکبر جان اصلاً لازم به گفتن نیست. من در روز برای خیلی‌ها در قسمت‌های مختلف کار ترجمه انجام می‌دم. اولاً همیشه با رضایت پناهنده از من درخواست می‌کنن که کمک‌شون کنم. امشب هم حتماً قبلش از تو پرسیدن که رضایت داری منو برای ترجمه بخوان یا نه.»

اکبر بلافاصله گفت: «آره... آره... ازم پرسیدن قبول می‌کنم که شما رو واسه ترجمه صدا کنن یا یه مترجم تلفنی واسم بگیرن. منم تا اسم شما رو شنیدم گفتم کی از شما بهتر.»

محسن گفت: «تو لطف داری. ثانیاً کسی که وارد این کار می‌شه از همون اولش می‌فهمه که حفظ صحبت‌های مردم چقدر مهمه و اگر کسی نمی‌تونه راز مردم رو حفظ کنه، حتی اگر فکر کنه اون حرف‌ها بی‌اهمیت هستن، نباید هرگز برای کسی ترجمه کنه حتی اگه طرف خودش درخواست کنه.»

اکبر با حرکت‌دادن سر سعی داشت حرف‌های محسن را تأیید کند.

محسن بعد از مکث کوتاهی ادامه داد: «پس خیالت راحت باشه اکبر جان که نه‌تنها حرف‌های امشب بلکه همهٔ حرف‌هایی رو که تا حالا از پناهنده‌ها شنیدم بلافاصله بعد از ترجمه کاملاً فراموش می‌کنم.»

با اطمینان خاطری که اکبر کسب کرد نسبت به چند دقیقهٔ قبل احساس بهتری داشت و با خنده پرسید: «حالا بگذریم از این حرف‌ها! سیگار داری آقا محسن؟»

و بعد هر دو زدند زیر خنده. با آن‌که اکبر از جریانات رخ‌داده خسته بود، ولی دوست داشت به هم‌صحبتی با محسن ادامه دهد، برای همین از او دعوت کرد که به اتاق او بروند، چای بخورند و به گپ دوستانهٔ خود ادامه دهند. اما محسن از شب‌نشینی‌های کمپ دلِ خوشی نداشت همچنین روز بعد صبح زود وقت دکتر داشت برای همین دعوت اکبر را با احترام رد کرد طوری که ناراحت نشود.

فردای آن روز، محسن در اتاق پزشک که در طبقهٔ همکف ساختمان بود با استفاده از اصطلاحات پزشکی علت و علائم سرماخوردگی و گلودردش را توضیح داد و بعد آنتی‌بیوتیک درخواست کرد. پزشک که خانم مسنی به اسم کریستینا بود و رایگان هفته‌ای دو روز در کمپ کار می‌کرد با تعجب پرسید اطلاعات پزشکی را از کجا می‌داند. محسن گفت در ایران پزشک بوده است. کریستینا که برای چند مورد ارتباط با بیماران ایرانی یا افغان از محسن به‌عنوان مترجم استفاده کرده بود، ضمن تقدیر از محسن با حالتی جدی به

او تذکر داد که طبابت هلند با ایران تفاوت دارد و در اینجا برای سرماخوردگی و گلودرد آنتی‌بیوتیک تجویز نمی‌کنند. سپس اضافه کرد که محسن در جایگاه یک بیمار و پناهنده است و بهتر است تشخیص و درمان را به عهدهٔ او بگذارد و در کار پزشک دخالت نکند. محسن عذرخواهی کرد و به او حق داد و با خودش گفت اگر من هم در جایگاه او بودم احتمالاً همین واکنش را بروز می‌دادم.

وقتی محسن خواست از ساختمان پزشکی خارج شود در راهرو روی صندلی مرد افغانی به اسم عبدالرحمان را دید که به طور نامنظم در کلاس‌های درس هلندی کمپ شرکت می‌کرد. عبدالرحمان با دیدن محسن ضمن سلام و احوال‌پرسی به دختر چهار پنج ساله‌ای که کنارش نشسته بود اشاره کرد و گفت که طفل بیمار است و دوست افغان او که برای ترجمه قرار بوده کمکش کند مشکلی داشته که نتوانسته بیاید و از محسن خواهش کرد به او کمک کند. در بین پناهندگان افغان هم افرادی بودند که به انگلیسی تسلط داشتند و اگر برای افغان‌ها مترجم لازم بود معمولاً از آن‌ها کمک گرفته می‌شد، مخصوصاً اگر پناهنده به زبان پشتو ‏[1]‏ صحبت می‌کرد که برای ایرانی‌ها زبان ناآشنایی بود و محسن شناختی از این زبان نداشت. اما اگر آن فرد به زبان فارسی دری ‏[2]‏ صحبت می‌کرد محسن می‌توانست کار ترجمه را انجام دهد و چون آن مرد هم به زبان فارسی دری صحبت می‌کرد، محسن قبول کرد که به او کمک کند.

بعد از اتمام کار، آن‌ها با هم از ساختمان خارج شدند تا برای زدن مُهر روزانه به آن قسمت بروند. در راه عبدالرحمان پرسید: «شما خیلی خوب گپ‌های مرا متوجه می‌شدید. معمولاً ایرانی‌ها فارسی دری را راحت نمی‌فهمن.»

محسن توضیح داد که چون در ایران پزشک بوده و مدتی در شهرهای کوچک نزدیک مرز افغانستان کار کرده، از بیماران افغان که قاچاقی برای درمان وارد ایران می‌شدند و فارسی دری یاد گرفته است برای همین فارسی دری متوجه می‌شود.

‏۱‏ Pashto: نام یکی از دو زبان رسمی در افغانستان است.
‏۲‏ Farsi Dari: زبانی است که از اواخر دورهٔ ساسانی تا امروز، زبان فرهیختگان ایرانی بوده و در کشورهای افغانستان و تاجیکستان زبان رسمی است.

عبدالرحمان که خودش و فامیل بیست‌وسه نفره‌اش درهمان کمپ اقامت داشتند،
پرسید: «آقای دکتر، شما اقامت گرفتین؟»

این سؤالی بود که معمولاً افغان‌هایی که اقامت گرفته بودند از دیگران مخصوصاً
از ایرانی‌ها می‌پرسیدند. در آن موقع اکثر افغان‌ها به خاطر حضور طالبان در افغانستان و بقیه
مشکلات کشورشان در زمان کوتاه حتی قبل از انتقال به کمپ‌های دائم اقامت می‌گرفتند
و بیان این سؤال به خاطر داشتن آیندهٔ روشن و استرس کمتر به سؤال‌کننده حس برتری
می‌داد.

محسن در جواب عبدالرحمان گفت: «من اینجا دکتر نیستم برای همین لزومی
نداره بهم بگی دکتر. اما دربارهٔ سؤالت، خودت بهتر می‌دونی که به ایرانی‌ها در درازمدت هم
خیلی سخت اقامت می‌دن چه برسه در کوتاه‌مدت تو کمپ موقت.»

عبدالرحمان درحالی‌که چهرهٔ متفکری به خود گرفته بود و نشان می‌داد که
می‌خواهد به محسن به خاطر لطفی که کرده کمکی کند، گفت: «آقای دکتر، شما که فارسی
دری خوب آشنا هستی. اگه می‌گفتی افغان هستی خوب جواب می‌گرفتی.»

محسن با تعجب پرسید: «برای این کار باید مدرک شناسایی افغانی می‌دادم. از
کجا مدرک و می‌آوردم؟»

عبدالرحمان سری تکان داد و گفت: «او که جور می‌شه. اگه تو کمپ جنگلی از
افغان‌ها می‌پرسیدی، هم برات کارت افغان جور می‌کردن هم یه کیس راه که بگی چه
جوری وارد هلند شدی. همهٔ این‌ها با ۱۰۰۰ مارک جرمانی جور می‌شد.»

محسن گفت: «به‌هرحال مصاحبهٔ اول رو داده‌ام و الآن دیگه نمی‌تونم بگم
ببخشید اشتباه کردم، ایرانی نیستم و افغانم.»

در صف مُهر زدن، محسن به این فکر می‌کرد که این پروسهٔ پناهندگی باعث شده
چه تعداد از آدم‌ها که الآن اینجا هستند خودشان را با یک اسم یا ملیت دیگر حتی با یک
جنسیت دیگر معرفی کنند و یادش آمد که وقتی در کمپ جنگلی بود، با پرداخت ۵۰۰ مارک

[۱]آلمان افرادی بودند که در اصطلاح کیس راه می‌فروختند، آن هم تضمینی. همه می‌دانستند که در مصاحبهٔ اول در کمپ تراپل، از فرد متقاضی پناهندگی فقط می‌پرسند چرا هلند را برای پناهندگی انتخاب کرده و چطور خودش را به اینجا رسانده است؛ در اصطلاح از او کیس راهش را می‌پرسیدند. اگر پاسخ او قانع‌کننده بود، پرونده‌اش را باز می‌کردند و به کمپ موقت منتقل می‌شد. در غیر این‌صورت او را از تراپل با یک نامهٔ ترک خاک اخراج می‌کردند. در کنار بازار فروش کیس راه که در کمپ جنگلی داغ بود، با مبالغ بیشتری می‌توانستی کیس پناهندگی به همراه مدارک جعلی مربوط را هم خریداری کنی.

بعد از انتقال به کمپ موقت، اولین مصاحبهٔ یک پناهنده با ادارهٔ مهاجرت تأثیر تعیین‌کننده‌ای در سرنوشت او داشت. این مصاحبه در اصل مصاحبهٔ اصلی محسوب می‌شد که پناهنده در طی آن برای ادارهٔ مهاجرت کیس پناهندگی‌اش را، یعنی دلایل ترک کشورش و این‌که چرا می‌خواهد پناهنده شود را باید توضیح دهد. زمانی که پروندهٔ فردی باز می‌شود، از طرف فی‌فی‌اِن [۲]به او وکیل تسخیری داده می‌شد. فی‌فی‌اِن یک سازمانی دولتی بود که کارش کمک و راهنمایی به پناهنده‌ها بعد از باز شدن پروندهٔ آن‌ها بود از جمله باز کردن یک پروندهٔ مستقل برای پناهنده، دادن وکیل و گرفتن وقت ملاقات از او، ترجمهٔ مدارکی که برای توضیح مشکل یک پناهنده مهم هستند. قبل از مصاحبهٔ اصلی، پناهنده یک یا چندبار با وکیل خود قرارملاقات می‌گذاشت تا با یک مترجم تلفنی یا حضوری پرونده را با هم بررسی کنند و وکیل نکات مهمی را که در تصمیم ادارهٔ مهاجرت نقش دارند، به موکل خودش متذکر می‌شد و در اصطلاح او را برای مصاحبه آماده می‌کند. اکثر پناهنده‌ها می‌دانستند که وکیل‌های تسخیری معمولاً نه تجربه‌ای از پروسهٔ پناهندگی دارند و نه وقت زیادی برای موکل خود می‌گذارند و حضور وکیل بیشتر جنبهٔ تشریفاتی داشت تا از نظر قانونی فرد پناهنده نتواند بعد ازتصمیم ادارهٔ مهاجرت یا حکم دادگاه اعتراضی داشته باشد. برای مثال، زمانی که وکیل محسن او را برای بررسی پرونده‌اش دعوت کرد و محسن به

---

[۱] Mark: واحد پول آلمان تا سال ۲۰۰۲ بود و پس از آن به یورو تغییر یافت.
[۲] (VVN): سازمان کمک به پناهنده‌ها در کشور هلند.

دفتر آقای وکیل رفت، منشی آقای وکیل گفت که ایشان بیمار هستند و حضور ندارد. محسن خواست وقت دیگری برای بررسی پرونده‌اش تعیین شود، ولی منشی گفت که وکیل صبح تلفنی اطلاع داده که لازم به ملاقات حضوری نیست و پرونده را مطالعه خواهد کرد و اگر نکته‌ای لازم بود، با پست برای محسن ارسال خواهد کرد و محسن به کمک فی‌فی‌ان از محتوای پرونده آگاه خواهد شد. محسن از منشی پرسید اگر بخواهد نکاتی را به وکیلش بگوید یا در موردی از وکیل راهنمایی بخواهد، چطور ممکن خواهد شد. خانم منشی که مدام به ساعتش نگاه می‌کرد تا به محسن بفهماند که سرش شلوغ است و باید به کارش رسیدگی کند، پاسخ داد: «می‌تونید در فی‌فی‌ان مطالب خودتون رو به کمک یه مترجم تلفنی بهشون بگید و اون‌ها با پست مطالب شما رو برای وکیل‌تان می‌فرستن.»

تا اواسط ماه آوریل، محسن، اکبر و مژگان برای مصاحبهٔ اصلی به ادارهٔ مهاجرت دعوت شده بودند. اکبر خوشحال بود و به همه می‌گفت مصاحبه‌اش فقط یک ساعت طول کشیده و صددرصد جواب می‌گیرد و چنین استدلال می‌کرد که چون همهٔ حرف‌هایش برای فرد مصاحبه‌کننده واضح و مسلم بود، او هم چیز زیادی نپرسید، برای همین مصاحبه‌اش بیش از یک ساعت طول نکشید. در آن زمان بازار شایعات دربارهٔ نحوهٔ مصاحبه حسابی داغ بود. یکی از شایعات این بود که هرچه مصاحبه‌ای طولانی‌تر شود، شانس گرفتن اقامت کمتر می‌شود. چون زمانی یک مصاحبه طولانی می‌شود که سؤال‌های بیشتری مطرح شود و سؤال‌های بیشتر نشانهٔ پیچیدگی و ابهام در پرونده است و در نهایت نشان می‌دهد مصاحبه‌کننده گفته‌های پناهنده را باور نکرده است. عده‌ای اما خلاف این را باور داشتند و این‌طور استدلال می‌کردند که مصاحبهٔ کوتاه به این معنی است که در همان مراحل اولیه مصاحبه، برای مصاحبه‌کننده ثابت شده که گفته‌های پناهنده سرتاسر داستان و خیال‌پردازی است و به پرسش بیشتری نیاز نبوده. بعد از مصاحبه، تقریباً همهٔ پناهنده‌ها شب‌ها قبل از خواب مصاحبهٔ خودشان را با شایعات مقایسه می‌کردند تا بتوانند نتیجه را حدس بزنند، ولی هیچ‌کس به شایعات و حدس خود اطمینان نداشت. برعکس اکبر، مصاحبهٔ محسن خیلی طول کشیده بود و محسن به نتیجهٔ آن خوش‌بین نبود. مصاحبهٔ او نه ساعت طول کشیده

بود و به قول خودش مصاحبه‌کننده به صحبت‌های محسن توجهی نداشت و بیشتر از پنجره به بیرون نگاه می‌کرد و گاهی چیزی در کامپیوتر تایپ می‌کرد. مصاحبهٔ مژگان چهار ساعت طول کشیده بود و دربارهٔ آن هیچ نظری نداشت. فقط می‌گفت خانمی که مصاحبه می‌کرده بسیار مؤدب و خوش‌برخورد بوده. مژگان معتقد بود که فکر کردن به شایعات و مقایسه با مصاحبه باعث استرس می‌شود و هیچ کمکی به آدم نمی‌کند، پس بهتر است بعد از مصاحبه همه‌چیز را فراموش کنی و صبر کنی تا جواب مصاحبه از ادارهٔ مهاجرت برسد. البته اکبر طبق معمول به مژگان اطمینان داده بود که نتیجهٔ مصاحبه‌اش مثبت خواهد بود.

لیلا با آن‌که دوبار با وکیلش جلسه داشت و وکیل به او گفته بود که پرونده و مدارکش برای مصاحبه آماده است، اما هنوز برای مصاحبه دعوت نشده بود و همین موضوع او را نگران کرده بود. بیشتر پناهنده‌های کمپ برای مصاحبه دعوت شده بودند، ولی لیلا با آن‌که زودتر از خیلی‌ها از کمپ جنگلی به کمپ موقت منتقل شده بود، هنوز مصاحبه نشده بود. تنها چیزی که باعث می‌شد لیلا کمی آرامش پیدا کند، اعتقادات مذهبی‌اش بود.

لیلا حجاب کامل نداشت، ولی خود را ملزم می‌دانست که به‌عنوان یک مسلمان وظایف شرعی مثل نماز و روزه را انجام دهد. اعتقادات مذهبی‌اش از نظر خودش جنبهٔ شخصی داشتند و معتقد بود این اعتقادات، رابطه‌ای خاص بین فرد و خالقش است و هرکسی بسته به نوع شخصیتش و نوع فرهنگی که با آن بزرگ شده این رابطه را به اشکال مختلفی می‌تواند داشته باشد. زیباترین تعریفی که لیلا در زندگی‌اش از رابطهٔ یک فرد با خدا شنیده و یاد گرفته بود از فیلم مارمولک به یاد داشت که در ایران دیده بود. جایی که هنرپیشهٔ معروف پرویز پرستویی می‌گفت برای رسیدن به خدا به تعداد افراد روی کرهٔ زمین راه وجود دارد. همین ایمان خیلی وقت‌ها به او آرامش می‌داد و کمک می‌کرد سختی‌های زندگی‌اش را بهتر تحمل کند. برای همین موقعی که نماز می‌خواند از خدا می‌خواست که او هم به مصاحبه دعوت شود و زودتر از این بلاتکلیفی نجات پیدا کند. لیلا احساس می‌کرد اعتقاداتش به او آرامش می‌دهند.

درکناراعتقادات مذهبی که باعث آرامش لیلا می‌شد، تماسی که هر روز با مادر و خواهرش داشت نیز باعث آرامش بیشترش می‌شد. او تقریباً هر روز با مادر و خواهرش که مجرد بود و با مادرش زندگی می‌کرد، تماس داشت. گاهی روزی دو سه بار با هم صحبت می‌کردند. دلتنگی ناشی از دوری از آن‌ها گاهی چنان سخت می‌شد که دور از چشم آرش گریه می‌کرد. زمان خداحافظی، خواهرش گفته بود چطور می‌تواند با دوری کنار بیاید و لیلا جواب داده بود که عادت می‌کند، ولی با گذشت چند ماه نه‌تنها دلتنگی‌اش برای خواهر و مادرش کمتر نشده بود بلکه احساس می‌کرد روزبه‌روز بیشتر و دردناک‌تر هم می‌شود.

یک شب نزدیک ساعت نه، محسن در اتاقش مشغول تمرین هلندی بود و کتاب خودآموز زبان هلندی که از کتابخانهٔ کمپ قرض گرفته بود روی تخت باز بود. سه پناهندهٔ سوری به اتفاق دو نفر از دوستان‌شان که از سولهٔ دیگر آمده بودند مشغول خوردن نوشیدنی بودند و ایام شادی را که در کشورشان داشتند برای هم مرور می‌کردند و مدام سیگار می‌کشیدند، طوری که با وجود باز بودن پنجرهٔ اتاق تنفس برای محسن مشکل بود. چهار نفر از پناهجویان سومالی هم مشغول ورق‌بازی بودند و گه‌گاه می‌خندیدند و گاهی هم دعوا می‌کردند طوری که محسن نمی‌توانست تمرکز کند. تخت محسن نزدیک درِ اتاق بود برای همین زمانی که کسی در می‌زد او اولین کسی بود که صدای در را می‌شنید و آن را باز می‌کرد. آن شب، وقتی محسن صدای در را شنید و لای در را کمی باز کرد، لیلا را دید که دست پسرش را گرفته بود و پشت در ایستاده بود. محسن لیلا را چندبار در محوطهٔ کمپ یا در صف مُهر زدن روزانه دیده بود و مثل بقیه ایرانی‌ها بعد از سلام و علیکی مختصر از هم جدا شده بودند. در وقت استراحتی که بین کلاس زبان داشتند، محسن از مژگان مختصری دربارهٔ لیلا شنیده بود.

لیلا از لای در با خجالت سلام کرد. محسن درحالی‌که در را کامل باز می‌کرد جواب سلامش را داد. صدای یک زن باعث شد که یک‌باره هورمون‌های مردانه ساکنان اتاق به غلیان در بیاید. به همین خاطر سکوتی در اتاق برقرار شد و نگاه مردهای دیگر اتاق

از لای در روی لیلا متمرکز شود. لیلا که معلوم بود دست‌پاچه شده است، بریده‌بریده گفت: «ببخشید آقا محسن مزاحم شدم. چندتا سؤال داشتم، ولی مثل این‌که موقع مناسبی نیومدم.»

محسن که آشفتگی همراه با خجالت را در چهرهٔ لیلا دید، بلافاصله گفت: «نه، خواهش می‌کنم. سؤال‌تون رو بفرمایید.»

لیلا گفت: «از مژگان شنیدم که شما آدم روشن‌فکری هستید و دربارهٔ پروسهٔ پناهندگی اطلاعات دارید. اگه ممکنه چندتا سؤال کنم.»

محسن از روی ادب تعارف کرد که لیلا داخل بیاید، ولی با وجود دود سیگار و هفت مرد مجرد خودش خوب می‌دانست که تعارف بیجایی کرده و لیلا هم نپذیرفت. با وجود سردی هوا تصمیم گرفتند در محوطهٔ کمپ روی یکی از نیمکت‌ها بنشینند. هرچند سرما مانند یکی دو ماه پیش گزنده نبود. آرش، پسر لیلا، با ماشین اسباب‌بازی که همراه آورده بود مشغول بازی بود و لیلا درحالی‌که به او نگاه می‌کرد آهی کشید و گفت: «خوش به حال بچه‌ها. تو عالم بچگی خودشون غرق هستن و نگران اقامت و آینده و این‌جور مشکلات نیستن. گاهی دلم برای دوران بچگی تنگ می‌شه.»

محسن گفت: «ولی همین بچه‌ها آرزو می‌کنن که جای ما بزرگ‌ترها باشن تا بتونن خودشون تصمیم بگیرن و مستقل باشن.»

لیلا گفت: «خیلی از آرزوها حتی آرزوهای ما آدم بزرگ‌ها از روی نفهمی هستش. خودِ من روزی آرزوم بود که در یک کشور اروپایی باشم، ولی حالا نمی دونم آرزوی درستی داشتم یا نه.»

محسن گفت: «حتماً شما این موقع شب نیومدین که دربارهٔ آرزوی بچه‌ها و بزرگ‌ترها صحبت کنید و باید مسئله مهم‌تراز این‌ها باشه، درسته؟»

لیلا جواب داد: «بله، حق با شماست. معذرت می‌خوام که با این حرف‌ها وقت شما رو گرفتم و یک‌راست نرفتم سر اصل مطلب.»

محسن گفت: «نه، منظورم این نبود. سوءتفاهم نشه. فقط مشتاقم زودتر ببینم چه کمکی از دستم برمی‌آد که برای شما انجام بدم. البته امیدوارم بتونم کمک‌تون کنم چون

اطلاعات من از پروسهٔ پناهندگی به اندازهٔ بقیه‌ست و اگه در این رابطه می‌تونستم به کسی کمک کنم اول به خودم کمک می‌کردم.»

لیلا گفت: «بله، متوجه هستم، ولی می‌دونم که الکی حرف نمی‌زنین و اگه چیزی رو ندونین خیلی راحت می‌گین نمی‌دونم. ولی متأسفانه خیلی از هموطنان ما واسه‌شون مشکله بگن چیزی رو نمی‌دونن و همیشه می‌خوان نقش کسی رو بازی کنن که از همه‌چیز اطلاع دارن.»

محسن گفت: «من بقیه رو نمی‌دونم، ولی اگه خودم چیزی رو ندونم همون‌طور که گفتین راحت می‌گم نمی‌دونم.»

لیلا گفت: «مرسی. همین‌طور که می‌دونین اکثر پناهنده‌ها برای مصاحبهٔ اصلی دعوت شدن. خود شما هم دعوت شدین، درسته؟»

محسن جواب داد: «بله، من ده روز پیش رفتم مصاحبه و بهم گفتن بعد از حدوداً سه ماه با نامه به وکیلم خبرمی‌دن که به درخواست پناهندگیم پاسخ مثبت دادن یا منفی.»

لیلا گفت: «حتی پناهنده‌هایی که دیرتر از من درخواست پناهندگی دادن هم برای مصاحبه دعوت شدن، ولی هنوز من رو برای مصاحبه دعوت نکردن و این مسئله خیلی نگرانم کرده. بعضی‌ها می‌گن درخواستم رو رد کردن و دیدن که لازم نیست منو برای مصاحبه دعوت کنن، حتی بعضی‌ها می‌گن شاید پرونده‌ات در اداره مهاجرت گم شده. می‌خواستم نظر شما رو بدونم. باید کاری کنم یا فقط منتظر بشینم؟»

محسن گفت: «می‌شه بپرسم چرا نظر من رو می‌خواین بدونین؟ چرا نظر من براتون مهمه؟»

لیلا گفت: «تو کمپ به خاطر مشکل زبان من فقط می‌تونم با ایرانی‌ها و بعضی از افغانی‌ها صحبت کنم. راستش بیشتر اون‌ها چیزی رو که آرزوش رو دارن یا چیزی که تصور و برداشت شخصی‌شون هست به‌عنوان اطلاعات موثق به آدم می‌دن. منظورم اینه که چیزی رو که می‌گن قابل‌اطمینان نیست.»

محسن گفت: «و فکر می‌کنید که اطلاعات من موثق و قابل‌اطمینان هستن؟»

لیلا جواب داد: «می‌دونم که یا اطلاعات موثق دارین یا اگر نظر شخصی‌تون رو می‌گین حتماً با استدلال نظر می‌دین.»

محسن پرسید: «مگه چقدر ازم شناخت دارین که این‌جوری دربارۀ من فکر می‌کنین؟»

لیلا گفت: «خب شما تحصیل‌کرده هستین، طرز حرف‌زدن‌تون نشون می‌ده روشن‌فکر و باتجربه هستین، ولی مثل این که کمی اشتباه کردم. من یه سؤال کردم، شما به جای جواب کلی سؤال‌پیچم کردین. اگه می‌دونستم جواب‌دادن به سؤالم این‌قدر مشکله براتون یا تولید زحمت می‌کنه...»

محسن که دید لیلا ناراحت شده، وسط حرف او پرید و گفت: «نه... نه... اصلاً بحث زحمت نیست. لطفاً بد برداشت نکنید و اگه ناراحت شدین معذرت می‌خوام. فقط خواستم بگم...»

این بار این لیلا بود که یک‌دفعه وسط حرف محسن از روی نیمکت بلند شد و به طرف آرش دوید که در حال بالا رفتن از روی تپه‌ای نزدیک سولۀ E بود. لیلا سعی داشت آرش را به زور از تپه پایین بیاورد و آرش با جیغ و داد مقاومت می‌کرد. محسن صلاح ندید برای کمک به لیلا دخالت کند. بعد از مدتی بالاخره لیلا با وعده و وعید آرش را پایین آورد و درحالی‌که مچ آرش در دستش بود و به او تحکم می‌کرد که آرام باشد و با ماشینش بازی کند، دوباره به طرف نیمکت برگشت و کنار محسن نشست. اما آرش همچنان تقلا می‌کرد که از دست مادرش خلاص شود. لیلا رو به محسن کرد و گفت: «کجا بودیم؟ اون‌قدر حاشیه رفتین که هنوز جوابی ازتون نگرفتم.»

تا محسن خواست شروع کند به صحبت، آرش بالاخره موفق شد دست خودش را آزاد کند و درحالی‌که به سمت سولۀ خودشان می‌دوید، فریاد زد: « fuck you mama, fuck you»

لیلا یک لحظه مثل کسی که شوکه شده بی‌حرکت به امتداد فرار آرش خیره شده بود و آنچه را می‌شنید، باور نمی‌کرد. درحالی‌که بغض کرده بود از روی نیمکت بلند شد و

آرام گفت: «عذر می‌خوام. باید برم و با پسرم صحبت کنم. بچه‌ای که توی کمپ بزرگ بشه تربیتش از این بهتر نمی‌شه.» و سپس به طرف سوله‌اش راه افتاد. محسن هم از روی نیمکت بلند شد و گفت: «بله، متوجه‌ام اما صحبت‌مون نیمه‌تموم موند. اگه...»

لیلا یک لحظه مکث کرد، به طرف محسن برگشت و گفت: «دیگه برام مهم نیست.» بعد با سرعت به راهش ادامه داد. بعد از رفتن لیلا، محسن که اصلاً تمایلی نداشت به آن اتاق پر از دود سیگار و سروصدا برگردد از همان‌جا به بالای تپه، به خلوتگاه خودش رفت و همان‌جا نشست. افکار پریشان زیادی به مغزش هجوم آورده بودند. سؤالات زیادی مثل رژهٔ نیروهای مسلح در مغزش منظم در رفت‌وآمد بودند و او برای آن‌ها جوابی نداشت؛ ولی از یک چیز مطمئن بود. این‌که لیلا درهم شکسته بود و به کمک نیاز داشت. محسن می‌خواست روز بعد در اولین فرصت ممکن با او صحبت کند و در صورت امکان به او روحیه بدهد. احساس می‌کرد لیلا ارزش این کمک را دارد.

روز بعد محسن کلاس زبان هلندی داشت و خداخدا می‌کرد زودتر کلاسش تمام شود تا بتواند بعد از ناهار و نظافت کمپ با لیلا صحبت کند. محل نشستن محسن در کلاس کنار معلم بود تا بتواند بین او و شاگردان به‌عنوان مترجم بهتر ارتباط بر قرار کند. معلم دختری بیست‌وپنج شش ساله به نام کیم ‌بود، با پوستی سفید، موهایی بلوند و کوتاه و چشمانی آبی. چون بیشتر دخترهای مشرقی چشم‌هایی قهوه‌ای با موهای مشکی و پوست نه‌چندان سفید دارند، ظاهر اروپایی کیم برای مردهای شرقی جذابیت خاصی داشت. همان‌طور که ظاهر دخترهای شرقی یا آفریقایی برای مردهای اروپایی جذاب بود. بیشتر مردها و پسرهای کلاس سعی داشتند رابطهٔ دوستانه‌ای با کیم داشته باشند و اگر کیم اجازه می‌داد، که اکثراً چنین اجازه‌ای نمی‌داد، دوست داشتند به جای درس زبان هلندی با معلم کلاس ساعت‌ها بگوبخند داشته باشند. پسرهایی هم بودند با اعتمادبه‌نفس بالا و پررو که سعی می‌کردند کیم را به صرف شام یا نوشیدنی دعوت کرده و باب دوستی را با او باز کنند، ولی کیم درعین‌حال که سعی می‌کرد با شاگردانش رابطهٔ دوستانه‌ای داشته باشد، ولی نشان

---

1 kim

داده بود که فقط در چهارچوب کلاس و در حد رابطهٔ شاگرد و معلمی دوست دارد با آن‌ها رابطه داشته باشد نه بیشتر. در کلاسی که محسن کار می‌کرد ده دوازده ایرانی و افغانی شرکت می‌کردند. محسن، مژگان، اکبر و آقا یوسف تنها ایرانی‌های کلاس و بقیه افغانی بودند. آقا یوسف مردی بود حدوداً شصت ساله با سبیل و موهای پرپشت، عینک کلفت مشکی مدل قدیمی و بسیار کم‌حرف. ظاهرش این حس را تداعی می‌کرد که آدم عبوس و سردی است که فقط اگر خیلی ضروری باشد صحبت می‌کند.

در روزهای گذشته کیم دربارهٔ حروف الفبای هلندی و گرامر و مختصری کشور هلند درس داده بود و آن روز می‌خواست چند کلمهٔ هلندی را توضیح دهد، برای همین روی تخته نوشت TV. بعد برای محسن به انگلیسی توضیح داد که معنی کلمه چیست و چه کاربردی دارد و محسن هم توضیحات او را به فارسی برای دیگر شاگردها بیان کرد. کیم سپس از دختر افغانی که در ردیف جلو نشسته بود به انگلیسی سؤالی کرد و محسن گفت: «از شما می‌پرسه متوجه شدی تی‌وی چیه؟» دختر با حالتی متعجب گفت: «ها معلوم است دیگر تی‌وی چیه. این را که همه می‌دانند. این چه قِسم سؤالیست که می‌پرسد این؟»

محسن برای معلم توضیح داد که دختر فهمیده تی‌وی چیست، ولی سؤال آن دختر را برای کیم ترجمه نکرد. کیم با لبخند گفت: «خوبه.»

در همین حال، اکبر و یکی از پسرهای افغان زیر لب غرغر می‌کردند که این را دیگر همه می‌دانند، مگر ما از پشت کوه آمده‌ایم؟ ولی اعتراض آن‌ها در حد غر زدن بود و تمایلی نداشتند کدورتی با کیم پیدا کنند. کلمهٔ بعدی که کیم روی تخته نوشت «Zwembad» و «Zwemmen» بودند و برای محسن دوباره به انگلیسی شرح داد که منظورش چیست و او هم برای دیگران به فارسی توضیح داد که معنی این کلمه استخر و شنا کردن است. وقتی محسن سؤال کیم را از اکبر پرسید که آیا می‌داند معنی این دو کلمه چیست و آیا تا حالا در استخری شنا کرده، کاسهٔ صبر اکبر لبریز شد و با لحن تندی گفت: «آقا محسن، این بابا فکر می‌کنه که ما از پشت کوه اومدیم که این چیزها رو ازمون می‌پرسه؟»

محسن به آرامی گفت: «خب داره می‌پرسه، اگه جوابش رو بلدی بگو تا براش ترجمه کنم. این که دیگه دعوا نداره اکبرجان.»

کیم که از طرز صحبت اکبر متوجه شده بود ناراحت است و فکر می‌کرد به این دلیل ناراحت است که از توضیحات او و محسن هنوز متوجه نشده معنی و منظور کلمه چیست. برای همین به اکبر نزدیک شد و درحالی‌که دست‌هایش را به حالت شنا به حرکت درمی‌آورد این دو کلمه را تکرار کرد. این کار عصبانیت اکبر را بیشتر کرد. بعضی از شاگردهای افغان هم نشان دادند که ناراحت شده‌اند.

مژگان به محسن گفت: «بهش بگین همهٔ ما که اینجا هستیم می‌دونیم استخر و شنا چیه و تا حالا خیلی استخر رفتیم. خودش رو بی‌خودی به زحمت نندازه.»

اکبر هم با حرارت اضافه کرد: «اصلاً بهش بگو ما تو ایران استخرهای شیکی داریم که یک دونه‌اش هم تو هلند پیدا نمی‌شه. چی فکر کرده این دختره با خودش؟»

تعدادی از افغان‌ها هم با تکان‌دادن سر صحبت‌های مژگان و اکبر را تأیید کردند. کیم که از صحبت‌های آن‌ها سر در نمی‌آورد و از ناراحتی آن‌ها گیج شده بود، با بی‌حوصلگی از محسن پرسید موضوع چیست؟ محسن به او توضیح داد که هم در ایران و هم در افغانستان استخر هست و همهٔ شاگردها استخر دیده‌اند و استخرهای شیکی در هر دو کشور وجود دارد.

کیم باتعجب از محسن پرسید: «اوکی، ولی چرا بعضی از شاگردها ناراحت و عصبانی هستن؟»

محسن برای برطرف‌کردن سوءتفاهم به انگلیسی کیم توضیح داد که بیشتر شاگردها فکر می‌کنند که او تصور می‌کند آن‌ها از کشورهایی آمده‌اند که هیچ امکانات و تمدن مدرنی نداشته‌اند، درصورتی که ایران و افغانستان امکانات رفاهی زیادی دارند که گاهی حتی در هلند هم نیست. محسن سپس برای شاگردان دیگر به فارسی گفته‌هایش را تکرار کرد و بیشتر آن‌ها با سر حرف‌هایش را تأیید کردند.

کیم روی صندلی خودش نشست و به آرامی توضیح داد: «من همین کلمات رو توی کلاسی که شاگردانش از آفریقا اومده بودن درس دادم و بعضی از اون‌ها اصلاً نمی‌دونستن تی‌وی یا حتی برق چیه، برای همین تصورم این بود که توی این کلاس هم بعضی‌ها ممکنه هیچ شناختی از کلمات نداشته باشن و نیاز به توضیح باشه.»

درحالی که محسن گفته‌های کیم را برای شاگردها ترجمه می‌کرد، ناگهان مژگان گفت: «آقا محسن، بهش بگین خب آره اون‌ها از آفریقا اومدن و ممکنه اهل جاهایی باشن که حداقل امکانات زندگی رو هم نداشته باشن، ولی تو ایران همه‌جا برای همه حداقل امکانات رفاهی هست.»

عبدالرحمان هم اضافه کرد: «آقای دکتر، بهش بگین حالا ممکنه در افغانستانِ ما همه‌جا استخر نباشه، ولی تی‌وی هست.»

اکبر هم که نمی‌خواست دراین بحث مورد علاقه‌اش عقب بماند، توضیح داد: «اصلاً بهش بگو آفریقایی‌ها حتی نمی‌دونن چه جوری از توالت فرنگی استفاده کنن. من خودم بارها دیدم که با دوتا پاشون روی توالت می‌شینن.» و وقتی بعضی‌ها خندیدند، اضافه کرد: «می‌خندین؟ به جون مامانم اینی که گفتم رو با چشم‌های خودم دیدم که می‌گم.»

چون شاگردها بدون نوبت صحبت می‌کردند و گاه وسط حرف همدیگر می‌پریدند ترجمهٔ همهٔ حرف‌هایشان برای محسن مقدور نبود، ولی توانست منظور بیشتر آن‌ها را برای کیم ترجمه کند.

سپس کیم خیلی جدی پرسید: «اگه وضعیت کشورهای شما این‌قدر خوبه چرا فرار کردید و به هلند اومدید؟ چرا درخواست پناهندگی دادید؟» سپس ادامه داد که او فکر می‌کرده همهٔ پناهنده‌ها برای داشتن حداقل امکانات زندگی به اروپا می‌آیند. بحث داشت کم‌کم بالا می‌گرفت و محسن هم چون در فکر لیلا بود آن روز اصلاً حال و حوصلهٔ این بحث‌ها را نداشت و از طرفی نه با نظر شاگردها موافق بود و نه با نظر کیم، برای همین هم کارش را برعکس هر روز با اکراه انجام می‌داد. ولی مجبور بود بنشیند و رابط بین شاگردها و کیم

باشد. تا وقت کلاس به پایان رسید خوشحال شد و نفس راحتی کشید. طبق معمول کیم و محسن آخرین نفراتی بودند که از کلاس خارج شدند.

در راهروی ساختمان مژگان و اکبر به همراه چند نفر دیگر جلوی تابلو اعلانات ایستاده بودند و به دقت به لیست ترانسفرها نگاه می‌کردند. هفته‌ای یک بار اسامی کسانی را که از کمپ موقت هوخوفین به کمپ‌های دائم منتقل می‌شدند روی تابلو اعلانات اعلام می‌کردند. این انتقال معمولاً چند روز بعد از اعلام اسامی انجام می‌گرفت تا افراد اعلام‌شده خودشان را برای انتقال به کمپ‌های دائم که در نقاط مختلف هلند پراکنده بودند، آماده کنند.

محسن از کنار جمعیتی که جلوی تابلو اعلانات ایستاده بودند عبور کرد و با سرعت به طرفِ درِ خروجی ساختمان رفت تا هرچه زودتر بتواند با لیلا صحبت کند، ولی ناگهان از پشت‌سر صدای اکبر را شنید: «آقا محسن... آقا محسن... اسمت تو لیست ترانسفرها هست. بیا نگاه کن.»

محسن مکثی کرد، برگشت و آرام به طرف اکبر رفت و گفت: «اسمم کجاست؟ مطمئنی؟»

اکبر خیلی هیجان‌زده و خوشحال جواب داد: «اسم شما تو لیست ترانسفرها هست. اسم من و مژگانم هست. هفتهٔ دیگه قراره همگی با هم به یه آی زد سی منتقل بشیم. بالاخره از کمپ اُسی راحت می‌شیم.»

اکبر حق داشت خوشحال باشد. در اصل این آرزوی هر پناهنده‌ای بود که هرچه زودتر از کمپ‌های موقت که به آن‌ها اُسی می‌گفتند و اُسی هوخوفین بزرگ‌ترین او سی هلند بود به یکی از کمپ‌های دائم که به آن‌ها آی زد سی [1]می‌گفتند، منتقل شود. علت آن بود که پناهنده‌ها در کمپ‌های دائم از رفاه بیشتری برخوردار بودند. برای مثال، در کمپ‌های دائم برخلاف کمپ‌های موقت اجازه داشتند خودشان آشپزی کنند و می‌توانستند غذاهای مربوط به فرهنگ خودشان را تهیه کنند یا تعداد کمتری در یک اتاق با هم زندگی می‌کردند.

---

[1] AZC=Asielzoekerscentrum

گذشته از رفاه و امکانات بیشتر، نکتهٔ مهم دیگر این بود که یک پناهنده در کمپ موقت هر روز باید در کارتش مُهر روزانهٔ پلیس بزند، ولی در کمپ دائم مُهر زدن هفته‌ای یک بار بود. این مسئله به پناهنده این اجازه را می‌داد که چند روزی از کمپ خارج باشد، چه برای دیدار از اقوام و دوستانی که خارج از کمپ منزل داشتند، چه برای کار کردن. به این دلیل به این کمپ‌ها، کمپ دائم اطلاق می‌شد چون آخرین اقامتگاه یک پناهنده محسوب می‌شدند. به این معنی که آن‌قدر در آنجا می‌ماندند تا اقامت بگیرند که در این‌صورت در مدت حداکثر شش ماه به آن‌ها از طرف شهرداری خانهٔ شخصی داده می‌شد. اگر به درخواست پناهندگی فردی که در کمپ دائم بود جواب منفی داده می‌شد او از کمپ اخراج می‌شد، کارت موقت اقامتش را پس می‌گرفتند و حقوق هفتگی‌اش هم قطع می‌شد.

محسن از میان جمعیت راهی برای خودش باز کرد و در لیست اسامی پنجاه و چهار نفر را دید و توانست در ردیف بیست و چهارم اسم خودش را بین اسم اکبرو مژگان پیدا کند که همگی به کمپ دونگن منتقل می‌شدند؛ ولی در لیست اسمی از لیلا و پسرش پیدا نکرد. هیچ‌کدام نمی‌دانستند که کمپ دونگن در کجای هلند واقع شده و چه جور جایی است، ولی مهم این بود که از اُسی به ای‌زدسی منتقل می‌شدند.

مژگان و اکبر به محسن نزدیک شدند و اکبر گفت: «مثل این‌که همسفر شدیم آقا محسن. اگه موافقین فردا شب دور هم یه جشن کوچک بگیریم.»

محسن با اشارهٔ سر موافقت خودش را ابراز کرد و سپس به طرفِ درِ خروجی ساختمان راه افتاد.

مژگان رو کرد به اکبر و گفت: «مثل این‌که از انتقالش زیاد خوشحال نشده، نه؟»

اکبر شانه‌اش را بالا انداخت و گفت: «ای بابا، این آدم بیشتر وقت‌ها با خودش درگیره. آدم خوبیه، ولی نمی‌دونم چرا با دنیا حال نمی‌کنه! اگه خوشحال می‌شد تعجب می‌کردم. خب مژگان خانم، دیدی گفتم کارمون درست می‌شه و لازم نیست نگران باشی؟»

مژگان که به طرفِ درِ خروجی راه افتاده بود و اکبر همراهی‌اش می‌کرد، جواب داد: «طوری حرف می‌زنی که انگار اقامت گرفتی. همه از کمپ اُسی به کمپ ای‌زدسی منتقل می‌شن، چه ربطی به اقامت داره؟»

اکبر بازوی مژگان را گرفت و گفت: «اقامت هم می‌گیریم خانم خوشگله. عجله نکن. فعلاً بیا بریم خرید کنیم که امشب می‌خوام یه جشن دونفره راه بندازم.»

مژگان درحالی‌که در ظاهر نشان می‌داد دوست ندارد اکبر این‌جوری دستش را بگیرد، گفت: «اکبر، باز تا من یه کم خوشحال شدم داری از موقعیت سوءاستفاده می‌کنی؟ جشن بی جشن! گفته باشم.» و دونفری به طرف سولهٔ مژگان راه افتادند.

بعد از ناهار و نظافت محوطهٔ کمپ که آخرین روز از کار اجباری محسن بود، او به طرف سولهٔ لیلا رفت. در راه به این فکر می‌کرد که چطور می‌تواند در این چند روزی که از اقامتش در کمپ هوخوفین مانده به او کمک کند.

محسن چند ضربه به درِ اتاق لیلا زد و یک پسربچهٔ سیاه‌پوست چهار پنج ساله در را نصفه باز کرد و با چشمان درشتش متعجب به محسن نگاه کرد. محسن با لبخند به انگلیسی پرسید آیا مادرش یا بزرگ‌تر دیگری در اتاق هست. پسربچه همچنان به او نگاه می‌کرد بدون هیچ عکس‌العملی. محسن چند ضربهٔ دیگر به در زد تا شاید توجه کسی جلب شود، ولی ناگهان پسر به داخل اتاق فرار کرد و در را محکم بست. محسن فکر کرد لیلا در اتاق نیست، برای همین تصمیم گرفت برگردد، ولی یک‌دفعه صدای لیلا را شنید که گفت: «آرش، خسته‌ام کردی. بیا غذات رو بخور.»

محسن چند ضربهٔ دیگه به در زد و این بار بلند تکرار کرد: «لیلا خانم، لیلا خانم هستین؟»

این بار لیلا با عجله در را باز کرد و درحالی‌که سعی داشت موهای ژولیده‌اش را مرتب کند، سلام و احوال‌پرسی کرد و از محسن دعوت کرد که به درون اتاق بیاید. محسن داخل شد و روی یک صندلی کوچک نزدیک در نشست. لیلا توضیح داد که با آرش بیرون بودند و چون دیر به کمپ رسیده‌اند وقت ناهار گذشته بوده برای همین الآن ناهار می‌خورند،

ولی طبق معمول آرش موقع غذا خوردن مادرش را اذیت می‌کند. لیلا خواست چای آماده کند، ولی محسن خواهش کرد که این کار را نکند و به خوردن ناهار ادامه بدهند و اگر مزاحم است برود و بعداً برای ادامهٔ صحبت‌های شب گذشته بیاید.

لیلا گفت: «نه، مزاحم نیستین. من ناهار نمی‌خورم چون اشتها ندارم. آرش هم با بازی کردن کم‌کم ناهارش رو می‌خوره. در ضمن معذرت می‌خوام که دیشب یک‌دفعه گذاشتم رفتم. امیدوارم فکر نکنین که آدم بی‌ادبی هستم.»

هم‌اتاقی لیلا همان زن اهل سومالی سیه‌چهره و مادر سه فرزند بود. او یک لباس محلی پوشیده بود طوری که از نوک سر تا قوزک پاهایش را پوشانده بود و فقط صورتش دیده می‌شد. موقعی که محسن و لیلا با هم صحبت می‌کردند آن زن درحالی‌که اسباب‌بازی بچه‌هایش را جمع می‌کرد چپ‌چپ به آن‌ها نگاه می‌کرد. معلوم بود از حضور محسن در اتاق ناراحت است. به همین خاطر از آن طرف اتاق بلند گفت: «لیلا، نو مان نو مان هیر گت اوت.»[1]

محسن که متوجه منظور آن زن شده بود فوری از روی صندلی بلند شد و گفت: «مثل این‌که این خانم ناراحته که یه مرد وارد اتاقش شده. من بیرون منتظر می‌شم تا مثل دیشب با هم بیرون بشینیم برای ادامه صحبت‌هامون.»

لیلا عصبانی به فارسی به زن گفت: «دهنت رو ببند. اینجا اتاق منم هست.» و هم‌زمان رو به محسن کرد و گفت: «این زنیکه خیلی پررو هستش. فکر می‌کنه فقط خودش مسلمونه و همه باید مثل اون مسلمون باشن. حیف که حرف‌هام رو نمی‌فهمه و الا ... بگذریم. پس اگه اشکال نداره بیرون منتظر باشین تا من نمازم رو بخونم و بعد با آرش بیام.»

محسن بیرون از اتاق صدای آن زن را می‌شنید که هنوز جملات خودش را تکرار می‌کرد: «نو من، نو من، دت ایز نات گود فور مسلمه.»[2]

---

1 Leila,no men no men,here get out
2 NO men,that is not good for muslim women

لیلا هم بلند داد می‌زد: «دهنت رو ببند! مسلم مسلم از خودش در آورده. فقط فکر می‌کنه اسلام تو همین لباس و حجابه. اگه خیلی مسلمونی بگو بابای این بچه‌ها کجاست؟»

یک ربع بعد، لیلا درحالی‌که دست آرش را به طرف خودش می‌کشید از اتاق بیرون آمد، ولی همچنان زیر لب غرغر می‌کرد و آرش هم با ناله می‌گفت: «مامان، دستم درد گرفت. ولم کن.»

هر سه به طرف نیمکتی رفتند که جلوی سولهٔ آن‌ها بود و لیلا با حالت تحکم به آرش گفت: «اینجا کنار ما آروم می‌شینی و با ماشینت بازی می‌کنی. غرغر هم نکن چون اصلاً مامان حوصله‌ات رو نداره.»

آرش با ناراحتی رو به مادرش کرد و گفت: «تو هیچ‌وقت حوصله نداری ماما. منم حوصله ندارم ماما.»

محسن خنده‌اش گرفت. دستی به موهای آرش کشید و گفت: «آره خب، آقا آرش هم حق داره حوصله نداشته باشه. حالا هم اگه به مامانش قول بده جای دوری نمی‌ره می‌تونه از ما فاصله بگیره و رو چمن‌ها یا روی تاب و سرسرهٔ اون طرف سوله بازی کنه. مگه نه مامانش؟»

و بعد با آرش به لیلا نگاه کردند. لیلا دستی به سرِ پسرش کشید و با سر موافقت کرد مشروط به این‌که کارهای خطرناک انجام ندهد.

بعد از رفتن آرش، محسن گفت: «اگه شما با هم‌اتاقیت دعوات شده یا شرایط کمپ بهتون از نظر عصبی فشار آورده، تقصیر آرش چیه؟ آرش نمی‌تونه وضعیت رو درک کنه و فکر می‌کنم تربیتش از هر چیزی مهم‌تره برای شما. البته عذر می‌خوام که دخالت می‌کنم.»

لیلا گفت: «همهٔ این‌ها رو خودم می‌دونم، ولی دونستن تنها کافی نیست. مهم اینه که بتونی در عمل این‌ها رو انجام بدی که گاهی کار بسیار مشکلیه.»

محسن گفت: «باید بگم اصلاً فکر نمی‌کردم خانم مذهبی‌ای باشین چون معمولاً خانم‌های مذهبی حجاب کامل دارن، اما شما ندارین، واسه همین تعجب کردم وقتی شنیدم نماز می‌خونید.»

لیلا گفت: «اولاً تا معنی شما از مذهبی بودن چی باشه، بعد می‌تونم بگم مذهبی هستم یا نه. ثانیاً به نظرم داشتن حجاب ربطی به اعتقادات مذهبی نداره. ثالثاً اعتقادات مذهبی یه دیدگاه شخصی هستش که من اصلاً دوست ندارم در موردش صحبت کنم البته اگه اشکالی نداشته باشه. حالا می‌شه لطفاً بگین چرا از من هنوز برای مصاحبهٔ اصلی دعوت نشده؟ فکر می‌کنین مشکلی پیش اومده؟»

محسن گفت: «من این‌طور فکر نمی‌کنم. ادارهٔ مهاجرت پرونده‌های زیادی برای رسیدگی داره و ممکنه یه پرونده عقب جلو بشه. به شایعات هم گوش نکنین. اینجا آدم‌ها بیکارن و همین مسئله باعث می‌شه بشینن پشت‌سرهم حرف بزنن یا پروندهٔ پناهندگی بقیه رو تجزیه‌تحلیل کنن، بعد افکار خودشون رو به‌عنوان اخبار موثق به بقیه منتقل کنن. خودتون که این‌ها رو قبلاً به من گفتین و می‌دونید.»

در همین موقع، تلفن لیلا زنگ خورد. مادرش بود. با عذرخواهی از محسن به تلفن جواب داد و گفت: «مامان، الآن نمی‌تونم صحبت کنم. خودم یک ساعت دیگه بهتون زنگ می‌زنم. کار مهمی داشتی؟»

مادرش مثل این‌که گفت کار مهمی ندارد و فقط می‌خواسته احوال‌پرسی کند، برای همین لیلا گفت: «خب پس من یک ساعت دیگه زنگ می‌زنم.»

بعد از قطع تلفن، لیلا دوباره از محسن عذرخواهی کرد.

محسن گفت: «نه مهم نیست. اینجا دور از خانه و فامیل واقعاً لازمه که گاهی آدم با دوستان و فامیلش صحبت کنه.»

لیلا گفت: «گاهی؟ منظورتون اینه که شما فقط گاهی با پدر و مادرتون صحبت می‌کنین؟»

محسن جواب داد: «اون‌ها تلفن نمی‌کنن و من هفته‌ای یک‌بار زنگ می‌زنم.»

لیلا با تعجب پرسید: «هفته‌ای یک‌بار فقط؟ من اگه روزی یه‌بار با مادر و خواهرم صحبت نکنم دق می‌کنم.»

محسن گفت: «خب این‌جوری دلتنگی‌تون کمتر می‌شه؟»

لیلا گفت: «نه ولی نمی‌تونم تماس نداشته باشم.»

محسن پرسید: «شما که تا این اندازه به مادر و خواهرتون وابسته بودین، چرا اومدین اینجا؟»

لیلا که دید صحبت دارد به سمتی می‌رود که مایل نیست توضیحی در موردش بدهد، سعی کرد بحث را به موضوع اصلی برگرداند. برای همین گفت: «بهتره برگردیم به بحث اول‌مون. حتماً می‌خواین بگین که مهم هم نیست اسامی شما و خیلی از ایرانی‌های دیگه برای ترانسفری اعلام شده، ولی اسم من نه.»

محسن گفت: «اخبار چه سریع منتقل می‌شه! از کجا فهمیدین؟»

لیلا جواب داد: «مژگان با اون پسرهٔ مسخره، اکبر اومدن و بهم گفتن. مثلاً مژگان می‌خواست دلداریم بده، می‌گفت ان‌شاالله من هم واسه مصاحبه دعوت می‌شم هم ترانسفر می‌شم. طوری حرف می‌زد انگار دو قدم از من به اقامت نزدیک‌تره.»

محسن گفت: «ترانسفری هیچ ربطی به اقامت نداره. این رو بارها ادارهٔ مهاجرت به همه گفته. یه نکته رو فراموش نکنید لیلا خانم؛ شما یه بچهٔ کوچک دارین و این نکتهٔ مثبتی برای شماست که نه من دارم نه مژگان و نه اکبر.»

لیلا گفت: «تو رو خدا مثل آدم‌های خوشبختی که مهربون هم هستن و می‌خوان به یه بدبخت دلداری و امید بدن، سعی نکنید حرف‌های الکی و خوش تحویلم بدین که گوشم امروز پره از این حرف‌ها. شما هم مثل اکثر ایرانی‌ها مصاحبه‌ات رو رفتی، ترانسفر هم که داری می‌شی. خودت هستی و خودت. بچه هم نداری که نگرانش باشی. بعد تازه می‌گی برام نکتهٔ مثبتی هستش که بچه دارم؟ من فکر می‌کردم آدم منطقی‌ای هستی، ولی با این حرف ثابت کردی که فرق زیادی با بقیه نداری.»

لیلا ناگهان حرفش را قطع کرد و متوجه شد در کلامش از احترامی که قبلاً هنگام صحبت با محسن داشت چیزی دیده نمی‌شود. متوجه شد با این‌که دارد با محسن تند صحبت می‌کند، ولی اصلاً از او ناراحت یا عصبانی نیست و برعکس احساس احترام دارد. متوجه شد که از شرایط عصبانی است، از سختی‌های این زندگی، از اذیت‌های آرش، از این‌که فکر می‌کند بقیه دارند جواب می‌گیرند ولی او نه، و تحت این فشارها باید یکی باشد که بتواند با او دعوا کند. بتواند خودش را خالی کند و چه دیواری از دیوار محسن کوتاه‌تر. لیلا امیدوار بود محسن شرایط او را درک کند و به او اجازه بدهد خودش را خالی کند بدون این‌که از دستش عصبانی شود. با خودش گفت: «این بنده خدا چه تقصیری داره؟ اومده جواب سؤال تو رو بده. گناه کرده؟»

بعد از مکثی کوتاه با دست‌هاش شقیقه‌اش را گرفت و کمی فشار داد، چند نفس بلند کشید و ادامه داد: «ببخشید خیلی تند رفتم. باور کنید این شخصیت واقعی من نیست. نمی‌دونم چرا چند وقته زود عصبی می‌شم.»

محسن لبخند زد و پرسید: «آروم شدی؟»

همین پرسش کوتاه و لبخند محسن که صمیمیت را به همراه داشت کافی بود به لیلا بفهماند که محسن کاملاً شرایط او را درک می‌کند. و همین درک باعث شد که بغض چند هفته‌ای لیلا بترکد. محسن ساکت و آرام کنار لیلا نشسته بود و به دوردست‌ها نگاه می‌کرد. دقیقاً همان چیزی که لیلا در آن لحظه لازم داشت. بودن فردی که درکش می‌کند و حرفی نمی‌زند چون همان سکوت سرشار از ناگفته‌ها بود، سرشار از درک از لیلا.

بعد از چند دقیقه، لیلا درحالی که با دستمال باقی‌ماندۀ اشک‌ها و آب بینی‌اش را پاک می‌کرد، لبخند زد و گفت: «الآن آروم شدم. ببخشید این‌جوری...»

محسن حرفش را قطع کرد و گفت: «برای چیزهایی که کاملاً طبیعی هستن لازم به عذرخواهی نیست.»

بعد دوباره هر دو آرام خندیدند. از دور صدای آرش می‌آمد که مادرش را صدا می‌کرد تا به او نشان بدهد چطور خودش به تنهایی می‌تواند تاب‌بازی کند. لیلا و محسن

برای آرش دست تکان دادند. همان موقع محسن بدون آن‌که به لیلا نگاه کند، گفت: «تا حالا کسی بهت گفته وقتی عصبانی می‌شی هم ترسناک می‌شی و هم... چطوری بگم؟ وهم زیباتر؟»

لیلا درحالی‌که کمی سرخ شد سرش را پایین انداخت و گفت: «شما خیلی بدجنس هستین که جلوم رو نگرفتین. گذاشتین هرچی می‌خوام بگم تا بعداً دستم بندازین، آره؟»

محسن رو کرد به لیلا و گفت: «قصدم ازسؤال این نبود. فقط حرف دلم بود و این که...»

لیلا که می‌خواست جهت صحبت را عوض کند، پرسید: «راستی منظورتون چی بود که گفتین داشتن آرش برای من برای یه امتیاز حساب می‌شه؟»

محسن گفت: «در کشورهایی مثل هلند برای بچه‌ها اهمیت زیادی قائل می‌شن و سعی می‌کنن از جنبهٔ بشردوستانه‌تری با پناهنده‌هایی که بچه دارن برخورد کنن.»

لیلا گفت: «آره، من هم شنیدم، ولی برای بچه‌های خودشون نه برای بچه‌های ما که تازه به اینجا اومدیم و هنوز اقامت هم نداریم.»

محسن گفت: «نه، اصلاً این‌طور نیست. مثلاً من از یکی از کارمندهای کمپ شنیدم که می‌گفت کسانی که جواب منفی بگیرن، کارت اقامت موقت‌شون رو ازشون پس می‌گیرن، حقوق هفتگی‌شون قطع می‌شه و از کمپ اخراج می‌شن و باید تو خیابون بخوابن. ولی اگه کسی که بچه داره جواب منفی بگیره، با همون جواب منفی تو کمپ نگهش می‌دارن تا خودش راضی بشه برگرده کشورش و خیلی کم پیش می‌آد خانواده‌ای رو که بچهٔ کوچک داره بعد از دریافت جواب منفی از کمپ اخراج کنن. پس برعکس ما که گرفتن جواب منفی مصادف با بدبختی و دربه‌دری هست، تو از این جهت خیالت راحت باشه چون بچه داری. از طرف دیگه من فکر می‌کنم موقع تصمیم‌گیری برای دادن جواب هم داشتن بچه تأثیر مثبت داره، اونم توی کشوری مثل هلند که برای بچه‌ها اهمیت خاصی قائلن.»

لیلا کمی به فکر فرو رفت. حرف‌های محسن منطقی به نظر می‌رسید و تا حالا از این نظر به وضعیتش فکر نکرده بود. به‌هرحال بعد از مدت‌ها احساس آرامش پیدا کرده

بود و نمی‌دانست به خاطر حرف‌های محسن دربارهٔ وضعیتش است یا به خاطر این‌که توانسته بود سرِ محسن داد بزند و خودش را تخلیه کند یا علت دیگری داشت. البته برایش مهم نبود علتش چیست. مهم این بود که آرام شده بود. چیزی که در زندگی یک پناهنده بسیار به‌ندرت پیش می‌آید و خیلی‌ها با مشروب و مواد مخدر و ... به دنبال کسب این آرامش هستند. بعد ناگهان دوباره اندوه جای آرامش را گرفت. با خود گفت: «وای خدا، چه آرامش زودگذری بود. ای کاش بیشتر می‌موند.»

لیلا گفت: «پس شما از اینجا می‌رین، آره؟»

محسن گفت: «بله. چند روز دیگه با اکبر و مژگان می‌ریم.»

لیلا گفت: «بازم ممنون و امیدوارم به هرجا که می‌رید موفق و شاد باشید و هرچه زودتر جواب بگیرین.»

محسن که اندوه را در چهرهٔ خسته لیلا می‌دید، گفت: «طوری حرف می‌زنی که انگار قراره دیگه همدیگه رو نبینیم! من که خوشحال می‌شم باهات ارتباط داشته باشم، مگر این‌که خودت نخوای.»

لیلا با بی‌حوصلگی مثل کسی که دربارهٔ موضوعی حرف می‌زند که امید زیادی به حل آن نیست، گفت: «شما می‌رین به یه کمپی که معلوم نیست کجای هلند هست و من هم بعداً معلوم نیست به کدوم کمپ منتقل بشم که اونم معلوم نیست کجای هلند هست. بعد می‌بینی کمپ‌های ما کیلومترها از هم فاصله دارن. اون موقع هم من و هم شما با آدم‌های جدیدی آشنا می‌شیم که...»

محسن وسط حرف لیلا پرید و گفت: «منظورتون اینه که از هفتهٔ دیگه ما همدیگه رو فراموش می‌کنیم، آره؟»

لیلا گفت: «یادتون باشه من این رو نگفتم، شما گفتین.»

سپس هر دو خندیدند و محسن ادامه داد: «اولاً می‌تونی درخواست بدی که تو رو هم به همون کمپ ما منتقل کنن. ثانیاً هم تو و هم من موبایل داریم و می‌تونیم با هم در

تماس باشیم. ثالثاً هلند کشور کوچکیه و هرجا که باشیم می‌تونیم قرار بذاریم تا همدیگه رو ببینیم. رابعاً ببخشید که این دم آخری که می‌خوام برم دیگه باهات رسمی صحبت نمی‌کنم.»

لیلا لبخندی زد که نشان می‌داد آرامش دوباره به او برگشته. صدای آرش به گوشش رسید که مادرش را برای تماشای قوهای وحشی برکهٔ کنار کمپ صدا می‌زد. لیلا بلند شد و درحالی‌که می‌خواست به طرف آرش برود، با لبخند گفت: «تا ببینیم خدا چی می‌خواد. خوشحال می‌شم قبل رفتن‌تون باز هم ببینم‌تون. روزتون خوش.» بعد با آرامش بدون این‌که عجله‌ای داشته باشد، راه افتاد. پس از چند قدم ایستاد، به طرف محسن برگشت و با صدای بلند گفت: «آقا محسن، چقدر خوبه آدم کسی رو داشته باشه که درکش کنه. واقعاً نعمت بزرگیه، مخصوصاً تو زندگی پناهندگی، مگه نه؟»

محسن با لبخندی همراه با حرکت سر، حرف لیلا را تأیید کرد و از هم جدا شدند.

در روز ترانسفری، نزدیک درِ خروجی کمپ، عده‌ای دور کسانی که باید ترانسفر می‌شدند حلقه زده بودند تا برای آخرین بار خداحافظی کنند. بعضی‌ها فکر می‌کردند که شاید این آخرین دیدار دوستان‌شان باشد چون هیچ‌کس از آیندهٔ مبهمی که در انتظار همه بود، خبری نداشت. لیلا برای محسن یک بسته شکلات مرسی خریده بود و همراه آرش آمده بود تا به محسن تقدیم کنند. او با سلیقهٔ زیاد بستهٔ شکلات را با روبان تزیین کرده بود و موقعی که محسن بسته را می‌گرفت، با خنده به لیلا گفت: «این‌قدر زیبا شده که آدم دلش نمی‌آد بازش کنه و بخوردش.» لیلا هم با لبخند جواب داد: «نه، حتماً باز کنید و بخورید، ولی موقع خوردن به یاد من و آرش باشید.»

آنمیک و همسرش پیتر هم برای محسن یک کیک خانگی آورده بودند. محسن از پیتر قول گرفت که تمرینات تیم را ادامه دهند.

فصل سوم
(کمپ دائم)

کمپ دائم یا آ زد سی[1] دونگن در حاشیه شهر کوچک دونگن[2] واقع شده بود. شهر دونگن با جمعیت ۲۵ هزار نفری شهر کوچکی حساب می‌شد که در جنوب هلند، نزدیک شهر بزرگ تیلبرخ[3] واقع شده بود که ۲۰۰ هزار نفر جمعیت داشت. این کمپ را تازگی با چوب و قطعات پیش‌ساخته ساخته بودند و باید محل سکونت ۶۰۰ پناهنده می‌شد. از آنجا که این کمپ‌ها پیش‌ساخته بودند، از نظر امنیتی برای مدت زمان محدودی می‌شد از آن‌ها استفاده کرد و کمپ دونگن برای هشت سال این امنیت را داشت. کمپ

---

1 AZC

در کنار یک مزرعهٔ ذرت بنا شده بود، طوری که با حصارهایی که دورتادور آن بود، از مزرعهٔ بزرگ ذرت جدا شده بود. خیابانی که ورودی کمپ محسوب می‌شد از سمت چپ با قبرستان شهر و از سمت راست با ادارهٔ پلیس شهر دونگن احاطه شده بود و پناهنده‌ها با کنایه به هم می‌گفتند خروج از این کمپ به دو جا منتهی خواهد شد؛ یا قبرستان یا ادارهٔ پلیس. کمپ دارای پنج ساختمان چوبی دوطبقه بود و هر طبقه هشت خانه داشت طوری که هر ساختمان در مجموع دارای شانزده خانه بود. هر خانه دارای چهار اتاق دو و نیم در سه و نیم متر بود و در هر اتاق دو تخت و دو کمد برای اسکان دو نفر وجود داشت. به جز چهار اتاق، هر خانه دارای یک اتاق نشیمن مشترک سه در چهار متر بود به همراه یک میز و چهار صندلی و یک تلویزیون کوچک که به دیوار متصل شده بود. یک توالت و یک دوش به همراه یک ماشین لباس‌شویی و خشک‌کن از دیگر امکانات خانه بود. آشپزخانهٔ کوچکی که یک یخچال کوچک، گاز و مقداری وسایل آشپزی داشت، این امکان را به پناهنده‌ها می‌داد که غذای خود را تهیه کنند. در همه‌جای خانه شوفاژ وجود داشت که خانه را کاملاً گرم می کرد.

به جز پنج ساختمان که محل سکونت پناهنده‌ها بودند، در ورودی کمپ دو ساختمان یک طبقهٔ پیش‌ساز وجود داشتند که محل پلیس، انتظامات، بخش اداری و خدمات پزشکی بود. بعد از این ساختمان‌ها، ساختمان یک طبقهٔ کوچک‌تری قرار داشت که در آن یک سالن یک‌سره وجود داشت که برای برگزاری جشن‌ها یا مراسم، بر اساس آنچه که در فرهنگ‌های مختلف وجود دارد، در نظر گرفته شده بود. دو میز پینگ‌پونگ و فوتبال‌دستی هم در این سالن قرار داشتند.

در ورودی کمپ مشابه سایر کمپ‌ها اتاق انتظامات قرار داشت که وظیفهٔ کنترل ورود و خروج افراد را برعهده داشت. از آنجا که به جز آمبولانس کسی اجازه نداشت با اتومبیل خود وارد کمپ شود، قبل از ورودی، پارکینگ اتومبیل‌ها بود. جلوی هر ساختمان محل پارک دوچرخه‌ها بود که افراد می‌توانستند دوچرخهٔ خود را با قفل‌های

زنجیری به سکوهای آهنی نصب‌شده قفل کنند. از کمپ تا مرکز کوچک شهر دونگن پیاده یک ربع و با دوچرخه چند دقیقه بیشتر راه نبود.

در یکی از روزهای اواسط ماه می ۲۰۰۱، محسن، مژگان و اکبر به همراه چند پناهندهٔ دیگر در ایستگاه اتوبوسی که نزدیک کمپ دونگن واقع شده بود از اتوبوس شمارهٔ ۱۲۷ پیاده شدند. به همهٔ افرادی که باید از کمپ هوخوفین به کمپ دونگن منتقل می‌شدند بلیتی داده شده بود تا از شهر هوخوفین با قطار به شهر تیلبرخ و از آنجا با اتوبوس به شهر کوچک دونگن سفر کنند. هنگام پیاده‌شدن از اتوبوس، راننده خیلی دقیق برای محسن توضیح داد که چگونه می‌توانند کمپ را پیدا کنند. با این‌که از ایستگاه اتوبوس تا کمپ پیاده پنج دقیقه راه بود، چون هریک چمدان سنگینی را که کل زندگی‌شان در آن قرار داشت حمل می کردند، زمانی که به کمپ رسیدند همگی خیس عرق شده بودند و نفس‌نفس می‌زدند. از آنجا که مژگان دو چمدان داشت و نمی‌توانست آن‌ها را حمل کند، اکبر مجبور بود هم چمدان خودش و هم یکی از چمدان‌های مژگان را حمل کند. برای همین بارها در طول سفر از مژگان پرسید: «مگه توی این چمدون‌ها چی گذاشتی که این‌قدر سنگین هستن؟»

مژگان گفت: «این‌قدر غر نزن. زورت نمی‌رسه دوتا چمدون رو بلند کنی، بعد گیر می‌دی به وسایل توش؟»

اکبر گفت: «من چهارتا از این‌ها رو بلند می‌کنم، خیالی نیست ولی تعجبم از اینه که تو در زندگی پناهندگیت این‌همه وسیله داری، تو زندگی غیرپناهندگیت چقدروسیله داشتی؟»

مژگان جواب داد: «فقط یه اتاق مخصوص کیف و کفشم بود. الآن که چیزی ندارم.»

در اتاقک ورودی کمپ برگه‌های معرفی آن‌ها کنترل شد. باید منتظر می‌ماندند تا اتاق‌شان مشخص شود. بعد از یک ساعت شمارهٔ اتاق‌ها به همراه دو پتو، چهار روکش

پتو و دو بالش به هر نفر داده شد و همگی به طرف اتاق‌هایشان راهنمایی شدند. از محیط کمپ کاملاً معلوم بود که کار ساخت آن تازه به اتمام رسیده است چون هنوز عده‌ای مشغول اتمام جدول‌کشی داخل محوطه بودند. مژگان و دو خانم عراقی که آن‌ها هم مجرد بودند در طبقهٔ دوم اولین ساختمان جا گرفتند. کسی که مسئول راهنمایی پناهنده‌ها بود درِ یکی از خانه‌های طبقهٔ اولِ آخرین ساختمان را برای محسن و اکبر باز کرد تا وارد شوند.

محسن بلافاصله به اکبر گفت: «مثل این که واقعاً جای تو همیشه ته کمپ‌هاست.»

درحالی که هر دو می‌خندیدند اکبر گفت: «باز خوبیش اینه که این دفعه با تو هم‌خونه هستم. بریم ببینیم هم‌خونه‌هامون کی هستن.»

در آن خانه به جز محسن و اکبر، سه پناهندهٔ ایرانی هم زندگی می‌کردند؛ دو جوان بیست‌ودو و بیست‌وچهار ساله که هم‌اتاق و اهل تبریز بودند و یک مرد چهل ساله اهل تهران که هم‌اتاق اکبر شد. آن‌ها همگی روز گذشته به کمپ منتقل شده بودند. یک جوان بیست‌وپنج سالهٔ افغان که هم‌اتاقی محسن شد و یک جوان هفده سالهٔ ویتنامی هم سه روز قبل به آن خانه آمده بودند و در واقع اولین ساکنان آن خانه محسوب می‌شدند. پس از آشنایی همگی دور میزی که در اتاق کوچک نشیمن بود نشستند و ابراهیم، جوان بیست‌ودو سالهٔ آذری بلند شد تا برای همه چای بگذارد. سپس پرسش‌های متداول که از کدام کمپ موقت آمده‌ای، اهل کجایی وچند ساله هستی و ... شروع شد و معلوم شد که یونگ ـ جوان ویتنامی ـ تنها کسی است که فارسی نمی‌فهمد و اکبر گفت می‌تواند با زبان بین‌المللی با او ارتباط برقرار کند.

در حال خوردن چای، اکبر از حسن ـ جوان افغان ـ پرسید اشکال ندارد اگر جایش را با او عوض کند و در توضیح ادامه داد که چون با محسن دوست هستند مایل‌اند

که در اتاق هم زندگی کنند. حسن جواب داد که اگر محمد آقا ــ مرد چهل سالهٔ اهل تهران ــ که هم‌اتاق تازهٔ اکبر بود راضی باشد، او حرفی ندارد.

محمد به اکبر گفت: «من چون توی این مدت خیلی فشار روم بوده اعصابم داغونه. الآن هم کلی پروندهٔ پزشکی دارم و مشاوره می‌رم. واسه همین درخواست دادم که یا تو اتاقم کسی رو نفرستن یا اگه خواستن بفرستن یه ایرانی باشه که کمتر درگیری داشته باشم. اعصاب ندارم. یعنی همهٔ ما این‌جوری هستیم. بعدشم ماها فقط واسه خواب تو اتاق‌هامون می‌ریم. مهم اینه که شما با دوستت توی یه خونه افتادی و الا اتاق که مهم نیست.»

اکبر در جواب گفت: «آقا محمد، چون بودن توی یه اتاق مهم نیست، پس شما لطف کن با حسن تو یه اتاق باش، من و دوستم هم توی یه اتاق؛ اوکی؟»

محمد که انتظار این حاضرجوابی را نداشت و از طرفی می‌خواست همین اول به همه بفهماند که آدمی نیست که از حرف خودش برگردد، جواب داد: «نه دیگه داش اکبر. اومدی همین اول نسازی. بنا نشد حرف خودم رو به خودم تحویل بدی. کمپ اتاق‌ها رو تقسیم کرده و شما توی اتاق من افتادی. اگه ناراحتی می‌تونی بری بگی جات رو عوض کنن، ولی حق نداری جای دیگران رو عوض کنی داداش.»

محسن که دید اصلاً صلاح نیست همین اول جوّ خانه متشنج شود، به اکبر اشاره کرد که بحث نکند. کاوه ــ دیگر جوان آذری ــ هم این احساس را داشت برای همین سریع بحث تعویض اتاق‌ها را عوض کرد و با لهجهٔ آذری پرسید: «راستی شماها پروندهٔ خودتون رو آوردین فی‌فی‌اِن یا براتون فی‌فی‌اِن از کمپ موقت به فی‌فی‌اِن این کمپ پست می‌کنه؟»

محسن گفت: «کاوه جان، همهٔ ما دیروز پروندهمون رو از فی‌فی‌اِن کمپ هوخوفین گرفتیم و بهمون گفتند که هرچه سریع‌تر از فی‌فی‌اِن این کمپ یه وقت مصاحبه بگیریم تا هم پرونده رو تحویل‌شون بدیم وهم بپرسیم چطور می‌تونیم با وکیل‌مون

تماس بگیریم یا این‌که مطمئن بشیم که ادارۀ مهاجرت آدرس جدید ما رو دریافت کرده تا جواب مصاحبه رو به این آدرس بفرسته، نه آدرس کمپ موقت. اگه این نامه‌های مهم بین ادارۀ مهاجرت و وکیل و پلیس گم بشن و به دستت نرسن، نمی‌تونی توی اون فرصتی که داری اعتراض کنی و ممکنه از کمپ اخراجت کنن.»

اکبر گفت: «ای بابا! دیگه کسی رو از کمپ دائم که اخراج نمی‌کنن. همۀ ما تا چند هفتۀ دیگه اقامت‌مون رو از ادارۀ مهاجرت می‌گیریم، بعدش هم یه خونه بهمون می‌دن و باید بریم دنبال کار.»

محمد گفت: «خدا کنه به همین راحتی باشه که می‌گی. از کجا شنیدی که کسی رو از کمپ دائم اخراج نمی‌کنن؟»

حسن با لهجۀ افغان پرسید: «راستی کار اینجا می‌شود کرد؟ الآن که هفته‌ای یه بار مُهر می‌زنیم می‌توان جاهای دور به شهرهای بزرگ برای کار رفت؟ این چه قسم است؟»

کاوه که معلوم بود برای کار و کسب پول لحظه‌شماری می‌کند، گفت: «من دیروز یه گشتی تو شهر دونگن زدم. شهر کوچکیه. ما چون اجازۀ کار نداریم مجبوریم سیاه کار کنیم که اونم تو شهر کوچکی مثل اینجا تقریباً محاله. باید آشنایی پیدا کنیم تا واسه‌مون جای دیگه کاری پیدا کنه. کسی آشنا داره تو هلند؟»

بسیاری از پناهنده‌ها تمایل نداشتند که برای ادارۀ مهاجرت بیان کنند که در هلند فامیل یا آشنایی دارند چون استنباط ادارۀ مهاجرت این بود که این پناهنده با قصد قبلی و با راهنمایی فامیلش به هلند آمده و این شانس دریافت اقامت را کم می‌کرد. کسانی که گفته بودند در هلند کسی را ندارند و قاچاقچی آن‌ها را کاملاً تصادفی به این کشور آورده، برای اقامت شانس بیشتری داشتند. این توصیه پناهنده‌ها در کمپ جنگلی به هم دیگر بود. برای همین زمانی که کاوه پرسید آیا کسی آشنایی دارد، همه می‌دانستند که حتی اگر کسی آشنا هم داشته باشد در جمع چیزی نمی‌گوید که مبادا به گوش ادارۀ

مهاجرت برسد که با گفته‌های پناهنده در مصاحبه‌اش در تضاد خواهد بود. از طرفی کار سیاه کردن یک جرم حساب می‌شد و کسانی که درصدد بودند که کار سیاه پیدا کنند یا کار سیاه انجام می‌دادند از همه حتی دوستان خود در کمپ پنهان می‌کردند که مبادا کسی مخصوصاً دوستان دیروز و دشمنان امروز برای آن‌ها گزارش بدهند.

بعد از خوردن چای، آقا محمد دربارهٔ نظافت خانه توضیح داد و گفت که نظافت هر اتاق با صاحبان اتاق خواهد بود، ولی هر هفته یک نفر شهردار باشد که آشپزخانه، توالت، حمام و راهروها را نظافت کند و هر هفته مبلغی پول برای مواد نظافتی خانه بدهند که مشترک استفاده می‌شوند. همه با این قوانین موافق بودند. محسن و اکبر تلاش کردند تا قوانین را به یونگ بفهمانند.

محمد گفت: «زیاد زحمت نکش چون اکثریت موافق هستن. اونم مجبوره که موافق باشه. فقط بهش بفهمون که هر هفته باید واسه نظافت پول بده.»

اکبر هم حرف محمد را تأیید کرد و گفت: «کلاً این بابا حق ابراز نظر در این خونه رو نداره چون فقط یکی هست و دموکراسی یعنی رأی اکثریت. ما هم چون طرفدار دموکراسی هستیم باید قوانین دموکراتیک در این خونه راه بیفته.»

محسن و کاوه گفتند که چون او هم اینجا زندگی می‌کند و می‌خواهد برای نظافت پول بدهد، پس باید به نظرش احترام گذاشت و حداقل قوانین را به او فهماند. خوشبختانه یونگ با همهٔ قوانین موافق بود و الا اختلاف نظر دربارهٔ معنی دموکراسی ممکن بود باز به بحث جدیدی منجر شود.

فردای آن روز مژگان، اکبر و محسن ضمن گردش در کمپ و آشنایی با ساختمان‌ها به بخش فی‌فی‌ان مراجعه کردند تا برای مصاحبه و تحویل پرونده‌های خود اقدام کنند، ولی متوجه شدند این بخش فقط صبح سه‌شنبه و بعدازظهر پنج‌شنبه باز است و چون روز جمعه بود، باید تا هفتهٔ دیگر صبر می‌کردند. مژگان با یک دختر اهل آلبانی هم‌اتاق شده بود که در خارج کمپ پیش دوست‌پسرش زندگی می‌کرد و فقط برای مُهر

زدن روزهای سه‌شنبه به کمپ می‌آمد. در واقع هم‌اتاق شدن با افرادی که عملاً در خارج کمپ زندگی می‌کردند و فقط برای مُهر زدن به کمپ می‌آمدند آرزوی خیلی‌ها بود چون عملاً اتاق منحصراً به آن‌ها تعلق داشت. آن‌ها بعدازظهر برای خرید کردن پیاده به مرکز شهر دونگن رفتند که در فاصلهٔ کوتاهی تا کمپ بود. هوای خوب و دیدار از مکان‌های جدید هر سه را سر ذوق آورده بود و برای آینده نقشه‌های زیادی می‌کشیدند.

محسن همان روز به لیلا زنگ زد و با ابراز خوشنودی از کمپ جدید، از او خواست به مسئولان کمپ اطلاع دهد که مایل است در صورت انتقال به کمپ دائم، به کمپ دونگن منتقل شود. آن شب محسن تصمیم گرفت که شام درست کند و از مژگان و اکبر دعوت کرد که شام را با هم صرف کنند. محسن بعد از مدت‌ها توانست غذای ایرانی درست کند، آن هم در آشپزخانه‌ای که تقریباً شخصی بود.

در روزهای بعد آن‌ها با محیط کمپ بیشتر آشنا شدند. مثلاً متوجه شدند که در کمپ از کلاس زبان هلندی خبری نیست یا این‌که هفته‌ای دوبار، صبح‌های دوشنبه و چهارشنبه ساعت هشت صبح مینی‌بوسی نه نفر را که از قبل برای دندان‌پزشکی ثبت‌نام کرده‌اند به دندان‌پزشکی که در شهر دیگری است منتقل می‌کند و ظهر نزدیک ساعت یک به کمپ برمی‌گرداند یا این‌که در کمپ کارهایی هست که پناهنده‌ها می‌توانند برای انجام آن‌ها ثبت‌نام کنند و در قبال انجام آن کارها مقدار کمی پول دریافت کنند. کارهایی مثل نظافت کمپ، کار در بوفهٔ فروش نوشیدنی‌ها، باغبانی، تعمیر دوچرخه و کمک به تکنسین‌های فنی هلندی برای تعمیر تأسیسات خانه‌ها یا وسایل برقی خانه‌ها مثل ماشین لباس‌شویی، خشک‌کن و غیره. به حساب بانکی هر پناهنده هفته‌ای ۸۵ خلدن[1] برای مخارجش واریز می‌شد و اگر یکی از کارهای کمپ را نیز که معمولاً ده ساعت در هفته می‌شد انجام می‌داد، هفته‌ای ۱۰۵ خلدن دریافت می‌کرد که می‌توانست با کارت بانکی‌اش آن را دریافت کند. این حساب بانکی و کارت آن در اصل در مالکیت سازمان

---

[1] Gelden: واحد پول کشور هلند قبل از انتخاب یورو

نگه‌داری از پناهنده‌ها بود و پناهنده‌ها از کارت فقط برای برداشت پول استفاده می‌کردند. خوشبختانه با کارت اقامت موقتی که محسن داشت توانست برای خود یک حساب بانکی شخصی در بانک دیگری باز کند و هر هفته با صرفه‌جویی می‌توانست بین ۳۰ تا ۴۰ خلدن به حساب شخصی خودش واریز کند. او به بقیه هم این را توصیه کرد، ولی اکثراً این کار را هدر دادن ۳۰۰ خلدن پول می‌دانستند که برای باز کردن یک حساب بانکی اضافه باید پرداخت می‌کردند.

هفتهٔ بعد، صبح روز سه‌شنبه ساعت نه، محسن، مژگان و اکبر درحالی‌که پرونده‌های خود را در دست داشتند جلوی ساختمان اداری بودند تا از فی‌فی‌ان برای تشکیل پرونده وقت ملاقات بگیرند. جلوی در کوچک فی‌فی‌ان حدود صد نفر جمع شده بودند که بعضی‌ها پرونده‌های خود را در دست داشتند و منتظر بودند تا در باز شود. ساعت نه و پنج دقیقه، خانمی کوتاه‌قد و حدوداً پنجاه ساله با موهای کوتاه و بور در را باز کرد و بلافاصله جمعیت وارد سالنی شدند که گنجایش حداکثر سی نفر را داشت. چهار اتاق توسط چهار در به این سالن مرتبط می‌شدند. سه اتاق محل انجام مصاحبه‌ها بود و یک اتاق که روی آن نوشته شده بود ورود برای پناهنده‌ها ممنوع است، محل کار منشی فی‌فی‌ان و بایگانی بود. داخل سالن هرج‌ومرج عجیبی بود و هر که زورش بیشتر بود با کنار زدن بقیه خودش را وارد یکی از اتاق‌ها می‌کرد. بقیه هم باید نیم‌ساعتی منتظر می‌ماندند تا یک مصاحبه تمام شود و یکی از اتاق‌ها برای مصاحبهٔ بعدی آزاد شود. تجمع این مقدار جمعیت دراتاق انتظار کوچکی سبب شده بود دمای سالن به‌شدت بالا برود و نفس کشیدن بسیار مشکل شود، مخصوصاً زمانی که یکی از مراجعه‌کنندگان یا فرزندش گاز معدهٔ خود را رها می‌کرد.

محسن برای این‌که آن لحظات و غرغرهای مژگان و اکبر را راحت‌تر تحمل کند به جمعیت نگاه می‌کرد و با این کار خود را مشغول نگه می‌داشت. او در میان جمعیت چهرهٔ سیاه، سفید، پیر، جوان، زن، مرد و بچه‌ها را می‌دید که همگی با صبر و حوصله

انتظار می‌کشیدند. بعضی‌ها چند نفری چنان دودستی دستگیره‌های درِ اتاق‌ها را چسبیده بودند که گمان می‌کردند گرفتن اقامت‌شان به همین مصاحبهٔ امروز بستگی دارد، غافل از این‌که فقط برای یک تشکیل پروندهٔ ساده که می‌توانست هفتهٔ دیگر هم انجام شود، آنجا بودند. محسن از خودش پرسید چگونه این جمعیت بدون اعتراض این وضعیت را تحمل می‌کنند؟ شاید چون در مملکت خودشان عادت کرده بودند که با آن‌ها این‌طور رفتار شود و تصور این‌که با روش بهتر دیگری هم می‌شود با ارباب رجوع رفتار کرد، دور از ذهن بود. شاید حس مصلحت‌طلبی که از کوچکی به آن‌ها یاد داده بودند که اعتراض کردن جز آن‌که وضع را بدتر کند حاصل دیگری ندارد، باعث شده بود این جمعیت از ترس این‌که مبادا اعتراض آن‌ها تأثیر منفی در پروسهٔ پناهندگی داشته باشد، این‌طور با صبر این وضعیت را تحمل کنند.

گاهی خانم منشی از اتاق خود بیرون می‌آمد و در آشپزخانهٔ کوچکی که در گوشهٔ سالن بود برای خود و دیگر همکارانش نوشیدنی تهیه می‌کرد و اگر کسی می‌خواست از او سؤالی کند، بلافاصله می‌گفت چیزی نمی‌داند و فقط منشی است. در یکی از اتاق‌ها، خانمی که اول وقت درِ ساختمان فی‌فی‌ان را باز کرده بود کار می‌کرد و در اتاق مجاورش خانم مسن دیگری با موهای سفید و بلند به پناهنده‌ها کمک می‌کرد. در اتاق روبه‌روی اتاق منشی، مردی حدوداً چهل ساله و بلندقد کار می‌کرد که همیشه لبخندی به لب داشت. این افراد در مدت مصاحبه با مدارک پناهنده‌ای که با او مصاحبه داشتند به اتاق انتظار می‌آمدند تا از مدارک او برای تشکیل پرونده کپی بگیرند چون ماشین کپی در اتاق انتظار بود. سپس به‌سرعت به اتاق کار خود برمی‌گشتند.

بعد از گذشت دو ساعت فقط به کار بیست‌و یکی دو نفر رسیدگی شده بود و از آنجا که فی‌فی‌ان فقط تا ساعت دوازده کار می‌کرد، یعنی فقط یک ساعت دیگر باز بود، می‌شد نتیجه گرفت که اکثریت از جمله محسن، مژگان و اکبر باید دفعهٔ دیگر مراجعه کنند. این مسئله کفر اکبر را درآورده بود و مدام غر می‌زد. مژگان با بی‌حوصلگی

پیشنهاد داد که بیش از این وقت خودشان را تلف نکنند و دفعهٔ بعد مراجعه کنند. اکبر می‌گفت دفعهٔ بعد هم همین آش و همین کاسه است و شاید بدتر هم باشد چون هر روز پناهندهٔ بیشتری به کمپ وارد می‌شدند.

مژگان با عصبانیت رو به اکبر کرد و گفت: «باز داری حرف زور می‌زنی اکبر. مگه نمی‌بینی امروز نوبت‌مون نمی‌شه؟ می‌خوای کتک‌کاری راه بندازی و به زور بری داخل؟»

اکبر گفت: «من تا پرونده تشکیل ندم امروز از اینجا نمی‌رم. تو می‌خوای برو. مگه ندیدی اون یارو نره‌غول تا از راه رسید همه رو کنار زد و یک‌راست وارد اتاق شد و کسی هم اعتراضی نکرد؟ جالب که کارکنان اینجا هم هیچ دخالتی نمی‌کنن و فقط منتظرن یکی وارد بشه تا درِ اتاق رو فوری ببندن تا هوای کثیف اتاق انتظار وارد اتاق‌شون نشه.»

مژگان گفت: «آره دیدم. نوش جونش. زورش می‌رسید انجام داد، ولی من و تو که زورمون نمی‌رسه پس بهتره بریم دفعهٔ بعد بیایم.»

اکبر گفت: «منم زورم می‌رسه. حالا می‌بینی. آقا محسن، داداش این دفعه که درِ یه اتاق باز شد با هم هل می‌دیم تا بقیه کنار بیفتن و بتونیم بریم داخل. ببین من درِ همهٔ اتاق‌ها رو زیر نظر داشتم. اتاق شمارهٔ سه نزدیک درش یه زن با نوزاد تو بغلش و کنار اون هم یه پیرزن سیاه‌پوسته با دخترش. دختره بیست سالش می‌شه و فقط شاید همون کمی مقاومت کنه، ولی از بقیه خیالت راحت باشه. با یه فشار همه‌شون کنار می‌افتن.»

مژگان گفت: «خجالت بکش! می‌خوای اون زنی رو هل بدی که بچه تو بغلشه؟! یا اون پیرزن بیچاره رو؟»

اکبر جواب داد: «ای بابا. وقتی خودشون با این روشی که درست کردن عملاً دارن نشون می‌دن که اینجا قانون جنگله، از من انتظار داری مثل گوسفند باشم تا حقم رو بخورن؟ آقا محسن راست نمی‌گم؟»

محسن که تا آن لحظه داشت به بحث آن‌ها گوش می‌داد و در افکار خودش غرق بود، گفت: «من اول باید برم بیرون کمی هوای آزاد بگیرم تا مغزم بهتر کار کنه.»

بعد از این جمله، محسن و پشت سرش مژگان از سالن بیرون رفتند و در چمن‌های روبه‌روی ساختمان مشغول قدم‌زدن شدند. بعد از ده دقیقه محسن تنها مراجعه کرد چون مژگان دیگر تحمل هوای داخل سالن را نداشت. با ورود محسن، اکبر به او نزدیک شد و گفت: «الآن اتاق سه خالی می‌شه. من متوجه شدم چند نفر دیگه هم فهمیدن که افرادی که نزدیک در اتاق هستن، ضعیفن. واسه همینه که خودشون رو به در این اتاق نزدیک کردن تا وقتی در باز شد بلافاصله وارد بشن، ولی اگه من و شما با هم هل بدیم، زورمون بیشتر از اون‌ها می‌شه و...»

محسن وسط حرف اکبر پرید و گفت: «اینجا هلنده و این چیزی که داری می‌بینی نباید این‌جوری باشه، می‌فهمی حرفم رو؟»

اکبر جواب داد: «خب حالا که هست، می‌گی چی‌کار کنیم؟»

محسن گفت: «می‌خوام از همین خانم منشی بپرسم که اگه الآن هلندی‌ها به جای ما بودن بازم این‌جوری رفتار می‌کردن؟»

محسن به طرف اتاق خانم منشی رفت و پس از در زدن وارد اتاق شد و به انگلیسی سلام کرد و پرسید آیا اجازه دارد یک سؤال کوتاه بپرسد. منشی که خانمی سی‌وپنج ساله به اسم میراندا[1] بود تا ورود محسن به اتاق را دید بدون آن‌که به سؤال او توجه کند، بلافاصله از پشت میزش بلند شد و درحالی‌که با سرعت به محسن نزدیک می‌شد، گفت: «من منشی هستم. مصاحبه انجام نمی‌دم و چون بایگانی پروندهٔ پناهنده‌ها

---

[1] Miranda

توی این اتاق هست، ورود اون‌ها به این اتاق ممنوعه. لطفاً هرچه سریع‌تر از اتاق برید بیرون.» سپس میراندا با دست محسن را به طرفِ درِ خروج راهنمایی کرد. محسن که از وضع به‌وجود آمده درمانده شده بود و فکر می‌کرد باید کاری کند، با آرامش گفت که سؤالش مربوط به پرونده‌اش یا پناهندگی نیست و فقط می‌خواهد بپرسد اگر ارباب‌رجوع فی‌فی‌ان هلندی بود باز هم با آن‌ها این‌طور برخورد می‌کردید؟ محسن با دست به جمعیت خسته، عصبی و عرق‌کردهٔ داخل سالن اشاره کرد. میراندا به آرامی درِ اتاق را بست و پرسید: «مشکل چیه؟»

محسن با لبخندی تلخ توضیح داد که افراد برای گرفتن وقت مصاحبه نوبت را رعایت نمی‌کنند و هرکه زورش بیشتر است وارد اتاق می‌شود. این سالن گنجایش این‌همه آدم را ندارد و افراد از سر و کله هم بالا می‌روند.

میراندا گفت: «شماها که بچه نیستین، خودتون باید نوبت رو رعایت کنید. انتظار نداشته باشین که ما این کار رو انجام بدیم.»

محسن دوباره لبخندی زد که حاکی از مسخره‌بودن حرف میراندا بود و گفت: «خانم محترم! ما بچه نیستیم، ولی شرایط ما رو درک کنید. خیلی از این افراد از جاهایی اومدن که هرگز چیزی به اسم نظم و قانون مفهوم نداشته یا فقط برای افراد خاصی مفهوم داشته. از این جماعتی که خیلی‌هاشون از بدو تولد فقط خشونت و کلک و پارتی‌بازی دیدن و یاد گرفتن، چه انتظاری دارید؟»

میراندا با بی‌حوصلگی گفت: «می‌گی چه‌کار کنیم تا وضع بهتر بشه؟»

محسن جواب داد: «ساده‌ست! ده دقیقه قبل از باز شدن در، یکی رو این جا بذارین تا از سی نفر به ترتیب ثبت‌نام کنه، بعد افراد رو به ترتیب صدا کنه و به اتاق بفرسته.»

میراندا گفت: «ما اینجا به اندازهٔ کافی نیرو نداریم که برای این کار کسی رو اختصاص بدیم.»

محسن هم درحالی‌که به داخل کمپ اشاره می‌کرد، فوری جواب داد: «این همه آدم بیکار اینجاست که حاضراً بدون دستمزد این کار رو انجام بدن.»

میراندا با تعجب پرسید: «خودِ تو، حاضری کمک کنی؟»

محسن جواب داد: «البته، چرا که نه!»

میراندا تقویم خود را برداشت و گفت: «جلسهٔ بعدی روز پنج‌شنبه بعدازظهره که تو ساعت یک ربع به یک باید اینجا باشی. اسمت چیه؟»

محسن اسمش را گفت و تشکر کرد و از اتاق خارج شد. پشت در اتاق، مژگان و اکبر ایستاده بودند و تا اکبر محسن را دید، پرسید: «آقا محسن، پروندهٔ من و مژگان رو هم قربونت بهش بده. دستت درد نکنه داداش.»

محسن نگاهی به اکبر کرد و درحالی که از سالن خارج می‌شد، به اکبر توضیح داد: «من هنوز برای پروندهٔ خودم کاری نکردم، بعد تو می‌گی پروندهٔ شماها رو بدم؟»

اکبر گفت: «پس داداش این‌همه مدت تو اتاق داشتی با اون خانم منشی لاس می‌زدی؟ من رفتم مژگان رو برگردوندم و گفتم شما رفتی کار هر سه ما رو درست کنی. ما رو بگو که دل‌مون رو صابون زده بودیم الآن پارتی ما می‌شی و کار من و مژگان رو هم راه می‌ندازی. آقا محسن، تو رو خدا جدی می‌گی یا ما رو سر کار گذاشتی.»

محسن با عصبانیت گفت: «اکبرجان، اولاً درست نیست با کسی که از شما بزرگ‌تره این‌جوری صحبت کنی. من کی با شما این‌جوری صحبت کردم که شما با من این‌طور صحبت می‌کنی؟ ثانیاً کار اون خانم مصاحبه نبود که بخواد کار من یا کار تو رو درست کنه. اون فقط منشی بود و من برای بی‌نظمی سالن باهاش صحبت کردم نه برای کار خودم.»

مژگان پرسید: «خب صحبت‌تون به نتیجه‌ای هم رسید؟»

محسن جواب داد: «قرار شد از یک ربع زودتر از فی‌فی‌ان بیام تا ثبت‌نام کنم و بعد از روی اسامی نوشته شده و از روی نوبت وارد اتاق‌های مصاحبه بشن. در اصل می‌خوام یه نظمی به این وضعیت بدم.»

مژگان با خنده گفت: «اوه، پس تو فی‌فی‌ان یه پارتی گردن‌کلفت گیر آوردیم دیگه. نه آقا محسن؟»

اکبر که معلوم بود از حرف محسن دلگیر شده، بلافاصله گفت: «بی‌خیال مژگان. پنج‌شنبه خودمون زودتر می‌آیم و من درِ اولین اتاق رو باز می‌کنم می‌ریم داخل. اون موقع می‌خوام ببینم کی جرئت داره ازم بپرسه چرا نوبت رو رعایت نمی‌کنی.»

محسن درحالی‌که دوستانه به پشت اکبر می‌زد، با لبخند گفت: «از دستم ناراحت نشو. من فقط توضیح دادم که برای لاس‌زدن تو اتاق نبودم. دفعۀ بعد هم خودم اسمت رو می‌نویسم تا با نوبت بری داخل اتاق. چرا بدون نوبت؟»

شب‌ها معمولاً اکبر پیش مژگان بود و برای خواب به خانه می‌آمد، ولی شب سه‌شنبه از سرِ شب خانه بود و با ابراهیم و کاوه و محسن ورق‌بازی می‌کرد. بعد از شام، محسن در اتاق خودش مشغول درس خواندن بود که صدای در آمد و بعد از این‌که اکبر در خانه را باز کرد، محسن صدای چند نفر را شنید که با زبان آذری با ابراهیم و کاوه مشغول صحبت شدند. در اتاق نشیمن اکبر و محسن با مهمان‌ها آشنا شدند و معلوم شد که آنها هم آذری هستند و از ایران آمده‌اند و چون شنیده بودند که دو جوان آذری در این خانه زندگی می‌کنند، آمده بودند تا با کاوه و ابراهیم آشنا شوند. یکی از آن‌ها مردی پنجاه ساله به اسم فرهاد بود که در ایران در کار خرید و فروش مسکن بود و می‌گفت در شمال شهر تهران خانه داشته و با دختر هفده ساله، پسر بیست ساله و برادر سی‌وپنج ساله‌اش به هلند آمده بودند. بعد از آشنایی محسن به اتاق خودش برگشت تا جزوات درس زبان هلندی‌اش را مرور کند.

ظهر روز پنجشنبه، محسن سرِ ساعت زنگ درِ فی‌فی‌ان را زد. انتظار داشت که میراندا در را باز کند، ولی همان خانمی که صبح سه‌شنبه در را برای شروع بکار فی فی ان باز کرده بود پشت در آمد و قفل در را چرخاند و در را برای محسن باز کرد. سپس دست خود را به طرف محسن دراز کرد و به انگلیسی گفت: «من لیلیان [1] هستم. تو باید محسن باشی، همونی که میراندا معرفی کرده. درسته؟»

محسن به هلندی پاسخ داد که بله و روز سه‌شنبه به میراندا پیشنهاد داده که برای نظم دادن به گرفتن وقت ملاقات توسط پناهنده‌ها به اینجا بیاید و کمک کند. در حقیقت او شب قبل بارها این جمله‌ها را تمرین کرده بود. بعد از چند ماه خودآموزی هلندی، محسن می‌خواست ببیند آیا می‌تواند چیزهایی را که یاد گرفته در عمل به کار بگیرد. برای همین تصمیم گرفته بود که در محل کار جدیدش تا می‌تواند هلندی صحبت کند مگر در حالت ضروری که به درک کامل طرف مقابل نیاز باشد که دراین‌صورت از انگلیسی استفاده می‌کرد.

لیلیان با تعجب و به هلندی از محسن پرسید: «هلندی بلدی؟»

محسن در پاسخ گفت که کمی و لیلیان گفت: «چیزی که تو الآن به هلندی گفتی خیلی بیشتر از یک کمی هست و خیلی از خارجی‌هایی که سال‌هاست هلند زندگی می‌کنن و حتی پاسپورت هلندی دارن در این حد هم هلندی بلد نیستن.»

سپس محسن را به داخل دعوت کرد تا با بقیه آشنا شود. در اتاق منشی محسن با رونالد، مردی چهل ساله که مسئول فی‌فی‌ان کمپ بود و همیشه لبخند می‌زد و الیزابت، خانم مسنی با موهای سفید و بلند که از پشت بسته شده بود، آشنا شد و میراندا هم پشت میز نشسته بود. محسن خود را به زبان هلندی معرفی کرد و سپس توضیح داد که هرچند می‌تواند انگلیسی صحبت کند، ولی برای تمرین و بهبود زبان هلندی‌اش خواهش کرد که با او به زبان هلندی صحبت شود. میراندا از او پرسید چند وقت است

که در هلند هست و محسن پاسخ داد چهار ماه. بعد لیلیان پرسید هلندی را کجا یاد گرفته و محسن گفت اکثراً با خودآموزی که دارد هلندی را یاد گرفته، ولی در کمپ هوخوفین هم چند جلسه به‌عنوان مترجم در کلاس هلندی کار می‌کرده. همهٔ حاضرین محسن را به خاطر پشتکار و تلاش تشویق کردند. سپس میراندا به ساعتش نگاه کرد و گفت: «ساعت نزدیک یک شده. محسن، تو در رو باز کن و به همه توضیح بده که اسامی رو تو یادداشت می‌کنی و همه باید از روی لیست اسامی وارد اتاق بشن. سعی کن بیشتر از سی اسم یادداشت نکنی.» سپس رو به بقیه کرد و گفت: «فقط با کسانی مصاحبه انجام بدین که اسم‌شون رو محسن نوشته و اون‌ها رو خودش به اتاق شما راهنمایی می‌کنه و اگر کسی بدون نوبت وارد اتاق شد، باهاش مصاحبه انجام ندید.» سپس هرکسی به اتاق خودش رفت و محسن برای ثبت‌نام اسامی از میراندا یک دفترچه یادداشت و خودکار گرفت و سپس درِ ساختمان فی‌فی‌ان را باز کرد.

مثل روز سه‌شنبه، پشت درِ فی‌فی‌ان جمعیتی بیش از صد نفر در دو صف به موازات هم جمع شده بودند و کسانی که زودتر آمده بودند در جلوی صف‌ها بودند. محسن بعد از باز کردن در برای همه توضیح داد که امروز او اسامی را یادداشت می‌کند و همه از روی لیست اسامی وارد می‌شوند و فقط از سی نفر ثبت‌نام می‌کند و بقیه می‌توانند هفتهٔ بعد برای مصاحبه بیایند. او همچنین توضیح داد که با این روش نوبت کسی ضایع نخواهد شد و مشکلات کمتر خواهد بود. سپس از افرادی که جلوی دو صف بودند شروع به ثبت‌نام کرد و به ده نفر اول اجازه داد وارد سالن شوند، سپس به نفرات یازده تا بیست گفت یک ساعت دیگر برگردند و به نفرات بیست‌ویک تا سی هم گفت که دو ساعت دیگر برگردند.

وقتی محسن در حال ثبت‌نام بود، صدای اکبر را شنید که از ته صف گفت: «سلام داش محسن. زحمت بکش اسم من و مژگان و آقا محمد هم‌اتاقیم رو هم بنویس. دستت درد نکنه.»

محسن بدون این‌که به اکبر نگاه کند، در حال ثبت‌نام جواب داد: «فکر نکنم امروز نوبت‌تون بشه. ان‌شاالله هفتهٔ دیگه.»

محسن می‌دانست که با این کار اکبر و مژگان از دستش عصبانی می‌شوند، ولی نمی‌توانست به جای اسم افرادی که جلوی صف بودند، اسامی دوستان خودش را که دیرتر آمده بودند، بنویسد. چیزی که در ایران به‌عنوان پارتی‌بازی می‌شناختند و برای بعضی‌ها کاملاً طبیعی بود. محسن با خودش گفت: «بهتره همین حالا به همهٔ دوستانم نشون بدم که دوستی جای خودش و کار من توی فی‌فی‌ان هم جای خودش.»

بعد از اتمام ثبت‌نام، یکی از داخل جمعیت با صدای بلند و عصبانی پرسید: «پس ما چی می‌شیم؟ اگه هفتهٔ دیگه بیایم برای پروندهٔ ما بد می‌شه. اصلاً از کجا معلوم هفتهٔ دیگه هم به ما نوبت برسه؟»

با طرح این سؤال جو کمی متشنج شد. معلوم بود همگی احساس نگرانی کرده‌اند و فکر می‌کردند که اگر تشکیل پروندهٔ آن‌ها چند روزی عقب بیفتد، برای پروندهٔ پناهندگی‌شان بد خواهد شد. برای همین عده‌ای با تکان‌دادن سر و ایجاد سروصدا با زبان خودشان سعی در تأیید نظر سؤال‌کننده داشتند.

از میان جمعیت، یک زن جوان سیاه‌پوست که نوزادی را در بغل داشت، داد زد: «برای خودت پرونده تشکیل دادی، حالا نمی‌ذاری برای ما تشکیل پرونده بدن؟ فکر می‌کنی ممکنه اقامت تو رو به ما بدن که نمی‌ذاری وارد بشیم؟» دیگری هم اضافه کرد: «من این رو می‌شناسم. این خودش پناهنده‌ست. کارمند اینجا نیست. ازش نترسین. اصلاً تو چه‌کاره هستی که ما باید به حرفت گوش کنیم؟»

محسن به جمعیتی که با بی‌انصافی او را قضاوت می‌کردند نگاه می‌کرد. جالب بود که در جمعیت تعدادی ایرانی از جمله اکبر، مژگان و محمد هم‌اتاقی اکبر و فرهاد مرد آذری که برای آشنایی با ابراهیم و کاوه شب قبل به خانهٔ آن‌ها آمده بود هم وجود داشتند و با جمعیت هم‌صدا بودند. محسن با خود می‌اندیشید که چرا برای این آدم‌ها

خودش را به زحمت انداخته و کاری کرده که حتی دوستانش هم علیه او هم‌صدا شوند. می‌توانست خیلی راحت اینجا بیاید و پرونده‌اش را بدهد و بعد هم برود داخل شهر برای خودش گردش کند. به قول معروف، چرا سری را که درد ندارد دستمال باید بست. ولی کاری که شده بود و باید عکس‌العملی نشان می‌داد. محسن پرونده‌اش را که به‌عنوان زیردستی زیر کاغذ اسامی افراد گذاشته بود رو به بالا گرفت و به انگلیسی بلند داد زد: «چرا قضاوت بیجا می‌کنید؟ من هنوز برای خودم پرونده تشکیل ندادم و اگه اینجا هستم در وهلهٔ اول برای کمک به شماست نه خودم. پروندهٔ منم دست یکی از شماها باشه تا چند هفته دیگه به‌عنوان آخرین پناهندهٔ این کمپ تشکیل پرونده بدم. این اصلاً مهم نیست و تأثیری هم روی پروندهٔ من یا شما نداره. چرا ما نمی‌تونیم مثل هلندی‌ها فکر و رفتار کنیم؟»

همه سکوت کرده بودند. محسن با آرامش ادامه داد: «از این‌که همه‌ش با همه دعوا کنیم، به جای کمک به همدیگه که توی این کشور غریب هستیم، چرا باید با هم دشمن باشیم؟ بین شما دوستان و هم‌اتاقی‌های من هم هستن و با این‌که ته صف بودن، ازم خواستن اسم‌شون رو بنویسم، ولی من این کار رو نکردم چون فکر می‌کنم اگه ما محل زندگی خودمون رو حالا به هر دلیلی عوض کردیم، آیا بهتر نیست بعضی از طرز فکرهایی رو هم که تا حالا داشتیم و اشتباه هستن هم عوض کنیم؟»

از میان جمعیت یکی گفت: «بحث رو عوض نکن. در رو باز کن بذار بریم تو و الا با زور می‌ریم.»

محسن نفهمید چه کسی این حرف را زد، ولی با خودش فکر کرد شاید بحث‌کردن با این گروه واقعاً بی‌نتیجه است. محسن در این ناامیدی غرق بود که ناگهان صدای بلند و رسایی که آشنا به نظر می‌رسید، گفت: «من کاملاً به حرف‌های این مرد اعتماد دارم و با این‌که امروز نوبتم نشده، هفتهٔ دیگه زودتر می‌آم که اسمم رو بنویسم. اگه کسی الآن بخواد به زور وارد اونجا بشه، با من طرفه.»

محسن آبراهام را در میان جمعیت در کنارعلی که در تیم فوتبال بودند، شناخت. با گفتن این حرف همه به آرامی به طرف خانه‌های خود به راه افتادند. محسن به طرف آبراهام و علی رفت و آن‌ها را در آغوش کشید. معلوم شد که روز گذشته به کمپ دونگن منتقل شده‌اند و امروز برای تشکیل پرونده به فی‌فی‌ان آمده بودند که با آن ماجرا روبه‌رو شدند. آن روز برخلاف روز اول مراجعین با نظم به اتاق‌ها راه پیدا می‌کردند و چون همه می‌دانستند حدوداً چه ساعتی نوبت‌شان می‌شود، از یک طرف تجمع داخل سالن کمتر بود و کسانی که منتظر بودند می‌توانستند روی شش هفت صندلی که در سالن بود بنشینند و راحت‌تر منتظر باشند. از طرف دیگر وقت افراد کمتر گرفته می‌شد.

در پایان آن روز، بعد از خروج آخرین مراجعه‌کننده همگی در اتاق میراندا جمع شدند و رونالد نظر بقیه را در مورد کار محسن پرسید. همگی از نظمی که محسن برقرار کرده بود راضی بودند، مخصوصاً میراندا چون می‌توانست بدون مزاحمت به کار تشکیل پرونده‌ها برسد. سپس رونالد ضمن تشکر از محسن گفت که اسم او را به دفتر خدمات کمپ خواهد داد تا مشابه پناهندگانی که در کمپ کار می‌کنند و بابت کارشان پول دریافت می‌کنند، محسن هم بابت کارش در فی‌فی‌ان پول بگیرد.

شب، بعد از این‌که محسن دوش گرفت و همین که خواست وارد اتاقش شود، کاوه گفت: «آقا محسن امروز با پست پروندهٔ من و ابراهیم از کمپ قبلی‌مون به دست‌مون رسیده. برای این‌که بخوایم اینجا تشکیل پرونده بدیم باید چه کار کنیم؟»

محسن همان‌طور که موهای سرش را با حوله خشک می‌کرد پاسخ داد که باید صبح سه‌شنبه ساعت نه به فی‌فی‌ان بیایند و اسم بنویسند و با وقت قبلی ضمن انجام مصاحبه می‌توانند پرونده هم تشکیل بدهند. اکبر که در اتاقش بود و از وقتی از فی‌فی‌ان برگشته بود با محسن صحبت نکرده بود از اتاقش بیرون آمد و به کاوه گفت: «کاوه جان، اگه از من می‌شنوی یک ساعتی زودتر برو اونجا و الا نوبتت نمی‌شه. اگه فکر می‌کنی آقا محسن چون ایرانی یا هم‌خونه‌ت هست و ممکنه واست پارتی‌بازی کنه و اسمت رو

بنویسه، اشتباه فکر کردی داداش. بی‌خودی زور نزن چون این آقا واسه برادرش هم پارتی‌بازی نمی‌کنه.»

کاوه لبخند زد و گفت: «نه بابا، پارتی‌بازی چیه؟ دیگه این کار چیه که آدم پارتی بخواد؟»

محسن با خنده به کاوه گفت: «اکبر راست می‌گه. سعی کن یه ربع زودتر بیای که نوبتت بشه.»

بعد بدون این‌که حرفی بزند به اتاق خودش رفت. از اتاق خودش می‌توانست صدای اکبر و آقامحمد هم‌اتاقی اکبر را بشنود که با ابراهیم و کاوه صحبت می‌کردند و جریان صبح را تعریف می‌کردند و از محسن گله می‌کردند که چرا برای آن‌ها نوبت نگرفته بود. مخصوصاً اکبر شاکی بود و می‌گفت دوستی آن‌ها از چند ماه پیش، از کمپ هوخوفین است و باید برای او و مژگان نوبت می‌گرفت و چون می‌خواست برای هلندی‌ها خودشیرینی کند، این کار را نکرد.

ابراهیم آهسته به اکبر گفت: «آروم! صدات رو می‌شنوه از تو اتاق.»

اکبر گفت: «خب بشنوه. به خودش هم گفتم که توقع داشتم امروز صبح کمکم کنه، ولی نکرد.»

محسن به فکر فرو رفت که آیا واقعاً افرادی مانند اکبر معنی واقعی کمک‌کردن به دیگران را می‌دانند؟ این‌که به دوستت کمک کنی طوری که به شخص دیگری آسیب برسد، آیا درست است؟ با شناختی که از اکبر داشت می‌دانست که یکی دو روز بعد دوباره با او صحبت می‌کند و این کدورت از بین می‌رود، ولی از حالا همه مخصوصاً ایرانی‌ها می‌دانند که محسن کسی نیست که برای کسی پارتی‌بازی کند، هرچند او معمولاً برای کمک به دیگران آماده بود.

تابستان کم‌کم از راه می‌رسید و چهرهٔ هلند که از زمان ورود محسن در ماه ژانویه همیشه سرد و اکثراً گرفته بود، تغییر می‌کرد و او می‌توانست زیبایی‌های هلند را

ببیند. گاهی که در شهر دونگن دوچرخه‌سواری یا پیاده‌روی می‌کرد در بیرون خانه‌ها گل‌های زیبا و رنگارنگی را می‌دید که قبلاً ندیده بود. در ایران گل زیاد پرورش داده می‌شد، ولی تنوع رنگی و اشکال آن‌ها در هلند خیلی بیشتر بود طوری که با نگاه‌کردن به آن‌ها آرامش خاصی به محسن دست می‌داد. یک بار به گل‌های جلوی یک خانه نزدیک شد تا آن‌ها را بو کند. تصور محسن این بود که چنین گل‌های زیبایی باید بوی بسیار فرح‌بخشی هم داشته باشند، ولی با کمال تعجب دید که تقریباً هیچ‌یک از آن‌ها بو ندارند؛ درست برخلاف گل‌های ایران که بوی بعضی از آن‌ها از فاصلهٔ دور هم به مشام می‌رسید. با تعجب با خود گفت: «ظاهر زیبایی دارن، ولی اصلاً بو ندارن. شاید درهلند فقط گل رو برای نوازش چشم پرورش می‌دن، نه برای این‌که بوی خوبی داشته باشه.»

خوشبختانه چون کمپ دونگن به شهر نزدیک بود پناهندگان می‌توانستند به‌راحتی کارت تلفن خریداری کنند و از باجه‌هایی که در کمپ بود به فامیل خود زنگ بزنند. محسن بعد از انتقال به کمپ دونگن به مادر و پدرش تلفنی اطلاع داد که به کمپ بهتری منتقل شده تا خیال آن‌ها آسوده شود. او از مادرش شنید که درد زانوهایش بیشتر شده و طبق تشخیص دکتر باید برای زانوهایش پروتز بگذارند و از آنجا که هزینهٔ پروتز و عمل جراحی زیاد است و پدرش که بازنشسته است توان پرداخت هزینه‌ها را ندارد، از محسن درخواست کرد اگر می‌تواند کمی پول برای عمل مادرش بفرستد. محسن برای مادرش توضیح داد که تا زمانی که اقامت نگیرد اجازهٔ کار ندارد، برای همین نمی‌تواند به او کمک مالی کند.

محسن با دوچرخه یکی دو بار فاصلهٔ شانزده کیلومتری بین دونگن و شهر تیلبرخ را طی کرده بود. برخلاف دونگن که شهر کوچکی بود، تیلبرخ با جمعیت بیش از دویست هزار نفر شهر بزرگی محسوب می‌شد و درحقیقت ششمین شهر بزرگ هلند بود. تعداد مغازه‌ها و تنوع اجناس و حراج اجناس با قیمت کمتر در تیلبرخ بیشتر بود. یک بار که محسن برای خرید به تیلبرخ رفته بود، کوله‌پشتی اکبر را قرض گرفته بود تا موقع

برگشت اجناس خود و بقیه را که سفارش خرید داده بودند در آن بگذارد تا حمل آن‌ها آسان‌تر باشد. ده صبح یک روز کاری معمولاً ساعت خلوت مغازه‌ها است و محسن در این ساعت وارد یک مغازه به نام بلوکر[1] شد تا تعدادی کاسه بشقاب بخرد. در پشت صندق دختری شانزده هفده ساله کار می‌کرد. محسن کوله‌پشتی خود را جلوی پیشخان صندوق، جایی که آن دختر کار می‌کرد گذاشت و داخل مغازه شد. بسیاری از مغازه‌ها برای پیشگیری از سرقت تابلوهایی در جلوی پیشخان نصب کرده بودند که افراد اگر کوله‌پشتی دارند با کولۀ خود وارد نشوند و آن را جلوی پیشخان بگذارند. اگر کسی با کوله وارد مغازه‌ای می‌شد، هنگام خروج کارمندی که پشت پیشخان بود این حق را داشت که از آن فرد درخواست کند کوله‌اش را باز کند تا او داخل آن را چک کند؛ مخصوصاً اگر از ظاهر مشتری معلوم بود که خارجی است، امکان این کنترل خیلی بیشتر می‌شد. برای همین بسیاری از خارجی‌ها در همان ابتدا که می‌خواستند وارد یک مغازه شوند کولۀ خود را داخل نمی‌آوردند و جلوی پیشخان می‌گذاشتند. محسن هم همین کار را کرد. بعد از آن‌که محسن دید قیمت اجناسی که نیاز دارد در آن مغازه بالاست، از خرید کردن منصرف شد و تصمیم گرفت از مغازه خارج شود، ولی با کمال تعجب دید که کوله‌پشتی‌اش بالای پیشخان است. دختری که پشت پیشخان بود با یک زن و مرد مسن حرف می‌زد. آن زن و مرد مسن به گمان این‌که کسی کوله‌اش را در مغازه جا گذاشته، موضوع را به آن دختر گفته بودند.

مرد مسن به دختر گفت: «بهتره جیب‌های کوله رو بگردی شاید شماره تلفنی یا آدرسی از صاحب کوله پیدا کنی.» آن دختر هم جیب بغل کوله را باز کرد و وقتی دستش را از کوله بیرون آورد، در دستش تعداد زیادی کاندوم بود. دختر که به‌شدت از خجالت سرخ شده بود، نمی‌دانست چه بگوید. آن زن و مرد هم که ابداً انتظار دیدن چنین چیزی را نداشتند، با سکوتی همراه با لبخند دختر را نگاه می‌کردند. محسن مردد بود که

---

[1] Blokker

چه کار کند. اصلاً جرئت نداشت به آن‌ها بگوید کوله به او تعلق دارد. با خود گفت خوشبختانه کوله خالی است و نمی‌دانند مال من است. بهتر است با خونسردی از مغازه بیرون بروم. انگار نه انگار که من آن کوله را می‌شناسم. به اکبر هم می‌گویم کوله‌ات را گم کرده‌ام. اصلاً بی‌خود کرده این‌همه کاندوم داخل کوله‌اش گذاشته و به من هم چیزی نگفته. ولی بعد پشیمان شد و با خود گفت احمق، تو می‌خواهی در این جامعه زندگی کنی. در جامعه‌ای که بسیاری از چیزها که در فرهنگ ایرانی تابو هستند در اینجا راحت درباره‌اش صحبت می‌شود و دربارۀ آن موضوعات با یکدیگر بحث می‌کنند. پس از همین‌جا شروع کن. برو به سمت پیشخان و خیلی آرام و صمیمی بگو که کوله به تو تعلق دارد. همۀ این افکار در چند ثانیه در مغز او مرور شد و سپس به طرف صندوق راه افتاد.

وقتی به صندوق نزدیک شد، هنوز دختر فروشنده از خجالت سرخ بود و بنا به پیشنهاد آن زن و مرد مسن، داشت بقیه جیب‌های کوله‌پشتی را می‌گشت. آن زن و مرد مسن که معلوم بود سوژۀ خوبی برای تغییری هرچند مختصر در زندگی یکنواخت خود پیدا کرده‌اند، با اشتیاق به دست‌های دختر نگاه می‌کردند و امیدوار بودند که بار دیگر چیزی بیرون بیاید که باعث تعجب آن‌ها شود. محسن با کمال خونسردی به دختر فروشنده نزدیک شد و درحالی‌که کوله را به طرف خودش می‌کشید، به زبان هلندی شکسته گفت: «معذرت می‌خوام، این کوله مال منه.» بعد درحالی‌که کاندوم‌ها را داخل جیب بغل کوله می‌گذاشت، کوله را گرفت و از مغازه خارج شد بدون آن‌که به فروشنده و آن زن و مرد مسن نگاه کند، ولی می‌دانست که آن‌ها هم به اندازۀ او از این جریان شوکه شده‌اند. وقتی می‌خواست کوله را به اکبر برگرداند، ماجرا را برای او تعریف کرد و هر دو کلی خندیدند. سپس محسن از اکبر پرسید: «این‌همه کاندوم رو برای چی توی کوله‌ات گذاشتی؟»

اکبر گفت: «قسمت پزشکی کاندوم مجانی به پناهنده‌ها می‌ده، ولی هر دفعه دو یا حداکثر سه‌تا. دو روز پیش به خاطر گلودرد با پرستار وقت ملاقات داشتم. وقتی پرستار خواست گلوم رو ببینه، چوب مخصوص گلو تو اتاق معاینه تموم شده بود، برای همین رفت تا از اتاق دیگه از اون چوب‌ها بیاره. منم تا دیدم روی میز یه بسته پر کاندوم هست، یه مشت برداشتم و داخل کوله‌پشتیم گذاشتم. بعدش یادم رفت که اون‌ها رو از تو کوله در بیارم و اون رو به تو قرض دادم.»

به‌تدریج به جمعیت کمپ اضافه می‌شد تا به حد تعیین‌شده یعنی ۶۰۰ نفر برسد، ولی تعداد کمتری ایرانی به کمپ می‌آمدند. محسن از بدو ورود به کمپ هفته‌ای دو سه بار تلفنی با لیلا تماس داشت. این مکالمات تلفنی از نظر روحی به هر دو کمک می‌کرد. با آن‌که محسن به اندازهٔ لیلا اعتقادات مذهبی نداشت، ولی مجذوب شخصیت او شده بود و شکی هم نبود که لیلا هم به محسن علاقه پیدا کرده است. به همین خاطر هر دو نگران بودند که کمپ دونگن ظرفیتش تکمیل شود و دیگر جای خالی برای انتقال لیلا به آن کمپ نباشد. در کمپ موقت، زمانی که تصمیم گرفته می‌شود یک پناهنده به کمپ دائم منتقل شود، می‌تواند درخواست دهد که او را به کمپی که مدنظرش هست منتقل کنند، ولی برای درخواستش باید دلیل موجهی ارائه دهد، مثلاً اگر فامیلی در هلند دارد می‌تواند درخواست دهد که او را به کمپ دائمی که نزدیک محل سکونت فامیلش هست منتقل کنند یا اگر فامیل یا دوست دختر یا دوست پسر پناهنده‌ای به کمپی منتقل شده باشد، او حق دارد درخواست کند که او هم به همان کمپ منتقل شود. ولی لیلا هیچ‌یک از این شرایط را نداشت. با آن‌که محسن طوری با لیلا دوست نبود که بتوانند در یک اتاق زندگی کنند، هر دو به هم علاقه داشتند و مایل بودند در یک کمپ زندگی کنند. شاید اگر مدت آشنایی آن‌ها در کمپ هوخوفین بیشتر می‌شد، رابطه‌شان صمیمی‌تر و عمیق‌تر می‌شد. بعضی‌ها می‌توانند در مدت کوتاهی با یک فرد دیگر رابطهٔ عاطفی برقرار کنند، ولی برای لیلا وضع فرق می‌کرد و از آنجا که او یک شکست عشقی را

تجربه کرده بود و نمی‌خواست بار دیگر، مخصوصاً با داشتن یک بچه، اشتباه کند، نمی‌توانست و نمی‌خواست زود تصمیم بگیرد. از طرف دیگر محسن با آن‌که نیاز جنسی و عاطفی به جنس مخالف داشت، ولی احساسی که نسبت به لیلا پیدا کرده بود این اجازه را به او نمی‌داد که صرفاً برای برقراری یک رابطه موقت صرفا جنسی به او نزدیک شود. او نمی‌خواست با احساسات لیلا بازی کند. برای همین با خود گفته بود زمانی باید برای دوستی با لیلا پا پیش بگذارد که این توان را در خود ببیند که نه‌تنها به‌عنوان یک شریک زندگی خوب برای لیلا بلکه به‌عنوان پدر یا حداقل یک دوست خوب برای آرش نیز نقش ایفا کند. او می‌توانست عاطفهٔ مادری را درک کند و مطمئن بود که بدون داشتن رابطه‌ای خوب و صمیمی با آرش محال است لیلا و او بتوانند رابطهٔ گرمی با هم داشته باشند. همهٔ این‌ها باعث شده بود که مدت آشنایی دو ماههٔ محسن و لیلا ناکافی باشد تا تصمیم قطعی بگیرند رابطهٔ خودشان را عمیق‌تر کنند. ولی هر دو می‌دانستند که آن‌قدر از هم شناخت پیدا کرده‌اند که در آینده روی دوستی بین خودشان سرمایه‌گذاری کنند. به‌عبارت دیگر، همین مقدار دوستی که بین آن‌ها به‌وجود آمده بود، آن‌قدر برایشان باارزش بود که برای رشد آن وقت و انرژی بیشتری صرف کنند. ولی مشکل این بود که احساسی که آن‌ها نسبت به هم داشتند برای سازمانی که پناهنده‌ها را بین کمپ‌های مختلف هلند تقسیم می‌کرد نه قابل بیان بود و نه قابل اثبات چون بسیاری از مسائل باید حس شوند و با بیان، قابل اثبات برای دیگران نیستند. این‌که گفته شود به هم علاقه داریم و می‌خواهیم در یک کمپ زندگی کنیم تا شناخت بیشتری نسبت به هم پیدا کنیم و شاید بعداً با هم ازدواج کنیم، دلایلی نبودند که بتوان با آن مسئولین را متقاعد کرد که لیلا را به کمپی که محسن در آن بود، منتقل کنند. مشکل این بود که بیشتر پناهنده‌ها سعی داشتند به کمپ‌هایی منتقل شوند که نزدیک شهرهای بزرگ یا به کمپ‌هایی که در جنوب هلند واقع شده بودند چون در این مکان‌ها امکان پیدا کردن کار سیاه یا سفید بیشتر بود، ولی برای مثال، در شمال هلند برای خودِ هلندی‌ها کار به اندازهٔ کافی نبود

چه برسد برای کسانی که نه زبان بلد بودند نه اجازهٔ کار داشتند. کمپ دونگن از آنجا که در جنوب هلند قرار داشت و به شهرهای بزرگ نسبتاً نزدیک بود، از جمله کمپ‌هایی بود که متقاضی زیادی داشت و افراد سعی می‌کردند با بهانه‌های مختلف به آن کمپ منتقل شوند. از طرفی چون کمپ نوساز بود و امکانات رفاهی نسبتاً خوبی داشت، متقاضی برای انتقال به آن زیاد بود.

محسن و لیلا هر دو تلاش می‌کردند از قوانینی که وجود داشت برای انتقال لیلا به کمپ دونگن استفاده کنند. یک بار محسن به لیلا گفت که برای انتقال عنوان کند که دوست‌دختر اوست و محسن هم این ادعا را تأیید می‌کند، ولی لیلا گفت در این صورت بعد از انتقال به کمپ دونگن باید در یک اتاق با هم زندگی کنند و آن چیزی نبود که از یک طرف اعتقادات مذهبی لیلا بپذیرد و از طرفی محسن هنوز آمادگی انجامش را نداشت. بنابراین از این فکر منصرف شدند. فکر دیگری که به ذهن لیلا رسید این بود که عنوان کند در مدت اقامت در کمپ هوخوفین بین او و مژگان رابطهٔ صمیمی و عاطفی زیادی ایجاد شده است. هم محسن و هم لیلا می‌دانستند که مژگان به خاطر مشکلات روحی که داشت در کمپ هوخوفین در اتاق دونفره اقامت داشت. اگر آن‌ها می‌توانستند مژگان را راضی کنند که بگوید به دلیل وابستگی عاطفی که نسبت به لیلا و پسرش پیدا کرده پس از انتقالش به کمپ دونگن افسردگی‌اش بیشتر شده، می‌توانستند امیدوار باشند که لیلا و پسرش را به آن کمپ منتقل کنند و به او و پسرش اجازه بدهند در خانهٔ مژگان زندگی کند. آن‌ها می‌دانستند که امکان ندارد مژگان را بار دیگر به کمپ موقت هوخوفین برگردانند و اگر مشکل را قبول کنند، تنها راه‌حلش این خواهد بود که لیلا و پسرش را به کمپ دونگن منتقل کنند. به نظر محسن هم فکر خوبی بود، ولی مژگان باید درخواست می‌داد و لیلا هم حرف‌های او را تأیید می‌کرد. قرار شد که محسن با مژگان صحبت کند. از وقتی محسن به مژگان و اکبر برای گرفتن وقت ملاقات از فی‌فی‌ان کمک نکرده بود، مژگان چند روزی با او سرسنگین بود، ولی وقتی دید عده‌ای

برای یادگیری انگلیسی هر هفته چند ساعتی از محسن درس می‌گیرند آن قضیه را فراموش کرد تا بتواند از وقتش برای یادگیری زبان انگلیسی استفاده کند. او هم هفته‌ای دوبار در کلاس‌های درس انگلیسی محسن شرکت می‌کرد. برای همین وقتی محسن درخواستش را عنوان کرد، مژگان هم قبول کرد و مشکلش را از طریق فی‌فی‌ان و بخش خدمات پزشکی برای سازمانی که مسئول نقل و انتقالات پناهنده‌ها بود، ارسال کرد. به او گفته بودند چند هفته طول می‌کشد تا درخواستش را بررسی کنند و اگر پاسخ مثبت بود و درصورتی‌که موقع انتقال لیلا و پسرش به کمپ دائم، کمپ دونگن جا داشته باشد، آن موقع امکان دارد که لیلا و آرش به کمپ دونگن منتقل شوند. وقتی لیلا تلفنی همهٔ این‌ها را از محسن شنید، فهمید در این رابطه چقدر شانسش کم است. با بغض به محسن گفت: «مثل این که قسمت نیست ما پیش هم زندگی کنیم. به‌هرحال مژگان تلاش خودش رو کرده. از طرف من ازش تشکر کن.»

محسن هم گفت که هنوز چیزی معلوم نیست. خوشبختانه روز بعد لیلا نامه‌ای برای انجام مصاحبه با ادارهٔ مهاجرت دریافت کرد و یکی از بزرگ‌ترین نگرانی‌های او برطرف شد.

اواسط تابستان ۲۰۰۱، بالاخره لیلا و آرش به همراه چند خانوادهٔ دیگر و تعدادی پسر جوان مجرد از ملیت‌های مختلف به کمپ دونگن وارد شدند. هشت جوان مجرد ایرانی که با این گروه منتقل شده بودند همگی با هم در یک خانه جا گرفتند و لیلا و آرش به همراه یک زن و شوهر که اهل مشهد بودند و بچه نداشتند به خانه‌ای منتقل شدند که مژگان در آن زندگی می‌کرد. با توجه به این‌که محسن در هفته دو روز در فی‌فی‌ان کار می‌کرد و در حین کار هلندی صحبت می‌کرد و در نتیجه تمرین خوبی برای او محسوب می‌شد، زبان هلندی‌اش روزبه‌روز بهتر می‌شد. به همین خاطر سایر قسمت‌های اداری کمپ از جمله بخش خدمات پزشکی، پلیس یا قسمت کنترل داخلی کمپ که مسئول تقسیم اتاق‌ها و ادارهٔ کمپ بود هم از محسن درخواست کردند که برای

ترجمه به آن‌ها کمک کند. از طرف مسئول کمپ برای تازه‌واردهایی که فارسی می‌فهمیدند در روزهای اولیه ورود به کمپ یک جلسهٔ نیم‌ساعته قرارملاقات با محسن ترتیب داده می‌شد تا محسن ضمن توضیح دربارهٔ کمپ، قوانین را هم برای آن‌ها شرح دهد. برای همین او اولین کسی بود که با ایرانی‌ها و بعضی از افغان‌های تازه‌وارد برخورد می‌کرد و می‌دانست که اهل کجا هستند و اگر با خانواده هستند چندنفرند و در کدام اتاق زندگی می‌کنند.

لیلا و آرش دو روز پیش به کمپ آمده بودند، ولی هفتهٔ قبل، زمانی که لیلا اسم خود را در لیست انتقالی‌ها دیده و فهمیده بود که به کمپ دونگن منتقل می‌شود بلافاصله به محسن زنگ زد و وقتی به او اطلاع داد که به کمپ دونگن منتقل می‌شود، به‌شدت گریه می‌کرد.

محسن با تعجب پرسید: «تو وقتی ناراحتی گریه می‌کنی، وقتی هم که خوشحالی بازم گریه می‌کنی! این‌همه اشک رو از کجات میاری؟»

لیلا جواب داد: «وقتی برسم کمپ دونگن از نزدیک بهت می‌گم چه احساسی دارم و چرا گریه می‌کنم.»

دو روز پیش محسن به ایستگاه قطار شهر تیلبورخ رفته بود تا به لیلا کمک کند با اتوبوس به دونگن بیاید چون می‌دانست که اولاً برای لیلا مشکل است که بفهمد کدام ایستگاه اتوبوس در دونگن باید پیاده شود. اتوبوس در دونگن ایستگاه‌های متعددی داشت و مهم بود که در ایستگاهی که نزدیک کمپ است، پیاده شود. ثانیاً حمل دو چمدان به همراه پسربچهٔ بازیگوشی مثل آرش حتی برای یک مرد کار راحتی نبود چه برسد برای لیلا.

در همان شب اول، بعد از آن‌که آرش خوابید، لیلا فرصت کرد که نیم ساعتی در چمن‌های محوطهٔ جلوی خانه‌اش با محسن صحبت کند. برای اولین بار محسن جرئت

کرد که دست لیلا را بگیرد و بگوید چقدر خوشحال است که او هم به همان کمپ منتقل شده است.

لیلا درحالی‌که سرش پایین بود، گفت: «من هم خوشحالم که به اینجا منتقل شدم. همون‌طور که قبلاً برات توضیح دادم، تو زندگی یه پناهنده مخصوصاً یه زن تنها اون هم با یه بچه خیلی مهمه که کسی رو داشته باشه که درکش کنه و بتونه بهش طوری اعتماد کنه که حرف دلش رو براش تعریف کنه، برای همین از خوشحالی گریه می‌کردم وقتی اسمم رو تو لیست انتقالی‌ها به کمپ دونگن دیدم.»

محسن گفت: «حالا مطمئنی درست دیدی؟ آخه جلوی تابلو اعلانات همیشه شلوغه، از طرفی اسامی شهرهای هلندم خیلی شبیه هم هستن.»

ناگهان لیلا دلشوره گرفت و با خودش گفت: «نکنه اشتباه دیدم، آخه اونجا شلوغ بود.» بعد یادش افتاد که برگهٔ انتقالی‌اش را امروز صبح در ورودی انتظامات چک کردند، پس اگر مشکلی بوده، همان‌جا باید به او می‌گفتند. یک‌دفعه چشمش به محسن افتاد که به زور داشت جلوی خندهٔ خودش را می‌گرفت. با مشتش ضربهٔ نسبتاً محکمی به پشت محسن زد. محسن فرار کرد و لیلا گفت: «خیلی بدجنسی. مگه دستم بهت نرسه. یکی باشه طلب من، اوکی؟»

محسن هم که بلندبلند می‌خندید، گفت: «من فقط داشتم کمکت می‌کردم که ببینی کمپ رو درست اومدی یا نه، همین.»

لیلا گفت: «من کمپ رو درست اومدم، تو رو به کمپ اشتباهی فرستادن.»

بعد از کلی خنده و شوخی دوباره نزدیک هم نشستند و لیلا ادامه داد: «راستش تصمیم داشتم که اگه به کمپ دیگه‌ای منتقل شدم که از اینجا خیلی دور باشه، به ایران برگردم. دیگه نمی‌تونستم ادامه بدم اگه کسی رو که احساس می‌کنم می‌تونم بهش تکیه کنم، از دست می‌دادم.»

محسن درحالی‌که دست لیلا در دستش بود، گفت: «مهاجرت خودش سختی‌های زیادی داره مخصوصاً اگه از طریق پناهندگی باشه. اگه کسی انگیزهٔ لازم رو نداشته باشه بالاخره برمی‌گرده. خیلی‌ها فکر می‌کنن اگه اقامت بگیرن دیگه کار تمومه، غافل از این‌که تازه کار اصلی از اونجایی شروع می‌شه که باید برای ادغام‌شدن توی جامعهٔ جدید تلاش کنن و این کار مشکلیه.»

در همین موقع موبایل لیلا زنگ خورد. خواهرش بود. لیلا از محسن عذرخواهی کرد و با خواهرش شروع به صحبت کرد. از خواهرش جویای حال مادرش شد و توضیح داد که در کمپ جدید، نزد دوستش مژگان منتقل شده است و کمپ جدید شرایط بهتری دارد و لازم نیست نگرانش باشند. بعد گفت اگر کار مهمی ندارد فردا خودش تماس می‌گیرد چون الآن بیشتر از این نمی‌تواند صحبت کند. بعد از قطع تلفن دوباره از محسن عذرخواهی کرد.

محسن پرسید: «هنوزم هر روز با خواهر و مادرت صحبت می‌کنی؟»

لیلا گفت: «آره. گاهی روزی یکی دوبار. البته بیشتر وقت‌ها صحبت‌هامون تکراریه، ولی همین حرف‌های تکراری به من کمک می‌کنه شرایط رو تحمل کنم.»

محسن گفت: «به نظرم هر کاری در حد تعادلش خوبه و اگه از این تعادل بیشتر یا کمتر بشه، خوب نیست. من مطمئنم که این تماس‌های مکرر نمی‌ذاره خودت رو با جامعهٔ جدید وفق بدی.»

لیلا گفت: «اولاً بدون این تماس‌ها من نمی‌تونم این وضعیت بلاتکلیفی رو تحمل کنم، ثانیاً بین مرد و زن تفاوت‌های زیادی هست. شما می‌تونی با خانواده‌ات تماس نداشته باشی، ولی من نمی‌تونم، ثالثاً اول اجازه بدید اقامت بگیرم و وارد جامعهٔ هلند بشم بعد کم‌کم توی این جامعه ادغام می‌شم.»

محسن گفت: «اولین قدم دریافت اقامت هستش، ولی این پایان کار نیست و بعداً می‌بینی که تازه خیلی از مشکلات و موانع ایجاد می‌شه.»

لیلا گفت: «ولی به نظر من همین که آدم اقامت می‌گیره و تو خونهٔ خودش می‌ره و از این اطمینان نداشتن به آینده نجات پیدا می‌کنه، قدم بزرگیه.»

محسن ضمن تأیید حرف‌های لیلا ادامه داد: «درسته ولی می‌خوام بگم درهرصورت اگه انگیزهٔ کافی نداشته باشی، حتی بعد از گرفتن اقامت هم سختی‌ها می‌تونن باعث یأس و ناامیدی بشن طوری که تصمیم بگیری برگردی. پس یادت باشه از همین حالا برای موندن در اینجا انگیزهٔ قوی داشته باشی. یه انگیزهٔ قوی و پایدار. این‌که انگیزه‌ات رو به بودن یا نبودن کسی پیوند می‌زنی کار درستی نیست، مخصوصاً که شرایط تو خیلی بهتر از امثال منه.»

موقع خداحافظی، لیلا ضمن تشکر به خاطر کمکی که آن روز محسن به او کرده بود، بار دیگر از این‌که با حرف‌هایش به او آرامش و قوت‌قلب می‌داد، تشکر کرد.

صبح روز هفدهم ماه ژوئن، ساعت ده محسن به طرف خانه‌ای که لیلا و خانوادهٔ تازه‌وارد مشهدی اقامت داشتند راه افتاد چون ساعت ده و پنج دقیقه برای وقت ملاقات با آن‌ها در نظر گرفته شده بود. شهرام بیست‌وهفت ساله به همراه همسرش سهیلا بیست‌وپنج ساله که هر دو مشهدی بودند از یکی از کمپ‌های موقت شمال هلند به کمپ دائم دونگن منتقل شده بودند. آرش با اسباب‌بازی‌های که لیلا از یک سازمان خیریه گرفته بود در اتاق خودشان سرگرم بود و محسن با لیلا، شهرام و سهیلا سرِ میزی که در اتاق نشیمن بود صحبت می‌کرد. بعد از آن‌که محسن کمپ و قوانینش را برای آن‌ها توضیح داد، پرسید که آیا کسی سؤالی دارد؟ شهرام دربارهٔ کار در کمپ پرسید و از آنجا که به کارهای الکترونیکی علاقه داشت، قرار شد محسن او را برای کمک به تکنسین‌هایی که وسایل برقی کمپ را تعمیر می‌کردند یا سیم‌کشی‌های خانه‌ها را مرمت می‌کردند، معرفی کند. از سؤال‌های آن‌ها معلوم بود که هر دو می‌خواهند در کمپ حضور فعالی داشته باشند و هرچه سریع‌تر زبان هلندی خود را که کمی هم یاد گرفته بودند، بهتر کنند و در جامعهٔ هلند جا بیفتند. برای همین، موقع خداحافظی محسن به لیلا گفت

که سعی کند با آن‌ها رابطهٔ بیشتری برقرار کند چون نمونهٔ خوبی از پناهنده‌هایی هستند که قبل از این‌که مطمئن شوند اقامت می‌گیرند یا نه، به فکر ادغام در جامعهٔ هلند هستند. لیلا هم قبول کرد که با آن‌ها بیشتر صمیمی شود.

بعد از آن محسن با گروه دیگری از جوان‌های مجرد ایرانی که تازه وارد کمپ شده بودند قرار ملاقات داشت. برای همین از خانهٔ لیلا یک‌راست به طرف خانهٔ جوان‌های مجرد ایرانی رفت. طبق معمول اول قوانین کمپ را برای همه توضیح داد و بعد پرسید کسی سؤالی ندارد؟ تقریباً همگی یک سؤال داشتند: چطور می‌شود اینجا کار سیاه یا سفید پیدا کرد. محسن گفت در این‌باره اطلاعات چندنی ندارد، ولی توضیح داد که برای یادگیری زبان هلندی می‌توانند در کلاس‌هایی که رایگان در تیلبورخ برگزار می‌شود، شرکت کنند تا زودتر وارد جامعهٔ هلند شوند. جالب این بود که برخلاف زوج مشهدی، تقریباً همگی جوان‌های آن خانه معتقد بودند که یادگیری زبان هلندی تا زمانی که اقامت نگرفته‌ای کار بی‌فایده‌ای است. محسن هم گفت: «به نظر من این طرز فکر یا ناشی از تنبلی و رخوتی هستش که زندگی یه پناهنده به همراه داره یا ناشی از یأس و ناامیدی به آینده. خودتون می‌تونین تفاوت‌های شخصیتی گروهی رو که بدون اقامت شروع به یادگیری زبان و ورود به جامعهٔ هلند کردن، با کسانی که منتظرن اول اقامت بگیرن و بعد بقیه چیزها، درک کنین.»

در هوای مطلوب تابستانی هیچ‌چیز به اندازهٔ دوچرخه‌سواری برای محسن لذت‌بخش نبود؛ تفریحی که هزینه‌ای نداشت و برای سلامتی هم مفید بود. خوشبختانه همه‌جا جادهٔ مخصوص دوچرخه احداث شده بود و مکان‌هایی وجود داشت که افراد بتوانند دوچرخهٔ خود را پارک کنند. فرهنگ دوچرخه‌سواری طوری در هلند نهادینه شده است که بدون دوچرخه زندگی واقعاً مشکل است. در این کشور بیش از سی میلیون دوچرخه وجود دارد، یعنی تقریباً به ازای هر نفر دو عدد دوچرخه. به همین نسبت هم سرقت دوچرخه آمار بالایی دارد، طوری که در سال ۸۰۰هزار دوچرخه سرقت می‌شود.

آماری که برای محسن باورکردنی نبود تا وقتی که در اواخر ماه ژوئن، درست جلوی کتابخانۀ شهر دونگن دوچرخه‌اش را به سرقت بردند. محسن چون با دوچرخه به شهر تیلبورخ رفت و آمد می‌کرد مجبور بود هرچه سریع‌تر دوچرخۀ دیگری تهیه کند. وقتی موضوع سرقت دوچرخه‌اش را در خانۀ شمارۀ ۲ جوانان مجرد ایرانی مطرح کرد، رضا پسر بیست‌ودو سالۀ اهل شیراز گفت که با کمی پول می‌تواند در کمپ یک دوچرخۀ دست‌دوم خوب بخرد چون خودش روز گذشته با چهل خلدن توانسته بود یک دوچرخۀ خوب بخرد. وقتی دوچرخه را به محسن نشان داد، محسن باور نمی‌کرد که با آن مبلغ بتوان چنین دوچرخۀ خوبی خرید، ولی رضا با لبخند گفت: «واسه صاحبش مجانی دراومده واسه همین زیاد گرون نمی‌فروشه.»

محسن پرسید: «یعنی چی مجانی؟»

رضا گفت: «این دوچرخه‌ها دزدی هستن و صاحبش زود می‌خواد به پول تبدیلش کنه، اینه که زیاد گرون نمی‌ده. حالا اگه می‌خوای این رو تو پنجاه خلدن بردار من یکی دیگه سفارش می‌دم واسه خودم.»

محسن با تعجب پرسید: «سفارش می‌دی؟»

رضا گفت: «آره، مثلاً می‌گم واسم چه مدلی با چه مشخصاتی بیاره. این‌جوری گرون‌تر درمی‌آد، ولی عوضش اون چیزی که دوست داری گیرت می‌آد.»

محسن گفت: «طرف چه دل و جرئتی داره که این کار رو می‌کنه. گذشته از نفس کار که دزدی و کار بی‌شرافتیه، اگه گیر پلیس بیفته دیگه باید قید گرفتن اقامت رو بزنه.»

رضا گفت: «ای بابا آقا محسن، شما سرت تو کار خودته از اوضاع کمپ خبر نداری. بعضی‌ها صبح می‌رن بیرون شب با دست پر برمی‌گردن. جنس‌هایی با خودشون میارن که باورت نمی‌شه دزدی باشه. فکرشم نمی‌تونی بکنی چه جوری این‌ها رو دزدیدن. واسه ماها که پول نداریم خوبه. جنسی رو یک دهم قیمتش می‌خریم. از پلیس هم

نمی‌ترسن چون بارها دیدن کسانی رو که جرم‌های خیلی بدتری مرتکب شدن و اقامت گرفتن و الآنم دارن زندگی‌شون رو می‌کنن. به قول خود هلندی‌ها، پروندۀ پناهندگی یه بحث جداست و به مسائل دیگه ربطی نداره. حالا دوچرخه رو می‌خوای برداری یا نه؟ با این قیمت بهت یه دوچرخه آشغال هم نمی‌دن ها.»

این حرف رضا کاملاً درست بود. از یک طرف محسن نمی‌خواست جنس دزدی بخرد چون فکر می‌کرد با این کار به بازار اجناس دزدی رونق می‌دهد و خلافکارها را به ادامۀ کارشان تشویق می‌کند. از طرف دیگر با خودش می‌گفت اگر او نخرد، آن‌قدر هستند که از دل و جان بخرند پس نخریدن او کمکی نمی‌کند. از طرفی پول بیشتر برای خرید دوچرخه از مغازه نداشت. برای همین به رضا گفت که فکر می‌کند و فردا جواب می‌دهد.

وقتی به اتاق برگشتند، هم‌شهری رضا، امین، که با داشتن سی‌وپنج سال سن مسن‌ترین آدم آن اتاق بود، در گوش محسن گفت: «دوچرخه‌اش رو فروخت بهت؟»

محسن آرام جواب داد: «هنوز نه، گفتم باید فکر کنم.»

امین که معلوم بود مرد باتجربه‌ای است، گفت: «فردا صبح بیا اتاق تعمیر دوچرخه‌ها که انتهای کمپه.» بعد به آشپزخانه رفت تا برای همگی آشپزی کند.

فردا صبح زود محسن به قسمت تعمیرات دوچرخۀ کمپ رفت و امین را آنجا دید. امین از وقتی وارد کمپ شده بود در این قسمت مشغول کار شده بود و کار تعمیرات دوچرخه و موتور را با همکار هلندی‌اش انجام می‌داد. امین بعد از سلام واحوال‌پرسی به محسن گفت: «نمی‌خواستم دیشب دربارۀ این مسئله باهات صحبت کنم، ولی از طرز حرف‌زدن و شخصیتت معلومه که سر سفرۀ پدر و مادرت بزرگ شدی. نمی‌گم بقیه هم‌اتاقی‌های من این‌جوری نیستن، ولی طرز فکرشون با من و تو متفاوته. اینجا دوچرخه‌های اوراقی رو می‌آرن و من و همکار هلندیم اون‌ها رو تعمیر می‌کنیم بعد با قیمت کمی به پناهنده‌ها می‌فروشیم. این‌جوری هم اون‌ها صاحب یه دوچرخۀ خوب و

ارزون می‌شن هم کمی پول دست ما می‌رسه، مال دزدی هم تو سفره‌ات نمی‌آد. حالا بازم خودت می‌دونی.»

محسن گفت: «از اولش هم دلم راضی نبود مال دزدی بخرم، ولی پولم نمی‌رسه از مغازه دوچرخه بخرم.»

امین چندتا دوچرخه به او نشان داد و محسن بالاخره یکی را انتخاب کرد و خرید و بعد که پولش را داد، به طرف تیلبورخ حرکت کرد.

محسن با دوچرخه فاصلۀ شانزده کیلومتری بین دونگن و تیلبورخ را در مدت پنجاه دقیقه یا حداکثر یک ساعت طی می‌کرد. نزدیکی‌های ظهر به تیلبورخ رسید و در مرکز شهر دور فواره‌های یک حوضچه و در زیر سایه یک درخت نشست تا ضمن استراحت ساندویچ نان و پنیری را که با خود آورده بود، بخورد. همۀ هلندی‌ها برای ناهار غذایی مشابه آن را با خود سر کار می‌آورند و محسن این رسم ناهار خوردن را از کارمندهای فی‌فی‌ان کمپ یاد گرفته بود. آن روز ساعت دو بعدازظهر با فردی قرار داشت که مسئول آموزش زبان هلندی در یک کلیسای قدیمی بود. محسن از طریق دو نفر از پناهنده‌های افغانی کمپ توانسته بود با این مرکز آشنا شود و قرار ملاقات بگذارد. همۀ کسانی که در آن مرکز که اماس‌تی[1] نام داشت کار می‌کردند، افرادی بودند معمولاً بازنشسته که رایگان زبان هلندی درس می‌دادند. از آنجا که شهرداری به این سازمان کمک مالی می‌کرد و سازمان بابت مکان و انرژی و لوازم تدریس پولی پرداخت نمی‌کرد، پناهنده‌ها می‌توانستند با پرداخت اندکی پول ثبت‌نام کنند. بعد از ملاقات با مسئول و منشی اماس‌تی، محسن توانست ثبت‌نام کند. مسئول و منشی آنجا از این‌که محسن می‌توانست هلندی را بدون لهجه صحبت کند به او تبریک گفتند. کلاس‌ها در اواخر ماه آگوست شروع می‌شد یعنی دو ماه دیگر و محسن می‌توانست بعد از شروع کلاس‌ها پول ثبت‌نام را بپردازد.

---

¹ MST

بعد از آن محسن دو سه ساعتی در شهر گردش کرد و نزدیک ساعت شش و نیم عصر که مغازه‌ها تعطیل می‌شدند به سوی دونگن حرکت کرد. بعد از سه چهار کیلومتر ناگهان محور چرخ جلو شکست و از دوچرخه جدا شد و چون محسن در حرکت بود با صورت به زمین خورد. محلی که این حادثه رخ داد در میان کارخانه‌های اطراف تیلبورخ بود و مغازه یا خانه‌ای آن اطراف نبود که محسن بتواند از کسی کمک درخواست کند. از طرفی ساعت هفت مردم در حال خوردن شام بودند و خیابان‌ها در خلوت‌ترین حالت خود قرار داشتند. خوشبختانه به جز چند خراشیدگی سطحی روی بینی و سمت راست صورتش و کف دست‌هایش، آسیب جدی به او وارد نشده بود هرچند جراحت‌ها درد و سوزش زیادی داشتند، ولی می‌دانست خطرناک نیستند. عینکش هم سالم بود و می‌توانست ببیند. چند دستمال کاغذی که در جیب داشت روی زخم دست‌هایش گذاشت و با خود گفت بهتر است هرچه سریع‌تر خودش را به کمپ برساند چون فقط آنجا می‌توانست به خودش کمک کند یا از کسی کمک بگیرد، ولی سؤال مهم این بود که چه جوری با آن حال خودش را به کمپ برساند؟ حتی اگر به دوستانش زنگ می‌زد کسی نمی‌توانست به او کمک کند چون کسی نه اتومبیل داشت نه گواهی‌نامه. بهترین راه این بود که دوچرخه را رها کند و با اتوبوسی که هر یک ساعت به طرف دونگن می‌رفت به کمپ برگردد. به آرامی راه افتاد تا خودش را به نزدیک‌ترین ایستگاه اتوبوس برساند. وقتی با دوچرخه بین دونگن و تیلبورخ در حرکت بود دیده بود که در محدودهٔ شهرها فواصل بین ایستگاه‌های اتوبوس کم است، ولی بین شهرها مانند جایی که محسن دچار حادثه شده بود، فاصله زیاد است و گاه ممکن است به چند کیلومتر هم برسد.

بعد از بیست دقیقه پیاده‌روی، از دور ایستگاه اتوبوس را دید و با خوشحالی به سرعت خود افزود، ولی هنوز صد متری با ایستگاه فاصله داشت که اتوبوس با سرعت از کنارش گذشت. هرچه محسن سروصدا کرد فایده‌ای نداشت و چون مسافری در ایستگاه نبود اتوبوس بدون توقف با غرش به راه خود ادامه داد. وقتی محسن به تابلوی ایستگاه

رسید، تابلو را خواند تا زمان رسیدن بعدی اتوبوس را بداند و متوجه شد که یک ساعت دیگر می‌رسد پس تصمیم گرفت علی‌رغم خستگی به راه خود ادامه بدهد.

بعد از نیم‌ساعت راه‌رفتن، درحالی‌که از شدت عصبانیت، خستگی، گرسنگی و تشنگی به زمین و زمان فحش می‌داد با خود فکر می‌کرد شاید کار اشتباه یا گناهی مرتکب شده که خدا امروز در حال تنبیه‌کردن اوست. انگار یک نفر همهٔ اتفاقات آن روز را از قبل برنامه‌ریزی کرده بود که این بلاها سرش بیاید. او باید دیشب بحث دوچرخه را پیش می‌کشید تا با رضا و بعدش با امین صحبت کند تا او تصمیم بگیرد این دوچرخهٔ تعمیراتی را از امین بخرد، آن هم درست روزی که باید به تیلبورخ می‌آمد.

هنگام پیاده‌روی، زمان مناسبی برای فکر کردن به چیزهایی است که آدم‌ها فرصت کمتری برای فکر کردن به آن‌ها دارند. محسن در حین پیاده‌روی به سوی دونگن به یاد اولین باری افتاد که در هلند احساس عجز و درماندگی کرده بود. بار اول زمانی بود که محسن از روی ناچاری تصمیم گرفت در هلند درخواست پناهندگی بدهد. با توجه به این‌که دوستان صمیمی محسن در کانادا زندگی می‌کردند و می‌توانستند به او در شروع یک زندگی جدید کمک کنند و با توجه به این‌که او می‌توانست انگلیسی صحبت کند، محسن تصمیم گرفته بود قاچاقی به کانادا برود و در آنجا درخواست پناهندگی بدهد. طبق قراری که محسن با قاچاقچی‌ها گذاشته بود بنا بود شش هزار دلار از آمستردام به کانادا بپردازد. بعد از ورود به آمستردام، یک مرد میان‌سال ترک محسن را به یک آپارتمان بسیار کوچک با حداقل امکانات زندگی در آمستردام منتقل کرد. آن مرد به محسن گفت که باید چند روزی در آن آپارتمان منتظر باشد تا پاسپورت دیگری برای سفر او آماده شود. در آپارتمان مقداری مواد غذایی برای چند روز بود. آن مرد یک روز در میان برای محسن نان و مقداری سوسیس و کالباس می‌آورد.

بعد از چند روز، مرد ترک به محسن گفت که آماده سفر شود و باید لباس مرتبی بپوشد. روز بعد، مرد ترک با اتومبیل به دنبال محسن آمد تا اول پاسپورت و بلیت

را از خانه‌ای که پاسپورت را آماده کرده بودند بگیرند و بعد از آن محسن را به فرودگاه ببرد. مرد ترک در یک کوچهٔ باریک پارک کرد و از محسن برای تحویل پاسپورت درخواست پول کرد تا برود و پاسپورت را برایش بیاورد، ولی محسن گفت بهتر است با هم بروند تا خودش پول را بدهد و پاسپورت را بگیرد، ولی آن مرد قبول نکرد و گفت محسن اجازه ندارد محل سکونت کسی که پاسپورت را دزدیده و جعل کرده بداند، چون اگر پلیس محسن را دستگیر کند، ممکن است آن محل را لو دهد. محسن دودل بود و حسی خوبی نداشت، ولی آن مرد با عصبانیت گفت نمی‌تواند مدت زیادی اینجا توقف کند چون پلیس مشکوک می‌شود و اگر محسن پول را نمی‌دهد، از ماشین پیاده شود. محسن در آن شرایط چاره‌ای نداشت جز اعتماد کردن. پول را به آن مرد داد و از اتومبیل پیاده شد. قرار شد آن مرد ترک یک ربع تا نیم ساعت دیگر همان‌جا دوباره محسن را سوار کند تا او را به فرودگاه برساند. ولی او هرگز برنگشت. بعد از دو ساعت محسن مطمئن شده بود که دیگر او را نخواهد دید و در سرمای طاقت‌فرسا و درحالی که برف می‌بارید تا بعدازظهر در خیابان‌ها پرسه زد تا این‌که به ایستگاه مرکزی قطار آمستردام رسید. بدون داشتن لباس گرم، خسته، گرسنه و با ترس از پلیس بدون هیچ هدفی قدم می‌زد و گاهی فکر می‌کرد که آن مرد ترک از پشت سر او را صدا می‌زند و از این‌که دیر کرده عذرخواهی می‌کند. انگار حسی داشت که در مقابل پذیرش بلایی که سرش آمده بود مقاومت می‌کرد. شاید هم بلایی که سرش آمده بود آن‌قدر بزرگ بود که قابل پذیرش نبود، حداقل در آن چند ساعت اول.

در اوج ناامیدی، ناگهان در میان صداهای ناآشنایی که به گوشش می‌رسیدند، صدای آشنای فارسی را شنید. به طرف صدا نگاه کرد و دو خانم را دید که پالتو به تن داشتند و به طرف ایستگاه قطار می‌رفتند. محسن با خوشحالی به آن‌ها نزدیک شد تا بپرسد چه کار باید بکند. چون تنها کسانی بودند که او می‌توانست به آن‌ها اعتماد کند. وقتی از پشت‌سر با فاصلهٔ کمی از آن‌ها رسید، گفت: «ببخشید، شما ایرانی هستید؟»

دو خانم به طرف محسن برگشتند و مردی را با لباس‌های خیس و کثیف دیدند که از سرما می‌لرزید. بعد درحالی‌که با اکراه از سر تا پای او را وارانداز می‌کردند، بدون این‌که جوابی بدهند دور شدند و محسن شنید که یکی به آن دیگری گفت: «چقدر گدای ایرانی زیاد شده. دیگه آدم جرئت نمی‌کنه تو خیابون فارسی صحبت کنه.»

آخرین امید محسن هم از دست رفت و برای اولین بار در زندگی‌اش احساس عجز و ناتوانی کرد. با خودش گفت: «الآن شاید از تو بدبخت‌تر در این کشور کسی نباشه، ولی اگه روزی در آیندهٔ نامعلوم سر و سامون گرفتی و تونستی یه زندگی جدید رو شروع کنی، امروز رو هرگز فراموش نکن و سعی کن اگه نمی‌تونی یا نمی‌خوای به کسی کمک کنی، حداقل به حرفش گوش بدی. شاید فقط یه سؤال ساده داشته باشه که بتونی جوابش رو بدی.»

نزدیک ساعت چهار بعدازظهر برف متوقف شد و محسن به این فکر افتاد که کمک بخواهد. ناچار باید به مردم اعتماد می‌کرد. مشکلش را برای دو مرد که روی آسفالت نزدیک ایستگاه مرکزی کار می‌کردند، تعریف کرد و آن‌ها به او گفتند که باید هرچه سریع‌تر خودش را به پلیس معرفی کند. چیزی که محسن به‌شدت از آن می‌ترسید چون فکر می‌کرد دستگیر می‌شود و او را به ایران برمی‌گردانند. دربارهٔ ترس خود به آن‌ها توضیح داد، ولی آن‌ها با خنده گفتند که لازم نیست از پلیس هلند بترسد چون جرمی مرتکب نشده و مطمئن باشد به او کمک می‌کنند. جالب بود که با آن‌که کارگر بودند انگلیسی را نسبتاً خوب صحبت می‌کردند.

در سالن ایستگاه مرکزی، محسن یک پلیس جوان را دید و مشکلش را برای او توضیح داد. پلیس جوان با خنده گفت محسن حماقت کرده که قبل از گرفتن پاسپورت و بلیت، به آن‌ها پول داده، بعد به او روز خوش گفت و رفت. محسن از تعجب خشکش زده بود چون رفتاری که از این پلیس دیده بود، با شناختی که از پلیس داشت کاملاً متفاوت بود. بار دیگر نزد همان دو مرد برگشت و برخورد پلیس را برایشان توضیح داد.

آن‌ها با تعجب گفتند پلیس باید به او کمک می‌کرد، اما بهتر است یک پلیس زن پیدا کند چون آن‌ها مهربان‌تر هستند.

محسن جلوی ایستگاه یک اتومبیل پلیس دید که کمک‌راننده‌اش زن بود. فوری جلوی اتومبیل پرید و آن‌ها را متوقف کرد. محسن به حالت التماس چند ضربه به شیشهٔ اتومبیل زد، طرفی که پلیس زن نشسته بود. دوباره مشکلش را برای پلیس زن توضیح داد. آن‌ها او را به ادارهٔ پلیس واقع در ایستگاه مرکزی قطار بردند، یک فنجان گرم قهوه و کمی شکلات دادند تا از استرس محسن کم کنند. سپس آدرس محلی را که محسن باید برای دریافت کمک خودش را به آنجا برساند، به او دادند. در اصل اولین اقدام برای درخواست پناهندگی را به او نشان دادند.

با شنیدن بوق یک کامیون، محسن به زمان حال برگشت و درحالی‌که با حالتی زار به طرف کمپ قدم می‌زد، تمام خاطرات آن روزی را که مجبور شد در هلند درخواست پناهندگی کند با خود مرور می‌کرد و در نهایت به خودش گفت: «ای بابا، کمی مثبت فکر کن. اگه صبح این اتفاق می‌افتاد به قرارت نمی‌رسیدی یا اگه آسیب جدی می‌دیدی که بدتر بود.» وقتی به ایستگاه بعدی اتوبوس رسید می‌دانست که تا کمپ بیست دقیقه بیشتر راه نیست، برای همین به راه خود ادامه داد.

وقتی خسته به کمپ رسید، اولین چیزی که می‌خواست نوشیدن آب بود و بعد یک تکه نان و بعد دوش آب گرم، ولی هنوز داخل اتاقش نشده بود که در خانه باز شد و امین و رضا به همراه سعید و نادر ـ دو جوان کرمانشاهی که با آن‌ها هم‌خانه بودند ـ با سروصدا و فحش و کتک‌کاری وارد خانهٔ محسن شدند. رضا و امین درحالی‌که یقه کت یکدیگر را گرفته بودند و دیگران سعی داشتند آن‌ها را از هم جدا کنند به طرف محسن آمدند.

امین گفت: «آقا محسن، تو رو خدا راستش رو بگو. من به شما گفتم دوچرخهٔ رضا رو نخر، بیا از من بخر؟»

قبل از این‌که محسن جوابی بدهد، رضا داد زد: «لازم نیست اون چیزی بگه. همه‌چیز معلومه دیگه. خوبه من هم از فردا بیام دم در دوچرخه‌سازی نذارم کسی ازت دوچرخه بخره؟ خوبه نون تو رو آجر کنم؟»

بعد از خاتمهٔ دعوا، زمانی که همگی از خانهٔ محسن رفتند، هم‌خانه‌های محسن دور میز کنار او نشستند تا اصل ماجرا را از خودش بشنوند. آن‌ها تازه آن موقع متوجه وضع اسف‌بار محسن شدند. در مدت دعوا محسن فقط توانسته بود آب بخورد و بعد همهٔ وقتش صرف آشتی‌دادن دو هم‌شهری شده بود چون احساس می‌کرد به خاطر او بوده که با این‌که هم‌شهری و دوست بودند با هم درگیر شدند. جالب آن‌که آن‌قدر درگیر دعوای خودشان بودند که متوجه زخمی بودن محسن هم نشدند و بعد از آشتی هم بلافاصله به خانهٔ خود رفتند. بعد از آن‌که محسن غذایی را که حسن برای او تدارک دید خورد، ماجرای حادثه را برای آن‌ها تعریف کرد.

اکبر گفت: «بارها گفتم این‌قدر مسلمون‌بازی از خودت در نیار باباجان. ما همه پناهنده هستیم و نیازمند. اگه دوچرخهٔ دزدی رضا رو می‌خریدی این بلا سرت نمی‌اومد. حالا امیدوارم درس عبرت گرفته باشی.»

محسن خندید و گفت: «نمی‌دونم. شاید حق با تو باشه. فعلاً زندگی ما طوری شده که گاهی تشخیص این‌که چی درسته چی غلط، سخته.»

در تابستان سال ۲۰۰۱، آنمیک و پیتر تصمیم گرفتند برای تعطیلات تابستانی همراه فرزندان خود به جنوب هلند مسافرت کنند، برای همین در یکی از تفرجگاه‌های تابستانی نزدیک تیلبورخ برای دو هفته خانه‌ای اجاره کردند. وقتی محسن در کمپ هوخوفین متوجه شد که به کمپ دونگن منتقل خواهد شد، موضوع را به آنمیک و پیتر اطلاع داد و حتی روز ترانسفر آن‌ها با کیک خانگی که آنمیک برای محسن درست کرده بود برای خداحافظی از محسن به کمپ هوخوفین آمده بودند. صمیمیتی که بین محسن و خانوادۀ آن‌ها ایجاد شده بود نه‌تنها به خاطر ارتباطی بود که آنمیک با محسن برای تدارک و فروش لباس‌های دست‌دوم داشت، بلکه از زمانی که پیتر تیم فوتبال را به کمک محسن تشکیل داد و این تیم روحیه خوبی به پناهنده‌ها داد، این صمیمیت و ارتباط بیشتر

هم شد طوری که در دو سه هفتهٔ آخری که محسن در کمپ هوخوفین بود تقریباً تمام تعطیلات آخرهفته خانهٔ آن‌ها بود و شام را با آن‌ها می‌خورد و آخر شب به اتفاق پیتر و پسرش الکساندر فوتبال باشگاه‌های اروپا را تماشا می‌کرد و پس از آن محسن برای خواب به کمپ باز می‌گشت. این رفت و آمدها به محسن کمک کرده بود که با فرهنگ اروپایی و مخصوصاً هلندی آشنا شود. گاهی برخوردها چنان برای او ناخوشایند بودند که اگر دوستی و صمیمیت آن‌ها را از قبل نمی‌دانست، صددرصد به سوءتفاهم دچار می‌شد و ممکن بود بخواهد پاسخ نامناسب و تندی بدهد و باعث رنجش خانوادهٔ آنمیک شود. محسن می‌دید که بسیاری از مشکلات بین هلندی‌ها و خارجی‌ها، چه آن‌هایی که در هلند پناهنده بودند و چه آن‌هایی که با ازدواج و پیوندهای فامیلی به هلند وارد شده بودند به همین سادگی به‌وجود می‌آمد بدون آن‌که دو طرف واقعاً قصد آزار و اذیت یکدیگر را داشته باشند.

عدم شناخت و توجه نکردن به تفاوت‌های فرهنگی به‌راحتی می‌تواند به سوءبرداشت از صحبت‌ها و رفتارهای طرف مقابل منجر شود و خود باعث بروز عکس‌العمل منفی از طرف مقابل شود. خود این مسئله می‌تواند سلسله‌وار، مشابه یک واکنش زنجیره‌ای، پیامدهای جدی‌تری در پی داشته باشد. اولین باری که آنمیک محسن را برای صرف نوشیدنی به خانهٔ خود دعوت کرد، محسن به خاطر طولانی شدن صحبت با پیتر مدت بیشتری در خانهٔ آن‌ها ماند. ساعت ۱۷:۳۰ آنمیک به محسن گوشزد کرد که آن‌ها می‌خواهند نیم ساعت دیگر شام بخورند و آیا محسن مایل است پیتر او را به کمپ برساند یا این‌که خودش با اتوبوس می‌رود. محسن بار اول که این را از آنمیک شنید گمان کرد که اشتباه شنیده یا اشتباه برداشت کرده است. برای همین دوباره پرسید منظور آنمیک چیست و زمانی که متوجه منظور او شد، با ناراحتی گفت لازم نیست کسی او را برساند و خودش با اتوبوس می‌رود. سپس آن‌ها به گرمی با او خداحافظی کردند و در را پشت‌سرش بستند. در اتوبوس محسن خیلی به این رفتار آن‌ها فکر کرد. او مطمئن بود

که آنها انسان‌های مهربانی هستند که برای کمک به پناهنده‌ها حاضرند از خیلی تفریحات خود بگذرند، ولی از طرف دیگر حتی یک تعارف ساده نکردند که محسن شام بماند؛ چیزی که در فرهنگ ایرانی بسیار ناپسند و غیردوستانه محسوب می‌شود و نشانهٔ بی‌فرهنگی و مهمان‌نواز نبودن میزبان است. محسن هرچه با فرهنگ هلندی آشنا می‌شد، بیشتر متوجه این موضوع می‌شد که چیزی به‌عنوان تعارف در فرهنگ غربی وجود ندارد و اگر فرد هلندی چیزی را بخواهد به یکی بدهد یا کمکی به کسی بکند آن را به زبان می‌آورد و اگر مایل نباشد، عنوان نمی‌کند. درصورتی‌که در فرهنگ ایرانی تعارف خیلی وقت‌ها به این معناست که من دوست ندارم به تو کمک کنم یا نمی‌توانم کمکت کنم، ولی از آنجا که ادب حکم می‌کند آن را ابراز کنم، به تو می‌گویم و تو هم اگر قبول کنی نشان می‌دهد که آدم پررویی هستی و اگر قبول نکنی نشان می‌دهد که منظور از تعارف را فهمیده‌ای و می‌دانی که ابراز علاقهٔ من از این‌که کمکت کنم صرفاً یک تعارف است و تو باید قبول نکنی. نه‌تنها در فرهنگ غربی بلکه در بسیاری از فرهنگ‌های دیگر هم چیزی به‌عنوان تعارف وجود ندارد. محسن روزی را به یاد داشت که به اتفاق لیلا برای خرید لباس به اتاقی رفت که آنمیک در کمپ لباس‌های دست‌دوم را می‌فروخت. لیلا از یک کلاه خوشش آمد و بعد از چانه‌زدن به کمک محسن و پرداخت پول، آن را خرید. وقتی کلاه را روی سر گذاشت و برای صدمین بار به محسن نشان داد که آیا برایش مناسب است یا نه، یک دختر سیاه‌پوست آفریقایی شروع کرد به تعریف از کلاه و این‌که لیلا انتخاب خوبی کرده است. لیلا از تعریف او خوشحال شد و به او هم اجازه داد که کلاه را روی سرش امتحان کند و وقتی دختر می‌خواست کلاه را به لیلا برگرداند، لیلا طبق رسم ایرانی‌ها به او گفت که قابل ندارد و می تواند آن کلاه را داشته باشد. دختر از او پرسید جدی می‌گوید؟ محسن تا خواست به لیلا گوشزد کند که تعارف در فرهنگ آن‌ها وجود ندارد و آن دختر حرف لیلا را جدی تلقی می‌کند، لیلا با اشارهٔ سر

حرفش را تأیید کرد. آن دختر هم با یک تشکر کوچک درحالی که کلاه زیبای مجانی روی سرش بود، دور شد.

لیلا شاکی به محسن گفت: «من فقط یه تعارف کوچولو کردم. چقدر وقیح بود این دختره. دیدی چه جوری کلاه نازنینم رو مجانی ازم گرفت و برد؟!»

محسن به تفاوت‌های فرهنگی بین ملت‌ها اشاره کرد و این‌که حتی در فرهنگ ما از قدیم گفته‌اند تعارف آمد نیامد دارد.

وقتی آنمیک به محسن تلفن کرد تا خبر دهد که برای دو هفته به تفرجگاه تابستانی نزدیک تیلبورخ آمده‌اند محسن خوشحال شد و بلافاصله آن‌ها را برای شام به کمپ دونگن دعوت کرد. به آن‌ها توضیح داد که برخلاف کمپ هوخوفین، او می‌تواند در کمپ دونگن آشپزی کند و از آنجا که دست‌پختش خوب است، مایل است آن‌ها را برای شام دعوت کند تا با غذاهای ایرانی آشنا شوند.

در روز مهمانی محسن با تدارک دیدن ماکارونی ایرانی منتظر بود تا آن‌ها برسند. از نگهبانی کمپ به او خبر دادند که مهمان‌ها رسیده‌اند. محسن برای خوشامدگویی به طرف ورودی کمپ رفت. وقتی محسن آنمیک را بعد از دو ماه دید او را در آغوش گرفت و روبوسی کردند. سپس محسن همین کار را با صمیمیت با پیتر انجام داد. پیتر صورتش قرمز شد، ولی چیزی نگفت. پس از صرف شام با هم در محوطهٔ کمپ قدم زدند. محسن دلیل قرمز شدن پیتر را پرسید و او توضیح داد که در فرهنگ هلندی و کلاً غربی زن با مرد روبوسی می‌کند و زن با زن یا مرد با مرد این کار را انجام نمی‌دهد مگر آن‌که پدر پسر باشند یا مادر دختر. محسن از پیتر عذرخواهی کرد و گفت در فرهنگ ایرانی درست برعکس است و او برای ابراز صمیمیت به پیتر این کار را انجام داده است.

محسن این را فهمیده بود که در کنار شناخت فرهنگ هلندی، قبول آن به‌عنوان راهی برای ورود به جامعهٔ هلند ضروری است و قبول آن یعنی احترام گذاشتن

به فرهنگ ملتی که به تو در جامعهٔ خود مکانی برای تشکیل یک زندگی جدید داده‌اند. برخی از پناهنده‌ها هرچند نسبت به فرهنگ هلندی شناخت پیدا کرده بودند، ولی بعد از شناخت آن را به دور از ادب و گاه گستاخانه و نامناسب می‌دانستند، غافل از این‌که فرهنگ هر ملتی برای خودشان مناسب است و احترام به آن باعث می‌شود که فرد خارجی به جامعهٔ هلندی راه پیدا کند. برای نمونه، محسن با خودش می‌گفت زمانی که من این شناخت را پیدا کردم که در فرهنگ هلندی روبوسی مرد با مرد جز در موارد استثنایی مناسب نیست، قدم بعدی این است که به این فرهنگ احترام بگذارم. درک این مسئله برای محسن ساده بود که او برای این به هلند نیامده که فرهنگ آن‌ها را عوض کند یا به آن‌ها بگوید که فرهنگ‌شان چه عیوبی دارد، ولی با کمال تعجب می‌دید که خارجی‌هایی که سال‌ها در هلند زندگی می‌کنند بعضاً در جهت برخورد با فرهنگ هلندی هستند و این مسئله باعث شده هم خودشان از زندگی در هلند لذت نبرند و هم امکان پیشرفت در جامعهٔ هلند را از دست بدهند. البته محسن در کنار شناخت و احترام به فرهنگ هلندی هیچ‌گاه در صدد بر نیامد که مسائلی را که از فرهنگ هلندی یاد می‌گرفت وارد فرهنگ ایرانی کند؛ برای مثال، با این‌که فرهنگ روبوسی را در هلند شناخت و به آن احترام هم گذاشت، ولی باز هم زمانی که در کمپ با مردهای ایرانی برخورد می‌کرد که با او صمیمی بودند، با آن‌ها روبوسی می‌کرد و با خانم‌های ایرانی این کار را انجام نمی‌داد. به مرور زمان، با رعایت همین اصول ساده محسن از یک طرف توانسته بود در جامعهٔ هلند وارد شود و از طرف دیگر اصالت خود را به‌عنوان یک ایرانی حفظ کند و برای او جای تعجب بود که چرا بعضی از خارجی‌ها برای ادغام در جامعهٔ جدید این‌قدر دچار مشکل شده‌اند. افراط و تفریط‌ها در این دسته کاملاً مشهود بود. بعضی‌ها چنان با تعصب از فرهنگ خود دفاع می‌کردند که همهٔ فرهنگ‌ها به جز فرهنگ خودشان را نامناسب می‌دانستند و در مقابل بعضی‌ها چنان از فرهنگ اجداد خود ابراز نفرت می‌کردند که گویی اصلاً به خاطر فرهنگ هلندی و دور شدن از فرهنگ کشور خود به هلند

آمده‌اند. شهرام و سهیلا ـ زن و شوهر مشهدی که با لیلا هم‌خانه بودند ـ از این دستهٔ دوم بودند.

محسن اکثراً برای بازی با آرش و البته بیشتر برای هم‌صحبتی با لیلا به خانهٔ آن‌ها می‌رفت. در یکی از شب‌های نخستی که محسن بعد از شام به خانهٔ آن‌ها رفته بود، برای این‌که مطمئن باشد که مزاحم شهرام و سهیلا نیست از آن‌ها پرسید آیا اجازه دارد گاهی به آرش و لیلا سر بزند؟

سهیلا گفت: «البته که می‌تونی بیای. ما هم خوشحال می‌شیم که تو اینجا می‌آی و می‌تونیم با تو صحبت کنیم.»

درحالی‌که محسن تشکر می‌کرد، شهرام خیلی جدی پرسید: «چرا این رو پرسیدی؟»

محسن گفت: «خب اینجا خانهٔ شماست و حریم خصوصی شما حساب می‌شه. از طرفی عقاید مذهبی و فرهنگ ایرانی هم حساسیت مسئله رو بیشتر می‌کنه، برای همین پرسیدم.»

سپس شهرام باز هم با جدیت گفت: «ما مذهبی نیستیم و اگه بودیم ایران می‌موندیم. فرهنگ ایرانی جز بدبختی تا حالا چه چیز دیگه‌ای برامون آورده که بخوایم اینجا هم دودستی بهش بچسبیم و افکار چندصد ساله‌مون رو ادامه بدیم؟ فرهنگ ایرانی تشکیل شده از چشم و هم‌چشمی، غیبت‌کردن پشت‌سر همدیگه، خودنمایی و فخر فروختن به دیگران و تعارفاتی که همه‌ش دروغ و چاخانه. آقا محسن، شما خودت بیشتر از همهٔ ما با هلندی‌ها در تماسی. ببین این هلندی‌ها چقدر راحت زندگی می‌کنن. چرا؟ چون فرهنگ ما رو ندارن.»

محسن با تعجب فقط نگاه می‌کرد و چیزی نمی‌گفت چون آنجا مهمان بود و نمی‌خواست بحثی پیش بیاید که احتمالاً به کدورت منجر شود و او دیگر نتواند به خانهٔ آن‌ها بیاید. درعوض لیلا خیلی صریح گفت: «ببخشید آقا شهرام، من با قسمتی از

حرف‌های شما موافق نیستم. شما گفتین اگه مذهبی بودین ایران می‌موندین و اینجا نبودین، ولی به نظر من این دو مسئله هیچ ربطی با همدیگه ندارن. مذهب یه اعتقاد شخصی هستش و شما خودتون هم می‌بینین که اینجا به مذاهب مختلف احترام می‌ذارن چون به اعتقادات شخصی افراد احترام می‌ذارن. از طرفی شما طوری از فرهنگ هلندی دفاع می‌کنین که انگار سال‌هاست این فرهنگ رو می‌شناسید، درصورتی‌که فقط چند ماهه وارد این کشور شدین و می‌تونم حدسم بزنم اولین کاری که بعد از ورود انجام دادین همین سوراخ کردن گوش‌تون بوده و تاتو روی بازوتون که نشون بدین چقدر به فرهنگ هلندی علاقه دارین.»

سهیلا برای دفاع از همسرش گفت: «پس شما جزو همون زن‌های سنتی ایرانی هستین که هنوز فکر می‌کنن سوراخ کردن گوش فقط مال دخترها و زن‌هاست؟ یا فکر می‌کنن تاتو کردن دور از ادب و شخصیته؟ اولین باری که از لای در اتاقت دیدم که داری نماز می‌خونی باید حدس می‌زدم طرز فکرت چیه. شما با این طرز فکرت چرا ایران نموندی و اومدی اینجا؟ امیدوارم جواب بگیری، ولی اگه جواب بگیری با این طرز فکر سنتی که داری زندگی اینجا خیلی بهت سخت می‌گذره.»

شهرام هم در تأیید حرف‌های سهیلا گفت: «از همه مهم‌تر این‌که با پسرت مشکل پیدا می‌کنی چون اون خوشبختانه اینجا بزرگ می‌شه و از فرهنگ ایرانی که شما ازش دفاع می‌کنی چیزی سر در نمی‌آره و باهاش بیگانه می‌شه. حالا شما هی باید بهش اصرار کنی که به فرهنگ مامان‌بزرگ و بابابزرگش احترام بذاره. خب نمی‌ذاره دیگه. قبول کن لیلا خانم.»

سهیلا ادامه داد: «خدا رو واقعاً شکر که بچهٔ من اینجا به دنیا می‌آد، دور از اون فرهنگ. من حتی حاضر نیستم به بچه‌ام زبون فارسی یاد بدم، چه برسه به فرهنگ ایرانی.»

صحبت‌های آن سه نفر نیم ساعتی ادامه داشت و در این مدت محسن با آرش بازی می‌کرد، هرچند حرف‌های آن‌ها را هم دنبال می‌کرد. گاه چنان سر هم داد می‌زدند که آرش می‌گفت: «مامی یواش‌تر. چرا داد می‌زنین سر هم؟» گاهی لیلا یا زن و شوهر مشهدی از محسن می‌خواستند که حرف‌شان را تأیید کند، ولی محسن با لبخند می‌گفت که متوجه بحث نشده است. کم‌کم بحث آن‌ها به دعوا تبدیل شد و از آن احترامی که در صحبت‌های اول نسبت به هم نشان می‌دادند اثری نبود و به جای شما یکدیگر را تو خطاب می‌کردند. لیلا آن‌ها را به غرب‌زدگی متهم می‌کرد و آن‌ها هم او را عقب‌مانده می‌خواندند. از آنجایی که آن‌ها دو نفر بودند و لیلا یک نفر، او انتظار داشت که محسن وارد بحث شود و به او کمک کند، مخصوصاً که دوست صمیمی همدیگر بودند. برای همین زمانی که سهیلا سر او داد زد: «اگه طرز فکرت این‌قدر عقب‌مونده‌ست پس چادر سرت کن برگرد ایران.» لیلا با حالت بغض رو به محسن کرد و گفت: «تو نمی‌خوای حرفی بزنی؟ حالا گور بابای من، نمی‌بینی چه‌جوری دربارهٔ فرهنگت صحبت می‌کنن؟ تو فقط سکوت کردی که نشون بدی با اون‌ها موافقی؟ آره؟»

محسن به لیلا لبخندی زد و گفت: «ساعت نزدیک ده شبه. از وقت خواب آرش گذشته. آرش رو بخوابون بعد صحبت می‌کنیم.»

با این پیشنهاد آتش‌بس موقت برقرار شد و همه از دور میز جدا شدند. لیلا آرش را به اتاق خودشان برد تا بخواباند و سهیلا به آشپزخانه رفت تا ظرف‌های شام را بشوید. شهرام هم بلند شد تا برای همه چای بگذارد تا در ادامهٔ بحث بدون چای نباشند. تنها محسن بود که هنوز دور میز کوچک اتاق نشیمن نشسته بود و به بحثی که با شدت شروع شده بود فکر می‌کرد.

بعد از آن‌که آرش خوابید و همگی دوباره دور میز نشستند، محسن از آن‌ها درخواست کرد آهسته صحبت کنند تا آرش بیدار نشود. در ادامه توضیح داد که صحبت‌ها را شنیده و لازم نیست دوباره نظرات‌شان را بگویند. محسن درحالی‌که به شهرام و سهیلا

نگاه می‌کرد، ادامه داد: «چه خوبه از فرهنگ هلندی تنها چیزهای سطحی رو یاد نگیریم، بلکه چیزهای مهم‌تری رو هم یاد بگیریم، مثلاً اون چیزی که باعث شده هلندی‌ها بدون دعوا با هم صحبت کنن و اگر لازمه مشکلی حل بشه، با مذاکره حل کنن. بیشتر هلندی‌ها آروم صحبت می‌کنن و بدون این‌که اصراری داشته باشن طرف مقابل نظرات‌شون رو بپذیره، حرف و نظر خودشون رو می‌گن، بدون این‌که به نظرات طرف مقابل بی‌احترامی کنن. مشکل ما اینه که صرف‌نظر از این‌که می‌خوایم عقایدمون رو بگیم، از همون اول انتظار داریم طرف حتماً نظرات ما رو بپذیره. این اصل باعث بروز دعوا موقع گفت‌وگو می‌شه.»

سپس رو به لیلا کرد و گفت: «منظورم به تو هم هست لیلا جان. شماها اگه از همون اول به این اصل پایبند بودید که دور این میز نشستین تا نظرات خودتون رو بگین تا دیگران با نظر شما دربارهٔ موضوع بحث آشنا بشن و منظورتون از بیان عقاید این نیست که اصرار داشته باشید کسی عقاید شما رو بپذیره، به احتمال زیاد کار به دعوا نمی‌کشید.»

لیلا اولین کسی بود که منظور محسن را درک کرد و بلافاصله از شهرام و سهیلا عذرخواهی کرد. بعد از آن شهرام و سهیلا روش صحبت‌شان را اشتباه دانستند. اما همگی بار دیگر تأکید کردند که عقایدشان حداقل از نظر خودشان درست است. محسن گفت: «البته این حق شماست که اصرار داشته باشین عقایدتون درسته، ولی به نظر من، احترام به عقیدهٔ طرف مقابل را نباید فراموش کنید.»

دوباره رو به لیلا کرد و گفت: «بعضی چیزها در فرهنگ ما ممکنه تو گذشته مناسب بوده و یا در ایران مناسب باشه، ولی دلیل نمی‌شه این چیزها همیشه و همه‌جا درست باشن. اگر ما روی فرهنگ خودمون تعصب نداشته باشیم همیشه به خودمون این فرصت رو می‌دیم که ضمن آشنا شدن با فرهنگ‌های دیگه نکات مثبت فرهنگ جدید رو یاد بگیریم وبه فرهنگ خودمون اضافه کنیم یا اون‌ها رو اول با فرهنگ خودمون

تطبیق بدیم و بعد بپذیریم و فکر می‌کنم با این روش فرهنگ خودمون رو غنی‌تر می‌کنیم.»

سهیلا و شهرام با تکان‌دادن سر حرف‌های او را تأیید می‌کردند و محسن رو به آن‌ها کرد و ادامه داد: «از طرف دیگه نفی فرهنگ ۲۵۰۰ سالهٔ ایرانی دور از انصافه. مثل همهٔ فرهنگ‌ها ممکنه در فرهنگ ایرانی هم چیزهای نامناسب در کنار چیزهای مناسب وجود داشته باشه. گذشته از همهٔ این‌ها نباید فراموش کنیم که این فرهنگ به ما هویت می‌ده. بذارین یه مثال بزنم براتون. سهیلا خانم، شما خدا رو شکر می‌کنی که بچه‌تون ایران نیست که با فرهنگ ایرانی بزرگ بشه و دوست داری بچه‌ات با فرهنگ غربی از جمله هلندی بزرگ بشه. از طرفی هردو می‌خواین فرهنگ ایرانی رو فراموش کنید و فرهنگ هلندی رو یاد بگیرید و اون رو توی زندگی‌تون اجرا کنید. درسته؟»

سهیلا و شهرام با حرکت سر پاسخ مثبت دادند.

محسن ادامه داد: «از یه طرف شما هر دو سال‌ها توی ایران با این فرهنگ بزرگ شدین و خواه‌ناخواه در خصوصیات اخلاقی شما تأثیر داشته و داره. از طرف دیگه مطمئن باشید که اگه شما صد سال مثل هلندی‌ها توی خونه سگ نگه‌دارین و روزی دوبار با سگ‌تون برید بیرون، اگه صد سال مثل هلندی‌ها قهوهٔ تلخ بدون شیر و شکر بخورید و کارهایی رو انجام بدین که نشانهٔ فرهنگ هلندی‌هاست، باز هم امکان نداره اصالتاً هلندی بشید یا هلندی‌ها شما رو هلندی بدونن. اگه سعی داشته باشین فرهنگ ایرانی خودتون رو فراموش کنید، چون امکان نداره اصالتاً هلندی بشین، مشکل بزرگی که ایجاد می‌شه اینه که دچار بی‌هویتی می‌شین چون همون‌طور که گفتم فرهنگ به شما هویت می‌ده. برای بچه‌تون هم این اتفاق می‌افته و چون از یه طرف فرهنگ ایرانی رو از شما نگرفته واز طرف دیگه با این‌که اینجا به دنیا اومده ولی همچنان یه خارجی یا نهایتاً یه هلندی با پیشینهٔ خارجی محسوب می‌شه، باز هم دچار بی‌هویتی می‌شه. به بچه‌های ترک یا مراکشی که دو نسله که تو هلند به دنیا اومدن نگاه کنید! اون‌ها

همچنان خارجی محسوب می‌شن و اگه فرهنگ خودشون رو از والدین‌شون نگرفته باشن، به همون بی‌هویتی دچار می‌شن. خیلی از این بچه‌ها اگه پدر و مادرهاشون مثل شما فکر‌کنن خودشون وقتی بزرگ شدن به فکر پیدا کردن هویتی می‌افتند که باید از والدین‌شون می‌گرفتن، ولی نگرفتن. پس بهتره به جای با افراط و تفریط نگاه کردن به موضوع، به این فکر کنیم که چه چیزهایی در فرهنگ جدید خوبه. اون‌ها رو به فرهنگ غنی ایرانی اضافه کنیم یا تطبیق بدیم و درعین‌حال به فرهنگ هلندی احترام بذاریم تا اون‌ها هم به ما برای تشکیل یه زندگی جدید توی جامعهٔ خودشون فضا و امکانات بدن.»

بعد از همهٔ این صحبت‌ها، محسن اضافه کرد: «این‌ها نظرات منه و دلیل نمی‌شه که شما هم قبول‌شون کنید، ولی لطفاً یه نکته رو فراموش نکنیم و اون این‌که ماها می‌تونیم دربارهٔ خیلی چیزها نظرات متفاوتی داشته باشیم و درعین‌حال دوستان صمیمی همدیگه باشیم. این چیزیه که من از فرهنگ هلندی یاد گرفتم.»

چون دیروقت بود ادامهٔ بحث را برای فرصت دیگری گذاشتند. محسن می‌دانست قبول کردن این حرف‌ها یک چیز است و انجام آن در عمل اصلاً کار راحتی نیست.

کار کردن در فی‌فی‌ان در شناخت مردم هلند و جامعه‌ای که قرار بود محسن در آن زندگی‌اش را شروع کند کمک بزرگی بود. محسن با خود می‌گفت اگر فرصتی برای همهٔ پناهنده‌های بیکار کمپ ایجاد می‌شد که در هفته حداقل چند ساعت بدون دستمزد در جامعهٔ هلند کار کنند، کمک بزرگی برای آماده ساختن آن‌ها قبل از ورود به جامعه بود. هر‌یک از کارکنان فی‌فی‌ان نمایندهٔ یک قشر از طبقاتی بودند که جامعهٔ هلند را تشکیل می‌دادند و با آشنا شدن با آن‌ها محسن می‌توانست با خصوصیات طبقات مختلف هلند آشنا شود.

رونالد[1]، مسئول فی‌فی‌ان، مردی بود چهل ساله که محسن در هفته‌های اول
شروع کارش متوجه شد که هومو است و این اولین باری بود که محسن با یک هومو از
نزدیک معاشرت داشت. در طول مدت کارش در فی‌فی‌ان، محسن متوجه شد که نه‌تنها
بین رونالد و بقیه انسان‌ها تفاوتی وجود ندارد، بلکه او مردی بسیار مهربان و خوش‌برخورد
است که همیشه سعی دارد به همه کمک کند. بعد از دو هفته از شروع کار محسن، رونالد
اسم او را به قسمت خدمات داخلی کمپ داد تا مثل پناهندگانی که در کمپ کار می‌کردند،
پول دریافت کند. همچنین از خانه‌اش میز کوچکی آورد تا در سالن انتظار فی‌فی‌ان قرار
گیرد تا محسن پشت آن ثبت‌نام مراجعان را انجام دهد. تا قبل از آن محسن ایستاده این
کار را انجام می‌داد و گاهی در اتاق منشی زمانی که فرصت استراحت کارکنان بود
می‌توانست همراه کارکنان نوشیدنی بنوشد و استراحت کند. حتی زمانی که محسن در
درک بعضی رفتارهای سایر کارکنان عاجز بود و نمی‌دانست چه واکنشی باید از خود
نشان دهد، این رونالد بود که به او کمک می‌کرد. منشی فی‌فی‌ان، میراندا، بسیار مهربان
و شوخ‌طبع بود. بعد از یک ماه که از شروع به کار محسن گذشته بود، یک روز که محسن
طبق روال معمول بعد از دو ساعت کار همراه سایر کارکنان به اتاق میراندا رفت تا قهوه
بنوشد، میراندا با حالتی جدی به او گفت اجازه ندارد به آن اتاق وارد شود و فقط کارکنان
این اجازه را دارند. محسن بدون آن‌که بپرسد پس چرا روز اول یا روزهای قبل به او این
موضوع را نگفته است، فنجان قهوهٔ خود را برداشت و فقط خیلی معمولی گفت اوکی و
از اتاق خارج شد و روی صندلی خالی یکی از اتاق‌های مصاحبه نشست. بعد از یکی دو
دقیقه رونالد به او ملحق شد و ضمن تشکر از محسن که بدون بحث از اتاق خارج شده،
بیان کرد که میراندا روز سختی داشته و هم محسن و هم او می‌دانند که چقدر میراندا
مهربان است. در واقع محسن میدانست که اولاً شناخت افراد کمک می‌کند که زود دربارهٔ
آن‌ها قضاوت نکند و ثانیاً همیشه برای پاسخ دندان‌شکن دادن فرصت هست پس چه

---

[1] Ronald

بهتر که به اول به خود فرصت آنالیز موضوع را بدهد تا بعداً بر اساس نتیجهٔ آنالیزی که انجام می‌دهد تصمیم بگیرد چه نوع رفتاری را از خود بروز دهد. برای مثال، در پایان یک روز کاری، موقع خداحافظی محسن به اتفاق میراندا و الیزابت در اتاق میراندا نشسته بودند و آن‌ها دربارهٔ فرهنگ ایرانی مخصوصاً روابط بین زن و مرد از او سؤال می‌کردند و از آنجا که بعضی از پاسخ‌های محسن برایشان بسیار تعجب‌آور بود، گاهی خنده و گاهی صدای اوه فضای اتاق را پر کرده بود. در همین حال لیلیان وارد اتاق میراندا شد تا کیفش را بردارد و از بقیه خداحافظی کند. میراندا به او گفت: «هی لیلیان وقت داری کمی بیشتر بمونی پیش ما؟ محسن داره دربارهٔ فرهنگ روابط بین زن و مرد در ایران برامون توضیح می‌ده و خیلی جالبه.»

لیلیان کیفش را روی دوشش انداخت و با بی‌حوصلگی گفت: «من وقت ندارم این قوانین مسخره رو از فرهنگ‌های مضحک بشنوم.» سپس بعد از خداحافظی از اتاق خارج شد.

میراندا بلافاصله گفت: «محسن ادامه بده. خیلی جالبه حرف‌هات» و محسن به حرفش ادامه داد. با آن‌که حرف لیلیان برای محسن آزاردهنده بود، ولی جالب بود که کسی به جز او از حرف لیلیان ناراحت نشده بود و حتی به حرف او توجه هم نکرده بودند. شاید چون هلندی‌ها حرف‌ها را زیاد جدی نمی‌گیرند یا چون روی سخن مستقیم لیلیان به آن‌ها نبود. به‌هرحال محسن با آن‌که رنجیده بود، ولی صلاح دید بعد از تجزیه و تحلیل حرفی که لیلیان زده بود به او پاسخ بدهد. هفتهٔ بعد موقع صرف چای و قهوه، لیلیان کیکی را که خودش درست کرده بود برش زد تا همگی با چای یا قهوه بخورند. محسن بعد از خوردن کیک ضمن تمجید از طعم کیک و تشکر از لیلیان گفت: «من انتظار ندارم که آشنایی با فرهنگ ایرانی برای همهٔ هلندی‌ها جالب باشه. انتظار ندارم که همهٔ هلندی‌ها از این‌که امثال من اینجا هستیم خوشحال باشن. انتظار ندارم که همهٔ هلندی‌ها با من و امثال من رفتار مناسب داشته باشن چون بین همهٔ افراد تفاوت وجود

داره و همون‌طور که در ایران در کنار کسانی که با پناهندگان افغانی رفتار خوبی دارن، هستند کسانی که اصلاً هیچ حقی برای اون‌ها قائل نیستن، پس این مسئله همه‌جا هست. ولی حالا که بنا شده به هر علتی ما اینجا در کنار هم زندگی کنیم، پس چه بهتر به فرهنگ همدیگه احترام بذاریم. لیلیان عزیز، شما کاملاً مختاری که با فرهنگ‌های مختلف آشنا بشی یا نشی، ولی حق نداری فرهنگ‌های دیگه رو مسخره بدونی. من مطمئنم که احترام به فرهنگ‌های دیگه، حتی اگه از نظر من بعضی نکات نامناسب داشته باشه، احترام به فرهنگ خودم رو به دنبال داره.»

لیلیان که منظور محسن را گرفته بود، با تندی گفت: «اگه فرهنگی برای جامعهٔ من بدآموزی و ناهنجاری به همراه بیاره، نه‌تنها بهش احترام نمی‌ذارم، بلکه مقابلش می‌ایستم. ما هلندی‌ها باید کشور و فرهنگ و جامعهٔ خودمون رو در مقابل هجوم فرهنگ‌های نامناسبی که پناهنده‌ها با خودشون میارن، حفظ کنیم. خود تو محسن، ایران باشی و این‌همه پناهنده تو کشورت با فرهنگ‌های مختلف باشن، همین کار رو نمی کنی؟»

محسن ضمن بیان این‌که در ایران بیش از سه میلیون پناهنده از کشورهای مختلف زندگی می‌کنند، در این رابطه حق را به لیلیان داد و متذکر شد که هر عقیده و نظر شخصی تا زمانی که شخصی بماند و به جامعه‌ای که فرد در آن زندگی می‌کند آسیبی نزند قابل احترام است، ولی وقتی یک عقیده یا فرهنگ بخواهد به جامعه آسیب برساند دیگر قابل احترام نیست، حتی قابل پیگرد قانونی هم هست. با اتمام وقت استراحت پرسنل، بحث محسن و لیلیان هم به اتمام رسید، ولی محسن خوشحال بود که نظرش را به لیلیان و دیگران گفته است.

از چیزهای عجیب دیگری که محسن در محل کارش دیده بود این بود که رونالد به‌عنوان رئیس مرکز هیچ امتیازی نسبت به بقیه پرسنل نداشت. او مانند بقیه کارش را در همان اتاقی انجام می‌داد که دیگران کار می‌کردند و اتاقی به عنوان اتاق

رئیس وجود نداشت. جالب‌تر این‌که همه یکدیگر را به اسم کوچک صدا می‌کردند. روز اول که محسن به رونالد گفته بود آقای یانسن، رونالد به او گفته بود که فقط رونالد صدایش کند. عادت به این موضوع برای محسن که از فرهنگی آمده بود که همکارها یکدیگر را با فامیل صدا می‌زدند و قبل آن از لفظ آقا یا خانم استفاده می‌شد مشکل بود. بعدها محسن متوجه شد که حتی القاب دکتر یا مهندس که در ایران استفاده می‌شود، در فرهنگ هلندی جایگاهی ندارد.

مسئلهٔ دیگری که باعث شگفتی محسن شده بود این بود که در محیط کاری اگر کسی بخواهد چای یا قهوه بنوشد خودش برای خودش تهیه می‌کند و از آبدارچی خبری نیست، درست برعکس ایران. محسن بعدها دید که در هیچ اداره‌ای کسی برای رئیس چای یا قهوه نمی‌آورد و رئیس هم مثل بقیه خودش این کار را انجام می‌دهد.

آشنایی با این مسایل و فرهنگ هلندی به محسن یاد می‌داد چه چیزهای برای هلندی‌ها ارزش محسوب می‌شوند و چه چیزهایی کمتر اهمیت دارند. محسن می‌دید با این‌که بین کاکنان از نظر عقاید و خصوصیات اخلاقی تفاوت‌های زیادی وجود دارد، ولی همه خود را در یک تیم حس می‌کنند که برای یک هدف مشخص فعالیت می‌کنند. در کنار رونالد که هومو بود، در فی‌فی‌ان الیزابت کار می‌کرد؛ خانمی شصت ساله و بسیار مذهبی که از دید او که یک مسیحی معتقد بود رابطه با هم‌جنس قابل قبول نبود، ولی کارکنان هرگز اجازه نمی‌دادند که اختلافات بین عقاید شخصی تأثیر بدی در همکاری آن‌ها در تیم‌شان داشته باشد. مهم این بود که تیم خوب و مناسب کارش را انجام دهد و به اهدافش برسد. آنچه که در محیط کاری و جامعه، جایگاه فردی را تعیین می‌کرد نه عقاید شخصی‌اش بلکه رفتار کاری او بود و کسانی که بهتر و بیشتر کار می‌کردند جایگاه بهتری هم به دست می‌آوردند. همهٔ این‌ها به محسن کمک می‌کرد ملاک‌های ارزشی جامعهٔ هلند را یاد بگیرد تا در آینده که می‌خواهد کار پیدا کند و برای خود در جامعه

جایگاهی ایجاد کند، بداند در چه مواردی باید جدی‌تر باشد و چه مواردی در این مسیر اهمیت کمتری دارند.

کلاس زبان هلندی که محسن در تیلبورخ ثبت‌نام کرده بود در اواخر تابستان شروع شد. محل کلاس‌ها در یک کلیسای قدیمی بود و محسن دو روز در هفته با دوچرخه‌ای که از رضا خریده بود، از دونگن به تیلبورخ رفت و آمد می‌کرد. معلم او خانمی بود چهل ساله و بسیار مهربان به اسم سینتیا[1]. در کلاس درس بیست شاگرد از ملیت‌های مختلف حضور داشتند که اکثراً بالای سی سال بودند. شب‌هایی که محسن صبح در تیلبورخ کلاس داشت مجبور بود زود بخوابد تا صبح زود بتواند برای دوچرخه‌سواری شانزده کیلومتری آماده باشد تا به موقع به کلاس برسد. در هلند هیچ‌چیز به اندازهٔ دیر رسیدن سر قرار بد تلقی نمی‌شود و این هم چیزی بود که محسن از کار در فی‌فی‌ان آموخته بود. محسن با آن‌که چند هفته‌ای بود که بدون خوردن قرص خواب می‌توانست بخوابد، ولی گاهی باید مدت‌ها در تخت سفت خود از یک پهلو به آن پهلو می‌شد تا خواب به سراغش بیاید. خوشبختانه حسن، هم‌اتاقی افغان او اکثر شب‌ها در خانه‌ای که همگی جوان‌های افغان بودند می‌ماند و گاهی اواخر شب بسیار آرام طوری که محسن بیدار نشود وارد اتاق می‌شد و می‌خوابید.

دورهٔ خدمت سربازی محسن با جنگ ایران و عراق هم‌زمان بود و او در یکی از بیمارستان‌های خط مقدم خدمت می‌کرد. بیمارستان یک روز هدف بمباران شیمیایی هواپیماهای عراقی قرار گرفت. در نتیجه محسن که در اورژانس کار می‌کرد، شیمیایی شد. بعد از مدتی مشکل تنفسی محسن حل شد، ولی به مرور زمان که سنش بالا رفت مشکل تنفسی‌اش دوباره برگشت طوری که شب‌ها با صدای بلند خرخر می‌کرد، ولی هم‌اتاقی‌اش شکایتی نمی‌کرد چون می‌دانست محسن تقصیری ندارد. حسن و محسن این مشکل را برای مسئولین کمپ توضیح دادند و محسن گفت چون صدای خرخر او

---

[1] Cynthia

مزاحم هم‌اتاقی‌اش می‌شود بهتر است کسی را با او هم‌اتاقی کنند که در کمپ حضور فیزیکی ندارد و فقط برای مُهر زدن به آنجا می‌آید، ولی آن‌ها گفته بودند باید منتظر شد تا چنین پناهنده‌ای پیدا شود.

در یکی از شنبه شب‌ها، محسن در اتاق خود سعی داشت بخوابد، ولی نمی‌توانست. ناگهان درِ خانه به شدت باز شد و سپس صدای دو نفر را شنید که با خنده که بیشتر به عربده شبیه بود وارد اتاق نشیمن شدند و بلندبلند شروع کردند به صحبت با یکدیگر. محسن بلند شد و به موبایل خودش نگاهی انداخت و دید که ساعت نزدیک دو بعد از نیمه‌شب است. زمانی که از اتاق خود خارج شد که ببیند چه کسی این‌قدر بی‌ملاحظه وارد خانه شده، دید که اکبر در حال کمک‌کردن به یک جوان دیگر است تا او که روی صندلی نشسته کاپشن خودش را در بیاورد. از اتاق‌های دیگر کاوه و محمد هم بیرون آمده بودند تا ببینند این سروصدا از کیست.

اکبر تا بقیه را دید، گفت: «شرمنده که بیدار شدین. امشب رفته بودم تیلبورخ دیسکو که با این بنده‌خدا که اونم پناهنده‌ست آشنا شدم. تو کمپی که ۴۰ کیلومتری تیلبورخه زندگی می‌کنه و از عراق تنها اومده. بیست سال‌شه و خیلی پسر باحالیه. چون این موقع شب اتوبوس و قطار به شهری که کمپش اونجاست نیست، اینه که گفتم امشب اینجا بیاد بخوابه تا فُردا صبح بره. کمی زیادی مشروب خورده، ولی خیلی پسر باحالیه.»

کاوه با لبخندی حاکی از تمسخر گفت: «اکبرجان، این بنده خدا خیلی بیشتر از یه کم خورده. ببین اصلاً نمی‌تونه روی صندلی بشینه.»

محمد که معلوم بود حسابی از این‌که بیدار شده شاکی است، گفت: «بی‌انصاف، من با کلی قرص خواب تازه کمی چشمام گرم شده بود بعد تو برمی‌داری این موقع شب واسه‌مون مهمون مست و پاتیل می‌آری نامسلمون؟»

جوان همراه اکبر که کمی سر حال آمده بود، با فارسی خیلی بدی چیزهایی گفت که کسی متوجه نشد. اکبر دوباره گفت: «شرمنده، گناه داره. آخه این موقع شب جایی رو نداشت که بره. الآنم با کلی مصیبت از در نگهبانی کمپ ردش کردم. رو تخت خودم کنار خودم می‌خوابه. فردا صبح اول وقت هم می‌ره.»

محسن که تا آن موقع نظاره‌گر بود، گفت: «با این وضعیتی که من می‌بینم این بنده خدا فردا تا لنگ ظهر خوابه.»

بعد از کلی صحبت و عذرخواهی چندین بارهٔ اکبر بالاخره همگی دوباره به اتاق‌های خودشان رفتند تا بخوابند. فردای آن روز نزدیکی‌های ظهر عبدالسلام، آن جوان عراقی که اکبر شب قبل همراه خود آورده بود، بعد از دوش گرفتن همراه اکبر در اتاق نشیمن مشغول خوردن ناهاری بودند که اکبر تهیه دیده بود و چون روز یکشنبه بود، محسن هم همراه محمد و کاوه و ابراهیم برای دیدن تلویزیون در اتاق نشیمن حضور داشتند. اکبر و عبدالسلام خاطرات شب قبل خود را برای هم و برای دیگران که در اتاق بودند تعریف می‌کردند و می‌خندیدند طوری که گاهی اشک از چشمان‌شان جاری می‌شد. عبدالسلام نسبت به شب قبل بهتر می‌توانست فارسی حرف بزند و توضیح داد چون چند سالی با خانواده در ایران به‌عنوان پناهنده زندگی کرده، فارسی را یاد گرفته. با آن‌که می‌گفت سه سال است که در هلند درخواست پناهندگی داده، ولی هنوز بلاتکلیف بود و برای محسن این جالب بود. با آن‌که می‌گفت سه سال است که در هلند زندگی می‌کند، ولی اصلاً هلندی بلد نبود و محسن با آن‌که خیلی کمتر از او در هلند بود، بسیار بیشتر هلندی می‌دانست.

اکبر آخرین لقمهٔ ناهارش را در دهانش گذاشت و از محسن پرسید: «اگه کسی به انگلیسی بهت بگه فاک یو و شما بخوای بهش بگی خودت فاک یو هستی، چه جوری باید بهش بگی؟»

بعد از این پرسش عبدالسلام و اکبر زدند زیر خنده. محسن که منظور آن‌ها را نفهمیده بود، گفت: «حالا کارت به جایی رسیده که من رو مسخره می‌کنی نامرد؟ اونم با کمک کسی که هنوز بیست‌وچهار ساعت نشده که می‌شناسیش؟»

اکبر گفت: «نه به خدا. قصد توهین نداشتیم. دیشب تو دیسکو، عبدالسلام به یه دختر هلندی تیکه انداخت. دختر اولش چیزی نگفت. دفعهٔ دوم، دختر با عصبانیت برگشت طرفش و داد زد سرش فاک یو. عبدالسلام هم که نه هلندی بلده نه انگلیسی، خیلی باحال به دختره گفت فاک یو تو. بعدش که ازش پرسیدم این یعنی چی؟ گفت یعنی هر فحشی که دادی به خودت. باز دوباره هر دو زدند زیر خنده. محسن از پشت میز بلند شد و بیرون رفت. از آن لحظاتی بود که نیاز داشت فکر کند. از پشت سر صدای اکبر را شنید که دنبالش آمده بود و پرسید: «چرا ناراحت شدی؟ گفتم که به خدا قصد مسخره کردن شما رو نداشتیم.»

محسن گفت: «نه بابا، به خاطر چیز دیگه حالم گرفته شد.»

اکبر با اصرار از محسن خواست علت ناراحتی‌اش را بگوید و محسن گفت: «به این فکر می‌کردم که در فرهنگ ما اگه کسی به خواهر یا مادرمون چپ نگاه کنه این حق رو به خودمون می‌دیم که شکمش رو جر بدیم، ولی به راحتی مزاحم ناموس دیگران می‌شیم.»

اکبر گفت: «ای بابا آقا محسن، خواهر و مادر من غلط بکنن اگه بخوان این موقع شب همچین جاهایی برن. من فکر می‌کنم دختری که اون موقع شب با اون لباس‌ها می‌آد دیسکو یا دوست داره باهاش این‌طور رفتار بشه یا اگه دوست نداره حقشه که باهاش این‌جوری رفتار بشه.»

محسن نگاهی به اکبر کرد و گفت: «اولاً خواهر و مادر من و تو این کار رو نمی‌کنن چون تو فرهنگ ما نیست، ولی در فرهنگ هلندی هست. پس نمی‌تونی همچین استنباطی داشته باشی چون این‌ها از دو فرهنگ متفاوت هستن و قابل مقایسه با هم

نیستن. ثانیاً صددرصد اون دختر از چنین رفتاری خوشش نمی‌اومد و الا اون‌جوری اعتراض نمی‌کرد. من فکر نکنم هیچ دختری از این رفتارها خوشش بیاد. ثالثاً این‌جور لباس پوشیدن ممکنه در فرهنگ ما نشانهٔ چیزی باشه که تو می‌گی، که حتی اونم من شک دارم که درست باشه یا نه، ولی در فرهنگ هلندی اصلاً لباس پوشیدن یک دختر به این معنی نیست که دوست داره باهاش ناجور رفتار بشه. در جنگل‌های آمازون همهٔ دخترها و زن‌ها تقریباً لخت هستن چون فرهنگ لباس پوشیدن‌شون اینه، پس اونجا هم این استنباط تو رو داشته باشیم و بگیم همهٔ جنس مؤنث قبایل آمازونی فاحشه هستن دیگه آره؟»

اکبر گفت: «ای بابا چه سخت می‌گیری. تازه من که این کار رو نکردم، اون کرده.»

محسن گفت: «من بعد از چند ماه تو رو می‌شناسم. نمی‌گم کامل، ولی ۸۰درصد می‌شناسمت. تو آدمی نیستی که بدون چشم‌داشت به کسی کمک کنی. حالا نمی‌دونم چی شده تو این بابا رو ورداشتی آوردی اینجا و براش ناهار درست کردی.»

اکبر گفت: «دستت درد نکنه آقا محسن. یعنی من این‌قدر بد بودم و خودم خبر نداشتم؟»

محسن جواب داد: «جلوی قاضی و معلق‌بازی دادا؟ من خودم زغالم بعد تو می‌خوای من رو سیاه کنی اکبر؟ لازم نیست به من چیزی بگی. فقط امیدوارم قضیه اون مردی رو که تو جنگل اطراف کمپ هوخوفین باهاش آشنا شدی یادت نرفته باشه. این رو گفتم تا حواست رو بیشتر جمع کنی.»

اکبر با ناراحتی گفت: «حالا یه اتفاق افتاد و تموم شد. شما همون رو تو سرم بکوب.»

محسن بدون این‌که حرفی بزند از اکبر جدا شد.

در انتهای آن روز هنوز عبدالسلام از خانهٔ آن‌ها نرفته بود و شب کم‌کم صدای ساکنان خانه بلند شده بود که چرا مهمان اکبر نرفته است. اکبر محسن را در اتاقش که تنها بود پیدا کرد و گفت: «به کمکت نیاز دارم. بچه‌ها گاهی که از کنارم رد می‌شن ازم می‌پرسن پس مهمونت کی می‌ره. منم نمی‌دونم بهشون چی بگم. این بنده خدا دو سه هفته‌ست که ترک خاک گرفته، از کمپ خودش بیرونش کردن و حالا بدون جا و مکانه. دیشب که این‌ها رو تو دیسکو برام تعریف کرد دلم واسش سوخت. بهم گفت اگه فقط یک هفته یه سرپناه داشته باشه فرصت پیدا می‌کنه به انگلیس بره. پولش رو هم به قاچاقچی داده، منتظره قاچاقچی کاراش رو ردیف کنه که بپره بره انگلیس.»

محسن گفت: «خب اومدی تو اتاقم که این رو به من بگی فقط؟ همه که تو این خونه زندگی می‌کنن باید با بودن این بابا موافق باشن. اگه یکی مخالف باشه و بره به نگهبانی لو بده، از اونجایی که ماها به یه پناهندهٔ غیرقانونی کمک کردیم برای همه بد می‌شه و روی پرونده‌مون اثر منفی داره.»

اکبر پرسید: «شما خودت موافقی این بنده خدا یه هفته اینجا بمونه؟»

محسن جواب داد: «اگه همه موافق باشن من حرفی ندارم.»

بعد اکبر روی تخت کنار محسن نشست و دست محسن را فشرد و گفت: «به خدا آقایی تو. اگه تو ایرانی‌های اینجا یکی مرد باشه، خودتی.»

محسن گفت: «اکبر چاخان نکن. می‌دونی از این کار خوشم نمی‌آد.»

اکبر دوباره گفت: «چاخان نیست. جون اکبر از ته دلم گفتم. محسن جان، حالا که آقایی کردی می‌شه خودتم موضوع رو به بقیه بگی و ازشون بخوای اون‌ها هم موافقت کنن؟ همه رو حرف تو حساب باز می‌کنن و کسی نه نمی‌گه اگه شما ازشون بخوای. این کارو کنی دیگه واسه من سنگ تموم گذاشتی.»

محسن کتابی را که جلوش باز بود، بست و به اکبر خیلی جدی گفت: «اولاً من نگفتم موافقم. گفتم اگه همه موافقن من هم حرفی ندارم. ثانیاً من نه وکیل بقیه

هستم نه می‌خوام اون‌ها به خاطر رودربایستی با من کار خلافی انجام بدن که اگر گیر افتادن بگن به خاطراین بوده که محسن ازمون خواسته. ثالثاً تا زمانی که نگی چرا سنگ این بابای عراقی رو داری به سینه می‌زنی بهت کمک نمی‌کنم. تازه به نظر من بیشتر حرف‌های این پسر دروغه و با عقل جور در نمی‌آد.»

اکبر کمی فکر کرد و گفت: «اگه راستش رو بهت بگم کمکم می‌کنی که بقیه رو متقاعد کنیم اجازه بدن این پسر واسه چند هفته اینجا بمونه؟»

محسن با خنده گفت: «اول یه شب بود بعد یه هفته شد و حالا می‌گی چند هفته؟ اصلاً موضوع چیه اکبر؟ تا زمانی که کل ماجرا رو ندونم هیچ قولی بهت نمی‌دم، ولی خودت می‌دونی که من دوست دارم تا جایی که ممکنه به بقیه کمک کنم. البته به شرطی که به خودم و دیگران لطمه وارد نشه.»

اکبر گفت: عبدالسلام پانزده سال پیش با خانواده‌اش از عراق به ایران می‌رن، وقتی که صدام حسین مسلمان‌های شیعه رو اذیت می‌کرده. سه سال پیش از ایران به سوئد می‌رن و اونجا درخواست پناهندگی می‌دن. به خانواده‌اش پناهندگی می‌دن، ولی نمی‌دونم چرا به اون نمی‌دن. خودش می‌گه تو مدرسه با یه پسر سوئدی که نژادپرست بوده، دعواش می‌شه. اون‌ها چندتا بودن، ولی اون یه نفر بوده و اونم از خودش جلوی چهار نفر دفاع می‌کنه و تو درگیری یکی رو با چاقو می‌زنه. کار به پلیس کشیده می‌شه و طبیعتاً پلیس هم جانب سوئدی‌ها رو می‌گیره و تو دادگاه به سه ماه حبس محکوم می‌شه و اخراج از سوئد. از زندان آزاد می‌شه می‌آد هلند چون اینجا چندتا دوست و آشنا داشته. اون‌ها هم بهش میگن باید بره شهر کاله [1] تو فرانسه که از اونجا بتونه بره انگلیس. حالا هم منتظره کاراش درست بشه بره کاله و تو این مدت می‌خواد یه سرپناه داشته باشه.»

---

[1] Calais: یک شهر ساحلی و یک بندرگاه مهم در شمال فرانسه است.

حرف‌های اکبر که تمام شد، محسن پرسید: «خب تو چرا می‌خوای کمکش کنی؟ باز نگی دلت به حالش سوخته که این‌جور کارهای خیر به تو نمی‌آد.»

اکبر درحالی‌که صدایش را آهسته‌تر می‌کرد طوری که کسی از اتاق بغلی نفهمد، گفت: «اولاً چند هفته‌ای هست که در یک مغازهٔ نانوایی در شهر آیندهوون[1] کار می‌کنه که اگه بره قرار شده منو معرفی کنه که برم جاش کار کنم. ثانیاً قراره کسانی رو که بهش کمک می‌کنن تا به کاله و از اونجا به انگلیس بره به من معرفی کنه.»

محسن پرسید: «تو که می‌گی صددرصد اینجا اقامت می‌گیری، پس دیگه برای چی می‌خوای بری انگلیس؟»

اکبر گفت: «ای بابا آقا محسن خبر نداری از نظر اقتصادی کل اروپا یه طرف، انگلیس یه طرف. اروپا در مقابل انگلیس مثل یه روستا در مقابل یه شهر بزرگ می‌مونه. اونجا زبونش انگلیسیه، کار بیشتره، پول بیشتر می‌دن و کلی مزایای دیگه.»

محسن پرسید: «مگر تو انگلیس بودی؟»

اکبر گفت: «نه ولی این‌ها روعبدالسلام گفته و حرفش درسته.»

محسن سری تکان داد و گفت: «آخه تو کی می‌خوای عقل خودت رو به کار بندازی؟ تو حرف‌های یه آدم چاقوکش و خلافکار رو قبول می‌کنی؟ این بابا اگه آدم‌حسابی بود که الآن تو سوئد جواب گرفته بود و داشت با خانواده‌اش زندگی می‌کرد. به‌هرحال من با موندن این پسره تو این خونه مخالفم. اگر هم بخوام به یکی غیرقانونی کمک کنم سعی می‌کنم کسی باشه که ارزش این کمک رو داشته باشه نه این پسره.»

اکبر با حالتی شاکی از روی تخت محسن بلند شد و گفت: «این پسره تو خیلی از کشورها بوده از سوئد بگیر تا دانمارک، نروژ، آلمان، واسه همینم کلی تجربه داره. برخلاف شما که فقط سرت تو کتاب‌های هلندیته، فکر هم می‌کنی دنیا فقط تو هلند

---

[1] Eindhoven) بزرگترین شهر در جنوب هلند و پنجمین شهر بزرگ در کشور هلند است و محلی های آن Lichtstad به معنای شهر نور می خوانند چرا که این شهر محل تولد کمپانی بزرگ فیلیپس است.

خلاصه شده. همین پسر به قول شما خلافکار کلی آدم می‌شناسه که توی هیچ کشور اروپایی درخواست پناهندگی ندادن و یک روزم در هیچ کمپی نبودن، ولی از خود همین اروپایی‌ها بهتر دارن زندگی می‌کنن. حالا شما برو زبان مزخرف هلندی رو بخون. واسه ده خلدن در هفته برو کلی سرپا بایست و کار کن. با هزار جور آدم از هر ملیتی باید شب و روزت رو سپری کنی تا آخر کار آیا بهت اقامت بدن یا ندن. تازه بعدش که اقامت گرفتی باید بری زیر پای هلندی‌ها رو تمیز کنی و با یه حقوق بخور و نمیر زندگی کنی. نه آقا محسن، آدم زرنگ همه‌جا سعی می‌کنه راه آسون‌تر و پرسودتری رو انتخاب کنه. به این پسره می‌گم فردا از اینجا بره، ولی من دوستیم رو باهش حفظ می‌کنم تا ببینیم شما زودتر به هدفت می‌رسی یا امثال من.»

با گفتن این حرف‌ها اکبر از اتاق محسن خارج شد و در را محکم پشت‌سرش بست.

فصل پنجم
(آغاز جواب‌های منفی)

با این‌که حسن افغانی و یانگ ویتنامی بودند و هم‌خانه‌ای محسن، ولی خانه‌ای که محسن در آن زندگی می‌کرد به خانهٔ اول جوان‌های مجرد ایرانی معروف شده بود. در خانه‌ای که به خانهٔ دوم مجردهای ایرانی معروف شده بود به جز رضا و امین که شیرازی بودند دو برادر به نام‌های تقی و نقی که اهل خوزستان بودند نیز زندگی می‌کردند. همچنین در این خانه دو دوست از کرمانشاه به اسم‌های سعید بیست‌وپنج ساله و نادر بیست‌وهفت ساله هم بودند که هر دو ورزشکار و بسیار خوش‌تیپ بودند. آخرین نفراتی که در این خانه زندگی می‌کردند عباس و ابوالفضل بودند که هر دو شمالی، بیست‌ودو ساله و همسن بودند. با توجه به این‌که هیچ‌یک ازافراد آن خانه آشنایی در بیرون از کمپ

نداشتند و کار سیاه در خارج از کمپ انجام نمی‌دادند تقریباً همیشه هر هشت نفر در خانه حضور داشتند. همهٔ آن‌ها تعدادی دوست از سایر خانه‌ها داشتند که اکثر اوقات در خانهٔ دوم مجردهای ایرانی حضور داشتند و همین مسئله باعث شده بود که آن خانه به پاتوق مجردها تبدیل شود. برای همین یکی از شلوغ‌ترین و درعین‌حال بی‌نظم‌ترین خانه‌های کمپ بود طوری که نظافت در آن خانه برخلاف خانه‌ای که محسن در آن زندگی می‌کرد، اصلاً رعایت نمی‌شد. در خانه‌ای که محسن در آن بود هر هفته یک نفر شهردار بود. هزینهٔ خرید مواد نظافتی بین همه تقسیم می‌شد و محمد برای نظافت برنامهٔ خاصی را تدارک دیده بود که حتی یونگ و حسن هم ملزم به انجامش بودند. از طرفی چون کاوه و ابراهیم کار پیدا کرده بودند در طول روز حضور نداشتند و شب‌ها باید زود می‌خوابیدند. محسن هم به خاطر کلاس‌های درسی‌اش می‌توانست در آرامش درس بخواند و به موقع بخوابد. ولی چنین نظمی در خانهٔ دوم نبود چون ساکنانش با توجه به شرایط خود آن نظم را نمی‌پسندیدند.

در یکی از شب‌های اواخر ماه آگوست که سرمای هوا خبر از هجرت تابستان می‌داد، محسن برای ترجمهٔ نامه‌ای که تقی و نقی از ادارهٔ مهاجرت دریافت کرده بودند به خانهٔ آن‌ها رفته بود. محسن با این‌که هلندی‌اش در آن حدی نبود که تمام نامه را بفهمد، ولی از محتوای آن آگاه شد و فهمید که ادارهٔ مهاجرت به درخواست پناهندگی هر دو برادر پاسخ منفی داده است. چون محسن با برادرها در اتاق نشیمن بود و سایرین نیز حضور داشتند، به تقی که دو سال از برادرش بزرگ‌تر بود، گفت: «بهتره برای ترجمه بریم اتاق خودتون که اونجا بهتر بتونم تمرکز کنم.»

تقی گفت: «بی‌خیال آقا محسن. خودمون می‌دونیم جواب منفی دادن بهمون. بقیه بچه‌های خونه هم می‌دونن.»

محسن با تعجب پرسید: «پس منو برای چی می‌خوای دیگه؟!»

نقی که تا آن موقع ساکت بود، گفت: «خب حالا چی‌کار کنیم؟ شما که تو فی‌فی‌ان هستی بگو چی‌کار کنیم؟»

محسن گفت: «نمی‌دونم. تا حالا به همچین نامه‌ای بر نخوردم، ولی بهتره هرچه زودتر نامه رو بیارین فی‌فی‌ان بپرسین باید چی‌کار کنید.»

فردای آن روز تقی و نقی به فی‌فی‌ان آمدند. محسن هم به‌عنوان مترجم در اتاقی که آن‌ها با لیلیان مصاحبه داشتند، حضور داشت. برای اولین بار محسن متوجه شد که در صورت دریافت پاسخ منفی از ادارۀ مهاجرت پناهنده حق دارد در مدت معینی به این پاسخ اعتراض کند و در این صورت پرونده به دادگاه می‌رود. تقی از لیلیان پرسید چقدر طول می‌کشد تا دادگاه تشکیل شود و او پاسخ داد که بستگی دارد چقدر دادگاه رسیدگی به پناهندگان شلوغ باشد، ولی چند ماهی طول می‌کشد. در پاسخ به پرسش نقی که آیا دادگاه به آن‌ها اقامت می‌دهد یا نه، لیلیان توضیح داد که دادگاه نمی‌تواند به آن‌ها اقامت بدهد و این فقط ادارۀ مهاجرت است که می‌تواند بر اساس پرونده به پناهنده‌ای اقامت بدهد و دادگاه فقط می‌تواند پاسخ منفی ادارۀ مهاجرت را رد کند که در این صورت پرونده دوباره در ادارۀ مهاجرت باز می‌شود تا بار دیگر بررسی شود. دو برادر به یکدیگر نگاهی کردند و تقی پرسید چقدر شانس هست که دادگاه رأی ادارۀ مهاجرت را رد کند. لیلیان ابراز بی‌اطلاعی کرد و فقط گفت قبل از تشکیل دادگاه، وکیل برای آن‌ها ملاقات حضوری می‌گذارد تا برای دادگاه آماده شوند.

دو برادر ایرانی اولین ایرانی‌هایی بودند که از ادارۀ مهاجرت پاسخ منفی دریافت کردند، برای همین موجی از استرس و ناامیدی در کمپ به راه افتاده بود.

همان شب محسن خانۀ لیلا بود و اکبر هم برای دیدن مژگان آنجا بود. بعد از مدت‌ها چهار نفری هم‌زمان دور یک میز جمع شده بودند و آرش در اتاق خواب بود. از شروع سال تحصیلی آرش در مدرسه که نزدیک کمپ بود ثبت‌نام کرده بود و هر روز به مدرسه می‌رفت. برای همین لیلا وقت بیشتری داشت که به خودش برسد. مشکل اصلی

این بود که روزبه‌روز هلندی آرش بهتر می‌شد و او علاقه داشت با مادرش هلندی صحبت کند، ولی چون هلندی لیلا ضعیف‌تر از هلندی آرش بود، آن‌ها روزبه‌روز در بر قراری ارتباط با یکدیگر مشکل پیدا می‌کردند.

شهرام و سهیلا در اتاق خودشان بودند، ولی وقتی محسن وارد خانه شد، آن‌ها هم به اتاق نشیمن آمدند.

مژگان درحالی‌که در آشپزخانه برای دیگران چای آماده می‌کرد، گفت: «خوب شد این دوتا برادر جواب منفی گرفتن تا ماها باز بتونیم دور یه میز جمع بشیم. آخه تو سختی‌ها همین که آدم چند نفر مثل خودش رو کنارش می‌بینه دلش آروم می‌شه.»

اکبر گفت: «من که هر روز بهت سر می‌زنم.»

مژگان گفت: «منظورم تو نبودی، بقیه رو می‌گم. تو کمپ هوخوفین خیلی بیشتر همدیگر رو می‌دیدیم. این‌طور نیست آقا محسن؟»

محسن جواب داد: «خب اینجا چون امکانات کار یا درس بیشتره از طرفی نزدیک مرکز شهریم و هوا هم بهتر شده، اینه که افراد کمتر تو کمپ می‌مونن و بیشتر برای صرف غذا یا خواب توی کمپ هستن، برای همین برخوردها و دورهم‌نشینی‌ها کمتر شده.»

مژگان سینی چای را روی میز گذاشت و پرسید: «حتماً دوتا برادر خیلی ناراحتن، آره آقا محسن؟»

محسن گفت: «خب به‌هرحال خبر خوبی نیست که آدم خوشحال بشه.»

هرچند همه به اندازهٔ اکبرنسبت به دریافت اقامت خوش‌بین نبودند، ولی مواجه شدن با واقعیتی که زمانی یک کابوس بوده برای بسیاری شوکه‌آور بود. اکبر که همیشه تصور می‌کرد کسانی که از کمپ جنگلی به کمپ موقت و سپس دائم منتقل می‌شوند اخراج نمی‌شوند، اعتقاد داشت که حتماً دو برادر مشکلی برای خودشان به وجود آوردند که روی پروندهٔ آن‌ها تأثیر منفی داشته است. برای همین پرسید: «آقا محسن، این دوتا

برادر از قیافه‌شون برمی‌آد که مواد استفاده می‌کنن و کلاً کمی خلافکارن. حتماً پرونده‌شون یا خودشون مشکلی داشته که جواب منفی گرفتن. این‌طور نیست؟»

شهرام هم در تأیید حرف اکبر درحالی‌که سرش را تکان می‌داد، گفت: «آره بابا و الا به این زودی به کسی جواب منفی نمی‌دن. من شنیدم دو سه سالی طول می‌کشه تا جواب منفی بدن به یکی. این‌ها یه ریگی تو کفش‌شون بوده.»

لیلا که تا آن موقع از چهره‌اش یأس و نگرانی کاملاً نمایان بود، لبخند کوچکی زد و گفت: «پس می‌تونیم هنوزم امیدوار باشیم، آره؟ محسن، تو آدمی هستی که منطقی فکر می‌کنی. این یه خوش‌خیالی واهی هستش یا یه واقعیت؟ تورو خدا اگه چیزی از پرونده این دوتا برادر می‌دونی که باعث شده جواب منفی بگیرن، به ما هم بگو.»

محسن درحالی‌که قیافه‌ای جدی به خود گرفته بود، گفت: «اولاً من هرگز دربارهٔ مطالبی که چه در قسمت پزشکی چه در فی‌فی‌ان یا هر جای دیگه برای پناهنده‌ها ترجمه کردم حرفی نمی‌زنم چون از نظر اخلاقی و قانونی درست نیست...»

اکبر وسط حرفش پرید و گفت: «جون مادرت آقا محسن حرف از اخلاق نزن. دارن ما رو می‌ندازن بیرون بعد تو حرف از اخلاق می‌زنی؟!»

محسن نگاه تندی به اکبر کرد و پرسید: «خودت دوست داری اگه چیزی که برای تو ترجمه کردم برای دیگران بگم؟» اکبر چیزی نگفت. سپس محسن ادامه داد: «پس اصلاً بحث پروندهٔ این دو برادر نیست. شما می‌خواین طوری نتیجه‌گیری کنین که چیزی که برای اون‌ها اتفاق افتاده برای شما اتفاق نمی‌افته چون مثلاً اون‌ها مثل شما زندگی یا رفتار نمی‌کنن و واسه همینم به راحتی در مورد ظاهر و زندگی‌شون قضاوت می‌کنید. اگه شما نمی‌خواین با این واقعیت کنار بیاین که اخراج پناهنده از این کمپ جزیی از پروسهٔ پناهندگی شماست، این مشکل شماست. دیگه چرا اون دوتا برادر رو می‌خواین خراب کنین؟ شما شهرام جان، می‌گی شنیدی که دادنِ جواب منفی دو سه

سال طول می‌کشه، ولی این مال قبل بوده. الآن ادارهٔ مهاجرت اعلام کرده که از سال گذشته پروسهٔ بررسیِ پروندهٔ پناهنده‌ها رو بسیار کوتاه کرده.»

لیلا با بغض گفت: «یعنی همین امروز فردا به ما هم جواب منفی می‌دن؟»

محسن گفت: «من این رو نگفتم. هر کسی پروندهٔ خاص خودش رو داره، ولی در این‌که ادارهٔ مهاجرت تصمیم گرفته که سخت‌تر اقامت بده، شکی نیست و تو اخبار هم بارها اعلام کردن که دیگه گذشت اون زمانی که مسافران یه هواپیما پاسپورتاشون رو توی هواپیما پاره می‌کردن و دسته‌جمعی تو فرودگاه درخواست پناهندگی می‌دادن و همگی توی چند ماه اقامت می‌گرفتن.»

مژگان گفت: «چایی رو بخورین سرد نشه. هنوز که اتفاقی نیفتاده. تازه اگه ادارهٔ مهاجرت پاسخ منفی بده می‌تونیم به دادگاه شکایت کنیم.»

لیلا نگاهی به مژگان کرد و گفت: «امروز بعد از کلاس درس آرش داشت با یه پسربچهٔ افغان بازی می‌کرد. منم داشتم با مامانش صحبت می‌کردم که خانوادگی اقامت گرفتن و منتظرن بهشون خونه بدن. خانومه می‌گفت ۹۹ درصد دادگاه رأیِ ادارهٔ مهاجرت رو تأیید می‌کنه. درسته محسن؟»

محسن گفت: «نمی‌دونم. چیزی نشنیدم.»

اکبر گفت: «همهٔ افغانی‌ها چون جواب دارن می‌خوان طوری وانمود کنن که گرفتن اقامت کار سختیه که از عهدهٔ همه برنمی‌آد جز خودشون.»

محسن گفت: «با این حرف اکبر موافقم.»

اکبر خندید و گفت: «چه عجب من یه چیزی گفتم و آقا محسن منکرش نشد!»

در روز یازدهم سپتامبر ۲۰۰۱، محسن زمانی که از اتاق خود خارج شد تا برای دوش گرفتن به حمام بره، دید تعدادی از هم‌اتاقی‌هایش با حالت شوکه به تلویزیون نگاه می‌کنند. در آن ساعت معمولاً برنامهٔ جالبی برای تماشا نبود، برای همین محسن با

کنجکاوی به صفحهٔ تلویزیون نگاه کرد و با این‌که عینک به چشم نداشت، ولی می‌توانست آتش‌سوزی بزرگی را در دو ساختمان بسیار بزرگ ببیند. زیر گزارش نوشته شده بود: بریک نیوز[1]. محسن بعد از دوش درحالی‌که قهوه‌اش را سر میز می‌نوشید به خبر در حال پخش دقت بیشتری کرد و بعد توانست به اوج فاجعهٔ آنچه در خطوط هوایی آمریکا اتفاق افتاده بود، پی ببرد. حملات تروریستی که از قبل برنامه‌ریزی شده بودند طوری که چند هواپیما پس از ربوده شدن به ساختمان‌های دوقلوی تجارت جهانی و ساختمان پنتاگون برخورد کرده بودند و همه را در جهان شوکه کرده بودند. همهٔ ساکنان خانه با حالت شوکه به تصاویری که از تلویزیون در حال پخش بود، نگاه می‌کردند و این سؤال مطرح بود که چه کسی این حملات هولناک را برنامه‌ریزی کرده و این وقایع چه تأثیری در روند بررسی پروندهٔ درخواست آن‌ها خواهد داشت. پاسخ سؤال اول بلافاصله داده شد و معلوم شد که یک گروه افراطی افغانستان مسئولیت حملات مرگبار را به عهده گرفته است، ولی پاسخ به سؤال دوم کار ساده‌ای نبود. ولی محسن مطمئن بود که طرز تفکر مردم در کشورهای غربی نسبت به مسلمانان مثل سابق نخواهد بود و قضاوت‌های منفی در مورد مسلمان‌ها، چه پناهندگان و چه مسلمانانی که اقامت گرفته‌اند، افزایش زیادی پیدا خواهد کرد. زمانی که محمد از محسن پرسید این واقعه چقدر در گرفتن اقامت ما تأثیر منفی خواهد داشت، محسن پاسخ داد: «نمی‌دونم ولی مطمئنم که حتی اگر ما همگی اقامت هم بگیریم جا افتادن در جامعهٔ هلند و پذیرش ما از طرف جامعه بسیار سخته چون قضاوت‌ها دربارهٔ مسلمان‌ها صددرصد زیاد می‌شه.»

کاوه گفت: «من که دیگه جرئت نمی‌کنم خودم رو مسلمان معرفی کنم. خوشبختانه در هلند خیلی کم از اعتقادات مذهبی آدم سؤال می‌کنن.»

با شروع فصل پاییز که موقع چیدن سیب و گلابی در هلند است، بسیاری از مردهای مجرد توانستند در مزارع کار پیدا کنند و چون هنوز اقامت و اجازهٔ کار کردن

---

1 Brek News

نداشتند، باید سیاه کار می‌کردند. کار سیاه به کاری گفته می‌شد که بابت حقوقی که فرد می‌گرفت مالیاتی پرداخت نمی‌کرد و هیچ قراردادی بین کارگر و کارفرما وجود ندارد. به همین خاطر کارفرما هر مبلغی که می‌خواست می‌توانست بابت کار به کارگر بپردازد و اگر هم چیزی نمی‌پرداخت کارگر جرئت اعتراض نداشت چون در اصل با انجام کار سیاه خودش خلاف بزرگی مرتکب شده بود.

در سپتامبر، حسن هم‌اتاقی محسن به بقیه هم‌خانه‌ای‌هایش گفت که یک دوست افغانی دارد که اقامت دارد و سال‌هاست در یک مزرعه مشغول کار است و هلندی‌ای که صاحب مزرعه است برای چیدن سیب و گلابی به تعدادی کارگر نیاز دارد و ساعتی هشت خلدن بابت کار پرداخت می‌کند. کاوه و ابراهیم از مدت‌ها قبل در یک رستوران ترک کار می‌کردند و یونگ هم در یک رستوران ویتنامی مشغول کار بود. محسن، اکبر و محمد برای کار اعلام آمادگی کردند. هفتهٔ بعد، روز دوشنبه صبح زود ساعت شش، افغانی‌ای که دوست حسن بود با یک مینی‌بوس به خیابانی آمد که بالاتر از کمپ بود تا نه نفر را برای کار به مزرعه ببرد. کار از ساعت هفت صبح شروع می‌شد تا پنج بعدازظهر و از ساعت ۱۲:۳۰ تا ۱۳:۰۰ هم وقت ناهار بود. از ساعت ۱۰:۳۰ تا ۱۰:۴۵ و بعدازظهر از ساعت ۱۵:۰۰ تا ۱۵:۱۵ وقت استراحت، دست‌شویی رفتن یا نوشیدن چای بود. هر روز بابت نه ساعت کار (چون زمان‌های ناهار و استراحت پولی پرداخت نمی‌شد) ۷۲ خلدن پرداخت می‌شد. البته روزهایی هم بود که باید تا ساعت هفت شب کار می‌کردند تا هرچه زودتر سیب‌ها و گلابی‌ها را به سردخانه منتقل کنند که در این حالت برای یازده ساعت کار دستمزد پرداخت می‌شد. با توجه به این‌که پناهنده‌ها پولی که در یک روز به دست می‌آوردند اندازهٔ همان پولی بود که برای یک هفته زندگی دریافت می‌کردند، آن دستمزد برایشان مبلغ قابل توجهی بود. قبل از شروع کار محسن گمان می‌کرد که کار راحتی باید باشد، مخصوصاً با توجه به پولی که داده می‌شد؛ ولی در پایان روز اول، وقتی با لباس کار سوار مینی‌بوس شد تا با سایر پناهنده‌ها به کمپ منتقل شود،

از کمردرد نمی‌توانست روی صندلی بنشیند. وقتی ساعت شش به کمپ رسیدند، محسن آرزوی یک دوش آب گرم را داشت، ولی چون چند نفری در نوبت بودند مجبور بود دو ساعتی صبر کند. بسیار گرسنه بود، ولی اصلاً انرژی و حوصلۀ تهیۀ غذا را نداشت. مقداری نان و پنیر خورد تا نوبت دوش‌گرفتنش برسد. زمانی که محسن دوش گرفت ساعت نزدیک ده شب بود و باید می‌خوابید تا صبح زود برای کار بیدار شود. معمولاً محسن هر روز به لیلا و آرش سر می‌زد تا یک ساعتی یا با آرش بازی کند و هم با لیلا صحبت کند، اما آن روز از خستگی این کار را نکرد. موقعی که برای خواب آماده می‌شد صدای لیلا را از اتاق نشیمن شنید که از حسن می‌پرسید محسن کجاست. محسن از اتاق خود بیرون آمد و به لیلا سلام کرد و توضیح داد که چون سر کار بوده و خسته شده می‌خواسته بخوابد.

لیلا با ناراحتی گفت: «پس مزاحم نمی‌شم. شب‌به‌خیر.» و بلافاصله از خانه بیرون رفت. محسن با آن‌که نمی‌خواست بگذارد لیلا با ناراحتی خانه را ترک کند، ولی از خستگی نمی‌توانست دنبال او برود، برای همین دوباره به اتاق خودش رفت. هرچند از درد کمر و زانو نمی‌توانست بخوابد و از حسن قرص گرفت تا دردش کمتر شود.

در روزهای بعد بدن محسن به کار سخت و طاقت‌فرسا عادت کرد و کمتر درد داشت. روزهایی بود که باران شدید می‌بارید و آن‌ها مجبور بودند زیر باران کار کند. در این مواقع لباس‌های مخصوص ضد آب برای کارگرها بود که به جز صورت و دست‌ها بقیه بدن را می‌پوشاند، ولی دست‌ها کم‌کم از سرما بی‌حس می‌شدند و کنترل آن‌ها مشکل می‌شد طوری که گاه سیب‌ها از دست به زمین می‌افتادند. وقتی در انتهای باغ کار می‌کردند، فاصلۀ محل سیب چیدن تا اتاق‌هایی که مخصوص تعویض لباس و خوردن ناهار و استراحت بودند، زیاد بود که ده دقیقه طول می‌کشید تا به آن اتاق‌ها برسند. برای همین نوشیدنی و ناهار را همراه خود می‌آوردند تا در همان محلی که مشغول سیب‌چینی بودند استراحت کنند و ناهار بخورند، ولی وقتی باران می‌بارید لقمۀ غذا قبل

از آن‌که در دهان گذاشته شود کاملاً با آب باران خیس شده بود. این مشکلات باعث می‌شد که بعضی از پناهنده‌ها بعد از چند روز کار دیگر ادامه ندهند. برای مثال، آقا یوسف که همیشه کم‌حرف بود، بعد از دو روز کار موقع برگشت به دوست حسن که رانندهٔ مینی‌بوس بود گفت که دیگر نمی‌آید و پول دو روز را چگونه باید بگیرد. از آنجا که پول پناهنده‌ها هفتگی پرداخت می‌شد، قرار شد موقع پرداخت دستمزدها حقوق آقا یوسف را به محسن بدهند تا او برایش بیاورد.

در روز سوم، زمانی که همگی زیر باران سرد و شدید در حال کار بودند و بعضی از پناهنده‌ها به زمین و زمان مخصوصاً هوای هلند لعنت می‌فرستادند، محسن در این فکر بود که اگر در ایران بود الآن در مطب خود مشغول ویزیت‌کردن بیماران بود و وقتی کارش را با وضعیت فعلی خود مقایسه کرد، چند لحظه دست از کار کشید، کمر راست کرد و به فکر فرو رفت. در کنار کارگرها ماشینی در بین ردههای درختان میوه در حال حرکت بود که کارگرها سیب‌هایی را که می‌چیدند روی غلتک آن می‌گذاشتند و آن غلتک سیب‌ها را درون جعبهٔ بزرگی که حمل می‌کرد، منتقل می‌کرد. برای همین اگر کارگری برای حتی چند ثانیه دست از کار می‌کشید ماشین از کنارش عبور می‌کرد و در اصطلاح از ماشین جا می‌ماند. در این حالت آن کارگر باید با سرعت بیشتری سیب‌ها را بچیند و خود را به ماشین برساند. از آنجا که محسن نیز برای چند ثانیه به فکر فرو رفته بود، از ماشین جا ماند و سرکارگری که ماشین را هدایت می‌کرد سر او داد زد که چرا از ماشین جا مانده است. محسن با فریاد سرکارگر به سرعت دوباره مشغول کار شد و با خود گفت: «خوبی این‌جور کار کردن حداقل اینه که فرصت فکر کردن به گذشته، حال و آینده رو به آدم نمی‌ده.» چیزی که انجام این کار سخت را برای محسن قابل تحمل کرد این بود که خودش را کاملاً به بی‌خیالی زده بود، برای همین هنگام کار کردن گاهی با خودش تکرار می‌کرد: «هیچ فرقی نمی‌کنه. دیگه اصلاً هیچ فرقی نمی‌کنه.» بقیه از او می‌پرسیدند که منظورش چیست و او می‌گفت با گفتن و تکرار این جمله آرامش پیدا

می‌کنه و به کارش راحت‌تر ادامه می‌دهد بدون این‌که علتش را بداند. برای همین بعضی از پناهنده‌ها هم زمانی که شرایط کار سخت می‌شد می‌گفتند: «به قول آقا محسن هیچ فرقی نمی‌کنه. اصلاً چرا باید فرق کنه؟»

در اولین یکشنبهٔ بعد از شروع کار سیب‌چینی محسن تعطیل بود و بعد از خوردن ناهار به خانهٔ لیلا رفت. بعد از آن شبی که لیلا با ناراحتی خانهٔ محسن را ترک کرده بود فرصتی پیش نیامده بود تا در این‌باره با هم صحبت کنند. وقتی لیلا روی میز جلوی محسن چای گذاشت، با طعنه گفت: «امیدوارم اومدن به اینجا و دیدار از من و آرش مزاحم کارتون نشده باشه.»

محسن با تعجب گفت: «چرا این‌قدر رسمی صحبت می‌کنی؟»

لیلا گفت: «وقتی پول از یه رابطه مهم‌تر می‌شه، اون رابطه خواه ناخواه از حالت صمیمی به یه رابطهٔ رسمی تبدیل می‌شه.»

محسن گفت: «لیلا! چرا فکر می‌کنی که برای من پول مهم‌تر از رابطه‌ای هستش که با تو دارم؟ یه پناهنده توی وضعیت نامعلوم قرار داره. آینده برای همه ما مبهمه. باید کمی پول دست‌مون باشه که اگه زمانی نیاز داشتیم بتونیم ازش استفاده کنیم؟»

لیلا گفت: «اصلاً شاید توقع من از رابطه‌ای که با تو دارم بیش از حده. از خودم می‌پرسم من چه‌کارهٔ تو هستم که بگم چی‌کار کنی چی‌کار نکنی. تو مجردی، تحصیل‌کرده هستی، زبان بلدی و داری هلندی هم یاد می‌گیری. خیلی راحت می‌تونی با یه خانم هلندی ازدواج کنی و اقامت بگیری.»

محسن گفت: «یعنی نگاه تو به رابطهٔ ما این‌جوریه؟ اگه رابطهٔ جنسی داشتیم می‌تونستی فکر کنی که فقط به‌خاطر این نیاز باهات رابطه برقرار کردم، ولی خودت هم می‌دونی که رابطهٔ ما این‌جور نبوده.»

لیلا درحالی‌که از خجالت سرخ شده بود، گفت: «خواهش می‌کنم این‌قدر رک در این باره صحبت نکن. من کسی نیستم که دربارهٔ این مسائل با کسی که محرم نیستم صحبت کنم.»

محسن گفت: «مرد و زنی که به هم علاقه دارن می‌تونن دربارهٔ این‌جور مسائل با رعایت احترام صحبت کنن و باید هم بتونن حرف بزنن. یه سؤال دارم ازت. من واقعاً کجای زندگی تو و آرش قرار دارم؟»

با ورود آرش از بیرون به داخل خانه هر دو ساکت شدند و لیلا به محسن گفت: «می‌تونم خواهش کنم الآن ما رو تنها بذاری؟ شب بعد از این‌که آرش خوابید می‌آم تا با هم صحبت کنیم. این حق توئه که از وضعیت خودت و این رابطه آگاه باشی.»

شب، زمانی که محسن در حال آماده کردن ناهار فردا برای سر کارش بود، لیلا به موبایل او زنگ زد و از او خواست که بیرون خانه بیاید. بعد از پنج دقیقه هر دو روی نیمکتی که روبه‌روی خانهٔ محسن زیر یکی از چراغ‌های محوطه قرار داشت، نشستند. سرمای شب ماه سپتامبر طوری بود که هر دو مجبور بودند یک کاپشن ضخیم به تن کنند.

لیلا گفت: «تنها عاملی که باعث شد من امشب این قرار رو بذارم تا همه‌چیز رو برای تو تعریف کنم اینه که تو ازم سؤال کردی جایگاهت در زندگی من و آرش کجاست. اگه به جای این سؤال می‌پرسیدی جایگاه من در زندگی تو کجاست، یعنی اسمی از آرش نمی‌آوردی، من این قرار رو نمی‌ذاشتم.»

محسن گفت: «خب کاملاً طبیعیه که زندگی یه مادر به زندگی بچه‌اش که این سن رو داره گره خورده. کسی نمی‌تونه با مادری که یه بچه به این سن داره رابطه برقرار کنه بدون این‌که به اون بچه فکر نکنه. مگر این‌که بخواد با اون مادر رابطهٔ موقت داشته باشه، ولی من به دنبال یه رابطهٔ دائمی با تو هستم نه موقت.»

لیلا ضمن تشکر از طرز فکر محسن از او پرسید: «چرا با این‌که با من و آرش این‌قدر صمیمی شدی تا حالا از من نپرسیدی چرا از ایران به اینجا اومدم؟!»

محسن گفت: «مهاجرت کردن کار ساده‌ای نیست لیلا. حداقل برای من نبوده و نیست. این‌که به یک باره همه‌چیز رو رها کنی و بیای جایی که هیچ شناختی ازش نداری کار بسیار سختیه. پشت‌سر گذاشتن فامیل، دوستات، خاطراتت، کوچه پس‌کوچه‌های شهری که توی اون بزرگ شدی و در جای جای اون خاطره داری، فرهنگی که با اون بزرگ شدی همه و همه کار سختیه. در کنارش باید همه‌چیز رو از اول شروع کنی، مثل بچه‌ای که تازه به دنیا می‌آد باید دوباره زندگیت رو بسازی. می‌خوام بگم تصمیم به مهاجرت یه انگیزهٔ قوی می‌خواد که خیلی وقت‌ها کاملاً شخصیه و ممکنه به جز خود اون فردی که تصمیم به مهاجرت گرفته، بقیه علت کارش رو واقعاً نفهمن. برای همین نه از تو می‌پرسم چرا مهاجرت کردی نه از کس دیگه‌ای.»

لیلا کمی فکر کرد و گفت: «ولی چون این مسئله به رابطهٔ من و تو گره خورده تو باید بدونی.»

محسن گفت: «در این صورت مایلم بدونم چرا از ایران مهاجرت کردی.»

لیلا ادامه داد: «داستانش طولانیه پس کوتاهش می‌کنم و چیزهای رو که فکر می‌کنم تو باید بدونی برات تعریف می‌کنم. من ده سال پیش با همسرم ازدواج کردم. اوایل مشکل خاصی نداشتیم و با این‌که کارمند بود زندگی ما می‌چرخید تا این‌که با یکی از دوستانش که از چین واردات و صادرات داشت همکار شد. با پشتکاری که همسرم از خودش نشون داد ظرف یک سال درآمدش چند برابر شد طوری که از کارمندی در بانک استعفا داد و برای خودش یه شرکت واردات و صادرات از چین تأسیس کرد و سال بعد ده دوازده نفر کارمند زیر دستش کار می‌کردن. با وجود این‌همه کارمند باز طوری سرگرم مشکلات شرکتش بود که شب‌ها دیر خونه می‌اومد و صبح‌ها هم زود از خونه می‌رفت، حتی تعطیلات هم وقت کمی رو با هم سپری می‌کردیم. با تولد آرش فکر می‌کردم که

متوجه اهمیت حضور پدر توی خونه می‌شه و وقت بیشتری برای من و آرش می‌ذاره، ولی تغییری در ساعت کاری اون ایجاد نشد. وقتی به وضعیت اعتراض می‌کردم، می‌گفت اجازه بدم شرکت روی غلتک بیفته بعدش کارها رو دست معاون می‌ده تا وقت بیشتری رو با من و آرش سپری کنه. البته از نظر مالی کاملاً نیازهای خانواده رو برآورده می‌کرد. خونهٔ جدید و شیک، ماشین برای من و وسایل رفاهی کاملاً در اختیار من و آرش بود، ولی روزبه‌روز بین خودم و اون فاصلهٔ بیشتری حس می‌کردم. گاه‌گاهی چند هفته به مسافرت می‌رفت و من و آرش توی خونهٔ بزرگ تنها بودیم. فقط پدر و مادرم بودن که می‌تونستم تنهایی خودم رو با اون‌ها تقسیم کنم، ولی همین‌طور که می‌دونی هیچ‌کس نمی‌تونه جای خالی همسر رو پر کنه.»

لیلا به محسن نگاهی کرد تا ببیند شنیدن سرگذشتش برای او جالب است یا کسالت‌آور و چون چیزی از چهرهٔ او نفهمید، پرسید: «خسته شدی از شنیدن سرگذشتم؟ اگه می‌خوای بذاریم برای یه روز دیگه؟»

محسن با تعجب پرسید: «چرا باید خسته بشم؟ همون‌طور که گفتی سرنوشت تو به رابطهٔ آیندهٔ ما گره خورده، پس باید بدونم. حالا متوجه می‌شم چرا چند وقتی هست که نسبت به کار کردن من که باعث شده کمتر به تو و آرش توجه کنم، حساس شدی چون تجربهٔ تلخی داشتی. لطفاً ادامه بده.»

لیلا ادامه داد: «آره، شاید حق با تو باشه. خیلی‌ها فکر می‌کنن خانم‌ها عاشق پول و تجملاتن. ممکنه درست باشه، ولی در کنار همه‌چیز یه زن به یه چیز مهم دیگه هم نیاز داره که در مورد همهٔ خانم‌ها از هر ملیتی که باشن صدق می‌کنه. اونم اینه که قلب یه مرد رو در اختیار داشته باشن. فقط برای خودشون بدون این‌که با زن دیگه‌ای تقسیمش کنن. برای من هم این اتفاق افتاد و بعد از مدتی متوجه شدم همسرم با منشی شرکتش که دوازده سیزده سال ازش کوچک‌تر بود، رابطه داره. وقتی موضوع رو به همسرم گفتم، بدون این‌که از کردهٔ خودش ابراز پشیمانی کنه، گفت دختره رو صیغه

کرده و تو زندگی ما مشکلی پیش نمی‌آد. بعد توضیح داد که برای اون یه آپارتمان خریده و هفته‌ای یک شب پیش اون دختره می‌ره و بقیه شب‌ها وقتش رو با من و آرش سپری می‌کنه. من واقعاً نمی‌دونم و نمی‌فهمم چرا مردها نمی‌تونن احساسات یه زن رو درک کنن. چرا نمی‌تونن بفهمن که یه زن نمی‌تونه حضور زن دیگه‌ای رو در کنار همسرش، حتی برای یه شب، تحمل کنه. از همون موقع که با کمال خون‌سردی دربارۀ اون دختر توضیح داد، ازش متنفر شدم. دیگه نمی‌تونستم کنارش باشم و وظایف زناشویی رو انجام بدم. روزهای تلخ شروع شده بود. بی‌مهری‌های من همراه با رفتارهای خشن از یه طرف و محبتی که اون دختر به شوهرم می‌کرد از طرف دیگه باعث شده بود که همسرم روزبه‌روز به من بی‌احساس‌تر و به اون دختر نزدیک‌تر بشه. من درخواست طلاق دادم، ولی در ایران حق طلاق با مردهاست و اون هم نمی‌خواست من رو طلاق بده. کابوسی که هر شب می‌دیدم این بود که حتی اگه با طلاق موافقت کنه سرپرستی آرش از نظر قانونی به پدرش سپرده می‌شد و من از آرش جدا می‌شدم؛ چیزی که حتی فکر کردن بهش برام سخت و دردناک بود.

دیگه طوری شده بود که هفته‌ای یه شب خونه پیش من و آرش می‌اومد که اونم بیشتر با آرش بازی می‌کرد و کادوهایی رو که براش خریده بود بهش می‌داد و اصلاً توجهی به من نداشت. در واقع ما حرفی برای گفتن به همدیگه نداشتیم جز دعوا و جر و بحث‌های تکراری و گاهی کار به کتک‌کاری کشیده می‌شد طوری که آرش با ترس به من می‌چسبید و از پدرش خواهش می‌کرد که مامانش رو کتک نزنه. توی اون خونۀ مجلل افسوس روزهایی رو می‌خوردم که تو خونۀ کوچک‌مون من و همسرم و آرش که تازه به دنیا اومده بود با لبخند و شوخی سپری می‌کردیم. مادر و پدرم هم من رو نصیحت می‌کردن که همسرت کار خلاف شرع انجام نداده، بهتره با محبت اون رو به سمت خودت بکشونی، ولی اون‌ها از احساسات درونی من، از نفرتی که نسبت بهش پیدا کرده بودم، بی‌اطلاع بودن. حتی عمۀ من می‌گفت حتماً لیلا در وظایف زناشویی کوتاهی کرده

که همسرش مجبور شده در جای دیگه این کمبود رو جبران کنه! یادمه یه شب همسرم مست از شب‌نشینی با دوستاش به خونه اومد. من از مدت‌ها قبل اتاق خواب خودم رو جدا کرده بودم. وقتی دَرِ اتاق خواب من رو زد، پرسیدم چه کار داره. گفت از اتاق چیزی لازم داره که برداره. من هم حرفش رو باور کردم. وقتی در رو باز کردم، به زور من رو روی تخت انداخت. من به‌شدت مقاومت می‌کردم و اون هم تکرار می‌کرد که همسر منه و من به‌عنوان زنش باید تمکین کنم و باید شرعی و قانونی خودم رو در اختیارش بگذارم، ولی این احساس که با زن دیگری هم هست باعث می‌شد ازش نفرت پیدا کنم. برای همین به‌شدت در مقابل خواسته‌اش مقاومت کردم تا این‌که چند سیلی محکم به صورتم زد و بعد دوباره من رو محکم روی تخت پرت کرد. دیگه نیرویی برای مقاومت نداشتم و مثل یه جنازه خودم رو بدون هیچ احساسی در اختیارش گذاشتم. اون هم بعد از این‌که کار خودش رو انجام داد از اتاق بیرون رفت.»

لیلا هنگام تعریف کردن داستان زندگی‌اش بدون صدا اشک می‌ریخت، ولی وقتی به اینجای داستان رسید بغضش ترکید و شروع کرد بلندبلند گریه کردن. محسن او را در آغوش گرفت و به او اجازه داد سرش را روی شانه‌های مردانهٔ او بگذارد. می‌دانست این کار سبب آرامش خانم‌ها می‌شود. بعد از چند دقیقه لیلا آرام شد و ادامه داد: «گفتن این‌که همسرت بهت تجاوز کرده در دادگاه ایران یه حرف کمدی محسوب می‌شه چون طبق قانون زن هر موقع که همسرش اراده کنه باید وظایف زناشویی رو انجام بده. تحمل این وضع برام غیرقابل قبول بود و با توصیه یکی از دوستام تصمیم گرفتم ایران رو به همراه آرش ترک کنم.»

محسن اشک‌های لیلا را پاک کرد و کمی محکم‌تر او را در آغوش گرفت تا آرام شود. سپس خیلی آرام گفت: «زندگی با کسی که ازش تنفر داری کار مشکلیه. امیدوارم ادارهٔ مهاجرت حرف‌های تو رو درک کنه، ولی این داستان چه ربطی به رابطهٔ ما داره عزیزم؟!»

لیلا درحالی که خود را از آغوش محسن جدا می‌کرد، گفت: «متوجه نیستی؟! من بدون این‌که از همسرم قانونی و شرعی جدا بشم از ایران خارج شدم و در اصل هنوز زن اون حساب می‌شم. برای همینه که نمی‌تونم حتی با تو محرم بشم چه برسه به این‌که بتونیم با هم ازدواج کنیم.»

محسن به فکر فرو رفت و گفت: «اینجا کشوری هستش که چه زن و چه مرد وقتی تشخیص بدن با همسرشون نمی‌تونن زندگی کنن می‌تونن درخواست طلاق بدن. به نظر من مشکلت رو با فی‌فی‌ان مطرح کن. اون‌ها حتماً یه راه جلوی پات می‌ذارن.»

لیلا گفت: «من اینجا با پولی که با خودم آوردم یه وکیل گرفتم که بتونم طلاق غیابی بگیرم. با سفارت هم تماس گرفتم، ولی نمی‌دونم موفق می‌شم یا نه.»

محسن گفت: «الآن که اینجا هستی با همسرت تماس بگیر و بگو طلاقت بده تا هم اون آسوده خاطر بشه، هم تو بتونی برای آینده‌ات تصمیم بگیری.»

لیلا گفت: «وکیلم چند باری باهاش تماس گرفته و همسرم گفته به خاطر این‌که آرش رو بدون اجازه اون که پدرشه از ایران خارج کردم از من به جرم بچه‌دزدی شکایت کرده و اگه پام برسه ایران تو همون فرودگاه دستگیر می‌شم.»

محسن بعد از این‌که از روی نیمکت بلند شد و در محوطه شروع کرد به راه رفتن، روی نیمکت برگشت و گفت: «چیزی که مانع از رسیدن ما به هم می‌شه اعتقادات توست، چون ما توی مملکتی زندگی می‌کنیم که این حق رو چه به مرد و چه به زن می‌ده که با هر کسی که دوست دارن زندگی مشترک داشته باشن و اجباری نیست برای کسی و از طرفی حق داشتن بچه تحت هر شرایطی به مادر داده می‌شه. پس درحال‌حاضر این تو هستی که باید برای آیندهٔ خودت و آرش با اعتقادات خودت کنار بیای. به نظر من به سفارت برو و مشکلت رو براشون توضیح بده و ببین چه کمکی می‌تونن بهت بکنن.»

پس از آن محسن مکثی کرد، انگار می‌خواست چیزی بگوید، ولی دودل بود که بگوید یا نه و چون لیلا حالت محسن را درک کرد، گفت: «من صادقانه داستان زندگیم رو بهت گفتم چون احساس می‌کنم رابطۀ ما به حدی از صمیمیت رسیده که دربارۀ چیزهای خصوصی هم می‌تونیم صحبت کنیم. پس لطفاً هرچی تو دلت هست بگو.»

محسن که با صحبت‌های لیلا از حالت دودلی در آمده بود، گفت: « سوالی که برام مهمه اینکه واقعا تو به ازدواج اعتقاد داری؟» لیلا با سر جواب مثبت داد.

محسن پرسید: « من که نمیفهمم، تازه، تو حجاب آنچنانی هم نداری که بگم خیلی مسلمونی. » لیلا با کمی دلخوری گفت: « چه ربطی داره، من به اندازه خودم حجاب دارم. اما در مورد خطبه عقد و طلاق ، درظاهر ممکنه به نظر امثال تو خنده دار بیاد، ولی در حقیقت یک اصل اعتقادی مهمی هست. » محسن گفت: « ولی مشکل این هست که فقط مرد میتونه ارتباط رو به اذن خدا قطع کنه و زن این حق رو نداره، درسته؟ » لیلا گفت: « درسته ولی فقط زن هست که به اذن خدا ارتباط رو برقرار میکنه و بدون "بله" گفتن زن، ازدواج انجام نمی پذیرد. از طرفی زن حق مهریه هم داره که مرد نداره. »

محسن ادامه داد:« همسرت که اینجا نیست. اگر هم بود تورو طلاق نمیداد، در نتیجه تو تا آخرعمرت زن قانونی و شرعی اون خواهی بود، درسته؟»

لیلا باز با تکان دادن سر حرف او را تایید کرد.

محسن با خنده ای تلخ گفت:« پس احساسات، احساسات من و آینده آرش چی مشه؟»

لیلا فقط سکوت کرد.

محسن گفت: « ببین لیلا تا زمانی که همسرت تورو طلاق نده، نمیتونیم ما باهم ازدواج کنیم. تو باید تلاش کنی باهاش تماس بگیری و بدون دعوا ازش بخوای

تورو طلاق بده. بهش حرفی از ازدواج ما نزن چون ممکنه سر لج بیفته و تورو طلاق نده.»

لیلا در حالی که در تفکراتش غرق بود به سکوتش ادامه میداد. موقع خداحافظی، درحالی‌که محسن لیلا رو به طرف خانواده‌اش همراهی می‌کرد، لیلا به محسن گفت: «می‌دونم که از سر کار که می‌آی خونه خیلی خسته هستی. سعی کن سریع دوش بگیری. من غذا رو آماده می‌کنم و شام آرش رو می‌دم تا بخوابه. بعد منتظر می‌مونم بیای تا شام رو با هم بخوریم. برای ناهار سر کارت هم یه چیزی آماده می‌کنم تا با خودت ببری.»

آن‌ها به جایی رسیدند که نور هیچ چراغی آنجا را روشن نمی‌کرد. محسن ناگهان لیلا را در آغوش گرفت و گفت: «لطف بزرگی می‌کنی. خوردن شام در کنار تو خستگی کار رو از تنم بیرون می‌کنه.»

لیلا درحالی‌که به آرامی تلاش می‌کرد خودش را از محسن دور کند، گفت: «این کار در وهلۀ اول برای خوشحالی دل خودمه.»

هم او و هم محسن می‌دانست احساساتی که از فطرت انسان ناشی شود، بسیار قوی است. هردو می‌توانستند تپش قلب و گرمای وجود یکدیگر را حس کنند، چیزی که هر دو برای ادامۀ این راه سخت به آن نیاز داشتند. یک عشق واقعی.

در کنار کار سخت چیدن سیب، محسن به کار در فی‌فی‌ان نیز ادامه می‌داد. همچنین دو روز در هفته برای شرکت در درس زبان هلندی با دوچرخه به تیلبورخ می‌رفت. محسن در کلاس پایه که مخصوص خارجی‌های بود که اصلاً هلندی نمی‌دانستند ثبت‌نام کرده بود، ولی روز اول، وقتی با معلم کلاس که مردی شصت‌وپنج ساله بود به زبان هلندی صحبت کرد، معلم با تعجب اخمی کرد و از محسن به هلندی پرسید: «چند وقته هلندی و کجا این زبون رو یاد گرفتی؟»

محسن جواب داد که چند ماهی هست که به هلند آمده و خودش به کمک کتاب‌های خودآموز هلندی را یاد گرفته؛ از طرفی در فی‌فی‌ان کمپ کار می‌کند و همین مسئله به او کمک کرده تا هلندی‌اش را بهبود ببخشد. معلم با حالتی اخم‌آلود جواب داد: «این کلاس به درد تو نمی‌خوره. باید بری کلاس بالاتر.» بعد روی کاغذ چیزی نوشت و به محسن داد و گفت: «برو دفتر و این کاغذ رو بده به منشی.» همان روز منشی یک امتحان تعیین سطح زبان هلندی از محسن گرفت و بر اساس نمره‌ای که محسن از امتحان گرفته بود تصمیم گرفته شد که در کلاس‌های خانم اِلن شرکت کند. الن[1] خانمی بود چهل ساله که مانند دیگر معلم‌های آن مؤسسه به طور رایگان به خارجی‌ها درس می‌داد. کلاس‌ها از ساعت نه صبح شروع می‌شدند و تا ساعت ۱۲:۳۰ ادامه داشتند. در اتاقی که چای و قهوهٔ رایگان همیشه حاضر بود دانش‌آموزان که اکثراً پناهنده بودند و بالای سی سال داشتند می‌توانستند از ساعت ۱۰:۳۰ تا ۱۱ استراحت کنند و فرصت مناسبی بود برای محسن تا با تعدادی هلندی صحبت کند که برای گذران وقت یا نوشیدن قهوه رایگان یا آشنایی با خارجی‌ها آنجا بودند.

هفتهٔ دوم، زمانی که محسن با اِلن و تعدادی از هم‌کلاسی‌ها مشغول صرف نوشیدنی و صحبت بودند، اِلن به محسن گفت: «به این مردی که الآن وارد اتاق شد نگاه کن.»

محسن چرخید تا پشت‌سرش را ببیند و مردی تقریباً شصت ساله را دید که لباس شیکی به تن داشت. او با تعدادی شاگرد وارد شد و سر یکی از میزها نشستند.

محسن به معلمش گفت: «آره دیدمش. باید از معلم‌های اینجا باشه، آره؟»

اِلن گفت: «آره و اسمش ژاک هستش. جالبه بدونی که یه پسر ایرانی با ژاک[2] آشنا بود. پسره هم سال‌ها قبل اینجا پناهنده بود، ولی ترک خاک گرفته بود. ژاک خیلی

---

[1] Elen
[2] Jack

بهش کمک کرد تا این‌که بالاخره سال قبل تونست جواب بگیره. یه بار از ژاک شنیدم که از ایرانی‌ها خوشش می‌آد. دوست داری تو رو باهاش آشنا کنم؟»

محسن با لبخند گفت: «من دوست دارم با هر کسی که بتونم باهاش هلندی صحبت کنم، آشنا بشم.»

اِلن سپس همراه محسن به طرف میزی رفت که ژاک نشسته بود و محسن را با ژاک آشنا کرد. در آن موقع نه محسن می‌دانست که این آشنایی در آینده چه تأثیرات مهمی در زندگی او دارد و نه ژاک، طوری که بدون کمک‌های ژاک ماندن محسن در هلند ناممکن بود. صرف‌نظر از گرفتن اقامت، در آن موقع محسن نمی‌دانست که آشنایی با ژاک در آینده سرآغاز یک رابطۀ پدر- پسری خواهد بود که ارتباط عاطفی عمیقی را برای آن‌ها رقم خواهد زد.

با آن‌که اِلن معلم محسن بود، ولی محسن هفته‌های بعد وقت استراحت خود را بیشتر با ژاک سپری می‌کرد. این هم‌صحبتی برای هر دو دلنشین بود. ژاک در کلاسی که پایین‌تر از سطح کلاس اِلن بود درس می‌داد، برای همین محسن نمی‌توانست در کلاس‌های او شرکت کند، ولی وقت استراحت فرصت مناسبی برای هر دو آن‌ها بود تا با یکدیگر صحبت کنند؛ مخصوصاً که هر دو به روش‌های متفاوتی که داشتند اهل شوخی و مزاح بودند. بعد از تنها دو هفته، ژاک از محسن برای ناهار دعوت کرد تا بعد از کلاس به اتفاق هم به خانۀ او بروند که در نزدیکی کلیسای محل تشکیل کلاس‌ها بود.

وقتی محسن همراه ژاک وارد شد، همسر ژاک، کارلا ‪[1]‬ خود را معرفی کرد، ولی همان ابتدا معلوم بود که چندان از حضور محسن در آن خانه خوشحال نیست. برای ناهار طبق معمول که در هلند ناهار شبیه صبحانه است، نان و پنیر و کره روی میز آماده بود.

در ماه نوامبر که کار سیب‌چینی به اتمام رسیده بود حضور محسن در خانۀ ژاک و کارلا بیشتر شد و از آنجا که محسن اطلاعات پزشکی داشت، آن‌ها از او سؤال‌های

---

[1] Carla

پزشکی می‌کردند و محسن هم سعی می‌کرد به ساده‌ترین شکلی که قابل فهم باشد، جواب بدهد. همچنین دربارهٔ سلامتی آن‌ها اگر توصیه‌ای لازم بود برایشان توضیح می‌داد. در همین حال محسن بیشتر با فرهنگ هلندی آشنا می‌شد و تفاوت‌های بین فرهنگ‌ها را برای آن‌ها توضیح می‌داد. محسن سادگی زندگی هلندی‌ها را دوست داشت و سادگی در پذیرایی از مهمان یکی از همین جنبه‌ها بود که هلندی‌ها بدون تعارف و تشریفات سعی داشتند تا در کنار مهمان خود اوقات خوشی داشته باشند. زمانی که محسن شیوهٔ دعوت و پذیرایی از مهمان را با فرهنگ خودش مقایسه می‌کرد، متوجه این نکته می‌شد که در عین حال که احترام به مهمان و ابراز صمیمیت نسبت به او در فرهنگ ایرانی بهتر و پررنگ‌تر است، جنبه‌های دیگر از جمله تعارف یا تدارک دیدن چندین نوع غذا آن هم طوری که بعد از صرف غذا حتماً باید از همه نوع غذا باقی مانده باشد، رسومی بودند که رفت و آمد بین مردم را مشکل می‌کردند. به عنوان نمونه، هلندی‌ها فقط یک نوع غذا تدارک می‌دیدند، آن هم به تعداد افراد طوری که کل غذا خورده شود و چیزی اضافه نیاید. در فرهنگ آن‌ها اگر همهٔ غذاها خورده شود نشان‌دهندهٔ این است که مهمان‌ها از غذا و طعمش راضی بوده‌اند، ولی در فرهنگ ایرانی اگر همهٔ غذاها خورده شود و چیزی اضافه نیاید نشان‌دهندهٔ خسیس بودن میزبان است و به نوعی بی‌احترامی به مهمان تلقی می‌شود.

در بین عکس‌هایی که روی طبقات کمد اتاق نشیمن بود، محسن با پسران ژاک و کارلا، عروس‌ها و نوه‌های آن‌ها آشنا شد. در بین این عکس‌ها محسن عکس جوانی را دید که به ایرانی‌ها شباهت داشت و ژاک در مقابل پرسش محسن دربارهٔ عکس توضیح داد که آن عکس متعلق به فرید است؛ جوان ایرانی که ده سال قبل در هلند درخواست پناهندگی داده بود و پس از ترک خاک بدون جا و مکان بوده است. ژاک و همسرش به او کمک کردند تا در مقابل فشارهای ادارهٔ مهاجرت مقاومت کند و بتواند به زندگی خود در هلند ادامه دهد. سه سال قبل آن‌ها او را به‌عنوان فرزندخوانده قبول

کردند و او بعد از سال‌ها توانست اقامت بگیرد و در واقع یکی از افراد فامیل آن‌ها محسوب میشد.

صمیمیت بین محسن و ژاک و همسرش روزبه‌روز بیشتر می‌شد و محسن گاهی که از خانهٔ آن‌ها به کمپ برمی‌گشت، احساس می‌کرد که از یک دنیا به دنیای دیگری خارج و داخل می‌شود. در مدت کوتاهی، آشنایی آن‌ها به حدی رسید که در اولین سال نو مسیحی که محسن در هلند بود، به جشن سال نو ژاک و کارلا دعوت شد. در جشن سال نو معمولاً بستگان درجه یک مثل پدر، مادر و فرزندان و نوه‌ها دعوت می‌شوند، بااین‌حال ژاک محسن را به این جشن دعوت کرد و محسن توانست با بقیه افراد فامیل آن‌ها آشنا شود، از جمله با فرید. در اولین برخورد، محسن متوجه شد که فرید هفت سال به طور غیرقانونی در هلند زندگی کرده؛ یعنی از زمانی که از کمپ اخراج شده بود و در این مدت با پشتکار و کمکی که از ژاک گرفته بود توانسته بود با هلندی‌های زیادی آشنا شود و علاوه بر یادگیری هلندی ـ البته نه به‌صورت آکادمیک ـ توانسته بود کارهای ساختمانی از جمله لوله‌کشی و تأسیسات را نیز یاد بگیرد و به طور سیاه برای کسانی که با آن‌ها آشنا شده بود، کار کند. نکتهٔ مهمی که محسن در همان ابتدا در فرید پیدا کرد این بود که او اصلاً خجالتی نبود و همین مسئله در ایجاد ارتباط با دیگران و بیان درخواست‌هایی که شاید از نظر خیلی‌ها پررویی حساب می‌شد، به او کمک زیادی کرده بود. با همهٔ سختی‌هایی که در راه گرفتن اقامت متحمل شده بود، روحیه شادی داشت و در مدت زندگی‌اش در هلند، تفریح را هرگز فراموش نکرده بود و با پیدا کردن دوست‌دختر هلندی توانسته بود از خانوادهٔ او هم کمک‌های زیادی بگیرد، از جمله این که دو سال با آن‌ها زندگی کرده بود بدون پرداخت هیچ پولی. نکتهٔ جالب دیگر این بود که فرید همه‌جا خودش را فِردی از یونان معرفی می‌کرد و در مقابل سؤال محسن که دلیل این کارش چیست، گفته بود اگر خودت را مسلمان و از ایران معرفی کنی مطمئن باش هیچ دختری با تو دوست نمی‌شود و بقیه هلندی‌ها هم با نظر شک و تردید و با احتیاط

با تو ارتباط برقرار می‌کنند. محسن هم در پاسخ گفته بود که این وظیفهٔ او و امثال اوست که با رفتار و کار خود ثابت کنند که همهٔ مسلمانان ومخصوصاً ایرانی‌ها و یا افرادی که از خاورمیانه به اینجا آمده‌اند تروریست نیستند و بیشترشان خودشان قربانیان تروریست هستند؛ ولی فرید گفت اگر بخواهی با این روش با هلندی‌ها بحث کنی اولاً فکر می‌کنند که تو داری از تروریست‌ها طرفداری می‌کنی و ثانیاً من می‌خواهم کار خودم را پیش ببرم و کاری به این‌جور بحث‌ها ندارم. محسن به تفاوت‌های بسیاری که بین او و فرید بود کاملاً پی برده بود، ولی آن شب چیزی در این باره به ژاک نگفت.

در شب جشن سال نو محسن سی تا چهل درصد صحبت‌های دیگران را متوجه می‌شد و آن‌ها نیز با صبر و حوصله به حرف‌های او گوش می‌دادند. ژان[1]، برادر کوچک‌تر ژاک نیز حضور داشت و بعد از آشنایی با محسن به ژاک گفت: «فکر می‌کردم با کارلا به توافق رسیدی که دیگه بعد از فرید پناهندهٔ جدیدی رو به خونه‌ات راه ندی.»

کارلا که از رک صحبت کردن ژان یکه خورده بود، بلافاصله گفت: «آره، به ژاک گفته بودم که دیگه نمی‌خوام پناهنده‌هایی رو که سرِ کلاس درس با اون‌ها صمیمی می‌شی به خونه دعوت‌شون کنی، ولی بعد از آشنایی با محسن احساس کردم تحصیل‌کرده و قابل اعتماده، برای همین الآن خوشحالم که ژاک محسن رو دعوت کرده. ولی قول داده که این دیگه آخرین مورد باشه.»

بعد ژاک و کارلا به هم لبخند و چشمک زدند.

ژان از محسن پرسید: «چند وقته هلندی؟»

محسن پاسخ داد چند ماهی می‌شود. ژان سپس پرسید: «هلندی رو کجا یاد گرفتی؟»

---

[1] John

محسن در پاسخ گفت: «جای خاصی نبودم و با خودآموزی که داشتم و با ارتباطاتی که با هلندی‌ها مخصوصاً همکارانم در فی‌فی‌ان داشتم تونستم خودم یاد بگیرم.»

ژان پوزخندی زد و گفت: «همه‌تون دروغ می‌گین! چند سال اینجا می‌مونین و کار سیاه می‌کنین یا خلاف انجام می‌دین. در مدت زمان کوتاهی بیشترین پول رو در میارین و بعد وقتی به طور اتفاقی گیر پلیس می‌افتین فوری درخواست پناهندگی می‌کنین، بعد می‌گین چند هفته‌ایه که وارد هلند شدین. بیشتر کارمندان ادارهٔ مهاجرت هم احمق‌هایی هستن که داستان‌های تخیلی شماها رو باور می‌کنن.»

محسن که نفهمیده بود این حرف‌ها شوخی است یا جدی، نمی‌دانست چه عکس‌العملی باید نشان بدهد، برای همین فقط لبخند زد.

ژان با دیدن لبخند محسن ادامه داد: «باید هم به سادگی ما هلندی‌ها بخندید! اگه با همهٔ شماها جدی برخورد می‌شد و همه‌تون رو از کشورهای غربی به کشورهای خودتون برمی‌گردوندن، الآن این‌همه آدم تو حادثهٔ یازدهم سپتامبر کشته نمی‌شدن.»

در این هنگام، فرید که از نظر صحبت و فهمیدن زبان هلندی مشکلی نداشت و فقط در نوشتن و خواندن مشکل داشت به ژان گفت: «قضاوت‌های نادرست خودت رو برای خودت نگه دار. من هم می‌تونم دربارهٔ نژادپرستی هلندی‌ها بگم که طبق قانون اساسی جرم حساب می‌شه، ولی مثل تو برخوردهای نژادپرستانهٔ اون‌ها رو به حساب همهٔ هلندی‌ها نمی‌ذارم.»

قبل از آن‌که ژان جواب فرید را بدهد، ژاک وارد بحث شد و گفت: «ما برای لذت بردن از امشب اینجا دورهم جمع شدیم پس بهتره مسائلی رو که باعث کدورت می‌شن، بیان نکنیم.»

سپس رو به محسن کرد و گفت: «حرف‌های ژان عقاید شخصی خودش هستن و به این جمع ربطی ندارن.»

آن شب برای محسن بسیار به‌یادماندنی بود و خود را بعد از سال‌ها در یک جمع صمیمی و خانوادگی حس می‌کرد. لیلا برای این‌که او را سورپرایز کند تدارک مفصلی برای شب سال نو دیده بود، اما خبر نداشت که محسن دعوت ژاک را قبول کرده بود. به همین خاطر وقتی محسن برای تبریک سال نو به دیدن لیلا رفت، لیلا با خشم به او گفت: «فکر نمی‌کردم این‌قدر هلندی شدی که ترجیح بدی سال نو رو به جای این‌که با من و آرش سپری کنی با یه خانوادۀ هلندی بگذرونی.»

محسن درحالی‌که سعی می‌کرد او را در آغوش بگیرد توضیح داد که ژاک او را از مدت‌ها قبل برای این شب دعوت کرده بود و دور از ادب بود که دعوت او را رد کند. بعد برای این‌که فراموش کرده بود دعوت ژاک را به لیلا اطلاع بدهد عذرخواهی کرد.

لیلا که تلاش داشت خود را از آغوش او جدا کند، گفت: «بهتربود کل شب رو با اون‌ها می‌گذروندی.»

محسن گفت: «لیلا، ما باید برای وارد شدن به جامعۀ هلند خودمون رو آماده کنیم و یکی از بهترین روش‌ها اینه که با هلندی‌هایی که مهربون هستن و علاقه دارن به خارجی‌ها کمک کنن آشنا بشیم و روزبه‌روز با اون‌ها صمیمی‌تر بشیم تا در صورت نیاز بتونیم ازشون کمک بگیریم.»

هیچ‌یک از حرف‌های محسن برای لیلا قابل قبول نبودند و هنوز هم معتقد بود که آن‌ها می‌بایست جشن سال نو را سه نفری در کنار هم برگزار می‌کردند. محسن که متوجه شده بود لیلا هنوز از او عصبانی است، ادامه داد: «خب تو بیشتر وقتت رو با مادر و خواهرت سپری می‌کنی. فکر می‌کنی این‌جوری هلندی یاد بگیری؟ بهتر نیست با هلندی‌ها بیشتر صحبت کنی تا هم زبانت بهتر بشه و هم اینجا برای خودت دوستان جدیدی پیدا کنی؟»

لیلا گفت: «من با خواهر و مادرم صحبت می‌کنم چون فرهنگ مشترک داریم و همدیگه رو درک می‌کنیم، اما هلندی‌ها نمی‌تونن احساس من رو درک کنن و مطمئنم که صحبت با اون‌ها از نظر روحی من رو ارضا نمی‌کنه.»

محسن گفت: «بالاخره تو می‌خوای در این کشور زندگی کنی یا نه؟ اگه می‌خوای اینجا زندگی کنی و در جامعهٔ هلند جایگاهی داشته باشی، باید باهاشون ارتباط برقرار کنی. من فکر می‌کنم تو بعد از گذشت این‌همه مدت فقط جسمت اینجا هست، ولی روح و روانت هنوز ایران مونده، پیش مادر و خواهرت.»

لیلا گفت: «درسته، چون اینجا چیز جالبی برام نیست که بخوام تمام ذهنم رو درگیرش کنم.»

محسن درحالی که خسته روی صندلی می‌نشست، آرام‌تر ادامه داد: «گاهی با خودم می‌گم صرف‌نظر از مشکلات پناهندگی، کلاً مهاجرت برای خیلی‌ها که دل‌بستگی‌های شدیدی به کشور و فامیل و فرهنگ‌شون دارن، خیلی مضر وغیرقابل پذیرشه. نمی‌فهمم چرا این آدم‌ها مهاجرت رو انتخاب می‌کنن.»

لیلا پرسید: «با خودت داری حرف می‌زنی یا با من؟»

محسن که انگار به خودش آمده بود، گفت: «هیچی. با خودم بودم. بهتره که این بحث رو ادامه ندیم. من خیلی خسته هستم و می‌رم بخوابم.»

بعد از تعطیلات سال نو، محسن خودش را برای امتحان درس هلندی آماده می‌کرد، برای همین شب‌ها ساعت بیشتری را برای تمرین و انجام تکالیفش وقت می‌گذاشت. در یکی از شب‌ها که بعد از خوردن شام با لیلا و آرش به خانهٔ خود برگشته بود، هنگام ورود به خانه کاوه و ابراهیم را همراه با چند نفر دیگر از دوستان آن‌ها در اتاق نشیمن دید که مشغول نوشیدن مشروب و گرم صحبت و تعریف خاطرات روزهای شیرین گذشته در ایران بودند. محمد هم در جمع آن‌ها بود. با ورود محسن از او هم دعوت کردند تا به جمع آن‌ها بپیوندد، ولی او توضیح داد که امتحان دارد و باید درس بخواند.

وقتی در اتاق بود صدای خنده و داد و فریادی که به وضوح از اتاق نشیمن شنیده می‌شد، نمی‌گذاشت برای درس خواندن تمرکز کند، برای همین کتاب‌ها را بست تا بخوابد. وقتی برای مسواک‌زدن به دست‌شویی رفت، در برگشت به همه شب‌به‌خیر گفت تا بقیه بدانند که او برای خواب به اتاق خود می‌رود. ولی سروصدا همچنان ادامه داشت و وقتی محسن به ساعت نگاه کرد، دید که نزدیک دوازده است. با آن‌که همهٔ افراد آن خانه قرار گذاشته بودند که کسی مزاحم دیگر ساکنان خانه نشود، ولی آن شب شرایط طوری شده بود که محسن نمی‌توانست بخوابد. زمانی که نزدیک ساعت سه مهمان‌ها رفتند، محسن با سردرد توانست بخوابد، ولی از آن شب به بعد، یک شب در میان خانهٔ آن‌ها پاتوق دوستان کاوه و ابراهیم شده بود که همگی از ترک‌های ایران بودند. این مسئله باعث شده بود که محسن در روز احساس خستگی و خواب‌آلودگی کند و روی درسش تأثیر منفی بگذارد. با این‌که این مشکل در کمپ همگانی بود، ولی تا آن موقع در خانهٔ آن‌ها چنین مشکل وجود نداشت چون کاوه و ابراهیم سر کار بودند و باید شب زود می‌خوابیدند، ولی با شروع سال نو کار خود را از دست دادند. با آن‌که محسن دربارهٔ مشکل سروصدا با آن‌ها صحبت کرده بود، ولی مشکل حل نشده بود و آن‌ها می‌گفتند ایزولاسیون دیوارها خوب نیست و نمی‌توانند در این شرایط سخت بدون تفریح و شب‌نشینی با دوستان‌شان این دوران را سپری کنند. حتی ابراهیم گفته بود که محسن تفاوت خانه با کتابخانه را نمی‌فهمد و بهتر است برای درس خواندن به کتابخانه برود. با وجود این قرار شد شب‌نشینی‌های شبانهٔ آن‌ها حداکثر تا دوازده شب باشد تا مزاحم خواب ساکنان دیگر نشوند. محسن نیز داخل گوش‌هایش چیزهای اسفنج مانندی می‌گذاشت تا موقع خواب صدای کمتری بشنود؛ ولی گاهی سروصدا به قدری بلند بود که بازهم می‌شنید و نمی‌توانست بخوابد.

در یکی از همین شب‌ها، ساعت ۱۲:۳۰ شده بود، ولی مهمان‌ها هنوز دور هم نشسته بودند و ضمن نوشیدن گرم صحبت بودند که ناگهان فرهاد، مرد پنجاه ساله‌ای که همراه پسر و دخترش در کمپ زندگی می‌کرد، محکم به دیوار اتاق خواب محسن

کوبید و با فریاد از او دعوت کرد که به جمع آن‌ها بپیوندد تا همگی به سلامتی ایران بنوشند. با انجام این کار چنان صدایی ایجاد شد که محسن با حالت شوکه از جا پرید و از اتاق بیرون آمد. فرهاد با حالتی مست او را در آغوش کشید و گفت: «بابا، چه عجب افتخار دادی پیش ما بیای! بیا بشین یه پیاله واست بریزم گرم بشی.»

محسن درحالی که سعی داشت عصبانیت خودش را کنترل کند، گفت: «اکثر هلندی‌ها مشروب می‌خورن، ولی تا حالا دیدین مزاحم کسی بشن؟ چرا تو کارامون افراط و تفریط می‌کنیم؟ شما می‌تونین فردا تا ظهر بخوابین، ولی من فردا کلاس دارم و باید صبح زود بیدار شم. من شرایط سخت پناهندگی شما رو درک می‌کنم و می‌فهمم که به تفریح نیاز داریم، ولی این‌که شرایط من رو هم درک کنین، انتظار زیادیه؟ من هم می‌تونم چندتا از دوست‌هام رو هر شب اینجا بیارم و طوری رفتار کنم که کسی اینجا آسایش نداشته باشه. وقتی ما به همدیگه احترام نمی‌ذاریم چطور انتظار داریم دیگران به ما احترام بذارن؟»

بعد از این صحبت‌ها محسن به اتاق خودش برگشت و مهمانی تمام شد و از آن شب همگی سعی می‌کردند قوانین خانه را اجرا کنند تا مزاحم همدیگر نشوند.

سال ۲۰۰۲ با یک تغییر دیگر نیز همراه بود و آن تبدیل واحد پول چند کشور اروپایی از جمله هلند به یورو طوری که هر دو خلدن معادل یک یورو بود. مشابه برابری مارک آلمان با یورو. چیزی که برای محسن جالب بود این بود که کشورهای اروپایی با همهٔ تفاوت‌های فرهنگی و اختلاف نظراتی که در مورد مثلاً مسائل خارجی داشتند، برای یکپارچگی و وحدت تلاش می‌کردند، ولی در منطقهٔ خاورمیانه نه‌تنها هیچ صحبتی دربارهٔ وحدت بین کشورها وجود نداشت، بلکه همیشه در حال جنگ با یکدیگر و تجزیه‌طلبی و استقلال‌خواهی بودند. محسن از خود می‌پرسید چرا ما نمی‌توانیم مثل کشورهای اروپایی به جای جنگ که سرچشمهٔ همهٔ بدبختی‌های ملت‌هاست، پای میز مذاکره بنشینیم و با مذاکرات مشکلات را از جمله مشکلات اراضی یا سایر مشکلات را حل

کنیم. یک بار پسر کوچک ژاک به محسن گفته بود تاریخ اروپا را بخوان بعد متوجه خواهی شد که سرچشمهٔ جنگ جهانی اول و دوم در اروپا و در فرهنگ اروپایی بوده است. این‌که کشوری به خاطر داشتن ارتش قوی‌تر خواستار تمامیت ارضی در کل اروپا بوده و یا ملتی نژاد و اعتقادات خود را برتر از بقیه کشورهای اروپایی بداند، همگی دست‌به‌دست هم داده بودند تا جنگ‌های جهانی در اروپا شروع شوند. جالب این‌که قبل از شروع جنگ‌های جهانی اول و دوم، احزاب راست افراطی در این سال‌ها توانستند با سخن‌های پوپولیستی اکثریت زیادی از ملت را به طرف خود بکشانند و راه را برای به‌وجود آمدن احزاب فاشیستی باز کنند تا قدرت را در این کشورها به دست بیاورند. نکتهٔ جالب اینجاست که محسن متوجه شد بعد از این جنگ‌ها و شکست کشورهای توسعه‌طلب، مردم و مخصوصاً نسل جدید از علل بروز جنگ‌ها و از طرز تفکراتی که منجر به بروز جنگ‌ها شده بودند درس گرفتند و متوجه شدند که بدون همکاری بین کشورهای اروپایی هرگز اروپا نمی‌تواند آن جایگاه مهم خود را در معادلات سیاسی و اقتصادی دنیا به دست آورد، برای همین سعی دارند اروپا را یکپارچه کنند تا یک اتحادیه اروپایی قوی تشکیل دهند تا به جای جنگیدن با یکدیگر در مقابل قدرت‌های نوظهوری مثل چین، روسیه یا هند، قدرت واحدی تشکیل دهند. در عوض محسن با مرور تاریخ خاورمیانه به این باور رسید که مردم از این‌همه جنگ و خون‌ریزی درسی نگرفته‌اند یا نگذاشته‌اند که مردم درس بگیرند و همچنان اشتباهات گذشته را تکرار می‌کنند و با این‌که تاریخ مهم‌ترین معلم برای بشریت بوده وهست، ولی مردم آفریقا یا خاورمیانه از این معلم خود درسی نگرفته‌اند.

در اواخر ژانویه ۲۰۰۲، محسن توانست اولین امتحان زبان هلندی را با موفقیت به پایان برساند، ولی مشکل اصلی این بود که چون سازمانی که به محسن و سایر پناهنده‌ها درس می‌داد یک نهاد رسمی زیر نظر وزارت آموزش نبود، مدرکی که می‌داد جنبهٔ رسمی نداشت و فقط به دانش‌آموزان کمک می‌کرد که سطح زبان هلندی خود را

ارتقا دهند تا بتوانند در کلاس‌های رسمی در رده‌های بالاتری ثبت‌نام کنند. با این روش برای دریافت مدرک رسمی هزینهٔ کمتری پرداخت می‌کردند.

محسن از طریق دوستان هلندی‌ای که در وقت استراحت و نوشیدنی بین کلاس‌های درسی پیدا کرده بود، توانست با سازمانی به نام یو آ اِف [1] آشنا شود. این سازمان به پناهندگانی که از کشور خود تحصیلات دانشگاهی داشتند کمک می‌کرد که در هلند وارد رشته‌ای شوند که به آن علاقه داشتند و در ارتباط با درسی بود که در کشور خود خوانده بودند. سوبسیدی که برای تحصیل به پذیرفته‌شدگان داده می‌شد برای مخارج سفر از کمپ به دانشگاه، هزینهٔ کتاب‌هایی که لازم داشتند و هزینهٔ ثبت‌نام در دانشگاه بود. بعد از اتمام درس و پیدا کردن کار، پناهنده باید ۶۰درصد از کل پولی را که دریافت کرده بود بازپرداخت کند که معمولاً به صورت قسطی هر ماه از حساب او کم می‌شد. محسن به آدرسی که از یو آ اِف داشت نامه نوشت و شرایط خود را به زبان هلندی توضیح داد و در جواب، از آن سازمان نامه‌ای دریافت کرد که از او دعوت شده بود برای مصاحبه به شهر اوترخت [2] برود. مصاحبه به زبان هلندی یا انگلیسی برگزار می‌شد و محسن اعلام کرد که به زبان هلندی در مصاحبه شرکت خواهد کرد. در طی مصاحبه از او خواسته شد که مدارک تحصیلی خود را که از ایران گرفته بود برای ترجمه و ارزشیابی به آن‌ها بدهد و مدرک زبان هلندی ان تی‌۱ [3] را هم داشته باشد. برای ورود به دانشگاه لازم بود مدرک زبان هلندی ان تی‌۲ [4] داشته باشد که در صورت پذیرش می‌توانست به کمک سوبسیدی که از آن‌ها دریافت می‌کرد در دانشگاه تیلبورخ در کلاس‌های درس زبان هلندی که مخصوص مدرک ان تی‌۲ بود شرکت کند تا آن مدرک

---

1 U.A.F

۲) Utrecht:یک شهر مهم و دانشگاهی در هلند است و چهارمین شهر بزرگ هلند به حساب می‌آید.

۳) N.T1: مدرک زبان هلندی که خارجی‌ها برای وارد شدن به بازار کار یا تحصیل در مقاطع پایین لازم دارند.

٤) N.T2: مدرک زبان هلندی که خارجی‌ها برای ورود به دانشگاه‌های هلندی زبان لازم دارند.

را کسب کند و بعد از آن می‌توانست در رشتهٔ مورد علاقهٔ خود شرکت کند. کل این مراحل یک سال طول می‌کشید و محسن باید هرچه زودتر در همان کلاس‌های درسی که شرکت می‌کرد اول مدرک ان تی۱ را می‌گرفت. در این باره با ژاک و کارلا صحبت کرد و بنا شد برای او سؤالات مربوط به این امتحان را تهیه کنند تا او بتواند یک مدرک رسمی قابل قبول برای دریافت سوبسیدی از یو آ اِف بگیرد. همهٔ این‌ها بارقه‌ای از امید را در دل محسن روشن کرده و انگیزه‌اش را برای ادامهٔ راه بیشتر کرده بود. در کنار این برنامه‌ای که شروع کرده بود همچنان به کار در فی‌ان‌فی‌ان ادامه می‌داد و در هنگام خوردن شام با لیلا و آرش با شورو هیجان درباره برنامه‌های آینده‌اش توضیح می‌داد.

در یکی از همین شب‌ها که محسن برای شام به خانهٔ لیلا رفته بود، بعد از خوردن غذا و خوابیدن آرش، لیلا با ناراحتی گفت: «محسن، احساس می‌کنم روزبه‌روز آینده ما بیشتر از هم فاصله می‌گیره. تو این‌جور فکر نمی‌کنی؟»

محسن با تعجب پرسید: «چرا همچین چیزی به ذهنت خطور کرده؟!»

لیلا گفت: «خب تو در ایران پزشک بودی و اینجا هم با برنامه‌ای که داری می‌خوای پزشک بشی، ولی من به جز نگه‌داری از آرش کار خاص دیگه‌ای انجام نمی‌دم و می‌تونم تصور کنم که بعد از چند سال با پیشرفتی که می‌کنی و با درجازدن من، فاصلهٔ ما بعد از چند ماه یا بعد از حداکثر چند سال چنان زیاد می‌شه که برای تو گزینه‌های بهتری برای تشکیل خانواده وجود داره. شاید حتی بتونی با یه زن هلندی ازدواج کنی که از این طریق بتونی به‌راحتی اقامت بگیری.»

محسن با تعجب گفت: «این رو یادت باشه که هر چیزی در زندگی بهایی داره و اگه برای چیزی بیشتر از بهای واقعیش پرداختی، در این مورد خاص ضرر کردی...»

لیلا وسط حرفش پرید و گفت: «واضح صحبت کن تا بفهمم منظورت چیه.»

محسن گفت: «فرض کن قیمت یه لباس ۲۰ یورو هست. حالا اگه تو این لباس رو به قیمت ۳۰ یورو بخری در اصل ۱۰ یورو ضرر کردی. گرفتن اقامت هم برای

خودش بهایی داره. باید سختی‌هاش رو تحمل کنی و تلاش کنی تا برای خودت در جامعهٔ هلند جایگاه مناسبی پیدا کنی. حالا اگه بخوای با ازدواج صوری یعنی ازدواجی که بر پایه عشق و محبت نباشه اقامت بگیری، برای این اقامت بهایی بیش از اون چیزی که واقعاً داشته پرداخت کردی. متوجه منظورم شدی؟»

لیلا نگاهی از روی آگاهی به محسن کرد و گفت: «آره متوجه شدم، ولی اگه ازدواجی باشه که بر پایه عشق و محبت باشه بهایی بیشتر از چیزی که لازمه نمی‌دادی. درسته؟»

محسن با لبخند و درحالی که دست‌های لیلا را در دست می‌گرفت، پرسید: «امکان این‌که این ارتباط عاطفی بین من با یکی از فرهنگ خودم ایجاد بشه بیشتره تا با یکی از فرهنگ متفاوت با زبان متفاوت.» بعد لیلا را در آغوش کشید و گفت: «وقتی فشار کار و ناامیدی دست در دست هم به من فشار می‌آرن، فکر کردن به تو و آرش تنها چیزهای هستن که بهم امید می‌دن. این رو باور کن لیلا. تنها چیزی که تا حالا باعث شده ما ازدواج نکنیم اعتقادات مذهبی تو بوده که امیدوارم هر چه سریع‌تر بتونی با خودت در این‌باره کنار بیای.»

لیلا به چشم‌های محسن نگاه کرد و گفت: «من هم برای این رابطه تا حالا خیلی چیزها دادم، درسته؟»

در کمال ناباوری دومین ایرانی که از ادارهٔ مهاجرت پاسخ منفی دریافت کرد، اکبر بود. از زمانی که محسن از لیلا شنیده بود که اکبر جواب منفی گرفته او را ندیده بود که در این رابطه با هم صحبت کنند. یک هفته بعد از آن‌که محسن این خبر را شنید، شبی که او در اتاقش طبق معمول تنها بود؛ چون حسن بیشتر با افغان‌های ساکن خانهٔ دیگر اوقات خود را سپری می‌کرد، اکبر درحالی که کاملاً مست بود به خانه آمد و یک‌راست به اتاق محسن رفت و اجازه خواست که وارد شود. محسن برای خواب آماده می‌شد، بااین‌حال به اکبر اجازه داد که وارد شود. وقتی اکبر وارد شد محسن از حالت او

شوکه شد. اکبر مست بود و چشم‌هایش کاملاً قرمز که نشان می‌داد گریه کرده و بسیار به‌هم‌ریخته بود. ابتدا محسن گمان کرد که به خاطر دریافت پاسخ منفی از ادارهٔ مهاجرت اکبر این‌طور به هم ریخته، ولی با خود گفت که اکبر نامه را یک هفته قبل دریافت کرده و این مسئله نمی‌تواند الآن بعد از گذشت این مدت این‌گونه باعث حال خراب او شده باشد، پس باید علت دیگری باشد. محسن از او دعوت کرد روی تخت حسن بنشیند. دید آشکارا دست‌های اکبر می‌لرزید. حدس می‌زد که موضوع مهم‌تری باید اتفاق افتاده باشد.

بعد از احوال‌پرسی معمولی، محسن گفت: «فکر نمی‌کردم گرفتن جواب منفی از ادارهٔ مهاجرت این‌قدر تو رو به هم بریزه و داغونت کنه! البته تو تنها کسی بودی که تصور می‌کردی صددرصد از ادارهٔ مهاجرت اقامت می‌گیری، اما خودت هم می‌دونستی که حرف‌هات بیشتر جنبهٔ مثبت‌اندیشی داره تا واقعیت و از طرفی برای این‌که خیالت رو راحت کنم، با توجه به سیاست‌های جدید ادارهٔ مهاجرت، ۹۰درصد از پناهنده‌های ایرانی مطمئن باش اولین پاسخ منفی رو دریافت می‌کنن. حالا بعدها از این تعداد چه درصدی نهایتاً اقامت می‌گیرن، نمی‌دونم. می‌خوام بگم چیزی که برای تو اتفاق افتاده دیر یا زود برای همهٔ ما اتفاق می‌افته.»

ناگهان اکبر به‌شدت شروع کرد به گریه و لابه‌لای گریه‌اش با صدای بلند تکرار می‌کرد: «گور بابای اقامت... اصلاً گور بابای هلند... گور بابای پناهندگی... دلم می‌خواد همهٔ این کمپ رو به آتیش بکشم!»

محسن متحیر به اکبر نگاه می‌کرد. تنها چیزی که آن لحظه می‌دانست که کار درستی است این بود که اجازه بدهد اکبر با گریه و فریاد خودش را آرام کند. اولین چیزی که به ذهن محسن رسید این بود که ممکن است اکبر خبر فوت مادرش را شنیده باشد چون می‌دانست تنها کسی که برای اکبر در زندگی خیلی عزیز است، مادرش است. با این فکر بلند شد و روی تخت حسن کنار اکبر نشست و خیلی آرام او را در آغوش گرفت. محسن می‌دانست که در زندگی بسیاری از پناهنده‌ها جای خالی یک فرد صمیمی وجود

دارد که آن پناهنده بتواند با خیالی آسوده با او، چه مرد چه زن، درددل کند. کسی که بتوانی کاملاً به او اعتماد کنی. اگرچه گاهی بین محسن و اکبر اختلافاتی به‌وجود آمده بود، ولی در اصل محسن در چند ماه گذشته به اکبر علاقه‌مند شده بود. شاید یکی از مهم‌ترین دلایلش این بود که لیلا و مژگان در یک خانه زندگی می‌کردند. جایی که هم اکبر و هم محسن زیاد رفت‌وآمد داشتند و خیلی از شب‌ها بعد از خوابیدن آرش چهار نفری صحبت می‌کردند و اگر محسن وقت داشت، ورق‌بازی می‌کردند. همین که اکبر در چنان وضعیت روحی خراب پیش محسن آمده بود، خودش گواهی بر همین صمیمیت به‌وجود آمده بین آن‌ها بود.

اکبر همچنان در آغوش محسن گریه می‌کرد و آرام نمی‌گرفت.

محسن آهسته گفت: «اکبر جان، فکر نمی‌کنی اگه دربارهٔ مشکلی که پیش اومده صحبت کنیم آروم‌تر می‌شی داداش؟»

اکبر لابه‌لای گریه‌اش با فریاد گفت: «صحبت درباره‌اش اون‌قدر سخته که نمی‌شه عنوانش کرد.»

در همین لحظه محمد، هم‌اتاقی اکبر که صدای او را شنیده بود درِ اتاق محسن را باز کرد تا علت گریه اکبر را بداند، ولی محسن با دست به او اشاره کرد که داخل نیاید و در را ببندد.

با گذشت چند دقیقه اکبر آرام‌تر شد و محسن به آشپزخانه رفت تا برای او یک لیوان آب بیاورد. محسن می‌دانست که گاهی اکبر ماری‌جوانا استفاده می‌کند و می‌دانست که در چنین شرایطی به آرام کردن او کمک می‌کند. از طرفی می‌دانست که هم‌اتاقی‌اش از بیرون کمپ ماری‌جوانا می‌خرد و بعد از بسته‌بندی در بسته‌های ده گرمی در کمپ می‌فروشد. محسن خودش بارها در اتاق حسن را در حال بسته‌بندی دیده بود، ولی از آنجا که این مسئله ربطی به او نداشت و خرید و فروش مواد مخدر در کمپ مسئلهٔ رایجی بود، با کار او مخالفت نمی‌کرد، البته تا زمانی که برای او مزاحمتی نداشت.

محسن به اتاق اکبر و محمد رفت و به محمد گفت: «احتمالاً به خاطر جواب منفی که گرفته روحیه‌اش خراب شده. محمد جان یه زحمت بکش برو خونۀ افغانی‌ها، جایی که پاتوق حسن هستش و به حسن بگو محسن یک سیگاری لازم داره.»

محمد با تعجب گفت: «بابا دیگه گرفتن جواب منفی این‌همه ناراحتی نداره. مطمئنی دلیل ناراحتی اکبر اینه؟!»

محسن گفت: «آره بابا. برو دنبال کاری که گفتم. من باید فوری پیش اکبر برگردم.»

در محوطۀ کمپ نیمکتی وجود داشت که برخلاف بقیه نیمکت‌های محوطه که با نور چراغ‌های آنجا در شب قابل دیدن بودند، چراغی نداشت و در شب قابل رؤیت نبود. محسن و لیلا برای ملاقات خصوصی خود روی این نیمکت قرار می‌گذاشتند. آن شب هم محسن، اکبر را برای صحبت کردن به طرف آن نیمکت برد. اکبر بعد از کشیدن سیگاری که محسن برایش تهیه کرده بود می‌توانست آرام‌تر صحبت کند. در همان ابتدا محسن گفت که اگر اکبر فکر می‌کند با بیان مشکلش آرام‌تر می‌شود می‌تواند به او اعتماد کند. اکبر درحالی که تن صدایش به خاطر گریه و فریاد زدن تغییر کرده بود، گفت اگر ماجرا را برای کسی تعریف نکند و در خودش نگه دارد دیوانه می‌شود. اصلاً برای همین هم پیش محسن آمده بود.

اکبر گفت: «همین‌طور که می‌دونی من در ایران با مادرم زندگی می‌کردم و وقتی چند ماهه بودم بنا به گفتۀ مادرم، پدرم تو تصادف فوت کرده. در اصل مادرم من رو با کلی سختی بزرگ کرده.» اکبر لبخند تلخی زد و ادامه داد: «مادرم عاشق داستان‌هایی بود که یه مادر بچه‌اش رو با سختی و تنهایی بزرگ می‌کنه و بعد بچه دکتر و مهندس می‌شه و همه از اون مادر قدردانی می‌کنن که در چنان شرایط سختی تونسته همچین بچه‌ای تربیت کنه و تحویل جامعه بده. ولی من از همون اولش اهل درس نبودم و نیستم. برای همین همیشه حرف مادرم این بود که اکبر حیف که تو آخر داستان رو

خراب کردی، واقعاً حیف اکبر جان! از وقتی دیپلم رو با سختی گرفتم گاهی کار می‌کردم، ولی بیشتر وقت‌ها علاف بودم و با دیدن فیلم‌های خارجی و نگاه به زندگی خارجی‌ها آرزوم بود که خارج بیام و برای خودم کسی بشم بعد مادرم رو پیش خودم بیارم تا دیگه لازم نباشه تو کارخونه از صبح تا شب جون بکنه.

وقتی دوست صمیمیم که اونم عاشق خارج بود به سوئد رفت، بعد از چند ماهی عکس‌هاش رو برام فرستاد. از عکس‌هاش معلوم بود که زندگیش کلی نسبت به زمانی که ایران بود بهتر شده. بهش یه خونه داده بودن با حقوق بالای بیکاری تا زمانی که زبان یاد بگیره و بتونه بره سر کار. از همون موقع تصمیمم برای اومدن به خارج جدی‌تر شد، ولی مشکل اصلی شش هزار دلاری بود که باید به قاچاقچی می‌دادم. هر وقت مادرم از طریق دوست یا آشنا کاری برام جور می‌کرد، یا اصلاً قبول نمی‌کردم که سر کار برم یا اگه قبول می‌کردم بعد از چند روز با کارفرما دعوام می‌شد و اخراج می‌شدم. خلاصه همهٔ فکرم شده بود مهاجرت به خارج تا این‌که مادرم یه روز طلاهاش رو به من داد و گفت این‌ها رو می‌خواسته بعد از ازدواج به همسرم بده، ولی اگه فکر می‌کنم خوشبختی من یه جای دیگه‌ای از این کرهٔ خاکیه، می‌تونم این‌ها رو بفروشم تا پول سفرم جور بشه.»

اکبر آخرین پک را به سیگارش زد، ته‌سیگار را روی زمین انداخت و ادامه داد: «با فروش طلاهای مادرم فقط چهار هزار دلار جور شد و بازم نتونستم سفرم رو شروع کنم. همین مسئله اعصابم رو بیشتر از قبل خراب کرد و سر چیزهای کوچک با عزیزترین فرد زندگیم بحث می‌کردم بدون این‌که متوجه باشم چقدر ناراحتی من برای مادرم دردناکه.

یه روز مادرم گفت از طریق همکارش تو کارخونه با مردی آشنا شده که تهران زندگی می‌کنه، ولی اصلیتش شیرازیه. مادرم بعد از آشنایی متوجه می‌شه که اون آقا می‌خواد دخترش رو قاچاقی به اروپا بفرسته و دنبال مردی قابل اطمینان می‌گرده تا

همسفر دخترش بشه و در اصل نقش محافظ دخترش رو در طول سفر به عهده بگیره. مادرم هم دربارهٔ من و این‌که مشتاقم برم خارج و این‌که پسر قابل اعتمادی هستم برای اون آقا توضیح می‌ده. اون آقا پدر مژگان بود که بعد از مدتی به شیراز اومد تا از نزدیک با من آشنا بشه. من با پدر مژگان کلی صحبت کردم و قول دادم که از مژگان مثل عزیزترین شخص زندگیم مواظبت کنم و در قبالش پدرش قول داد که بقیه پول سفر من رو بده.

بعدها که با مژگان صمیمی‌تر شدم بهم گفت که با پدرش مشکل داشته. پدرش یه مرد سنّتی با عقاید خاصی هستش که برای مژگان قابل قبول نبوده و حتی یه بار بعد از این‌که با پدرش دعواش می‌شه و ازش کتک می‌خوره، از خونه فرار می‌کنه. وقتی مشکلات زندگی خیابونی تو تهران رو می‌بینه، تصمیم می‌گیره به خونه برگرده. از همون موقع پدرش تصمیم می‌گیره مژگان رو برای زندگی به خارج بفرسته تا به قول مژگان باعث آبروریزی پدرش نباشه و از شرّ اون راحت بشه. این شد که من و مژگان همسفر شدیم.»

اکبر سکوت کرد و سیگار دیگری گیراند. انگار آنجا نبود.

محسن پرسید: «حالت خوبه اکبر جان؟»

اکبر گویی به دنیای واقعی برگشته باشد، گفت: «اه، آره خوبم.»

محسن گفت: «چیزهای که گفتی برام جالب بود، ولی هنوز علت ناراحتیت رو نفهمیدم!»

اکبر آهی کشید و گفت: «چند وقت پیش برای سال جدید میلادی، پدر مژگان یه بسته با مقداری پول براش فرستاد. مژگان درخواست کرده بود که آلبوم عکسش رو هم براش پست کنن. سال نو من تو اتاق مژگان بودم و مژگان می‌خواست با باز کردن بسته‌ای که براش رسیده بود من رو سورپرایز کنه. بعد از باز کردن بسته که توش پر از خوردنی‌های مختلف از ایران بود، مژگان آلبوم عکسش رو که لابه‌لای خوراکی‌ها بود،

پیدا کرد و فریاد زد: وای خدای من، آلبوم عکسم! بعد آلبوم رو باز کرد تا به من نشون بده. از آلبوم تعدادی عکس حذف شده بود، طوری که در هر صفحه جای خالی یکی دوتا عکس وجود داشت. از مژگان پرسیدم آلبوم از اول این شکلی بوده و اون با تعجب گفت وقتی ایران بوده، آلبوم عکس کامل بوده. مژگان با هیجان عکس‌ها رو برام توضیح می‌داد و مخصوصاً دربارهٔ دوستانش با حسرت حرف می‌زد که چه روزهای شادی با هم داشتن. با این‌که دیدن عکس‌ها برای مژگان یادآور خاطرات خوش گذشته‌اش بود، ولی برای من کسل‌کننده بود که عکس‌های آدم‌هایی رو تماشا کنم که نمی‌شناختم، ولی برای این‌که خودم رو در شادی مژگان شریک بدونم من هم نشون می‌دادم که از دیدن عکس‌ها لذت می‌برم. تا این‌که توی یه عکس که مربوط به جشن تولد یک سالگی مژگان بود، تصویر خانمی گوشهٔ عکس آشنا به نظرم رسید.»

اکبر دوباره شروع به گریه کرد. محسن اصلاً نمی‌دانست چرا دیدن تصویر زنی که برای اکبر آشنا بوده، می‌تواند این‌قدر دردناک باشد.

اکبر کمی بعد ادامه داد: «به مژگان گفتم اجازه بده اون عکس رو بهتر و از نزدیک نگاه کنم و پس از دقت بیشتر متوجه شدم که عکس متعلق به مادرمه. بدون این‌که به مژگان چیزی بگم، ازش پرسیدم آیا صاحب اون عکس رو می‌شناسه. گفت پدرش گفته این خانم به‌عنوان مستخدم در اولین جشن تولد مژگان برای کمک به مادرش اومده بود. مژگان توضیح داد چند هفته بعد از اولین جشن تولدش اون‌ها به تهران نقل مکان کردن و دیگه از این خانم خبری نداشتن. برای مژگان عجیب بود که چرا اون عکس توجهم رو جلب کرد و چرا دربارهٔ اون خانم سؤال می‌کنم. بهش گفتم فقط از روی کنجکاوی بوده و دلیل خاصی نداشته.»

اکبر با تأثر سر خود را تکان داد و سیگار دیگری روشن کرد.

محسن گفت: «از این‌که مادرت برای خدمتکاری به خونه‌های مردم از جمله خونهٔ خانوادهٔ مژگان رفته نباید ناراحت باشی. خودت می‌دونستی که مادرت با سختی

زیادی تو رو بزرگ کرده. از طرفی کار کردن اصلاً ننگ نیست. تو باید با سربلندی و افتخار دربارهٔ زندگی مادرت و زحمتی که برای تو کشیده صحبت کنی.»

سپس محسن کمی به فکر فرو رفت و ادامه داد: «پس معلوم می‌شه مادرت، پدر مژگان رو از خیلی وقت پیش می‌شناخته. تعجب می‌کنم چرا به تو گفته از طریق همکارش در کارخونه با پدر مژگان آشنا شده. چرا نخواسته تو بدونی که اون و پدر مژگان از قدیم همدیگه رو می‌شناختن؟!»

اکبر به چشم‌های محسن نگاه کرد و گفت: «همهٔ این سؤال‌ها رو بارها از خودم بارها پرسیدم. اگه اجازه بدی حرف‌هام تموم بشه، اون وقت تو هم مثل من به جواب سؤال‌ها می‌رسی.»

محسن ضمن عذرخواهی از اکبر، از او خواهش کرد بقیه ماجرا را تعریف کند و اکبر ادامه داد: «آقا محسن، من از این ناراحت نیستم که مادرم خونهٔ مردم خدمتکاری می‌کرد. بعد از دیدن اون عکس با مادرم تماس گرفتم و ازش خواستم که جریان آشنایی خودش و خانوادهٔ مژگان رو برام توضیح بده و بگه چرا این مسئله رو از من پنهان کرده. مادرم چون متوجه شده بود که دروغش رو فهمیدم و از طرفی با اصرار من روبه‌رو شده بود قبول کرد که با نامه جوابم رو بده، به شرطی که این موضوع فقط بین من و خودش باقی بمونه.»

اکبر نامه‌ای را از جیبش بیرون آورد وبا صدای آهسته و گرفته‌ای گفت: «امروز نامهٔ مادرم به دستم رسید.»

او آن‌قدر گریه کرده بود که دیگر نه می‌توانست گریه کند و نه با صدای بلند حرف بزند. محسن کاملاً متوجه شده بود که در اکبر هیچ انرژی برای بروز احساساتش باقی نمانده است.

اکبر دوباره با همان صدای گرفته گفت: «از سردرد دارم می‌میرم. من می‌رم خونه قرصی چیزی از بچه‌ها بگیرم که سردردم رو کم کنه.»

سپس نامه را به محسن داد و گفت: «نه دوست دارم و نه تحملش رو که محتوای نامه رو برات توضیح بدم. لطف کن تا من برمی‌گردم خودت بخونش.»

بعد نامه را دست محسن داد وآرام در تاریکی محوطهٔ کمپ گم شد. محسن ناخودآگاه یاد شبی افتاد که در کمپ هوخوفین حدوداً یک سال پیش با اکبر برخورد کرده بود و بعد از آن‌که سیگار نداشت که به او بدهد، اکبر در تاریکی شب بدون هیچ صحبتی از او دور شده بود.

محسن نامه را باز کرد و از طرز نوشتن و دست‌خط متوجه شد که نویسنده نباید تحصیلات بالایی داشته باشد. در تمام مدتی که نامه را می‌خواند کم‌کم متوجه شد که چقدر درک و کنار آمدن با این مسئله برای اکبر دشوار بوده است. مادر اکبر در نامه‌اش توضیح داده بود که به‌عنوان خدمتکار در خانهٔ خانوادهٔ عظیمی یعنی پدر مژگان، زمانی که آن‌ها در شیراز زندگی می‌کردند، مشغول به کار بود. مادر اکبر مجرد و زیبا بود، ولی از یک طبقهٔ پایین برای همین از سن کم کمک‌خرج خانواده‌اش بود. پس از مدتی که از شروع کار او در خانوادهٔ عظیمی می‌گذرد کم‌کم با پدر مژگان رابطه برقرار می‌کند و چون آقای عظیمی به مسائل شرعی اهمیت می‌داده، مادر اکبر را صیغه می‌کند با این شرط که باردار نشود و از این جریان فقط آن‌ها باخبر باشند و همسر آقای عظیمی موضوع را نفهمد. آقای عظیمی همان موقع تأکید کرده بود که اگر یکی از این دو شرط رعایت نشود بلافاصله صیغه را به هم می‌زند و مادر اکبر باید خانهٔ آن‌ها را ترک کند. بعد از مدتی مادر اکبر باردار می‌شود. آقای عظیمی از این اتفاق بسیار عصبانی می‌شود و به او می‌گوید باید بچه را سقط کند و هزینهٔ این کار را خودش پرداخت می‌کند، ولی مادر اکبر می‌گوید می‌خواهد بچه را نگه دارد و خودش مسئولیت بزرگ کردن او را به عهده می‌گیرد. بعد از کلی بحث، بالاخره آقای عظیمی تصمیم می‌گیرد با نگه داشتن بچه موافقت کند چون حس مادرانه قوی‌ای را در مادر اکبر می‌بیند. ولی برای او دو شرط می‌گذارد؛ یکی این‌که در شناسنامه‌ای که برای بچه می‌گیرد از آقای عظیمی نامی برده نشود و به جای

آن نام فردی به‌عنوان پدر بچه ثبت شود که در یک تصادف رانندگی کشته شده بود. شرط دوم آن‌که مادر اکبر دیگر حق ندارد در خانهٔ آن‌ها کار کند و آقای عظیمی برای او در کارخانه‌ای کار پیدا می‌کند تا بتواند برای زندگی‌اش درآمد داشته باشد.

محسن چندبار متن نامه را خواند تا مطمئن شود چیزی که فهمیده درست است. اولین چیزی که به ذهنش رسید این بود که طبق چیزهایی که مادر اکبر در نامه نوشته بود، مژگان و اکبر خواهر و برادر بودند. محسن لرزشی در خود احساس کرد و فوری متوجه شد که چرا فهمیدن حقیقت زندگی گذشته برای اکبر این‌همه دردناک بوده است. محسن می‌دانست که اکبر و مژگان، حداقل از زمانی که به کمپ دونگن منتقل شده بودند، با هم رابطه جنسی داشتند. هرچند آن‌ها به درخواست مژگان که خود را بالاتر از اکبر می‌دانست هیچ وقت اعلام نکرده بودند که با هم دوست صمیمی هستند، ولی همه می‌دانستند که چنین رابطه‌ای بین آن‌ها وجود دارد. زمانی که محسن درگیر حلاجی این مسئلهٔ بغرنج بود، اکبر برگشت و کنار او نشست.

بعد از آن‌که اکبر پک عمیقی به سیگارش زد، رو به محسن کرد و گفت: «پنج تا قرص آرام‌بخش خوردم تا شاید سردردم بهتر بشه. دلم می‌خواد هفته‌ها بخوابم. دوست دارم بعدش بیدار بشم و ببینم همهٔ این‌ها خواب بوده. آقا محسن، تا حالا چنین حسی داشتی؟»

محسن که واقعاً نمی‌دانست چه بگوید، سرش را به نشانهٔ تأیید تکان داد و گفت: «وقتی تو ایران مشکل بزرگی داشتم بابام بهم می‌گفت خوبیش اینه که زمان ساکن نیست و جلو می‌ره و همین گذشت زمان خیلی از مشکلات رو حل می‌کنه. من نامه رو خوندم و می‌فهمم باور چیزهایی که مادرت برات نوشته چقدر سخته، ولی زمان می‌گذره و تو بیست سی سال دیگه به همچین شبی فکر می‌کنی و مطمئنم که اون موقع فکر کردن دربارهٔ این موضوع مثل الآن برات سخت نیست. منظور پدرم هم همین

بوده که گذشت زمان دردها و مشکلات ما رو کم می‌کنه یا ما کاملاً اون‌ها رو از یاد می‌بریم.»

با آن‌که اکبر سؤال‌های زیادی داشت، از جمله دربارهٔ ادامهٔ رابطه‌اش با مژگان، ولی محسن توصیه کرد که باید استراحت کند تا برای فکر کردن انرژی کافی داشته باشد. برای همین قرار گذاشتند که روز بعد، زمانی که محسن از کلاس زبانش برمی‌گردد، با یکدیگر صحبت را ادامه دهند. روز بعد با آن‌که هوا بسیار سرد بود، ناچار روی نیمکت روز قبل نشستند. خانه‌ها در کمپ طوری بودند که کوچک‌ترین صدا بین اتاق‌ها شنیده می‌شد، برای همین عملاً کسی حریم شخصی نداشت و اگر می‌خواستی دربارهٔ موضوعی صحبت کنی، طوری که کسی چیزی نشنود، تنها چارهٔ کار قرار گذاشتن در محوطهٔ کمپ بود.

مهم‌ترین سؤال اکبر این بود که باید این موضوع را به مژگان بگوید یا نه. سؤال مهم دوم این بود که رابطهٔ آن‌ها چه می‌شود و آیا می‌تواند حتی در حد یک رابطهٔ دوستانهٔ معمولی ادامه پیدا کند.

محسن گفت: «اکبر جان، بهتره اول کمی مثبت به قضیه نگاه کنیم. فرض کن این وسط بچه‌ای به وجود می‌اومد. پس قبول کن که وضعیت می‌تونست خیلی بدتر از این باشه.»

اکبر گفت: «وای حتی فکرش هم لرزه‌آوره برام.»

سپس محسن ادامه داد: «هر حرفی که آدم می‌خواد بگه یا هر کاری که می‌خواد انجام بده اول باید ببینه قصدش از گفتن یا انجام دادن اون کار چیه. سؤالم اینه تو واسه چی می‌خوای این جریان رو به مژگان بگی؟ با گفتن این جریان می‌خوای چی به دست بیاری؟»

اکبر گفت: «این حق مژگانه که بدونه من برادرشم. این حقشه بدونه گذشتهٔ پدرش چی بوده و چه‌جور آدمی بوده.»

محسن گفت: «ولی من فکر می‌کنم تو قبل از اون‌که به فکر مژگان باشی به فکر انتقام گرفتن از پدرت هستی، درسته؟»

اکبر با خشم گفت: «در این‌که از اون مرتیکه متنفرم، شک نکن. مردی که یک زن رو با اون وضعیت رها می‌کنه بدون این‌که احساس مسئولیتی نسبت به اون زن و بچۀ توی شکمش داشته باشه، حداقلش اینه که بگی آدم نامردیه.»

محسن گفت: «قضاوت دربارۀ اتفاقی که بیست‌وپنج سال پیش افتاده، کار ساده‌ای نیست. بحث الآن ما قضاوت دربارۀ پدرت نیست چون اگه بخوایم این کار رو بکنیم، باید جریان رو از دهن پدرت هم بشنویم.»

اکبر خواست با عصبانیت چیزی بگوید، ولی محسن با دست به او اشاره کرد که ساکت باشد و اجازه بدهد حرفش را تمام کند. سپس ادامه داد: «اجازه بده اکبر جان! من نه پدرت رو می‌شناسم که بخوام ازش طرفداری کنم نه از طرفداری ازش سودی می‌برم. فقط دارم می‌گم که کار الآن ما قضاوت پدرت نیست. باید روی این مسئله تمرکز کنیم که موضوع رو به مژگان بگیم یا نه و رابطۀ شما چی می‌شه.»

اکبر کمی فکر کرد و گفت: «درسته. بحث پدرم می‌مونه واسه بعدها. فعلاً مسائل مهم‌تری مطرح هستن.»

محسن گفت: «اگه از بحث انتقام‌گیری از پدرت بگذریم، گفتن این مسئله نه به مژگان کمکی می‌کنه نه به تو، جز این‌که همین احساس ناخوشایندی که تو نسبت به رابطۀ خودتون پیدا کردی، برای اونم پیش بیاد. در رابطه با ادامۀ رابطه، به نظرم تو نمی‌تونی و نباید این رابطه رو قطع کنی. فکر کنم هم نباشه که بهت بگم رابطۀ خواهر برادری با رابطه‌ای که تا حالا داشتین کاملاً فرق داره.»

اکبر درحالی که انگار با خودش حرف می‌زند، گفت: «چه‌جوری می‌خوای یک‌دفعه این رابطه رو از اون حالت به حالت جدید تغییر بدی بدون این‌که بخوای درباره‌اش به مژگان توضیحی بدی! قطع کردن رابطه خیلی راحت‌تر از تغییر اونه.»

محسن به پشت اکبر زد و گفت: «کار سختیه، ولی باید انجام بدی و می‌دونم که می‌تونی.»

وقتی محسن برای شام به خانهٔ لیلا رفت، مژگان در را باز کرد و پرسید: «اکبر با شما نیست؟»

محسن خیلی کوتاه گفت: «نه، چطور؟»

مژگان گفت: «آخه سر شب گفت با شما کار داره. فکر کردم برای شام با شما می‌آد اینجا.»

محسن درحالی که با آرش و لیلا سلام و علیک می‌کرد، گفت: «با من بود ولی بعدش نمی‌دونم کجا رفت.»

وقت شام کاملاً معلوم بود که مژگان اشتها ندارد، برای همین لیلا که میزبان آن شب بود از او پرسید: «مژگان، چرا شام نمی‌خوری؟ اتفاقی افتاده؟»

مژگان گفت: «دست‌پخت تو مثل همیشه عالیه لیلا جون، ولی من زیاد اشتها ندارم. نمی‌دونم چرا از دیروز اکبر کاملاً عوض شده. آقا محسن، اکبر چیزی به شما نگفته؟ واسش مشکلی پیش اومده که نمی‌خواد به من بگه؟»

محسن گفت: «انتظار نداشته باشین کسی که از ادارهٔ مهاجرت جواب منفی می‌گیره خوشحال باشه. طبیعیه که چند روزی به‌هم‌ریخته باشه. مخصوصاً اکبر که فکر می‌کرد صددرصد جواب مثبت می‌گیره.»

مژگان سری تکان داد و گفت: «آره درسته، ولی آخه حتی دربارهٔ جواب منفی هم با من صحبت نمی‌کنه.»

لیلا درحالی که با دستمال دور دهان آرش را تمیز می‌کرد، گفت: «زیاد بهش پیله نکن مژگان جان، خودش کمی که بگذره دوباره می‌شه اکبر همیشگی.»

آرش به صورت مادرش نگاه کرد و گفت: «مامان، چرا عمو اکبر منفی گرفته؟ مگه کار بدی کرده؟»

لیلا به محسن نگاه کرد. محسن با خنده دستی به موهای آرش کشید و ضمن نوازش کردن موهای او گفت: «نه آرش جان، عمو اکبر کار بدی نکرده. ما همگی می‌خوایم اینجا تو هلند بمونیم و زندگی کنیم، ولی اول هلند باید به ما اجازه بده و اگه اجازه نده می‌گیم منفی گرفتیم.»

آرش با تعجب پرسید: «وای یعنی عمو اکبر باید از اینجا بره؟!»

محسن دوباره خندید و گفت: «نه عزیزم، هنوز کاملاً مشخص نیست.»

آرش به مادرش نگاه کرد و پرسید: «مامان ما هم منفی داریم؟»

مادرش درحالی که به آرش کمک می‌کرد از پشت میز بلند شود تا به اتاق خودشان برود، گفت: «نه مامان. ما منفی نداریم، ولی اگه زیاد سؤال کنی ممکنه ادارۀ مهاجرت به ما هم منفی بده.»

وقتی لیلا برای خداحافظی از محسن او را تا در خانه همراهی کرد خیلی آهسته پرسید: «برای اکبر اتفاقی افتاده؟»

محسن آهسته گفت: «هنوز متوجه نشدی که من خیلی رازدارم عزیزم؟»

در طی ماه مارس ۲۰۰۲، تقریباً هر هفته برای یکی از ایرانی‌های مجرد از ادارۀ مهاجرت پاسخ منفی ارسال می‌شد، طوری که به یک مسئلۀ عادی تبدیل شده بود و بعد از آن به دنبال اعتراض به تصمیم ادارۀ مهاجرت پرونده به دادگاه کشیده می‌شد که معمولاً چند ماهی طول می‌کشید تا دادگاه تشکیل شود. بیست‌ویکم مارس اولین روز سال جدید ایرانی است که نوروز نام دارد و یکی از مهم‌ترین روزها برای ایرانیان است و با این‌که پناهنده‌ها در ایران نبودند، ولی می‌خواستند با برپاکردن جشن در سالن بزرگ کمپ و دعوت از تعدادی هلندی قسمتی از فرهنگ ایرانی را به نمایش بگذارند. برای همین از چند روز قبل ایرانی‌ها و افغان‌هایی که در کمپ دونگن بودند با همکاری مسئولین کمپ در حال تدارک این جشن بودند. مژگان و لیلا هم در حال پختن شیرینی‌های سنتی جشن سال نو به شکل نوروز بودند. محسن به همراه اکبر و تعداد

دیگری از ایرانی‌ها و افغان‌ها مشغول آذین‌بستن سالن جشن بودند. روز بیستم مارس نامه‌ای که حاوی پاسخ منفی ادارۀ مهاجرت بود هم‌زمان به دست مژگان و محسن رسید. هر دو درحالی که نامۀ خود را خوانده بودند و در دست داشتند در محوطۀ کمپ به یکدیگر برخوردند.

محسن با خنده گفت: «خب بالاخره شتریه که دم خونۀ من و شما هم اومده.»

مژگان با خنده‌ای تلخ گفت: «روز مناسبی برای گرفتن جواب منفی نیست.»

محسن گفت: «متأسفانه در تقویم ادارۀ مهاجرت نوروز ثبت نشده، و الا مطمئنم این‌قدر بی‌فرهنگ نیستن که یه روز مونده به عید به ما جواب منفی بدن. حالا زیاد ناراحت نباش. الآن از این نامه‌ها برای همه می‌آد و متن نامه‌ها هم مشابه هستن. فقط ادارۀ مهاجرت جای اسم و آدرس گیرنده رو عوض می‌کنه.»

مژگان گفت: «هرچند نامۀ خوشحال‌کننده‌ای نیست، ولی من حالم این اواخر بیشتر به خاطر رفتارهای متضاد اکبر گرفته‌ست.»

محسن پرسید: «چرا؟ مگه دعواتون شده؟»

مژگان گفت: «کاشکی با من دعوا می‌کرد تا تکلیفم مشخص بشه! اصلاً مثل قبل نیست با من. از یه طرف گاهی چنان سرد برخورد می‌کنه که احساس می‌کنم تازه باهاش آشنا شدم یا سال‌هاست که اون رو را از یاد برده‌ام. گاهی هم چنان به من ابراز علاقه می‌کنه که مطمئنم حاضره حتی جونش رو هم برام بده. از این دوگانگی شخصیتش گیج شدم. گاهی فکر می‌کنم ممکنه پای دختر دیگه‌ای وسط باشه، ولی تا حالا چیزی ازش ندیدم که بتونم بهش شک کنم. در کنار این زندگی سخت پناهندگی به جای این‌که دو نفر باعث خوشحالی هم بشن، به هم روحیه بدن یا با ابراز علاقه نشون بدن که در روزهای سخت و مبهم آینده در کنار هم هستن، ما دوتا هر روز بحث و دعوا داریم. گاهی به رابطۀ شما و لیلا حسودیم می‌شه واقعاً. آقا محسن، چیزی از اکبر می‌دونین که من نمی‌دونم، ولی باید بدونم؟»

محسن گفت: «اگه چیزی لازم باشه که شما بدونین صددرصد اکبر بهتون می‌گه و لازم نیست از من بشنوید. چیزی که مطمئنم اینه که پای هیچ دختر دیگه‌ای وسط نیست و این موضوع رو از فکرتون بیرون کنین. اکبر شما رو خیلی دوست داره، ولی همون‌طوری که آدم‌ها به روش خودشون دیگران رو دوست دارن و به روش خودشون ابراز علاقه می‌کنن، ممکنه اکبر هم نوع احساسش و طرز بیان علاقه‌اش نسبت به شما تغییر کرده باشه، ولی این دلیل نمی‌شه که از علاقه‌اش کم شده باشه.»

مژگان گفت: «من که سر در نمی‌آرم. تو این شرایط سخت هم نمی‌خوام خودم رو درگیر چیزهایی کنم که درک‌شون به صرف وقت و انرژی نیاز داره.»

محسن گفت: «کاملاً موافقم. پس اجازه بدین مشکل خودش خودبه‌خود حل بشه بدون این‌که با اکبر دعوا یا بحث کنین. حالا بریم واسه جشن فردا آماده بشیم چون هرچه روحیه بهتری داشته باشیم بهتر می‌تونیم این روزهای سخت رو تحمل کنیم.»

محسن هم مانند همهٔ پناهندگانی که جواب منفی می‌گرفتند از طریق فی‌فی‌ان با وکیل خود تماس گرفت. تنها تفاوتش این بود که محسن این کار را در زمانی که در فی‌فی‌ان مشغول کار بود انجام داد. منشی فی‌فی‌ان، میراندا، که معمولاً دخالت مستقیمی در پرونده‌ها نداشت، بعد از دیدن نامهٔ محسن خودش با وکیل او تماس گرفت، ولی متوجه شد که چند هفته‌ای است که وکیل محسن دیگر وکالت نمی‌کند و محسن باید وکیل جدیدی بگیرد. پس از دو هفته نامه‌ای برای محسن ارسال شد که اسم خانم وکیل به همراه آدرسش در نامه بود و بار دیگر میراندا با وکیل جدید محسن تماس گرفت. منشی وکیل درخواست کرد که از تمام پروندهٔ محسن کپی گرفته شود و همراه کپی کارت شناسایی او با پست برای آن‌ها ارسال شود. محسن که برای همهٔ پناهندگان بارها این کار را انجام داده بود از پرونده‌اش کپی گرفت و میراندا برای وکیل او ارسال کرد. لیلیان که از همکاران فی‌فی‌ان بود، زمانی که شنید برای محسن هم پاسخ منفی ارسال شده، در پایان وقت کاری کمی با محسن صحبت کرد تا به او امیدواری بدهد. محسن

گفت خوشبختانه به قدری درگیر کار در فی‌فی‌ان و کلاس زبان رایگان در شهر تیلبورخ است و به فکر دریافت بورسیه از یو آ اِف که فرصتی برای ناراحت‌شدن ندارد و واقعاً هم همین‌طور بود.

در ماه آوریل همان سال، اِلن، معلم زبان هلندی محسن، به کمک ژاک توانستند محسن را برای امتحانات اِن تی‌۱ معرفی کنند و محسن توانست اولین مدرک رسمی زبان هلندی را بگیرد و برای یو آ اِف ارسال کند. آن‌ها هم مصاحبهٔ دوم را برای محسن در شهر اُترخت که مرکز یو آ اِف بود به زبان هلندی برگزار کردند.

در روز اول ماه می، نامه‌ای از یو آ اِف برای محسن ارسال شد که در آن با اعطای بورس تحصیلی به محسن موافقت شده بود و او می‌توانست از اول اوت ۲۰۰۲ در کلاس‌های زبان هلندی شرکت کند که مخصوص کسانی بود که می‌خواستند مدرک اِن تی‌۲ را بگیرند. کلاس‌ها در دانشگاه تیلبورخ برگزار می‌شد و محسن برای اولین بار می‌توانست وارد یک مرکز دانشگاهی در هلند شود. دریافت نامه چنان باعث شادی او شد که می‌خواست با افتخار آن را به همه نشان دهد. در خانهٔ لیلا، محسن دست او و آرش و مژگان را گرفته بود و با هم شادی می‌کردند. پس از آن محسن به ژاک تلفن کرد و او و همسرش کارلا را برای شام همان شب به کمپ دعوت کرد تا در شادی آن‌ها شریک باشند. در خانه‌ای که لیلا زندگی می‌کرد جشن کوچک و ساده‌ای برگزار شد که همهٔ ساکنان آن خانه به همراه اکبر، محسن، ژاک و همسرش حضور داشتند. محسن این خبر را تلفنی به آنمیک و همسرش پیتر هم اطلاع داد و آن‌ها گفتند که به او افتخار می‌کنند، ولی نباید فراموش کند که این تازه اول راه است.

زمانی که محسن نامه را به کارکنان فی‌فی‌ان داد تا بخوانند، همگی برای او آرزوی موفقیت کردند. درعین‌حال میراندا گفت که وکیلش برای هفتهٔ آینده به او وقت مصاحبه داده تا قبل از دادگاه دوباره پرونده را با هم بررسی کنند.

محسن برای تشکر از اِلِن دسته‌گلی خرید زیرا معمولاً بهترین هدیه از نظر هلندی‌ها محسوب می‌شود و در آخرین جلسهٔ کلاس درس سرِ کلاس به او تقدیم کرد. این‌که یکی از دانش‌آموزان آن کلیسا که یک مرکز رسمی آموزشی محسوب نمی‌شد، توانسته بود بورسیه بگیرد مسئلهٔ جالب و مهمی برای آن مرکز محسوب می‌شد. همان روز مسئول آنجا ضمن قدردانی از محسن گفت اگر چند دانش‌آموز دیگر از این مرکز بتوانند چنین موفقیت‌هایی به دست بیاورند، شهرداری با جدیت بیشتری روی این مرکز حساب باز می‌کند و می‌توانند نشان بدهند که در مشارکت دادن خارجی‌ها در جامعهٔ هلند، چنین مراکزی هم می‌توانند نقش مفیدی داشته باشند.

در روز ششم ماه می، یکی همان روزهایی که محسن از بورسیه‌ای که دریافت کرده بود لذت می‌برد، یکی از سیاست‌مداران هلند در خیابان و در روز روشن به قتل رسید. پیم فورتاین[1] سیاست‌مداری بود که یک حزب تازه تأسیس کرده بود که علناً مخالف افزایش مهاجرین خارجی به هلند و مخصوصاً مسلمانان بود. همان روز محسن با ژاک و کلارا در مرکز شهر تیلبورخ نوشیدنی می‌خوردند و پس از آن به خانهٔ آن‌ها برگشتند تا محسن بعد از استراحتی با دوچرخه به کمپ دونگن برگردد. درحالی که هرسه به خبر ترور پیم فورتاین که از تلویزیون پخش می‌شد نگاه می‌کردند، محسن گفت: «اصلاً فکر نمی‌کردم در کشوری مثل هلند که سیاست‌مدارانش با رعایت احترام به هم بحث‌های جدی می‌کنن، یه ترور سیاسی اتفاق بیفته!»

کلارا درحالی که چیزی را می‌دوخت، گفت: «حتماً کار یکی از همین پناهنده‌هایی بوده که جواب منفی گرفته و از روی خشم این بیچاره رو کشته.»

---

1) Pim Fortuyn: سیاست‌مدار و جامعه‌شناس هلندی بود که در سال ۲۰۰۲ ترور شد. او در همان سال حزب خود را پایه‌گذاری کرده بود و خود را برای انتخابات پارلمانی آماده می‌کرد. او سیاست‌مداری تندرو بود که مخالف افزایش مهاجرت به هلند و حضور پررنگ‌تر مسلمانان در آن کشور بود.

محسن که نگاهش به تلویزیون بود، گفت: «من این‌جوری فکر نمی‌کنم چون اولاً این موج جدید اخراج پناهنده‌ها توسط دولتی در حال اجراست که پیم فورتاین هیچ نقش و مسئولیتی توش نداشت. ثانیاً همهٔ پناهنده‌هایی که جواب منفی می‌گیرن، از جمله خود من، اون‌قدر درک و شعور داریم که بفهمیم با این کار نه‌تنها مشکل‌مون حل نمی‌شه، بلکه بدتر هم می‌شه.»

ژاک گفت: «محسن، می‌تونم ازت یه چیزی بپرسم؟ البته اگه دوست نداری می‌تونی جواب ندی.»

محسن گفت: «حتماً می‌تونی بپرسی ژاک.»

سپس ژاک پرسید: «فکر می‌کنی هلند و کلاً اروپا باید به همهٔ کسانی که به کمک نیاز دارن و از کشورشون فرار می‌کنن و در اروپا درخواست پناهندگی می‌کنن، کمک کنه و بهشون اقامت بده؟»

محسن جواب داد: «من نمی‌دونم این افرادی که می‌گی چه تعداد می‌شن، ولی بر فرض این‌که همه واقعاً مشکل داشته باشن، این‌که میلیون‌ها نفر به اروپا بیان چیزیه که عملاً قابل اجرا نیست. ولی چیزی که اطمینان دارم اینه که روزبه‌روز برخورد اروپایی‌ها با خارجی‌ها مخصوصاً پناهنده‌ها بدتر می‌شه، چون تصور عمومی اینه که ادغام مردمی با فرهنگ‌های متفاوت اگه مسئله‌ای محال نباشه، حداقل بسیار مشکله. این مطلب رو فقط از نقطه‌نظر برخوردها و تضادهای فرهنگی بیان کردم که در جامعه صددرصد اتفاق می‌افته.»

« از نظر اقتصادی هم خیلی از اروپایی‌ها فکر می‌کردند که خارجی‌ها برای دریافت پول مجانی بدون کار کردن به اروپا می‌آیند و حتی اگر هم بخواهند کار کنند، کار کمتری برای خودِ اروپایی‌ها باقی می‌ماند. همهٔ این عوامل باعث می‌شد که روزبه‌روز برخورد اروپایی‌ها با خارجی‌ها بدتر شود.»

همان شب در چند شهر بزرگ هلند عده‌ای به خارجی‌هایی که در خیابان بودند حمله کردند و تعدادی از آن‌ها را مجروح کردند. بعدها قاتل پیم فورتاین دستگیر شد و مشخص شد که او یک هلندی است که افکار پیم فورتاین را برای جامعهٔ هلند خطرناک می‌دانست.

دو هفته بعد، زمانی که محسن برای مصاحبه با وکیلش در اتاق انتظار نشسته بود، مترجم که مردی میان‌سال بود وارد شد. محسن می‌خواست سرِ صحبت را با او باز کند، برای همین پرسید: «شما چند وقته هلند تشریف دارین؟»

مرد که لباس رسمی و شیکی به تن داشت، گفت: «بیست‌وپنج سالی می‌شه که اینجا هستم.»

محسن با تعجب گفت: «اوه، پس دیگه کامل هلندی شدین.»

مرد با لبخند گفت: «خب بستگی داره منظور شما از هلندی شدن چی باشه. فارسی زبان اول منه و به بچه‌ام هم یاد دادم. هر دو سه سال یه بار می‌رم ایران. غذاهای ایرانی می‌خورم. در کنار این‌ها هلندی رو خوب یاد گرفتم و قوانین این مملکت رو هم رعایت می‌کنم.»

محسن پرسید: «با هلندی‌ها مشکلی ندارین؟»

مترجم گفت: «اگه منظورت دعواست، تا حالا نداشتم. من با همکارام، همسایه‌ام یا هلندی‌هایی که باهاشون رفت و آمد دارم طوری رفتار کردم که فهمیدن تا زمانی که به من و عقایدم احترام بذارن، من هم به اون‌ها و عقایدشون احترام می‌ذارم چون هر رابطه‌ای دو طرف داره و هر دوطرف باید قواعد بازی رو رعایت کنن.»

محسن گفت: «یعنی شما به عقیدهٔ همسایه‌تون که مثلاً آفریقایی هست و دوست داره طبق فرهنگ خودش تا دیروقت با آهنگ بلند بزن و بکوب کنه، احترام می‌ذارین چون اون به فرهنگ ایرانی شما احترام می‌ذاره؟»

مترجم خندید و گفت: «اتفاقاً همسایه من اهل کوباست و خیلی هم به موزیک با صدای بلند علاقه داره. نه، منظورم این نبود. عقاید و فرهنگ‌ها تا زمانی که برای دیگران و جامعه مشکل‌ساز نباشن، قابل احترام هستن. زمانی که عقیده یا فرهنگ من برای فرد دیگه یا جامعهٔ هلند مضر یا مشکل‌ساز باشه، دیگه نه‌تنها قابل احترام نیست بلکه گاهی قابل پیگیری هم هست. در اون صورت دیگه نمی‌تونم بگم هلندی‌ها نژادپرست هستن چون نمی‌ذارن من اون‌جوری که دوست دارم زندگی کنم.»

با ورود منشی خانم وکیل به اتاق انتظار، بحث آن‌ها خاتمه یافت. منشی آن‌ها را به اتاقی دعوت کرد، ولی به جای خانم وکیل پیرمردی نشسته بود. محسن بلافاصله که وارد شد به هلندی گفت: «من فکر می‌کردم وکیلم یه خانم باشه!»

پیرمرد توضیح داد که وکیل محسن در تعطیلات به سر می‌برد و چون درخواست اعتراض و تکمیل پروندهٔ محسن هرچه سریع‌تر باید انجام شود، برای همین وکیلش از او خواسته این مصاحبه را انجام دهد. سپس مرد افزود که وکیل نیست و در اصل دستیار خانم وکیل است، ولی این مسئله تأثیری در پروندهٔ محسن نخواهد داشت چون خانم وکیل متن مصاحبهٔ امروز را با دقت می‌خواند. محسن احساس می‌کرد همهٔ این مصاحبه‌ها یک نمایش ساختگی بیش نیست و اصلاً پرونده و مشکل او جدی گرفته نمی‌شود. کل مصاحبه در نیم ساعت به اتمام رسید و محسن به کمپ برگشت.

فردای آن روز، هنگام کار در فی‌فی‌ان، محسن دربارهٔ احساس خود با میراندا صحبت کرد و قرار شد میراندا وقتی وکیل محسن از تعطیلات برگشت تلفنی با او صحبت کند هرچند محسن به کمک وکیلش در دادگاه امید چندانی نداشت.

تابستان زیبای هلند به قدری نشاط‌آور است که حتی روی روحیه پناهنده‌ها هم اثر مثبت می‌گذارد. در کمپ هر روز مسابقه‌های فوتبال روی چمن‌های محوطه برگزار می‌شد. خانم‌ها روبه‌روی درِ خانهٔ خود دور هم جمع می‌شدند و پشت‌سر دیگران غیبت می‌کردند. با حملهٔ آمریکا و سایر نیروها به افغانستان و سرنگون شدن طالبان

روزهای خوش پناهنده‌های افغان به اتمام رسیده بود و دیگر مثل گذشته به‌راحتی اقامت نمی‌گرفتند. بااین‌حال نسبت به ایرانی‌ها راحت‌تر اقامت دریافت می‌کردند.

محسن در دانشگاه تیلبورخ، در دانشکدهٔ زبان‌های خارجه در رشتهٔ زبان هلندی ثبت‌نام کرده بود و روزشماری می‌کرد تا کلاس‌هایش شروع شود تا از نزدیک با سیستم آموزشی هلند آشنا شود. محسن موفقیت‌هایی را که در درس به دست می‌آورد تلفنی به مادر و پدرش اطلاع می‌داد و آن‌ها به او افتخار می‌کردند. ولی مادرش که هنوز منتظر بود تا محسن پول عمل جراحی زانو را برایش بفرستد، می‌پرسید: «پس محسن جان دیگه می‌تونی پول عمل زانوی من رو بفرستی؟»

محسن با خنده می‌گفت: «مادرجان، اولاً هنوز درسم تموم نشده، ثانیاً باید اقامت بگیرم تا اجازهٔ کار داشته باشم. بعد می‌تونم برای شما پول بفرستم. تا اون موقع باید با درد زانو کنار بیایید و مسکن استفاده کنید.»

برای مادر و پدر محسن مهم‌ترین سؤال این بود که چه موقع محسن اقامت می‌گیرد، سؤالی که خودِ محسن هم جوابش را نمی‌دانست.

در همین ایام اولین دندان‌درد محسن اتفاق افتاد. پناهنده‌ها از زمانی که پرونده‌شان باز می‌شود از همه نظر بیمه هستند. برای مشکلات دندان یک پناهنده باید از طریق پرستارهایی که هر روز صبح از ساعت هشت تا ده مشکلات پزشکی پناهنده‌ها را بررسی می‌کردند وقت دندان‌پزشکی می‌گرفت. در روزهای دوشنبه و پنج‌شنبه ساعت هشت صبح یک مینی‌بوس برای انتقال۹ پناهنده به دندان‌پزشکی جلوی درِ کمپ منتظر بود. هفتهٔ بعد روز دوشنبه اولین وقتی بود که محسن توانست برای خود بگیرد. آن روز محسن همراه هشت پناهندهٔ دیگر با مینی‌بوس به دندان‌پزشکی که در شهر کوچکی نزدیک دونگن بود، منتقل شد و قرار شد زمانی که درمان آخرین نفر از نه نفر آغاز شد، منشی دندان‌پزشکی به رانندهٔ مینی‌بوس زنگ بزند تا برای برگرداندن پناهنده‌ها به کمپ مراجعت کند. با توجه به این‌که هوا آفتابی و خوب بود محسن ترجیح داد به‌عنوان آخرین

نفر درمان شود و در مدتی که دندان‌پزشک در حال درمان دیگران بود، وقت داشت تا در شهر کوچک گردشی کند و از هوای خوب لذت ببرد. ساعت یازده و نیم که محسن به دندان‌پزشکی مراجعه کرد هنوز یک نفر دیگر از پناهنده‌ها در اتاق انتظار منتظر بود تا این‌که بالاخره ساعت دوازده و ربع نوبت محسن شد. درست همان زمانی که منشی به راننده زنگ زد تا برای انتقال پناهندگان به کمپ مراجعت کند. دندان‌پزشک بعد از معاینۀ دندان محسن گفت که دندان باید پُر شود، ولی وقت این کار را ندارد چون ساعت دوازده و چهل و پنج دقیقه هر روز برای ناهار باید در کنار خانواده‌اش باشد. اما اگر محسن قبول کند که بدون تزریق آمپول بی‌حسی دندانش پُر شود، وقت لازم برای درمان وجود دارد چون حداقل ده دقیقه برای تأثیر آمپول بی‌حسی وقت لازم است. از آنجا که محسن می‌دانست گرفتن دوبارۀ وقت دندان‌پزشکی به هفتۀ بعد موکول می‌شود و در این مدت باید درد دندان را تحمل کند، ترجیح داد با پیشنهاد دندان‌پزشک موافقت کند. زمانی که دندان‌پزشک بدون بی‌حسی شروع به کار کرد، اشک از چشم‌های محسن سرازیر شد، ولی به خودش قول داده بود که مقاومت کند. دندان‌پزشک هم هر چند لحظه یک بار تکرار می‌کرد که تا پایان کار چیز زیادی باقی نمانده است. بعد از ده دقیقه که برای محسن به اندازۀ ده هفته به نظر می‌رسید، کار تمام شد و همگی به کمپ برگشتند. نکتۀ جالب این بود که همان دندان چند روز بعد دوباره خالی شد و با توضیحی که محسن برای پرستار داد، آن‌ها او را به دندان‌پزشک دیگری معرفی کردند.

در اواخر ماه جولای ۲۰۰۲، تقریباً برای همۀ ایرانی‌ها جواب منفی از ادارۀ مهاجرت آمده بود، از جمله برای لیلا. همگی نسبت به تصمیم ادارۀ مهاجرت به دادگاه اعتراض می‌کردند. در فی‌فی‌ان تقریباً کارها روی نظمی که محسن برقرار کرده بود به‌خوبی انجام می‌شد و در تمام جلساتی که اعضای آن با هم داشتند، محسن نیز حضور داشت طوری که او را واقعاً به‌عنوان یکی از اعضای فی‌فی‌ان پذیرفته بودند. محسن را به جشنی که برای قدردانی از افرادی که بدون دریافت دستمزد در فی‌فی‌ان کار می‌کردند،

دعوت کردند. در این جشن که همراه با شام بود مسابقهٔ بولینگ هم بین کارکنان برگزار شد و محسن برای اولین بار توانست بولینگ بازی کند. جالب بود که در مسابقه نفر دوم شد. خوشبختانه هم میراندا و هم رونالد که مسئول فی‌فی‌ان بودند، اهل شوخی بودند و در زمان‌هایی که فی‌فی‌ان شلوغ نبود با محسن شوخی می‌کردند. این مسئله گاهی حس حسادت لیلا را برمی‌انگیخت، غافل از این‌که در فرهنگ هلندی شوخی و صحبت بین کارکنان مرد با زن کاملاً طبیعی است بدون آن‌که منظور خاصی در میان باشد.

در همان روزها، خانم بیست‌وهشت ساله‌ای که اصالتاً اهل روسیه بود برای کارآموزی به فی‌فی‌ان آمد. او ده سال قبل در هلند درخواست پناهندگی داده بود و بعد از گرفتن اقامت در رشتهٔ جامعه‌شناسی با گرایش پناهنده‌ها و مشکلات آن‌ها مشغول به تحصیل شده بود و حالا چند ماه آخر تحصیل را باید در محیط کاری، کارآموزی می‌کرد. اِلنا[1] ظاهر جذابی داشت و همیشه در حال خنده و شوخی بود و با هوش و ذکاوتی که داشت توانست در مدت کوتاهی بسیاری از کارها را یاد بگیرد طوری که خودش به‌تنهایی برای پناهنده‌های تازه‌وارد تشکیل پرونده می‌داد و می‌توانست برای آن‌ها وکیل پیدا کند و پیگیر مشکلات‌شان باشد. او با اتومبیل خودش سر کار می‌آمد و چون لباس‌های جذاب می‌پوشید، بلافاصله که از اتومبیل پیاده می‌شد توجه بیشتر مردهای پناهنده را که در محوطهٔ کمپ نشسته بودند به خود جلب می‌کرد. وقتی لیلا برای اولین بار او را دید و فهمید که به‌عنوان کارآموز قرار است چند ماهی در فی‌فی‌ان کار کند، به محسن گفت دیگر حق ندارد در آنجا به کارش ادامه دهد. محسن هم حرف او را شوخی تلقی کرد و گفت از حالا با چشم‌های بسته در فی‌فی‌ان کار خواهد کرد. کارکنان فی‌فی‌ان می‌بایست گاهی نامهٔ مهمی را که برای یک پناهنده به آنجا ارسال شده بود شخصاً هرچه سریع‌تر به آن پناهنده می‌رساندند، محتوای نامه را برای او شرح می‌دادند و از او امضا می‌گرفتند که محتوای نامه را کاملاً متوجه شده است. زمانی که اِلنا برای اولین بار چنین نامه‌ای را

---

[1] Ellna

به خانه‌ای در کمپ برد، موقع برگشت در فاصلهٔ صد متری آن خانه تا ساختمان فی‌فی‌ان، آن‌قدر از طرف پناهنده‌های مرد مورد آزار لفظی قرار گرفت که موقع برگشت به فی‌فی‌ان کاملاً عصبی به نظر می‌رسید و از لفظ حیوان برای توصیف بعضی از پناهنده‌ها استفاده کرد. رونالد، مسئول فی‌فی‌ان، فوری دستور داد جلسه‌ای تشکیل شود تا این مسئله را پیگیری کنند.

ابتدا النا ماجرا را شرح داد و گفت موقع برگشت به فی‌فی‌ان، تعدادی از پناهنده‌های مرد که معلوم بود اهل شمال آفریقا هستند مزاحم او شده‌اند، ولی خوشبختانه لمس بدنی با او نداشته‌اند. لیلیان و الیزابت معتقد بودند که آن‌ها باید شناسایی شوند و ضمن شکایت، به پلیس تحویل داده شوند تا درس عبرتی برای دیگران باشد و الا دفعهٔ بعد ممکن است آزار همراه با تماس بدنی رخ دهد و این مسئله امنیت کاری پرسنل را به خطر می‌انداخت. میراندا معتقد بود که این کار لازم نیست و باید فقط مسئول کمپ در جریان قرار گیرد و به این افراد تذکر داده شود. نهایتاً تصمیم گرفته شد که موضوع به ادارهٔ فی‌فی‌ان مرکزی در تیلبورخ ارسال شود تا آن‌ها تصمیم بگیرند برای برخورد با خطاکارها چه اقدامی در نظر گرفته شود. همچنین قرار شد اگر بار دیگر النا برای تحویل و توضیح نامه‌ای در کمپ قصد تردد داشت محسن همراه او باشد تا در اصل نقش بادیگارد او را بازی کند. در خاتمهٔ جلسه، محسن خیلی کوتاه و آهسته مثل این‌که با خود صحبت می‌کند، گفت: «جالبه، کسی از بادیگارد نپرسید اصلاً مایل به این کار هست یا نه.»

درحالی که همگی که از دور میز بلند می‌شدند، میراندا که حرف محسن را شنیده بود، گفت: «البته باید از محسن بپرسیم که آیا حاضره به النا کمک کنه یا نه چون از یه طرف محسن مجبور نیست که این کار رو قبول کنه و از طرف دیگه چون خودش توی این کمپ زندگی می‌کنه ممکنه برای خودش هم مشکلی پیش بیاد، مخصوصاً اگه کار به درگیری فیزیکی منجر بشه. پس بهتره نظر محسن رو هم در این‌باره بدونیم.»

همگی حرف میراندا را منطقی دانستند و دوباره سر جای خودشان نشستند و رونالد از محسن پرسید آیا مایل هست در این رابطه به اِلنا کمک کند؟ محسن از رونالد پرسید آیا می‌تواند صریح صحبت کند؟ رونالد جواب داد: «البته.»

سپس محسن گفت: «قبل از این‌که من پاسخ این سؤال رو بدم می‌خوام متذکر بشم که ما توی مملکتی زندگی می‌کنیم که هر کس حق داره هر جور دوست داره لباس بپوشه و این جزوی از آزادی‌های شخصی یک فرد حساب می‌شه. ولی مشکل سیاست‌گذاران و مدیران ما اینه که نمی‌تونن یا نمی‌خوان باور کنن که زندگی توی یه کمپ با زندگی نرمال خارج از اینجا فرق داره. بیرون از این کمپ همه می‌تونن با توجه به شخصیت و موقعیت اجتماعی که دارن با یکی دوست بشن، ولی یه پناهندهٔ مرد به خاطر مشکل زبان و آیندهٔ نامعلوم و حس بدگمانی که نسبت به پناهنده‌ها ایجاد شده، شانس بسیار کمی برای پیدا کردن یه دوست‌دختر داره، برای همین خیلی از این پناهنده‌های مرد مجرد ماه‌ها و گاهی سال‌هاست که با جنس مخالف ارتباطی نداشتن و حالا شما انتظار دارین که اون‌ها با دیدن اندام زیبای اِلنا و لباس‌های کوتاهی که می‌پوشه رفتار خاصی نشون ندن و مثل کسانی که بیرون از کمپ هستن، رفتار کنن، درسته؟ ولی این دو موقعیت قابل مقایسه نیستن. رفتار آدم‌ها رو وقتی می‌تونیم با هم مقایسه کنیم که شرایط یکسانی دارن.»

اِلنا با عصبانیت گفت: «تو خودت پناهنده هستی، باید هم از اون‌ها دفاع کنی!»

محسن خیلی جدی گفت: «من نمی‌خوام رفتار زشت اون‌ها رو توجیه کنم. می‌دونم که تو حق داری هر لباسی که دوست داری بپوشی، ولی شرایط کمپ اقتضا می‌کنه که همهٔ ما درک بیشتری نسبت به پناهنده‌ها داشته باشیم و اگه تو این درک رو می‌داشتی، اینجا این‌طوری لباس نمی‌پوشیدی. اگه ما که در فی‌فی‌ان کار می‌کنیم تفاوت‌های زندگی و شرایط داخل و خارج کمپ رو نفهمیم و درک نکنیم، چطور انتظار

داریم بقیه که هیچ شناختی نسبت به زندگی و شرایط پناهنده‌ها ندارن بتونن تفاوت‌های رفتاری بین یه پناهنده و یه فرد معمولی رو درک کنند؟!»

برای مدت کوتاهی سکوت برقرار شد و سپس محسن ادامه داد: «و اما در جواب این سؤال که آیا دوست دارم به‌عنوان بادیگارد اِلنا برای ارسال نامه در کمپ اون رو همراهی کنم، حتماً این کار رو می‌کنم چون ما همگی در یک تیم هستیم و باید به هم کمک کنیم.»

رونالد ضمن تشکر از محسن، از اِلنا خواهش کرد در انتخاب لباس‌هایی که می‌خواهد در کمپ بپوشد بیشتر دقت کند تا هم برای خودش و هم برای دیگران مشکل کمتری ایجاد شود.

مشابه همین بحث را محسن با پزشک کمپ هم داشت. زمانی که محسن برای ترجمه در قسمت پزشکی کار می‌کرد، می‌دید که پزشکان در نوشتن آنتی‌بیوتیک یا قرص‌های خواب به‌شدت سخت‌گیری می‌کنند. یک بار با خانم دکتر جوانی در این‌باره بحثی جدی داشت. محسن به او گفت آنچه در کتاب‌های معتبر پزشکی جهان نوشته شده که جزو دروس او هم بوده، این است که تا جای ممکن آنتی‌بیوتیک به بیمار داده نشود. پناهنده‌ای که با توجه به شرایط خاص دچار استرس‌های مختلفی است و این استرس‌ها سیستم ایمنی بدن را ضعیف می‌کند و از طرفی تراکم جمعیتی بیش از حدی که در کمپ وجود دارد، همهٔ این عوامل باید به‌عنوان تفاوت‌هایی بین شرایط داخل کمپ با بیرون کمپ در نظر گرفته شوند تا به درمان پناهندگان و پیشگیری از بیماری‌ها کمک شود.

در اواسط ماه اوت، کلاس‌های درس زبان هلندی دانشگاه تیلبورخ آغاز شد و از آنجا که یوآاِف هزینهٔ سفر را نیز پرداخت می‌کرد، محسن دیگر مجبور نبود فاصلهٔ چند کیلومتری بین دونگن و تیلبورخ را با دوچرخه طی کند و با اتوبوس این مسافت را طی می‌کرد. سه روز در هفته و روزی چهار ساعت از ساعت ۸:۳۰ تا ۱۲:۳۰ کلاس داشت.

محسن می‌بایست با اتوبوس ساعت ۷:۱۲ از دونگن حرکت می‌کرد تا به موقع به کلاس‌ها برسد. در آن ساعت صبح اتوبوس مملو از دانش‌آموزانی بود که برای تحصیل در دبیرستان‌ها، کالج‌ها یا دانشگاه‌ها به سمت تیلبورخ حرکت می‌کردند. در آن جمعیت شلوغ اتوبوس، محسن واقعاً برای اولین بار خود را در جامعهٔ هلند حس می‌کرد. در طول سفر چهل‌وپنج دقیقه‌ای اتوبوس تا مرکز تیلبورخ سر و صدای زیادی در اتوبوس بود چون دانش‌آموزان با یکدیگر صحبت می‌کردند و این سر و صدا محسن را عصبی می‌کرد طوری که لحظه‌شماری می‌کرد هرچه زودتر اتوبوس به مقصد برسد. تقریباً به جز محسن که تنها سوار اتوبوس می‌شد بقیه دو یا چند نفری سوار می‌شدند و با یکدیگر صحبت و خنده و شوخی می‌کردند. برای محسن جای تعجب بود که چرا در این سفر چهل‌وپنج دقیقه‌ای آن حس بد را در خود احساس می‌کرد. بعد از چند روز فکر کرد چون تنهاست و با کسی هم‌صحبت نیست این احساس ناخوشایند را دارد؛ ولی موقع برگشت، در ساعت بین ۱۳ تا ۱۴ که اتوبوس تقریباً خلوت بود، محسن با آن‌که تنها بود آن احساس ناخوشایند را نداشت. پس نتیجه گرفت که سر و صدا و شلوغی صبحگاهی در اتوبوس باعث به‌وجود آمدن این حس بد در او شده است. ولی چرا واقعاً سر و صدای شلوغی اتوبوس این‌قدر برای او ناراحت‌کننده بود؟

دورهٔ زبان هلندی که محسن ثبت‌نام کرده بود شامل سه سطح ابتدایی، متوسطه و عالی بود و هر دوره سه ماه طول می‌کشید. بعد از دورهٔ سطح عالی، دانش‌آموز باید این آمادگی را کسب می‌کرد که در امتحانات سراسری اِن تی ۲ که سالی سه چهار بار از طرف دولت برگزار می‌شد شرکت کند تا بتواند مدرک ان تی ۲ بگیرد. خارجی‌هایی که می‌خواستند در دانشگاه‌های هلند رشته‌ای را به زبان هلندی ادامه دهند می‌بایست این مدرک زبان هلندی را داشته باشند. با توجه به امتحان اولیه که از محسن گرفتند به او اجازه دادند که از سطح متوسطه شروع کند. معلم کلاسش خانمی بود بیست‌وچندساله به اسم نیکول که بسیار مهربان بود. در کلاس درس پانزده نفر حضور داشتند؛ چهار

پناهنده که به جز محسن آن سه نفر اقامت داشتند و بقیه کسانی بودند که از طریق ازدواج یا از کشورهای اروپای شرقی برای کار به هلند آمده بودند. در همان یک ماه اول کاملاً مشخص بود کسانی که در زبان مادری خود مشابه زبان هلندی یا انگلیسی از حروف لاتین استفاده می‌کنند و از چپ به راست می‌نویسند راحت‌تر و سریع‌تر درس‌ها را یاد می‌گیرند. برای مثال، زبان مادری محسن که فارسی بود مشابه زبان عربی حروفی غیر از لاتین داشت و از راست به چپ نوشته می‌شد.

با گذشت زمان و مشکل شدن درس‌ها، محسن متوجه شد که رشد سریع یادگیری زبان هلندی که در ابتدا داشت روزبه‌روز کندتر می‌شود. در اواسط دورۀ سطح متوسطه که محسن دنبال می‌کرد، این انتظار را داشت که بتواند در خیابان حرف‌های مردم را بفهمد، ولی این‌طور نبود. به‌عنوان مثال، صبح‌ها که در اتوبوس دونگن – تیلبورخ نشسته بود، لابه‌لای سر و صدای جوانانی که در اتوبوس بودند، حداکثر ده درصد حرف‌هایشان را متوجه می‌شد. با کمی دقت محسن بالاخره فهمید چرا صبح‌ها در اتوبوس از سر و صدای جوان‌ها احساس ناخوشایندی دارد چون نمی‌فهمید آن‌ها چه می‌گویند! محسن از اطراف خودش یک‌سری اصوات بی‌معنی می‌شنید که برای بقیه معنی‌دار بودند و همین باعث شده بود حس بدی داشته باشد.

با مشکل شدن دروس زبان هلندی، محسن باید برای انجام تکالیفی که به آن‌ها داده می‌شد، در کمپ وقت بیشتری صرف می‌کرد و این‌طور درس خواندن با محیط کمپ سازگاری نداشت. با سرد شدن دوبارۀ هوا پناهنده‌ها زمان بیشتری را داخل اتاق‌های خود سپری می‌کردند و به دنبال آن بحث‌ها و دعواهای همیشگی بین افراد تشدید می‌شد. اگرچه خود او تقریباً هیچ‌وقت مستقیم درگیر این مشکلات نبود، ولی برای میانجی‌گری یا ترجمه بین پناهنده‌های ایرانی و مسئولین کمپ همیشه از او کمک می‌خواستند و این مسئله همراه با سر و صدای دائمی خانه مانع از تمرکز لازم برای انجام تمرین‌ها می‌شد. مشکل دیگر لیلا بود که به محسن گفته بود به جز صرف غذا با هم،

در بقیه موارد محسن حضور پررنگی در زندگی او ندارد. محسن هم در جواب گفته بود تا زمانی که لیلا نتواند با اعتقادات خود کنار بیاید این مشکل باقی خواهد ماند. محسن خواهان ازدواج یا حداقل انتقال به خانهٔ آن‌ها و زندگی مشترک با لیلا و آرش بود، چیزی که قبولش برای لیلا حداقل تا آن موقع مقدور نبود.

روابط مژگان و اکبر ادامه داشت، ولی به گرمی گذشته نبود. لیلا به محسن گفته بود که مژگان با یک دختر اهل اریتره که در کمپ با خانواده‌اش زندگی می‌کند دوست شده و در تعطیلات آخر هفته با همدیگر به تیلبورخ می‌روند چون آن دختر دیسکوهای تیلبورخ را می‌شناسد. محسن می‌دانست که اکبر به‌عنوان برادر مژگان غیرت مرد ایرانی را دارد و اگر از این موضوع مطلع شود بین آن‌ها درگیری به‌وجود می‌آید و همین اتفاق هم رخ داد.

در شنبه شبی که محسن به آرش در اتاق آن‌ها درانجام تکالیف مدرسه‌اش کمک می‌کرد و لیلا در آشپزخانه مشغول شستن ظرف‌های شام بود، صدای مشاجرهٔ مژگان و اکبر از اتاق مژگان شنیده می‌شد. لیلا به اتاق خودش برگشت و از محسن درخواست کرد قبل از آن‌که دعوا شدت بیشتری بگیرد، دخالت کند. در همین حال درِ اتاق مژگان باز شد و او درحالی که آرایش کرده بود و کیف دستی خودش را روی شانه‌اش انداخته بود از اتاق خارج شد و به سمت در رفت. اکبر از پشت‌سر بازوی او را گرفت و داد زد: «بهت گفتم اجازه نداری با این دخترهٔ فاحشه بیرون بری!»

مژگان بازویش را از دست اکبر بیرون کشید و گفت: «مگه تو این دختره رو می‌شناسی که این‌جوری درموردش قضاوت می‌کنی؟»

اکبر که سرخ شده بود، گفت: «از قیافه هر کسی می‌شه فهمید چه‌جور آدمیه.»

مژگان داد زد: «آره، همون‌طور که از قیافه تو معلومه روزی چند تا سیگاری می‌کشی.»

بعد از آن مژگان دوباره برگشت به سمتِ درِ خانه و اکبر باز هم بازوی او را گرفت. مژگان با خشم گفت: «ولم کن! مگه تو چه‌کارهٔ منی که به خودت حق می‌دی جلوم رو بگیری؟ اصلاً می‌خوام برم فاحشه بشم، به تو چه ربطی داره؟»

اکبر داد زد: «غلط می‌کنی. گُه می‌خوری!»

مژگان با آن دستش که آزاد بود سیلی محکمی به صورت اکبر زد. برای چند ثانیه سکوتی بر خانه حاکم شد. فقط صدای ناخن‌های آرش شنیده می‌شد که به چهارچوب درِ اتاق‌شان می‌کشید، درحالی که از لای درِ به صحنهٔ دعوا و مشاجرهٔ آن‌ها خیره شده بود.

پس از چند لحظه که برای همه مانند چند ساعت بود، اکبر درحالی که چشم‌های اشک‌آلودش را به چشم‌های خشمگین مژگان دوخته بود، بازوی او را رها کرد و خیلی آرام از خانهٔ آن‌ها خارج شد. محسن و لیلا بدون هیچ حرکتی بین اتاق لیلا و اتاق نشیمن ایستاده بودند. مژگان به داخل اتاق خودش برگشت و خود را روی تختش انداخت و بلندبلند شروع کرد به گریه کردن. لیلا خواست به اتاق او برود، ولی محسن مانع شد و گفت هر دوی آن‌ها نیاز دارند تنها باشند و با خود دربارهٔ آنچه اتفاق افتاده، فکر کنند.

فصل ششم
(آغاز اخراج‌ها از کمپ)

دادگاهِ برادران خوزستانی در ماه اکتبر تشکیل شد و وقتی از دادگاه به کمپ برگشتند، تعداد زیادی از ایرانی‌ها می‌خواستند دربارهٔ جوّ دادگاه و این‌که چه کسانی حضور داشتند سؤال کنند.

تقی گفت: «به جز قاضی و یه منشی کسی پشت میز نبود. این طرف میزم که من و نقی و وکیل‌مون و مترجم بودیم. طرف دیگه یکی از ادارهٔ مهاجرت بود که دلایل رد درخواست پناهندگی ما رو قرائت کرد و بعدش وکیل ما جوابش رو داد. مترجم هم همهٔ حرف‌ها رو برای ما ترجمه می‌کرد. آخر هم قاضی از ما پرسید حرفی دارین بگین که ما هم یک‌سری چیزها به گفته‌های وکیل‌مون اضافه کردیم. قاضی گفت دو تا شش هفتهٔ دیگه رأی دادگاه به وکیل‌مون ابلاغ می‌شه. یک ساعت هم طول نکشید.»

محمد، هم‌اتاقی اکبر، پرسید: «پس ترس نداره، نه؟»

نقی خندید و گفت: «نه بابا، ترس چی؟ مگه می‌خوان بخورنت؟! فوقش می‌گه باید از اینجا بری دیگه.»

دادگاه‌های بعدی به فاصلهٔ یکی دو ماه تشکیل می‌شدند و همه منتظر رأی دادگاه خود بودند. دوباره بازار شایعات داغ شده بود. یکی می‌گفت از وکیلش شنیده که اگر قاضی دوبار به وکیلی حق صحبت بدهد این یعنی احتمالاً جواب مثبت می‌گیرد. دیگری می‌گفت همهٔ این‌ها به قاضی دادگاه بستگی دارد. اگر طرف از خارجی‌ها خوشش نیاید شانس دریافت منفی از دادگاه بیشتر می‌شود. ابراهیم، پسر ترکی که هم‌خانه‌ای محسن بود، می‌گفت: «من که شانس ندارم. می‌بینی همون روزی که دادگاه منه، قاضی که می‌خواد با ماشینش بیاد دادگاه، یهو یه پسربچهٔ خارجی با دوچرخه‌اش می‌پیچه جلوش و به قاضی استرس وارد می‌شه. همون موقع با خودش می‌گه اوکی، امروز که برم سر کار، هر پرونده که از این پناهنده‌ها زیر دستم بیاد بهش منفی می‌دم!» بعد همگی زدند زیر خنده که این دیگر نهایت بدشانسی یک پناهنده می‌تواند باشد.

در اوایل نوامبر نامه‌ای از وکیل دو برادر به دست‌شان رسید مبنی بر پاسخ منفی دادگاه. در این نامه وکیل به آن‌ها گفته بود کار بیشتری از دست او ساخته نیست و اگر مایل به بازگشت به کشورشان هستند، می‌توانند از طریق فی‌فی‌ان با ادارهٔ آی‌اُاِم[1] تماس بگیرند تا ضمن دریافت مقداری پول، تدارک برگشت آن‌ها به کشورشان داده شود.

ناامیدی بسیار شدیدی نه‌تنها در میان ایرانی‌ها بلکه در میان سایر ملیت‌ها ایجاد شده بود و هر هفته نامه‌های منفی از ادارهٔ مهاجرت یا از دادگاه برای پناهنده‌ها ارسال می‌شد. اگر کسی به‌ندرت از ادارهٔ مهاجرت پاسخ مثبت می‌گرفت همه می‌خواستند بدانند آن فرد چه‌جور آدمی است که توانسته با توجه به سیاست‌های سخت‌گیرانهٔ فعلی ادارهٔ مهاجرت اقامت بگیرد. در همین میان شهرام و همسرش سهیلا از ادارهٔ مهاجرت اقامت گرفتند که باعث تعجب همه شد. زمانی که با نامهٔ خود به فی‌فی‌ان آمدند، به

---

[1] I.O.M :مرکزی که به پناهندگانی که جواب منفی دریافت کرده‌اند برای بازگشت به کشورشان کمک می‌کند.

آن‌ها اعلام شد که در مدت شش ماه از طریق یکی از شهرداری‌ها به آن‌ها خانه‌ای داده خواهد شد و از کمپ منتقل می‌شوند.

هنوز زمان تشکیل دادگاه محسن اعلام نشده بود، ولی از این تأخیر خوشحال بود. محسن سعی داشت هرچه زودتر درسش را در یک دانشگاه شروع کند و با خود می‌گفت منطقی به نظر نمی‌رسد کسی را که دانشجو است و با سوبسید درس می‌خواند، اخراج کنند. در واقع او امیدوار بود که درس خواندن در دانشگاه آن هم با سوبسید در بررسی پرونده‌اش تأثیر مثبتی داشته باشد.

در یکی از روزهای یکشنبه که محسن در اتاق خود مشغول درس خواندن بود، ناگهان صدای آمبولانس را از محوطهٔ کمپ شنید. همراه محمد به محوطه رفت و از اکبر که در حال بازگشت به خانه بود شنیدند که نقی، یکی از دو برادری که پاسخ منفی از دادگاه گرفته‌اند، زمانی که در اتاق‌شان تنها بوده خود را حلق‌آویز کرده، ولی تقی که برای برداشتن کیف پولش به خانه برگشته، متوجه شده و او را نجات داده است. سپس مسئولین کمپ به اورژانس تلفن کردند. همان شب در خانهٔ مجردهای شمارهٔ دو، کلی پناهنده جمع شده بود. نقی گردنش باندپیچی شده بود و همه سعی می‌کردند با نصیحت او را آرام کنند. چند روز بعد نقی نامه‌ای را که از ادارهٔ پلیس دریافت کرده بود برای ترجمه به فی‌فی‌ان برد و محسن به همراه اِلیزابت نامه را برای او توضیح دادند. در نامه به نقی که خود را حلق‌آویز کرده بود، یادآوری شده بود که انجام این عمل شانتاژ[1] محسوب می‌شود و نه‌تنها روی تصمیم ادارهٔ مهاجرت و رأی دادگاه تأثیری نخواهد داشت بلکه جرم نیز تلقی می‌شود.

نقی با عصبانیت گفت: «مثل این‌که یک چیزی هم بدهکار شدیم. با تصمیم اشتباه به من و برادرم ضربهٔ روحی زدن و باعث شدن من اقدام به خودکشی کنم، حالا

---

۱ (Chantage): کوشش برای شکست دادن طرف مقابل از طریق تهدید، تحریک، سفسطه و به راه انداختن هیاهو و آشوب، جوسازی.

این‌جوری جواب می‌دن؟ پس این حقوق بشری که می‌گن تو اروپاست، کجاست؟ اینجا که از ایران هم بدتره!»

محسن برای نقی توضیح داد که الیزابت فقط یک کارمند است و وظیفه‌اش ترجمه و توضیح نامه‌هاست، پس درست نیست سرِ او داد بزند.

درست هفتۀ بعد آخرین نامه از ادارۀ مهاجرت به دست آن‌ها رسید که در آن بیست‌وچهار ساعت به تقی و نقی فرصت داده شده بود تا کمپ دونگن را ترک کنند. همان روز، آن دو برادر بیشتر ایرانی‌ها و تعدادی افغانی را که جواب منفی گرفته بودند در سالن اجتماعات جمع کردند و توضیح دادند که آن‌ها اگرچه اولین ایرانی‌هایی هستند که نامۀ ترک کمپ گرفته‌اند، ولی آخرین نفر نخواهند بود. پس بهتر است همین حالا همگی جلوی اخراج آن‌ها را از کمپ بگیرند.

تقی ادامه داد: «این‌که ادارۀ مهاجرت می‌خواد اقامت بده یا نده به قوانین خودشون بستگی داره که به همون قوانین هم اعتراض داریم؛ ولی این‌که ما رو مثل حیوان تو خیابون پرت‌مون کنن بدون این‌که معلوم کنن کجا بخوابیم، چی بخوریم، یه کار غیرانسانی هستش که به گرفتن یا نگرفتن اقامت ربطی نداره. من از چندتا روزنامه‌نگار هم درخواست کردم فردا به کمپ بیان تا ببینن با ما چه‌جوری رفتار می‌کنن. امیدوارم آقا محسن هم فردا درس و مشقش رو بذاره کنار و برای ترجمه حرف‌های ما فردا صبح اینجا کنارمون باشه.»

محسن با این‌که فردا کلاس داشت در کمپ ماند چون معتقد بود دادن و ندادن اقامت حقی است که هر دولتی می‌تواند برای خودش حفظ کند، ولی اینکه انسان‌ها را این‌گونه در خیابان‌ها رها کنند، در آینده برای خود جامعۀ هلند عواقب ناخوشایندی خواهد داشت. صرف‌نظر از این‌که این روش چقدر در برگرداندن پناهنده‌ها به کشورشان مؤثر خواهد بود، بسیاری از آن‌ها برای گذراندن زندگی یا در جامعه مورد سوءاستفاده قرار می‌گیرند یا مرتکب جرم می‌شوند.

فردای آن روز با حضور چند مأمور پلیس و چند خبرنگار که اخراج پناهنده‌ها را از کمپ گزارش می‌کردند اتفاق خاصی رخ نداد و پلیس با آرامش وسایل نقی و تقی را از اتاق‌شان خارج و روی چمن‌های بیرون محوطهٔ کمپ منتقل کرد. نزدیکی‌های شب، یکی از ساکنان شهر دونگن برای آن‌ها یک چادر کوچک آورد و پناهنده‌ها برایشان آب و غذا تهیه کردند تا آن‌ها به مقاومت خودشان ادامه بدهند. شب‌ها در چادر کوچک و در کیسه‌خواب‌هایی که چند هلندی برای آن‌ها آورده بودند، می‌خوابیدند و برای دست‌شویی و دوش پنهانی وارد کمپ می‌شدند و بلافاصله دوباره به چادر خود بازمی‌گشتند. بعد از دو هفته، به دنبال شکایت مسئولین کمپ که چمن‌های پشت حصار را هم جزوی از کمپ می‌دانستند و معتقد بودند که کسی اجازه ندارد آنجا چادر بزند، پلیس چادر آن‌ها را برای همیشه جمع کرد.

در اواخر سال ۲۰۰۲، تعداد پناهندگانی که حکم اخراج از کمپ را گرفته بودند به‌شدت افزایش یافت. کسانی که ترک خاک می‌گرفتند دو دسته می‌شدند: گروهی که می‌خواستند به صورت غیرقانونی در هلند به زندگی ادامه بدهند و گروهی که از خیر پناهندگی می‌گذشتند و می‌خواستند به کشور خود برگردند. دستهٔ اول قبل از این‌که پلیس به درِ اتاق آن‌ها بیاید خودشان شبانه کمپ را ترک می‌کردند. آن‌ها اقوام یا آشنایی داشتند که نزدشان بروند یا راه‌حل دیگری پیدا می‌کردند تا با پلیس برخورد نداشته باشند چون زندگی غیرقانونی خودش جرم محسوب می‌شد و حتی صحبت از آن بود کسانی که به افراد اخراج‌شده کمک کنند، خودشان هم مجرم محسوب خواهند شد.

دستهٔ دوم کسانی بودند که داوطلبانه می‌خواستند به کشور خودشان برگردند. این دسته به کمپ‌های موقت منتقل می‌شدند تا در مدت حداکثر دو ماه کارهای اخراج‌شان از هلند به کمک آی‌اوام انجام شود. برای آن‌که پناهنده‌ها به برگشت داوطلبانه به کشور خود تشویق شوند، مشوق‌هایی برای آن‌ها در نظر گرفته شده بود، از جمله به هر فرد مجرد مبلغ دو هزار یورو داده می‌شد.

تا اوایل سال ۲۰۰۳، همهٔ ایرانی‌های مجرد اتاق شمارهٔ دو ترک خاک گرفته بودند. پنج نفر از آن‌ها داوطلبانه به ایران برگشتند، یک نفر از هلند به انگلیس رفت و از سرنوشت دو برادر خوزستانی اطلاعی در دست نبود. برگشت داوطلبانه نه‌تنها در بین ایرانی‌ها بلکه در ملیت‌های دیگر هم شروع شده بود. شرایط سخت قبول درخواست پناهندگی در هلند چنان حس ناامیدی بین پناهنده‌ها ایجاد کرده بود که کسانی که انگیزهٔ کافی برای ماندن نداشتند به فکر برگشت به کشور خود می‌افتادند یا تلاش می‌کردند به انگلیس بروند چون گفته می‌شد در اروپا تنها انگلیس است که نمی‌تواند اثر انگشت را از سایر کشورهای اروپایی کنترل کند.

مسلماً این حس ناامیدی در محسن نیز به‌وجود آمده بود. در پایان سال ۲۰۰۲، محسن امتحانات سطح متوسطه را با موفقیت به پایان رساند و دورهٔ سطح عالی زبان هلندی را در سال جدید شروع کرد. با وجود این، اصلاً احساس شادی نداشت، حتی در ایام کریسمس که حال و هوای همه‌جا شاد بود. از آنجا که محسن در فی‌فی‌ان کار می‌کرد، هر دفعه می‌دید که چگونه دسته‌دسته نامه‌های ترک خاک برای پناهنده‌ها ارسال می‌شود. هر روز که لیست نامه‌های رسیده به کمپ را کنترل می‌کرد تا ببیند آیا نامه‌ای برای او رسیده یا نه، به دلهره دچار می‌شد.

صدای زنگ ساعت محسن، صبح دوشنبه ساعت ۶:۳۰ او را بیدار کرد. بعد از دوش گرفتن و پوشیدن لباس، درد دندان به یاد او آورد که امروز قرار دندان‌پزشکی دارد و از آنجا که از سال جدید هر پناهنده باید خودش به دندان‌پزشکی می‌رفت، محسن آدرس مطب را در جیبش گذاشت و از خانه خارج شد. با اتوبوس به تیلبورخ و از آنجا با قطار به شهری رفت که مطب دندان‌پزشکی آنجا بود.

زمانی که وارد شد منشی با عصبانیت گفت: «شما ساعت ۸:۴۵ وقت داشتید، ولی الآن ساعت ۹:۱۵ هست. قرار در هلند مهمه و باید یاد بگیرید که به موقع سر قرار حاضر بشید.»

محسن تقویم خودش را باز کرد و گفت: «ببخشید. مثل این‌که من ساعت قرار ملاقات رو اشتباه متوجه شدم چون توی تقویم خودم ساعت ۹:۱۵ نوشته‌ام.»

بعد از یک ساعت، بالاخره منشی به او اجازه داد تا وارد اتاق دندان‌پزشک شود.

وقتی روی صندلی مخصوص نشست، دندان‌پزشک که بار قبل دندانش را بدون بی‌حسی پُر کرده بود، با عصبانیت گفت: «شما تأخیر داشتید و این قابل بخشش نیست!»

محسن توضیح داد که هلندی او هنوز زیاد خوب نیست و در زبان هلندی بین گفتن ۸:۴۵ و ۹:۱۵ تفاوت کمی وجود دارد برای همین او زمان قرار را اشتباه متوجه شده است. دندان‌پزشک بار دیگر گفت: «آدم همیشه می‌تونه برای تأخیرش بهونه بیاوره.»

محسن گفت: «قبول دارم اشتباه کردم، ولی خواهش می‌کنم مثل دفعهٔ قبل بدون بی‌حسی دندونم رو پُر نکنید و حتماً بی‌حس کنید.»

دندان‌پزشک با تندی گفت: «از شما خواهش می‌کنم وظیفهٔ من رو به خودم گوشزد نکنید و به جای این کار تلاش کنید سر وقت به قرارهاتون برسید.» سپس پشت خود را به محسن کرد و بعد از یک دقیقه، درحالی که آمپول بسیار بزرگی در دست داشت، به طرف محسن چرخید و گفت: «حتماً تعجب می‌کنید که چرا این آمپول بزرگه. تعجب نداره، برای این‌که این آمپول علاوه بر این‌که دندون‌تان رو بی‌حس می‌کنه، هلندی شما رو هم بهتر می‌کنه.» بعد از این حرف آمپول را وارد دهان محسن کرد و تزریق را انجام داد. محسن درد زیادی را در دهان خود حس کرد. پُر کردن دندان برخلاف دفعهٔ قبل هیچ دردی نداشت و محسن با خوشحالی به کمپ برگشت.

روز بعد، وقتی محسن صبح زود سوار اتوبوس شد تا به تیلبورخ برود، با کمال تعجب متوجه شد که حرف بقیه را می‌فهمد. با کمال تعجب به صورت دانش‌آموزان نگاه می‌کرد و کاملاً می‌فهمید که مثلاً دربارهٔ دعوای که شب قبل با مادرش داشته صحبت می‌کند. به یکی از پسرها که روبه‌روی او نشسته بود و دربارهٔ بازی فوتبال شب قبل با

پسر دیگری که کنارش بود صحبت می‌کرد، نگاه کرد و گفت: «من هم اون بازی رو دیدم. معرکه بود. فقط حیف که خط حملهٔ خوبی نداشتن و نتونستن از فرصت‌هاشون به‌خوبی استفاده کنن.»

هر دو پسر با سر حرف‌های محسن را تأیید کردند و محسن متوجه شد که آن‌ها حرف‌های او را فهمیده‌اند. چنان حس خوبی داشت که مثل دیوانه‌ها با همه دربارهٔ همه‌چیز صحبت می‌کرد و خیلی‌ها تعجب می‌کردند که چرا او خود را وارد بحثشان می‌کند بدون آن‌که به او ربطی داشته باشد. محسن با خود گفت: «هرچند دکتر بداخلاقی بود، ولی این آمپولی که به من زد واقعاً زندگی منو از حالا تغییر می‌ده.»

محسن احساس کرد که دیگر آن احساس بدی را که قبلاً داخل اتوبوس داشت، ندارد و فهمید که آن احساس مربوط به این بود که حرف‌های اطرافیانش را نمی‌فهمید. با این‌که خیلی خوشحال بود، از خودش می‌پرسید نکند خواب می‌بینم؟ مگر می‌شود با یک آمپول این‌قدر زبانم خوب شود؟ نکند ...

درینگ... درینگ... درینگ... صدای زنگ ساعت محسن بود که صبح دوشنبه ساعت ۶:۳۰ او را بیدار کرد. بعد از دوش گرفتن و پوشیدن لباس به سوی ایستگاه اتوبوس رفت. در اتوبوس باز صحبت‌ها برای او نامفهوم بودند و آن موقع فهمید آنچه می‌پنداشته، خوابی بوده که دیشب دیده است و تنها واقعیت دندان‌دردی بود که محسن داشت.

موقعی که به کمپ برگشت اسم خودش را در لیست کسانی دید که نامه داشتند. چنان ترسی وجودش را گرفت که نمی‌توانست به پذیرش برود و نامه‌اش را بگیرد. با خودش گفت: مرگ یک بار، شیون هم یک بار. بالاخره باید بدانم دادگاه چه موقع تشکیل می‌شود.

مرد چاقی که در پذیرش بود، در بین نامه‌ها جست‌وجو کرد و دو نامه به دست محسن داد. ظاهر نامه‌هایی که زمان تشکیل دادگاه را به پناهنده‌ها اعلام می‌کردند برای محسن شناخته‌شده بود و یکی از نامه‌ها همان نامه بود که در آن اعلام شده بود که در

روز ششم ماه جولای دادگاه او در شهر زواله[1] تشکیل خواهد شد. نامهٔ دوم از دفتر وکیلش بود که در آن آمده بود به دلیل مهاجرت به آمریکا، دیگر در هلند وکالت نمی‌کند و موکل‌هایش باید وکیل دیگری برای خود انتخاب کنند.

زمانی که محسن در اتاق لیلا روی تخت آرش نشسته بود و لیلا نامه‌ها را می‌خواند، محسن با لبخند گفت: «جالبه، داره واسم دادگاه تشکیل می‌شه، ولی هنوز قیافهٔ یک وکیل رو تو هلند ندیدم.»

لیلا گفت: «محسن، از کارات سر درنمی‌آرم. تو در فی‌فی‌ان کار می‌کنی، جایی که وکیل برای پناهنده‌ها تعیین می‌کنن. چرا نمی‌ری به همکارات بگی یه وکیل خوب برات پیدا کنن؟!»

محسن جواب داد: «گاهی به فکرم افتاده برم ازشون کمک بخوام، ولی با خودم گفتم ممکنه تصور کنن چون اونجا کار می‌کنم می‌خوام از موقعیتم سوءاستفاده کنم.»

لیلا با خندهٔ مزحکی گفت: «واقعاً مسخره‌ست حرفت! تو مثل بقیه این حق رو داری که وکیل داشته باشی. حتی بعضی از پناهنده‌ها اگه وکیلی رو خودشون بشناسن و اون وکیل هم وکالت‌شون رو قبول کنه، می‌تونن اسمش رو به‌عنوان وکیل انتخابی به فی‌فی‌ان اعلام کنن.»

محسن گفت: «من تا حالا ندیدم کسی بیاد فی‌فی‌ان و بگه فلانی وکیلم باشه.»

لیلا جواب داد: «از همکارات سؤال کن، بهت می‌گن.»

دو روز بعد که محسن برای کار وارد فی‌فی‌ان شد، اکبر و مژگان را دید که روی صندلی اتاق انتظار نشسته بودند و نامه‌هایی شبیه به هم دستشان بود. بعد از احوال‌پرسی، اکبربا خنده گفت: «برای این‌که ما احساس نکنیم ادارهٔ مهاجرت بین شما

و ما تبعیض قائل شده، روز بعدی که شما نامهٔ دادگاه گرفتی واسه ما هم نامه فرستادن. تاریخش پانزدهم و هفدهم جولای هست. حالا اومدیم ببینیم چه کار باید بکنیم.»

میراندا از اتاق خودش بیرون آمد و تا نامه‌ها را توی دست محسن دید، از او پرسید: «واسه تو هم اومدن؟»

محسن گفت: «آره. یکی از دفتر وکیلم و یکی از دادگاه.»

میراندا به محسن گفت: «لیلیان تازه به اتاق شمارهٔ سه رفته و کسی پیشش نیست. الآن برو اونجا منم دو سه دقیقه دیگه می‌آم پیش‌تون.»

محسن به اکبر و مژگان گفت: «من برم اول نامهٔ خودم رو بدم، بعدش می‌آم تا شما برین پیش لیلیان که مسئول کمک به کسانی هستش که این‌جور نامه‌ها رو دریافت می‌کنن.»

در اتاق شمارهٔ سه، لیلیان و میراندا نامه‌ها را خواندند و به محسن گفتند اول باید یک وکیل پیدا کند. محسن پرسید: «حقیقت داره که پناهنده می‌تونه برای خودش وکیل انتخاب کنه؟»

لیلیان گفت: «اگه وکیل وکالتش رو قبول کنه، آره می‌شه ولی چون دستمزدهایی که وکلا برای پرونده‌های پناهنده‌ها می‌گیرن بالا نیست، معمولاً وکلای خوب وقت‌شون رو برای همچین پرونده‌هایی نمی‌ذارن.»

میراندا پرسید: «محسن، مگه تو وکیل خوبی رو سراغ داری؟»

محسن گفت: «نه، سراغ ندارم.» آهی کشید و ادامه داد: «برام جای تأسف داره که پرونده‌ام داره به دادگاه می‌ره و هنوز یه وکیل رو از نزدیک ندیدم.»

لیلیان با تعجب پرسید: «مگه تا حالا برای پرونده‌ات با وکیلت قرار ملاقات نداشتی؟!»

محسن لبخند مسخره‌ای زد و گفت: «وکیل اولم موقع قرار ملاقات مریض بود و حرف‌هام رو مترجم برای منشی ترجمه کرد که بعداً به وکیل بده. بعدشم که نامه

رسید، آقای وکیل دیگه وکالت نمی‌کنه. وکیل دومم هم که موقع قرارملاقات به تعطیلات رفته بود و خانم وکیل تشریف نداشتن. موضوع رو به میراندا گفتم. اون می‌خواست به منشی وکیل تلفن کنه و به این نوع قرار ملاقات گذاشتن اعتراض کنه که نمی‌دونم بعدش چی شد.»

میراندا با ابراز تأسف و عذرخواهی گفت که فراموش کرده دربارهٔ قرار ملاقات محسن با وکیلش تماس بگیرد. لیلیان با تعجب به محسن نگاه کرد و گفت: «پس یعنی تو تا حالا هیچ کمکی از وکیلی نگرفتی، درسته؟»

محسن با سر حرف لیلیان را تأیید کرد. میراندا رو کرد به لیلیان و پرسید: «تو خودت وکیل خوبی رو می‌شناسی؟»

لیلیان گفت: «من یه وکیل خوب می‌شناسم که متخصص پرونده‌های پناهنده‌هاست، ولی چون کلی موکل داره بعید می‌دونم موکلی رو خارج از روند معرفی ادارهٔ مهاجرت قبول کنه.»

میراندا گفت: «شماره‌اش رو بده من امروز زنگ می‌زنم و همهٔ تلاشم رو می‌کنم که پروندهٔ محسن رو قبول کنه.»

بعد از محسن، اکبر و مژگان با لیلیان قرار ملاقات داشتند. لیلیان ضمن ارسال کپی نامه به وکیل، از آن‌ها خواست با توجه به این‌که شانس دریافت جواب مثبت از دادگاه بسیار پایین است، از حالا به فکر راه‌های دیگر از جمله برگشت به ایران هم باشند. در بیرون از اتاق مژگان به محسن گفت: «فی‌فی‌ان که مثلاً کارش کمک و حمایت از پناهنده‌هاست، به جای این‌که ناامیدی ما رو کم کنه، بیشتر هم می‌کنه و می‌گه از حالا به فکر برگشت باشین.»

محسن گفت: «این توصیه فقط مربوط به شما یا ایرانی‌ها نیست. نامه‌ای به فی‌فی‌ان ارسال شده که اگه پناهنده‌ای به دادگاه معرفی شده، فی‌فی‌ان ضمن کمک به پناهنده بهش هشدار بده که شانس دریافت جواب مثبت از دادگاه در شرایط فعلی هلند

کمه و پناهنده باید به فکر راه‌های دیگه‌ای هم برای آیندهٔ خودش باشه، از جمله برگشت به کشورش به کمک مشوق‌های مالی که داده می‌شه.»

در پایان روز کاری، میراندا به محسن اطلاع داد که با منشی وکیلی که لیلیان معرفی کرده بود یک ربع تلفنی صحبت کرده و همهٔ تلاششن را کرده تا او را قانع کند که پروندهٔ محسن را قبول کند، ولی متأسفانه به خاطر حجم بالای پرونده‌هایی که وکیل به عهده گرفته است، هیچ پرونده‌ای را خارج از پروسهٔ ادارهٔ مهاجرت قبول نمی‌کند. برای همین محسن باید صبر کند تا فی‌فی‌ان وکیل جدیدی برای او انتخاب و به او معرفی کند و آن وکیل با محسن قرار ملاقات بگذارد.

محسن در حال خروج از فی‌فی‌ان به فارسی به میراندا گفت: «هیچ فرقی نمی‌کنه. دیگه هیچ فرقی نمی‌کنه!»

میراندا پرسید: «اینی که گفتی یعنی چی محسن؟»

محسن به هلندی گفت: «یعنی بی‌خیال.» و خداحافظی کرد و از آنجا خارج شد.

آن شب لیلا از محسن پرسید: «فکر می‌کنم این چند روز زیاد درس‌های هلندی رو جدی نمی‌گیری و به کار و درس دل نمی‌دی، درسته عزیزم؟»

محسن آهی کشید و گفت: «گاهی با خودم می‌گم با کلی زحمت درس بخونم و فرض که بتونم درسم رو تموم کنم، خوب بعدش چی؟ نهایتاً ادارهٔ مهاجرت متوجه می‌شه یه پناهنده با زحمت و پشتکار زیاد و توی شرایط سخت درسش رو تموم کرده. اونم با پول سوبسیدی که دولت بهش داده. فکر می‌کنی واقعاً درس خوندن یه پناهنده تو این شرایط سخت در روند بررسی پروندهٔ پناهندگیش تأثیری داره؟ من که فکر نمی‌کنم. ضمن کار کردن در فی‌فی‌ان به این نتیجه رسیدم که این‌ها هر چیزی رو جداگانه بررسی می‌کنن. چند روز پیش، یه پناهندهٔ اهل لیبی که کلی خلاف تو هلند انجام داده بود و حتی چند روزی به خاطر سرقت و کتک‌کاری زندان بود، با نامهٔ دریافت

اقامت به فی‌فی‌ان اومده بود. من دقیقاً نمی‌دونم مشکل این بابا تو کشور خودش چی بوده، ولی طرز زندگیش تو این یک سالی که هلند بوده نشون داده که آدم خلافکاریه و در آینده با این اقامتی هم که گرفته یه فرد مفید برای جامعهٔ هلند نخواهد بود. همهٔ این‌ها نشون می‌ده که پروسهٔ درخواست پناهندگی کاملاً جدا از طرز رفتار تو، نوع و سطح تحصیلات تو و … هستش و این به نظر من کاملاً اشتباهه چون این فرد بعدها وارد جامعهٔ هلند می‌شه، جایی که دیگه کسی به دلایل پناهندگی فرد کاری نداره.»

لیلا گفت: «هر کسی از نظر خودش به مسئله نگاه می‌کنه. چون تو خودت تحصیل‌کرده‌ای، فکر می‌کنی این باید نکتهٔ مثبتی در بررسی پروندهٔ پناهندگی افراد در نظر گرفته بشه.»

محسن گفت: «پس معلومه هنوز منو نشناختی! توی همین کمپی که ما زندگی می‌کنیم، افرادی هستن که تو کشور خودشون مرتکب قتل شدن و مجازات چنین جرمی تو کشورشون اعدامه. خب یکی از دلایل مهم پناهندگی هم همینه. یعنی اگه در کشور خودت جونت در خطر باشه، حق داری درخواست پناهندگی کنی و شانس گرفتن اقامت هم برای همچین فردی بالاست. همچین آدمی که قاتله حق داره اقامت بگیره، ولی یه فرد تحصیل‌کرده که به خاطر اختلاف نظرات سیاسی از مملکتش فرار کرده اینجا، نمی‌تونه اقامت بگیره چون می‌گن اگه در مملکت خودت به خاطر همچین جرمی دستگیر می‌شدی، حداکثر به چند سال زندان محکوم می‌شدی. پس مشکلت خطر جانی برات به همراه نداشته و همین استدلال شانس دریافت اقامت این فرد رو کاهش می‌ده. من نمی‌خوام همهٔ کسانی رو که اقامت می‌گیرن قضاوت کنم که به ناحق اقامت گرفتن یا کسانی که اقامت نگرفتن می‌بایست اقامت بگیرن. منظورم هم این نیست که فقط به تحصیل‌کرده‌ها اقامت بدن. من فقط می‌خوام بگم در کنار فاکتورهایی که برای اعطای اقامت در نظر گرفتن، باید به نکات دیگه‌ای هم توجه بشه. همین.»

لیلا گفت: «این وکیلی که لیلیان برات پیدا کرده، چرا خودت یه نامه براش نمی‌نویسی؟»

محسن گفت: «میراندا با منشی اون کلی حرف زده، اما قبول نکرده.»

لیلا گفت: «من فکر می‌کنم اگه خودت یه نامه براش بنویسی، اثرش بیشتره چون اولاً نامه‌ها رو خود وکیل‌ها می‌خونن و ممکنه نظر وکیل با نظر منشی یکی نباشه. ثانیاً وقتی ببینه هلندی تو در این حده که می‌تونی چنین نامه‌ای رو شخصاً بنویسی، ممکنه برای قبول وکالت انگیزهٔ بیشتری داشته باشه و حتی قبول کنه. محسن جان، الآن موقع ناامیدی نیست. درست زمانی که اکثراً ناامیدن، همون موقع باید بیشتر تلاش کنی. این ناامیدی جز این‌که به تلاشت برای درس خوندن و رسیدن به اهدافت لطمه وارد کنه، ثمرهٔ دیگه‌ای برات نداره عزیزم.»

صحبت‌های لیلا باعث شد محسن برای وکیل نامه بنویسد و توضیح بدهد که تا حالا با هیچ وکیلی در هلند ملاقات نداشته و پس از دریافت پاسخ منفی از ادارهٔ مهاجرت و به دنبال آن اعتراض به این پاسخ، وقت دادگاه برای او تعیین کرده‌اند. سپس توضیح داد که از یواَآف بورسیه تحصیلی دریافت کرده و می‌خواهد برای خودش در هلند آیندهٔ خوبی بسازد، برای همین محسن از او می‌خواهد که وکالتش را قبول کند.

دو هفته بعد از ارسال نامه، جوابی از وکیل رسید و ضمن ابراز تعجب از روند بررسی پروندهٔ محسن، قبول کرد که وکالت پرونده را به عهده بگیرد. در نامه، اجازه‌نامه‌ای بود که محسن می‌بایست امضا کند و برای وکیل جدیدش بفرست تا او بتواند کپی پروندهٔ محسن را از وکیل قبلی درخواست کند. همچنین او برای وکلای قبلی محسن نامه‌های انتقادی ارسال کرده بود که چرا بدون مسئولیت با آیندهٔ یک پناهنده بازی کرده‌اند. همراه نامه برای محسن لیستی از قرارهای ملاقاتی ارسال کرده بود که برای او هفته‌ای یک یا دو بار گذاشته بود تا پروندهٔ او را از اول با هم بررسی کنند و دربارهٔ دلایل پاسخ منفی

ادارهٔ مهاجرت به محسن گفت‌وگو کنند. وکیل متذکر شده بود که از آنجا که فرصت زیادی تا دادگاه محسن باقی نمانده است، آن‌ها باید قرار ملاقات‌های فشرده داشته باشند.

دریافت این نامه احساس خوبی به محسن داد. هرچند محسن می‌دانست که نقش وکیل در روند بررسی پروندهٔ یک پناهنده ناچیز است، ولی همین که پناهنده‌ای احساس کند وکیل مشکلش را جدی تلقی کرده و کسی هست که برای بررسی مشکلش وقت صرف کند، احساس دلگرمی به او دست خواهد داد. درآن دوره، درهلند پاسخ منفی به صورت دسته‌جمعی داده می‌شد و محسن در فی‌فی‌ان متوجه شده بود که پروسهٔ بررسی یک پرونده در واقع فقط برای این است که از نظر قانونی نشان داده شود که مشکل یک پناهنده بررسی شده است، ولی در اصل از قبل مشخص بود که اکثر پناهنده‌ها مخصوصاً مجردها ترک خاک خواهند گرفت.

نامهٔ وکیل جدید بار دیگر انگیزهٔ ازدست‌رفتهٔ محسن را به او برگرداند تا بتواند برنامه‌هایی را که برای آینده‌اش داشت، دنبال کند. وقتی محسن به اتفاقاتی که برایش در چند هفتهٔ گذشته رخ داده بود فکر کرد، به نکتهٔ مهمی پی برد که بعدها در ادامهٔ زندگی‌اش در هلند خیلی به او کمک کرد. محسن نکته‌ای را که متوجه شده بود، در شبی که جشن کوچکی بر پا کرده بودند برای لیلا، مژگان و اکبر بیان کرد.

وقتی محسن با نامهٔ وکیل جدیدش به خانهٔ لیلا رفت و لیلا نامه را خواند، قرار شد شب جشن کوچکی در خانهٔ لیلا بر پا کنند و از مژگان و اکبر هم برای جشن دعوت کردند. بعد از غذا خوردن، زمانی که وقت خواب آرش رسیده بود، چهار نفری دور هم نشستند و مژگان پرسید: «معلومه وکیل خوبیه. می‌شه ازش درخواست کنیم که پروندهٔ من و اکبر رو هم قبول کنه؟»

اکبر گفت: «وکیل ما هم خوبه. تا حالا چندبار قرار ملاقات گذاشته و نکات خوبی رو هم بهمون گفته.»

لیلا که در آشپزخانه مشغول دم‌کردن چای بود، گفت: «من که می‌گم همهٔ این‌ها الکیه و فقط باید شانس داشته باشی تا اقامت بگیری.»

اکبر هم حرف او را تأیید کرد. محسن گفت: «ما چهار نفر حدوداً دوسالی هست که همدیگه رو می‌شناسیم. خواهش می‌کنم چیزی رو که الآن می‌خوام بهتون بگم، تا زمانی که اقامت می‌گیرین و یا حتی بعد از گرفتن اقامت فراموش نکنید! وقتی نامهٔ اعلام تاریخ دادگاه دستم رسید، مثل خیلی از پناهنده‌های دیگه احساس خیلی بدی داشتم. حس ناامیدی همراه با پشیمونی و خیلی احساسات بد دیگه. نامهٔ وکیل جدید این احساسات رو از بین برد، برای همین از خودم پرسیدم چه اتفاقی افتاد که احساسات من عوض شدن؟ من خودم تو فی‌فی‌ان کار می‌کنم و بهتر از هر کسی می‌دونم که وکیل نمی‌تونه کار زیادی برای پناهنده انجام بده. نه این‌که می‌تونه و نخواد انجام بده، نه! نمی‌تونه کار زیادی انجام بده. مهم‌ترین مسئله اینه که پناهنده مشکلش چیه و چطوری مشکلاتش رو برای ادارهٔ مهاجرت توضیح داده و چقدر تونسته برای مشکلاتش مدارک تحویل ادارهٔ مهاجرت بده.

دوباره برمی‌گردم به سؤالی که از خودم پرسیده بودم که چرا وقتی نامهٔ وکیل جدید رو گرفتم، احساسات بدی که داشتم تغییر کردن.»

اکبر گفت: «چون فهمیدی وکیلت شانس تو رو برای دریافت اقامت افزایش می‌ده، واسه همینم خوشحال شدی و امشب جشن گرفتی.»

محسن گفت: «درسته، در واقع در من امید زنده شد. می‌خوام بگم، توی این کشور که ما غریب هستیم، هیچ‌کس بهتر از خودمون نمی‌تونه بهمون کمک کنه. بهترین کمکی که ما می‌تونیم به خودمون بکنیم اینه که در هر شرایطی امید خودمون رو از دست ندیم.»

مژگان گفت: «با حرف‌تون موافقم آقا محسن، ولی کار سختیه. آخه امید الکی که همین اکبر گاهی به خودش می‌ده مثل این می‌مونه که آدم به خودش دروغ بگه.

داریم می‌بینیم که هر روز عده‌ای رو دارن از کمپ اخراج می‌کنن و تو خیابون پرت‌شون می‌کنن. حالا به چی امیدوار باشیم؟»

محسن گفت: «مژگان جان، اگه دقت کنی اکثر کسانی که برگشتن به کشورشون یا تو فکر برگشت هستن یا می‌خوان برن انگلیس، کسانی هستن که برای زندگی‌شون اینجا برنامه‌ای نداشتن و ندارن. این‌که می‌خوان چه کاره بشن، چه جوری زندگی کنن و....»

لیلا گفت: «ای بابا محسن، مثل این‌که متوجه نیستی؟! وقتی اجازه نداری اینجا زندگی کنی، چه جوری واسه زندگیت برنامه‌ریزی کنی؟ اصلاً چرا باید برنامه‌ریزی کنی وقتی می‌دونی بهت اجازه نمی‌دن اینجا زندگی کنی؟»

محسن گفت: «این نداشتن اجازه‌ای که می‌گی، روی کاغذی هست که دستت دادن، ولی در اصل این تو هستی که بالاخره تصمیم می‌گیری بمونی یا بری و اگه واقعاً تصمیم داری اینجا رو واسه زندگیت انتخاب کنی، حالا به هر دلیلی، باید واسه رسیدن به تصمیمت تلاش کنی که البته کار ساده‌ای هم نیست. توی این راه چند نکته هست که به تو کمک می‌کنن. مهم‌ترینش داشتن امیده. برای داشتن امید باید هدف داشته باشی چون امید یعنی این‌که تو امیدواری به چیزی برسی که همون هدفت می‌شه. برای رسیدن به اون هدف برنامه‌ریزی لازمه. این‌که تو صبح بلند بشی بگی من امروز می‌خوام ده کلمه هلندی یاد بگیرم و اون کلمه‌ها رو به کار ببرم، پس برم یه هلندی پیدا کنم تا باهاش صحبت کنم. یا این‌که بگی امروز می‌خوام برم جایی مجانی کار کنم تا اون کار رو یاد بگیرم، مثلاً این‌که چه جوری می‌شه پنچری لاستیک دوچرخه رو تعمیر کرد. این‌ها مثال‌های کوچیکی هستن، ولی نشون می‌دن که تو برای هر روزت برنامه داری. صرف‌نظر از این‌که از ادارهٔ مهاجرت یا دادگاه چه نامه‌ای برات ارسال می‌شه. الآن از شماها می‌پرسم: کدوم یکی از شماها کلاس هلندی شرکت می‌کنین؟»

مژگان گفت: «داخل کمپ فقط کسانی که پاسخ منفی از ادارهٔ مهاجرت ندارن می‌تونن توی کلاس‌های زبان هلندی شرکت کنن. اکثر پناهنده‌ها هم که پاسخ منفی رو همون اول که وارد کمپ میشن دریافت می‌کنن، پس فقط ده دوازده نفری که اقامت گرفتن یا هنوز پاسخ منفی دریافت نکردن تو کلاس‌ها شرکت می‌کنن. حالا شما بازم بگو که ما باید امیدوار باشیم! وقتی نمی‌ذارن سر کلاس بریم، به چی امیدوار باشیم؟»

محسن گفت: «اولاً من خودم قبل از گرفتن بورسیه، تیلبورخ کلاس می‌رفتم. ثانیاً این حرفت یعنی این‌که تو به دیگران از جمله ادارهٔ مهاجرت این اجازه رو می‌دی که واسه زندگیت تصمیم بگیرن که تو حق داری هلندی یاد بگیری یا نه و این همین نکته‌ای بود که گفتم. ما فقط خودمون حق داریم واسه زندگیمون تصمیم بگیریم و اگه این حق رو واسه خودمون قائلیم، باید واسه تصمیماتی که می‌گیریم زحمت بکشیم و تلاش کنیم. مشکل اینه که اکثر ما دوست داریم در نهایت راحتی چیزی رو که می‌خوایم به دست بیاریم و بهمون داده بشه و اگه بهمون ندادن، می‌گیم خب ما می‌خواستیم هلند بمونیم، ولی اجازه ندادن.»

در پایان جشن، اکبر به خانهٔ خود برگشت و مژگان با کسی قرار داشت که بعد از رفتن اکبر او هم از خانه خارج شد. موقع خداحافظی، محسن بار دیگر از لیلا بابت جشن تشکر کرد.

لیلا گفت: «من از آینده می‌ترسم. از این‌که ما رو از هم جدا کنن.»

محسن گفت: «عزیزم، ممکنه هزار تا نامهٔ ترک خاک برای ما بفرستن، ولی با امیدهای ما چی کار می‌کنن؟»

در اواخر ماه مه، محسن امتحانات دورهٔ پیشرفتهٔ زبان هلندی را با موفقیت به اتمام رساند و توانست مدرک دانشگاهی زبان هلندی را از دانشگاه تیلبورخ دریافت کند. سپس برای امتحان سراسری ان‌تی۲ ثبت‌نام کرد. او باید بیستم جولای۲۰۰۳ در امتحانات شرکت می‌کرد، یعنی تقریباً دو هفته بعد از تشکیل دادگاهش. محسن مدارک

زبانش را برای یوآاف ارسال کرد و مسئول پرونده که جوانی حدوداً سی ساله به اسم جورج بود، برای محسن قرار ملاقات حضوری گذاشت. طی ملاقات، جورج به محسن خاطرنشان کرد که هرچند مدرک دانشگاهی زبان را دریافت کرده، ولی برای ورود به دانشگاه داشتن مدرک ان‌تی۲ شرط ضروری است. هم محسن و هم جورج امیدوار بودند که محسن بیستم جولای این مدرک را به دست بیاورد.

به جز مدارک زبان، محسن از طریق یوآاف مدرک پزشکی خودش را برای ارزیابی به مؤسسۀ مربوطه فرستاد و آن‌ها سه سال از دورۀ محسن را قبول کردند. این بدان معنا بود که اگر محسن می‌خواست رشتۀ پزشکی را در هلند ادامه بدهد، باید چهار سال دیگر در این رشته تحصیل می‌کرد.

سپس آن‌ها دربارۀ رشته‌ای که محسن قصد داشت در آن تحصیل کند، صحبت کردند. محسن دوباره عنوان کرد که می‌خواهد پزشکی را ادامه بدهد تا به‌عنوان یک پزشک در هلند کار کند.

جورج کمی با حالت تأثر به محسن نگاه کرد و گفت: «متأسفانه تو اجازه نداری در این رشته تحصیل کنی.»

محسن با تعجب پرسید: «اجازه ندارم؟! منظورت چیه؟ چرا؟»

جورج محسن را به آرامش تشویق کرد و گفت: «همون‌طور که می‌دونی، تو باید چهارسال درس بخونی تا مدرک بگیری.»

محسن گفت: «آره می‌دونم. اشکالی نداره. من مطمئنم که می‌تونم این دوره رو با موفقیت به پایان برسونم.»

جورج گفت: «من هم مطمئنم محسن، ولی چون تو از ادارۀ مهاجرت پاسخ منفی دریافت کردی، یوآاف می‌تونه حداکثر دو سال برای ادامۀ تحصیلت به تو سوبسید بده نه بیشتر. پس باید رشته‌ای رو انتخاب کنی که بتونی توی دو سال مدرکش رو بگیری.»

محسن که هنوز متوجه نشده بود موضوع چیست، گفت: «یعنی پس یوآاف نگاه می‌کنه ببینه آیا یه پناهنده ارزش سرمایه‌گذاری داره یا نه، درسته؟»

جورج خیلی جدی گفت: «تا وقتی پناهنده اقامت بگیره و سر کار بره، یوآاف بهش کمک می‌کنه. ۶۰درصد از این کمک‌های مالی رو باید برگردونه. حالا اگه پناهنده‌ای از هلند اخراج بشه، تمام سرمایه‌گذاری یوآاف از دست می‌ره. پس کاملاً طبیعی هستش که ما به درصد شانسی که یه پناهنده برای دریافت اقامت داره، توجه کنیم و بر همین اساس بهش کمک کنیم.»

محسن گفت: «الآن شما می‌دونین که من از ادارهٔ مهاجرت جواب منفی گرفتم و شانس این‌که دادگاه این منفی رو لغو کنه، کمه، کمه. پس چرا هنوز دارین به من کمک می‌کنین؟»

جورج نگاهی به محسن کرد و پس از لحظه‌ای سکوت گفت: «فکر نمی‌کردم این‌قدر ناامید باشی. من همیشه فکر می‌کردم تو یکی از امیدوارترین و باپشتکارترین شاگردهای ما هستی.»

محسن گفت: «هستم ولی می‌بینم که یوآاف اجازه نمی‌ده من تو رشته‌ای که دوست دارم ادامه تحصیل بدم.»

جورج گفت: «این قانون تنها مربوط به تو نمی‌شه. از طرفی می‌تونیم با هم بقیه رشته‌ها رو ارزیابی کنیم و من مطمئنم می‌تونیم رشته‌ای رو پیدا کنیم که هم دوست داشته باشی و هم ظرف دو سال تموم کنی.»

سپس جورج دفترچه‌ای قطور را که حاوی همه رشته‌های تحصیلی دانشگاه‌های هلند بود به محسن داد و گفت: «این دفترچه رو همراه خودت ببر و نگاه کن چه رشته‌ای رو دوست داری. سعی کن دانشگاهی رو انتخاب کنی که نزدیک کمپت باشه.»

در روزهای بعد محسن در این فکر بود که چه رشته‌ای را دوست دارد و دلش می‌خواهد در آینده در چه حرفه‌ای مشغول شود. زمانی که محسن در ایران بود به کارهای تحقیقاتی علاقه داشت. برای مثال، به کار در آزمایشگاه روی سلول‌ها یا این‌که چگونه می‌شود سرطان را زودتر تشخیص داد یا درمان بهتری برای بیماری‌های لاعلاج پیدا کرد. در ایران رشتهٔ علوم آزمایشگاهی وجود داشت، ولی در این رشته کار تحقیقاتی تدریس نمی‌شد و معمولاً دانشجویان با آزمایش‌های روتینی آشنا می‌شوند که در آزمایشگاه‌های پزشکی انجام می‌شوند. در نهایت محسن رشتهٔ تحقیقات علوم آزمایشگاهی را انتخاب کرد که گرایش‌های شیمی، بیوشیمی و زیست‌شناسی ـ پزشکی داشت. مدت تحصیل در این رشته چهار تا چهار و نیم سال بود و بعد از اتمام این دوره فرد موفق به دریافت مدرک مهندسی می‌شد که تا دورهٔ دکتری می‌توانست ادامه تحصیل دهد.

محسن با جورج قرار ملاقات دیگری گذاشت و دربارهٔ تصمیمش توضیح داد. جورج آیندهٔ کاری این رشته را خوب توصیف کرد و بنا شد مدارک تحصیلی ترجمه شدهٔ محسن به دانشگاه ارسال شود تا آن‌ها با توجه به مدارکش تصمیم بگیرند محسن از چه سالی اجازه دارد این رشته را آغاز کند.

در کنار همهٔ این برنامه‌ها، محسن حداقل هفته‌ای یک قرار با وکیلش داشت و وکیلش را در جریان پیشرفت درسی‌اش قرار می‌داد و منتظر روز دادگاهش در ششم جولای بود.

هم‌زمان تاریخ برگزاری دادگاه لیلا برای او ارسال شد و او متوجه شد در روز بیست‌ودوم آگوست که سالروز تولدش هم بود، دادگاهش برگزار می‌شد. استرس‌های لیلا که مدت‌ها بود فراموش شده بود، دوباره برگشت. محسن در کنار همهٔ درگیری‌هایی که خودش داشت، باید به‌عنوان یک دوست خوب در کنار لیلا باشد و به او دلداری بدهد. نگرانی بیشتر لیلا به خاطر آرش بود. او بارها به محسن گفته بود که خودش می‌تواند در

خیابان بخوابد، ولی چطور با داشتن یک پسر شش ساله زندگی غیرقانونی را در هلند شروع کند. محسن به او یادآور شده بود که تا حالا که این‌همه حکم اخراج صادر شده، فقط برای مجردها بوده است. هرچند خانواده‌های بودند که از دادگاه هم منفی گرفته بودند، ولی حکم اخراج از کمپ برای آن‌ها صادر نشده بود. محسن می‌دانست همهٔ صحبت‌های او در مقابل حس نگرانی مادرانهٔ لیلا کم‌اثر خواهد بود.

بنا به توصیه محسن، لیلا تصمیم گرفت به جز حساب بانکی که از طرف سازمان رسیدگی به پناهنده‌ها برای او باز شده بود تا پول هفتگی را سازمان به آن حساب واریز کند، یک حساب شخصی دیگری در یک بانک برای خود باز کند چون اگر پناهنده‌ای ترک خاک بگیرد، نه‌تنها پلیس کارت موقت اقامت او را می‌گیرد، بلکه حساب بانکی که سازمان پناهندگان برای او باز کرده است مسدود می‌شود و کارت بانکی این حساب توسط دستگاه خودپرداز بانکی ضبط می‌شود و به پناهنده بازگردانده نمی‌شود. بدون داشتن حساب بانکی، زندگی واقعاً مشکل می‌شد، ولی مشکل اساسی‌تر نداشتن کارت اقامت بود که برگهٔ شناسایی پناهنده محسوب می‌شد و نداشتن این کارت یعنی این‌که چنین فردی در کشور هلند وجود خارجی ندارد.

متأسفانه از اوایل سال ۲۰۰۳، دیگر پناهنده‌ها نمی‌توانستند با کارت موقت اقامت حساب بانکی شخصی باز کنند و برای این کار به کارت اقامت دائمی نیاز داشتند. به همین خاطر لیلا نتوانست حساب بانکی باز کند. خوشبختانه محسن از اواسط سال ۲۰۰۱ در بانک دیگری حساب بانکی برای خود باز کرده بود و همهٔ پول‌هایی که یوآاف برایش واریز می‌کرد، به همین حساب واریز می‌شد. این بدان معنا بود که اگر محسن ترک خاک می‌گرفت و کارت بانکی سازمان پناهندگی را از او می‌گرفتند، باز هم او توانایی انجام کارهای بانکی خود را داشت چون نقل و انتقالات پولی فقط و فقط از طریق بانک‌ها انجام می‌شد نه با پول نقد.

در تابستان ۲۰۰۳، محسن روزها درگیر کار در فی‌فی‌ان یا قرار ملاقات با وکیلش بود یا خود را برای امتحان ان‌تی۲ آماده می‌کرد. ولی بیشتر شب‌ها تا دیروقت خانهٔ لیلا بود و با هم صحبت می‌کردند. به زوج مشهدی که اقامت گرفته بودند در شهر تیلبورخ خانه‌ای داده بودند و آن‌ها مشغول تعمیر خانه و اسباب‌کشی بودند، برای همین شب‌ها کمتر در خانه حضور داشتند. مژگان با پسری هلندی دوست شده بود و معمولاً شب‌ها دیر به خانه برمی‌گشت و وقتی می‌رسید بلافاصله دوش می‌گرفت و فوری به اتاق خودش می‌رفت و خیلی کم با لیلا و محسن صحبت می‌کرد.

اکبر کمتر به آن خانه رفت‌وآمد داشت و دیگر مثل سابق به طرز لباس پوشیدن یا رفتارهای مژگان گیر نمی‌داد، در نتیجه با هم کمتر جر و بحث داشتند. به نظر می‌رسید فقط زمانی که چه اکبر و چه مژگان نیاز داشتند که با یک دوست صمیمی و قابل اعتماد درددل کنند، پیش هم می‌آمدند تا شاید بتوانند به هم کمک کنند. ولی هیچ‌کدام در زندگی خصوصی طرف مقابل دخالت نمی‌کرد و به رفتارها و عقاید یکدیگر احترام می‌گذاشتند. محسن نمی‌دانست که اکبر جریان روابط خانوادگی را برای مژگان تعریف کرده یا نه، ولی علاقه‌ای هم نداشت که در این مورد از آن‌ها چیزی بپرسد.

در این میان هر شنبه صبح تا بعدازظهر ساعت ۱۴ محسن وقتش را با ژاک و کارلا می‌گذراند. آن‌ها ساعت نُه در مک‌دونالد شعبهٔ سنتروم شهر تیلبورخ قرار داشتند و تا ساعت یازده در آنجا می‌نوشیدند و اگر محسن گرسنه بود، می‌توانست صبحانه‌ای انتخاب کند و بخورد. از آنجا که محسن پناهنده بود و توان پرداخت چنین هزینه‌هایی را نداشت، ژاک هر شنبه با کمال میل هزینه‌ها را پرداخت می‌کرد و به محسن می‌گفت از این‌که در کنار آن‌هاست احساس لذت می‌کنند. چون محسن می‌دانست هلندی‌ها تعارف ندارند و حرف دل خود را می‌گویند، مطمئن بود آنچه ژاک می‌گوید واقعیت است. محسن یکی دوباری هم لیلا و آرش را با خود سر این قرارها برد و ژاک پرسید آیا لیلا دوست یا نامزد اوست و محسن گفته بود هنوز نه. سپس ژاک صراحتاً گفته بود که دوست ندارد

در جمع خصوصی که تقریباً شبیه یک فامیل هستند افراد غریبه بیایند و محسن هم از آن به بعد دیگر لیلا و آرش را با خود به قرارهای روز شنبه نبرد. گاهی فرید صبح‌های شنبه بی خبر سر میز آن‌ها سر می‌رسید و نوشیدنی سفارش می‌داد. چندباری که این اتفاق افتاد، برای محسن عجیب بود که چرا فرید که سر کار می‌رفت و درآمد خوبی هم داشت، هیچ‌وقت پول میز را پرداخت نمی‌کرد و اجازه می‌داد که ژاک همیشه حساب کند.

در یکی از همین شنبه‌ها که فرید سر میز آن‌ها آمد، به محسن گفت آیا وقت دارد به او در خانه‌اش کمک کند. محسن هم قبول کرد و سپس هر دو از ژاک و کارلا خداحافظی کردند. زمانی که با دوچرخه به طرف خانهٔ فرید در حرکت بودند، محسن پرسید که چرا فرید حتی یک بار هم پول میز آن‌ها را حساب نکرده است.

فرید گفت: «ژاک خودش خوشحال می‌شه که من یا تو رو که مثل پسراش هستیم به نوشیدنی دعوت کنه.»

محسن گفت: «من هم ژاک رو می‌شناسم و می‌دونم که با رضایت این کار رو انجام می‌ده، ولی این احساس باید دوطرفه باشه و گاهی تو هم پول میز رو بپردازی و اگه می‌بینی من این کار رو نمی‌کنم، چون پناهنده هستم و توانش رو ندارم، ولی تو که می‌تونی.»

فرید با ناراحتی گفت: «حالا تو نگران جیب ژاک هستی؟ خودش راضیه، بعد تو ناراضی هستی؟ عجیبه ها!؟!»

محسن گفت: «مطمئن باش کم‌کم این احساس به ژاک دست می‌ده که تو از رابطه‌ای که باهاش داری سوءاستفاده می‌کنی.»

محسن باز هم به تفاوت‌های زیادی که بین او و فرید بود بیشتر پی برد و مطمئن شد که آن‌ها نمی‌توانند در غربت دوستان خوبی برای همدیگر باشند.

در روز دادگاه، ژاک و کارلا محسن را با اتومبیل خود رساندند چون در شهر دیگری بود. محسن از آن‌ها خواهش کرد که منتظر نمانند و برگردند چون معلوم نبود

دادگاه چه مدت طول خواهد کشید. محسن بعد از خداحافظی با ژاک و کارلا توانست وکیل و مترجم خود را پیدا کند. مترجم او خانمی بود چهل ساله و محسن به هلندی طوری که وکیلش هم متوجه شود، گفت: «من زبان هلندیم در سطحی هست که خیلی از مطالب رو بفهمم، ولی اگه چیزی رو نفهمیدم از شما می‌پرسم. اگه لازم باشه خودم به هلندی صحبت می‌کنم.»

دادگاه یک ساعتی طول کشید و ابتدا شخصی که از ادارهٔ مهاجرت بود دلایل رد درخواست پناهندگی محسن را که شامل دو مورد بودند، قرائت کرد. سپس وکیل محسن حرف زد. قاضی از وکیل ادارهٔ مهاجرت خواست که اگر در پاسخ به گفته‌های وکیل محسن می‌خواهد چیزی بگوید، می‌تواند ارائه دهد، ولی او حرف دیگری نداشت. بعد از آن دوباره وکیل محسن وقت پیدا کرد تا دلایل محکم‌تری را ارائه دهد. تا آن موقع جز یک مورد که محسن مطلبی را نفهمیده بود و از مترجم سؤال کرد، صحبت دیگری بین آن‌ها ردوبدل نشده بود. قاضی سپس از محسن خواست آخرین حرف‌هایش را بگوید. محسن بلند شد و ایستاد بدون این‌که مترجم بایستد. رو به قاضی گفت: «امیدوارم زبان هلندی که در مدت اقامتم یاد گرفتم اون‌قدر خوب باشه که بتونم منظورم رو روشن بیان کنم، ولی اگه چیزی قابل فهم نبود می‌تونید دوباره بپرسید تا به کمک مترجم بیان کنم.»

قاضی با سر تأیید کرد.

سپس محسن ادامه داد: «دربارهٔ دلایل پناهندگی من، وکیلم بسیار خوب و کافی توضیح داده و لزومی نمی‌بینم که چیزی اضافه کنم. فقط می‌خوام خاطرنشان کنم که من با پول سوبسیدی هلندی‌ها و سایر کمک‌هاشون در این مدت تلاش کرده‌ام تا برای خودم یه زندگی سالم و خوب پایه‌ریزی کنم تا در آینده نه‌تنها خودم بلکه جامعه‌ای که می‌خوام واردش بشم هر دو سود ببریم. طرز زندگی من در این دو سال نشون می‌ده

که برای زندگیم در هلند هدف دارم و برای رسیدن به هدف همهٔ تلاشم رو می‌کنم. این یعنی این‌که می‌خوام واقعاً اینجا بمونم. خواهش می‌کنم این فرصت رو از من نگیرید!»

در پایان صحبت‌های محسن، قاضی ضمن تبریک به او به خاطر هلندی‌اش، گفت ظرف مدت چهار تا ده هفته رأی دادگاه به وکیلش ابلاغ خواهد شد. در سالن خروجی، وکیل به محسن گفت که نظر مثبتی به رأی دادگاه دارد، مخصوصاً که وکیل ادارهٔ مهاجرت در فرصت دومی که قاضی به او داده بود، چیزی برای گفتن نداشت که اضافه کند. خانم مترجم هم گفت که در دادگاه‌های زیادی شرکت داشته و امروز این حس را داشته که دادگاه به نفع محسن خاتمه یافته. محسن همهٔ این‌ها را برای لیلا تعریف کرد و لیلا گفت: «امیدوارم حالا با روحیه بالا دنبال درست باشی و به هیچ‌چیز جز درس‌هات فکر نکنی. البته همیشه به یاد من و آرش باشی.» و بعد به محسن چشمکی زد.

هر دو خندیدند و محسن گفت بودن در کنار او و آرش کمک بزرگی در جهت حفظ روحیه برای محسن بوده و تا آخرعمر این را فراموش نخواهد کرد.

ژاک و کارلا هم از حرف‌های محسن خوشحال شدند و امیدوار بودند که او هرچه زودتر درسش را شروع کند. روزهای شنبه که آن‌ها در مک‌دونالد نوشیدنی می‌خوردند محسن دربارهٔ آرزوهایش صحبت می‌کرد و این‌که دوست دارد در صورت گرفتن اقامت هرچه سریع‌تر خانهٔ کوچکی بگیرد تا شب‌ها راحت درسش را بخواند، بدون مزاحمت و کارلا قول داد که پرده‌های خانهٔ محسن را برایش بدوزد.

در اواخر ماه جولای، نه‌تنها محسن موفق شد امتحانات ان‌تی‌۲ را با موفقیت پشت‌سر بگذارد و مدرکش را که برای تحصیل در دانشگاه لازم داشت بگیرد، بلکه ضمن مصاحبه‌ای که دانشگاه برای او برگزار کرد تصمیم گرفته شد که محسن از سال یک و نیم شروع به تحصیل کند. به عبارت دیگر، او اجازه یافت با توجه به مدارکش از ایران دورهٔ چهار ساله را در مدت زمان دو و نیم سال به اتمام برساند. یوآاف با تحصیل محسن

در این رشته و در این دانشگاه موافقت کرد و محسن توانست در دانشگاه ثبت‌نام کند. کلاس‌های او از اواخر ماه اوت ۲۰۰۳ شروع می‌شد. یوآاف نه‌تنها پول ثبت‌نام و لوازم تحصیلی محسن را می‌پرداخت، بلکه پول رفت و آمد او را هم به حساب بانکی‌اش واریز می‌کرد. طبق قراردادی که محسن با یوآاف بسته بود، بعد از اتمام تحصیل، زمانی که محسن سر کار می‌رفت، باید ۶۰ درصد از کل هزینه‌های یوآاف را ماهیانه پرداخت می‌کرد. محسن مشابه سازمان یوآاف را در دیگر کشورهای اروپایی ندیده بود و با خود می‌گفت شاید خواست خدا بوده که درهلند درخواست پناهندگی داده، جایی که چنین سازمانی وجود دارد و به امثال او کمک می‌کند تا درس بخوانند.

بعد از دادگاه محسن، به ترتیب دادگاه‌های اکبر و مژگان هم برگزار شد و آن‌ها هم منتظر رأی دادگاه بودند. در خانهٔ لیلا، زوج مشهدی به خانهٔ شخصی خود در تیلبورخ نقل‌مکان کرده بودند و یک زوج ایرانی، منصور سی ساله و همسرش بهاره هجده ساله که دختری یک ساله و پنج ماه بود که وارد هلند شده بودند، جایگزین آن‌ها شده بودند.

شب اولی که محسن با آقا منصور و خانمش برخورد داشت، از آن‌ها پرسید اشکالی ندارد گاهی به لیلا و آرش سری بزند و با آن‌ها شام بخورد که آن‌ها صمیمانه گفتند خوشحال خواهند شد که محسن به آن خانه رفت و آمد دارد. همان شب همگی با هم شام خوردند، ولی مژگان حضور نداشت. بعد از شام، محسن با آرش در اتاق لیلا در حال بازی کردن بود که لیلا صدای درِ خانه را شنید و متوجه شد که مژگان با کسی وارد شد و یک‌راست به اتاق خودش رفت. لیلا رو کرد به محسن و گفت: «چند شبی می‌شه که مژگان با یه پسر هلندی دیروقت می‌آد خونه و یک‌راست می‌رن داخل اتاق مژگان و گاهی تا صبح اونجا هستن و گاهی بعد از یکی دو ساعت پسره می‌ره. فکر می‌کنی بهتر نیست با مژگان صحبت کنی؟»

محسن که با آرش مارپله بازی می‌کرد، گفت: «در چه مورد باید با مژگان صحبت کنم؟»

لیلا گفت: «این خونه زن و بچه داخلش زندگی می‌کنن. نمی‌شه که مژگان هر شب دست یه پسر مجرد رو بگیره اینجا بیاره.»

محسن گفت: «عزیزم، مسائل رو با هم قاتی نکن. این‌که طبق قوانین کمپ مژگان اجازه نداره کسی رو از خارج کمپ شب اینجا نگه داره این یه قضیه‌ست و این‌که مژگان دوست‌پسر داره و باهاش وقت می‌گذرونه، یه مسئلهٔ دیگه‌ست. در مورد اول من نمی‌تونم دخالت کنم چون ساکن این خونه نیستم و ساکنین این خونه باید با مژگان صحبت کنن و اگه به نتیجه نرسیدن اون موقع می‌تونین به مسئولین کمپ گزارش بدین. و اما در مورد دوم، فکر کنم مژگان به اون اندازه از بلوغ رسیده باشه که واسه زندگیش تصمیم بگیره. هر وقت در این مورد نظر من رو خواست با کمال میل بهش کمک می‌کنم.»

لیلا درحالی که آرش را به طرف خودش می‌کشید تا او را برای خواب آماده کند، گفت: «واقعاً که محسن گاهی از کارات سر در نمی‌آرم. دختر معصوم تجربه نداره و تا حالا در چنین وضعیتی قرار نداشته، بعد تو انتظار داری برای زندگی و آینده‌اش تصمیم درستی بگیره؟ اکبر هم که دیگه بی‌خیال مژگان شده و فقط اگه مژگان کمکی ازش بخواد و اکبر هم وقت داشته باشه، می‌آد اینجا تا کمکش کنه.»

آرش با اعتراض گفت: «مامان، باز تو عصبی شدی داری سر من خالی می‌کنی؟ من می‌خوام با عمو محسن بازی کنم.»

لیلا با تحکم گفت: «وقت خوابته و عمو هم کار داره باید بره.»

محسن گفت: «خیلی ممنون که در نهایت احترام من رو از خونه‌ات بیرون می‌کنی.»

بعد محسن بلند شد تا کاپشنش را بپوشد. لیلا که متوجه رفتار تند خودش شده بود، کاپشن محسن را از دستش گرفت و ضمن عذرخواهی گفت: «لطفاً ناراحت نشو. ما مژگان رو نزدیک دو ساله می‌شناسیم. خودت هم می‌دونی که دختر خوبیه و حیفه که اینجا به کارهای خلاف کشیده بشه، پس لطفاً به خاطر این دو سال آشنایی اگه می‌تونی باهش حرف بزن. من مطمئنم که الآن سردرگمه و نیاز داره یکی راهناییش کنه.»

محسن مکثی کرد و گفت: «اکی. اگه این پسره امشب بره، من همین امشب با مژگان صحبت می‌کنم، ولی فقط در صورتی که خودش مایل به هم‌صحبتی با من باشه.»

لیلا تشکر کرد و دوباره به آرش کمک کرد تا برای خواب آماده شود.

نزدیک ساعت دوازده بود که محسن و لیلا متوجه شدند پسری که همراه مژگان آمده بود خیلی آرام خداحافظی کرد و رفت. بعد از چند دقیقه محسن خیلی آرام چند ضربه به درِ اتاق مژگان زد. مژگان خیلی آرام پرسید: «بله؟»

محسن آرام پاسخ داد: «مژگان جان خوابی؟ می‌تونم چند دقیقه وقتت رو بگیرم؟»

مژگان گفت: «لطفاً یه لحظه صبر کنین.»

بعد از یکی دو دقیقه مژگان در اتاق را که قفل بود باز کرد. از داخل اتاق بوی سیگار می‌آمد و از ظاهر مژگان خستگی و بی‌حوصلگی نمایان بود، طوری که محسن بلافاصله گفت: «مثل این‌که بی موقع مزاحم شدم. اگه اشکالی نداره صحبت‌مون باشه واسه یه وقت دیگه.»

مژگان هم گفت: «آره، چون واقعاً خسته‌ام و از نظر روحی داغونم. الآن موقعیت خوبی برای صحبت نیست.»

محسن ضمن عذرخواهی که آن موقع شب مزاحم شده، برگشت که برود ولی مژگان پرسید: «می‌خواستید دربارۀ موضوع مهمی با من صحبت کنید آقا محسن؟»

محسن که کمی قیافهٔ جدی به خودش گرفته بود، گفت: «می‌تونه هم موضوع مهمی باشه و هم نباشه. برای کسی که آینده‌اش براش مهمه موضوع مهمی هستش، اما برای کسی که آینده براش مهم نیست و منتظره ببینه چی واسش پیش می‌آد، می‌تونه موضوع مهمی نباشه.»

مژگان مکث کوتاهی کرد. بعد درِ اتاق را کامل باز کرد و از محسن دعوت کرد که وارد شود، ولی همان اول از این‌که اتاق به‌هم‌ریخته بود عذرخواهی کرد و ادامه داد: «هم‌اتاقی من فقط هفته‌ای یه بار برای زدن مُهر اینجا می‌آد، برای همین من عملاً تنهام، ولی در این چند هفتهٔ اخیر، مخصوصاً از زمانی که دادگاهم تشکیل شده، انگیزهٔ هیچ کاری رو ندارم حتی تمیز کردن اتاقم.»

محسن خیلی سریع پرسید: «مژگان، ما نزدیک دو ساله که هم رو می‌شناسیم. در غم و شادی همدیگه بودیم، برای همین فکر می‌کنم اون‌قدر صمیمی هستیم که من این حق رو داشته باشم که سؤالم رو واضح بیان کنم.» پس از مکث کوتاهی ادامه داد: «داری با خودت و زندگیت چی‌کار می‌کنی؟ دو سال پیش تو خیلی انگیزه برای درس و کار و خیلی چیزهای مثبت دیگه داشتی، ولی حالا کدوم یکی از این‌ها رو انجام دادی یا دنبالش هستی؟»

مژگان با تأثر گفت: «هیچ‌کدومش.»

محسن پرسید: «می‌تونم بپرسم چرا؟ چه اتفاقی برات افتاده که این‌جوری شدی؟»

مژگان درحالی که سیگاری روشن می‌کرد، گفت: «راستش می‌دونین چیه آقا محسن، من با همهٔ احترامی که برای شما قائلم، فکر می‌کنم کمی ایدئالیستی فکر می‌کنین و واقعیت‌های اطراف خودتون رو نمی‌بینین یا نمی‌خواین ببینین.»

محسن پرسید: «می‌تونم بپرسم از کجا به این نتیجه رسیدی؟»

مژگان جواب داد: «خب در همین چند ماه اخیر همهٔ ما دیدیم که دارن هر هفته دسته‌دسته پناهنده‌ها رو از کمپ اخراج می‌کنن. یکی به کشورش برمی‌گرده، یکی می‌ره انگلیس، یکی به فکر اینه که اینجا غیرقانونی بمونه و تا زمانی که گیر پلیس نیفتاده، تا می‌تونه پول جمع کنه تا وقتی که به کشورش برگشت بتونه کسب‌وکاری برای خودش راه بندازه. همهٔ این راه‌ها رو که بررسی می‌کنیم، در هیچ کدومش نه نیازی به یادگیری زبان هلندی هست نه نیازی به آشنا شدن با فرهنگ هلندی؛ چیزهایی که شما بارها برای همهٔ پناهنده‌ها از اهمیتش صحبت کردین.»

محسن گفت: «اولاً من فقط نظر خودم رو گفتم و نگفتم این بهترین راهه، ثانیاً خود تو بر فرضی که ترک خاک بگیری، آیا راه دیگه‌ای داری که انجام بدی جز برگشت به ایران یا ادامهٔ زندگی غیرقانونی که واقعاً مثل زندگی سگی می‌مونه؟»

مژگان آخرین پک را به سیگارش زد و گفت: «شما سرت رو تو کتابات کردی و نمی‌دونی بچه‌های کمپ دارن از چه راه‌هایی اقامت می‌گیرن. همین ابراهیم، هم‌خونه‌ای شما، در جریان هستی که داره از طریق ازدواج اقامت می‌گیره؟»

محسن با تعجب پرسید: «ابراهیم، بچه تبریز که با کاوه هم‌اتاقه؟!»

مژگان گفت: «بله. ابراهیم با یه دختر بلژیکی آشنا شده و ازدواج کردن و داره کارای اقامت خودش رو انجام می‌ده.»

محسن گفت: «ولی کسی که ازدواج می‌کنه باید برگرده ایران و از اونجا درخواستش رو بده.»

مژگان گفت: «این قانون مال هلنده. در بلژیک این‌جوری نیست و اگه با یه بلژیکی ازدواج کنی دیگه لازم نیست برگردی ایران و در همون بلژیک کارهای اقامتت درست می‌شه.»

محسن سری تکان داد و گفت: «عجب، نمی‌دونستم.»

مژگان گفت: «می‌خوام بگم این‌همه که شما تلاش کردی و درس خوندی و زبان هلندی یاد گرفتی ممکنه چند وقت دیگه نامهٔ ترک خاکت رو به دستت بدن، ولی ابراهیمی که حتی یک ساعت هم سر هیچ کلاسی نبوده داره اقامت می‌گیره.»

محسن گفت: «حالا بحث من دربارهٔ ابراهیم نیست. دربارهٔ خودت و آیندهٔ توست. به‌عنوان یه دوست نگرانت هستم، هم من و هم لیلا.»

مژگان گفت: «شما لطف دارین، ولی نگران نباشین. من می‌تونم گلیم خودم رو از آب بیرون بکشم. الآنم با یه پسر هلندی دوست شدم. پسر خوب و بامعرفتیه و بنا شده با هم ازدواج کنیم تا من برگردم ایران و کارهای اقامتم رو اونجا انجام بدم تا برگردم هلند. بعدش با هم زندگیمون رو شروع می‌کنیم تا من بعد از سه سال پاسپورت هلندیم رو بگیرم.»

محسن ضمن تبریک به مژگان گفت: «پس چرا این مسئله رو علنی اعلام نمی‌کنی تا این‌قدر پشت‌سرت حرف نباشه؟»

مژگان جواب داد: «آقا محسن، شما که ایرانی‌ها رو بهتر از من می‌شناسید. اون‌ها به هر حال پشت‌سرت حرف می‌زنن. حالا یکی کمتر یکی بیشتر.»

محسن بلند شد تا از اتاق خارج بشود، برگشت و گفت: «بهترین‌ها رو برات آرزو می‌کنم. این رو بدون که من به‌عنوان یه دوست صمیمی همیشه آمادهٔ شنیدن حرف‌هات و گوش دادن به دردِدلت هستم.»

مژگان گفت: «شما همیشه برادر بزرگ‌تر من بودین و هستین. خواهش می‌کنم چیزهایی که گفتم بین خودمون بمونه.»

محسن به او اطمینان داد و سپس از هم خداحافظی کردند.

آن شب محسن از حرف‌های مژگان چیزی به لیلا نگفت. فقط گفت فکر می‌کند مژگان دارد با چشم باز برای آینده‌اش تصمیم می‌گیرد و فقط امیدوار است تصمیم درستی بگیرد.

در اواسط اوت ۲۰۰۳، کلاس‌های محسن شروع شد. دانشگاه اوانس[1] که محسن ثبت‌نام کرده بود در شهرهای مختلف دانشکده‌های مختلفی داشت. دانشکده‌ای که رشتهٔ تحصیلی محسن در آن ارائه می‌شد در شهر بردا[2]، در بیست‌وپنج کیلومتری تیلبورخ واقع بود. محسن هر روز ابتدا با اتوبوس به تیلبورخ می‌آمد و سپس با قطار از تیلبورخ به بردا می‌رفت. او برای اولین بار در کنار دانشجویانی قرار گرفت که چندین سال از او کوچک‌تر بودند. در کلاس‌های زبان هلندی دانشگاه تیلبورخ، محسن در کنار خارجی‌هایی که تقریباً هم‌سن خودش بودند درس می‌خواند، ولی در دانشگاه برای اولین بار درس خواندن را در کنار دانشجویانی تجربه می‌کرد که از او خیلی جوان‌تر بودند و فرهنگی کاملاً متفاوت با فرهنگ او داشتند. در کنار تفاوت‌های سنی و فرهنگی، محسن متوجه شد که سطح زبان هلندی او هنوز پایین‌تر از دانشجویان هلندی است. آن‌ها در مکالمات خود از اصطلاحات و یا جملاتی استفاده می‌کردند که برای محسن قابل‌فهم نبود و او درطول دورهٔ زبان هلندی که گذرانده بود، با این سبک مکالمه آشنا نشده بود. در کنار همهٔ این مشکلات، محسن می‌بایست هرچه سریع‌تر با سیستم آموزشی هلند نیز آشنا شود. در ایران استاد در هر جلسه درس مطالب مهم را آرام توضیح می‌داد و همهٔ دانشجویان از گفته‌های او یادداشت‌برداری می‌کردند. با این روش از درس جزوه‌ای تشکیل می‌شد. در پایان ترم یک امتحان کتبی گرفته می‌شد که ۹۰ درصد سؤالات از همان جزوه و گفته‌های استاد طرح می‌شد. امتحانات عملی کمی گرفته می‌شد و ملاک ارزشیابی دانشجو بیشتر اطلاعات علمی بود که با یک امتحان کتبی در آخر ترم سنجیده می‌شد. ولی سیستم آموزشی و ارزشیابی دانشجو در هلند صددرصد با ایران متفاوت بود. دانشجو باید هر هفته دربارهٔ درسی که گرفته بود و آزمایشاتی که با همکاری دیگر دانشجوها انجام داده بود گزارشی تهیه می‌کرد و از طریق سایت به استاد خود تحویل

---

1 Avans
2 Breda

می‌داد. محسن هیچ شناختی از سایت‌های درسی نداشت و در کل شناخت او از کامپیوتر و اینترنت خیلی کمتر از دانشجوهای دیگر بود. همهٔ این عوامل در ترم اول باعث شدند که محسن با وجود پشتوانهٔ علمی قوی، دانشجوی کودنی به نظر برسد که کمتر دانشجویی تمایل داشت با او در انجام آزمایشات هم‌گروه باشد.

در هفته‌های اول گاهی چنان نسبت به درس‌ها، دانشجویان و موقعیتی که در آن قرار داشت حس سرخوردگی می‌کرد که حتی یک‌بار تصمیم گرفت از ادامهٔ تحصیل انصراف دهد. در یکی از روزهایی که دانشجوهای سال دوم باید در آزمایشگاه کار می‌کردند، بعد از توضیحات استاد دربارهٔ هدف و اساس آزمایش و این‌که چگونه دانشجویان باید آزمایش را انجام دهند، دانشجویان می‌بایست دوبه‌دو آزمایش را انجام می‌دادند. خودشان تصمیم می‌گرفتند که با کدام دانشجو همکار شوند. از آنجایی که تعداد آن‌ها شانزده نفر بود، در نهایت یک دختر هلندی به نام آنجلیک[1] و محسن به اجبار همکار شدند. در همان ابتدای کار آنجلیک از شانس بدش ابراز ناراحتی کرد. محسن چون توضیحات استاد را خوب نفهمیده بود شروع کرد دربارهٔ آزمایش و نحوهٔ اجرای آن از آنجلیک پرسیدن و او در نهایت بی‌حوصلگی گفت: «من استاد تو نیستم! فقط بهت می‌گم چی‌کار کنی و تو هم اون کار رو انجام می‌دی. اوکی؟» محسن هم قبول کرد. سپس آنجلیک کارهای مربوط به آزمایش را بین خودش و محسن تقسیم کرد و خودش شروع کرد به انجام وظایفش. چون محسن دقیقاً نمی‌دانست وظایف مربوط به خودش را چگونه انجام دهد، سعی می‌کرد از دیگر دانشجوها بپرسد، ولی اکثراً وقت نداشتند برای او توضیح بدهند یا آن‌قدر تند توضیح می‌دادند که محسن منظورشان را نمی‌فهمید. محسن از استاد خود، خانم نیکول چند سؤال پرسید و او پاسخ داد، ولی زمانی که تعداد سؤالات محسن زیاد شد، نیکول به او گفت که همهٔ توضیحات لازم را در ابتدای جلسه داده و اگر محسن توجه می‌کرد و یا خود را قبل از کلاس برای انجام آزمایش آماده

---

[1] Angelique

می‌کرد، حالا لزومی نداشت که این‌همه سوال بپرسد. نیکول همچنین به محسن گفت او نمی‌تواند تمام وقت خودش را برای پاسخ دادن به سؤال‌های او صرف کند و باید به دانشجویان دیگر هم رسیدگی کند.

بعد از گذشت دو ساعت، آنجلیک که وظایفش را انجام داده بود، باید از محلول‌هایی که قرار بود محسن آماده کند استفاده کند تا بقیه آزمایش را ادامه دهد، ولی محسن تعدادی از محلول‌ها را اصلاً آماده نکرده و تعدادی را هم اشتباه تهیه کرده بود. آنجلیک چنان خشمگین شده بود که صورتش کاملاً قرمز بود و با خشم به محسن گفت: «پس این‌همه مدت چی‌کار می‌کردی؟ دانشجوهای سال اول این محلول‌ها رو ظرف نیم ساعت تهیه می‌کنن، ولی تو حتی یه محلول رو هم کامل آماده نکردی.» بعد با خشم استاد را صدا کرد و توضیح داد که نمی‌خواهد به خاطر تنبلی و کودن بودن همکارش نمرهٔ این درس را از دست بدهد، برای همین دیگر نمی‌خواهد با محسن همکاری کند و خودش به‌تنهایی آزمایش را انجام می‌دهد. نیکول هم پذیرفت که آنجلیک به‌تنهای آزمایش را انجام دهد و به محسن گفت از آزمایشگاه خارج شود و بعد از کلاس به دفتر او بیاید.

محسن از آزمایشگاه خارج شد و در محوطهٔ دانشگاه کمی قدم زد. چنان احساس حقارتی به او دست داده بود که تصمیم گرفت فردای آن روز با یوآاف تماس بگیرد و از ادامهٔ تحصیل انصراف بدهد. با خود می‌گفت: «ببین به چه روزی افتادی که یه دختر هجده ساله هم حاضر نیست با تو همکاری کنه.» زمانی که آنجلیک با خشم دربارهٔ کودن بودن محسن با استاد صحبت می‌کرد، محسن می‌توانست سایه سنگین نگاه سایر دانشجوها را روی خود حس کند.

بعد از کلاس محسن به دفتر استادش نیکول[1] رفت. از قیافهٔ نیکول معلوم بود که از دست محسن عصبانی است. نیکول با حالتی جدی گفت: «با این روشی که در

---

1 Nicole

پیش گرفتی به هیچ عنوان نمی‌تونی این درس رو پاس کنی. بهتره از همین حالا این درس رو حذف کنی. من با بقیه اساتید هم دربارهٔ تو صحبت کردم. وضعیتت تو بقیه درس‌ها هم همین‌طوره. مطمئن باش با این روش بعد از یکی دو ترم[1] اخراج می‌شی.»

محسن که انتظار این حرف‌ها را نداشت، گفت: «من همهٔ تلاشم رو می‌کنم که درس‌ها رو پاس کنم. هنوز آخر ترم نرسیده، ولی مطمئن باشید تو امتحانات آخر ترم نمرهٔ قبولی رو میارم.»

نیکول با خشم و تعجب به محسن نگاه کرد و گفت: «منظورت چیه از امتحانات آخر ترم؟! تو تا حالا که چهار هفته از شروع ترم می‌گذره حتی یک گزارشم دربارهٔ درسی که با من داری به من ندادی. حتی دوبار به تو از طریق ایمیل اخطار دادم که گزارش درسی خودت رو به موقع باید تحویل بدی، ولی تو به اخطارهای منم توجه نکردی. دانشجویی که درس این‌قدر براش بی‌اهمیته بهتره انصراف بده.»

محسن که اصلاً از حرف‌های نیکول سر در نمی‌آورد، پرسید: «شما به من ایمیل زدید؟! من فقط یه آدرس ایمیل در هات‌میل[2] دارم. مگه شما آدرس ایمیل من رو داشتین که برام ایمیل بفرستین؟»

نیکول با حالتی آمیخته از خشم و خنده گفت: «من به آدرس ایمیل تو در هات‌میل چی‌کار دارم؟ منظورم ایمیلت توی سایت این دانشگاهه. خواهش می‌کنم نگو نمی‌دونی که هر دانشجوی اوانس یه آدرس ایمیل تو سایت اوانس داره؟»

محسن خیلی جدی گفت: «من اصلاً نمی‌دونستم تو سایت اوانس ایمیل دارم و خیلی هم با این سایت آشنایی ندارم.»

---

1 در دانشگاه های هلند هر سال تحصیلی از چهار ترم تشکیل شده است و هر ترم شامل ده هفته میباشد. محسن درس خودش را از سال دوم و ترم سوم شروع کرده بود.

2 Hotmail

نیکول نگاهی به محسن کرد و پس از مکث کوتاهی گفت: «یعنی تو تا حالا ایمیل‌های خودت رو توی سایت اوانس باز نکردی؟ یعنی تا حالا بلک‌بورد [1] درس‌ها رو باز نکردی؟»

محسن گفت: «نه. خواهش می‌کنم باور کنید. من با سیستم آموزشی هلند آشنایی ندارم. فکر می‌کردم و هنوزم فکر می‌کنم که درس‌ها رو باید خوب یاد بگیرم و آخر ترم امتحانات کتبی رو پاس کنم.»

نیکول درحالی که کامپیوتر خودش را روشن می‌کرد، گفت: «الآن معلوم می‌شه چقدر از حرف‌هات درسته. اگه ایمیل‌هات رو در سایت اوانس باز کرده باشی، معلوم می‌شه.» بعد ادامه داد: «خودت رو در سایت اوانس اینلوگ کن.»

بعد از آن‌که محسن خودش را اینلوگ کرد، نیکول دید او هیچ‌کدام از ایمیل‌هایی را که برایش ارسال شده، باز نکرده است. سپس به محسن گفت: «یعنی تو نمی‌دونستی در سایت اوانس آدرس ایمیل داری؟ نمی‌دونستی هر درسی برای خودش یه بلک‌بورد داره؟»

محسن گفت: «من با سختی بورس تحصیلی گرفتم تا درس بخونم و در مرکز نگه‌داری از پناهنده‌ها دارم با هزارتا مشکل زندگی می‌کنم. همهٔ این‌ها نشون می‌ده که برای درس خوندن انگیزه‌ای قوی دارم، پس لزومی نداره که تنبلی کنم یا برای درس نخوندن بهانه بیارم. از طرفی، سطح آشنایی من با کامپیوتر محدوده. وقتی تو ایران دانشجو بودم در تمام دانشگاه فقط دوتا کامپیوتر برای تمام دانشجویان بود که من هم چند دفعه برای سرچ ازشون استفاده کردم. من حتی برای اولین بار اینجا برای خودم هات‌میل آدرس ایمیل درست کردم که هنوز هم ازش استفاده می‌کنم و گمان می‌کردم این تنها آدرس ایمیل من باشه.»

---

1 Black board

بعد از آن‌که نیکول مطمئن شد محسن به خاطر عدم اطلاع از سایت اوانس و آشنایی نداشتن با سیستم آموزشی هلند گزارش‌های درسی خودش را تحویل نداده، با آرامش گفت: «من همین حالا تو رو با سایت اوانس آشنا می‌کنم، بعد تا آخر این هفته فرصت داری همهٔ گزارش‌های عقب‌افتادهٔ خودت رو تحویل بدی.» سپس با محسن شروع کردند به مرور سایت و متوجه شدند که محسن نه‌تنها ایمیل‌های نیکول بلکه ایمیل اساتید دیگر را هم نخوانده و به آن‌ها گزارش درسی نداده است. نیکول در همان روز به همهٔ استادانی که محسن با آن‌ها درس داشت ایمیلی ارسال کرد که در آن به آشنا نبودن محسن به سایت اشاره کرد و از آن‌ها درخواست کرد تا به او فرصت دیگری بدهند تا بتواند تکالیف خودش را هرچه سریع‌تر تحویل دهد.

خوشبختانه بقیه اساتید موقعیت محسن را درک کردند و به او فرصت دیگری دادند تا اشتباهات خودش را جبران کند. محسن توانست همهٔ دروس ترم را با نمره‌های خوبی پاس کند، ولی هم محسن و هم نیکول خاطرهٔ آن روز را هرگز فراموش نکردند.

در اوایل سپتامبر ۲۰۰۳، شبی که محسن از دانشگاه به کمپ برمی‌گشت، در خانهٔ خود در اتاق نشیمن چند ایرانی را دید که دور اکبر نشسته بودند. نامهٔ وکیل اکبر روی میز بود و زمانی که محسن پرسید چه اتفاقی افتاده، محمد، هم‌اتاقی اکبر به نامهٔ روی میز اشاره کرد. در نامه وکیل اکبر ضمن ابراز تأسف از رأی منفی دادگاه نوشته بود که کار بیشتری از دست او بر نمی‌آید.

محسن کنار اکبر نشست و گفت: «خب این‌که چیز جدیدی نیست. فکر کنم همهٔ ما منتظر دریافت همچین نامه‌ای هستیم.»

اکبر فقط سکوت کرده بود و چیزی نمی‌گفت.

آقا منصور که تازه با همسر و دختر یک ساله‌اش به خانهٔ لیلا منتقل شده بودند هم آنجا حضور داشت. او از محسن پرسید: «باز خوبه همراه نامه ترک خاک بهش ندادن.»

محسن گفت: «معمولاً اول این نامه می‌آد بعد از یک هفته ادارهٔ مهاجرت نامهٔ ترک خاک رو ارسال می‌کنه و رونوشت نامهٔ ترک خاک هم برای پلیس اتباع خارجی ارسال می‌شه که اگه پناهنده ظرف مدت تعیین شده از کمپ خارج نشد، پلیس اون فرد رو به اجبار از کمپ اخراج می‌کنه.»

با این‌که در هفته‌های اخیر به خاطر مشغلهٔ کاری و درسی که محسن داشت کمتر با اکبر رفت و آمد کرده بود، ولی به خاطر دوستی دوساله و این که واقعاً او را دوست داشت از این‌که اکبر چنین نامه‌ای دریافت کرده بود بسیار ناراحت بود. برای همین از خانه بیرون آمد تا با لیلا دردِدل کند. لیلا ماجرا را از همسر آقا منصور شنیده بود و زمانی که محسن پیش لیلا رسید، از او دربارهٔ حال اکبر پرسید و محسن گفت: «چه انتظاری داری؟ معلومه حال خوبی نداره.»

در این هنگام صدای سرفه‌ای از اتاق مژگان رسید و محسن با تعجب از لیلا پرسید: «مژگان تو اتاقشه؟»

لیلا با سر جواب مثبت داد. محسن چند ضربه به در اتاق زد و از داخل اتاق مژگان پرسید: بله؟ محسن پرسید آیا می‌تواند داخل شود. مژگان در را باز کرد تا محسن داخل شود. محسن از او پرسید: «خبر داری برای اکبر رأی منفی دادگاه اومده؟»

مژگان با بی‌حوصلگی گفت: «این روزها برای همه از این‌جور نامه‌ها میاد.»

محسن گفت: «فقط همین؟»

مژگان گفت: «خب آقا محسن انتظار داری بشینم گریه کنم واسش؟ چند روز دیگه واسه منم این نامه میاد.»

محسن با ناراحتی گفت: «حداقل انتظار داشتم الآن پیش اکبر بودی و کمی دلداریش می‌دادی. انتظار بزرگیه؟»

مژگان جواب داد: «اولاً الآن با دوست‌پسرم قرار دارم. اگه برم پیش اکبر به قرارم نمی‌رسم. ثانیاً اگه برم پیش اکبر روحیه‌ام خراب می‌شه و دوست‌پسرم دوست نداره

من رو با روحیه بد ببینه چون روی اونم تأثیر منفی می‌ذارم و شب هر دومون خراب می‌شه. آقا محسن، خودتون که بهتر هلندی‌ها رو می‌شناسین. خیلی اهل غم و غصه نیستن. می‌خوان شاد و خوش باشن. اگه من هر روز مثل بقیه پناهنده‌ها غمگین و افسرده باشم، خب طبیعیه که هیچ هلندی علاقه نداره با من دوست بشه و وقتش رو با من صرف کنه. مخصوصاً دوستم که خیلی اهل شوخی و خنده‌ست.»

محسن دیگر چیزی نگفت و از اتاق خارج شد. سپس به اتاق لیلا رفت و شروع کرد به بازی کردن با آرش. بعد انگار که با خودش صحبت می‌کند، آرام گفت: «بازی با بچه‌ها آدم رو به دوران خوش کودکی می‌بره. دورانی که توش دورویی نیست و همه با هم خوب و صادق هستن.»

لیلا به محسن و آرش نزدیک شد و گفت: «در شرایط پناهندگی هر کی به فکر نجات خودشه محسن. شاید حق با مژگان باشه. الآن مژگان دوست‌پسر هلندی داره که بهش گفته حتی اگه از کمپ هم اخراج بشه می‌تونه با اون زندگی کنه و بعد بهش کمک می‌کنه اقامت بگیره. خب در این شرایط مژگان حق داره راه خودش رو از اکبر جدا کنه.»

محسن نگاهی به لیلا کرد و گفت: «بعضی چیزها هست که نمی‌شه راحت درباره‌شون قضاوت کرد. من فقط گفتم مژگان الآن باید کمی به اکبر دلداری بده، همین.»

هفتهٔ بعد همراه با نامهٔ ترک خاک اکبر نامه‌ای هم برای مژگان از طرف وکیلش ارسال شد که حکایت از رأی منفی دادگاه داشت. شب ۲۶ سپتامبر، اکبر درحالی که کوله‌پشتی روی پشتش بود برای خداحافظی به خانهٔ لیلا آمد. محسن هم آنجا بود. اکبر گفت فردا صبح پلیس برای کنترل اتاق می‌آید تا مطمئن شود که تخلیه شده، برای همین او تصمیم گرفته بود شبانه کمپ را ترک کند. بعد از خداحافظی با لیلا و آرش، محسن تا نزدیک در کمپ با اکبر همراه شد. اکبر به او گفت: «مژگان خونه نبود که

ازش خداحافظی کنم. از طرف من ازش خداحافظی کن و بهش بگو هر وقت کاری داشت و کمکی خواست می‌تونه به من زنگ بزنه.» بعد درحالی که همدیگر را در آغوش می‌گرفتند اکبر آرام نزدیک گوش محسن گفت: «به‌هرحال خواهرمه، نمی‌تونم رهاش کنم.»

محسن گفت: «می‌فهمم اکبر جان. شماره تلفن همدیگه رو که داریم. سعی کن از وضعیت خودت من رو باخبر کنی.»

بعد اکبر به طرف دَرِ خروجی کمپ راه افتاد. بار دیگر محسن او را از پشت‌سر می‌دید که در تاریکی شب ناپدید می‌شد.

هفتهٔ بعد مژگان نامهٔ اخراج از کمپ را دریافت کرد و بدون آن‌که از کسی خداحافظی کند در یکی از همان شب‌های اواخر سپتامبر با دوست‌پسر خود از کمپ خارج شد. اخراج پناهنده‌ها، مخصوصاً مجردها، با چنان سرعتی در حال اجرا شدن بود که همگی شوکه شده بودند. حتی پرسنل فی‌فی‌ان نمی‌توانستند اخراج این‌همه پناهنده را در مدت زمان کوتاهی سازمان‌دهی کنند.

محسن دوباره برای خوابیدن دچار مشکل شده بود و دکتر کمپ برای او قرص‌های قوی خواب تجویز کرده بود که با خوردن آن‌ها گاهی فقط سه چهار ساعت می‌توانست بخوابد. در کنار فشارهای درسی و تطبیق با محیط آموزشی جدید، محسن می‌بایست با این واقعیت تلخ هم کنار می‌آمد که ممکن است او را هم از کمپ اخراج کنند. لیلا به او دلداری می‌داد که دادگاه محسن اگرچه زودتر از دادگاه اکبر و مژگان بوده، ولی هنوز نامه‌ای برای او نیامده، اما آن‌ها اخراج شده بودند. همین حرف‌ها کمی به محسن دلگرمی می‌داد.

در اواسط ماه اکتبر، شبی که محسن از دانشگاه به کمپ برگشته بود، برای خوردن شام به خانهٔ لیلا رفت. در خانهٔ آن‌ها پلیس و چند مأمور انتظامات کمپ حضور داشتند که باعث نگرانی محسن شد. لیلا تا محسن را دید او را به داخل اتاق خود برد،

جایی که آرش هم با ترس روی تخت خود نشسته بود. لیلا گفت: «آقا منصور با خانمش دعوا و کتک‌کاری کردن و از سروصدای اون‌ها مأمور انتظامات کمپ اومد. آقا منصور بهشون گفت یه اختلاف خانوادگیه و کسی اجازه نداره دخالت کنه و اجازه نداد وارد اتاق‌شون بشن. اون‌ها هم با پلیس تماس گرفتن.»

در همین هنگام یکی از مأموران انتظامات کمپ که محسن را می‌شناخت درِ اتاق لیلا را زد و از محسن درخواست کرد برای ترجمهٔ حرف‌ها بین پلیس و آقا منصور و زنش کمک کند. زمانی که محسن همراه آن مأمور وارد اتاق منصور شد، دید که به او دستبند زده‌اند و زنش درحالی که دخترش را در بغل دارد، گریه می‌کند. محسن ابتدا حرف‌های همسر آقا منصور را برای پلیس ترجمه کرد. بهاره، همسر آقا منصور، همان‌طور که اشک می‌ریخت و آثار کبودی روی صورتش بود، گفت که شوهرش از این‌که او با چند مرد مجرد ایرانی در کمپ چند دقیقه‌ای صحبت و خنده و شوخی کرده عصبانی شده و زمانی که همسرش گفته حق ندارد جلوی دخترشان سر او داد بزند، او را کتک زده است.

بعد از آن محسن صحبت‌های آقا منصور را برای پلیس ترجمه کرد. منصور درحالی که همچنان سر زنش داد می‌زد، گفت از زمانی که به هلند آمده‌اند همسرش پررو شده و دیگر مثل سابق حرف‌های شوهرش را جدی نمی‌گیرد. امروز هم به او گفته حق ندارد در کمپ با مردهای مجرد بگوبخند کند چون محیط کمپ ناسالم است؛ ولی او گفته با هرکه دوست داشته باشد حرف می‌زند. منصور هم عصبانی شده و به او سیلی زده. بعد هم تکرار کرد که این یک مشکل خانوادگی است و پلیس یا شخص دیگری حق دخالت ندارند. سپس محسن حرف‌های پلیس را برای منصور و بهاره ترجمه کرد. پلیس گفت او حق ندارد همسر خودش را کتک بزند و ممکن است در ایران شوهر حق داشته باشد همسر خود را کتک بزند و این مسئله به پلیس ربطی نداشته باشد، ولی در هلند این اجازه را ندارد. از آنجا که همچنان آقا منصور زنش را تهدید می‌کرد، پلیس

اقامت او را در کنار همسر و دخترش یک تهدید جدی تلقی می‌کرد، برای همین او را با خود به ادارهٔ پلیس بردند تا در روزهای بعد به شکایت همسرش رسیدگی شود.

دو روز بعد، بهاره برای مشورت با محسن به اتاق لیلا آمد. بهاره گفت که دیروز یکی از کارمندان ادارهٔ مهاجرت او را برای طرح شکایت از همسرش به ادارهٔ پلیس برده است. در آنجا اول او را با حقوقی که قوانین هلند دراختیارش می‌گذارند آشنا کرده‌اند و به او گفته‌اند که می‌تواند حتی درخواست طلاق بدهد و حق نگه‌داری از دخترش هم با اوست. او می‌تواند در آدرسی که شوهرش از آن بی‌اطلاع خواهد بود به زندگی‌اش ادامه دهد و حتی این مسئله به پروندهٔ پناهندگی او کمک هم خواهد کرد. بهاره اول از این‌که این‌همه حق و حقوق پشتیبانش است خوشحال شده بود، ولی بعد از آن به فکر حفظ بنیان خانوادهٔ خود افتاده بود. برای همین از آن‌ها فرصت خواسته بود که به پیشنهادشان فکر کند.

محسن پرسید: «قبلاً هم آقا منصور شما رو کتک زده بود؟»

بهاره گفت: «نه، اولین بار بود.»

محسن گفت: «از وقتی به هلند اومدین، خودت فکر نمی‌کنی طرز برخوردت با آقا منصور تغییر کرده؟»

بهاره پرسید: «منظورتون چیه؟»

محسن گفت: «بعضی از خانم‌های ایرانی یا خانم‌هایی که از کشورهای خاورمیانه به اروپا می‌آن، متوجه این مسئله می‌شن که در اروپا از نظر قانونی حقوقی دارن که توی کشور خودشون نداشتن. خانم‌ها می‌خوان آزادی‌هایی رو داشته باشن که قبلاً نداشتن و اگه شوهرشون با اون آزادی‌ها مخالفت کنه، مشکلات شروع می‌شه.»

بهاره گفت: «آقا منصور از من دوازده سال بزرگ‌تره. ایران که بودیم فکر می‌کرد من مثل بچه‌اش هستم و باید همیشه به حرفش گوش کنم. من هم براساس فرهنگی که باهاش تربیت شدم که زن باید همیشه احترام شوهرش رو حفظ کنه و از

طرفی رعایت احترام کسی که بزرگ‌تره واجبه، باهاش بحث نمی‌کردم و همیشه به حرفش گوش می‌کردم. ولی خب اینجا فرق داره دیگه، نه؟»

محسن پرسید: «منظورت چیه از این‌که می‌گی اینجا فرق داره؟»

بهاره رو به لیلا کرد و گفت: «لیلا جون، تو خودت خانم هستی شاید حرف من رو بهتر درک کنی.»

لیلا درحالی که دست بهاره را در دستش گرفته بود و نوازش می‌کرد، گفت: «مطمئن باش محسن هم حرف‌هات رو درک می‌کنه، برای همین بود که بهت توصیه کردم قبل از این‌که تصمیم بگیری باهاش مشورت کنی.»

محسن گفت: «من متوجه هستم چی می‌گی، ولی باید به آقا منصور فرصت بدی تا تغییر شرایط رو خودش درک کنه. یادت باشه که اون بابای دختر توئه و هیچ‌کس نمی‌تونه جای آقا منصور رو برای دخترت بگیره.»

بهاره با تردید پرسید: «یعنی می‌گین از شکایتم صرف‌نظر کنم؟»

محسن گفت: «من نمی‌گم چه کار کنی چه کار نکنی. من فقط سعی می‌کنم کمکت کنم که نه‌تنها برای آیندهٔ خودت، بلکه برای آیندهٔ دخترت تصمیم درستی بگیری. به نظر من فرصت برای شکایت همیشه هست. منم با آقا منصور صحبت می‌کنم تا تغییر شرایط رو بهتر و زودتر درک کنه.»

با صرف‌نظر کردن بهاره از شکایتش، منصور به خانه‌اش برگشت. محسن در فرصت مناسبی در این‌باره با او صحبت کرد تا احترام متقابلی برای همسرش داشته باشد و درک کند که او هم می‌تواند در زندگی مشترک نظر بدهد و نقش داشته باشد.

در اوایل ماه نوامبر که هوا به‌شدت سرد شده بود، نامه‌ای از وکیل محسن به دستش رسید مبنی بر رأی منفی دادگاه. محسن نامه را زمانی که در فی‌فی‌ان کار می‌کرد باز کرد و خواند. تمام پرسنل فی‌فی‌ان از رأی منفی دادگاه برای محسن شوکه شده بودند. وکیل محسن گفته بود که پروندهٔ او را به دادگاه اروپایی خواهد فرستاد، ولی این

کار مانع از اخراج محسن از کمپ نخواهد شد. میراندا، منشی فی‌فی‌ان، به محسن گفت: «اگه اخراج بشی جایی داری برای زندگی؟»

محسن با سر جواب منفی داد. همان شب محسن با تلفن به ژاک و کارلا اطلاع داد که پاسخ منفی از دادگاه گرفته و هر روز امکان دارد که او را از کمپ اخراج کنند. ژاک به او گفت که متأسفانه خانهٔ آن‌ها یک اتاق خواب بیشتر ندارد برای همین نمی‌تواند به محسن سرپناهی بدهد. لیلا از خود محسن بیشتر نگران بود چون نبودِ محسن در کمپ برایش غیرقابل تحمل بود حتی اگر خودش اجازهٔ اقامت در کمپ را می‌داشت. باز دلداری‌ها شروع شد و لیلا گفت اگر جواب بگیرد به او و آرش خانه می‌دهند و محسن می‌تواند با آن‌ها زندگی کند.

در صبح روز یازدهم نوامبر، نامهٔ اخراج محسن از کمپ به دستش رسید. درست زمانی که صد روز از آغاز کلاس‌های دانشگاهی‌اش گذشته بود. محسن قبل از این‌که به دانشگاه برود نامه را به فی‌فی‌ان برد و به میراندا و لیلیان تحویل داد. درحالی که آن‌ها مشغول خواندن نامه بودند، محسن خداحافظی کرد که برود، ولی لیلیان با فریاد گفت: «محسن! کجا داری می‌ری؟»

محسن آرام گفت: «می‌رم دانشگاه. ساعت ۱۲ تا ۱۸ کلاس دارم.»

لیلیان دوباره با فریاد گفت: «دارن تو رو از کمپ بیرون می‌ندازن و تو هنوز به فکر کلاس‌های دانشگاه هستی؟ خدایا چقدر یه نفر می‌تونه احمق باشه!»

محسن می‌دانست که اخراج او از کمپ برای همهٔ کارکنان فی‌فی‌ان ناراحت‌کننده است و حرف‌های لیلیان هم از روی نگرانی بود. محسن به طرف لیلیان و میراندا رفت و به آرامی گفت: «فکر می‌کنی اگه نرم دانشگاه و اینجا بمونم کمکی به حالم می‌کنه؟ پس بهتره حداقل کلاس‌های امروز رو از دست ندم. شب که برگشتم یه فکری می‌کنم.»

محسن خداحافظی کرد و به طرف ایستگاه اتوبوس راه افتاد.

شب، وقتی از اتوبوس پیاده شد تا به طرف کمپ برود، آرام‌آرام برف می‌بارید. در کمپ چراغ‌های فی‌فی‌ان هنوز روشن بودند و این برای محسن عجیب بود چون آن‌ها تا ساعت ۱۷ کار می‌کردند و ساعت نزدیک ۱۹ بود. محسن به خانواده‌اش در ایران اطلاع نداده بود که از کمپ در حال اخراج شدن است چون جز نگرانی سود دیگری نداشت.

در خانهٔ لیلا سکوت حکم‌فرما بود. محسن در حال جمع کردن وسایلش بود و لیلا آرام‌آرام اشک می‌ریخت. محسن در یک ساک کتاب‌های درسی‌اش را جا داد و در چمدانی دیگر لباس‌ها و وسایل شخصی‌اش را. چند ضربه به درِ خانه سکوت را شکست و زمانی که آقا منصور در را باز کرد، میراندا وارد شد و به محسن گفت پرسنل فی‌فی‌ان در ساختمان جمع شده‌اند و منتظر او هستند تا ضمن بر گزاری یک جشن کوچک از او خداحافظی کنند.

در ساختمان فی‌فی‌ان همهٔ پرسنل جمع شده بودند و اگرچه با خنده و شوخی سعی داشتند به محسن روحیه بدهند، ولی کاملاً معلوم بود که در ظاهر شاد ولی از صمیم قلب ناراحت بودند. همگی دور میز نشسته بودند و خاطرات شادی را که با محسن داشتند تعریف می‌کردند. در پایان مراسم خداحافظی، لیلیان پاکت نامه‌ای را به محسن داد که در آن ۳۰۰ یورو بود و گفت این حداقل کاری است که آن‌ها می‌توانستند برایش انجام دهند. بعد از آن یکی‌یکی با محسن خداحافظی کردند و زمانی که نوبت به میراندا رسید، از محسن پرسید: «الآن از کمپ می‌ری یا فردا؟»

محسن گفت: «همین امشب چون فردا صبح زود پلیس برای کنترل اتاق می‌آد و نمی‌خوام باهاشون مواجه بشم.»

میراندا پرسید: «این موقع شب کجا می‌خوای بری محسن؟»

محسن گفت: «اگه کسی که ماشین داره لطف کنه من رو به تیلبورخ برسونه، ممنون می‌شم. چون دوتا چمدان سنگین دارم که باید با خودم به تیلبورخ ببرم.»

فصل هفتم
(زندگی غیرقانونی)

میرندا محسن و ساک و چمدانش را تا جلوی خانهٔ ژاک رساند و بعد از خداحافظی و آرزوی موفقیت از آنجا رفت. قبل از حرکت از کمپ، محسن تلفنی به ژاک اطلاع داده بود که اگر امکانش باشد وسایلش را برای مدتی در انبار خانهٔ آن‌ها بگذارد و فقط کتاب‌های درسی و تعداد معدودی وسایل شخصی که نیاز دارد داخل کوله‌پشتی همراه خود داشته باشد تا سر فرصت مکانی برای زندگی پیدا کند. به کمک ژاک و کارلا محسن ساک و چمدانش را به انباری خانهٔ آن‌ها منتقل کرد. کارلا پرسید: «کجا می‌خوای زندگی کنی؟»

محسن گفت: «کتابخونهٔ دانشگاه تا ساعت نه شب بازه. چون جای گرم و ساکتی هستش می‌تونم تا ساعت نه شب هر روز اونجا بمانم. بعد با قطار از بردا به

تیلبورخ برمی‌گردم تا شب رو در ایستگاه قطار تیلبورخ سپری کنم چون ایستگاه قطار تیلبورخ برای من شناخته‌شده‌تره و کمتر از بردا پلیس توی ایستگاه رفت و آمد می‌کنه. هر روز صبح می‌تونم با قطار ساعت ۶:۵۰ دوباره به بردا برم چون کتابخونه ساعت ۷:۳۰ باز می‌کنه و کل روز رو می‌تونم دانشگاه باشم بدون این‌که با پلیس برخوردی داشته باشم. فقط امیدوارم در ایستگاه قطار تیلبورخ یا بردا پلیسی از من کارت شناسایی نخواد.»

ژاک پرسید: «کجا می‌خوای دوش بگیری؟ دانشگاه؟»

محسن خندید و گفت: «نه، در دانشگاه امکان دوش گرفتن نیست. هفته‌ای دوبار می‌رم استخر و می‌تونم اونجا دوش بگیرم.»

کارلا با حالت جدی گفت: «لازم به این کار نیست! تو می‌تونی هر وقت دوست داشتی اینجا بیای برای دوش گرفتن و غذا خوردن با ما. من هم می‌تونم لباس‌هات رو توی ماشین لباس‌شویی بشورم و بعد از خشک شدن اتو کنم تا استفاده کنی. متأسفانه ما فقط نمی‌تونیم به تو جای خواب بدیم، ولی در بقیه موارد می‌تونی روی کمک ما حساب کنی.»

محسن ضمن تشکر از آن‌ها درخواست کرد که اجازه بدهند که از آدرس آن‌ها به‌عنوان آدرس پستی خود استفاده کند. در هلند هر فرد باید آدرسی داشته باشد تا به بانک یا سازمان‌ها یا دانشگاه بدهد و بدون آدرس نمی‌توان از خدمات این سازمان‌ها استفاده کرد. ژاک و کارلا این اجازه را به او دادند. سپس محسن کوله‌پشتی خودش را برداشت و درحالی که هنوز برف می‌بارید پیاده به طرف ایستگاه قطار تیلبورخ راه افتاد. ساعت ده شب به ایستگاه رسید. در آن موقع شب ایستگاه خلوت بود و در سالن انتظار به جز چند مسافر که منتظر رسیدن قطار بودند کسی در سالن نبود. با آن‌که در سالن شوفاژ نبود، ولی نسبت به بیرون گرم‌تر بود و محسن با خود گفت: «حداقل داخل سالن خشکه و می‌شه روی یک صندلی نشست و استراحت کرد.» سالن ایستگاه تا ساعت یک باز بود و بعد از آن درسالن را تا ساعت پنج صبح می‌بستند و در این مدت کسی اجازه

نداشت در سالن بماند. برای همین یکی از مأموران انتظامات ایستگاه، محسن را که روی یک صندلی در سالن به حالت نشسته خواب بود بیدار کرد و گفت باید سالن را ترک کند. بیرون سالن هوا سرد بود. محسن در سمت راست ایستگاه، جایی که ایستگاه اتوبوس‌ها بود و به خاطر داشتن سقف خشک مانده بود، روی یک نیمکت نشست. روی نیمکت‌های دیگر چند نفر بی‌خانمان خوابیده بودند که اکثراً معتاد یا الکلی بودند. محسن با داشتن پالتوی ضخیمی که داشت زیاد احساس سرما نمی‌کرد، ولی در انگشتان پاهای خود کم‌کم به خاطر سرما احساس سوزش می‌کرد. برای همین گاهی مجبور بود راه برود تا جریان خون بیشتر به سمت انگشتان پاهایش برسد.

محسن دو هفته را در چنین شرایطی سپری کرد و در این مدت به جز یک شب که با پلیس در ایستگاه قطار تیلبورخ برخورد کرد حادثهٔ مهمی برای او رخ نداد. در آن شب محسن ساعت سه صبح روی نیمکت بیرون از سالن خوابیده بود که در همان لحظه دو پلیس او را بیدار کردند. آن‌ها می‌دانستند که اکثر بی‌خانمان‌ها معتاد یا الکلی هستند، ولی به ظاهر محسن نمی‌خورد که جزو این گروه باشد، برای همین با تعجب پرسیدند که چرا آنجا خوابیده. محسن توضیح داد که دانشجو است و چون اجارهٔ اتاقش را نداده، صاحب‌خانه او را اخراج کرده و محسن باید چند شبی در ایستگاه بخوابد تا جایی پیدا کند. در همین حال کارت دانشجویی خود را به آن‌ها نشان داد تا داستان او را باور کنند و درخواست کارت شناسایی نکنند. چون محسن به جز کارت دانشجویی کارت دیگری نداشت و کارت اقامت او را پس گرفته بودند. خوشبختانه مأموران پلیس حرف‌های محسن را پذیرفتند و از او کارت شناسایی نخواستند.همراه نداشتن کارت شناسایی جرم محسوب می‌شد و کارت دانشجویی هم جزو کارت‌های شناسایی معتبر به حساب نمی‌آمد.

در یکی از شب‌هایی که محسن مجبور بود در ایستگاه قطار تیلبورخ بخوابد، باید صبح روز بعد با یکی از هم‌کلاسی‌هایش در آزمایشگاه کار می‌کرد. صبح اول وقت

دانشجوها در آزمایشگاه مشغول آماده کردن مواد شیمیایی و وسایل لازم برای آزمایش بودند. محسن درهمان ابتدای کار متوجه شد که هم‌کلاسی‌اش که دختری به اسم آماندا[1] بود عصبی و ناراحت است، برای همین از او پرسید اتفاقی افتاده. آماندا با ناراحتی گفت: «من هر روز با قطار از خونه‌مون به دانشگاه می‌آم و در طول سفر نیم ساعتی به آهنگ مورد علاقه‌ام گوش می‌دم، ولی امروز باتری لعنتی دستگاه خالی بود و نتونستم اول صبح به آهنگ مورد علاقه‌ام گوش بدم برای همین تمام روزم خراب می‌شه.»

محسن هم گفت: «آره، دیشب خیلی سرد بود برای همین من هم امروز زیاد حال مناسبی برای انجام آزمایش ندارم، ولی به‌هرحال باید آزمایش امروز رو انجام بدیم چون امروز آخرین مهلت تحویل این درسه.»

آماندا با تعجب پرسید: «سرد بودن هوا چه ربطی به حال تو داره؟»

محسن گفت: «آخه من شب‌ها تو خیابون می‌خوابم، ولی چون دیشب خیلی سرد بود مجبور شدم بیشتر شب رو راه برم تا گرم بمونم و به خاطر بی‌خوابی امروز سر حال نیستم.»

آماندا با ناراحتی گفت: «من مشکلم رو گفتم چون پرسیدی. اگه می‌دونستم جوابم باعث می‌شه که من رو مسخره کنی اصلاً جوابت رو نمی‌دادم.»

محسن با بی‌حوصلگی درحالی که آزمایش را ادامه می‌داد، گفت: «اصلاً حوصلهٔ مسخره کردن تو رو ندارم. چیزی که گفتم عین واقعیته. بهتره بی‌خیال بشی و آزمایش رو انجام بدی.»

بعد از درس محسن برای خوردن نان و پنیری که با خود برای ناهار آورده بود به سالن غذاخوری رفت و به این فکر می‌کرد که بین مشکلات او و دیگر دانشجوها تفاوت زیادی وجود دارد، ولی لازم نمی‌دید که با آن‌ها دربارهٔ مشکلاتش صحبت کند چون اولاً برای خیلی‌ها باورکردنی نبود و ثانیاً از دست آن‌ها کمکی برنمی‌آمد.

---

[1] Amanda

محسن شک داشت که دانشگاه را در جریان شرایطش بگذارد چون می‌ترسید بلافاصله او را به خاطر نداشتن مدرک شناسایی و زندگی غیرقانونی اخراج کنند یا حتی پلیس را در جریان قرار دهند و پلیس او را دستگیر کند چون طبق قانون، پلیس این حق را داشت که افرادی را که زندگی غیرقانونی داشتند دستگیر کند و به اجبار به کشورشان برگرداند. بااین‌حال محسن احساس می‌کرد که بیان مشکلاتش با صداقت می‌تواند کمکی برای او باشد. برای همین تصمیم گرفت وضعیتش را برای دِکان [1] دانشگاه توضیح دهد. دِکان دانشگاه کسی بود که دانشجوها او را در جریان مشکلات شخصی خود می‌گذاشتند و او می‌توانست در حد امکان و به طور قانونی تسهیلاتی را برای دانشجو فراهم کند تا بتواند به درسش ادامه دهد. مهم‌ترین سؤال محسن این بود که آیا بدون داشتن مدرک شناسایی می‌تواند به درسش ادامه دهد؟

دِکان که اسمش آرت [2] بود، بعد از تحقیقات به محسن اطلاع داد که دانشجویان باید در هنگام ثبت‌نام مدرک شناسایی معتبر داشته باشند و محسن هنگام ثبت‌نام در ماه اوت مدرک شناسایی داشته و برای ارائهٔ مجدد مدارک شناسایی هیچ لزومی وجود ندارد و تا زمانی که محسن هزینهٔ تحصیل را بپردازد و درس‌ها را پاس کند می‌تواند به درسش ادامه دهد. دِکان مردی بود بسیار مهربان و از این‌که محسن در چنین شرایطی به درسش ادامه می‌داد متعجب بود و او را به خاطر داشتن پشتکارش تشویق کرد.

بعد از آن محسن با یواآف تماس گرفت و وضعیت خودش را توضیح داد. آن‌ها هم به او گفتند که تا زمانی که محسن به تحصیلش ادامه دهد هزینهٔ دانشگاه، رفت‌وآمد و لوازم تحصیل از جمله کتاب را پرداخت می‌کنند، ولی بابت هزینه‌های زندگی مثل خورد و خوراک یا اجارهٔ اتاق هیچ پولی پرداخت نمی‌کنند.

---

[1] Decaan: کسی که به مشکلات شخصی دانشجویان رسیدگی می‌کند.

2 Arth

بعد از دو هفته از اخراج محسن، ژاک با او تماس گرفت و به او اطلاع داد که پسرخواندهٔ ایرانی او، فرید، یک خانهٔ قدیمی در تیلبورخ خریده و در حال تعمیر خانه است تا بعد اتاق‌هایش را اجاره دهد. محسن می‌تواند موقتاً در آن خانه زندگی کند. محسن بلافاصله با فرید تماس گرفت و قرار ملاقاتی در آن خانه با او گذاشت. در طبقهٔ همکف خانه کیسه‌های سیمان و گچ و سایر وسایل بنّایی قرار داشت و پنجره‌ها شیشه نداشتند. در طبقات اول و دوم روزها کارگرها و خود فرید مشغول کار بودند.

فرید گفت: «می‌تونی فعلاً با پلاستیک پنجره‌ها رو ببندی تا سرما کمتر داخل بیاد و روی زمین دوتا پتو بندازی تا شب‌ها اینجا بخوابی. از دستشویی داخل حیاط می‌تونی استفاده کنی، ولی حمام هنوز آماده نیست.» بعد فرید با حالتی سخاوتمندانه ادامه داد: «لازم هم نیست اجاره بدی. فقط روزهای شنبه و یکشنبه که دانشگاه نمی‌ری باید در طبقات بالا روزانه هشت ساعت به من کمک کنی.»

محسن با تعجب گفت: «یعنی تو واسه اینجا با این‌همه خاک و آشغال می‌خواستی از من اجاره بگیری؟»

فرید گفت: «پس مثل این‌که در جریان نیستی آقا محسن! اون‌قدر آدم غیرقانونی زیاد شده تو خیابون‌ها که واسه همین سقفی که بالای سرشون باشه ماهی صد یورو می‌دن.»

محسن گفت: «ولی اگه من اینجا بخوابم دیگه خیالت از بابت دزدی مصالح ساختمانی که اینجا هستن راحته. نه؟»

فرید گفت: «خب آره ولی شنبه‌ها و یکشنبه‌ها هم که دانشگاه نمی‌ری باید کمکم کنی.»

از اوایل دسامبر ۲۰۰۳، محسن شب‌ها در طبقهٔ همکف خانهٔ در دست ساخت فرید می‌خوابید. سرما کمتر از بیرون بود و محسن از پلیس یا سایر بی‌خانمان‌ها ترسی نداشت. هر هفته محسن لباس‌های کثیف خود را به خانهٔ ژاک می‌برد و کارلا لباس‌های

او را بعد از شست‌وشو اتو می‌کرد و بسیار مرتب در داخل ساک می‌گذاشت تا هفتهٔ بعد، زمانی که لباس‌های کثیف را می‌آورد لباس‌های تمیز را تحویل بگیرد. این یکی از مهم‌ترین کمک‌هایی بود که ژاک و کارلا به او می‌کردند.

کم‌کم پول محسن رو به اتمام بود و برای خرید غذا و وسایل شخصی دیگر پولی نداشت. در اینجا بود که محسن برای اولین و آخرین بار در زندگی‌اش دست نیاز به سوی کسی دراز کرد. از آنجا که خجالت می‌کشید مستقیم از ژاک درخواست کمک کند، از دانشگاه ایمیلی برای او ارسال کرد و ضمن توضیح مجدد وضعیتش از او درخواست کرد که ماهیانه چهل یورو به او بدهد و این مبلغ برای خرید نان و سایر مایحتاج او کافی بود. بعد از دو روز ایمیلی از ژاک دریافت کرد که در آن نوشته بود: «محسن عزیز، من دربارهٔ درخواست تو با کارلا مشورت کردم و تصمیم گرفتیم تا زمانی که تو نیاز داری ماهیانه مبلغ ۷۵ یورو به حساب واریز کنیم. متأسفانه بیشتر از این مبلغ در توان ما نیست که به تو کمک کنیم.»

محسن از دریافت این ایمیل خیلی خوشحال شد و همان شب برای تشکر به خانهٔ آن‌ها رفت. روزهای شنبه محسن طبق معمول در مک‌دونالد آن‌ها را می‌دید و می‌توانست برای خودش صبحانه سفارش دهد و ژاک و کارلا از این‌که محسن در کنارشان بود لذت می‌بردند. بعد از آن آن‌ها ساعت یازده به خانهٔ ژاک و کارلا می‌رفتند و محسن فشارخون آن‌ها را به کمک دستگاهی که ژاک خریده بود کنترل می‌کرد و دربارهٔ وضعیت سلامتی‌شان به آن‌ها مشاوره می‌داد.

در شروع سال جدید ۲۰۰۴، محسن مخفیانه وارد کمپ دونگن شد تا جشن سال نو را در کنار لیلا و آرش باشد. در همان شب لیلا به محسن اطلاع داد که برای او هم نامهٔ منفی از دادگاه آمده، ولی با وجود گذشته دو هفته هنوز نامهٔ ترک خاک برایش ارسال نشده.

محسن گفت: «این همون نکته ای هست که اگه یادت باشه یک سال و نیم پیش بهت گفتم که وضعیت تو با من و اکبر و مژگان فرق می‌کنه. تو بچه داری و بچه‌ات مدرسه می‌ره. بعید می‌دونم به تو ترک خاک بدن.»

آرش با خوشحالی پرید بغل محسن و گفت: «عمو محسن، یعنی ما رو هم مثل شما از اینجا بیرون نمی‌کنن؟»

محسن با خنده گفت: «نه آرش جان بیرون نمی‌کنن، مخصوصاً اگه تو درس‌هات رو خوب بخونی امکان نداره از کمپ بیرونت کنن.»

لیلا با ناراحتی گفت: «ولی اقامت هم به ما نمی‌دن. همین‌جور بلاتکلیف باید سال‌ها توی این کمپ لعنتی زندگی کنیم. آدم دیوونه می‌شه این‌جوری.»

محسن گفت: «لیلا، تو از بیرون کمپ و زندگی غیرقانونی خبر نداری. نمی‌دونی چقدر سخته. خدا رو شکر کن که یه سقفی داری، یه پولی بابت خورد و خوراکت می‌دن. از همه مهم‌تر بیمه هستی. الآن اگه من مریض بشم فکر می‌کنی باید چی‌کار کنم؟»

با صحبت‌های محسن، لیلا آرام شد و کیکی را که درست کرده بود آورد. شب دیروقت محسن آماده شد که برود، ولی آرش دست او را گرفته بود و می‌گفت بماند. محسن به لیلا نگاهی کرد و لیلا گفت: «اگه می‌تونی بمون فردا صبح برو.» برای اولین بار محسن و لیلا شب را در کنار هم خوابیدند، روی زمین، و آرش بین آن‌ها خوابید. از بالای سرِ آرش، لیلا دست محسن را گرفته بود و به آرامی گفت: «دست‌هات زبر شدن محسن. مگه جایی کار می‌کنی؟» محسن گفت گاهی در تعطیلات آخر هفته به فرید کمک می‌کند. لیلا گفت: «محسن، اگه به من اقامت بدن تو دیگه لازم نیست این‌جوری زندگی کنی. می‌تونی با من و آرش زندگی کنی عزیزم.» محسن دست لیلا را آهسته فشرد و گفت: «همه‌چیز درست می‌شه. باید صبر داشته باشیم.»

در اوایل ماه مارس ۲۰۰۴ که از سرمای هوا کاسته شده بود کار ساخت خانهٔ فرید به اتمام رسید. او می‌خواست خودش در طبقهٔ همکف زندگی کند و سه اتاق‌خواب طبقهٔ اول و دو اتاق‌خوابی را که زیر سقف خانه درست کرده بود، اجاره بدهد. پنج اتاق‌خواب حمام، توالت و آشپزخانهٔ مشترک داشتند و خود فرید در طبقه همکف آشپزخانه و سرویس حمام توالت جداگانه داشت. کرایه اتاق‌ها از ۲۵۰ یورو در ماه شروع می‌شد تا ۴۵۰ یورو برای بزرگ‌ترین اتاق. فرید به محسن گفت: «کوچک‌ترین اتاق رو اجاره دادم. اگه می‌خوای یکی دیگه از اتاق‌ها رو اجاره کن.»

محسن گفت: «تو که وضعیت من رو می‌دونی. من فقط ماهی ۷۵ یورو از ژاک می‌گیرم. چطور می‌تونم کرایه یه اتاق رو بدم؟»

فرید گفت: «انتظار نداری که بگم یه اتاق رو مجانی استفاده کنی؟»

محسن گفت: «تو خودت چند سال غیرقانونی زندگی کردی. از خیلی‌ها کمک گرفتی تا بالاخره به اینجا رسیدی. اجازه بده تا درسم تموم بشه اینجا بمونم بعد می‌رم کار سیاه پیدا می‌کنم کرایه می‌دم بهت.»

فرید خندید و گفت: «جوک می‌گی محسن؟ من روی کرایه تک‌تک این اتاق‌ها حساب باز کردم، بعد تو می‌گی مجانی زندگی کنی اینجا؟»

با کمک ژاک که با فرید صحبت کرد، قرار شد یکی از اتاق‌ها که با ۳۵۰ یورو در اجارهٔ یک پسر کرد عراقی بود مشترکاً با محسن استفاده شود و محسن ماهی ۱۰۰ یورو به آن کرد عراقی بدهد. آن پسرهم غیرقانونی زندگی می‌کرد، ولی چون در نانوایی کار می‌کرد می‌توانست هزینه‌های زندگی خودش را بپردازد و خوشبختانه اکثر شب‌ها در خانهٔ دوستانش می‌خوابید و هفته‌ای یکی دو شب برای خواب به اتاق می‌آمد. اتاقی که آن‌ها به طور مشترک استفاده می‌کردند زیر سقف خانه بود و با اتاق مجاور فقط توسط یک دیوار نازک گچی جدا شده بود، برای همین به‌راحتی صدای اتاق مجاور شنیده می‌شد. اتاق مجاور را یک مرد ایرانی اجاره کرده بود که از همسر هلندی خودش جدا

شده بود و پانزده سال در هلند زندگی کرده بود. از آنجا که بیکار شده بود و حقوق بیکاری می‌گرفت روزها می‌خوابید و شب‌ها دوست‌دخترش را به اتاقش می‌آورد تا با هم آشپزی کنند و شام بخورند و گاهی دوستش شب پیش او می‌ماند. همین مسئله برای محسن مشکل ایجاد کرده بود چون او شب‌ها ساعت یازده یا در نهایت دوازده می‌خوابید، درست همان زمانی که همسایه او با دوست‌دخترش مشغول آشپزی و خوردن شام و خنده و شوخی بودند. مشکل بزرگ و مضحک‌تر موقعی پیش می‌آمد که دوستِ مرد ایرانی تصمیم می‌گرفت شب پیش او بماند. با این‌که دربارهٔ مشکل با همسایه خود صحبت کرده بود، ولی او گفته بود اجارهٔ اتاقش را می‌دهد برای همین اختیار دارد در اتاقش آن طوری که دوست دارد زندگی کند و مشکل از اتاق‌هاست که در مقابل صدا خوب ایزوله نشده‌اند.

در کنار این مشکلات، پرداخت ماهیانه ۱۰۰ یورو برای محسن بسیار سخت بود. او سعی می‌کرد با صرفه‌جویی و گاهی کار سیاه این مبلغ را بپردازد و بعد از یک ماه متوجه شد کار غیرممکنی است. برای همین با یوآآف تماس گرفت و توضیح داد دانشجویی که غیرقانونی زندگی می‌کند باید زنده بماند تا درسش را ادامه دهد و به پایان برساند. بعد از چند روز به او اطلاع دادند که اگر دانشجویی که مشابه وضعیت محسن را دارد خودش را تا سال آخر تحصیلش برساند، یوآآف در سال آخر برای هزینه‌های زندگی به او کمک خواهد کرد، ولی باید صددرصد آن هزینه‌ها را زمانی که درآمدی پیدا کرد، بازپرداخت کند. محسن متوجه شد باید هرطور شده خودش را تا سال آخر برساند برای همین بار دیگر با دِکان دانشگاه، آرت، تماس گرفت و دربارهٔ مشکلات مالی خودش توضیح داد. آرت توضیح داد که برای دانشجوها کمک‌های مالی از طرف دانشگاه در موارد خیلی ضروری وجود دارد که دانشجو باید در اولین فرصت ممکن پول را پس بدهد، ولی از آنجایی که محسن غیرقانونی در هلند زندگی می‌کرد و امکان بازپرداخت پول را حداقل در سال‌های آینده نداشت، برای دریافت کمک شانس کمی داشت. بااین‌حال آرت

درخواستی برای دانشگاه ارسال کرد و در آن وضعیت محسن را توضیح داد و در کنارش به نمره‌های خوب محسن نیز اشاره کرد. از طرف افرادی که باید تصمیم می‌گرفتند قرار ملاقاتی برای محسن گذاشته شد و آرت نیز در آن روز حضور داشت. موقعی که محسن وارد اتاق بزرگ شد، سه نفر را پشت میز دید. در وسط یک خانم بود و دو طرف او دو آقا. آرت در بیرون اتاق منتظر بود تا اگر لازم شد او را به اتاق دعوت کنند. خانم که معلوم بود مسئول آن جلسه است، از محسن وضعیتش را پرسید و محسن تمام وضعیتش را توضیح داد و اشاره کرد که وکیلش پروندهٔ او را به دادگاه عالی اروپا ارسال کرده و هنوز امیدوار است که اقامت بگیرد. سپس یکی از آن آقایان پرسید: «تو که اقامت نداری و اجازهٔ کار هم نداری چطور می‌خوای پول رو پس بدی؟» محسن گفت: «اگه اقامت بگیرم می‌رم سر کار و پول رو پس می‌دم.» مرد دیگری گفت: «ولی اگه اقامت نگرفتی و به کشورت اخراج شدی چی؟» محسن جوابی نداشت. سپس آرت را به اتاق دعوت کردند و او توضیح داد که محسن نشان داده که ارزش سرمایه‌گذاری را دارد. از نمراتش و طرز رفتارش این کاملاً معلوم است. او فقط باید تا سال آخر خودش را برساند و بعد از آن یوآاِف به او کمک خواهد کرد. محسن و آرت از اتاق خارج شدند و آن‌ها مشغول مشورت شدند. آرت گفت: «ظاهراً اون خانم موافق کمک به تو بود، ولی اون آقایون مخالف بودن. باید صبر کنیم نتیجه رو بفهمیم.» بعد از یک ربع خانم از اتاق خارج شد و به محسن گفت: «من با مسئولیت شخصی خودم تصمیم گرفتم ۹۰۰ یورو برای نه ماه پرداخت کرایه اتاقت در اختیارت بگذارم. یادت باشه که این پول یه قرضه که باید در اولین فرصت که تونستی به صندوق برگردونی.» باور کردن این موفقیت برای محسن و آرت مشکل بود. آرت بار دیگر تأکید کرد که محسن پول را در اولین فرصت ممکن پس می‌دهد.

به مرور زمان محسن دریافت که یکی از ارکانی که باعث شده موفقیت‌هایی برای دریافت کمک از دیگران به دست آورد راست‌گویی و صداقت او بوده. در همان

دانشگاه محسن دو پناهنده از عراق و سومالی را می‌شناخت که در رشتهٔ شیمی درس می‌خواندند. هرچند جواب منفی از دادگاه گرفته بودند، ولی چون با خانوادهٔ خود در کمپ زندگی می‌کردند از آنجا اخراج نشده بودند، دقیقاً وضعیتی مشابه لیلا. ولی آن‌ها دربارهٔ مشکلات خود با دِکان صحبتی نکرده بودند چون اعتمادی نداشتند. محسن برای آن‌ها توضیح داد که این ترس را او هم داشته، ولی بالاخره دربارهٔ مشکلش با دانشگاه صحبت کرده و کمک‌های زیادی به او کرده‌اند، ولی به باور آن‌ها یک پناهنده تا زمانی که اقامت نگرفته باید تا می‌تواند با تعداد کمتری دربارهٔ وضعیتش صحبت کند چون اگر واقعاً زمانی کمک به یک پناهنده که اقامت ندارد جرم تلقی شود، افرادی که از وضعیت پناهنده اطلاع دارند ممکن است او را به پلیس معرفی کنند.

بعد از آن‌که محسن کمک مالی دریافت کرد دربارهٔ مشکلش و این‌که شب‌ها نمی‌تواند به خاطر صداهای اتاق مجاور بخوابد با ژاک صحبت کرد. ژاک گفت از طریق کلیسایی که در آن رایگان درس می‌دهد شنیده که خانم مسنی در آپارتمان دو اتاق‌خوابهٔ خود که در تیلبورخ واقع شده، تنها زندگی می‌کند و یکی از اتاق‌های خودش را به دانشجوها کرایه می‌داده. ژاک با آن خانم که اسمش پائولین[1] بود قرار ملاقاتی گذاشت و همراه محسن به خانه او رفتند. پائولین پنجاه سال پیش به همراه خانواده‌اش از اندونزی به هلند مهاجرت کرده و هرگز ازدواج نکرده بود و همهٔ این سال‌ها تنها زندگی می‌کرد. او زنی بسیار مهربان بود که هر روز در فعالیت خیریه‌ای شرکت می‌کرد. در شصت‌وهفت سالگی جوان‌تر از سنش به نظر می‌رسید و خودش معتقد بود که دو چیز عامل آن بود، اول آن‌که هیچ‌وقت برای پول حرص نزده بود و دوم این‌که با همه مهربان بوده و سعی کرده به همه کمک کند که این مسئله حس خوب و آرامش به او داده است. بعد از آن‌که پائولین شرح زندگی محسن در هلند را شنید، قبول کرد که محسن با او زندگی کند.

محسن پرسید: «کرایه اتاق چنده؟» پائولین پرسید محسن چقدر می‌تواند بپردازد و محسن گفت صد یورو و بلافاصله پائولین قبول کرد، البته به دو شرط، اولاً از ماشین لباس‌شویی او استفاده نکند و ثانیاً آدرس خانه‌اش را به‌عنوان آدرس پستی به سازمان‌ها ندهد. ژاک خاطرنشان کرد که محسن از آدرس خانهٔ او به‌عنوان آدرس پستی استفاده کرده و خواهد کرد و بعد به محسن گفت که طبق معمول می‌تواند لباس‌های خود را برای شست‌وشو به خانهٔ آن‌ها بیاورد.

در ماه آوریل ۲۰۰۴، محسن به آپارتمان پائولین نقل مکان کرد و در اتاقی که تخت‌خواب و کمدی در آن بود مستقر شد. شب اولی که محسن بعد از ماه‌ها روی تخت‌خواب نرم خوابید، توانست بدون درد پشت و کمر بخوابد. او نه‌تنها اتاقی شخصی به دست آورد بلکه می‌توانست از حمام توالت و آشپزخانه هم استفاده کند. محسن شماره تلفن خانهٔ پائولین را به مادر و پدرش داد و آن‌ها بعد از سال‌ها توانستند شماره تماسی از او داشته باشند. محسن هر روز با دوچرخه به ایستگاه قطار تیلبورخ می‌رفت و از آنجا با قطار به بردا می‌رفت، جایی که دانشکده‌اش قرار داشت.

بعد از چند ماه، محسن چنان در خانهٔ پائولین جا افتاد که برای اولین بار خود را در خانهٔ شخصی احساس می‌کرد. از آنجا که پائولین از آشپزی لذت نمی‌برد و برعکس محسن آشپزی را دوست داشت، معمولاً محسن هم برای خودش و هم برای پائولین آشپزی می‌کرد و با هم غذا می‌خوردند. بعد اگر محسن وقت داشت با هم صحبت می‌کردند یا تلویزیون نگاه می‌کردند، گاهی هم به مهمانی‌هایی می‌رفتند که از طرف خانوادهٔ پائولین برگزار می‌شد تا خانوادهٔ او نیز با محسن آشنا شوند. مخصوصاً اگر پائولین می‌خواست با اتومبیلش سفرهای طولانی برود دوست داشت محسن همراه او باشد، در این‌صورت در جاده احساس امنیت بیشتری می‌کرد. تنها مسئله‌ای که محسن را نگران می‌کرد، همسایه‌های پائولین بودند. آن‌ها شنیده بودند که پائولین یک دانشجوی غیرقانونی را در خانهٔ خود جا داده است. از آنجا که هزینهٔ مصرف انرژی بین آپارتمان‌ها

به طور مساوی تقسیم می‌شد، اضافه شدن یک نفر به آپارتمان پائولین به معنی مصرف بیشتر انرژی بود که بین همه تقسیم می‌شد. بنابراین محسن فکر می‌کرد ممکن است یکی از همسایه‌ها پلیس را در جریان حضور او قرار دهد. در چند هفتۀ اولی که محسن در خانۀ پائولین بود، گاهی با ترس از خواب بیدار می‌شد چون خواب دیده بود که پلیس پشت در خانۀ پائولین است و می‌خواهند دِر خانه را بشکنند تا وارد شوند و او را دستگیر کنند. محسن چندین بار این خواب را دیده بود و چنان از ترس بیدار می‌شد که همۀ لباس‌هایش از عرق خیس بود. چنین حالتی را قبلاً تجربه کرده بود، زمانی که در بیمارستان‌های جنگی بود، جنگ بین ایران و عراق بود و او دو سال خدمت سربازی باید در بیمارستان‌های جنگی خدمت می‌کرد. آن زمان هم گاهی خواب می‌دید که بیمارستان بمباران شیمیایی شده و خود را در میان اجساد سربازان یا مجروح‌هایی می‌دید که به او التماس می‌کردند کمک‌شان کند. آن زمان هم یک بار که بیمارستان توسط جنگنده‌های عراقی بمباران شیمیایی شده بود محسن مجروح شده بود و حتی سال‌ها بعد از اتمام خدمت سربازی‌اش گاهی چنین خواب‌های وحشتناکی می‌دید و با ترس و خیس از عرق بیدار می‌شد.

به همین خاطر در همان ابتدا تلاش کرد رابطۀ دوستانه‌ای با همسایه‌ها داشته باشد و اگر کمکی از دستش برای آن‌ها برمی‌آمد، سعی می‌کرد کمک کند. با مرور زمان، محسن به یکی از همسایه‌ها تبدیل شد که مهربان و قابل اعتماد بود، طوری که همسایه‌های دیگر با او رفت‌وآمد می‌کردند، حتی گاهی بیشتر از رابطه‌ای که با خود پائولین داشتند.

محسن لیلا و آرش را هم با پائولین آشنا کرد و از او اجازه گرفته بود که گاهی آن‌ها را دعوت کند تا با هم شام بخورند. پائولین نیز از هم‌صحبتی با آن‌ها لذت می‌برد. تابستان همان سال در تعطیلات تابستانی که محسن کلاس نداشت پائولین تصمیم گرفت برای دو ماه به اندونزی مسافرت کند و تمام زندگی خود را به دست محسن سپرد.

در همین ایام محسن چند روزی لیلا و آرش را دعوت کرد و خودش به ایستگاه اتوبوس رفت که در کنار ایستگاه قطار شهر تیلبورخ واقع شده بود تا از آن‌ها استقبال کند. درحالی که محسن منتظر رسیدن اتوبوس از دونگن بود، کسی از پشت دست‌های خودش را روی چشم‌های محسن گذاشت و پرسید: «آهان، اگه گفتی من کی هستم؟» محسن از روی صدا اکبر را شناخت و بلند داد زد: «اکبر! خدا لعنت کنه تو رو، چطوری؟» بعد از روبوسی، از حال همدیگر سؤال کردند و محسن گفت که در خانهٔ پائولین زندگی می‌کند و درسش یک سال و نیم دیگر به اتمام می‌رسد. اکبر هم توضیح داد که در فِنلو'، شهری نزدیک مرز آلمان، اتاق گرفته و مشغول کار اُست. محسن از لباس‌های اکبر متوجه شد که باید درآمد خوبی داشته باشد برای همین پرسید: «از کجا پول درمی‌آری که این لباس‌های گرون رو خریدی؟» اکبر گفت: «یادته یه شب با یه پسر عراقی مست اومدم کمپ و خواهش کردم چند روزی به پسره جا بدین تا کارهاش درست بشه بره انگلیس؟» محسن گفت: «آره یادمه و یادمه که من هم قبول نکردم و تو از دستم ناراحت شدی.» اکبر گفت: «آره، احسنت. کارهاش برای انگلیس درست نشد و همین‌جا موند. وقتی من از کمپ اخراج شدم، با پسره تماس گرفتم و وضعیتم رو براش توضیح دادم واونم قبول کرد کمکم کنه. الآنم با هم یه اتاق گرفتیم و زندگی می‌کنیم. زندگیم نسبت به زمانی که تو کمپ بودم خیلی بهتره. کاش زودتر بیرونم می‌کردن که اون‌همه سختی نمی‌کشیدم. حالا دارم پول جمع می‌کنم تا با دست پُر به ایران برگردم تا واسه خودم کاری راه بندازم و به مادرم هم کمک کنم. اینجا که اقامت نمی‌دن و تا آخر عمر هم که نمی‌شه غیرقانونی زندگی کرد.» محسن پرسید: «حالا چی‌کار می‌کنی؟» اکبر چشمکی زد و گفت: «این دیگه سیکرته محسن جان. سیگار داری یکی به من بدی؟» هر دو خندیدند. در همین موقع اتوبوس لیلا رسید و لیلا و آرش پیاده شدند و آن‌ها هم با اکبر سلام و احوال‌پرسی کردند. بعد اکبر گفت برای دیدن مژگان آمده که در خانهٔ دوست‌پسرش زندگی می‌کند.

---

1 Venlo

محسن شماره موبایل اکبر را درخواست کرد، ولی اکبر گفت شماره‌اش را هر چند وقت یک بار عوض می‌کند برای همین بهتر است شمارهٔ محسن را داشته باشد تا خودش تماس بگیرد. محسن شماره موبایل خودش را داد و لیلا هم خواهش کرد که شماره‌اش را به مژگان بدهد تا با هم تماس داشته باشند و سپس از همدیگر خداحافظی کردند.

لیلا از محسن پرسید: «چرا اکبر شماره موبایلش رو مدام عوض می‌کنه؟»

محسن گفت: «نمی‌دونم. شاید می‌ترسه گیر پلیس بیفته. به‌هرحال کسی با پول کارسیاه نمی‌تونه این‌قدر درآمد داشته باشه مگر این‌که کار خلاف کنه.»

لیلا با تعجب پرسید: «یعنی فکر می‌کنی اکبر داره خلاف می‌کنه؟»

محسن گفت: «نمی‌دونم. مطمئن نیستم. فقط می‌دونم کسی با کار معمولی که سیاه هم باشه نمی‌تونه این‌قدر پول دربیاره. ظاهرش رو ندیدی چطوری بود؟ فقط امیدوارم کارهای احمقانه نکنه. اکبر از اون تیپ آدم‌هاست که می‌خوان یک‌شبه و خیلی آسون به پول زیادی برسن و فکر می‌کنن این کار نشونهٔ زرنگیه.»

بعد از این صحبت‌ها، محسن با لیلا و آرش به سوی خانهٔ پائولین راه افتادند. آن‌ها چهار روز با هم در خانهٔ پائولین بودند و این اولین باری بود که فقط سه نفری در یک خانهٔ شخصی زندگی می‌کردند، بدون فکر کردن به کمپ، اقامت، دعواهای داخل کمپ و سایر مسائل پناهندگی. شب اول، وقتی آرش خوابید، لیلا به محسن گفت: «گاهی فکر می‌کنم توی خوابم. حتی اگه همهٔ این‌ها توی خواب باشه، کاش از خواب بیدار نشم.» محسن گفت: «نه عزیزم، واقعیته.» لیلا کمی از مشکلات کمپ و دردسرهای که با آرش داخل کمپ داشت شرح داد، ولی محسن گفت: «فعلاً اینجا هستیم نه داخل کمپ. این‌ها رو فراموش کن عزیزم. هر دوی ما هنوز راه طولانی‌ای در پیش داریم و دو چیز در این راه به ما کمک می‌کنه که نه ادارهٔ مهاجرت و نه هیچ‌کس دیگه‌ای نمی‌تونه از ما بگیره. یکی امید به آینده‌ای خوبه و بعدی انرژی که ما هر دو از این رابطهٔ زیبا می‌گیریم.»

زمان به سرعت سپری شد و برای لیلا و آرش نامهٔ ترک خاک ارسال شد. محسن به لیلا گفت با این‌که نامهٔ ترک خاک گرفته‌اند، ولی از کمپ تکان نخورند، چون امکان این‌که پلیس در تاریخ مقرر برای اخراج جبری آن‌ها وارد عمل شود، بسیار کم است. با گذشت چندین هفته، هیچ مأمور پلیسی برای اخراج اجباری آن‌ها نیامد و فقط چند دفعه برای این‌که لیلا را مجبور کنند که به میل شخصی خودش به کشورش بازگردد، او را خواسته بودند و لیلا هم هر دفعه در جواب گفته بود با توجه به مشکلاتی که برایش به وجود خواهد آمد، به هیچ وجه نمی‌تواند به کشورش بازگردد.

آن‌ها بدون داشتن اقامت و با آینده‌ای نامعلوم در کمپ دونگن به زندگی خود ادامه می‌دادند. محسن با شروع سال تحصیلی جدید مشکلات کمتری در دانشگاه آوانس داشت. او کاملاً با سیستم آموزشی آشنا شده بود و می‌توانست از درس‌هایی که در ایران خوانده بود برای درک بهتر واحدهای درسی جدید استفاده کند و آن‌ها را حتی بهتر از دانشجوهای دیگر بفهمد و در انجام آزمایش‌ها به کار گیرد. همین مسئله باعث شد که هم‌کلاسی‌های محسن دیگر او را تنبل و کودن در نظر نگیرند و مایل باشند با او هم‌گروه شوند. از طرف دیگر دیده بود دانشجویانی که از خانواده‌های غیرهلندی هستند، برای مثال از خانواده‌های ترک یا مراکشی که به آن‌ها نسل دوم اطلاق می‌شد، کمتر تمایل دارند در کارهای گروهی با دانشجویانی که اصالتاً هلندی هستند همکاری کنند و بیشتر ترجیح می‌دهند با دانشجویی که او هم از خانواده‌ای غیرهلندی است، همکاری کنند. حتی در وقت استراحت محسن می‌دید که معمولاً این گروه جدا از سایر دانشجویان هلندی وقت خود را سپری می‌کنند. برای محسن که هنوز به زبان هلندی تسلط کافی نداشت همکاری با دانشجویان هلندی و هم‌صحبتی با آن‌ها در وقت استراحت هنوز گاهی مشکل‌ساز می‌شد، ولی محسن مطمئن بود که دانشجویان نسل دوم مشکلی از نظر زبان هلندی ندارند چون بسیاری از آن‌ها در هلند متولد شده بودند. خود محسن چه در کارهای عملی و چه در وقت استراحت با هر دو گروه همکاری داشت، ولی به وضوح

متوجه شده بود که تفاوت‌های فرهنگی که در خانواده‌های دانشجویان ریشه داشت، تأثیر مستقیمی در همکاری بین دانشجویان دارد.

ژاک و کارلا برای جشن آغاز سال ۲۰۰۵ پائولین ، محسن، لیلا و آرش را به خانهٔ خود برای شام دعوت کردند. سر میز شام محسن با همه شوخی می‌کرد و توانست خنده را بر لب‌های همه بیاورد. در آخر شام، از ژاک و کارلا به خاطر مهمانی وهمهٔ کمک‌هایی که به او کرده بودند و هنوز می‌کردند، تشکر کرد. سپس از پائولین به خاطر این‌که اتاقی به او داده بود، به خاطر اعتمادی که به او داشت، تشکر کرد و در آخر از لیلا به خاطر همراهی و ابراز علاقه تشکر کرد.

با آغاز سال ۲۰۰۵ درس‌های محسن سخت‌تر شده بود. گاهی که از نفهمیدن یک درس ناراحت و حتی عصبانی می‌شد با خودش می‌گفت: «حالا فرض کن با این‌همه مشکل دانشگاه رو هم هم به پایان رسوندی، خوب بعدش چی؟! بدون اقامت که نمی‌تونی کار کنی. پس فایدهٔ این‌همه تلاش چیه؟» حس ناامیدی واقعاً برای محسن نابودکننده بود چون تمام انگیزه‌های او را از بین می‌برد. در چنین شرایطی با خود می‌گفت: «اولاً فرض کن درس نخونی، چی‌کار می‌خوای بکنی؟ توی خونه بشینی؟ بری کار سیاه بکنی؟ این کارها آینده داره؟ ثانیاً همهٔ افرادی که به من کمک کردن و دارن کمک می‌کنن، انتظار دارن ببینن که کمک‌هاشون به من نتیجه داده والا اون‌ها رو از خودم مأیوس می‌کنم. پس بهتره این افکار منفی رو از سرت بیرونی کنی و سعی کنی درس رو بفهمی.» چنین بحث‌هایی را محسن با خودش زیاد داشت و همهٔ آن‌ها را برای لیلا و ژاک تعریف می‌کرد.

در ماه آوریل، زمانی که محسن سال آخر رشتهٔ خودش را آغاز کرد، یواآاف به او اطلاع داد که برای هزینه‌های زندگی‌اش می‌تواند از آن‌ها کمک مالی دریافت کند. در کنار این کمک‌ها، محسن از طریق فی‌فی‌ان و همکاران سابقش توانست برای دریافت بستهٔ کمک‌های هفتگی غذایی ثبت‌نام کند. در شهر تیلبورخ، کسانی که وضع مالی خوبی

نداشتند، بی‌خانمان بودند یا به هر علتی نمی‌توانستند کار کنند، از طریق یک سازمان خیره که محصولات غذایی را از سوپرمارکت‌ها دریافت می‌کرد، هر هفته یک پاکت بزرگ مواد غذایی دریافت می‌کردند. در این پاکت نان، سبزیجات، بیسکویت، پنیر و سایر محصولات وجود داشت و محسن و پائولین با دریافت این پاکت از خرید خیلی از مواد غذایی بی‌نیاز می‌شدند.

ملاقات‌های محسن و ژاک و کارلا در روزهای شنبه در مک‌دونالد برنامه ثابتی بود که در طی آن نه‌تنها محسن صبحانهٔ روز شنبهٔ خود را با آن‌ها صرف می‌کرد بلکه لباس‌های تمیز و اتوکشیدهٔ خود را از کارلا تحویل می‌گرفت و لباس‌های کثیف را به او می‌داد. به مرور زمان محسن متوجه شد که کمتر فرید به دیدار آن‌ها می‌آید و زمانی که این سؤال را برای ژاک مطرح کرد، او گفت از وقتی فرید اقامت گرفته و می‌تواند کار کند به‌شدت دنبال پول درآوردن و جمع کردن پول است، برای همین کمتر برای دید و بازدید وقت دارد. کارلا هم با ناراحتی گفت: «از طرفی دیگه به کمک‌های ما نیازی نداره، ولی اگه داشته باشه سر و کله‌اش پیدا می‌شه.» محسن گفت: «اگه رابطهٔ افراد براساس نیازی باشه که به هم دارن نه براساس احساسی که به هم دارن، این رابطه قابل اعتماد نیست.» ژاک گفت: «به‌هرحال هرکسی عقیده‌ای داره. فرید هم زندگی خودش رو داره و ما فقط آرزو می‌کنیم همیشه موفق باشه.»

با آغاز سال آخر تحصیلی، محسن هم مانند سایر دانشجوها باید دورهٔ کارآموزی خود را در یک بیمارستان یا کارخانه‌ای که با درس دانشجو سنخیت داشت، شروع می‌کرد. مشکل بزرگی که محسن با آن مواجه شد و اصلاً از قبل فکرش را هم نمی‌کرد این بود که برای آن‌که دانشجویی دورهٔ کارآموزی خود را در یک بیمارستان یا کارخانه آغاز کند، اولین مدرکی که لازم داشت کارت شناسایی معتبر مثل پاسپورت، کارت اقامت پناهندگی یا گواهینامهٔ اروپایی بود. از آنجا که کارت دانشجویی مدرک شناسایی محسوب نمی‌شد و محسن مدرک دیگری نداشت، نمی‌توانست دوران کارآموزی خود را آغاز کند. تنها

مدرک شناسایی محسن، کارت موقت اقامت پناهندگی بود که موقع اخراج از او پس گرفته بودند. محسن در این باره با استاد راهنمای خودش مشورت کرد و او به محسن گفته بود تنها راه‌حل این مشکل این است که محسن داخل دانشگاه خودشان کارآموزی کند. محسن علاقه داشت در رشتهٔ آسیب‌شناسی در یک مرکز تخصصی در بیمارستان دانشگاهی اِراسموس[1] در شهر روتردام کارآموزی کند، ولی با نداشتن کارت شناسایی این کار غیرممکن بود. بعد از مشورت با استاد راهنما، محسن تصمیم گرفت در دانشگاه خودشان دربارهٔ موضوعی که به آسیب‌شناسی ربط داشت، کارآموزی خودش را شروع کند، ولی آن هم نشدنی بود. تنها کسی که برای دانشجویانی که علاقه داشتند در دانشگاه کارآموزی کنند، طرح‌های تحقیقاتی داشت، دکتر فیلد[2] بود و از آنجا که او محقق مولکول سلولی بود، طرح‌هایش هم در همین رابطه بودند نه دربارهٔ آسیب‌شناسی که محسن به آن علاقه داشت. محسن با دکتر فیلد قرار ملاقاتی گذاشت و استاد راهنمای او هم از قبل دکتر فیلد را در جریان مشکلات محسن قرار داده بود. دکتر فیلد با صراحت که مشخصهٔ بارز او بود توضیح داد که طرح‌هایش همگی جنبهٔ مولکولی سلولی دارند که شاید مورد علاقهٔ محسن نباشند و سپس به او توصیه کرد که از قبول طرح‌هایی که به آن‌ها علاقه‌ای ندارد، خودداری کند. او همچنین به محسن تذکر داد که در بررسی پایان‌نامه دانشجویان بسیار سخت‌گیر است و از آنجا که زبان هلندی محسن کامل نیست و از طرفی مشکلات وضعیت زندگی محسن ممکن است روی کیفیت کارآموزی او تأثیر منفی داشته باشد، بار دیگر به محسن سفارش کرد که با اوهمکاری نکند. محسن هم توضیح داد که انتخاب دیگری ندارد و قول داد که نهایت تلاشش را خواهد کرد که دکتر

فیلد از همکاری با او پشیمان نشود. در خاتمه محسن یادآور شد که او هم مایل است مانند دیگر دانشجوها بعد از ماه‌ها تلاش بالاخره کارآموزی خود را شروع کند و فارغ‌التحصیل شود. برای محسن فاجعه‌بار بود که درسش را به طور موقت متوقف کند و منتظر بنشیند تا زمانی که اقامت بگیرد ـ که اصلا معلوم نبود چه موقع خواهد بود یا اصلاً روزی اقامت خواهد گرفت ـ تا دوباره تحصیلش را ادامه دهد. دکتر فیلد قبول کرد درخواست محسن را بررسی کند و ظرف چند روز در این مورد تصمیم بگیرد. دوران پراضطرابی بود و محسن با سپری کردن بیشتر وقتش با لیلا و آرش سعی می‌کرد آرامش خودش را در این چند روز حفظ کند. در نهایت، در یکی از روزهای ماه مه، دکتر فیلد به محسن اطلاع داد که می‌تواند روی یکی از طرح‌های او کار کند و دوران کارآموزی خودش را آغاز کند.

درحالی که محسن با شتاب و خوشحال از اتاق دکتر فیلد بیرون می‌آمد تا هرچه سریع‌تر این خبر خوش را به دوستان و آشنایانش بدهد، آن موقع خبر نداشت که دکتر فیلد چه نقش پررنگی در زندگی آینده‌اش ایفا خواهد کرد.

پس از گذشت چند هفته، تازه محسن متوجه شد که کار با دکتر فیلد چقدر سخت و متفاوت با سایر اساتید است. در کنار سخت‌گیری‌های بسیار زیاد، شناخت کافی نداشتن محسن از علوم سلولی-مولکولی، شامل تحقیقات پیچیده در مورد پروتئین‌ها و دی‌ان‌ای سلولی و زبان هلندی نه چندان خوب، همگی دست به دست هم داده بودند تا محسن در هفته‌های اول کارآموزی خود از این‌که با دکتر فیلد همکاری می‌کند احساس پشیمانی کند. هر هفته دو ساعت محسن با او قرار داشت تا دربارهٔ آزمایش‌هایی که انجام داده بود و نتایج آن‌ها توضیح دهد. دکتر فیلد گاه چنان از آزمایش‌های به قول خودش احمقانه و یا تفسیر ابلهانهٔ محسن از نتایج عصبانی می‌شد که عملاً محسن را مسخره می‌کرد و محسن نمی‌دانست چه واکنشی از خود نشان دهد. محسن از این خوشحال بود که معنی بعضی از جمله‌های دکتر فیلد را در هنگام عصبانیت نمی‌فهمید،

در غیر این‌صورت بیشتر رنجیده‌خاطر می‌شد. با همهٔ این سختی‌ها، محسن می‌دانست که از یک طرف تنها راه اتمام درسش همکاری با دکتر فیلد است و از طرف دیگر این درک را داشت که می‌تواند از او بسیاری از تکنیک‌هایی را یاد بگیرد که در هیچ کتابی نوشته نشده‌اند. صرف‌نظر از احساس بدی که در این بحث‌ها داشت و حس می‌کرد به او بی‌احترامی می‌شود، نکتهٔ بدتر این بود که محسن حتی گاهی اعتمادبه‌نفسش را از دست می‌داد. این مسئله باعث می‌شد گاهی بعد از گزارش و بحث با دکتر فیلد جرئت انجام آزمایش‌های جدید یا ارائهٔ پیشنهاد جدیدی برای حل یک مشکل را نداشته باشد. با پشتکار و علاقه‌ای که محسن داشت ساعت‌ها پشت دستگاه می‌نشست و آزمایش‌ها را با محلول‌های مختلفی که فکر می‌کرد برای گرفتن نتایج مطلوب مناسب هستند تکرار می‌کرد، ولی بعد از هفته‌ها همچنان هیچ نتیجه‌ای نگرفته بود. او بارها و بارها همهٔ مراحل را از اول چک می‌کرد تا بتواند تشخیص دهد اشکال کار کجاست؛ ولی خود را داخل یک کلاف سردرگمی می‌یافت که به نظر می‌رسید رهایی از آن ناممکن است. نکتهٔ مهم آن بود که همین آزمایش‌ها در دانشگاه اوترخت توسط یک دانشجوی برزیلی که دورهٔ دکترای خودش را در آنجا می‌گذراند انجام شده بود و نتایج خوبی هم گرفته بود. وظیفهٔ محسن این بود که همان آزمایش‌ها را در دانشگاه خودشان با دستگاه‌های موجود در آزمایشگاه خودشان انجام دهد و نتایج مطلوب مشابه نتایج دانشگاه اوترخت بگیرد. هم محسن و هم دکتر فیلد می‌دانستند که باید تغییراتی در نحوهٔ آزمایش در آزمایشگاه خود انجام دهند تا به نتیجه برسند و این وظیفهٔ محسن بود که آن شرایط مطلوب را پیدا کند. برای این کارمحسن می‌بایست آزمایش را با محلول‌ها و شرایط مختلفی تکرار کند تا زمانی که به نتایج مطلوب برسد. گاه محسن تا ساعت ۲۱ شب در آزمایشگاه مشغول کار بود، طوری که آن‌قدر درگیر کارش بود که گذر زمان را از یاد می‌برد و حتی گاهی سر قرارهایی که با لیلا و آرش داشت بسیار دیر می‌رسید.

در شب نوروز همان سال، محسن از لیلا دعوت کرده بود که همراه آرش به خانهٔ پائولین بیایند تا شام را با هم بخورند. چون روز نوروز وسط هفته قرار گرفته بود، محسن مجبور بود به دانشگاه برود و قرار شد لیلا زودتر به خانهٔ پائولین بیاید تا شام مخصوص نوروز را آماده کند. محسن قول داده بود که ساعت ۱۸ خانه باشد، ولی ساعت از ۱۸:۳۰ هم گذشته بود و محسن هنوز به خانه نرسیده بود. لیلا به موبایل محسن زنگ زد، ولی او جواب نمی‌داد، به همین خاطر لیلا نگران شده بود چون از یک طرف نوروز یکی از مهم‌ترین روزها برای ایرانی‌ها بود و آن‌ها همگی سعی می‌کردند در چنین روزی دور هم باشند و ناهار یا شام را با یکدیگر صرف کنند؛ به همین دلیل هم محسن لیلا و آرش را از کمپ به خانهٔ پائولین دعوت کرده بود. از طرف دیگر محسن به تماس‌های تلفنی لیلا جواب نمی‌داد در صورتی که آن‌ها معمولاً هر روز تماس تلفنی داشتند و لیلا مطمئن بود که محسن اگر مشکلی نداشته باشد در چنین روز خاصی حتماً به تلفن او پاسخ می‌دهد. ساعت ۱۹ پائولین به لیلا پیشنهاد داد که آن‌ها شام خود را بخورند و بیش از این منتظر محسن نباشند. لیلا درحالی که از خونسردی پائولین شگفت‌زده شده بود گفت نگران محسن است و اصلاً اشتها ندارد. پائولین در کمال خونسردی گفت محسن بچه نیست و نگرانی لیلا بی‌مورد است و به جز این‌که به خودش و آرش و او گرسنگی می‌دهد، کار دیگری نمی‌کند. لیلا درحالی که به سمت آشپزخانه می‌رفت تا برای آرش و پائولین غذا را در بشقاب بریزد، زیر لب به فارسی گفت: «خوش به حالت که این‌قدر بی‌خیالی یا خودت رو به بی‌خیالی می‌زنی.»

ساعت از هشت شب گذشته بود که لیلا صدای باز شدن در خانهٔ پائولین را شنید و بلافاصله به سمت در رفت. محسن با دیدن لیلا گفت: «آه سلام. معذرت می‌خوام که دیر شد. شام خوردین شماها؟» لیلا که هم‌زمان احساس تعجب و خشم داشت، گفت: «سلام. خوبی؟ چرا موبایلت رو جواب نمی‌دی؟ از نگرانی داشتم سکته می‌کردم.»

محسن در جواب گفت: «آه، واقعاً متأسفم ولی اون‌قدر مشغول آزمایش‌ها بودم که زمان رو فراموش کردم. از طرفی شارژ موبایلم تموم شده بود و حواسم نبود بهش.»

لیلا با عصبانیت گفت: «آدم این‌قدر بی‌فکر می‌شه؟»

محسن آرش را در آغوش گرفت، به طرف لیلا آمد و هر سه با هم به طرف میز غذایی رفتند که پائولین به‌تنهایی پشت آن مشغول خوردن بود.

فصل هشتم
(برزخ)

رابطهٔ پائولین و لیلا رو به سردی بود. از یک طرف پائولین به مادری برای محسن تبدیل شده بود که تقریباً همهٔ زندگی‌اش را به او سپرده بود. از طرف دیگر رابطهٔ محسن و لیلا به یک رابطهٔ نانوشتهٔ زناشویی تبدیل شده بود که روز به روز عمیق‌تر می‌شد. زمانی که پائولین و لیلا هم‌زمان با هم با محسن زیر یک سقف بودند هریک احساس می‌کرد که قسمتی از سهم خودش را از محسن از دست می‌دهد. این مسئله باعث شده بود که لیلا به‌ندرت به خانهٔ پائولین برود و این بیشتر محسن بود که باوجود همهٔ خطراتی که ورود غیرقانونی به کمپ برایش به همراه داشت، به دیدن آرش و لیلا می‌رفت.

محسن به قدری درگیر پایان‌نامه‌اش شده بود که زیاد خودش را درگیر این مشکلات نمی‌کرد و زمانی که لیلا به او اعتراض می‌کرد که چرا برای پائولین آشپزی

می‌کند، محسن با خوش‌رویی می‌گفت: «عزیزم، این‌قدر بی‌رحم نباش. پائولین به من جا داده و هر کاری کنم بازهم محبت‌هاش رو جبران نمی‌کنه. در ضمن من که باید برای خودم آشپزی کنم، خب بیشتر درست می‌کنم که اون هم بخوره، چه اشکالی داره؟»

لیلا جواب می‌داد: «تو خسته‌ای و یکی دیگه باید برات آشپزی کنه. من خودم برات آشپزی می‌کنم و هفته‌ای یه بار می‌آرم خونهٔ پائولین. می‌تونی توی فریزر نگه داری برای کل هفته‌ات که از دانشگاه برمی‌گردی و خسته‌ای آشپزی نکنی، ولی قول بده از غذای من به پائولین ندی.»

محسن فقط می‌خندید و می‌گفت: «عزیزم، می‌خوای از دونگن برای من غذا بیاری تیلبورخ؟ مگه اینجا غذا نیست؟»

با این که محسن سخت درگیر پروژهٔ کاری‌اش بود، ولی همچنان به بن‌بست خورده بود و هنوز نتوانسته بود نتایج قابل قبولی بگیرد. برای همین وقت بیشتری را برای انجام آزمایش‌ها صرف می‌کرد و گاهی مجبور می‌شد تا دیروقت در آزمایشگاه بماند.

در یکی از شب‌های اواخر ماه مه، لیلا محسن را برای صرف شام دعوت کرده بود. با آن‌که وسط هفته بود و معمولاً محسن در تعطیلات آخر هفته وقتش را با آن‌ها سپری می‌کرد، ولی لیلا با اصرار محسن را برای صرف غذای ایرانی دعوت کرده بود. با این‌که ساعت هشت شب شده بود، ولی محسن همچنان در آزمایشگاه مشغول کار بود. محسن ساعت ۱۷ به لیلا زنگ زده و توضیح داده بود که به خاطر درگیر شدن با آزمایش ممکن است دیر به کمپ برسد و بهتر است آن‌ها غذایشان را بخورند و منتظر او نباشند.

درحالی‌که محسن مشغول آزمایش بود، یکی از نگهبانان دانشگاه درِ آزمایشگاه را باز کرد و به محسن گفت مهمان دارد.محسن به طرف صدا چرخید و در کنار مرد نگهبان، لیلا را دید که ایستاده بود. مدتی خیره به آن‌ها نگاه کرد و بعد به سرعت به طرف لیلا رفت. نگهبان درحالی‌که تأکید می‌کرد ساعت ۲۱ دانشگاه تعطیل خواهد شد

آن‌ها را تنها گذاشت. محسن با تعجب پرسید: «عزیزم، چرا اومدی اینجا؟» لیلا گفت: «خب اگه ناراحتی برگردم.» محسن با لبخند گفت: «نه ولی انتظار دیدن تو رو اینجا نداشتم. آدرس دانشگاه رو از کجا می‌دونستی؟ آرش رو کجا گذاشتی؟»

لیلا جواب داد: «به کمک یکی از پرسنل کمپ تونستم راحت بیام اینجا. آرش هم با آقای منصور ورق‌بازی می‌کنه. چقدر دیگه کار داری؟»

محسن گفت: «زیاد نیست. الآن تموم می‌شه. یعنی این‌قدر دل‌تنگ من شدی که نتونستی تا اومدنم صبر کنی؟»

لیلا گفت: «دیدم نیومدی، گفتم خودم بیام بیارمت.» بعد هر دو خندیدند.

درحالی‌که محسن مشغول انجام آخرین قسمت آزمایش تحقیقاتی‌اش بود، لیلا به صورت او خیره شده بود. چنان غرق در تماشای محسن شده بود که وقتی محسن یک لحظه به لیلا نگاه کرد، متعجب شد و گفت: «چیه؟ همچین زل زدی به من انگار سال‌هاست منو ندیدی.»

نیم ساعت بعد، درحالی که به طرف ایستگاه اتوبوس می‌رفتند تا به ایستگاه قطار برسند، لیلا ناگهان دست‌های محسن را گرفت و ایستاد. محسن گفت: «چرا ایستادی؟»

لیلا گفت: «هوا خوبه. بیا پیاده بریم ایستگاه قطار.» محسن با لبخند گفت: «هوا خوبه ولی داره نم‌نم بارون می‌آد خیس می‌شیم.»

لیلا گفت: «در عوض حال و هوای رمانتیکی داره.»

محسن با لبخندی گفت: «از اولش هم می‌دونستم که می‌خوای یه چیزی به من بگی. باشه بریم پیاده‌روی رمانتیک.»

درحالی که در تاریکی شب، زیر نم‌نم باران به طرف ایستگاه اتوبوس قدم می‌زدند، لیلا پرسید: «محسن، یه سؤال دارم.»

محسن گفت: «امیدوارم سؤالت خیلی سخت نباشه چون امروز تو دانشگاه به قدر کافی مغزم درگیر پیدا کردن جواب سؤال‌های سخت بود.»

لیلا گفت: «لوس نشو دیگه. هنوز فکرت تو اون ساختمون لعنتیه که الآن ازش بیرون اومدیم؟»

محسن گفت: «ای بابا چرا به دانشگاه توهین می‌کنی عزیزم؟ یه جوری حرف می‌زنی که آدم فکر می‌کنه دانشگاهی که به من اون‌قدر لطف کرده تا تو این شرایط درس بخونم، هووی توئه.»

لیلا گفت: «والا کم از هوو هم نداره. خودت بگو چقدر وقت برای من می‌ذاری و چقدر برای درس؟»

محسن جواب داد: «عزیزم، من درگیر پایان‌نامه‌ام هستم. باید چند برابر دانشجوهای هلندی وقت بذارم برای درسم چون هلندیم خوب نیست، سیستم آموزشی رو نمی‌شناسم و .... خودت که بهتر از من می‌دونی. حالا چی می‌خواستی بپرسی؟»

لیلا پرسید: «تو از بچه خوشت می‌آد؟»

محسن گفت: «منظورت بچۀ خودمه؟»

لیلا گفت: «کلی پرسیدم. از بچه خوشت می‌آد؟»

محسن جواب داد: «آره، معلومه. خودت می‌بینی که رابطه‌ام با آرش چقدر خوبه.»

لیلا گفت: «پس باید رابطه‌ات با بچۀ خودت هم خیلی خوب باشه اگه زمانی پدر بشی، آره؟»

محسن ایستاد و زیر نور چراغ‌های پیاده‌رو با تعجب به صورت لیلا خیره شد و با تعجب پرسید: «لیلا، منظورت از این سؤال چیه؟»

لیلا هم می‌توانست صورت محسن را زیر همان نور چراغ ببیند. چهرهٔ محسن کاملاً رنگ‌پریده شده بود و لیلا نمی‌دانست که محسن واقعاً رنگ‌پریده شده یا به خاطر نور سفید و ضعیف چراغ پیاده‌رو این‌طور به نظر می‌رسد. گفت: «چیه بابا؟ نترس محسن. فقط یه سؤال پرسیدم.»

محسن گفت: «بحث ترس نیست لیلا. خودت هم می‌دونی، تو سؤالی نمی‌پرسی که بدون منظور باشه عزیزم. من توی این مدت تو رو خوب شناختم دیگه.»

لیلا گفت: «چی شده حالا مگه؟ من فقط یه سؤال پرسیدم. چرا این‌جوری شدی؟ چرا به هم ریختی؟»

محسن گفت: «اول بگو ببینم منظورت از این سؤال چیه. خواهش می‌کنم رک بهم بگو چی شده.»

لیلا با بغض گفت: «مگه تا حالا باهات رک نبودم که این‌طوری می‌گی؟»

محسن جواب داد: «منظورم اصلاً این نبود عزیزم. چرا ان‌قدر حساس شدی تو امشب؟ حالا می‌شه لطفاً بگی موضوع چیه که ما داریم این موقع شب زیر بارون قدم می‌زنیم و هنوز نگفتی؟»

لیلا درحالیکه به چشم‌های محسن خیره شده بود، با صدای آرامی گفت: «محسن، من حامله‌م.»

برای چند ثانیه سکوت بین آن‌ها برقرار شد و فقط به چشم‌های یکدیگر خیره شده بودند. محسن مثل آدمی که تلاش می‌کند از شوک دربیاید، گفت: «کی فهمیدی؟ چه جوری فهمیدی؟»

لیلا گفت: «هفتهٔ پیش رفتم پیش پرستار کمپ. اونجا تست حاملگی دادم و مثبت شد.»

محسن گفت: «خب این تست خطا هم داره. دوباره تست دادی؟»

لیلا گفت: «نه ندادم. چرا باید بدم؟ مثبت شده دیگه. مگه این‌که تو بخوای منفی بشه.»

محسن گفت: «عزیزم، جواب تست حاملگی به این که من و تو چی بخوایم ربطی نداره. من فقط پرسیدم دوباره تست دادی یا نه.»

لیلا که تا آن هنوز دست محسن توی دستش بود، آرام دست محسن را رها کرد و درحالی که با دست پیشانی خودش را فشار می‌داد، گفت: «اصلاً ولش کن محسن. بریم خونه. حالم خوب نیست.»

محسن دوباره دست لیلا را گرفت و با حالتی جدی پرسید: «لیلا، عزیزم، جدی گفتی حامله‌ای یا داری سربه‌سرم می‌ذاری؟»

لیلا سرش را پایین انداخت و با پایش شروع کرد با سنگریزۀ کوچکی که روی آسفالت کنار چمن افتاده بود بازی کردن. محسن دوباره سؤالش را تکرار کرد. مانند کسی که در تاریکی مطلق به دنبال روزنۀ نوری است. ولی لیلا همچنان سربه‌زیر و ساکت بود. محسن با دست دیگرش چانۀ لیلا را بالا آورد تا بتواند صورت او را ببیند. در زیر نور چراغ پیاده‌رو، محسن جای خیس شیارهای اشکی را که آرام از چشم‌های لیلا جاری بودند، دید و بلافاصله با تعجب پرسید: «چرا گریه می‌کنی؟» لیلا خودش را در آغوش محسن انداخت و با صدای بلند شروع کرد به گریه کردن، مثل این‌که دیگر نمی‌توانست در سکوت اشک بریزد. محسن درحالی که موهای لیلا را نوازش می‌کرد دوباره پرسید: «عزیزم، آروم باش. چرا گریه می‌کنی؟» لیلا لابه‌لای هق‌هق گریه گفت: «برای سادگی خودم اشک می‌ریزم. من از وقتی شنیدم حامله‌ام دارم لحظه‌شماری می‌کنم که این خبر خوش رو بهت بگم. بهت بگم که موجود مشترکی از من و تو داره در بدن من شکل می‌گیره، ولی حالا، حالا حتی تو از قبول خبر ترس داری و همش امیدواری که تست حاملگی اشتباه باشه.»

محسن که تلاش می‌کرد لیلا را آرام کند، گفت: «این چه حرفیه؟ من فقط شوکه شدم. واقعاً غافلگیر شدم.» لیلا که کمی آرام تر شده بود، گفت: «خب می‌تونستی شوکه شدن خودت رو یه جور بهتر نشون بدی.»

محسن گفت: «عزیزم، آدم شوکه که اسمش روشه دیگه. کسی که شوکه می‌شه دیگه مغزش دست خودش نیست که چه جور سؤال کنه یا چه جور رفتار کنه. الآنم اگه بیشتر زیر بارون هردو باشیم هم شوکه می‌شیم و هم مریض.»

آن شب محسن برای اولین بار رغبتی به ماندن نزد لیلا و آرش نداشت، با وجود این بهتر از هرکسی می‌دانست که لیلا انتظار دارد محسن نزد آن‌ها بماند. مخصوصاً انتظار داشت آن شب در آغوش محسن بخوابد.

فردای آن روز برخلاف انتظار لیلا، محسن گفت که برای انجام قسمتی از پایان‌نامه باید به منزل خودش برود و این باعث دلخوری لیلا شد. محسن بعد از شنیدن خبر حاملگی می‌خواست در خلوت خودش مسئله را سبک‌سنگین کند. همچنین تحمل نگاه‌های لیلا را نداشت. محسن خوب می‌دانست که باید خودش را حداقل جلوی لیلا شاد نشان دهد، ولی اصلاً خوشحال نبود، درعوض بیشتر نگران آینده بود. به نظر می‌رسید که محسن در کنار آیندهٔ نامعلوم خودش، تحمل آیندهٔ نامعلوم بچه‌ای را نداشت که قرار بود پدرش باشد. محسن دیده بود بعضی از پناهنده‌ها بلافاصله در کمپ بچه‌دار می‌شوند چون معتقد بودند آوردن بچه در هلند کمک بزرگی به دریافت اقامت آن‌ها خواهد بود. ولی اولاً همهٔ این‌ها در حد حدس و گمان بود و ثانیاً محسن در کمپ زندگی نمی‌کرد و کسی بود که غیرقانونی در هلند اقامت داشت. همهٔ این افکار باعث شده بود که محسن برای یک هفته به هیچ عنوان نتواند کارهای پایان‌نامه‌اش را انجام دهد. هر روز جسم محسن در آزمایشگاه بود، ولی گویی روحش جایی دورتر قرار داشت، طوری که اصلاً نمی‌توانست تمرکز کند. در این مدت سعی می‌کرد کمتر با لیلا تماس داشته باشد. حتی

گاهی تلفن‌های لیلا را جواب نمی‌داد چون واقعاً برای سؤال‌های او جواب مشخصی نداشت.

در اواخر هفته، زمانی که محسن نزدیک ساعت نه شب با کلید درِ خانه را باز کرد، صدای صحبت پائولین با کسی را شنید. محسن بلافاصله با خودش فکر کرد که از آشناهای پائولین کسی برای سر زدن به او آمده. چیزی که محسن اصلاً حوصله‌اش را نداشت. در واقع هر وقت پائولین مهمانی داشت، از محسن درخواست می‌کرد که به آن‌ها بپیوندد و با آن‌ها هم‌صحبت شود. بیشتر وقت‌ها این هم‌صحبتی برای محسن خوشایند نبود چون معمولاً آن‌ها مسن بودند یا از فرهنگی بودند که برای محسن آشنا نبود یا دربارهٔ مسائلی صحبت می‌کردند که برای محسن هیچ جالب نبود. از طرفی بعد از ورود محسن به جمع مهمانان، پائولین بیشتر سعی می‌کرد محسن را وادار به صحبت کند و خودش بیشتر شنونده می‌شد و این صحبت‌ها معمولاً چند ساعتی طول می‌کشید. همهٔ این‌ها باعث می‌شد که محسن به هم‌صحبتی با مهمانان پائولین تمایلی نداشته باشد و اغلب از روی احترامی که نسبت به پائولین داشت، مجبور بود وارد جمع آن‌ها شود. البته گاهی که واقعاً خسته یا بی‌حوصله بود، ضمن عذرخواهی از پائولین و مهمانانش، به اتاق خودش می‌رفت و تا رفتن مهمانان در اتاق خود می‌ماند.

آن شب هم به محض این‌که متوجه صحبت پائولین با کسی شد، با خودش گفت: «وای نه! امشب اصلاً حوصلهٔ هم‌صحبتی با مهمانان پائولین رو ندارم. بهتره مستقیم برم اتاق خودم و حتی باهاشون سلام و احوال‌پرسی نکنم.» این بود که آهسته درِ خانه را بست و آرام وارد اتاق خودش شد. بعد از چند لحظه، صدای پائولین را شنید که محسن را دعوت می‌کرد به اتاق نشیمن برود، ولی محسن جواب نداد به این امید که پائولین درک کند که او خسته و بی‌حوصله است و از دعوت کردن صرف‌نظر کند. ولی با ورود پائولین به اتاق، محسن متوجه شد که پائولین واقعاً می‌خواهد او به اتاق نشیمن

برود. محسن با بی‌حوصلگی گفت:«من واقعاً خسته‌ام. امشب اصلاً حوصله ندارم با مهمان‌های تو هم‌صحبت بشم.»

پائولین گفت: «این‌ها مهمان‌های من نیستن. مهمان‌های تو هستن، بیا ببین خودت.»

محسن با تعجب پرسید: «مهمان‌های من؟ کی هستن؟»

پائولین با لبخند گفت: «خودت بیا ببین.»

زمانی که محسن وارد اتاق نشیمن شد، روی مبل دونفره، لیلا و مژگان را دید. با ورود محسن فقط مژگان از جایش بلند شد و برای احوال‌پرسی دست خودش را به طرف او دراز کرد، ولی لیلا فقط آرام سلام کرد. به نظر محسن، مژگان بیست سال پیر شده بود و شبیه یک زن جاافتادهٔ چهل ساله به نظر می‌رسید. محسن با تعجب پرسید: «به‌به مژگان خانم! چه عجب از این طرف ها؟ کم‌پیدا شدین.»

مژگان گفت: «از شما خبری نیست آقا محسن. از وقتی که دانشجو شدین فقط سرتون تو کتابه. اگر هم وقتی داشته باشین دیگه مال لیلاجونه.» بعد با خنده نگاهی به لیلا انداخت، ولی لیلا بدون این‌که بخندد، گفت: «فعلاً که حتی جواب تلفن منو هم نمی‌ده.» محسن بدون این‌که به گلایه لیلا توجه کند، گفت: «خب بفرمایید بشینید و چون پائولین اینجاست، بهتره همگی هلندی صحبت کنیم.» پائولین که اسم خودش را شنیده بود، به هلندی پرسید: «چی شده؟» محسن توضیح داد که همه را دعوت کرده به هلندی صحبت کنند تا پائولین هم وارد صحبت شود.

پائولین با خوشحالی گفت: «آره خوبه. حالا چه نوشیدنی می‌خواین من برم برای همه بیارم؟»

زمانی که پائولین در آشپزخانه بود، لیلا خیلی جدی به محسن گفت: «مژگان می‌خواد دربارهٔ موضوع مهمی باهات صحبت کنه که باید حتماً فارسی صحبت کنیم. چرا

گفتی همه هلندی صحبت کنیم؟» محسن گفت: «این چه حرفیه؟ اومدیم تو خونه‌اش، بعد اون رو وارد حرف‌هامون نکنیم؟»

لیلا گفت: «خب اومدیم اینجا دنبال تو که بعد بریم جای دیگه صحبت کنیم.»

محسن گفت: «خب زنگ می‌زدی بیرون قرار می‌ذاشتی.»

لیلا با ناراحتی گفت: «خیلی هم تلفن‌های منو جواب می‌دادی!»

مژگان که متوجه کدورت بین لیلا و محسن شده بود، گفت: «مثل این‌که من بدموقع مزاحم شدم. من فقط رفته بودم با لیلاجون دردِدل کنم، اون هم گفت بیام اینجا که...»

محسن وسط حرفش پرید و گفت: «نه مژگان جان، مزاحم چیه؟ این چه حرفیه؟ لیلا، عزیزم، بهتر نیست یه وقت دیگه دربارهٔ مشکلات خودمون حرف بزنیم. مشکلات ما چه ربطی به مژگان داره که بعد چند سالی اومده پیش‌مون؟»

لیلا جواب داد: «آره، حتماً البته اگه تو وقت داشته باشی و کمی از درست دست بکشی.»

با ورود پائولین به اتاق نشیمن، همگی سکوت کردند. پائولین با خنده گفت: «چقدر خوشحالم که امشب مهمان‌های محسن اومدن اینجا.» محسن به پائولین گفت: «ما باید دربارهٔ موضوع مهمی با هم به فارسی صحبت کنیم، واسه همین هم مزاحم نمی‌شیم و بعد از خوردن نوشیدنی می‌ریم.»

پائولین گفت: «کجا می‌رین؟ همین‌جا صحبت کنین یا اگه می‌خواین برین تو اتاق خودت. من هم به کارم می‌رسم.»

محسن نگاهی به لیلا و مژگان کرد و به فارسی پرسید: «جایی دارید که بریم صحبت کنیم؟ لیلا، می‌تونیم بریم کمپ؟»

لیلا گفت: «آخه تو کمپی که هم‌اتاقیم یه ایرانیه و صداهای اتاقت از همه‌جا شنیده می‌شه، جای این‌جور صحبت‌هاست؟»

محسن پرسید: «چه جور صحبتی؟ من که هنوز نمی‌دونم مشکل چیه.»

لیلا گفت: «به‌هرحال موضوعی هستش که نمی‌شه تو کمپ صحبت کرد.»

محسن گفت: «مژگان جان، می‌تونیم همین‌جا به فارسی صحبت کنیم؟»

مژگان گفت: «اگه پائولین ناراحت نمی‌شه و مشکلی برای شما پیش نمی‌آد، از نظر من مشکلی نیست.»

لیلا به آشپزخانه رفت تا نوشیدنی را که پائولین آماده کرده بود بیاورد و در همین موقع از آشپزخانه محسن را صدا کرد که برای کمک برود آنجا. آهسته، طوری که صدایش در اتاق نشیمن شنیده نشود، گفت: «تو چرا این‌جوری شدی؟ چرا به تلفن‌هام جواب نمی‌دی؟» محسن هم آهسته جواب داد: «من فقط امروز چون سرم شلوغ بود جواب ندادم.» لیلا گفت: «خودت رو به اون راه نزن محسن. از وقتی که اون موضوع رو بهت گفتم رفتارت تغییر کرده. خودت هم خوب می‌دونی منظورم چیه.»

محسن گفت: «لیلا عزیزم، من فقط کمی وقت می‌خوام که تنها باشم و بتونم رو چیزی که تو گفتی فکر کنم. الآنم مژگان اومده و وقت مناسبی برای بحث بین ما نیست. راستی، مژگان برای چی اینجا اومده؟» لیلا درحالی که سینی چای و قهوه را به اتاق نشیمن می‌برد، آرام گفت: «خودش برات تعریف می‌کنه.» بعد با صدایی بلند گفت: «محسن، شکر و شیرِ قهوه رو هم با خودت بیار.»

در اتاقِ محسن، لیلا و مژگان روی تخت محسن نشسته بودند و محسن روی تنها صندلی‌ای که در اتاق بود. مژگان بدون این‌که منتظر بماند تا از او چیزی بپرسند، گفت: «همین‌طور که می‌دونین من وقتی در کمپ بودم یه دوست پسر هلندی داشتم

که اسمش سام[1] بود.ما همدیگه رو هر هفته می‌دیدیم. روزهای خوبی بود و بهمون خوش می‌گذشت. با این‌که من انگلیسی و هلندیم خوب نبود، ولی می‌تونستیم از کنار هم بودن لذت ببریم. وقتی از کمپ اخراج شدم، خودش بهم گفت که می‌تونم پیش اون زندگی کنم تا کاری پیدا کنم و بتونم خرج خودم رو دربیارم. بعد از یکی دو هفته رفتارش با من عوض شد و شروع کرد به بهانه گرفتن. سعی می‌کردم با آشپزی و تمیز کردن خونه‌اش یه جوری محبت‌هاش رو جبران کنم، ولی اون از کارهای من مدام ایراد می‌گرفت و عصبانی می‌شد. واقعاً نمی‌دونستم چی‌کار کنم تا سام از من راضی باشه و رابطه‌مون مثل سابق بشه. من بیشتر وقت‌ها خونه بودم و گاهی برای خرید بیرون می‌رفتم، ولی اون از صبح زود که سر کار می‌رفت تا شب بیرون بود و اواخر فقط برای خواب خونه می‌اومد. من هم دیگه پولی نداشتم تا برای خونه خرید کنم برای همین یک روز ازش پول خواستم، ولی اون با عصبانیت گفت نمی‌تونه خرج زندگی منو بده و همین‌که اجازه داده خونه‌اش مجانی زندگی کنم، باید ازش ممنون باشم.»

محسن دید که مژگان آرام‌آرام اشک می‌ریزد. لیلا دستمالی به مژگان داد و دستی به شانه‌اش کشید. مژگان بغضش را فرو خورد و ادامه داد: «احساس تحقیر زیادی می‌کردم. من در خانواده‌ای بزرگ شده بودم که همیشه همه‌چیز برام مهیا بود و کسی برای امکاناتی که داشتم منتی سرم نمی‌ذاشت، ولی حالا پسری که من با احساس در کنارش بودم و دوستش داشتم، برای سقفی که بهم داده بود منت سرم می‌ذاشت. واقعاً برام دردناک بود. از همه بدتر این بود که مدتی پولی از بابام بهم نرسیده بود. آخرین باری که بهش گفتم دارن از کمپ اخراجم می‌کنن، بهم گفت اگر مُردی و زنده‌ای همون‌جا بمون و برنگرد ایران. گفت برای خرج زندگیت برات پول می‌فرستم، ولی چون

---

[1] Sam

دیگه حساب بانکی نداشتم و کسی رو هم نمی‌شناسم همیشه به سختی تونسته برام پول بفرسته.»

محسن یک لیوان آب به او داد و مژگان بعد از خوردن کمی آب ادامه داد: «اون موقع بهترین کار این بود که بتونم هرچه سریع‌تر روی پای خودم بایستم. تا اون زمان به اتکای پولی که گاهی بابام برام می‌فرستاد و به خیال این‌که سام تنهام نمی‌ذاره، زیاد به فکر این مسائل نبودم، ولی همون دو سه هفتۀ اولی که خونه‌اش بودم فهمیدم که هرچه زودتر باید به فکر زندگیم باشم و روی این‌جور دوستی‌ها حساب باز نکنم. برای همین به سام گفتم که اگه می‌تونی برام کار پیدا کن و و اون هم چند ماه پیش کاری تو یه رستوران در رتردام پیدا کرد. صاحب رستوران مردی چهل ساله به نام ساموئل[1] و از دوستان سام بود که من چندبار دیده بودمش. سام گفت که ساموئل اهل روسیه‌ست و خودش سال‌ها قبل به هلند پناهنده شده و بالاخره بعد از سال‌ها زندگی غیرقانونی تونسته اقامت بگیره؛ برای همین وضعیت پناهنده‌هایی رو که غیرقانونی زندگی می‌کنن، درک می‌کنه و دوست داره اگه می‌تونه بهشون کمک کنه. من به رتردام اسباب‌کشی کردم و بالای رستورانی که کار می‌کردم از ساموئل یه اتاق اجاره کردم. چون زبانم خوب نبود مجبور بودم کارهای نظافتی انجام بدم. از شستن توالت و کف زمین گرفته تا کل آشپزخونه و شستن ظرف‌ها و کمک به هرکسی که کمک لازم داشت. کار من از ساعت ده صبح شروع می‌شد تا ساعت دوازده شب و تعطیلات آخر هفته تا ساعت دو یا سه نصفه‌شب مجبور بودم کار کنم. فقط روزهای دوشنبه تعطیل بودم که اون هم صرف خرید کردن و رفتن به حمام می‌شد چون اتاقی که داشتم توالت داشت، اما دوش حمام نداشت. کار طاقت‌فرسایی بود، ولی مجبور بودم کار کنم تا مجبور نباشم به ایران برگردم.

---

[1] Samuel

سام هفته‌ای یه بار بهم سر می‌زد و گاهی پیشم می‌موند. رفتارش دوباره بامحبت شده بود و گاهی هدیه‌های کوچکی برام می‌آورد که تو اون موقعیت واقعاً منو شاد می‌کرد.»

ناگهان مژگان با صدای بلند گریه کرد، طوری که پائولین بعد از در زدن وارد اتاق محسن شد تا اگر کاری از دستش برمی‌آید انجام دهد. محسن صلاح دید که لیلا و مژگان را برای چند دقیقه در اتاق تنها بگذارد، برای همین با پائولین به بیرون از اتاق آمد. بعد از چند دقیقه لیلا دنبال محسن آمد و از او دعوت کرد که به اتاق برگردد. با این‌که به نظر می‌رسید مژگان آرام‌تر شده، ولی محسن از او پرسید: «می‌خوای ادامهٔ صحبت رو بذاریم برای فردا؟ این‌جوری راحت‌تر نیستی؟»

مژگان با بی‌حالی جواب داد: «نه آقا محسن. هرچه سریع‌تر کل ماجرا رو بگم راحت‌ترم، البته اگه شما و لیلا جان کار دارین کار مزاحم نمی‌شم.»

لیلا به طرف مژگان رفت و دست‌هایش را در دست‌های خودش گرفت و گفت: «نه، این چه حرفیه عزیزم. فردا شنبه‌ست و من و محسن کاری نداریم. مگه نه محسن؟» سؤال لیلا طوری بود که اگر هم محسن کاری داشت نمی‌توانست بگوید کار دارم، برای همین با حرکت سر حرف لیلا را تصدیق کرد و مژگان ادامه داد: «یه ماه از کارم می‌گذشت و من هنوز هیچ پولی نگرفته بودم. یه بار که سام پیشم بود بهش گفتم و اونم گفت اینجا معمولاً ماه اول آزمایشیه و از ماه دوم پول می‌دن. بعد از این‌که برای ماه دوم هم حقوقی نگرفتم دوباره به سام گفتم و اونم گفت که احتمالاً ساموئل یادش رفته و چون من به کار و اتاقی که ازش گرفتم نیاز دارم، بهتره بهش چیزی نگم. سام پیشنهاد داد که چند هفتهٔ دیگه صبر کنم و اگه بهم پولی نداد به خودش بگم تا اون با ساموئل صحبت کنه. من به سام گفتم که دیگه هیچ پولی برای زندگی ندارم و اون هم به حالت ترحم مقداری پول بهم قرض داد. چهار ماه بدون دریافت هیچ پولی مثل خر اونجا جون کندم. شب‌ها از درد کمر خوابم نمی‌برد. روزها اعصابم زیر متلک‌های زشت آشپز و

کمک‌آشپز خورد می‌شد. حتی گاهی مجبور می‌شدم رفتار زشت بعضی از مشتری‌ها رو تحمل کنم. فقط چون سام می‌گفت تو غیرقانونی اینجا هستی و نمی‌تونی شکایتی کنی و اگر ناراضی هستی برو و جای بهتری کار پیدا کن.»

مژگان آه عمیقی کشید و بعد از خوردن آب ادامه داد: «تا این‌که یه روز به خاطر نیاز فوری به پول مجبور شدم از ساموئل درخواست پول کنم. ساموئل با تعجب گفت: مخارجت زیاد شده! همین دو روز پیش حقوقت رو دادم. باز هم درخواست پول می‌کنی؟ من با تعجب پرسیدم: حقوق؟ پول دادی؟ به من؟ ساموئل با بی‌حوصلگی گفت: به تو نه ولی به سام دادم. مگه سام حقوق این ماهت رو هنوز بهت نداده؟ من که از تعجب خشکم زده بود، گفتم: حقوق این ماه؟ مگه حقوق ماه‌های قبلی رو دادی؟ ساموئل با نگرانی گفت: آره ، از ماه اول پرداخت کردم. سام بهم گفت چون تو حساب بانکی نداری، حقوق رو به اون بدم که تو حسابش بذاره و هر هفته می‌آد اینجا مقداری از پولت رو میاره بهت می‌ده. منم بعد از کم کردن کرایه اتاقت بقیه حقوقت رو به سام می‌دادم. ببینم، نکنه سام بهت چیزی نداده؟

با این‌که معلوم بود سام به من نارو زده، بازهم نمی‌تونستم باور کنم کسی که نزدیک دو سال با من دوست بود و من با عشق و محبت باهاش بودم، با من در چنین شرایطی که داشتم این‌طور رفتار کنه. به سام زنگ زدم و جریان رو گفتم. گفت بابت مدتی که خونه‌اش بودم بهش بدهکارم. من که خیلی عصبانی بودم گفتم الآن می‌آم تا پولم رو ازت بگیرم، ولی سام گفت اگه برم اونجا، پلیس رو خبر می‌کنه و بابت مزاحمت از من شکایت می‌کنه. بعد هم متذکر شد که چون من غیرقانونی زندگی می‌کنم و پلیس دنبالمه، بابت شکایتش بلافاصله منو دستگیر می‌کنن.

به اتاق خودم رفتم و به‌شدت گریه کردم. دلم به حال خودم می‌سوخت. احساس می‌کردم از من سوءاستفاده شده، ولی نمی‌تونستم کاری کنم. به دست‌های پینه‌بسته‌ام

نگاه می‌کردم، به درد پاهام و کمرم فکر می‌کردم، به سختی‌هایی که در این مدت کشیده بودم، به خوش‌باوری خودم که چه آرزوهایی داشتم، ازدواج با سام، گرفتن اقامت و...»

محسن پرسید: «چرا همون موقع با ما تماس نگرفتی؟»

مژگان گفت: «خجالت می‌کشیدم. آخه شما تو کمپ بهم چندبار هشدار داده بودین، ولی من توجهی نکردم. همون موقع با دختری که اونم از کمپ اخراج شده بود تماس گرفتم تا کمکم کنه، ولی اونم گفت که داره کار می‌کنه تا پول جمع کنه بده قاچاقچی اونو ببره انگلیس. بعد هم گفت که هلند دیگه جای موندن نیست. نه جواب می‌دن نه آینده‌ای داریم اینجا. کار سیاه و زندگی مخفیانه هم دیگه قابل تحمل نیست. بهم یه شماره تلفن داد تا اگه پول داشتم به اون شماره زنگ بزنم تا منو هم ببره انگلیس. اون شب اون‌قدر حالم خراب بود که نتونستم برم سر کار. از ساموئل درخواست کردم چند روزی بهم فرصت بده تا حالم بهتر بشه. روز بعد ساموئل اومد اتاقم و گفت: از حالا من حقوقت رو به خودت می‌دم، ولی باید بلافاصله کارت رو شروع کنی. من کرایه اتاقت رو کم می‌کنم و باقی رو بهت می‌دم. من هم قبول کردم و از همون شب کارم رو شروع کردم، ولی وسط‌های کار سرم گیج رفت و افتادم زمین. ساموئل به کمک دو نفر دیگه منو به اتاقم بردن. از نظر روحی و جسمی خیلی ضعیف شده بودم. فردای اون روز ساموئل به اتاقم اومد و گفت که دیگه روی کار من نمی‌تونه حساب باز کنه و باید هرچه زودتر اتاق رو تخلیه کنم و برم. من بهش قول دادم که اگه چند روز استراحت کنم حالم بهتر می‌شه و می‌تونم مثل گذشته کار کنم، ولی قبول نکرد. فکر این‌که اون اتاق و کارم رو از دست بدم باعث شد به‌شدت گریه کنم. ساموئل رو تخت کنار من نشست و منو تو بغلش گرفت و گذاشت گریه کنم. چیزی که واقعاً همون موقع نیاز داشتم. داشتن یه شونهٔ مردونه تا بتونم رو شونه‌هاش گریه کنم و اون موقع واقعاً آرومم می‌کرد. یاد اکبر افتادم. ای کاش اکبر اون موقع پیشم بود.»

محسن همان لحظه یاد شبی افتاد که اکبر می‌خواست از کمپ خارج شود و برای خداحافظی آمده بود. مژگان به خاطر قراری که با سام داشت برای خداحافظی از اکبر نیامده بود.

«از اون شب ساموئل بهم اجازه داد که فقط روزها تا ساعت هشت شب کار کنم و هر هفته پولم رو می‌داد. فشار کاریم کم شده بود و می‌تونستم شب‌ها بیرون برم و بگردم. روحیه‌ام خیلی بهتر شده بود. بعد از دو هفته، یه شب ساموئل اومد اتاقم. از وضعیتم پرسید و من از این‌که فشار کاریم کم شده، ازش تشکر کردم. کنارم نشست و شروع کرد به نوازش موهام و گفت خوشحاله که تونسته بهم کمک کنه، ولی امیدواره که من هم بهش کمک کنم. اول منظورش رو نفهمیدم، ولی کم‌کم فهمیدم که از من چی می‌خواد. بهش گفتم که تو زن و بچه داری و من جای دخترت هستم، ولی ساموئل گفت که چون با خانمش مشکل داره و می‌خواد جدا بشه و از طرفی هم از من خوشش اومده می‌خواد با من دوست بشه تا بعد از شناخت بیشتر نسبت به هم، ازدواج کنیم. من واقعاً نمی‌خواستم باعث از هم پاشیدن زندگی ساموئل و زنش بشم، ولی وقتی دیدم خودش می‌گه مشکل دارن و وقتی دیدم تو زندگی مخفیانه در هلند قانون جنگل حاکمه، به خودم گفتم اگه بتونم با ساموئل ازدواج کنم دیگه تنها نیستم و می‌تونم اقامتم بگیرم.»

لیلا که تا آن موقع سکوت کرده بود، با تعجب گفت: «مژگان، امیدوارم نخوای بگی که با ساموئل...»

مژگان درحالی که سرش را به علامت تائید حدس لیلا بالا و پایین می‌کرد، گفت: «ساموئل هفته‌ای یکی دو شب می‌اومد اتاقم و گاهی تا صبح پیشم بود. بهم گفته بود باید قرص ضد حاملگی بخورم و خودش برام می‌آورد. دیشب وقتی پیشم بود و خواست بره، بهم گفت از یکی از دوستانش پول قرض گرفته و نتونسته به موقع قرضش

رو پرداخت کنه و الآنم دوستش عصبانی پایین در رستوران منتظره. اگه اجازه بدم بیاد بالا و نیم ساعتی من سرگرمش کنم تا بتونه از دوستش فرصت بیشتری بگیره.»

مژگان با این‌که تا آن لحظه زیاد گریه کرده و صدایش گرفته بود، ولی دوباره شروع کرد به گریه کردن و لابه‌لای گریه ادامه داد: «دنیا روی سرم خراب شد. فهمیدم که ساموئل اصلاً منو دوست نداره و نمی‌خواد باهام ازدواج کنه و صرفاً برای ارضای نیازهاش منو می‌خواسته و به من لطف می‌کرده. درخواستش رو با عصبانیت رد کردم، ولی بلافاصله بهم گفت اگه قبول نکنم همین حالا بیرونم می‌کنه. گیج بودم و نمی‌دونستم چی کار کنم. فقط سکوت کردم. یه مردی اومد بالا و نیم ساعت بعد رفت. من هیچی نفهمیدم. امروز صبح اول رفتم حموم. احساس می‌کردم بدنم کثیف شده، ولی با این‌که چندبار خودم رو شستم، بازم فکر می‌کردم کثیفم. دیگه نمی‌تونستم اون وضعیت رو تحمل کنم. شمارهٔ لیلا رو از اکبر گرفتم، بهش زنگ زدم و اومدم اینجا چون دیگه مغزم نمی‌تونه کمک کنه. احساس می‌کنم همه‌چیز اشتباهه. احساس می‌کنم هر تصمیمی که می‌گیرم اشتباهه. اعتمادبه‌نفسم رو کاملاً از دست دادم.»

مژگان درحالی که با صدایی ضعیف گریه می‌کرد خودش را روی تخت انداخت.

اولین واکنش لیلا این بود که از اتاق زد بیرون. محسن هم دنبالش رفت و گفت: «لیلا، چرا تنهاش گذاشتی؟» لیلا که عصبی به نظر می‌رسید، گفت: «دخترهٔ احمق هرجایی حالا که به کل زندگیش گند زده اومده پیش ما کمک می‌خواد.»

محسن گفت: «لیلا، این چه برخوردیه؟»

لیلا جواب داد: «چیه؟ انتظار داری بهش بگم خوب کاری کردی؟ دختره هر کار اشتباهی که فکرش رو بکنی انجام داده، حالا اومده اینجا نقش قربانی رو بازی می‌کنه، اشک می‌ریزه و انتظار داره ما هم دل‌مون به حالش بسوزه و براش گریه کنیم.»

در همین موقع مژگان از اتاق خارج شد و گفت: «لیلا جان، با این‌که من الآن قابل ترحم هستم، ولی لازم نیست کسی به من ترحم کنه چون مشکلی حل نمی‌شه. من اومدم اینجا که اگه شما یا آقا محسن راهی به نظرتون می‌رسه که بتونم زندگیم رو سرو سامان بدم، راهنماییم کنید. اگه می‌دونستم تعریف کردن مشکلاتم باعث ناراحتی شما می‌شه، اصلاً نمی‌اومدم.»

بعد به طرف جالباسی رفت تا کاپشنش را بردارد و برود. محسن درحالی که به طرف جالباسی می‌رفت تا مانع از رفتن مژگان بشود، گفت: «مژگان، در این‌که من و لیلا خوشحال می‌شیم به تو کمک کنیم شک نکن، ولی بدون کمک خودت نمی‌تونیم. اولین کاری هم که باید انجام بدی اینه که از همین لحظه دیگه تصمیمات احساسی نگیری. مثل همین حالا که ناراحت شدی و می‌خوای بدون مشورت با ما بری.»

با این‌که لیلا موافق نبود، ولی محسن با پائولین مشورت کرد تا مژگان بتواند مدتی در خانهٔ او زندگی کند. محسن تصمیم گرفت روز بعد با مژگان به رتردام برود تا وسایلش را از اتاقش بیاورند. محسن اصلاً نمی‌خواست با ساموئل روبه‌رو شود و به مژگان هم گفت که فقط وسایلش را جمع کند و هرچه سریع‌تر برگردند. در قطاری که از رتردام حرکت می‌کرد، محسن از مژگان پرسید که آیا از اکبر خبری دارد، ولی مژگان گفت که چند دفعه تماس گرفته، اما اکبر جواب نمی‌دهد. محسن مطمئن بود که بودن اکبر برای چند روزی می‌تواند تأثیر مثبتی بر روحیه مژگان داشته باشد، برای همین شمارهٔ اکبر را گرفت تا خودش به او زنگ بزند.

تابستان ۲۰۰۵ نزدیک می‌شد و گرم شدن هوا معمولاً باعث می‌شد بیشتر مردم روحیه بهتری پیدا کنند، ولی آن تابستان محسن با توجه به سختی‌های پایان‌نامه‌اش، مشکلی که با لیلا پیدا کرده بود و برگشتن مژگان بیشتر درگیر حل این مشکلات بود، طوری که برخلاف سال‌های گذشته، اصلاً نزدیک شدن تابستان را حس نکرد. با وجود

همهٔ این مشکلات، محسن برنامهٔ ثابت ملاقات با ژاک و کارلا را در روزهای شنبه ادامه می‌داد چون داشتن رابطه با مردمی خارج از زندگی پناهندگی و مشکلات مربوط به آن، تأثیر مثبتی بر روحیه محسن داشت. صحبت با کسانی که به جز مشکلات پناهندگی و زندگی مخفیانه حرف دیگری برای گفتن داشتند.

مژگان توانست از همان مرکزی که محسن کمک غذایی دریافت می‌کرد، هفته‌ای یک بار بستهٔ غذایی دریافت کند. پائولین از این‌که مژگان با آن‌ها زندگی می‌کرد خیلی خوشحال بود. چون محسن درگیر پایان‌نامه‌اش بود و برای هم‌صحبتی با پائولین وقت نداشت، مژگان به‌عنوان هم‌صحبت جدید پائولین توانست خودش را خیلی زود در دل او جا کند، طوری که اقامت موقت مژگان در خانهٔ پائولین به اقامت دائم تبدیل شد و پائولین گفت تا زمانی که مژگان مایل است می‌تواند نزد آن‌ها زندگی کند.

مژگان روی کاناپه در اتاق نشیمن می‌خوابید و معمولاً اولین کسی بود که صبح بیدار می‌شد و در آشپزخانه مشغول به کار می‌شد. بعد از چند ماه زندگی بسیار مشکل، مژگان در خانهٔ پائولین آرامش پیدا کرده بود و ارزش این آرامش را می‌دانست. پائولین یک کاتولیک سفت و سخت بود و همین اعتقاد باعث می‌شد که به دیگران از ته دل کمک کند. او روابط زیادی با کلیسا و گروه‌های کاتولیک داشت. بعد از مقیم شدن مژگان در خانهٔ پائولین، هم‌صحبتی آن‌ها نه‌تنها باعث شده بود که پائولین مژگان را به مراسم مذهبی در کلیسا ببرد، بلکه مژگان پائولین را در گردهمایی‌های کاتولیک‌ها که پائولین دعوت داشت همراهی می‌کرد. پائولین با آب و تاب دربارهٔ کاتولیک و کتاب مقدس توضیح می‌داد و در جلسه‌ها هم از دیگران درخواست می‌کرد که دربارهٔ مذهب کاتولیک، عیسی مسیح و کتاب انجیل توضیحات بیشتری به مژگان بدهند. مژگان هم پس از تحمل سختی‌های زیاد احساس آرامش می‌کرد و با اشتیاق در این مباحث حضور داشت. تنها کسی که از اقامت مژگان در کنار پائولین ناراحت بود، لیلا بود. با این‌که به محسن

اطمینان داشت، ولی احساس زنانه به او هشدار می‌داد و احساس می‌کرد مژگان ممکن است به دنبال تکیه‌گاهی باشد.

بعد از گذشت یک هفته از آخرین دیدار محسن و لیلا، محسن در یک رستوران با او قرار گذاشت تا دربارهٔ بارداری با هم صحبت کنند. لیلا عقیده داشت که چون رابطهٔ آن‌ها یک رابطهٔ دائمی است و تصمیم دارند در آینده با هم زندگی کنند، پس داشتن یک بچه نه‌تنها مسئله‌ای نیست بلکه نکتهٔ مثبتی در زندگی مشترک آن‌ها خواهد بود.

محسن گفت: «لیلا، متوجه هستی که نه من اقامت دائم دارم نه تو؟ چطور می‌تونی موجودی رو به وجود بیاری درحالی که آیندهٔ خود ما نامعلومه؟»

لیلا گفت: «مگه خودت ندیدی در کمپ چه جوری بعضی از پناهنده‌ها چندتا بچه میارن، اصلاً هم به آینده و اقامت‌شون فکر نمی‌کنن. از طرفی، خودت گفتی که داشتن بچه گرفتن اقامت رو آسون‌تر می‌کنه.»

محسن گفت: «من نگفتم گرفتن اقامت رو آسون‌تر می‌کنه. گفتم کسی رو که بچه داشته باشه با وجود داشتن ترک از کمپ توی خیابان اخراج نمی‌کنن. اون هم به خاطر مسائل بشردوستانه. الآنم که تو خودت توی کمپ هستی و می‌بینی. در ثانی، اون پناهنده‌ها از آفریقا هستن و دوست دارن بلافاصله بچه‌دار بشن و این به فرهنگ‌شون ربط داره. ما که نمی‌تونیم از اون‌ها تقلید کنیم عزیزم.»

لیلا گفت: «محسن، من یه مادرم. ممکنه برای تو ساده باشه از من بخوای بچه رو بندازم، ولی برای من آسون نیست. این بچه مال من و توئه. ولی من نمی‌تونم بدون تو این بچه رو داشته باشم.»

محسن گفت: «به‌هرحال این نظر منه و باید هرچه سریع‌تر هم این کار رو انجام بدی. اگه این بچه رو می‌خوای، لطفاً رو من حساب نکن.»

لیلا با ناراحتی گفت: «این چه جور صحبت کردنه؟ دارم می‌گم من این بچه رو چون تو پدرش هستی، چون فکر می‌کنم یه موجود مشترک از من و توئه بهش علاقه دارم، بعد تو می‌گی بدون تو؟!»

محسن گفت: «به شرایط نگاه کن. فرض کن یه روز منو توی خیابان بگیرن و ازم کارت شناسایی بخوان. من هم که کارت ندارم. بخوان منو به زور به ایران بفرستن، خب تو اینجا و من اونجا. خودت می‌دونی که تو نمی‌تونی با توجه به شرایطی که داری به ایران برگردی. اون موقع چی‌کار می‌کنی؟»

لیلا جواب داد: «می‌دونی چیه محسن، یه روز ژاک بهت گفت محسن تو زیاد فکر می‌کنی. من هم فکر می‌کنم همین‌طوره. تو به مسائلی فکر می‌کنی که مربوط به آینده هستن و اصلاً نمی‌دونی اتفاق می‌افتن یا نه. چرا مثبت فکر نمی‌کنی؟»

محسن گفت: «برای خودم می‌تونم مثبت فکر کنم، ولی برای یه موجود دیگه که می‌خواد با آیندهٔ نامعلومی به دنیا بیاد، نمی‌تونم. اگه این بچه بعدها بزرگ بشه و نتونه مدرسه بره و زندگی نرمالی در هلند داشته باشه، حق داره به من و تو بگه شماها که می‌دونستین شرایط زندگی من اینه، چرا منو به وجود آوردین؟ اون وقت چه جوابی می‌خوای بهش بدی؟ بگی چون می‌خواستیم بچهٔ مشترکی داشته باشیم؟ چرا صبر نمی‌کنی وضعیت ما روشن بشه، بعد فرصت داریم برای بچه‌دار شدن عزیزم.»

لیلا گفت: «به نظر می‌رسه این بحث بی‌نتیجه‌ست. تو واقعاً مصمم هستی که در این شرایط بچه نداشته باشی؟»

محسن با سر جواب مثبت داد. لیلا بلند شد که برود و گفت: «فعلاً با من تماس نگیر. با نامه جوابت رو می‌دم.» بعد هم بدون خداحافظی رفت. محسن واقعاً نمی‌دانست چه عکس‌العملی از خودش نشان بدهد، ولی می‌دانست در شرایطی قرار دارد که نمی‌تواند احساسی تصمیم بگیرد.

فردای آن روز پائولین همراه محسن با اتومبیل پائولین به مرکز کمک‌های
غذایی رفتند تا بستهٔ غذایی محسن و مژگان را به خانه بیاورند. مژگان در خانه مانده بود
تا به تمیزکاری و کارهای خانه برسد که معمولاً پائولین رغبتی به انجام آن‌ها نداشت.
در برگشت به خانه، پائولین از مژگان به‌عنوان دختری که علاقهٔ زیادی به کلیسا دارد
تعریف کرد. بعد درحالی که می‌خندید از محسن پرسید: «هفتهٔ دیگه یه مراسم بزرگ تو
کلیسا داریم. مژگان هم می‌آد. تو نمی‌خوای بیای؟» محسن اصلاً به سؤال پائولین جواب
نداد. پائولین سؤالش را تکرار کرد. محسن گفت: «ببخشید متوجه سؤالت نشدم.» پائولین
پرسید: «چرا چند وقته این‌قدر تو فکری؟ اتفاقی افتاده؟» محسن گفت: «نه، درگیر
پایان‌نامه و درس‌هام هستم.» پائولین گفت: «من مطمئنم اگه به کلیسا بیای آرامش پیدا
می‌کنی و این مسئله باعث می‌شه بهتر روی درس‌هات تمرکز کنی. ببین مژگان
روحیه‌اش از دو سه هفته پیش خیلی بهتر شده و خودش می‌گه ارتباط با کلیسا و آشنایی
با کتاب مقدس باعث این تغییر روحیه شده.» محسن گفت: «مژگان دوران سختی رو
پشت‌سر گذاشته و الآن در خونهٔ تو آرامشی رو به دست آورده که مدت‌ها نداشته. باید
هم روحیه‌اش بهتر شده باشه.» پائولین گفت: «یعنی می‌خوای بگی ربطی به کلیسا
نداره؟» محسن جواب داد: «من این رو نگفتم. فقط خواستم بگم شرایطش بهتر شده.»
پائولین گفت: «به‌هرحال اگه بتونی یکشنبه با من و مژگان به کلیسا بیای مطمئن باش
روحیه‌ات بهتر می‌شه.» محسن گفت: «باشه. بهش فکر می‌کنم.»

با این‌که لیلا به محسن گفته بود که با او تماس نگیرد تا خودش با نامه جواب
محسن را بدهد، ولی محسن چند دفعه با لیلا تماس گرفت. ولی لیلا جواب تماس‌های
محسن را نمی‌داد. محسن احساس می‌کرد که در این شرایط باید کنار لیلا باشد، ولی
متوجه نبود که چرا لیلا از او دوری می‌کرد. بعد از چند روز بالاخره نامهٔ لیلا رسید. او در
این نامه اشاره کرده بود که در مرکزی که پزشکان کمپ به او معرفی کرده بودند، سقط

جنین انجام داده و با تلخی به محسن تبریک گفت که دیگر لازم نیست نگران این قضیه باشد. بااین‌حال محسن اصلاً احساس خوشحالی نمی‌کرد و می‌خواست هرچه سریع‌تر لیلا را ببیند. زمانی که محسن به کمپ وارد شد، آقا منصور در را باز کرد و با تعجب گفت: «لیلا خانم گفته بود که شما مسافرت رفتین. برگشتین؟» محسن باعجله گفت: «بله، می‌تونم ببینمش؟» منصور گفت: «نیستن.» محسن با تعجب پرسید: «کجا هستن این موقع شب؟» منصور جواب داد: «چند روزی بود که حالش خوب نبود. رفته بود دکتر. این‌جور که خانمم می‌گفت به خاطر مشکلات عصبی بوده. خودت که می‌دونی، کمپه و هزار جور مشکل.» محسن گفت: «پرسیدم این موقع شب کجاست؟» همان موقع آرش از پشت منصور خودش را نشون داد، ولی فوراً دوباره پنهان شد. منصور که نگاه متعجب محسن را دید، گفت: «برای مدتی توی یه مرکز روانی بستری شده. آرش هم پیش ماست، ولی خیلی بدخلقی می‌کنه.» محسن که درد شدیدی را در پشت سرش احساس می‌کرد، زیر لب زمزمه کرد: «مرکز روانی؟ برای چی؟» منصور نمی‌خواست اطلاعات بیشتری به محسن بدهد. محسن خواست آرش را ببیند، ولی زمانی که وارد اتاق شد، آرش با فریاد گفت: «ازت متنفرم. نمی‌خوام ببینمت. تقصیر توئه.» منصور دست محسن را کشید و از خانه خارج کرد و گفت: «صلاح نیست الآن شما بیشتر از این اینجا باشید. بهتره اوضاع کمی بهتر شد تماس بگیرید یا این‌که صبر کنید خود لیلا خانم با شما تماس بگیرن.»

در روزهای بعد محسن می‌ترسید به کمپ برود. از آن خانه و ساکنانش احساس خجالت می‌کرد. از خانه‌ای که زمانی بهترین لحظاتش را در آن سپری کرده بود، ولی حالا جرئت نداشت به آن نزدیک شود. تلاش‌هایش برای تماس تلفنی به جایی نمی‌رسید. فقط چند بار تلفنی از منصور حال آرش را جویا شد.

شبی دیروقت در بالکن خانهٔ پائولین، در حال سیگار کشیدن به ماه چشم دوخته بود. یاد پنج سال قبل افتاد که در کمپ جنگلی به ماه خیره شده و خوشحال بود که در کمپ، یک نقطهٔ مشترک با ایران پیدا کرده بود. حالا بعد از پنج سال، درد غربت کمتری با مشکلات بیشتری احساس می‌کرد. دوری و نگرانی از لیلا، سنگینی بار درس و از همه مهم‌تر بلاتکلیفی چنان ناامیدش کرده بود که تمام حرف‌های مثبتی را که خودش به پناهنده‌های دیگر می‌گفت برایش یک مشت چرت‌وپرت شده بودند. با خودش فکر می‌کرد: «که چی؟ با این‌همه سختی مدرک بگیرم، ولی بدون اقامت نه حق کار دارم نه حق زندگی.» آهی کشید و با خودش ادامه داد: «من حتی حق دوست داشتن لیلا و داشتن یه فرزند مشترک با اون رو هم ندارم.» با عصبانیت قطرهٔ اشکی را که کنار چشم‌هایش جمع شده بود پاک کرد و بلند با خودش گفت: «نه... نه... اجازه نمی‌دم این حق رو کسی ازم بگیره. اقامت، مدرک تحصیلی، همه و همه رو می‌تونن از من بگیرن اما عشق لیلا رو نه!» ناگهان از پشت‌سرش صدایی شنید: «با کی حرف می‌زنید آقا محسن؟» مژگان بود که داخل آشپزخانه، کنار دری که آشپزخانه را به بالکن وصل می‌کرد، در تاریکی ایستاده بود. محسن گفت: «خوب نیست آدم فال‌گوش بایسته و به حرف‌های خصوصی دیگران گوش بده!» مژگان گفت: «من فال‌گوش نایستاده بودم. صدای خور خور پائولین نمی‌ذاشت رو مبل بخوابم. اومدم آشپزخونه تا یه کم آب بخورم که شنیدم شما با عصبانیت با کسی صحبت می‌کنید.» محسن گفت: «با کسی نیستم، تنهام.» مژگان گفت: «آهان، پس از دست خودتون عصبانی هستین، آره؟» محسن گفت: «لزومی نمی‌بینم در این باره توضیحی به تو بدم.» مژگان با ناراحتی گفت: «وا چه عصبانی! حالا نوبت منه که سرم داد بزنی؟» محسن بلند شد که برود، ولی مژگان دستش را گرفت و گفت: «می‌تونم باهاتون صحبت کنم؟» محسن درحالی که دستش را از دست مژگان می‌کشید، گفت: «زمان مناسبی برای هم‌صحبتی با من نیست. دیدی که خودت.»

مژگان گفت: «اتفاقاً در همین مورد می‌خواستم صحبت کنم. حالا اجازه می‌دید بشینم رو بالکن؟» محسن به تنها صندلی روی بالکن اشاره کرد که مژگان بنشیند. مژگان گفت: «چیزی که شما رو برای همه جذاب می‌کنه، همینه.» محسن پرسید: «چی؟ منظورت چیه؟» مژگان جواب داد: «الآن نشستی اونجا که خطر افتادن داره، ولی این ریسک رو خودت به جون می‌خری و صندلی رو به من تعارف می‌کنی.» محسن گفت: «چه ربطی داره؟ ما ایرانی‌ها تو ذات‌مونه که همیشه چیزهای بهتر رو برای مهمون بخوایم نه برای خودمون.» مژگان خندید و گفت: «آهان، الآن من مهمون هستم و شما میزبان، آره؟» محسن گفت: «بی‌خیال مژگان. سرم درد می‌کنه. چی می‌خواستی بگی؟» مژگان جواب داد: «می‌خواستم بگم از شما توقع این برخورد رو نداشتم. از وقتی من پام رو توی این خونه گذاشتم حتی یه بار هم با من صحبت نکردین. اگه با من مشکلی دارین خب بگین.» محسن گفت: «اجازه بده. من اصلاً با تو مشکلی ندارم. با تو هم صحبت کردم و دارم می‌کنم.» مژگان گفت: «آره. حرف‌های روزمره، سلام، خوبی، کی غذا حاضر می‌شه و از این‌جور حرف‌ها.» محسن گفت: «خب چی باید می‌گفتم دیگه؟» مژگان گفت: «اگه لیلا یا خود شما از حضور من در این خونه ناراحت هستین، می‌تونید رک بهم بگین تا من جای دیگه‌ای رو پیدا کنم.» محسن گفت: «مثل این‌که یادت رفته من خودم با پائولین صحبت کردم که اینجا بیای و زندگی کنی، نه؟» مژگان گفت: «نه، یادم نرفته ولی مثل این‌که بعدش برای بعضی‌ها خوشایند نبوده که من و شما زیر یه سقف زندگی کنیم.» مژگان «زیر یک سقف زندگی کردن» را با زیرکی خاصی درحالی که لبخند بسیار ظریفی بر لب داشت، بیان کرد. محسن گفت: «این‌که تو اینجا زندگی کنی یا نه، به من ربط داره نه به کسی دیگه. تنها کسی که می‌تونه این اجازه رو بده پائولین، صاحب این خونه‌ست.» مژگان گفت: «وای چقدر بداخلاق شدین آقا محسن. قبلاً با من مهربون‌تر بودین.» محسن در جواب گفت: «ببین مژگان، من سرم درد می‌کنه و الآن

هم ساعت دو شبه و تو داری دربارهٔ تصورات خودت که خیلی هم درست نیست، حرف می‌زنی. پس بهتره که...» مژگان وسط حرف محسن پرید و گفت: «این‌که لیلا با شما قهر کرده چون من اینجا زندگی می‌کنم، تصور اشتباهیه؟» محسن از این‌که مژگان علت اختلاف بین خودش و لیلا را اشتباهی درک کرده بود، خوشحال شد ولی از طرف دیگر از این‌که لیلا را قضاوت کرده بود، عصبانی شد. رو به مژگان گفت: «تو اجازه نداری پشت‌سر لیلا این‌جوری صحبت کنی!» مژگان گفت: «یواش لطفاً! همسایه‌ها بیدار می‌شن.» محسن گفت: «ببخشید. اجازه بده این بحث بیهوده روهمین‌جا تمومش کنیم.» مژگان که نقطه‌ضعف محسن را می‌دانست، با ناراحتی سرش را پایین انداخت و گفت: «باشه، اشکالی نداره. شما هم به یه دختر بی‌پناه، بدون اقامت، دل‌شکسته از روزگار پرخاش کن و افتخار کن که سرش داد می‌زنی.» محسن درحالی که دست مژگان را در دستش می‌گرفت، گفت: «این چه حرفیه مژگان؟ ما دوستان قدیمی هستیم. من فقط حالم خوب نیست. فشار درس، بلاتکلیفی و این‌که سربار یه نفری مثل پائولین در غربت باشی همه و همه به من فشار زیادی آورده. تصمیم دارم درسم رو رها کنم و برم دنبال زندگی با لیلا و آرش. بسه دیگه این‌همه بدبختی. برم مثل این‌همه پناهندهٔ دیگه که غیرقانونی کار می‌کنن، کار کنم و پول دربیارم و ...» محسن یک‌دفعه متوقف شد. داشت درددل می‌کرد ولی نه پیش لیلا. سرش را به زیر انداخت و با خودش گفت: «این حرف‌ها رو چرا داری به مژگان می‌گی؟ برو زودتر لیلا رو پیدا کن و به اون بگو.» مژگان نگاهی به محسن کرد. زیر نور مهتاب چهرهٔ هر دو دیده می‌شد. مژگان دستش را زیر چانهٔ محسن گذاشت و سرش را بلند کرد تا صورتش را ببیند. حالا صورت هر دو کاملاً روبه‌روی همدیگر بود. مژگان به آرامی گفت: «ادامه بده محسن، بگو. هیچ‌چیز رو تو خودت نگه ندار. بگو تا سبک بشی عزیزم.» تلاطمی در وجود محسن به پا شده بود. حس خیانت، شهوت، جست‌وجوی همدل برای درددل کردن و... همه در وجود محسن

درگیر بودند. او بدون کوچک‌ترین حرکتی فقط به چهرهٔ زیبای مژگان زیر نور مهتاب خیره شده بود. مژگان آهسته خودش را به محسن نزدیک کرد. محسن با خشم مژگان را از خودش دور کرد و درحالی که به سمت اتاق خودش می‌رفت، گفت: «فردا باید از این خونه بری. می‌فهمی؟»

محسن آن شب نتوانست بخوابد، ولی نزدیکی‌های صبح، یکی دو ساعت بیهوش شد. با صدای پائولین و مژگان که بلند با هم صحبت می‌کردند از خواب بیدار شد. شبیه مردی که شب قبل در حال مستی یک کتک سیر خورده باشد روی تخت نشست. بعد صدای چند ضربه به در را شنید. صدای پائولین آمد: «محسن، بیداری؟ می‌تونی بیای بیرون؟ کارت دارم.» صدایش با تحکم همراه بود و محسن را متعجب کرد. پائولین زنی آرام و متین بود که تقریباً محسن هرگز ندیده بود از چیزی عصبانی بشود. در زمان عصبانیت همیشه آرام و متین صحبت می‌کرد. محسن در را به آرامی باز کرد و دید که مژگان چمدان‌به‌دست دم در آپارتمان ایستاده و پائولین با چهره‌ای عصبانی وسط سالن منتظر است. پائولین گفت: «تو گفتی که مژگان باید از این خونه بره؟» محسن مثل آدمی که بدجوری گیر افتاده باشد، با دستپاچگی گفت: «چی؟ نه، من نگفتم بره.» نگاهی به مژگان انداخت و بعد گفت: «آره، من گفتم بره.» پائولین مثل کسی که چیزی را می‌شنود و باور نمی‌کند یا نمی‌خواهد باور کند، با تعجب پرسید: «تو گفتی مژگان از اینجا بره؟ چرا؟ کجا بره؟» محسن جواب داد: «چقدر سؤال می‌کنی. باید بره دیگه.» پائولین پرسید: «چرا باید بره؟» محسن گفت: «خونه خیلی شلوغ شده و من نمی‌تونم روی پایان‌نامه‌ام تمرکز کنم.» پائولین گفت: «تو که بیشتر وقت‌ها کتابخونهٔ دانشگاه درس می‌خونی.» محسن گفت: «الآن تعطیله. یعنی ساعتش کم شده و باید تو خونه کار کنم.» پائولین گفت: «خب مژگان به تو چی‌کار داره؟ اون که بیشتر وقت‌ها با منه. بیرون می‌ریم، حرف می‌زنیم، به تو که کاری نداره.» محسن دوباره گفت: «خونه

شلوغه و باید بره.» پائولین با عصبانیت پرسید: «کجا بره؟» محسن بی‌حوصله جواب داد: «نمی‌دونم. این‌همه پناهنده بدون جواب دارن توی این کشور زندگی می‌کنن، اون هم یکی از همین‌هاست.» مژگان که تا آن لحظه در سکوت فقط نظاره‌گر بحث بین پائولین و محسن بود، گفت: «پائولین، نیازی به بحث نیست. می‌تونم فعلاً تو خیابون بخوابم تا باز یکی پیدا بشه برای سودجویی از من یه سرپناهی بهم بده.» این زیرکانه‌ترین حرفی بود که مژگان در آن شرایط می‌توانست به زبان بیاورد. پائولین به محسن نزدیک شد و با عصبانیت گفت: «تو مثل پسرم هستی و وقتی بچه کار اشتباهی می‌کنه، این وظیفهٔ پدر و مادره که جلوش رو بگیرن. این خونه مال منه و این منم که تصمیم می‌گیرم کی بمونه و کی بره. الآنم می‌گم مژگان اجازه داره تا زمانی که نیاز باشه اینجا زندگی کنه.» محسن پرسید: «پس نظر من اصلاً برات مهم نیست؟» پائولین گفت: «تو می‌تونی نظرت رو بگی که داری می‌گی. من می‌تونم نظرت رو بپذیرم یا رد کنم. چون نظرت منطقی نیست، رد می‌کنم.» محسن با عصبانیت رفت توی اتاقش و در را هم بست. صحبت‌های پائولین و مژگان را می‌شنید. مژگان می‌گفت می‌داند پائولین چقدر محسن را دوست دارد و نمی‌خواهد باعث کدورت بین آن‌ها شود. پائولین هم می‌گفت نمی‌فهمد چرا محسن که همیشه دوست داشت به دیگران کمک کند حالا چنین حرف بی‌منطقی می‌زند. محسن از خانه بیرون رفت و برای چندمین بار به کمپ سر زد تا شاید دربارهٔ لیلا چیزی بفهمد، ولی نتیجه‌ای نداشت.

روزهای بعد محسن بیشتر وقتش را در کافه می‌گذراند و برای پیدا کردن کار در خیابان‌ها پرسه می‌زد. فقط شب‌ها برای خواب به خانهٔ پائولین می‌رفت. کاملاً از پایان‌نامه فاصله گرفته بود و فقط دنبال سپری کردن زمان بود. پائولین و مژگان با نگرانی به اوضاع محسن نگاه می‌کردند، ولی محسن کوچک‌ترین فرصتی به آن‌ها نمی‌داد که چیزی بگویند. حتی به قرارهای هفتگی‌اش با ژاک و کارلا نمی‌رسید.

در اواخر تابستان، شبی دیرهنگام، محسن از سرِ کار نظافت رستورانی که به تازگی پیدا کرده بود به خانه بازمی‌گشت. طبق معمول درِ آپارتمان را باز کرد و یک‌راست به اتاق خودش رفت. درِ اتاق را بست و از خستگی روی تخت ولو شد. چند ضربه به درِ اتاق خورد و محسن گفت: «خسته‌ام. لطفاً بذار بخوابم پائولین.» از پشت در صدای دیگری را به جز صدای پائولین شنید: «محسن، در رو باز کن می‌خوام باهات صحبت کنم.» محسن با حالتی بسیار متعجب روی تخت نشست. صدای لیلا بود، ولی برای اطمینان پرسید: «لیلا، توئی؟» صاحب صدا بعد از مدتی سکوت گفت: «آره، خودم هستم. در رو باز می‌کنی؟» محسن بلافاصله در را باز کرد و لحظه‌ای به چهرهٔ لیلا چشم دوخت. نمی‌دانست چه بگوید. حضور بی‌خبر لیلا بعد از پنج هفته باعث شده بود که عکس‌العمل محسن کُند شود. به آرامی دست لیلا را گرفت و به داخل اتاق کشید و هم‌زمان که در اتاق را با دست دیگرش می‌بست، لیلا را در آغوش خودش کشید. لیلا بدون این‌که محسن را در آغوش بکشد، گذشت تا محسن به ابراز محبت خودش ادامه بدهد. محسن زمزمه‌کنان گفت: «کجا بودی؟ کی اومدی؟ چرا این‌همه وقت منو از خودت بی‌خبر گذاشتی؟» لیلا درحالی که سعی می‌کرد روی تخت بنشیند، گفت: «چراغ‌ها رو روشن کن.» محسن به آرامی اجازه داد که لیلا روی تخت بنشیند و سپس چراغ اتاق را روشن کرد. تازه متوجه چهرهٔ شکستهٔ لیلا شد. کنار لیلا روی تخت نشست و با انگشتانش شروع کرد به نوازش موهای او. محسن گفت: «چقدر شکسته شدی لیلا! چرا...» لیلا وسط حرفش پرید و گفت: «من اینجا نیومدم که به سؤال‌های تو جواب بدم چون اصلاً علاقه‌ای به این کار ندارم. من اینجا اومدم چون پائولین و مژگان با من تماس گرفتن و گفتن که درست رو ول کردی، درسته محسن؟» محسن سرش را پایین انداخت و با حرکت سر جواب مثبت داد. لیلا گفت: «می‌شه بپرسم چرا این تصمیم احمقانه رو گرفتی؟» محسن جواب داد: «بعد از این‌همه مدت اومدی که دعوام کنی؟» لیلا گفت:

«اصلاً حال خوبی برای بچه‌بازی‌هات ندارم. فقط اومدم ببینم با این کارت می‌خوای منو تنبیه کنی یا خودت رو؟» محسن گفت: «حرف تنبیه نیست. هر کاری انگیزه می‌خواد که من الآن انگیزهٔ درس خوندن ندارم.» لیلا گفت: «سه ماه مونده به پایان درست، بعد می‌گی انگیزه نداری؟! فکر نمی‌کنی کمی دیر شده که انگیزهٔ درس خوندنت رو از دست بدی؟» محسن گفت: «بعضی شرایط که پیش می‌آد دیگه آدم نگاه نمی‌کنه که چقدر به هدفش مونده، فقط انگیزه رو از بین می‌بره و همه‌چیز متوقف می‌شه حتی زمان.» لیلا گفت: «خب چی شده که تو این‌جوری شدی؟ مگه خواسته‌ات همین نبود که مشکل فکری نداشته باشی تا همین درست رو که الآن متوقف کردی با موفقیت تموم کنی؟ خب حالا که دیگه مشکل فکری نداری، پس چرا به درست نمی‌چسبی؟» محسن جواب داد: «خودت می‌دونی که من این‌جوری نمی‌خواستم مشکل حل بشه. اگه تو نباشی من درس که هیچی، اصلاً انگیزه‌ای برای زندگی ندارم.» لیلا با عصبانیت درحالی که چشم‌هایش قرمز شده بود، گفت: «چقدر تو خودخواه شدی محسن! می‌خوای به خواستهٔ خودت برسی و همون طور که خودت می‌خوای، توقع داری دیگران حرفت رو قبول کنن و مثل تو به روابط و شرایط نگاه کنن. دوست داری عکس‌العمل دیگران رو کنترل کنی و همون جوری که دوست داری عکس‌العمل‌ها رو هدایت کنی.» محسن گفت: «اصلاً منظورم این نبود. من اگه می‌دونستم که ...» لیلا گفت: «اگه چی رو می‌دونستی؟ چی برات مهمه محسن؟ باز هم تکرار می‌کنم که من اینجا نیومدم که باهات بحث کنم. فقط اومدم بگم که اگه این کار رو برای تنبیه خودت انجام می‌دی خیلی بچه‌ای و اگه برای تنبیه من انجام می‌دی که...» لیلا به چشم‌های محسن خیره شد و سکوت کرد. محسن هم خیره شده بود به لیلا و بعد پرسید: «که چی؟» لیلا ناگهان زد زیر گریه و بلند تکرار کرد: «که خیلی نامردی... خیلی نامردی...»

شوک دیدار آن شب لیلا و محسن کافی بود که خیلی از ارزش‌های ازیادرفته به یاد هر دوی آن‌ها بیاید و خیلی از مسائل بزرگ شده، کوچک جلوه کند. چنین شوک‌هایی هم می‌توانند خوب باشد و هم بد. گاهی این شوک‌ها باعث فرو ریختن آدم‌ها می‌شود به طوری که همان باقی‌ماندهٔ روابط را از هم گسسته و پل‌های پشت‌سر را خراب می‌کند. ولی گاهی این شوک‌ها تلنگری به آدم‌هاست تا با نگاهی به گذشته و حال به دنبال زنده کردن ارزش‌های فراموش‌شده باشند و موقعیتی را فراهم می‌آورد تا مجدداً با انرژی مضاعف شروع تازه‌ای را تجربه کنند. همان اتفاقی که برای لیلا و محسن افتاد. محسن دوباره کارهای پایان‌نامه را شروع کرد. دکتر فیلد، استاد راهنمای محسن، که اوایل محسن مشکلات زیادی با او داشت، کمک شایانی به محسن کرد تا بتواند زمان ازدست‌رفته را جبران کند. به نظر می‌رسید در ماه‌های گذشته، زمانی که دکتر فیلد با همهٔ سخت‌گیری‌هایش متوجه پشتکار و استعداد محسن شده بود، برای همکاری و کمک به محسن رغبت بیشتری پیدا کرده بود.

محسن هرچند در شروع مجدد رفت‌وآمد کمی با لیلا داشت، ولی به مرور زمان به جایگاهی که قبل از بارداری لیلا داشت، رسید. برای محسن سخت بود برخوردی را که با مژگان داشت فراموش کند و هرازگاهی که یادش می‌آمد از او خواسته بود خانهٔ پائولین را ترک کند، احساس شرمندگی می‌کرد. بالاخره توانست احساس خودش را برای مژگان بیان کند و ضمن عذرخواهی از او پرسید چرا دنبال لیلا رفته؟ مژگان گفت: «اگه اون شب روی بالکن درخواست منو قبول می‌کردی، من هیچ‌وقت دنبال لیلا نمی‌رفتم، حتی اگه به قیمت ازدست‌رفتن تحصیلات تو تمام می‌شد. ولی وقتی دیدم این‌قدر بهش علاقه داری، می‌دونستم حتی اگه محبت منو بپذیری برای مدت کوتاهی خواهد بود و بالاخره دوباره به دنبال عشق لیلا خواهی رفت. و این یه شکست کامل و جبران‌ناپذیر برای من بود. حالا من یه سؤال از تو دارم. چرا اون شب با این‌که لیلا کاملاً تو رو از

خودش روند، دست رد به سینهٔ من زدی؟ یه مرد توی اون شرایط باید خیلی قوی باشه که چنین کاری کنه!» محسن با خنده گفت: «از من یه قهرمان یا یه مرد فوق‌العاده رمانتیک نساز. به احتمال زیاد اگه من تحت شرایط دیگه‌ای با درخواست تو مواجه می‌شدم، واکنشم چیز دیگه‌ای بود.» مژگان: «یعنی محبت منو قبول می‌کردی؟» محسن با سر جواب مثبت داد. مژگان با خنده پرسید: «می‌شه بپرسم چه شرایطی داشتی که مانع خوشبختی من شد؟» محسن هم با لبخند جواب داد: «می‌دونستم هنوز ته دل لیلا جا دارم. می‌تونم یه سؤال ازت بپرسم؟» مژگان جواب داد: «اگه دیگه در مورد اون شب نیست، بپرس.» محسن گفت: «چند وقتیه که خیلی به کلیسا می‌ری. گاهی با پائولین و گاهی تنهایی. با گروه‌های کاتولیک رفت‌وآمد می‌کنی، شام می‌خوری. تا اون‌جایی که من ازت دیدم تو علاقه‌ای به دین و مذهب نداشتی، حالا چطور شده یک‌دفعه علاقه‌مند شدی؟ برام جای سؤاله.» مژگان جواب داد: «اولاً دین داریم تا دین. ثانیاً الآن وقت آزاد دارم که به چیزهایی فکر کنم که قبلاً فرصتی نداشتم بهشون فکر کنم.» محسن گفت: «آهان، یعنی دین مسیحیت برات جذابه؟» مژگان گفت: «هنوز به این نتیجه نرسیدم، ولی دارم دنبال جواب همین سؤال می‌گردم.» محسن گفت: «پائولین به خاطر امکاناتی که بهت داده در این باره درخواستی از تو داشته؟» مژگان گفت: «وای محسن چطور می‌تونی دربارهٔ پائولین این‌جوری حرف بزنی؟ تو خودت بهتر از من پائولین رو می‌شناسی. اون خیلی نازنینه. درسته که تو آشپزی می‌کنی و بقیه کارهای خونه رو من انجام می‌دم، ولی خودت خوب می‌دونی که پائولین اصلاً این‌ها رو از ما دوتا نخواسته. حالا می‌گی منو مجبور کرده که...» محسن وسط حرفش پرید وگفت: «من فقط سؤال کردم. من پائولین رو خیلی خوب می‌شناسم و فقط محض اطمینان پرسیدم.» مژگان گفت: «خودت بارها گفتی مذهب یه مسئلهٔ شخصیه. حالا داری از من سؤال‌های اعتقادی می‌پرسی؟» محسن گفت: «معذرت می‌خوام. درسته حرفت.»

در مارس ۲۰۰۶، محسن بالاخره توانست از پایان‌نامه‌اش دفاع کند و مدرکش را بگیرد. در جلسهٔ دفاع در کنار دکتر فیلد و دکتر انگلند،[1] آرت، کارلا، ژاک، پائولین، لیلا، آرش و مژگان هم حضور داشتند.

ادارهٔ مهاجرت متوجه شد پناهنده‌ای که ترک خاک گرفته و زندگی غیرقانونی دارد، توانسته است با همهٔ سختی‌ها و مشقت‌ها به صورت کاملاً قانونی درسش را به اتمام برساند. بعد از مدتی ادارهٔ مهاجرت نامه‌ای به همهٔ مراکز دانشگاهی ارسال کرد که همهٔ کسانی که با کارت اقامت موقت ثبت‌نام می‌کنند، باید در ابتدای هر سال تحصیلی کارت اقامت معتبرداشته باشند در غیر این‌صورت نمی‌توانند سال تحصیلی جدید را شروع کنند. محسن درسش را تمام کرده بود، ولی می‌دانست که دیگر پناهنده‌ای که اقامت نداشته باشد نمی‌تواند به طریقی که خودش درس خوانده بود، ادامه تحصیل دهد.

---

1 Dr. Engeland

فصل نهم
(دریافت اقامت)

با این‌که محسن مدرکش را گرفته بود، ولی به دلیل نداشتن اقامت اجازه نداشت کار کند. دکتر فیلد به محسن پیشنهاد داد که در دانشگاه به گروه تحقیقاتی که دربارهٔ سرطان پروستات کار می‌کرد، ملحق شود. محسن می‌توانست بدون دریافت حقوق در گروه کار کند. با این روش محسن نه‌تنها مطالبی را که یاد گرفته بود فراموش نمی‌کرد، بلکه می‌توانست به تجربیات خودش هم اضافه کند. به گروه تحقیقات که متشکل از محققانی از آلمان و لهستان بودند هم یک پژوهشگر رایگان اضافه می‌شد، بنابراین هر دو طرف در این ماجرا بهره می‌بردند. البته این کار بدون حمایت دکتر فیلد و رئیس دانشگاه امکان‌پذیر نبود. رئیس دانشگاه به محسن گوشزد کرد که طبق قانون، کمک به

فردی که زندگی غیرقانونی دارد جرم حساب می‌شود، ولی به اصرار دکتر فیلد و سایر اساتید که محسن را می‌شناختند، رئیس دانشگاه بالاخره با پیشنهاد دکتر فیلد موافقت کرد. محسن هر روز از ساعت نه صبح تا ۱۷ در آزمایشگاهی که پایان‌نامهٔ خودش را انجام داده بود، روی پروژهٔ جدید کار می‌کرد.

یوآاف، مرکزی که به محسن برای تحصیل کمک مالی می‌کرد، کمک‌هایش را بعد از فارغ‌التحصیل شدن محسن قطع کرد. طبق قانون این مرکز، محسن باید ۶۰ درصد از کل هزینه‌هایی را که دریافت کرده بود، پس می‌داد به این شرط که کاری پیدا می‌کرد. ولی چون محسن اجازهٔ کار نداشت فعلاً نمی‌توانست پول را به مرکز برگرداند. بعد از فارغ‌التحصیلی محسن، آرت، دکان دانشگاه که کمک کرده بود محسن یک وام اضطراری از دانشگاه بگیرد، به او گوشزد کرد که هر وقت سر کار برود باید بلافاصله پولی را که بهره هم نداشت به صندوق دانشگاه برگرداند. محسن هم اطمینان داده بود که در اولین فرصت این کار را انجام خواهد داد.

محسن باید هر روز با قطار از تیلبورخ به سر کارش در بردا می‌رفت و هزینهٔ قطار را باید خودش می‌پرداخت. از آنجایی که محسن و مژگان هر هفته بستهٔ کمک‌های غذایی رایگان دریافت می‌کردند، محسن می‌توانست از پولی که هر ماه از کارلا و ژاک دریافت می‌کرد مبلغی برای رفت‌وآمدش پرداخت کند. بعد از گذشت دو هفته، یک روز محسن تلفنی در حین ناهار خوردن دربارهٔ پرداخت پول رفت‌وآمد به ژاک توضیحاتی می‌داد. دکتر فیلد که آنجا در حال خوردن ناهار بود، متوجه مکالمهٔ بین آن‌ها شد و در پایان گفت‌وگو، از محسن پرسید: «تو پول رفت‌وآمدت رو خودت می‌دی؟» محسن گفت: «بله چون بابت کارم یا رفت‌وآمد پولی از دانشگاه نمی‌گیرم.» همان موقع دکتر فیلد به مردی که بعدها محسن فهمید مسئول امور مالی دانشکده است تلفن کرد و گفت: «نمی‌شه کاری کرد که محسن پول رفت‌وآمدش رو از دانشگاه بگیره؟ چون اون رایگان

کار می‌کنه حداقل کاری که می‌تونیم براش انجام بدیم اینه که هزینهٔ رفت‌وآمدش رو پرداخت کنیم.» مردی که دکتر فیلد با او مشغول صحبت بود، جواب داد: «محسن شمارهٔ پرسنلی نداره و اینجا هر پرداختی فقط از طریق شمارهٔ پرسنلی امکان‌پذیره.» دکتر فیلد با خنده گفت: «حتماً یه راهی داره، نه؟» دکتر فیلد تلفن را به محسن داد و مسئول مالی از او پرسید: «تو اینجا دانشجو بودی، آره؟» محسن گفت: «بله. سه ماه پیش درسم تموم شد.» مسئول مالی ادامه داد: «شمارهٔ دانشجویی خودت رو با ایمیل برایم بفرست.» سپس محسن تلفن را به دکتر فیلد برگرداند. آن مرد به دکتر فیلد گفت: «چون مبلغ کمی هست می‌شه به جای شمارهٔ پرسنلی از شمارهٔ دانشجویی استفاده کرد. بعضی دانشجوها در دانشگاه کارهای کوچکی انجام می‌دن که لازم نیست حتماً استخدام دانشگاه باشن و با شمارهٔ دانشجویی خودشون می‌تونن مبلغی بابت کارشون دریافت کنن.» از همان ماه محسن بابت هزینهٔ رفت‌وآمد مبلغی از دانشگاه دریافت کرد.

در اواسط تابستان ۲۰۰۶، محسن سه نفر از کسانی را که در دورهٔ دانشجویی به او کمک کرده بودند برای شام به منزل پائولین دعوت کرد. دکتر فیلد، آرت و نیکول که یکی از استاید دانشگاه بود به همراه همسران‌شان و همچنین لیلا، آرش، مژگان و پائولین دور میز شام نشسته بودند تا محسن صحبت کند. محسن در ابتدا در مورد شامی که خودش تدارک دیده بود توضیح داد و بعد اضافه کرد: «با سختی‌های زیاد درسم رو تموم کردم، ولی بدون کمک‌های بسیاری از افرادی که خیلی از اون‌ها الآن اینجا حضور ندارن، این موفقیت امکان‌پذیر نبود. چون ممکن نبود همهٔ کسانی رو که در این موفقیت نقش داشتن دعوت کنم، شما عزیزان رو به نمایندگی از طرف اون‌ها دعوت کردم تا درکنار هم شام بخوریم.» در حین صرف شام دکتر فیلد تأکید کرد که گرچه فاکتورهای زیادی در موفقیت‌های محسن نقش داشته‌اند، ولی عامل اصلی خودش بوده که از فرصت‌هایی که به او داده بودند به خوبی استفاده کرده است. این فرصت‌ها به خیلی‌ها

که شرایطی مشابه محسن داشتند داده می‌شود و شاید هم بیشتر از این داده شود، ولی مشکل این است که خیلی‌ها از این فرصت‌ها استفاده نمی‌کنند و فقط منتظرند که نه فرصت بلکه نهایت آنچه را که آرزو دارند به آن‌ها داده شود، که این تقریباً محال است.

در اواخر تابستان ۲۰۰۶، فرصتی فراهم شد تا محسن، لیلا و آرش وقتی بیشتری را در کنار یکدیگر سپری کنند. پسر کارلا و ژاک به همراه خانواده‌اش به تعطیلات تابستانی رفته بودند و خانه‌شان را به مدت دو هفته در اختیار آن‌ها گذاشته بودند. خانه‌ای ویلایی با همهٔ امکانات. لیلا و آرش دو هفته بیرون از کمپ به دور از حوادث تکراری کمپ و محسن بدون حضور پائولین و مژگان، فقط و فقط با لیلا و آرش، در کنار استخر آب مشغول بودند. لیلا با لبخند درحالی‌که روی تخت زیر سایه درخت بزرگی دراز کشیده بود، به محسن که مشغول باد زدن کباب‌ها بود نگاه می‌کرد. آرش با سروصدا از مادرش و محسن درخواست می‌کرد تا به او توجه کنند تا ببینند او شنا کردن در عمق نیم متری را یاد گرفته است. لیلا با خودش می‌گفت: «می‌شه این دو هفته تموم نشه؟ این زندگی برای همیشه می‌تونه باشه؟ لازم نیست همین خونهٔ بزرگ و ویلایی باشه، فقط همین آزادی و خیال راحت می‌تونه زمانی مال من باشه؟»

اکتبر ۲۰۰۶، زمان انتخابات مجلس هلند بود و حزب کارگر با کسب آرای کافی توانست با همکاری حزب میانه‌رو راست، دولت تشکیل دهد. هرچند انتخابات مجلس معمولاً برای محسن مهم نبود، ولی محسن به انتخابات این دوره توجه بسیار زیادی می‌کرد چون حزب کارگر گفته بود که اگر به دولت راه پیدا کند، قانون بخشش عمومی را به اجرا خواهد گذاشت. منظور از بخشش عمومی این بود که پناهنده‌هایی که ترک خاک گرفته‌اند و حداقل پنج سال در خاک هلند هستند، اگر سایر شرایط را داشته باشند، می‌توانند اقامت بگیرند. این خبر از مدت‌ها پیش شایعه شده بود، ولی چون کاملاً به نتایج انتخابات پارلمانی بستگی داشت و احتمال این‌که حزب کارگر به دولت راه یابد کم بود،

بسیاری از پناهنده‌ها روی آن حساب باز نکرده بودند. درحالی که تلویزیون در حال پخش اعلام نتایج انتخابات پارلمانی بود، محسن به عقربه‌های ساعت نگاه می‌کرد. ساعت نزدیک یک شب بود. پائولین و مژگان خوابیده بودند، ولی محسن می‌دانست که در کمپ خیلی‌ها از جمله لیلا در حال تماشای تلویزیون هستند. زمانی که معلوم شد حزب کارگر آرای کافی را برای ائتلاف و تشکیل دولت کسب کرده است، محسن با خوشحالی به طرف اتاق پائولین دوید، او را از خواب بیدار کرد و گفت: «حزب کارگر دولت تشکیل می‌ده. امید به بخشش عمومی زیاد شده.» بعد از آن به لیلا زنگ زد. البته لیلا چیز زیادی از سیاست و احزاب نمی‌دانست و فقط پرسید این برایشان خوب است یا بد؟ محسن گفت: «خوبه؟ چی داری می‌گی؟ برای ما عالیه. امید به دریافت اقامت زیاد شده.» لیلا گفت: «امید... امید... امید... این چیزیه که همیشه داشتیم، گاهی کم، گاهی زیاد. پس چیز جدیدی نیست.» محسن گفت: «ولی الآن امید خیلی زیادی به دریافت اقامت برامون ایجاد شده.» ولی در روزهای بعد دید که روند شکل‌گیری قانونی که خودش و امثال خودش به وسیلۀ آن اقامت دریافت کنند، پروسه‌ای طولانی و زمان‌بَر است که هیچ ضمانتی هم برای آن نیست. تنها حزب کارگر که سهمی در دولت داشت با بخشش عمومی موافق بود، ولی حزب راست میانه که با حزب کارگر دولت تشکیل داده بود، با بخشش عمومی مخالف بود.

کریسمس ۲۰۰۷، بنا شد که تعطیلات محسن، لیلا و آرش چند روزی در کنار پائولین باشند و چند روزی هم محسن به کمپ برود و نزد آن‌ها بماند. لیلا از این‌که پائولین و مژگان را در کنار محسن می‌دید اصلاً خوشحال نبود. محسن هم در خانه‌ای که آقا منصور و همسرش بهار بودند، خشنود نبود. در شب کریسمس، محسن با کمک لیلا شام مفصلی تهیه کرد، چلو گوشت با ته‌دیگی که آرش خیلی دوست داشت به همراه دسر و سالاد. قبل از صرف شام، محسن بلند شد تا چیزی بگوید. رو به پائولین کرد و

گفت: «من چهار ساله که در کنار تو زندگی می‌کنم و بدون هیچ محدودیتی از امکانات این خونه استفاده کردم. می‌خواستم همین‌جا از تو به خاطر اطمینانی که به من کردی و امکاناتی که در اختیارم گذاشتی تشکر کنم.» پائولین که علاقهٔ مخصوصی به دریافت توجه داشت، خیلی خوشحال شد و گفت: «خوشحالم که در این شب فرخنده در کنار شماها هستم. امشب همون‌طور که می‌دونید مراسم مهمی در کلیسا برگزار می‌شه و من از شما دعوت می‌کنم که با من به کلیسا بیایید تا عیسی مسیح به همهٔ ما برکت بده.» بعد از شام، مژگان به همراه پائولین به کلیسا رفت و لیلا به همراه آرش و محسن در مورد آینده و این‌که اگر اقامت بگیرند چه آرزوهایی دارند، صحبت کردند. آرش که حالا نوجوان دوازده ساله‌ای شده بود و باید سال تحصیلی جدید به دبیرستان می‌رفت، بیشتر دربارهٔ انتخاب رشتهٔ تحصیلی در دبیرستان و این‌که کدام دبیرستان را انتخاب کند، صحبت می‌کرد.

بعد از تعطیلات سال نو، ماهنامهٔ دانشگاه اوانس از محسن درخواست مصاحبه کرد تا دربارهٔ نحوهٔ تحصیل و سختی‌هایی که در راه فارغ‌التحصیلی داشت، صحبت کند. بعد از یک هفته، ماهنامه چاپ شد. عکس سیاه و سفیدی از محسن در آزمایشگاه، در کنار دستگاهی که در پروژهٔ تحقیقاتی خود از آن استفاده می‌کرد، چاپ شده بود. مصاحبهٔ جالبی بود که محسن فکر می‌کرد شاید نکتهٔ آموزنده‌ای چه برای دانشجویان هلندی و چه برای دانشجویانی که پیشینهٔ خارجی داشتند و به اصطلاح نسل دوم مهاجران در هلند بودند، داشته باشد. نکته‌ای که محسن به آن اشاره کرده بود این بود که در کلاس آن‌ها چند دانشجو بودند که یا در کشور دیگری به دنیا آمده بودند، ولی بزرگ‌شدهٔ هلند بودند یا با این‌که در هلند به دنیا آمده بودند، در خانواده‌ای بزرگ شده بودند که در هلند خارجی محسوب می‌شدند. بیشتر این دانشجویان برخلاف محسن زبان هلندی را به‌راحتی صحبت می‌کردند، ولی خیلی کمتر از محسن با دانشجویان هلندی (منظور

دانشجویانی که مادر و پدر هلندی داشتند) تماس داشتند. در ساعت‌های استراحت بین درس‌ها معمولاً این دانشجویان فقط با دانشجویانی که پیشینهٔ خارجی داشتند سر یک میز می‌نشستند، چه برای صحبت درسی یا صحبت غیردرسی و چه برای صرف ناهار یا نوشیدنی. محسن در مصاحبه گفته بود که هم با دانشجویان هلندی و هم با دانشجویانی با پیشینهٔ خارجی تماس درسی یا غیردرسی داشته، اگرچه توسط دانشجویان هلندی به سختی و بعد از گذشت یک سال پذیرفته شده بود، آن هم نه از طرف همگی آن‌ها. محسن اقرار کرده بود که پایین بودن سطح زبان هلندی نسبت به دانشجویان هلندی و تفاوت سنی دو عامل اساسی بود که باعث شده بود او به سختی از طرف دانشجویان هلندی پذیرفته شود. ولی دانشجویانی که پیشینهٔ خارجی داشتند، هیچ‌کدام از این مشکلات را نداشتند، ولی باز هم کمتر از محسن در بین اکثریت دانشجویان هلندی ادغام شده بودند. یک بار محسن از دختری که از خانوادهٔ ترک بود و در هلند به دنیا آمده بود علت را پرسیده و در جواب شنیده بود که تفاوت فرهنگی عاملی اصلی است. یک دختر هلندی محدودیت‌های دختری با پیشینهٔ خارجی را ندارد و بیشتر دوست دارد با دخترهایی دوست باشد که این محدودیت‌ها را ندارند. خود محسن هم از لابه‌لای صحبت‌های چند دختر هم‌کلاسی‌اش با پیشینهٔ خارجی درک کرده بود که آن‌ها بین فرهنگی که در خانواده و در خانه حکم‌فرماست و فرهنگ غربی که دختران هلندی با آن رفتار می‌کنند، سردرگم هستند. نقاط مثبت و منفی را در هر دو فرهنگ می‌بینند، ولی نمی‌توانند ترکیبی از نقاط مثبت هر دو را داشته باشند، گویی به آن‌ها اجبار می‌شود که یکی را انتخاب کنند و از دیگری فاصله بگیرند.

در اواخر آوریل ۲۰۰۷، محسن به دفتر رئیس دانشگاه فرا خوانده شد. رئیس دانشگاه از چاپ مصاحبهٔ محسن با ماهنامهٔ دانشگاه عصبانی بود و گفت: «مثل این‌که متوجه نیستی که تو غیرقانونی در هلند زندگی می‌کنی.» محسن گفت: «من خودم به

همه گفتم که اقامت ندارم، پس موقعیت خودم رو می‌دونم.» رئیس دانشگاه گفت: «پس می‌دونستی که معنی زندگی مخفی یعنی موقعیت خودت رو برای دیگران توضیح ندی، نه این‌که با انجام مصاحبه و بیان زندگی خودت، دانشگاه رو به دردسر بندازی.» محسن پرسید: «دردسر؟» رئیس دانشگاه جواب داد: «بله، دردسر. طبق قانون هرگونه کمکی به فردی که اقامت نداره جرم حساب می‌شه.» محسن گفت: این من هستم که به دانشگاه دارم کمک می‌کنم نه دانشگاه. من هیچ کمکی از دانشگاه دریافت نمی‌کنم.» رئیس دانشگاه گفت: «هر کاری که به چنین فردی اجازهٔ ادامهٔ زندگی غیرقانونی بده، یا کمکش کنه که سختی‌های زندگی غیرقانونی رو بهتر تحمل کنه، جرمه. در اصل تو اجازه نداری در دانشگاه کار تحقیقاتی انجام بدی، حتی بدون دریافت حقوق.»

محسن بعد از هشت ماه کار تحقیقاتی مجبور شد در آوریل ۲۰۰۷ کارش را متوقف کند چون به قول رئیس دانشگاه ممکن بود برای دانشگاه و شخص رئیس مسئولیت داشته باشد. با توجه به موقعیت جدید محسن مخصوصاً بعد از فارغ‌التحصیلی، تحمل زندگی غیرقانونی برای محسن مشکل‌تر شده بود. افراد بدون اقامتی که فقط به دنبال کار کردن و پول درآوردن بودند، گذشت زمان نه‌تنها برای آن‌ها بد نبود بلکه با جمع کردن پول بیشتر از این‌که در نهایت به کشور خودشان برگردانده شوند نگران نبودند چون با مبلغی که جمع کرده بودند می‌توانستند در کشور خود زندگی بهتری را آغاز کنند. برای این گروه که به پناهنده‌های اقتصادی معروف بودند، برگشت بدون پول می‌توانست بدترین سناریو باشد، ولی محسن که در سال‌های گذشته فقط درس خوانده بود، تنها روی دریافت اقامت حساب باز کرده و امیدوار بود پس از دریافت اقامت مدرک کمکش کند تا کاری با رتبهٔ اجتماعی بهتر و حقوق بهتری به دست بیاورد و نهایتاً سختی‌های آغاز یک زندگی جدید را برای او کمتر کند.

در ماه مه ۲۰۰۷، دولت ائتلافی با همکاری حزب کارگر و حزب دموکرات مسیحی تشکیل شد و یکی از اولین درخواست‌های حزب کارگر، بخشش عمومی برای پناهنده‌هایی بود که بیش از پنج سال زندگی مخفی در هلند داشتند. در آن زمان محسن نزدیک به شش سال از درخواست پناهندگی‌اش می‌گذشت. سایر شروط مهم عبارت بودند از:

*متقاضی اقامت باید ثابت کند که همهٔ این مدت در هلند بوده و از کشور خارج نشده یا در کشور دیگر درخواست پناهندگی نداده است.

*متقاضی بخشش عمومی نباید پروندهٔ پلیسی داشته باشد که منجر به زندانی شدن فرد به مدت بیش از چهارده روز شده باشد.

*فرد متقاضی هویت خودش را اثبات کرده باشد. اگر فرد متقاضی از هویت جعلی برای درخواست پناهندگی استفاده کرده باشد، درصورتی که یک بار از هویت جعلی استفاده کرده باشد، مشمول بخشش می‌شود ولی چنانچه بیش از یک بار از هویت جعلی استفاده کرده باشد، شامل بخشش عمومی نمی‌شود.

با اعلام این شروط و احتمال دریافت اقامت، شور و شوق خاصی در پناهنده‌هایی که زندگی مخفیانه داشتند به وجود آمده بود. اثبات اقامت برای محسن که در دانشگاه درس خوانده بود، کار آسانی بود. لیلا و آرش هم که این مدت در کمپ بودند و مشکلی از این بابت نداشتند. پناهنده‌هایی مانند مژگان می‌توانستند به شهرداری‌های محل سکونت خود مراجعه کنند و پس از بررسی شهرداری، می‌توانستند ثابت کنند که فرد در این مدت در هلند بوده است. همچنین با توجه به این‌که مژگان از مرکز کمک‌های غذایی بسته دریافت می‌کرد و به شهادت پائولین که به او سرپناه داده بود، مژگان هم برای دریافت اقامت مشکلی نداشت.

برای همهٔ افرادی که واجد شرایط دریافت اقامت بودند نامه‌ای از ادارهٔ مهاجرت به آدرسی که از آن‌ها داشتند ارسال می‌شد. محسن اولین فردی بود که این نامه را دریافت کرد. نامه به آدرس خانهٔ کارلا و ژاک ارسال شده بود و زمانی که آن‌ها رسیدن نامه را تلفنی به محسن اطلاع دادند، محسن بلافاصله به خانهٔ آن‌ها رفت. در نامه ضمن اشاره به مشخصات محسن، آمده بود که او واجد شرایط دریافت اقامت است و اگر می‌خواهد از قانون بخشش عمومی استفاده کند، باید موافقت خودش را اعلام کند و همهٔ پرونده‌های پناهندگی را که در هلند یا در دادگاه‌های اروپا دارد، مختومه اعلام کند. به نظر می‌رسید که دوران بلاتکلیفی به آخر رسیده است. ژاک با شادمانی محسن را در آغوش کشید و با چشمانی اشک‌آلود گفت: «به زندگی بدون ترس از پلیس خوش اومدی.»

در خانهٔ پائولین جشن بزرگی برپا شد. کارلا، ژاک و میرندا، لیلا، آرش و مژگان و محسن با صدای بلند صحبت می‌کردند و خوشحال بودند. اما در پس چهرهٔ خندان محسن اثری از اضطراب دیده می‌شد. لیلا چندبار علت را پرسید، ولی محسن گفت دلیلش این است که هنوز باورش نمی‌شود و از این‌که ممکن است قانون اجرا نشود. میرندا که از قوانین بیشتر اطلاع داشت، گفت: «در هلند زمانی که قانونی تصویب شود حتماً اجرا می‌شه. حتی اگه دولت جدیدی سر کار بیاد، قانونی رو که مجلس تصویب کرده، باید اجرا بشه و دولت جدید نمی‌تونه جلوی اجرای قانون جدید رو بگیره، پس نگران نباش.» محسن با لبخندی گفت اوکی. محسن که برای آوردن ظرف‌های شام به آشپزخانه رفته بود، صدای مژگان را از پشت‌سرش شنید: «یه بار اکبر به من گفت این آقا محسن اصلاً خوشحالی بهش نیومده. بهترین خبر دنیا رو هم که بهش بدی بازم از یه موضوعی ناراحته. الآن می‌بینم که راست می‌گفت. تو باید از ته دل بخندی، از چی ناراحتی دیگه؟ اقامت که گرفتی، مدرک زبان هلندی هم که دستت هست، مدرک

دانشگاهی هم که داری. ما که اولاً هنوز نامه برامون نیومده، اگر هم بیاد تازه اول بدبختی‌مونه. باید زبان یاد بگیریم. مدرک دانشگاهی هم که بی‌خیال! باید سراغ کاری بریم که مدرک لازم نداشته باشه.»

در همان موقع لیلا وارد شد که کمک کند. مژگان گفت: «دروغ می‌گم لیلا جون؟ آقا محسن از همهٔ ما نامه‌اش زودتر اومده و در زندگی آینده هم از همهٔ ما جلوتر خواهد بود، اما بازم ناراحته. اتفاقاً تو باید بیشتر از ما خوشحال باشی.»

لیلا گفت: «محسن، چرا این‌جوری می‌کنی؟»

محسن خندید و گفت: «ای بابا، چه جوری می‌کنم؟ نامهٔ همه‌تون می‌آد. نگران نباشید.»

مژگان گفت: «من نگران نیستم. تو یه جوری رفتار می‌کنی که انگار اتفاق مهمی نیفتاده.»

محسن که می‌خواست بحث را عوض کند، گفت: «راستی مژگان، از اکبر خبری داری؟ اکبر هم شامل بخشش عمومی می‌شه دیگه، نه؟»

مژگان جواب داد: «آره دیگه. ما با هم درخواست دادیم. البته نمی‌دونم چه جوری می‌خواد ثابت کنه که تمام این مدت هلند بوده.»

لیلا گفت: «اکبر زرنگه. نگرانش نباشید. احتمالاً تا الآن اقامتش رو گرفته.»

فردای آن روز محسن با میراندا تماس گرفت و گفت که دربارهٔ موضوع مهمی می‌خواهد مشورت کند. میراندا هم قرار ملاقاتی برای روز بعد در دفتر خودش معین کرد. محسن در دفتر فی‌فی‌ان از میراندا پرسید: «می‌شه جایی بدون مزاحمت و تنها با هم صحبت کنیم؟» میراندا به اتفاق محسن به باغ بزرگی رفتند که در پشت ساختمان قرار داشت. میراندا مطمئن بود که محسن می‌خواهد دربارهٔ موضوع مهمی صحبت کند. محسن روی صندلی چوبی روبه‌روی میراندا نشست، ولی هنوز نمی‌تواست حرفش را

شروع کند. میراندا متوجه اضطراب محسن شد و با لحنی آرام گفت: «می‌خوای بذاریم برای بعد؟» محسن گفت: «نه، فشار زیادی رو احساس می‌کنم. دیگه نمی‌تونم تحمل کنم.» میراندا گفت: «باید مسئلۀ مهمی باشه که تو رو این‌قدر به هم ریخته.» محسن گفت: «آره، خیلی مهمه.» محسن مدتی به حرکات شاخۀ درختان در وزش باد نگاه می‌کرد و میراندا صلاح ندید که سکوت را بشکند. میراندا فرصت داد که محسن خودش صحبت را آغاز کند و هیچ حرکتی از خودش نشان نداد که نشانۀ عجله باشد. محسن گفت: «صدای وزش باد لابه‌لای شاخه‌ها و برگ‌های درختان منو یاد شبی در کمپ جنگلی انداخت. شبی که کاملاً بلاتکلیف بودم با آینده‌ای نامعلوم و الآن به اینجا رسیدم. گاهی فکر می‌کنم همه‌اش یه خوابه، یه داستان، می‌فهمی؟» میراندا گفت: «البته و تو این راه رو به خوبی طی کردی، ولی هنوز تموم نشده. خوبیش اینه که قسمت خوب داستان تازه داره شروع می‌شه.» محسن با خندۀ تلخی تکرار کرد: «قسمت خوب داستان. قسمت خوب داستان. من می‌خوام واقعیت‌هایی رو به تو بگم که هیچ‌کس ازشون اطلاع نداره و تو اولین نفری هستی که می‌خوام بهش بگم.» میراندا پرسید: «می‌شه بپرسم چرا منو انتخاب کردی؟ تو نامزد داری و دوستان خوب قدیمی.» محسن گفت: «چندتا دلیل داره. اول این‌که تو چون در فی‌فی‌ان کار می‌کنی از قوانین مربوط به پناهنده‌ها اطلاعات داری، با واقعیت‌های زندگی امثال من آشنا هستی و از همه مهم‌تر، من بهت کاملاً اعتماد دارم.» میراندا گفت: «از این‌که این‌همه به من اعتماد داری خوشحالم و امیدوارم بتونم کمکت کنم.» محسن مثل کسی که می‌خواهد دل به دریا بزند، ناگهان به چشم‌های میراندا خیره شد و گفت: «من هویتم اینی نیست که گفتم.» بعد منتظر شد تا اولین عکس‌العمل میراندا را ببیند. چیزی شبیه تعجب، عصبانیت، ترس یا چیزی دیگر، ولی میراندا بدون تغییر حالت گفت: «خب؟ همین؟» محسن ادامه داد: «من با اسم و فامیل و تاریخ تولد جعلی درخواست پناهندگی دادم. الآن با همون مشخصات جعلی برام

نامه اومده که اقامت بگیرم.» میراندا گفت: «خب چه کمکی از دست من برمی‌آد؟» محسن گفت: «طبق قانون بخشش عمومی، کسانی که یک بار دربارهٔ مشخصات خودشون دروغ گفتن می‌تونن مشخصات واقعی خودشون رو اعلام کنن و با مشخصات واقعی خودشون اقامت بگیرن.» میراندا پرسید: «خب حالا تو می‌خوای مشخصات واقعی خودت رو بدی به ادارهٔ مهاجرت؟» محسن گفت: «تصمیم سختیه. من با شش سال سختی زیاد بالاخره دارم اقامت می‌گیرم. الآن اقامت تو دستمه. باید اقامت رو پس بدم و بگم مشخصات واقعی من چیز دیگه‌ای هستش. اما ترسم از اینه که یه بهانه‌ای پیدا کنن و بهم اقامت ندن.» میراندا گفت: «ولی طبق قانون حتی کسانی که یه بار مشخصات جعلی دادن هم به شرطی که سایر شروط رو داشته باشن اقامت می‌گیرن.» محسن پرسید: «هیچ تضمینی هست که اگه من حقایق رو بگم، برای دریافت اقامتم مشکلی پیش نمی‌آد؟» میراندا گفت: «از من می‌خوای که به تو تضمین بدم؟» محسن گفت: «نه، می‌خوام شرایط منو برای ادارهٔ مهاجرت توضیح بدی و بپرسی که اگه الآن واقعیت رو بیان کنم، می‌تونم با مشخصات واقعی خودم اقامت بگیرم؟» میراندا گفت: «باشه، من زنگ می‌زنم و می‌پرسم، ولی چرا اصرار داری این موضوع رو بگی؟» محسن گفت: «اگه با مشخصات جعلی اقامت دریافت کنم، همیشه باید با ترس زندگی کنم. اگه کسی این رو بدونه و به ادارهٔ مهاجرت بگه، حتی بعد از بیست سال می‌تونن اقامت منو باطل کنن. نمی‌خوام بقیه زندگیم رو همیشه با این دلهره سپری کنم. من از وقتی به هلند اومدم، یه بار، فقط یه بار دروغ گفتم و خیلی هم پشیمونم. می‌خوام حقیقت رو بگم، ولی نه به قیمت از دست دادن اقامتی که این‌قدر برام مهمه.» میراندا گفت: «باشه من می‌پرسم.» موقع خداحافظی محسن پرسید: «نمی‌خوای بدونی چرا من دربارهٔ مشخصاتم دروغ گفتم؟» میراندا جواب داد: «حتماً دلیل محکمی براش داشتی.» محسن گفت: «من با دعوت یکی از اقوام به هلند اومدم و بهم گفتن چون با ویزا وارد شدی، اگه درخواست

پناهندگی بدی بلافاصله به ایران برت می‌گردونن برای همین مجبور شدم با مشخصات جعلی درخواست پناهندگی بدم.»

در روزهای بعد محسن باید از یک طرف خودش را خوشحال نشان می‌داد و از طرف دیگر دربارهٔ اقامتش درگیری فکری شدیدی داشت، برای همین می‌خواست تا زمانی که تصمیم قطعی نگرفته، بیشتر تنها باشد. محسن می‌دانست که اگر بخواهد اقامت با مشخصات جعلی را پس بفرستد تا با مشخصات واقعی خودش اقامت بگیرد، دیر یا زود جریان را باید به همه، مخصوصاً به لیلا بگوید ولی اول باید مصمم می‌شد که این کار را انجام بدهد. تصمیمی که واقعاً برای محسن مشکل بود.

بعد از دو روز میراندا دوباره قرار ملاقاتی برای محسن گذاشت و توضیح داد که ادارهٔ مهاجرت گفته اگر فرد پناهنده فقط یک بار مشخصاتش را نادرست گفته باشد، ولی سایر شروط را داشته باشد، می‌تواند با مشخصات واقعی خودش اقامت بگیرد. میراندا بعد از توضیحات پرسید: «حالا می‌خوای چه تصمیمی بگیری؟» محسن گفت: «هر کدومش خوبی و بدی خودش رو داره. اگه بی‌خیال بشم همین اقامت با مشخصات جعلی رو قبول کنم، دیگه استرس این رو ندارم که اقامتم رو از دست می‌دم. لازم هم نیست که به همه واقعیت رو بگم. فکر این‌که به ژاک، کارلا و لیلا بخوام بگم مشخصات من چیز دیگه‌ایه، حالم رو خراب می‌کنه. اما اگه واقعیت رو بگم، صرف‌نظر از این‌که آیا اقامت می‌گیرم یا نه، بقیه زندگیم بدون ترس از روشن شدن واقعیت سپری می‌شه. ولی مشکل دیگه اینه که تمام مدارکم با مشخصات جعلی هستش، کارت بانکیم، مدرک زبان هلندیم، مدارک دانشگاهیم. حالا با این‌ها چی کار کنم؟» میراندا گفت: «آره، همهٔ این موارد در کنار احتمال این‌که مشکلی برای اقامت تو پیش بیاد وقتی واقعیت رو بیان کنی، تصمیم بسیار دشواریه.» محسن گفت: «واااای وکیلم رو فراموش کرده بودم. وقتی فکر می‌کنم باید به وکیلم که الآن پروندهٔ پناهدگیم رو به دادگاه اروپایی برده، بگم که تمام مشخصاتم

جعلی بوده، ترس همهٔ وجودم رو می‌گیره. چطور واقعیت رو به اون بگم؟ اگه تو جای من بودی چه کار می‌کردی میراندا؟» میراندا با لبخند گفت: «خوشبختانه جای تو نیستم، ولی من به صدای قلبم گوش می‌دادم. گذشته از همهٔ چیزهای منطقی، سعی کن به ندای قلبت گوش کنی.» محسن گفت: «با چندتا از پناهنده‌هایی که اون‌ها هم مشخصات جعلی داده بودن صحبت کردم. همه‌شون می‌خوان با همین مشخصات جعلی اقامت بگیرن. نظرشون اینه که منطقی نیست تا این حد ریسک کنن. اعتماد به حرف ادارهٔ مهاجرت و پس دادن اقامتی که توی دستت هست، احمقانه به نظر می‌رسه.» میراندا گفت: «نگفتم بقیه چی می‌گن. گفتم به صدای قلبت گوش کن.» محسن گفت: «منطقم می‌گه این کار رو نکن، ولی احساسم، چیزی که صدای قلبمه، از دروغی که گفتم ناراحته و دوست داره حقیقت مشخص بشه.» میراندا گفت: «خب پس بهش گوش کن.» محسن گفت: «بقیه چی می‌گن؟ اگه برخورد دیگران هم مثل تو باشه، خیلی عالی می‌شه.» میراندا در جواب گفت: «کسانی که شناخت خوبی از تو دارن، مطمئن باش که درک می‌کنن و می‌دونن که تو برای کارت دلیل خوبی داشتی.» محسن گفت: «می‌تونی نامه‌ای رو که باید توضیح بدم می‌خوام با مشخصات واقعیم اقامت بگیرم، برای من تنظیم کنی؟» میراندا به همراه محسن از باغ پشت ساختمان به دفتر کارش برگشتند. میراندا نامه را تنظیم کرد و گفت: «این نامه رو همراه با نامه‌هایی که از ادارهٔ مهاجرت به دستت رسیده پست کن.» محسن ضمن تشکر گفت: «لطفاً فعلاً این موضوع پیش خودت باشه. می‌دونی که هیچ ضمانتی در کار نیست.»

روز دوم اوت ۲۰۰۷، محسن نامه را در صندوق پستی نزدیک خانهٔ پائولین انداخت. به محض رسیدن به خانهٔ پائولین، حس شدید پشیمانی در وجود محسن شعله‌ور شد. با خودش می‌گفت: «احمق نفهم، اقامت رو با دست‌های خودت خراب کردی. اگه این کار درست بود که بقیه پناهنده‌ها هم که این مشکل رو داشتند همه می‌رفتن و

واقعیت رو می‌گفتن. چطور به ادارهٔ مهاجرتی اطمینان کردی که می‌خواد به افراد کمتری اقامت بده؟ تازه نه‌تنها اسم و فامیل، بلکه تاریخ تولدت رو هم اشتباه گفتی. شاید منظور از مشخصات فقط اسم و فامیل بوده نه تاریخ تولد. اگه این‌جور باشه که بیچاره‌ای. وای، الآن می‌فهمن که من با ویزا وارد هلند شدم. این چه غلطی بود که کردم؟! امکان نداره بهم اقامت بدن.» محسن برای خودش هزاران دلیل می‌آورد که کار احمقانه‌ای انجام داده است. بلافاصله از خانه خارج شد و به طرف صندوق پست رفت. سعی کرد به وسیلهٔ یک تکه چوب نامه را دربیاورد، ولی غیرممکن بود. با خودش گفت: «فردا صبح زود صندوق رو خالی می‌کنم. می‌تونم بیام و بگم نامه رو اشتباهی به صندوق انداختم و از ارسال نامه جلوگیری کنم.» ولی خود محسن هم می‌دانست که این کار غیرممکن است. دیگر ذهنش توان فکر کردن نداشت. به حالت زاری به خانه برگشت. پائولین و مژگان چنان از دیدن محسن نگران شدند که پائولین به ژاک زنگ زد و ژاک و کارلا به خانهٔ او آمدند. در اتاق محسن، ژاک درحالی که روی تخت محسن، کنار او نشسته بود، به آرامی دربارهٔ علت ناراحتی‌اش پرسید. محسن درحالی که اشک از چشمانش جاری بود تمام واقعیت را به ژاک گفت. بعد اضافه کرد: «و تو نفر دومی هستی که موضوع رو می‌دونه.» ژاک محسن را در آغوش گرفت و گفت: «من و کارلا تو رو از صمیم قلب دوست داریم. حالا می‌خواد اسمت محسن باشه یا هر چیز دیگه. حتماً برای این کارت دلایلی داشتی.» محسن احساس سبکی کرد و به آرامی گفت: «ترسم از این بود که از من ناراحت بشید.» ژاک درحالی که آرام لبخند می‌زد، پرسید: «حالا اسمت چی هست؟» محسن درحالی که کلمهٔ فرهاد را تلفظ می‌کرد، روی کاغذ هم نوشت farhad. ژاک کلمهٔ فرهاد را چندبار تکرار کرد و بار دیگر خندید.

کارلا مشخصات جدید محسن را از ژاک در مسیر برگشت به خانه شنید. عکس‌العمل کارلا کم‌وبیش شبیه ژاک بود و بعد از آن پرسید: «حالا باید به چه اسمی

صداش کنیم؟» ژاک گفت: «ما عادت کردیم محسن بگیم. تلفظ فرهاد هم مشکله. حالا بذار ببینیم چی می‌شه.»

شبِ همان روز، محسن لیلا را بدون آرش برای بیان موضوع مهمی به خانهٔ پائولین دعوت کرد. هنگامی که لیلا، پائولین و مژگان همگی به محسن چشم دوخته بودند، محسن نمی‌دانست چطور و از کجا شروع کند. او همان‌طور که به قالیچهٔ قرمز قدیمی کف نشیمن خیره شده بود، با زبان هلندی گفت: «همگی شما از چندین سال قبل منو می‌شناسید و از نزدیک با من آشنا هستین. برای همین این حق شماست که از یه موضوع مهم اطلاع پیدا کنید. من نامهٔ اقامت رو به ادارهٔ مهاجرت پس فرستادم.» لیلا اولین کسی بود که عکس‌العمل نشان داد. با صدای بلند به زبان فارسی، درحالی‌که اسم " فرهاد" رو تلفظ می‌کرد را چند سانتی‌متر از روی مبل بلند شده بود، فریاد زد: «چرا؟ مگه دیوانه شدی محسن؟» محسن خیلی کوتاه و محکم باز هم به زبان هلندی ادامه داد: «چون مشخصات فردی که در نامه بود، اشتباه بود.» پائولین پرسید: «اشتباه بود؟ یعنی ادارهٔ مهاجرت مشخصات تو رو اشتباهی در نامه نوشته بود؟ خب این‌که مشکلی نیست. می‌تونن اصلاح کنن.» محسن به پائولین نگاه کرد. درحقیقت پائولین اولین کسی در این جمع بود که محسن توانست به چشم‌هایش نگاه کند و سپس گفت: «نه اشتباه از طرف ادارهٔ مهاجرت نبود. من با مشخصات جعلی درخواست پناهندگی دادم.» سکوت سنگینی حکمفرما شد. بعد از مدتی پائولین گفت: «خب حالا چی می‌شه؟ بهت اقامت نمی‌دن؟» محسن جواب داد: «طبق قانون بخشش عمومی، کسانی که یه بار مشخصات خودشون رو درست نگفته باشن، اگه سایر شروط رو داشته باشن، می‌تونن با مشخصات واقعی خودشون اقامت بگیرن.» پائولین با خنده گفت: «خب پس مشکلی نیست. چرا نگرانی؟» محسن گفت: «هیچ ضمانتی وجود نداره و همین منو نگران کرده.» لیلا که تازه توانسته بود از شوک حرف‌هایی که شنیده بود خارج شود، دوباره به فارسی گفت:

«تو چطور تونستی این ریسک رو قبول کنی؟ چطور تونستی با زندگی خودت و من و آرش بازی کنی؟» مژگان که تا آن لحظه ساکت بود، به فارسی گفت: «به نظرم بهتره که شما و لیلا تنهایی به فارسی دربارۀ این موضوع مهم صحبت کنید.» محسن از همان ابتدا جرئت نداشت این موضوع را به طور خصوصی به لیلا بگوید، برای همین آن را در جمع بیان کرد. ولی حالا مژگان او را وادار می‌کرد که خصوصی با لیلا حرف بزند.

چند لحظه بعد، محسن و لیلا که به آرامی اشک از چشم‌هایش جاری بود، تنها در اتاق محسن نشسته بودند. محسن گفت: «من نمی‌دونم تو چرا این‌قدر ناراحتی؟ هنوز که اتفاقی نیفتاده. من همۀ شرایط رو دارم.» لیلا پرسید: «پس تو چرا خودت از روزی که نامه به دستت رسیده ناراحتی؟» محسن جواب داد: «چون علاوه بر گرفتن یه تصمیم مشکل که آیا واقعیت رو بگم یا نگم، ترس از گفتن واقعیت به عزیزانم و دوستانم رو هم داشتم. همۀ این‌ها به آدم فشارعصبی وارد می‌کنه.» لیلا پرسید: «چرا دروغ گفتی؟» محسن به جای جواب دادن، لبخند تلخی زد. لیلا گفت: «کجای حرفم خنده داشت؟» محسن گفت: «من توی دو سه روز گذشته به سه نفر دیگه هم جریان رو توضیح دادم و تو اولین کسی هستی که علت کارم رو پرسیدی.» لیلا گفت: «پس قبل از من افراد دیگه‌ای زودتر باخبر شدن. این عزیزان چه کسانی بودن؟» محسن گفت: «لیلا، خواهش می‌کنم. من برای اطمینان از تصمیمم مجبور شدم برای مشورت با میراندا تماس بگیرم و امروز چون حالم خیلی بد بود و احساس پشیمونی شدیدی داشتم، پائولین با ژاک و کارلا تماس گرفت تا بیان اینجا و با من صحبت کن. فقط همین سه نفر، حتی مژگان و پائولین هم الآن موضوع رو فهمیدن.» لیلا با خشم پرسید: «چرا پشیمونی؟» محسن گفت: «نمی‌دونم! به محض این‌که نامه رو توی صندوق انداختم پشیمون شدم. فکر کردم کارم اشتباه بوده. یه دفعه فکر کردم بیش از حد روی حرف ادارۀ مهاجرت حساب باز کردم.» لیلا با لبخند تلخی گفت: «آهان، فکر کردی؟ یعنی الآن این فکر رو

نمی‌کنی؟» محسن گفت: «هنوز هم نمی‌دونم کارم درست بوده یا نه.» لیلا سرش را با دست‌هایش گرفت و گفت: «محسن... محسن... تو چی کار کردی؟ همه چیز رو خراب کردی محسن!» محسن گفت: «من با ویزا به هلند دعوت شدم، اما چون فکر می‌کردم اگه با مشخصات خودم پناهنده بشم بلافاصله منو به ایران برمی‌گردونن، موقع درخواست پناهندگی مشخصات خودم رو تغییر دادم.» لیلا پرسید: «حالا اسمت چیه؟» محسن گفت: «فرهاد.» لیلا گفت: «مدارک تحصیلی که در ایران گرفتی هم جعلی هستن؟ اصلاً چقدر از کل زندگیت که من می‌دونم یا نمی‌دونم جعلی هستش؟» محسن گفت: «آروم باش لیلا. حتماً با خودت فکر می‌کنی تمام حرف‌هام دروغ بوده. فقط اسم و فامیل و تاریخ تولدم جعلیه.» لیلا گفت: «تاریخ تولدت؟ سن واقعیت از چیزی که می‌دونم کمتره یا بیشتر؟» محسن جواب داد: «لیلا، من فقط چند ماه تاریخ تولدم رو تغییر دادم تا برای محکم‌کاری به مشخصات اصلیم هیچ شباهتی نداشته باشه.» لیلا احساس می‌کرد دوباره دارد با فرد جدیدی آشنا می‌شود. محسن بعد از برخورد آرام میراندا، ژاک و پائولین نمی‌توانست برخورد نا آرام لیلا را درک کند. لیلا پرسید: «چه جوری مدارک دانشگاهی رو که به اسم واقعیت بود، به یوآلف دادی؟» محسن گفت: «مدارکی که در ایران گرفته بودم، که باز هم می‌گم همگی واقعی و مال خودم هستن، کپی کردم و در کپی اسم و فامیل و تاریخ تولدم رو تغییر دادم.» لیلا گفت: «واااای راستی گفتی مدرک. مدرک دانشگاهی اینجا رو چی کار می‌کنی؟ اون هم به اسم جعلی توئه.» محسن گفت: «بذار اول اقامتم رو با مشخصات واقعیم بگیرم، بعد یه فکری به حال اون می‌کنم.» لیلا گفت: «محسن، اگه بهت اقامت ندن بیچاره می‌شیم.» محسن آهسته گفت: «به خدا توکل کن که آرامش‌دهندهٔ قلب‌هاست.»

در روزهای بعد، محسن که حالا همگی سعی می‌کردند او را فرهاد صدا کنند، به کمک میراندا نامه‌ای به وکیلش فرستاد و دربارهٔ مشخصات حقیقی خودش توضیح

داد و این‌که نامهٔ اقامت ادارهٔ مهاجرت را پس فرستاده. اولین نامه‌ای که در این باره به دست فرهاد رسید، نامهٔ وکیلش بود. وکیل فرهاد عصبانی بود، ولی نه به خاطر این‌که فرهاد حتی به او دروغ گفته بود. وکیلش عصبانی بود که چرا فرهاد این‌همه مدت با مخفی کردن این راز بزرگ فشار عصبی زیادی را تحمل کرده بود. بعد از آن نوشته بود که بسیاری از افراد با داشتن ویزا هم درخواست پناهندگی می‌دهند و اقامت می‌گیرند و فرهاد فقط با این اشتباه باعث شده که مشکلات زیادی برای خودش و پروندهٔ خودش ایجاد کند. در آخر نامه اضافه کرده بود که پیگیری پرونده در دادگاه اروپا در حال حاضر کار بی‌فایده‌ای است و پرونده را خواهد بست.

با گذشت شش هفته از ارسال نامه، هیچ نامه‌ای از ادارهٔ مهاجرت برای فرهاد ارسال نشد. محسن (فرهاد) روزها در اتاق خودش تنها می‌ماند و روزی پانزده تا بیست نخ سیگار می‌کشید و تقریباً همهٔ مواد مخدری را که در کمپ با آن‌ها آشنا شده بود، تهیه کرده بود و مصرف می‌کرد. فرهاد فقط می‌خواست در آن زمان در دنیا نباشد چون نمی‌توانست استرس دنیایی را که در آن روزها سهمش بود، تحمل کند. می‌خواست به طور موقت جای دیگری به جز دنیای واقعی باشد. بعضی از موادی که استفاده می‌کرد باعث خوشحالی می‌شدند و فرهاد همه چیز را مثبت می‌دید. خوش‌بینی که آن زمان فرهاد به آن خیلی نیاز داشت. تقریباً با کسی رفت‌وآمد نداشت. از همهٔ دوستانش خواسته بود که در این شرایط او را تنها بگذارند چون هم‌صحبتی نه‌تنها کمکی نمی‌کرد بلکه باعث می‌شد فرهاد به اما و اگرهایی که دیگران می‌پرسیدند، پاسخ بدهد و این فشار عصبی بیشتری به او وارد می‌کرد. فقط چندبار لیلا به مدت یکی دو ساعت به خانهٔ پائولین آمد و از غذاهای مورد علاقهٔ فرهاد برایش آورد. در یکی از همین ملاقات‌ها، لیلا از فرهاد پرسید: «روز اولی که ماجرای جعلی بودن مشخصاتت رو گفتی، اون‌قدر شوکه شده بودم که نتونستم سؤال‌های کم‌اهمیت‌تر رو بپرسم.» فرهاد گفت: «می‌خوای الآن

بپرسی؟» لیلا گفت: «نمی‌خوام چیزهایی بپرسم که شرایط رو برات دشوارتر کنه. می‌دونی، با این‌که شرایط برای من هم سخته، ولی بیشتر فشار و ناراحتی رو خودت داری تحمل می‌کنی، برای همین نمی‌خوام با سؤالاتم بیشتر ناراحت بشی.» فرهاد گفت: «نه. می‌تونی بپرسی. مشکل‌ترین قسمت ماجرا گفتن این موضوع به شما بود که تموم شده. بقیه‌اش دیگه فقط انتظاره.» لیلا گفت: «گفتی با ویزا اومدی. برای دریافت ویزا باید از کسی که اینجا زندگی می‌کنه دعوت‌نامه داشته باشی، درسته؟» فرهاد جواب داد: «آره درسته. البته بعضی‌ها از طریق شرکت‌های خصوصی هم می‌آن، اما من با دعوت‌نامه اومدم.» لیلا گفت: «می‌تونم بپرسم کی رو تو دعوت کرده بود که تونستی ویزا بگیری؟» فرهاد گفت: «برادر ناتنی من سال‌هاست که با خانواده‌اش هلند زندگی می‌کنن و اون منو دعوت کرد.» لیلا با تعجب گفت: «مگه تو برادر ناتنی هم داری؟ واااای خدای من، فکر می‌کردم خواهر و برادر نداری.» فرهاد گفت: «پدرم وقتی همسر اولش رو موقع زایمان از دست می‌ده، بعد از مدتی مجدد ازدواج می‌کنه و من نتیجهٔ ازدواج دوم پدرم هستم. پدرم از همسر اولش یه پسر داره. همونی که منو دعوت کرد به هلند.» لیلا پرسید: «چرا این موضوع رو به کسی نگفتی؟» فرهاد جواب داد: «چون که من مشخصاتم رو عوض کردم تا از فردی که ویزا دریافت کرده بود، یعنی از فرهاد، کاملاً فاصله بگیرم. در این صورت چطور می‌تونستم برادر ناتنی خودم رو به دیگران معرفی کنم؟» لیلا گفت: «و در طی سال‌های گذشته که مشکلات داشتی، کنار خیابون خوابیدی و تمام مشکلات دیگه... این برادر ناتنی کجا بود؟ کمکی ازش نخواستی؟ کمکی بهت نکرد؟» فرهاد گفت: «منو دعوت کرده بود بیام اینجا تا قاچاقی برام پاسپورت جعلی درست کنه تا بتونم برم کانادا، ولی پول‌هام رو در آمستردام از دست دادم. من از ایستگاه قطار آمستردام به برادرم زنگ زدم و موضوع رو بهش گفتم. برادرم در جوابم گفت دیگه راه برگشتی نداری و همین‌جا برو درخواست پناهندگی بده، ولی مشخصاتت رو تغییر بده چون اگه متوجه

بشن که با ویزا اومدی، بلافاصله تو رو به ایران برمی‌گردونن.» لیلا گفت: «خب بعدش که در کمپ بودی تماسی با برادرت نداشتی؟ بالاخره اون‌هایی که اینجا بستگانی دارن حداقل با هم یه تماس تلفنی دارن و از حال هم خبردار می‌شن.» فرهاد جواب داد: «من یکی دوباری از همون کمپ اول با برادرم تماس گرفتم، ولی گفت حالا سعی کن روی پای خودت بایستی. فراموش کن که کسی رو اینجا می‌شناسی. مثل این که نمی‌خواست زیاد درگیر مشکلات من بشه.» لیلا آهی کشید و گفت: «من همیشه فکر می‌کردم اگه یکی از بستگانم، حتی فامیل خیلی دورم اینجا بودن، وضعیتم بهتر بود. حالا نه از نظر مالی ولی از نظر عاطفی همین که یکی از بستگانت رو اینجا داشته باشی که بتونی در دوران پناهندگی باهاش صحبت کنی، کمک بزرگی به حساب می‌آد.» فرهاد گفت: «عزیزم، اینجا هر کسی درگیر زندگی خودشه. البته من هم آدمی نبودم و نیستم که بخوام دستم رو جلو کسی دراز کنم.» لیلا گفت: «امیدوارم این مدت، حالا چه خوب و چه بد، زودتر تموم بشه والا تو خودت رو نابود می‌کنی با این روشی که در پیش گرفتی.»

در اواخر اوت ۲۰۰۷، یک ماه بعد از برگشت نامهٔ اقامت فرهاد، نامهٔ اقامت لیلا و آرش آمد و آن‌ها با امضای نامه درخواست رسمی اقامت را از طریق بخشش عمومی ارسال کردند. از میان چند نفری که فرهاد در زمان پناهندگی می‌شناخت که همه با مشخصات جعلی درخواست پناهندگی داده بودند، کسی به ادارهٔ مهاجرت اعتماد نکرده بود تا جرئت داشته باشد با مشخصات حقیقی خودش درخواست اقامت بدهد.

در اواسط سپتامبر ۲۰۰۷، بالاخره بعد از گذشت شش هفته که برای فرهاد بدترین روزهای زندگی‌اش بود، حتی بدتر از دوران سربازی که در جنگ داشت یا بدتر از دوران بلاتکلیفی و زندگی مخفیانه، نامه ای از ادارهٔ مهاجرت ارسال شد. در نامه از فرهاد خواسته بودند که با ارسال اصل شناسنامه یا پاسپورت هویت واقعی خودش را ثابت کند. فرهاد با کمک میراندا و از طریق فی‌فی‌ان اصل شناسنامه و پاسپورتی را که ویزای

هلند با آن صادر شده بود به ادارۀ مهاجرت ارسال کرد. در نهایت در نوامبر ۲۰۰۷ اقامت یک ساله با مشخصات واقعی فرهاد به دستش رسید. همۀ پناهنده‌هایی که از طریق بخشش عمومی اقامتی یک ساله دریافت می‌کردند و بعد از گذشت یک سال، در صورتی که در این مدت مشکلی با پلیس یا خطری برای جامعۀ هلند ایجاد نمی‌کردند، اقامت یک ساله به صورت اتوماتیک به اقامت پنج ساله تبدیل می‌شد. بعد از اقامت پنج ساله، فرد متقاضی می‌توانست درخواست پاسپورت هلندی بدهد، البته چنانچه سایر شروط مربوط به دریافت پاسپورت هلندی را داشت.

بعد از این‌که فرهاد از بابت دریافت اقامت مطمئن شد، به مرکز یوآاف نامه‌ای نوشت و از هویت واقعی خودش پرده برداشت. این حرکتی مهم بود چون فرهاد بعد از به دست آوردن یک شغل می‌بایست ۶۰ درصد از بدهی خود را به این مرکز ماهیانه پرداخت می‌کرد. در همین رابطه فرهاد با بانکی که حساب مالی در آن داشت هم تماس گرفت و خواستار تغییر مشخصات دارندۀ حساب و دریافت کارت جدید بانکی با مشخصات واقعی‌اش شد. در کشور هلند، مشخصات همۀ افراد در شهرداری‌هایی که محل سکونت فرد است ثبت می‌شود و مشخصات فردی آن‌ها به هیچ وجه تغییر نمی‌کند، مگر در موارد استثنائی مثل مورد فرهاد یا کسانی که تغییر جنسیت می‌دهند. در اصل سایت شهرداری‌ها یک سایت مرجع برای مراکز مالی یا دولتی برای تعیین هویت است. برای همین مقداری از زحمات فرهاد در درست کردن کارها کم شده بود چون مراکزی مثل بانک یا مرکز یوآاف می‌توانستند با مراجعه به سایت شهرداری، در صورت اجازه داشتن، یا درخواست کتبی تعیین هویت از شهرداری متوجه بشوند که محسن دارای مشخصات جدید شده است. با همین روش فرهاد با مرکزی که امتحانات سراسری زبان هلندی برگزار و مدرک زبان هلندی صادر می‌کردند تماس گرفت. آن‌ها بعد از کنترل مشخصات

جدید فرهاد در سایت شهرداری، قرار شد که المثنی مدارک زبان هلندی را با مشخصات جدید فرهاد صادر کنند زیرا اصل مدارک فقط یک بار صادر می‌شد.

از وقتی که اقامت لیلا و آرش آمده بود، تحمل محیط کمپ برای لیلا بسیار مشکل شده بود. هرچند آرش از این‌که باید ازکمپ می‌رفت ناراحت بود چون دوستان زیادی از ملیت‌های مختلف پیدا کرده بود که گاهی با مادرش به همین خاطر درگیر می‌شد. لیلا و فرهاد برای دریافت خانه‌ای از شهرداری تیلبورخ درخواست دادند، ولی باید شش ماه منتظر می‌شدند تا خانه‌ای خالی شود. لیلا از این‌که شش ماه باید در کمپ منتظر دریافت خانه می‌شد عصبی بود و با کارمند شرکتی که فرم‌های ثبت‌نام آن‌ها را تکمیل می‌کرد با صدای بلند صحبت کرد؛ ولی زمانی که متوجه شد خود مردم هلند هم برای دریافت خانه‌ای که دولت با مبلغ کمتری اجاره می‌داد، باید بین شش ماه تا هشت سال منتظر باشند، از قضاوت بی‌جهت خود عذرخواهی کرد. طبق قراری که لیلا و فرهاد با همدیگر گذاشته بودند، چون لیلا غیابی طلاق گرفته بود، پس از دریافت خانه ازدواج می‌کردند و در خانهٔ خود جشن کوچکی می‌گرفتند. ولی به مناسبت دریافت اقامت لیلا و فرهاد در حال تدارک جشن در خانهٔ پائولین بودند. برای همین فرهاد تصمیم گرفت آنمیک و پیتر را به جشن دعوت کند. زمانی که فرهاد در کمپ هوخوفین بود، با این خانوادهٔ هلندی آشنا شده بود و در طول این مدت گاهی تلفنی تماس داشتند و حتی یک بار آنمیک و پیتر به همراه دختر و دو پسرشان به کمپ دونگن رفتند تا فرهاد را ببینند. در واقع آن‌ها اولین فامیل هلندی بودند که فرهاد با آن‌ها آشنا شده بود و در آن دوران توانسته بود دربارهٔ طرز زندگی هلندی از آن‌ها چیزهای جالبی یاد بگیرد. با توجه به دوری شهر هوخوفین از تیلبورخ، فرهاد از آنمیک و پیتر درخواست کرده بود که همراه فرزندان‌شان برای جشن یکی دو روزبه تیلبورخ مسافرت کنند، ولی آن‌ها ترجیح دادند که با قطار، فقط برای جشن و بدون بچه‌هایشان بیایند.

درایستگاه قطار تیلبورخ، فرهاد در سرمای اواخر نوامبر منتظر رسیدن قطار آنمیک و پیتر بود. فرهاد به بخار دهانش در نور چراغ‌های ایستگاه نگاه می‌کرد و سعی داشت بخار دهانش را حلقوی شکل از دهانش خارج کند. کاری که گاهی با دود سیگار انجام می‌داد، ولی ناموفق بود. ناگهان به یاد نوامبر۲۰۰۳ افتاد، زمانی که در یک شب سرد و برفی از کمپ دونگن اخراج شده بود. به خودش گفت: «نهایتاً ادارهٔ مهاجرت به محسن اقامت نداد بلکه به فرهاد داد. چه بهتر! واقعاً خدا منو دوست داره که بعد از پنج سال الآن در چنین وضعیتی قرار دارم. گرفتن اقامت با مشخصات جعلی برام یه رؤیا بود. حالا با مشخصات واقعی خودم اقامت گرفتم.» بعد از آن فرهاد رو به آسمان کرد و گفت: «نمی‌دونم اسم واقعیت چیه. فقط می‌دونم وجود داری و خیلی هم مهربونی. می‌دونم منو دوست داری. همیشه کمکم کردی. از حالا به بعد هم کمکم کن و تنهام نذار چون راه سختی در پیش دارم. تازه اول مشکلاتمه.»

با ورود قطار، رشتهٔ افکارش پاره شد و پس از زمان اندکی آنمیک و پیتر از قطار پیاده شدند. فرهاد از این‌که بچه‌ها نیامده بودند ابراز ناراحتی کرد. آنمیک گفت: «محسن، فکر می‌کنی بچه‌ها هنوز کوچیک هستن؟ نه، بزرگ شدن و دیگه علاقه‌هاشون با ما یکی نیست.» فرهاد گفت: «می‌خوای بگی دوست نداشتن منو ببینن؟» پیتر گفت: «دقیقاً همین چیزی که می‌گی.» بعد هر سه نفر با خنده به طرف خانهٔ پائولین به راه افتادند.

در آشپزخانهٔ کوچک خانهٔ پائولین، لیلا و فرهاد به زحمت می‌توانستند سریع کار کنند. تهیه لوازم پذیرایی و بعد از آن شام برای پانزده نفر، کار سختی بود. به جز مژگان، پائولین، آنمیک و پیتر، افراد دیگری از جمله ژاک، کارلا، میراندا، فرید، چند نفر از اساتید دانشگاه و سه نفر از دوستان پائولین و مژگان که در گروه سرود کلیسا فعالیت داشتند نیز حضور داشتند. فرهاد درحالی‌که مشغول آماده کردن چای و قهوه بود، از لیلا

پرسید: «آرش کی می‌آد پس؟» لیلا با بی‌حوصلگی گفت: «نمی‌دونم. شاید اصلاً نیاد.» محسن پرسید: «نیاد؟ چرا؟» لیلا جواب داد: «آرش خیلی بد شده. از وقتی هم که اقامت‌مون اومده بدتر شده. اصلاً به حرف‌هام گوش نمی‌ده و مدام با هم بحث می‌کنیم. کاملا عمدی کارهایی بی‌ادبانه‌ای می‌کنه که من دوست ندارم تا حرص منو درباره. فرهاد، تو باید باهاش بیشتر صحبت کنی.» فرهاد گفت: «عزیزم، آرش یازده ساله‌اش شده. اینجا هم که می‌بینی چقدر به بچه‌ها حق و حقوق می‌دن. زیاد بهش سخت نگیر.» لیلا گفت: «من سخت نمی‌گیرم، ولی باید حداقل تربیت یه پسربچۀ یازده ساله رو داشته باشه یا نه؟ البته از بچه‌هایی که توی کمپ بزرگ شدن بهتر از این نمی‌شه انتظار داشت. از هر ملیتی یه حرف زشت یاد بگیره، الآن دیگه لغت‌نامۀ حرف‌های زشت دنیا رو یاد گرفته.» فرهاد همان‌طور که با سینی چای و قهوه به طرف اتاق نشیمن می‌رفت، با خنده از پشت‌سر لیلا رد شد و گفت: «فقط پدرسگ نگه که ناراحت می‌شم.» لیلا هم بلافاصله گفت: «اتفاقاً این تنها کلمۀ زشتی هستش که اجازه داره بگه.» بعد با خودش زیر لب ادامه داد: «اگه اون پدر گوربه‌گورشده‌اش اون‌جوری نبود که ما الآن سر خونه و زندگی خودمون بودیم.»

بعد از گذشت یک ساعت، مژگان وارد شد و پس از سلام به طرف آشپزخانه رفت که کمک کند. لیلا داشت برنج آبکش می‌کرد. مژگان گفت: «آخ خیلی ببخشید که امشب دست تنهات گذاشتم. الآن چی کار کنم؟» لیلا گفت: «سالاد درست کن. وسایلش رو روی میز گذاشتم. تونستی بالاخره ملاقاتش کنی؟» همان موقع فرهاد وارد آشپزخانه شد و گفت: «مژگان خانم، خیلی ببخشیدها ولی این مهمونی شما هم هست. بهتر نبود کارتون رو برای روزهای دیگه می‌ذاشتین و امشب کمک می‌کردین؟» مژگان گفت: «مطمئن باشید اگر می‌شد کارم رو شب دیگه‌ای انجام بدم، حتماً این کار رو می‌کردم. لیلا، بهش نگفتی کجا رفته بودم؟» لیلا گفت: «نه، فرصت نشد. می‌بینی که چقدر

سرمون شلوغه.» فرهاد با تعجب پرسید: «مگه کجا رفته بودی؟» مژگان گفت: «رفته بودم ملاقات اکبر در زندان تیلبورخ.» فرهاد درحالی که خشکش زده بود، بلند گفت: «چی؟ زندان؟ اکبر؟» لیلا گفت: «هیس! آروم باش. مهمون‌ها می‌شنون.» فرهاد گفت: «فارسی پرسیدم. مهمون‌ها که فارسی متوجه نمی‌شن.» لیلا گفت: «فرید که فارسی می‌دونه و اگه چیزی بفهمه حتماً به ژاک و کارلا می‌گه.» فرهاد آهسته پرسید: «مژگان، بگو ببینم اکبر چه گندی زده؟» مژگان گفت: «اکبر شش ماه پیش در حال جابه‌جایی مواد مخدر به آلمان بود که پلیس دستگیرش می‌کنه و بعد از محاکمه به دو سال حبس محکوم می‌شه. من نمی‌دونستم و چون به تلفن‌هام جواب نمی‌داد نگرانش شدم. از چند نفری که می‌شناختنش پرس‌وجو کردم، ولی کسی ازش خبری نداشت. انگار دود شده بود رفته بود هوا تا این‌که چند روز پیش در شهرداری تیلبورخ هم‌اتاقی اکبر رو که با هم مخفیانه زندگی می‌کردن، دیدم. اسمش مهدی هستش و من یه بار اتفاقی با اکبر دیده بودمش. از طریق بخشش عمومی اقامت گرفته و در تیلبورخ درخواست خونه داده. مهدی به من گفت که اکبر زندان تیلبورخ هستش. شماره تلفن جدیدش رو ازش گرفتم و تماس گرفتم. اکبر گفت می‌خوان به یه زندان جدید نزدیک آلمان منتقلش کنن. این شد که مجبور شدم امشب که وقت ملاقات بود، برای دیدن اکبر برم.» فرهاد پرسید: «حالش چطور بود؟» لیلا گفت: «این چه سؤالیه فرهاد؟» مژگان گفت: «حالش خیلی گرفته بود. درخواست اقامت از طریق بخشش عمومی کرده که به دلیل حکم دادگاه رد شده.» فرهاد گفت: «معلومه چون دو سال حکم زندانی داره.» من چند ماه پیش با لیلا دیدمش. خیلی شیک پوشیده بود. معلوم بود وضع مالیش خوبه.» مژگان گفت: «پول خلاف زیاده، ولی عاقبت نداره. بچه که نیست. باید فکر اینجاها رو هم می‌کرد.» لیلا گفت: «می‌شه لطفاً این حرف‌ها رو بذارید برای بعد؟ مهمون‌ها گرسنه هستن. کلی هم کار داریم که باید انجام بدیم.»

میز شام برای همه جا نداشت و باید تعدادی روی مبل یا صندلی می‌نشستند. فرید کنار فرهاد نشست و پرسید: «کسی زندانی شده؟» فرهاد جواب داد: «یکی از بچه‌هایی که می‌شناختیمش به خاطر قاچاق مواد به زندان افتاده.» فرید پرسید: «برای کار چی‌کار کردی؟ پیدا کردی؟» فرهاد گفت: «نه هنوز.» فرید گفت: «فعلاً اگه دوست داری بیا پیش خودم کار کن. یه خونۀ نیمه‌تمام خریدم و دارم تعمیرش می‌کنم. دستی به سر و وضعش می‌کشم و بعد می‌فروشم. به چندتا کارگر نیاز دارم.» فرهاد گفت: «من که از کارهای ساختمانی اطلاعی ندارم. به درد تو نمی‌خورم.» فرید گفت: «کارگر ساده که می‌تونی باشی. تخصص و مهارت هم لازم نداره.» فرهاد گفت: «اول باید اجازۀ کارم بیاد.» فرید گفت: «اجازۀ کار لازم نیست. مگه می‌خوای سفید کار کنی؟» فرهاد گفت: «من اهل کار سیاه نیستم. اقامتم یه ساله‌ست و اگه به جرم کار سیاه گیر بیفتم، برای گرفتن اقامت پنج ساله دچار مشکل می‌شم. خودم هم مایل نیستم کارهای خلاف انجام بدم.» فرید گفت: «کلی آدم اینجا مشغول کارهای سیاه هستن. مثلاً همه کارگرهای من از کشورهای اروپای شرقی هستن، رومانی، لهستان و... همه‌شون با این‌که اجازۀ کار دارن، ولی برای من سیاه کار می‌کنن. هم به نفع اون‌هاست هم به نفع من.» فرهاد گفت: «من از بقیه تقلید نمی‌کنم. کاری می‌کنم که قانونی باشه.» فرید گفت: «ولی قبلاً سیاه کار می‌کردی!» فرهاد گفت: «اون هم دو یا سه بار چون اجازۀ کار نداشتم و به پول نیاز داشتم.» فرید پرسید: «چیه؟ مثل این‌که رفیقت رفته زندان حسابی ترسیدی؟» فرهاد گفت: «صحبت ترس نیست. اگه اینجا قانونی گذاشتن حتماً دلیلی داشته که به نفع همۀ ماست. اگه می‌گن سیاه کار نکنید، حتماً دلیلی داشته که به سود همه‌ست.» فرید گفت: «دولت می‌خواد همه سفید کار کنن تا مالیات بگیره، پس به فکر من و تو نیست. فکر جیب خودشه.» فرهاد بلند شد تا جای دیگری بنشیند و گفت: «از مالیاتی که می‌گیره کشور رو اداره می‌کنه فرید جان. من برم به بقیه مهمان‌ها رسیدگی کنم.» سپس با

بشقاب غذایش در کنار ژاک و کارلا که دور میز نشسته بودند، ایستاد. ژاک گفت: «با فرید هلندی صحبت می‌کنی یا فارسی؟» فرهاد گفت: «فارسی صحبت می‌کنیم چون برام راحت‌تره.» کارلا گفت: «تو با خیلی از ایرانی‌ها در تماس هستی و بیشتر باهاشون فارسی صحبت می‌کنی و این روی زبان هلندیت تأثیر منفی داره. اگه تمرین نکنی، با گذشت زمان هلندیت خراب می‌شه و اگه بخوای شغل مرتبط با مدرکت پیدا کنی، صحبت کردن به هلندی یکی از شرایط اصلی هستش.» ژاک گفت: «درسته. این مدت که سر کار نرفتی و کمتر هلندی صحبت کردی، من و کارلا متوجه شدیم که زبان هلندیت نسبت به گذشته بدتر شده.» فرهاد گفت: «کاملاً درست می‌گید. باید دوباره شروع کنم.» ژاک پرسید: «فرید بهت پیشنهاد کار داد؟» فرهاد گفت: «آره. از کجا فهمیدی؟» ژاک گفت: «معمولاً فرید دنبال کسانی می‌گرده که نیاز مالی دارن و اجازهٔ کار ندارن. مثل اون‌هایی که اقامت ندارن و یا نمی‌خوان سفید فعالیت داشته باشن. فرید استخدام‌شون می‌کنه و بعد از کلی کار، پول کمی بهشون می‌ده و چون سیاه کار می‌کنن، نمی‌تونن شکایت کنن. این‌جوری کارش با حداقل دستمزد انجام می‌شه.» فرهاد گفت: «آره، بهم گفت بیا پیش من سیاه کار کن، ولی من قبول نکردم.» کارلا گفت: «کار خوبی کردی. سعی کن از حالا زندگیت رو کاملاً قانونی پایه‌ریزی کنی. درسته که فرید وارد خانوادهٔ ما شده، ولی از زمانی که پنج سال پیش اقامتش رو گرفته روزبه‌روز از فامیل ما بیشتر فاصله گرفته. الان اگه کمکی از ما بخواد تماس می‌گیره.» ژاک گفت: «من با خیلی از کارهاش موافق نیستم، ولی فقط می‌تونم نظرم رو بهش بگم که معمولاً قبول نمی‌کنه.»

بعد از جشن، زمانی که همهٔ مهمان‌ها خانهٔ پائولین را ترک کردند، لیلا، فرهاد و مژگان خسته روی مبل افتادند. فقط پائولین خسته نبود چون اصولاً برای مهمانی‌هایی که در خانه‌اش برگزار می‌شد کمکی نمی‌کرد. قبل از جشن، فرهاد با برادرش تماس

گرفته بود و او را به همراه خانواده به مهمانی دعوت کرده بود، ولی آن‌ها بهانه‌ای آوردند و به مهمانی نیامدند. لیلا هم متوجه شده بود که رابطهٔ فرهاد با برادرش اصلاً خوب نیست و هیچ‌کدام از طرفین لزومی نمی‌بینند که با هم ارتباط برقرار کنند. لیلا هیچ‌وقت سعی نکرده بود علت این مسئله را بداند و فکر می‌کرد بهتر است دخالت نکند. فقط فرهاد از لیلا خواسته بود که موضوع برادر ناتنی‌اش را به کسی نگوید.

فرهاد درحالی که از خستگی خودش را روی مبل راحتی کش و قوس می‌داد به لیلا گفت: «ای کاش آقا منصور هم با همسر و دخترش می‌اومدن. من هر وقت که می‌آم کمپ پیش تو خیلی لطف دارن.» لیلا گفت: «من خیلی اصرار کردم که بیان، ولی، می‌دونی که اون‌ها فقط به خاطر بیست و پنج روز شامل بخشش عمومی نشدن، برای همین حضورشون در این جشن خیلی براشون ناراحت‌کننده بود. بهاره گفت ناراحتی اون‌ها ممکنه شادی و جشن ما رو خراب کنه.» مژگان گفت: «واقعاً قوانین هلند خیلی مسخره‌ست. کاش به این بنده‌های خدا هم جواب می‌دادن. بیست و پنج روز که زیاد نیست.» فرهاد گفت: «مسئله بیست و پنج روز نیست. همهٔ کسانی که قبل از آوریل سال ۲۰۰۱ درخواست پناهندگی دادن، مشمول بخشش عمومی می‌شن، یعنی اگه من هم دو ماه دیرتر درخواست داده بودم، الآن مشمول قانون بخشش عمومی نمی‌شدم.» لیلا گفت: «خیلی ناراحتن. دیگه باید صبر کنن تا باز یه بخشش عمومی دیگه برای اقامت بگیرن والا ایرانی‌ها از طریق پروندهٔ خودشون نمی‌تونن اقامت بگیرن.»

تمام این صحبت‌ها به فارسی بود که برای پائولین خوشایند نبود. درهمین زمان او رو به فرهاد کرد و به هلندی گفت: «هفتهٔ دیگه روز پنج‌شنبه، گروهی که من و مژگان عضوش هستیم برای شکرگزاری این که مژگان اقامت گرفته در کلیسا یه مراسم گذاشتن. اگه تو و لیلا هم دوست دارین می‌تونید شرکت کنین.» مژگان با تعجب گفت: «مراسم برای من؟ خودم خبر ندارم.» پائولین گفت: «یادم رفته بود بهت بگم. من با

گروه صحبت کردم. قرار شد این مراسم رو برای تو برپا کنن.» مژگان گفت: «بهتر نبود اول با من مشورت می‌کردین؟» پائولین با تعجب گفت: «ولی دفعه‌های قبل هم من برنامه‌ریزی می‌کردم و بعدش تو رو در جریان می‌ذاشتم و تو همیشه موافق بودی.» مژگان گفت: «آره چون اون موقع کاری نداشتم، اما الآن هر روز برنامه دارم. باید به من می‌گفتی.» فرهاد گفت: «حالا اشکالی نداره، برنامه‌ریزی کرده. ما هم شرکت می‌کنیم.» لیلا پرسید: «ما؟ منظورت از ما کیه فرهاد؟ من کار دارم نمی‌تونم بیام. از طرفی برام جالب نیست به کلیسا برم.» فرهاد دید مژگان و لیلا بدون رعایت حال میزبانی که بیش از چهار سال فرهاد را پناه داده بود، حرف می‌زنند برای همین با لحنی محکم گفت: «اوکی، مهم نیست. من خودم می‌رم. هرکسی دوست داره بیاد.»

از آن روز به بعد برخوردهای مژگان با پائولین فرق کرده بود و این مسئله را فرهاد به‌راحتی می‌توانست ببیند. مژگان خیلی کمتر از سابق همراه پائولین به کلیسا می‌رفت و کمتر به کارهای خانه می‌رسید که قبلاً با اشتیاق انجام می‌داد. لیلا به‌ندرت به خانهٔ پائولین می‌آمد و از فرهاد می‌خواست به کمپ بیاید. تنها فرهاد بود که رفتارش با پائولین تغییری نکرده بود.

فرهاد بعد از دریافت کارت اقامت یک ساله، با آرت، دکان دانشگاه، تماس گرفت تا دربارهٔ هویت واقعی‌اش و تغییر مشخصات مدرک دانشگاهی و تطبیق آن با هویت واقعی صحبت کند. قرار ملاقات در رستوران دانشگاه بود و فرهاد می‌بایست با قطار به بردا می‌رفت. آرت به مناسبت دریافت اقامت به فرهاد تبریک گفت و یادآور شد که به صندوق کمک‌های اضطراری دانشگاه بدهکار است و باید به محض این‌که سر کار رفت، بدهی خودش را بپردازد. فرهاد گفت: «مطمئن باش که من اگر بدهی داشته باشم خودم از همه بیشتر نگرانم، پس در اولین فرصت بدهی رو پرداخت می‌کنم. ولی امروز می‌خوام دربارهٔ موضوع مهمی باهات صحبت کنم.» آرت گفت: «اگر کاری از دستم

بربیاد، خوشحال می‌شم انجام بدم.» فرهاد گفت: «امیدوارم که بتونی کمکم کنی.» بعد دربارۀ تغییر مشخصات هویت خودش توضیح داد و پرسید آیا این امکان وجود دارد که مدارک دانشگاهی خودش را با مشخصات هویتی جدید دریافت کند؟ آرت گفت: «امکانش هست ولی باید همۀ کسانی که مدرک تو رو امضا کردن پیدا کنی تا دوباره زیر مدرک جدید رو امضا کنن. البته باز هم تأکید می‌کنم که مدرکت فقط با مشخصاتی که در سایت شهرداری ثبت شده، صادر می‌شه.» فرهاد گفت: «مشخصات من در سایت شهرداری اصلاح شده و موردی نیست. یادم نیست که چه کسانی زیر مدرکم رو امضا کرده بودن. فقط به یاد دارم که دکتر فیلد هم امضا کرده بود.» آرت گفت: «در کنار استاد آموزشیت باید استاد راهنما و استاد مشاور هم مدرکت رو امضا کنن. یادت هست اساتیدت چه کسانی بودن؟» فرهاد جواب داد: «استاد آموزشم دکتر فیلد بود. نیکول در آزمایشگاه به من کمک می‌کرد و باید استاد راهنمای من بوده باشه، ولی استاد مشاورم رو به یاد ندارم. فقط می‌دونم خانمی از دانشگاه آراموس روتردام بود.» آرت گفت: «اشکالی نداره. مشخصات اساتیدت رو از آموزش دانشگاه می‌تونی بگیری. دکتر فیلد و نیکول دانشگاه هستن و می‌تونن مدرکت رو امضا کنن. استاد مشاورت رو هم پیدا می‌کنیم. باید مدرکت رو ببرم تا اون هم امضا کنه.»

بعد از حل مشکل مدرک، فرهاد و لیلا در اواخر ماه فوریه ۲۰۰۸ به شهرداری مراجعه کردند تا برای کار یا دریافت حقوق بیکاری اقدام کنند. از آنجایی که بیشتر کلماتی که استفاده می‌شدند برای لیلا نامفهوم بودند، فرهاد در کنار انجام کار خودش، نقش مترجم را بین کارمند شهرداری و لیلا انجام می‌داد. کارمندی که مسئول پروندۀ آن‌ها بود، گفت: «آدرس شما یکی نیست. یکی توی کمپ زندگی می‌کنه و دیگری توی خونه‌ای خارج از کمپ. درسته؟» فرهاد گفت: «بله، کاملاً درسته. ما برای خونه درخواست دادیم و هر وقت خونه بگیریم تصمیم داریم به صورت مشترک زندگی کنیم.» لیلا با

هلندی دست‌وپاشکسته پرسید: «کی به ما حقوق می‌دین؟» خانمی که پشت میز بود، با خنده گفت: «این دومین سؤال اکثر پناهنده‌هایی هستش که اقامت می‌گیرن. تا وقتی توی کمپ زندگی می‌کنین، همون حقوق کمپ رو دریافت می‌کنین. وقتی به خونهٔ مستقل خودتون اسباب‌کشی کردین، با توجه به وضع خانوادگی، تا زمانی که کلاس‌های زبان رو طی کنید و بتونید به کاری مشغول بشید، حقوق سوشیال از شهرداری دریافت می‌کنید.» بعد از این‌که فرهاد این حرف‌ها را برای لیلا ترجمه کرد، لیلا با بی‌حوصلگی پرسید: «ما اقامت داریم. باز هم باید همون پول کمپ رو بگیریم؟» کارمند شهرداری گفت: «شما توی کمپ خرج خونه، آب و برق و انرژی، هزینهٔ دکتر و دندان‌پزشک نمی‌دید و همهٔ این‌ها در کنار خیلی چیزهای دیگه براتون رایگانه. اما وقتی به خونهٔ خودتون برید، باید بابت همه‌چیز مثل بقیه پول بدین.» فرهاد گفت: «من توی کمپ زندگی نمی‌کنم. تکلیف من چی می‌شه؟» کارمند شهرداری در جواب فرهاد گفت: «به شما حقوق بیکاری تعلق می‌گیره تا کلاس‌های زبان رو تموم کنید و یه دورهٔ آموزشی کاری طی کنید و یه شغل پیدا کنید. به شما حداکثر سه سال حقوق بیکاری پرداخت می‌شه تا این دوره‌ها رو تموم کنید و سر کار برید. اگه در این مدت کوتاهی کنید و از موقعیتی که به شما داده می‌شه حداکثر استفاده رو نکنید، باید بدون مدرک زبان یا مدرک آموزشی وارد بازار کار بشید و بعد از سه سال حقوق بیکاری شما قطع می‌شه، مگر این‌که مشکل پزشکی داشته باشید. بدون زبان هلندی و یادگیری یه حرفه باید کارهای ساده با دستمزد کم رو بعد از اتمام سه سال انجام بدین.» فرهاد گفت: «من دوره‌های زبان رو در دانشگاه گذروندم و مدرکشم رو دارم. در دانشگاه تحصیل کردم و فارغ‌التحصیل هم شدم. الآن وضعیت من چطور می‌شه؟» کارمند شهرداری درحالی که ابروهایش را بالا می‌داد، گفت: «من تا حالا به همچین موردی برخورد نکردم. کاملاً مشخصه که از دورهٔ انتظار پناهدگیت خیلی خوب استفاده کردی.» فرهاد با خودش گفت:

«خانم خبر نداری که بیشتر این دورهٔ انتظار من زندگی مخفیانه داشتم. اگه بدونه حتماً ابروهاش رو می‌کَنه به جای این‌که بالا بده.» فرهاد لبخندی زد و گفت: «بله، من بیشتر وقتم رو توی کمپ نگذروندم و دنبال زبان و درسم بودم.» کارمند شهرداری گفت: «اگر مدارکی رو که گفتید بدید، لازم نیست این دوره‌ها رو بگذرونید. با توجه به این‌که مدرک دانشگاهی دارید، باید دنبال کاری در ارتباط با مدرک تحصیلی خودتون باشید و برای این مسئله سه سال فرصت دارید. در این مدت هم از سوشیال حقوق بیکاری دریافت می‌کنید.» لیلا به فارسی به فرهاد گفت: «چه خوب. چون خونهٔ پائولین هستی می‌تونی کلی پول جمع کنی.» فرهاد به کارمند شهرداری گفت: «من نمی‌خوام حقوق سوشیال بگیرم. می‌خوام برم سر کار. هر کاری که شد.» کارمند شهرداری گفت: «در این صورت می‌تونید خودتون دنبال کار برید و به درخواست دریافت حقوق سوشیال نیازی نیست.» لیلا فکر کرد اشتباه شنیده. رو کرد به فرهاد و پرسید: «چی داری می‌گی؟ حقوق سوشیال نمی‌خوای؟» فرهاد به فارسی به لیلا گفت: «حالا بعداً با هم صحبت می‌کنیم و تصمیم می‌گیریم. لازم نیست اینجا در موردش صحبت کنیم عزیزم.» بعد از آن فرهاد با لبخند به کارمند شهرداری گفت: «مرسی بابت همهٔ اطلاعاتی که دادین، ولی می‌خواستم بدونم اولین سؤالی که بیشتر پناهنده‌ها می‌پرسن، چی هست؟ آخه شما دومیش رو گفتین.» کارمند شهرداری با خنده گفت: «کی خونه می‌گیرن. البته حق هم دارن. مدت زیادی با دیگران زندگی کردن و از این وضعیت خسته شدن. از طرفی دریافت حقوق سوشیال بستگی به رفتن به خونهٔ شخصی داره و همه می‌خوان از نظر مالی مستقل باشن و پول‌شون رو جوری خرج کنن که دل‌شون می‌خواد.»

بعد از تشکر، فرهاد به همراه لیلا از شهرداری خارج شد. لیلا در حال دوچرخه‌سواری به فرهاد گفت: «باز دیوانه شدی فرهاد؟ همه می‌خوان حقوق سوشیال بگیرن و حالا که تو می‌تونی این حقوق رو بگیری، قبول نمی‌کنی؟» فرهاد گفت:

«عزیزم، من چند سال از حق کار کردن محروم بودم، الآن فقط می‌خوام برم سر کار. هر کاری که باشه. می‌خوام خودم پول در بیارم و دیگه از کسی پول نگیرم. نمی‌خوام سربار کسی باشم. ضمناً بهتره زبان هلندیت رو بهتر کنی چون من نمی‌تونم همه‌جا کنارت باشم و نقش مترجم رو برات بازی کنم.» لیلا به تندی گفت: «همه‌جا؟ فقط برای شهرداری بوده که تازه به خودت هم مربوط بوده که اومدی.» فرهاد گفت: «ببین عزیزم، وقتی کمپ بودی می‌گفتم کمتر فارسی صحبت کن و بیشتر با هلندی‌ها در تماس باش تا زبانت رو تقویت کنی. می‌گفتی حالا بذار اول اقامت بگیرم. الآن دیگه اقامت گرفتی. فکر نمی‌کنی دیگه وقتش شده باشه کمتر با مادر و خواهرت صحبت کنی و سعی کنی با چندتا هلندی آشنا بشی و باهاشون صحبت کنی تا زبان هلندیت بهتر بشه؟ تو می‌خوای اینجا زندگی کنی. آرش کم‌کم فارسی صحبت کردن براش سخت می‌شه و دوست داره با هلندی‌ها معاشرت داشته باشه؛ ولی زبان هلندی تو در سطحی نیست که بتونی آرش رو درک کنی.» لیلا گفت: «نمی‌دونم تو چرا گیر می‌دی به حرف زدن من با خواهر و مادرم.» فرهاد گفت: «عزیزم، من گیر نمی‌دم. حرفم اینه که اگه تو بخوای در جامعهٔ هلند ادغام بشی و پیشرفت کنی، کاری به دست بیاری که در جامعه جایگاه بالاتری داشته باشه، باید بتونی بهتر هلندی صحبت کنی.» لیلا گفت: «اگه من نخوام اون جایگاهی رو که مد نظر توئه به دست بیارم، اشکالی داره؟» فرهاد با تعجب گفت: «نه، اینجا کسی رو مجبور نمی‌کنن که درس بخونه و تلاش کنه تا جایگاه بهتری به دست بیاره. اینجا امکانات رو به تو می‌دن، ولی اجباری نیست.» لیلا گفت: «پس لطفاً بی‌خیال شو چون من واقعاً هیچ انگیزه‌ای برای بهتر کردن زبان هلندیم ندارم. با همین مقدار هم می‌تونم گلیم خودم رو از آب بکشم بیرون و با همین حد هم شغلی به دست می‌آرم. نگران من نباش.» فرهاد دیگر در این مورد با لیلا صحبت نکرد.

فصل دهم
(ادغام در جامعه)

فرهاد برای پیدا کردن کار به اولین شرکت کاریابی که در خیابان دیده بود مراجعه کرد. پس از معرفی خودش و پر کردن فرم‌های مربوطه، فردی که فرم‌ها را دریافت می‌کرد نگاهی به آن‌ها انداخت و پرسید: «شما مدرک دانشگاهی داری، ولی ما در حال حاضر شغلی نداریم که به مدرک دانشگاهی‌تون مربوط باشه.» فرهاد گفت: «مهم نیست. توی فرم‌ها نوشته‌ام که در مدت زمانی که منتظرم کاری مربوط به مدرکم پیدا بشه، نمی‌خوام بیکار باشم.» جوانی که فرم‌ها دستش بود، پرسید: «به چه کاری علاقه داری؟» فرهاد درحالی که شانه‌هایش را بالا می‌انداخت، گفت: «تا حالا بهش فکر نکردم. هر کاری که داخل تیلبورخ یا اطرافش باشه خوبه. چه کاری دارین؟» کارمند کاریابی گفت:«کار در شرکت شکلات برای بسته‌بندی، کار در ساختمان، کار در شرکت نظافتی، کار در قسمت غذاخوری شرکت‌ها. دنبال چی هستی شما؟» فرهاد جواب داد: «جوان‌تر که بودم، تابستون‌ها رستوران کار می‌کردم و بهش علاقه داشتم.

کار توی رستوران داری؟» کارمند گفت:« در رستوران نه، ولی در قسمت غذاخوری شرکت‌ها هست. مثلاً شرکت سونی برای کار در غذاخوری نیرو نیاز داره.» فرهاد پرسید: «غذاخوری شرکت چی هست؟» کارمند گفت: «محلی که پرسنل اون شرکت برای صرف ناهار و شام به اونجا می‌آن و در داخل خود شرکت هست و چون کوچیک‌تر از رستورانه، کارش هم کمتره.» فرهاد گفت: «اوکی همین‌جا خوبه.» کارمند پرسید: «چه روزی می‌تونی سر کار بری؟» فرهاد گفت: «توی فرم‌ها نوشته‌ام. همه‌روزه وقتم آزاده.» کارمند گفت: «هفتهٔ آینده با شما تماس می‌گیریم که برنامهٔ هفتگیت رو بگیری.» فرهاد گفت: «زودتر نمی‌شه؟» کارمند گفت: «از آخر هفته می‌تونی شروع کنی؟» فرهاد گفت: «زودتر چی؟» کارمند با شک پرسید: «الآن می‌تونی بری؟» فرهاد با لبخند گفت :«البته، شرکت سونی کجاست؟» کارمند گفت: «در جاده دونگن، بلدی؟» فرهاد جواب داد: «آره، من مدت‌ها در کمپ پناهندگی دونگن بودم.»

بعدازظهر همان روز فرهاد کارش را در شرکت سونی شروع کرد. با این‌که روزی سه ساعت کار می‌کرد و ساعتی حقوق می‌گرفت، بسیار خوشحال بود. او در کنار کار، از طریق کامپیوتری که در خانهٔ پائولین داشت، تلاش می‌کرد به‌عنوان آنالیست کاری در شرکت‌ها برای خودش پیدا کند، ولی با توجه به سن بالا و نداشتن تجربهٔ کاری و مشکل زبان، معمولاً در رقابت با کسانی که بیست سال از او کوچیک‌تر بودند و هلندی زبان مادری آن‌ها بود و به انگلیسی هم مسلط بودند، می‌باخت. با دریافت اولین حقوق، فرهاد ایمیلی برای ژاک و کارلا فرستاد و ضمن قدردانی از کمک مالی آن‌ها در سال‌های گذشته، اعلام کرد که چون حقوق دریافت می‌کند، دیگر لازم نیست هر ماه مبلغ را برایش واریز کنند.

تابستان سال ۲۰۰۸، یکی از شلوغ‌ترین تابستان‌ها برای فرهاد بود. در اواسط تابستان، یک آپارتمان سه‌خوابهٔ ۸۰ متری به لیلا، آرش و فرهاد پیشنهاد شد. در روز

بازدید از خانه، لیلا و فرهاد همراه فردی از سازمان خانه‌های سوشیال حضور داشتند و طبق معمول آرش حضور نداشت. لیلا از خانه راضی نبود زیرا آشپزخانه کوچک و خانه قدیمی و کوچک بود و اتاق‌خواب‌ها هم کوچک بودند و از همه مهم‌تر لیلا می‌گفت همهٔ همسایه‌ها خارجی هستند. فرهاد گفت: «عزیزم، همچین می‌گی خارجی انگار که ما هلندی هستیم. خب ما هم خارجی هستیم دیگه.» لیلا گفت: «منظور منو متوجه نشدی. بیشتر افرادی که در این آپارتمان زندگی می‌کنن از کشور آفریقا هستن که همگی بالای شش هفت تا بچه دارن. اینجا آرامش معنی نداره.» فرهاد گفت: «درست می‌گی. این ساختمون‌ها چهارده طبقه هستن و توی هر طبقه هم بیست واحد هست، در واقع مجتمعی هستش که اکثراً به پناهنده‌ها اختصاص داده می‌شه.» لیلا گفت: «اگه همسایه چپ و راستی و بالا و پایینی افراد خوبی باشن، می‌شه یک کاریش کرد.» فرهاد با لبخند گفت: «عزیزم نمی‌شه که همهٔ اطراف‌مون رو چک کنیم. تازه اگر هم چک کنیم، بعد از مدتی یکی می‌ره و یه خانوادهٔ جدید می‌آد.» خانمی که از ادارهٔ خانه‌های سوشیال مدارک دستش بود از این‌که فرهاد و لیلا به زبانی که او نمی‌فهمید به مدت طولانی با هم مشغول صحبت بودند، بدون آن‌که صحبتی با او داشته باشند، عصبانی شد و گفت: «من متوجه صحبت‌های شما نمی‌شم. لطفاً برگه‌ها رو امضا کنید و آپارتمان رو تحویل بگیرید.» لیلا رو کرد به فرهاد و پرسید: «چی می‌گه؟» فرهاد جواب داد: «از ما می‌خواد زودتر برگه‌ها روامضا کنیم و آپارتمان رو تحویل بگیریم. چون کاری داره و می‌خواد بره.» لیلا گفت: «همهٔ اشکالاتی رو که گفتم بهش بگو.» فرهاد به خانم کارمند گفت: «اما این خونه مناسب ما نیست.» خانم کارمند با تعجب گفت: «مناسب نیست؟ یعنی این خونه رو نمی‌خواین؟» فرهاد جواب داد: «نه نمی‌خوایم. اگه می‌شه یه خونه که حیاط داشته باشه و بالای ۱۲۰ متر با آشپزخونه بزرگ و...» کارمند با عصبانیت گفت: «مثل این‌که متوجه وضعیت نیستید. شما فقط یه بار حق انتخاب

خونه دارید. الآن خیلی‌ها منتظر دریافت خونه هستن. گاهی هشت سال منتظرن که همچین خونه‌ای بهشون پیشنهاد داده بشه، بعد شماها می‌گید مناسب نیست؟» فرهاد همهٔ حرف‌های کارمند را برای لیلا ترجمه کرد. لیلا که از طرز صحبت خانم کارمند ناراحت شده بود، با تندی و با زبان هلندی ناقص گفت: «شاید این خونه برای خیلی‌ها مناسب باشه، ولی برای ما مناسب نیست. اصلاً نمی‌شه توی این خونه...» فرهاد وسط حرف لیلا پرید و از خانم کارمند پرسید: «اگه ما این خونه رو رد کنیم، چه خونه‌های دیگه‌ای هستن که حق انتخاب‌شون رو داشته باشیم؟» خانم کارمند با تحکم گفت: «هیچی. هر پناهنده‌ای که اقامت دریافت می‌کنه فقط یه بار حق انتخاب خونه رو داره.» فرهاد گفت: «و اگر در انتخاب اولش خونه‌ای رو که پیشنهاد شده قبول نکنه، چی می‌شه؟» کارمند خانم مجدداً محکم گفت: «می‌ره آخر صف تا نوبتش بشه. ممکنه چند ماه تا چند سال انتظار بکشه تا نوبتش بشه.» بعد از این‌که فرهاد حرف‌های کارمند را برای لیلا ترجمه کرد، لیلا به او گفت: «داره دروغ می‌گه. من یه خانواده افغانی می‌شناسم که خونهٔ اول رو رد کردن و بعد از سه هفته یه خونهٔ خیلی بهتر، بزرگ‌تر و با حیاط بهشون دادن.» فرهاد صحبت‌های لیلا را برای کارمند توضیح داد. کارمند از این‌که به زبانی صحبت می‌شود که او هم می‌فهمد، آرام‌تر شده بود و توضیح داد: «اگه برای قبول نکردن خونه دلیل خوبی وجود داشته باشه، مثلاً دلایل پزشکی که فردی بیان کنه نمی‌تونه حتی از یه پله بالا بره، خونه‌ای که با شرایطشون منطبق باشه، بهشون پیشنهاد داده می‌شه. این چیزی که همسرت می‌گه از این موارد بوده.» فرهاد بعد از ترجمهٔ حرف‌های کارمند به لیلا گفت: «من می‌گم قبولش کنیم. دیگه نمی‌تونم انتظار بکشم. تو و آرش در کمپ، من خونهٔ پائولین، تا کی آخه؟ تازه معلوم نیست خونهٔ بعدی هم مناسب باشه. شاید بدتر از این باشه. خوبی این خونه اینه که نزدیک مرکز

شهره، جای بازی برای بچه‌ها داره.» لیلا گفت: «ما که بچهٔ کوچیک نداریم، چی می‌گی؟» فرهاد گفت: «الآن نداریم، بعداً چی؟»

بعد از امضای مدارک و قبول آپارتمان، لیلا و فرهاد با دوچرخه به یک کافه رفتند تا در هوای گرم ماه جولای یک نوشیدنی خنک بخورند. هنگام نوشیدن، لیلا گفت: «خدا کنه زودتر نوبتم بشه تا کلاس‌های زبان هلندی شهرداری رو شروع کنم. چقدر باید منتظر باشم؟» فرهاد گفت: «نمی‌دونم. معمولاً شش ماه. فکر کنم بعد از سپتامبر نوبتت بشه.» لیلا گفت: «اگه زبانم خوب بود، امروز خودم با کارمند صحبت می‌کردم و آپارتمان رو قبول نمی‌کردم و ازشون یه خونهٔ بهتر می‌گرفتم.» فرهاد با خنده گفت: «بهتر شدن زبان هلندیت رابطهٔ زیادی با رفتن به کلاس نداره. خیلی‌ها خودشون هلندی یاد گرفتن، با صحبت کردن با هلندی‌ها و هیچ‌وقت هم توی کلاس‌های زبان هلندی شرکت نکردن، مثل فرید.» لیلا گفت: «چیه؟ باز می‌خوای گیر بدی به حرف زدن من و خواهرهام و مادرم؟» فرهاد گفت: «تو اگه کلاس زبان هلندی هم بری، ولی تمرین نکنی یاد نمی‌گیری عزیزم و تمرین هلندی یعنی با هلندی‌ها صحبت کنی.» لیلا گفت: «فرهاد، عزیزم، امروز اصلاً حوصلهٔ بحث ندارم. حرفم اینه که نتونستی خونهٔ بهتری بگیری، همین.» فرهاد گفت: «یعنی من نمی‌خواستم خونهٔ بهتری بگیرم؟» لیلا گفت: «نه ولی مصمم نبودی. من اگه زبانم خوب بود، وادارش می‌کردم خونهٔ بهتری بهمون بده.» فرهاد گفت: «وادارش می‌کردی؟ یعنی دعوا می‌کردی باهاش؟» لیلا گفت: «اینجا هم مثل ایرانه. حق گرفتنی هستش، دادنی نیست. اینجا هم اگه بخوای حقت رو بگیری، باید....» فرهاد وسط صحبتش پرید و گفت: «باید مثل ایران دعوا کنی، داد بزنی، اگر هم کارِت پیش نرفت حق حساب بدی، دنبال پارتی بگردی، آره؟» لیلا جواب داد: «من اینو نگفتم.» فرهاد گفت: «عزیزم، اینجا نه پارتی‌بازی می‌کنن، نه کسی می‌تونه با زور و دعوا به قول تو

حقش رو بگیره. اگر کسی حقی داشته باشه، بدون دعوا بهش می‌دن.» لیلا گفت: «من از خیلی‌ها توی کمپ شنیدم که هلندی‌ها ترسو هستن. یه کم سرشون داد بزنی، عقب می‌کشن و حرفت رو قبول می‌کنن.» فرهاد گفت: «از کی شنیدی لیلا؟ خودت می‌دونی خیلی چیزها که در کمپ می‌شنوی واقعیت نداره. ولی با این حرف که هرچه زودتر زبان هلندی یاد بگیری به سودت هست و کاملاً موافقم، هم به سود تو و هم به سود من.» لیلا پرسید: «چرا به سود تو؟» فرهاد جواب داد: «دیگه لازم نیست در اداره‌ها یا پیش دکتر که می‌خوای بری من هم به‌عنوان مترجم بیام.» لیلا به شوخی به شانهٔ فرهاد زد و گفت: «اولاً من خودم هلندی بلدم که گلیمم رو از آب بکشم بیرون. ثانیاً بیشتر وقت‌ها آرش می‌آد کمکم، تو فقط مواقعی که برای هر دومون قرار می‌ذارن کمی کمک می‌کنی.»

ادارهٔ کاریابی برای فرهاد در چند شرکت دیگر کارهای ساعتی پیدا کرده بود، طوری که فرهاد روزی پنج ساعت سر کار بود و با دوچرخه گاهی مجبور بود از یک شرکت به شرکت دیگر برود. بعد از اسباب‌کشی باید کارهای زیادی انجام می‌شد، ولی آرش همکاری خیلی کمی در نظافت آپارتمان، اسباب‌کشی و مرتب کردن وسایل داشت. تنها کاری که انجام می‌داد مربوط به اتاق خودش بود و خیلی مصمم از لیلا و فرهاد درخواست کرد بدون اجازه به اتاقش وارد نشوند. لیلا بعد از اسباب‌کشی دوباره از فرهاد خواهش کرد وقت بیشتری برای آرش بگذارد. فرهاد توضیح داد که از آنجایی که پدر واقعی آرش نیست و رابطهٔ آن‌ها بیشتر دوستانه است و چون تجربه‌ای در تربیت فرزند ندارد، کار مشکلی در پیش خواهد داشت. لیلا به او گفت: «آرش دوازده ساله شده و سال تحصیلی جدید آخرین سال از مقطع ابتدایی اونه. برای همین سال مهمی برای آرش به حساب می‌آد چون براساس نمراتی که می‌گیره می‌تونه رشتهٔ دبیرستان رو انتخاب کنه. من که از درس‌هاش زیاد سر درنمی‌آرم. تو می‌تونی کمکش کنی؟» فرهاد

گفت: «اگه خود آرش نخواد اصلاً نمی‌شه به اجبار در درس‌هاش کمکش کنم. من چند دفعه بهش گفتم اگه مشکلی داری، می‌تونی از من کمک بگیری ولی تا الآن هرگز از من درخواست کمک نکرده.» لیلا گفت: «من خیلی نگران آیندهٔ آرش هستم. اصلاً اون انتظاری رو که از پسرم داشتم در آرش نمی‌بینم.» فرهاد گفت: «مشکل اینه که تو با همون معیارهایی که در ایران به تربیت فرزند نگاه می‌کنن، داری به آرش نگاه می‌کنی و ازش انتظار داری. اینجا یا کشورهای اروپایی دیگه تعریف بچهٔ خوب با اون چیزی که در ایران هست کلی فرق داره. اونجا به بچه‌ها یاد می‌دن که خواسته‌هاش رو سرکوب کنه. خیلی از مسائل تابو هستن و بچه‌ها اجازه ندارن درباره‌اش صحبت کنن یا چیزی بپرسن، ولی اینجا نه.» لیلا گفت: «این‌که آرش باید به من یا تو یا بقیه بزرگ‌ترها احترام بذاره، انتظار بیجایی هستش؟» فرهاد گفت: «احترام گذاشتن به بزرگ‌تر اینجا یعنی نوجوان به چیزهایی که والدینش می‌گن خوب فکر کنه. گفتم خوب فکر کنه نه این‌که قبول کنه. ولی در ایران یعنی به بزرگ‌ترهاش تو نگه و همیشه بهشون بگه شما، چیزی که اینجا اصلاً ملاک نیست و هیچ بچه‌ای به پدر و مادرش شما نمی‌گه. در مورد رفتن به دانشگاه، اینجا همهٔ والدین دوست دارن فرزندان‌شون به دانشگاه برن، ولی خود بچه هم باید بخواد یا نه؟ اگه بچه درس خوندن رو دوست نداشته باشه، هزاران راه دیگه براش وجود داره تا زندگیش رو براساس کاری که بهش علاقه داره پایه‌ریزی کنه.» لیلا گفت: «فرهاد، با من بحث فلسفی نکن. برو با آرش صحبت کن.» در هفته‌های بعد، بحث و جدل بین لیلا و آرش به برنامهٔ روزانه تبدیل شد. زمانی که در کمپ بودند، به خاطر محدودیت‌های کمپ، آرش هم محدودیت‌هایی داشت، ولی بعد از اسباب‌کشی و آغاز زندگی در خانهٔ شخصی، این محدودیت‌ها دیگر وجود نداشت. آرش مدام از لیلا برای تهیه چیزهایی که لازم داشت درخواست پول می‌کرد، ولی حقوق سوشیالی که به آن‌ها داده می‌شد جوابگو نبود.

در اواخر تابستان ۲۰۰۸، فرهاد توانست در یک شرکت دارویی کاری در آزمایشگاه بیولوژی به‌عنوان آنالیست پیدا کند. در واقع بدون کمک دکتر فیلد نمی‌توانست این کار را به دست بیاورد. در رزومهٔ فرهاد، نام دکتر فیلد به‌عنوان رفرنس وجود داشت و فردی که مسئول گزینش شرکت بود، از همکاران سابق دکتر فیلد بود. زمانی که فرهاد درخواست کار به شرکت داده بود، از میان پنج نفر که درخواست داده بودند، دو نفر به مصاحبه دعوت شدند، یکی فرهاد و دیگری دختری هلندی که هم‌کلاسی فرهاد بود. سه نفر با متقاضی مصاحبه می‌کردند. دنی [1] که مسئول آزمایشگاه شرکت بود و زمانی که دکتر فیلد در آن شرکت کار می‌کرد، همکارش بود. آد، مردی باسابقه که در آزمایشگاه شرکت کار می‌کرد و نفر سوم، مارک [2]، جوانی بیست‌وپنج ساله که در آزمایشگاه بیوشیمی کار می‌کرد. بعد از مصاحبه به نظر می‌رسید که هر دو کاندیدا به سؤالات مطرح شده به خوبی پاسخ دادند، هرچند سطح زبان هلندی فرهاد آشکارا از کاندید دیگر پایین‌تر بود. از آنجا که هر دو به سؤالات خوب پاسخ داده بودند، انتخاب کار دشواری شده بود. بعد از استراحتی کوتاه، موقع انتخاب نهایی رسیده بود. مارک با استخدام دختر هلندی موافق بود و مهم‌ترین دلیلش این بود که تسلط این کاندید به زبان هلندی و انگلیسی بسیار بهتر از فرهاد بود و از آنجا که یک آنالیست باید بتواند آزمایشاتی که انجام داده همراه با نتایج و تحلیل‌ها به طور مستقل به زبان هلندی و در بعضی مواقع به زبان انگلیسی گزارش کند، معتقد بود که فرهاد در این کار توانایی کافی ندارد. آد [3] با استخدام فرهاد موافق بود و استدلال می‌کرد که فرهاد از تحصیلات قبلی‌اش تجربهٔ زیادی دارد که می‌تواند در آزمایشگاه از آن‌ها استفاده کند؛

---

1 Dany
2 Mark
3 Ad

گذشته از این‌که با توجه به سن بالا، می‌تواند در برخورد با مشکلات بهتر تصمیم‌گیری کند. با این شرایط، تصمیم نهایی را باید دنی می‌گرفت و تصمیم‌گیری برای دنی مشکل بود. دنی در رزومهٔ فرهاد دیده بود که دکتر فیلد به‌عنوان رفرنس ذکر شده، برای همین با او تماس گرفت و شرایط را برایش توضیح داد. دکتر فیلد معتقد بود که اگرچه سطح زبان فرهاد نسبت به سایر هم‌کلاسی‌هایش پایین‌تر بود، ولی پشتکار و دقتی که در کارهایش داشت، باعث شده بود که پایین بودن سطح زبان را جبران کند و یکی از بهترین دانشجوها باشد. درنهایت دکتر فیلد متذکر شد که باید یک شانس به فرهاد داد تا از جایی کارش را به‌عنوان آنالیست شروع کند در غیر این‌صورت تا آخرعمرش با داشتن مدرک باید در کارهایی فعالیت می‌کرد که با مدرکش مرتبط نبودند.

با فرهاد قرارداد یک ساله بسته شد و قرار شد کارش را از بیست و دوم اوت آغاز کند. طبق قوانین شرکت، قرارداد اول یک ساله بود و بعد از پایان یک سال، در صورت رضایت قرارداد جدیدی برای دو سال بسته می‌شد و بعد از سه سال کار، در صورت رضایت، قرارداد دائمی بسته می‌شد. با وجود دریافت اقامت، فرهاد می‌دانست که در آینده مشکلات زیادی خواهد داشت، نه‌تنها در زندگی شخصی بلکه در محیط کار. با همهٔ این‌ها از این‌که از بلاتکلیفی در آمده بود، خوشحال بود.

لیلا از اواسط سپتامبر کلاس‌های زبان هلندی‌اش را آغاز کرد. آرش هم آخرین سال مقطع ابتدایی را طی می‌کرد.مژگان در اکتبر ۲۰۰۸ یک سوئیت از شهرداری در تیلبورخ دریافت کرد و او هم کلاس‌های زبانش را با لیلا می‌گذراند. کریسمس ۲۰۰۹، فرهاد و لیلا تمایل داشتند تا جشن کریسمس را در خانهٔ خودشان به اتفاق تعدادی از آشناها برگزار کنند. فرهاد پائولین را برخلاف نظر لیلا دعوت کرد. لیلا هم مژگان را دعوت کرد. فرهاد از آرش قول گرفته بود که شب کریسمس خانه باشد تا به‌عنوان یک فامیل دور هم باشند. برای اولین بار فرهاد و لیلا درخت کریسمس در

خانهٔ خودشان برپا کرده بودند. سال‌های گذشته یا حوصله نداشتند یا در خانهٔ پائولین این کار را انجام می‌دادند. ژاک و کارلا هم جزو مهمانان بودند. بعد از اسباب‌کشی، کارلا و ژاک برای دیدن خانه دعوت شده بودند، ولی این اولین باری بود که برای شام دعوت می‌شدند. سایر مهمان‌ها میراندا و لیلیان بودند که تا آن موقع غذای ایرانی نخورده بودند و خانهٔ آن‌ها را ندیده بودند. به محض ورود، میراندا گفت: «اصلاً فکر نمی‌کردم به یه خانوادهٔ سه نفره آپارتمانی به این کوچیکی بدن. بهتر نبود منتظر خونهٔ بزرگ‌تری می‌شدین؟» لیلا گفت: «ما فقط یه بار حق انتخاب داشتیم. اگه قبول نمی‌کردیم، دوباره باید مدت‌ها منتظر می‌شدیم.» فرهاد هم اضافه کرد: «با این‌که کوچیکه ولی برای من مثل قصر می‌مونه. راستش رو بخواین این اولین خونهٔ شخصی من هستش.» ژاک گفت: «منظورت چیه؟» فرهاد جواب داد: «خب تا زمانی که ایران بودم خونهٔ پدر و مادرم زندگی می‌کردم. هلند هم که کمپ بودم و بعدش خونهٔ پائولین. این اولین باره که خونه‌ای از خودم دارم برای همین هم مثل یه قصر می‌مونه برام.» همهٔ مهمان‌ها حرف فرهاد را تصدیق کردند. از آنجا که آشپزی فعالیت مورد علاقهٔ فرهاد بود، بیشتر کارهای تهیه شام را به تنهایی انجام داده بود. مژگان در آشپزخانه مشغول درست کردن سالاد بود که لیلا هم وارد آشپزخانه شد. مژگان به لیلا گفت: «واقعاً شانس آوردی. شوهرت شغل خوب که داره، آشپزی هم بلده، اخلاقشم که خوبه، دیگه چی می‌خوای؟» لیلا سینی خالی استکان‌ها را روی میز آشپزخانه گذاشت و گفت: «اونم شانس آورده.» بعد از فرهاد پرسید: «درسته؟» فرهاد با خنده گفت: «معلومه که درسته.» در همین موقع آرش از دم در آپارتمان به فارسی گفت: «من دارم می‌رم.» درِ ورودی آپارتمان تا نشیمن فاصلهٔ زیادی نداشت و سایر مهمان‌ها می‌توانستند از نشیمن درِ را ببینند. آرش درِ آپارتمان را باز کرد که برود، ولی لیلا با عجله از آشپزخانه خودش را به او رساند و بازوی آرش را گرفت. سپس با عصبانیت در گوش آرش گفت: «مگه

قول نداده بودی که شب کریسمس خونه بمونی؟» آرش با صدای بلند به فارسی گفت: «خب موندم دیگه. اگه قول نداده بودم از سر شب پیش دوستم بودم.» لیلا باز هم به آرامی گفت: «یعنی ارزش دوست‌های آشغالت از خانواده‌ات بیشتره؟» آرش درحالی که بازویش را از دست لیلا خارج می‌کرد به هلندی داد زد: «دهنت رو ببند! تو اجازه نداری به دوست‌های من توهین کنی. خوبه من هم به مهمون‌هات توهین کنم؟» با این که در آن لحظه مهمان‌ها متوجه تشنج بین لیلا و آرش شده بودند، ولی سعی می‌کردند با صحبت کردن در مورد مسائل دیگر وانمود کنند که متوجه چیزی نشده‌اند. زمانی که آرش به هلندی صحبت کرد، سکوتی حکمفرما شد و همه منتظر عکس‌العمل لیلا بودند. مژگان و فرهاد از در آشپزخانه به لیلا و آرش چشم دوخته بودند. لیلا تا آن زمان در چنین موقعیتی قرار نگرفته بود و نمی‌دانست چه‌کار کند. در چند لحظهٔ کوتاه، خاطراتش را مرور کرد که همهٔ سختی‌هایی که در ایران یا هلند تحمل کرده بود برای زندگی بهتر آرش بود. او آرزو داشت پسری داشته باشد که بتواند به او افتخار کند، باتربیت، درس‌خوان، موفق در یک یا دو رشتهٔ ورزشی و هنری، ولی حالا پسرش در دوازده سالگی جلوی مهمان‌ها این‌طور صحبت می‌کرد. فرهاد که لیلا را در موقعیت بدی می‌دید به کمک آمد. به آرش نزدیک شد و به فارسی گفت: «اوکی، برو. لازم نیست بمونی..» لیلا محکم داد زد: «نه، باید بمونه! باید جلو همه از من عذرخواهی کنه..» آرش درحالی که توجهی به مادرش نداشت از آپارتمان خارج شد. فرهاد آرام به لیلا گفت: «الآن وقتش نیست عزیزم. بریم تو آشپزخونه.» لیلا مثل یک آدم شوکه به سمت آشپزخانه رفت و روی صندلی نشست. لیوان آبی که مژگان دستش داده بود آشکارا می‌لرزید و زیر لب، مثل این‌که با فرهاد صحبت می‌کرد، زمزمه کرد: «پس کی وقتشه؟ پس کی وقتشه؟»

قبل از شام، لیلا از مهمان‌ها به خاطر برخوردی که پیش آمده بود عذرخواهی کرد. همگی سعی می‌کردند این‌طور جلوه بدهند که چنین عکس‌العمل‌هایی از بچه‌هایی در این سن و سال عادی است و بزرگ‌تر که بشوند درست می‌شوند و زیاد نباید سربه‌سر نسل جوان گذاشت. اما لیلا مطمئن بود که دیگر نمی‌تواند برخوردهای آرش را تحمل کند. بعد از صرف شام، مهمان‌ها زودتر از حالت عادی که معمولاً دو سه ساعتی بعد از شام صرف دسر و چای و صحبت کردن می‌شد، خانهٔ میزبان را ترک کردند. فقط پائولین رغبتی به رفتن نداشت و هنوز دوست داشت که با هم‌صحبتی با دیگران تنوع بیشتری در زندگی یکنواختش ایجاد کند که حالا با رفتن فرهاد و مژگان یکنواخت‌تر هم شده بود.

فردای آن روز، فرهاد از لیلا درخواست کرد تا دربارهٔ برخوردی که شب قبل رخ داده بود صحبت کنند. لیلا که معلوم بود شب قبل خوب نخوابیده، از فرهاد قرص سردرد خواست. فرهاد صلاح ندانست که در حضور آرش حرف بزنند برای همین نزدیک ظهر از لیلا خواست تا با هم به پارکی که نزدیک آپارتمان‌شان بود، بروند. فرهاد فلاکس چای با خودش برداشت و ضمن خروج از آپارتمان گفت: «تو سرمای دسامبر خوردن چای داغ خیلی می‌چسبه.» آن‌ها روی نیمکتی که رو به محوطهٔ بازی بچه‌ها بود نشستند. تقریباً هیچ‌کس در پارک نبود به همین خاطر لیلا گفت: «جز دوتا خل و چل مثل ما کس دیگه‌ای اینجا نیست.» فرهاد گفت: «خب گاهی خل و چل بودن عالمی داره. می‌دونستی من چطور تونستم این‌همه سختی رو تحمل کنم تا درسم رو تموم کنم، اقامت بگیرم و این زندگی رو بسازم؟» لیلا جواب داد: «با سردردی که دارم، اصلاً حوصلهٔ مسابقهٔ بیست سؤالی ندارم فرهاد.» فرهاد ادامه داد: «خب خودم می‌گم. سه تا عامل بهم کمک کردن تا سختی‌ها رو تحمل کنم، اولیش امید، دومیش خودت بودی و سومیش بی‌خیالی.» لیلا با تعجب گفت: «بی‌خیالی؟ چیزی که در تو نیست.

تو برای هر کارِت هزاربار تحقیق می‌کنی، سؤال جواب می‌کنی، بعد می‌گی بی‌خیالی؟»
فرهاد گفت: «آره درسته. وقتی می‌شه کاری کرد باید تفکر کرد، تلاش کرد، ولی وقتی
نمی‌شه کاری کرد و کارها دست ما نیست، ور رفتن بهش جز این‌که بهت لطمه بزنه،
سود دیگه‌ای نداره. یادمه یه روزی با ژاک و کارلا داشتم در مرکز تیلبورخ قدم می‌زدم.
فکر کنم موقعی بود که ترک خاکم اومده بود و منو از کمپ بیرون کرده بودن. من در
حال قدم زدن مسخره‌بازی درمی‌آوردم و می‌خندیدم. ژاک بهم گفت: دارن بیرونت
می‌کنن و تو داری می‌خندی؟ گفتم نخندم چی‌کار کنم؟ گریه کنم اوضاع من بهتر
می‌شه؟ نه، بدتر هم می‌شه چون روحیه‌ام خراب می‌شه.» لیلا گفت: «کار مشکلی
هستش.» فرهاد گفت: «آره، خودم گاهی نتونستم بی‌خیال بشم با این‌که می‌دونستم
باید باشم.» لیلا گفت: «تو هنوز پدر نشدی که بفهمی آدم‌ها در مقابل فرزندشون
نمی‌تونن بی‌خیال باشن، می‌فهمی؟» فرهاد گفت: «من نگفتم بی‌خیال آرش بشو،
گفتم؟» لیلا گفت: «پس منظورت چیه؟» فرهاد گفت: «ببین عزیزم، قبلاً هم گفتم
بهت که معنی تربیت در ایران و هلند فرق داره. تو در ایران به‌عنوان یه مادر یاد گرفتی
که بچهٔ باتربیت یعنی بچه‌ای که به همه سلام کنه، با احترام صحبت کنه و از همه
مهم‌تر به حرف پدر و مادرش گوش کنه. اینجا خودت دیدی که بچه‌ها پدر و مادر رو
به اسم کوچیک صدا می‌کنن، خیلی راحت به بیشتر آدم‌ها تو می‌گن و از همه مهم‌تر،
درسته که از بچه انتظار دارن در مواردی که مهم هستن و گوش نکردن به اون‌ها
ممکنه خطر جانی براشون داشته باشه، ولی در بقیه موارد به بچه‌ها فرصت می‌دن که
اون چیزی رو که فکر می‌کنن درسته انجام بدن، اشتباه کنن و از اشتباهات‌شون درس
بگیرن. این باعث می‌شه که بچه اعتمادبه‌نفس پیدا کنه، این‌که فرصت خطا و جبران
داشته باشه و تا حد امکان باید خودش اشتباهاتش رو جبران کنه، بدون کمک پدر و
مادرش، چیزی که ممکنه به نظر ما این‌جور بیاد که پدر و مادرهای هلندی اون‌قدری

که ما ایرانی‌ها بچه‌هامون رو دوست داریم، بچه‌هاشون رو دوست ندارن که این طرز فکر کاملاً غلطه.» لیلا گفت: «پس وظیفهٔ تربیتی پدر و مادر چیه؟ اگه اجازه بدیم که بچه هر کاری که دوست داره انجام بده، که به قول تو اجازهٔ خطا و جبران داشته باشه، پس نقش تربیتی ما چی می‌شه؟» فرهاد گفت: «من گفتم اجازه بدیم هر کاری دوست داره انجام بده؟ ببین من بارها دیدم که تو برای هر کاری که آرش می‌خواد انجام بده، نظر می‌دی، کنترل می‌کنی. اونم می‌ره خونهٔ دوست‌های هلندیش و می‌بینه که برخورد مادرهاشون با تو فرق می‌کنه، اون وقت با خودش فکر می‌کنه بیش از حد داره کنترل می‌شه. نظرت رو وقتی که می‌پرسه، بگو. خودت رو در مقابل کارهایی که داره انجام می‌ده علاقه‌مند نشون بده. یه مثال: آرش خیلی به اسکیت‌برد علاقه داشت. اول که کلی باهاش دعوا کردی که نخره. آرش هم پول‌هاش رو جمع کرد و بدون اجازهٔ تو خرید. بعد تو ازش گرفتی و نذاشتی استفاده کنه. آرش هم از راه‌های دیگه با تو لجبازی کرد و کلی اعصابت رو خورد کرد و در نهایت بهش دادی. الآن هم که انگار اصلاً نمی‌بینی که داره از اسکیت‌برد استفاده می‌کنه.» لیلا گفت: «خودت گفتی که حتی خانواده‌های هلندی هم جاهایی که می‌بینن خطرات جانی برای فرزندشون وجود داره، محکم جلوشون می‌ایستن و می‌گن نه. خب اونم بازی خطرناکی هست و من هم جلوش ایستادم.» فرهاد پرسید: «موفق شدی؟» لیلا سرش را پایین انداخت و گفت نه و بعد ادامه داد: «اگه تو کمکم می‌کردی موفق می‌شدم، ولی تو هیچ کاری نکردی.» فرهاد گفت: «برای این‌که کارِت اشتباه بود. اون هم مثل ورزش‌های دیگه خطراتی داره. به جای این‌که باهاش مخالفت کنی، می‌رفتی لباس‌های محافظتی اسکیت‌برد می‌خریدی.» لیلا گفت: «همین مونده که در کارهای خطرناک کمکش کنم.» فرهاد می‌دانست که طرز فکر کسی را نمی‌تواند با یک بار صحبت کردن عوض کند. فقط امیدوار بود حرفش روزنهٔ کوچکی در نوع نگاه لیلا نسبت به جهان تازه‌ای که در آن

قدم گذاشته بود، باز کند. فرهاد این مشکل را مثل سایر مشکلاتی که ادغام در جامعهٔ هلندی برای افراد ایجاد می‌کرد، پیش‌بینی کرده بود. زمانی که پناهنده‌ها در کمپ هستند، با این‌که از نظر مکانی هزاران کیلومتر با جایی که قبلاً بودند فاصله دارند، ولی چون بیشتر با هم رفت‌وآمد دارند، نظراتی را که برایشان آشنا است می‌شنوند، مشکلات ادغام در جامعهٔ جدید را لمس نمی‌کنند و بیشتر به فکر دریافت اقامت هستند. ولی بعد از اقامت، با دریافت خانه، در جامعه‌ای قدم می‌گذارند که نه‌تنها از نظر مکانی، بلکه از نظر فرهنگی هم هزاران کیلومتر با آنجایی که بودند، فاصله دارد. فرهاد می‌دانست که برای پیشرفت در جامعهٔ تازه هیچ راهی جز ادغام شدن در آن ندارند. البته اگر کسی بتواند در حین حفظ اصول زیبایی فرهنگ خودش، مزایای فرهنگی جدید را نیز به مزایای فرهنگی خودش اضافه کند، بیشترین سود را خواهد داشت. چیزی که هر روز به نظر می‌رسید کار بسیار دشواری برای همهٔ تازه‌واردها است.

از آنجایی که کلاس‌های زبان به خانهٔ لیلا و فرهاد نزدیک بود، مژگان گاهی برای صرف چای به خانهٔ آن‌ها می‌آمد. اواسط ماه مارس ۲۰۰۹، چند روزی به سال نو ایرانی، لیلا از مژگان درخواست کرد تا برای دیدن سفرهٔ هفت‌سین، بعد از کلاس زبان هلندی، به خانهٔ آن‌ها بیاید. مژگان قبول کرد و قرار شد مقداری هم هلندی با هم تمرین کنند. لیلا و مژگان ساعت۱۳ به آپارتمان رسیدند و بعد از ناهار مختصری که در هلند رایج بود، تا ساعت۱۵ به صحبت دربارهٔ سفرهٔ هفت‌سین و سپس تمرین هلندی پرداختند. فرهاد معمولاً ساعت۱۹ به خانه می‌رسید و آرش هم برای شام که معمولاً ساعت۱۹ تا۲۰ بود حتماً خانه بود. لیلا از پشت میز بلند شد و گفت: «بعد از تمرین زبان هلندی چرت، فقط یه چای می‌چسبه، موافقی؟» مژگان گفت: «نیکی و پرسش؟» لیلا با سینی چای به اتاق نشیمن برگشت و پرسید: «از اکبر خبری داری؟» مژگان گفت: «ماهی یکی دوبار با هم تلفنی صحبت می‌کنیم. حالش خوبه. خوبیش اینه که

اکبر می‌تونه خودش رو با هر شرایطی وفق بده.» لیلا پرسید: «الآن توی کدوم زندانه؟» مژگان گفت: «فنلو[1].» لیلا گفت: «چرا اونجا؟» مژگان جواب داد: «اکبر دو سال آخر قبل از زندان افتادن، در فنلو زندگی می‌کرد. اونجا کلی دوست و آشنا داره. مثل این که با یه خانم هلندی دوست شده که ده سالی از خودش بزرگ‌تره. خانمه به ملاقاتش می‌ره.» لیلا گفت: «البته به حرف‌های اکبر زیاد نمی‌شه اعتماد کرد.» مژگان گفت: «والا چه می‌دونم. خیلی حیف شد که اکبر نتونست اقامت بگیره، بعد از اون‌همه سختی. من از نزدیک دیدم که چقدر سختی کشید.» لیلا بدون مقدمه پرسید: «تو چی؟» مژگان گفت: «منظورت چیه؟» لیلا پرسید: «تو با پسری دوست نشدی؟ دختر جوون و خوشگلی مثل تو باید خیلی برای پسرها جذاب باشه.» مژگان گفت: «بعد از جریاناتی که داشتم، دیگه حالم از هرچی پسره به هم می‌خوره.» لیلا گفت: «تو خودت مقصر بودی که از روابطی که برقرار می‌کردی دنبال چیز دیگه‌ای بودی عزیزم.» مژگان که به نظر می‌رسید از حرف لیلا ناراحت شده، پرسید: «دنبال چی بودم؟» لیلا گفت: «کمپ که بودی با اون پسره هلندی رابطه برقرار کردی که اگه بهت اقامت ندادن، بتونی از طریق اون اقامت بگیری.» مژگان گفت: «اصلاً فکر نمی‌کردم فرهاد دردددل‌های من رو به تو بگه.» لیلا گفت: «عزیزم، فرهاد حرفی نزده. هنوز اون رو نشناختی؟ ولی اون رابطه اون‌قدر تابلو بود که مشخص بود برای چی دنبال پسره افتادی.» مژگان گفت: «من واقعاً دوستش داشتم، چیزی که مشکله تو بفهمی لیلا جون.» لیلا که از طرز صحبت مژگان ناراحت شده بود و می‌خواست درستی حرفش را ثابت کند، گفت: «رابطه با پائولین رو چی می‌گی؟» مژگان پرسید: «منظورت چیه؟» لیلا گفت: «تو قبلاً زمانی که خونهٔ پائولین بودی و بهش نیاز داشتی، به کلیسا می‌رفتی، حالا هر هفته نه ولی اکثر یکشنبه‌ها می‌رفتی، الآن چی؟ الآن که خونهٔ خودت زندگی

می‌کنی، باز هم به کلیسا می‌ری؟» مژگان که احساس می‌کرد به حریم خصوصی و به عقیدهٔ شخصی‌اش تجاوز شده، گفت: «نه، الآن کمتر می‌رم. شرایط ایجاب می‌کنه که آدم تحت شرایط خاصی، رفتار خاصی از خودش نشون بده. زمانی که خونهٔ پائولین بودم، وقت زیادی داشتم برای پرداختن به امور مذهبی و روحانی. الآن که خونه گرفتم باید با هزارتا مشکلی که برام پیش می‌آد سروکله بزنم و وقت کمتری دارم. می‌فهمی؟» لیلا که از بلند صحبت کردن مژگان حسابی جا خورده بود، قصد عقب‌نشینی داشت و به همین خاطر گفت: «آره می‌فهمم عزیزم. آروم باش. امور مذهبی کاملاً شخصیه و به کسی مربوط نیست.» ولی مژگان قصد عقب‌نشینی نداشت و احساس می‌کرد فقط با تلافی کردن می‌تواند عصبانیتش را آرام کند، برای همین گفت: «مثل این‌که یادت رفته ظاهر و رفتارت در کمپ با الآن چقدر متفاوت شده. در کمپ حجاب داشتی، با یه مرد غریبه با سر پایین صحبت می‌کردی، گوشت خوک نمی‌خوردی. بعد که خرت از پل گذشت، همه رو کنار گذاشتی و شدی خودِ واقعیت، چیزی که الآن هستی.» لیلا که از صحبت‌های مژگان شوکه شده بود، پرسید: «منظورت چیه خرت از پل گذشته؟» مژگان جواب داد: «خودت بهتر می‌دونی که فرهاد از بقیه مردها و پسرهای ایرانی در کمپ یک سر و گردن بالاتر بود، از نظر سواد، طرز صحبت و رفتار و... با اون کارِت تونستی یه چهرهٔ معصوم و پرهیزکار از خودت نشون بدی. چیزی که فرهاد اصلاً انتظار دیدنش رو در یه کمپ پناهندگی نداشت. بعد که عاشق تو شد، دیگه لازم نبود ظاهرفریبی کنی و ذات اصلی خودت رو نشون دادی. به قول یه خانم ایرانی که در کمپ بود، می‌گفت چطور شده که فرهاد اگر بخواد با هر دختری مجردی می‌تونه دوست بشه، عاشق یه زن طلاق‌گرفته شده.» مژگان احساس می‌کرد زیاده‌روی کرده، برای همین یک مرتبه مثل این‌که ترمزش را کشیده باشند، سکوت کرد. جرئت نداشت به چشم‌های لیلا نگاه کند و به نیمهٔ پر استکان چای خودش خیره شده بود. لیلا هم

در بد موقعیتی قرار گرفته بود. از یک طرف حرف‌هایی که به نظر خودش اصلاً صحت نداشتند به او نسبت داده شده بود و احساس می‌کرد قربانی یک حسادت کثیف زنانه شده است. از طرف دیگر، در اصول اخلاقی لیلا، مهمان جایگاه مهمی داشت و احترام به مهمان واجب بود برای همین نمی‌توانست مژگان را از خانهٔ خودش بیرون کند. از طرفی دیگر تحمل یک لحظه بودن در کنار مژگان را نداشت. بعد از چند لحظه سکوت که برای لیلا چند ساعت بود، مژگان به کمکش آمد و گفت: «من باید برم. بابت ناهار و چای ممنونم.» و سپس بدون دست دادن خداحافظی کرد و از آپارتمان خارج شد.

زمانی که فرهاد به خانه رسید، آرش در اتاق خودش مشغول بازی با کامپیوتر بود و لیلا هم در آشپزخانه مشغول تهیه سالاد بود. به محض این‌که لیلا جواب سلام فرهاد را داد، فرهاد متوجه ناراحتی او شد و دراین باره سؤال کرد. لیلا درحالی که به آرامی اشک می‌ریخت، گفت: «چیزی نیست.» فرهاد گفت: «عزیزم، داری گریه می‌کنی بعد می‌گی چیزی نیست؟ با آرش بحثت شده؟» آرش از اتاقش بیرون آمد و گفت: «نه، من کاری نکردم. از وقتی که اومدم خونه همین‌جوری بود. حالا کی غذا حاضر می‌شه مامان؟ گرسنه‌ام.» لیلا اشک‌هایش را پاک کرد و گفت: «بیست دقیقهٔ دیگه شام می‌خوریم.» آرش گفت: «اینهمه باید صبر کنم؟.» فرهاد گفت: «آرش جان، رستوران بری هم باید بیست دقیقه صبر کنی تا سفارشت آماده بشه.» آرش گفت: «مک‌دونالد من و دوستم پنج دقیقه‌ای سفارش‌مون رو تحویل می‌گیرم.» لیلا گفت: «خب پاشو برو همون مک‌دونالد غذا بخور.» آرش گفت: «پول بده برم.» فرهاد گفت: «آرش، پسر دست‌پخت مادرت رو با مک‌دونالد عوض می‌کنی؟ فکر می‌کردم برای شکمت زرنگ‌تر باشی..» آرش ساکت شد و به اتاقش رفت. فرهاد از پشت‌سر به لیلا نزدیک شد و پرسید: «نمی‌خوای بگی چی شده عزیزم؟» لیلا روی صندلی نشست و ماجرای بحثی را که با مژگان داشت، برای فرهاد تعریف کرد. فرهاد گفت: «اگه بخوای

دربارهٔ نوع نگاه و عقیدهٔ دیگران فکر کنی و خودت رو ناراحت کنی که همهٔ زندگیت خراب می‌شه. تو عقیده‌ات رو دربارهٔ مژگان گفتی و اون هم همین کار رو کرده.» لیلا وسط حرفش پرید و گفت: «خواهش می‌کنم از این دخترهٔ بی‌چشم‌ورو طرف‌داری نکن.» فرهاد گفت: «من از مژگان حمایت نمی‌کنم، می‌گم چرا خودت رو به خاطر یه دختر بی‌چشم‌ورو ناراحت می‌کنی؟» لیلا گفت: «احساس خوبی ندارم که مردم این‌جوری دربارهٔ من فکر می‌کنن.» فرهاد گفت: «همین‌طوری که تو دربارهٔ مردم فکر می‌کنی و به خودت اجازه می‌دی نظرت رو بگی، اون‌ها هم حق دارن دربارهٔ تو قضاوت کنن و نظرشون رو بگن.» لیلا گفت: «من صادقانه دربارهٔ آدم‌ها نظر می‌دم، ولی امثال مژگان از روی حسادت نظر می‌دن. می‌بینن نمی‌تونن خودشون رو بالا بکشن، تلاش می‌کنن با حرف‌هاشون بقیه رو از بالا به پایین بکشن.» فرهاد گفت: «اولاً هر کسی فکر می‌کنه صادقانه دیگران رو قضادت می‌کنه. ثانیاً حالا مگه ما بالا هستیم و مژگان پایین که بخواد تو رو پایین بکشه؟ ثالثاً بر فرض که حرف تو درست باشه، خب نذار با حرف‌هاش تو رو پایین بکشه.» لیلا پرسید: «چطوری؟» فرهاد با خنده پرسید: «از سه موردی که گفتم، همین آخریش رو شنیدی فقط؟» لیلا جواب داد: «خب همین بهم کمک می‌کنه حالم بهتر بشه.» فرهاد گفت: «اگر حرف‌هاش برات مهم نباشه، اگر حرف‌هاش تو رو ناراحت نکنه، مطمئن باش نتونسته به هدفش برسه.» لیلا گفت: «فرهاد، عجب حرفی می‌زنی؟! اگر کسی این حرف رو بهت بزنه، تو ناراحت نمی‌شی؟» فرهاد گفت: «من سعی کردم از فرهنگ هلندی چیزهای خوبش رو یاد بگیرم. یکیش اینه که زیاد به این‌جور انتقادات توجه نمی‌کنم. اگر در محل کار به کاری که یه هلندی انجام می‌ده انتقادی بشه، بهش توجه می‌کنن ولی به این‌جور حرف‌ها نه.» لیلا گفت: «حرف الکی می‌زنی.» فرهاد گفت: «چند وقت پیش یکی از همکارهام به همکار دیگه‌ام گفت که فلانی پشت‌سرت این‌جوری گفته و...فکر می‌کنی اون چی گفت؟ در

جواب گفت: این حرف‌ها رو فلانی گفته؟ ولی من این‌جور آدمی که گفته، نیستم. بعدشم بی‌خیال شد. حالا اگه ما بودیم می‌خواستیم رودررو کنیم که آیا فلانی این حرف رو گفته یا نه؟ چرا گفته؟ قصدش از این صحبت چی بوده؟ بعدشم باید می‌اومد جلو همه ازمون عذرخواهی می‌کرد. همهٔ این‌ها فکر ما رو مشغول می‌کنه. فکر ما رو خراب می‌کنه. درگیر این‌جور مسائل می‌شیم و دیگه فرصتی برای چیزهای مهم زندگی خودمون نداریم.» لیلا آهی کشید و گفت: «حالا می‌گی من چه کار کنم؟» فرهاد گفت: «اول ببین حرف مژگان چقدر برات مهمه.» لیلا جواب داد: «مژگان برام یه دوست معمولیه، پس حرفش زیاد برام مهم نیست.» فرهاد ادامه داد: «خب اگه دوست داری باهاش رابطه داشته باشی می‌تونی بهش بگی از این‌جور بحث‌ها خوشت نمی‌آد. هر دو این چیزها رو فراموش کنین. اگر هم دوست نداری باهاش ارتباط داشته باشی، بهش راحت بگو.» لیلا گفت: «خب من از افراد زیادی رو اینجا نمی‌شناسم. اگه بخوام با همین افراد هم قطع ارتباط کنم که از تنهایی دیوونه می‌شم.» فرهاد گفت: «پس باهاش قرار بذار و بهش بگو حیف دوستی ما نیست که با این حرف‌ها خراب بشه؟ بیا همه‌چیز رو فراموش کنیم، دیگه هم اجازه ندیم این‌جور مسائل باعث ناراحتی هردومون بشه.» لیلا گفت: «الآن احساس بهتری دارم.»

در شرکت، فرهاد به سرعت با محیط، طرز کار، سیستم‌ها و دستگاه‌ها آشنا می‌شد. او متوجه شده بود که همهٔ آن چیزی که در طول درسش یاد گرفته بود، مقدمه و آغازی هستند برای کسب تجربه‌های نانوشته که افراد فقط در محیط کاری می‌توانند کسب کنند. در راه کسب این تجربه، داشتن یک همکار باتجربه که حوصله و وقت و علاقه داشته باشد، به فردی مانند فرهاد کمک کند، یک فرصت استثنایی محسوب می‌شد. بعضی از همکاران فرهاد باتجربه بودند و وقت کافی برای کمک داشتند، ولی علاقه‌ای به این کار نداشتند. بعضی‌ها علاقه داشتند، اما وقت کافی نداشتند و بعضی

دیگر تجربه‌ای را نداشتند که فرهاد بتواند از آن استفاده کند. در میان همکاران فرهاد، دکتر روبرتو در زمینهٔ نحوهٔ انجام آزمایشات و نحوهٔ آنالیز نتایج به‌دست‌آمده کمک‌های زیادی به فرهاد می‌کرد. راهنمایی‌هایی که در هیچ کتابی نوشته نشده بود و اگر هم نوشته شده بود، انسان باید وقت زیادی می‌گذاشت تا همهٔ آن‌ها را یکجا به طور قابل فهمی پیدا کند. فرهاد می‌دانست که رقابت در هر شرکتی وجود دارد و با توجه به مشکل زبان و سیستم‌های کامپیوتری، می‌دانست اگر بخواهد در رقابتی سالم با همکارانش موفق باشد و در شرکت پیشرفت کند، باید از جنبه‌های دیگر شخصیتی‌اش که قوی بودند، کمک بگیرد. او امیدوار بود با یادگیری شبانه‌روزی و پشتکار، نقاط ضعف خود را جبران کند. فرهاد می‌دانست که رقابت بین کارمندان می‌تواند سالم و یا ناسالم باشد. رقابت سالم رقابتی است که با سخت‌کوشی و همکاری بین کارمندان همراه است و باعث پیشرفت افراد شرکت و در نهایت خود شرکت می‌شود، ولی گاهی رقابت می‌تواند ناسالم بشود. بدگویی پشت‌سر همکار، خراب کردن همکار جلوی رئیس و یا طوری صحبت کردن که ارزش‌های کاری همکارت را کم جلوه بدهی و ارزش کارهای خودت را بیشتر از آن چیزی که هست، همگی نشانه‌های یک رقابت ناسالم هستند، چیزی که در ایران فرهاد زیاد دیده بود و امیدوار بود در هلند رقابت سالمی بین همکاران وجود داشته باشد. شب‌های طولانی می‌شد که فرهاد دفترچهٔ یک ماشین را در دست داشت و برای درک سیستم ماشین ساعت‌ها با آن کار می‌کرد، طوری که زمان یادش می‌رفت و با زنگ موبایل لیلا و یا نگهبان شرکت که می‌خواست درهای ساختمان را ببندد، متوجه گذشت زمان می‌شد.

نه‌تنها یادگیری آزمایش‌های علمی برای پیشرفت فرهاد مهم بودند، بلکه شناخت از طرز برخورد، فضای حاکم بر شرکت و... همه و همه برای فرهاد مهم بودند و گاهی کاملاً تازگی داشتند. در یکی از روزها، فرهاد می‌بایست یک دستگاه سنگین

را به اتفاق همکارش به اتاقی منتقل می‌کرد که در طبقهٔ پایین قرار داشت. چون در اتاق‌ها قفل بود و کلید در جیب فرهاد، آن‌ها پشت در اتاق لحظه‌ای منتظر شدند تا راه‌حلی پیدا کنند. در همین هنگام، دانشجویی که در شرکت کارآموز بود، از کنار آن‌ها رد می‌شد. فرهاد صدایش کرد تا کلید اتاق را از جیبش در بیاورد، در اتاق را باز کند تا آن‌ها بتوانند دستگاه را به داخل اتاق منتقل کنند. در وقت پانزده دقیقه‌ای قهوه/چای، همکار فرهاد که خانمی از آزمایشگاه دیگر بود، به فرهاد گفت: «می‌تونم خصوصی با شما صحبت کنم؟» فرهاد قبول کرد و همکارش گفت: «از دختری که کارآموز شرکت هستش درخواست کردی دست در جیب تو بکنه؟ این کار می‌تونه برات دردساز بشه.» فرهاد با تعجب پرسید: «دردسرساز؟ چرا؟» همکارش ادامه داد: «شاید دوست نداشت دست توی جیبت کنه.» فرهاد گفت: «خب می‌تونست مخالفتش رو به من بگه.» همکارش ضمن توضیح بیشتر اصطلاحی به کار برد

(Engelish:Hrassment,Netherlands:Intimidatie) که معنی‌اش این بود که چون آن دختر دانشجوست و فرهاد کارمند شرکت، ممکن است دختر احساس کند اگر به درخواست او نه بگوید، برایش بد شود چون تو از نظر رتبه بالاتر از او هستی. فرهاد با یک اصطلاح آشنا شده بود، ولی واقعاً نمی‌دانست آن اصطلاح در مورد اتفاقی که نیم ساعت پیش افتاده صدق می‌کند یا نه. از آنجا که نمی‌خواست اتفاقی به این کوچکی برای آیندهٔ شغلی‌اش مشکلی ایجاد کند و نیز برای درک بیشتر موارد کاربرد این اصطلاح، با دنی تماس گرفت و ماجرا را تعریف کرد.

دنی ضمن توضیح بیشتردربارهٔ این اصطلاح و موارد کاربرد آن، افزود دختر دانشجو اگر واقعاً جزو آدم‌هایی باشد که عواطف نازکی دارند و به قول معروف زودرنج هستند و از طرفی حوصلهٔ پیگیری چنین مسائلی را داشته باشند، می‌تواند علیه تو شکایت کند. فرهاد کم‌کم متوجه می‌شد چیزهایی که در ایران به سادگی از کنارش

می‌گذرند و یا اگر کسی بخواهد پیگیر ماجرا شود، گوش شنوایی نیست، در هلند خیلی قوانین محکمی در این موارد وجود دارد. برعکس بعضی چیزها در هلند ساده هستند، ولی در ایران مشکل، مثلاً درخواست خرید برای آزمایشگاه. بروکراسی وحشتناک ایران واقعاً قابل مقایسه با هلند نبود. حس اطمینانی که بین افراد حاکم بود، باعث می‌شد بسیاری از درخواست‌ها، امضاها، مُهرهای تأیید و ... حذف شوند. مهم‌ترین تفاوتی که فرهاد بین فضای کاری ایران و هلند می‌دید، نحوهٔ کار کردن افراد و کیفیت کاری آن‌ها بود. فرهاد به یاد داشت که شیفت بیمارستانی هشت ساعت بود، ولی بازدهٔ مفید سه ساعتی به همراه داشت. از وقت نیم ساعت صبحانه گرفته، تا خوش‌وبش دوستان در اول صبح با کارمندان تا وقت استراحت که معلوم نبود از چه ساعتی شروع می‌شد و چقدر بود. ساعت که از ۱۱:۳۰ رد می‌شد کم‌کم به فکر انتقال کارها به شیفت بعدازظهر بودند و از ساعت دوازده دیگر شیفت صبح پذیرش انجام نمی‌داد و باید شیفت بعدازظهر می‌آمد. با این‌که شیفت کاری از هفت صبح تا ۱۳ بود، که به جای شش ساعت،هشت ساعت حساب می‌شد، از ساعت۱۲:۳۰ همه لباس عوض کرده منتظر بودند که شیفت عوض شود. با این حساب، در هر بیست و چهار ساعت کاری بخش درمان با چهار شیفت پر می‌شد، شیفت شب ازساعت ۲۰ تا مثلاً هشت صبح که دو شیفت حساب می‌شد. نه‌تنها در بخش درمان، در سایر قسمت‌ها هم راندمان کاری بسیار پایین‌تر از ساعتی بود که کارمندها در شرکت یا اداره صرف می‌کردند. اما در هلند افراد باید هشت ساعت کار مفید انجام بدهند. فرهاد از ساعت ۸:۳۰ تا ۱۷ کار می‌کرد که همین نیم ساعت بیشتر ازهشت ساعت به این خاطر بود که نیم ساعت وقت ناهار جزو ساعت کاری محسوب نمی‌شد. در این هشت ساعت کار، اگرچه ممکن بود کارمندان با یکدیگر صحبت کنند، ولی یا در وقت استراحت بود یا در زمان انجام کاری که مسئول انجامش بودند. فرهاد بسیار دیده بود که همکارش به سایرین می‌گفت که امروز حجم کار

خودش کمتر است و اگر کسی در قسمت دیگر نیازی به کمک دارد، می‌تواند کمکش کند. این حس سخت کار کردن، این‌که کسی زرنگ‌تر است که بیشتر کار کند، از چه طریق در روحیه جامعهٔ هلند دمیده شده بود، فرهاد نمی‌دانست. فرهاد یاد خاطره‌ای از یکی از دوستانش افتاد که زمانی در یک بیمارستان شخص دیگری را به جای خودش در بخش گذاشته بود. دوستش لیسانس پرستاری داشت و شب‌ها یک بهیار را در بخش مربوطه به جای خودش می‌گذاشت و نصف پولی را که می‌گرفت به آن بهیار می‌داد. با این حساب بدون این‌که کاری انجام داده باشد، نصف حقوقش را دریافت می‌کرد. زمانی که فرهاد به او اعتراض کرد، دوستش گفت: «کار مال خره.» یادآوری این خاطرات تفاوت‌هایی را به فرهاد نشان می‌داد که ریشه در خاستگاه فرهنگی داشت. زمانی که فرهاد از یکی از همکارانش پرسیده بود که بعد از جنگ جهانی دوم چطور شد که کشورهایی مانند آلمان یا هلند این‌چنین سریع بازسازی شدند و به این سطح رسیدند، همکارش جواب داده بود با کار سخت همراه با پشتکار، امید به آینده و از همه مهم‌تر اعتمادبه‌نفس. شاید اگر ما هم مثل شما و خیلی از کشورهای دیگر نفت داشتیم و می‌توانستیم به سادگی نفت یا سایر منابع طبیعی را بفروشیم و با درآمدش چیزهایی مورد نیاز را بخریم، هیچ‌گاه به فکر کار سخت نمی‌افتادیم. فرهاد مشاهده کرده بود که سخت‌کوشی، حس همکاری، کار بدون حقوق و فقط از روی علاقه و کمک به حل مشکلات در اجتماع نهادینه شده است. البته مثل همهٔ جاهای دیگر، بودن افرادی که برخلاف آنچه در جامعه نهادینه شده بود، اعتقاد داشتند. مثلاً در همسایگی فرهاد زن و مردی هلندی زندگی می‌کردند با سه فرزند که هیچ‌کدام کار نمی‌کردند و به بهانهٔ مشکلات پزشکی، حقوق سوشیال دریافت می‌کردند، ولی به دور از چشم ادارهٔ سوشیال کار می‌کردند و پول به اصطلاح سیاه دریافت می‌کردند. زمانی که فرهاد از آن‌ها پرسید که آیا این کارشان درست است، پاسخ داد که در مقابل پولی که ثروتمندان هلندی از

جامعهٔ هلند چپاول می‌کنند، پولی که آن‌ها به دست می‌آورند بسیار ناچیز است. از نظر فرهاد، پاسخ آن‌ها فقط سرپوشی بر کار اشتباهی بود که انجام می‌دادند.

با گذشت چند ماه، فرهاد به اهمیت زبان هلندی بیشتر و بیشتر پی برد. با این‌که او بالاترین مدرک زبان هلندی را که یک خارجی برای ورود به دانشگاه در هلند نیاز دارد، سال‌ها پیش گرفته بود، ولی هنوز هم زمانی که همکارانش صحبت می‌کردند، متوجه نمی‌شد. اگر درمورد کار صحبتی می‌شد، تقریباً مشکلی نداشت، ولی زمانی که برای مثال در اتاق صرف نوشیدنی یا وقت ناهار، پرسنل با هم صحبت می‌کردند، فرهاد بیش از نیمی از حرف‌هایشان را نمی‌فهمید. استفاده از اصطلاحات، استفاده از لغت‌هایی که فرهاد هیچ‌گاه نشنیده بود، استفاده از لهجه‌ای که برای فرهاد ناآشنا بود و نهایتاً سریع صحبت کردن، همه و همه دست به دست هم می‌دادند تا فرهاد در صحبت با همکارانش دچار مشکل شود. بعضی از همکاران فرهاد که علاقه داشتند با همکاری که متولد هلند نیست هم‌صحبت شوند یا از روی محبت می‌خواستند فرهاد را هم به داخل بحثی که بین همکاران بود وارد کنند، آهسته‌تر صحبت می‌کردند و از لغاتی که مطمئن بودند برای یک خارجی که زبان هلندی یاد گرفته مشکل است، استفاده نمی‌کردند. در چنین شرایطی فرهاد انگیزهٔ صحبت پیدا می‌کرد و از آنجا که می‌دانست چه موضوعاتی برای همکاران هلندی جالب هستند و یا چه موضوعاتی باعث خنده و شادی آن‌ها می‌شود، پس از چند دقیقه به‌عنوان کسی که مجلس را گرم کرده بود، شناخته می‌شد.

زمانی که همکارانی که دوست داشتند فرهاد نیز در جمع صحبت کند، حضور نداشتند، باز فرهاد به حاشیه رانده می‌شد و فقط در کنار جمع همکاران به‌عنوان شنونده‌ای که چیزی نمی‌فهمد و فقط حضور فیزیکی دارد، ساکت نظاره‌گر دیگران می‌شد. البته این قسمت زیاد مشکل نبود. زمانی که همکاران با فرهاد دربارهٔ موضوعی

غیر از کار صحبت می‌کردند و فرهاد متوجه نمی‌شد و سؤال می‌کرد که منظور چیست، همکاران می‌خندیدند و اغلب با خنده می‌گفتند: «فرهاد، مهم نیست. بی‌خیال.» فرهاد به خود می‌گفت: «با این‌که همکاران می‌دونن که من زبان هلندیم به خوبی خودشون نیست، ولی با همون لهجه، با همون سرعتی که با همکاران هلندی‌شون صحبت می‌کنن، با من هم صحبت می‌کنن و انتظار دارن من هم بفهمم. وقتی هم نمی‌فهمم، بعد با خنده می‌گن بی‌خیال شو، و یا بعضی‌ها از روی دل‌سوزی می‌گن باید زبانم رو بهتر کنم. سعی کنم با اون‌ها که صحبت می‌کنم، زبانم رو تقویت کنم.» فرهاد درچند ماه اول از این نوع برخوردها ناراحت می‌شد، ولی بعد از مدتی با خودش گفت: «زمان استراحت همه دوست دارن با کسی صحبت کنن که به راحتی بتونن حرف هم رو با کوتاه‌ترین کلمات متوجه بشن. دیگه کسی حوصله نداره از وقت استراحتش برای صحبت با منی که کج‌دار و مریز می‌فهمم، صحبت کنه.» فرهاد سعی می‌کرد به حاشیه رانده شدن خود را توسط همکارانش موجه جلوه بدهد.

البته مسئله فقط به زبان ختم نمی‌شد و بعضی از همکاران زیرک سعی می‌کردند از تفاوت‌های فرهنگی یا سطح زبان فرهاد سوءاستفاده کنند. در آخر یک سال خدمت فرهاد، یک روز دنی به فرهاد تلفن کرد و گفت می‌خواهد در دفترش با او صحبت کند. فرهاد بعد از ناهار به دفتر دنی رفت. دنی از او پرسید: «تو با کار کردن با خانم‌ها مشکلی داری؟» فرهاد با تعجب جواب داد: «مشکل؟ نه، چه مشکلی؟» دنی گفت: «آخه رزماری[1] اومده می‌گه به تو گفته یه کاری انجام بدی و مثل این‌که تو انجام ندادی. برداشت رزماری این بود که چون در ایران مردها رئیس هستن و معمولاً به زن‌ها دستور می‌دن، شاید برای تو خوشایند نباشه که درخواست یه خانم رو انجام بدی.» فرهاد چیزی را که می‌شنید باور نمی‌کرد. رزماری خانمی بود که در اتاق

---

[1] Rosmarie

شست‌وشوی وسایل آزمایشگاهی کار می‌کرد. پرسنلی که در آزمایشگاه کار می‌کردند باید وسایل کثیف را به اتاق شست‌وشو می‌بردند و رزماری آن‌ها را داخل ماشین‌های مخصوص شست‌وشو می‌گذاشت که شبیه ماشین ظرف‌شویی بود. بعد از اتمام کار ماشین، رزماری باید وسایل تمیز را به آزمایشگاه‌ها برمی‌گرداند و در قفسه‌های مرتبط می‌گذاشت. در چند هفتهٔ گذشته، زمانی که فرهاد وسایل کثیف آزمایشگاه خودش را به اتاق شست‌وشو می‌برد، رزماری که پشت کامپیوتری نشسته بود و در حال بازی کامپیوتری بود از فرهاد خواسته بود تا وسایل تمیز را که از دستگاه خارج شده بودند و روی چرخ‌دستی قرار داشتند با خودش به آزمایشگاه ببرد. فرهاد به خاطر همکاری قبول کرده بود، اگرچه می‌دانست این وظیفهٔ رزماری است. به مرور زمان درخواست رزماری بیشتر و بیشتر شده بود، طوری که هفتهٔ قبل در حال بازی با کامپیوتر از فرهاد خواسته بود که وسایل تمیز را از ماشین خارج کند و با چرخ‌دستی به آزمایشگاه خودش ببرد. فرهاد که احساس می‌کرد از حس همکاری‌اش سوءاستفاده می‌شود، خیلی صریح و روشن گفته بود که این وظیفهٔ رزماری است و از اتاق خارج شده بود. فرهاد نمی‌دانست که بعد از این ماجرا رزماری به دفتر دنی رفته و از فرهاد شکایت کرده بود به این عنوان که مردهایی که از کشورهایی مثل ایران می‌آیند نمی‌توانند با خانم‌ها همکاری کنند چون فکر می‌کنند خانم‌ها زیردست مردها هستند. فرهاد اصل ماجرا را برای دنی توضیح داد و دنی بلافاصله گفت همین حالا با هم به اتاق کار رزماری بروند. در اتاق شست‌وشو، فرهاد اصل ماجرا را دوباره برای دنی توضیح داد و سپس گفت: «من اجازه نمی‌دم شخصی از حس همکاری من سوءاستفاده کنه. اگر تو دوست داری با کامپیوتر بازی کنی و کارت رو من انجام بدم، من دوست ندارم و هیچ ربطی هم به فرهنگ ایرانی نداره. البته همین‌جا هم بگم که احترامی که در فرهنگ ایرانی به خانم‌ها گذاشته می‌شه چیزی نیست که اینجا تبلیغ می‌شه و برداشت اشتباهی ازش

داری..» همهٔ این مسائل باعث می‌شد که فرهاد کم‌کم به مشکلات کار کردن با هلندی‌ها پی ببرد. الآن فرهاد حرف یک راننده تاکسی ترک را درک می‌کرد. فرهاد از او پرسیده بود که با داشتن مدرک نقشه‌کشی ساختمان چرا با تاکسی کار می‌کنه و رانندهٔ ترک جواب داده بود که کار کردن با هلندی‌ها سخت است. البته نه با همهٔ آن‌ها، ولی بالاخره همیشه افرادی هستند که واقعاً روی اعصابت باشند.

اواخر بهار ۲۰۱۱، بعد از سه سال، فرهاد توانست قرارداد دائمی با شرکت ببندد و رسمی شود. لیلا در یک خانهٔ سالمندان به‌عنوان کسی که به نظافت اتاق‌ها رسیدگی می‌کند مشغول کار شده بود و آرش در دبیرستان مشغول تحصیل بود و منتظر بود تا هرچه سریع‌تر وارد بازار کار شود و هیچ علاقه‌ای به ادامهٔ تحصیل در دانشگاه نداشت.

شبی که فرهاد با خوشحالی وارد خانه شد تا خبر قرارداد رسمی کارش را به لیلا بگوید، لیلا هم با خوشحالی گفت: «من هم برات خبر خوبی دارم.» فرهاد از آرش دربارهٔ قرارداد کاری مادرش و این‌که لیلا بسیار خوشحال است که دیگر از نظر مالی به فرهاد وابسته نیست، شنیده بود ولی از آنجا که می‌خواست وانمود کند که از خبر لیلا سورپرایز شده، چیزی نگفت. لیلا آهسته گفت: «من حامله‌ام.» فرهاد شوکه شده بود و نمی‌دانست چه بگوید. شاید چون منتظر خبر دیگری بود، شاید چون اصلاً آمادگی پدر شدن نداشت. لیلا از این‌که فرهاد مات و مبهوت به او نگاه می‌کرد متعجب پرسید: «خوشحال نشدی؟ نکنه مثل دفعهٔ قبل ...» فرهاد وسط حرفش پرید و گفت: «نه، نه، من فکر می‌کردم می‌خوای خبراستخدام شدنت رو بهم بگی چون از آرش شنیده بودم.» لیلا جواب داد: «آره. می‌خواستم اونم بعداً بهت بگم، ولی فکر کردم اول خبر خوبی رو بگم که مهم‌تر هم هست.»

همان شب لیلا از فرهاد پرسید: «تو اصلاً بچه نمی‌خوای، نه؟» فرهاد گفت: «نه، نمی‌خوام. نه این‌که از بچه بدم بیاد. ولی فکر می‌کنم پدر شدن در این سن و سال بالا مشکلاتی داره که شاید من از عهده‌اش برنیام. اما می‌دونم حس مادری یکی از احساساتی هست که هر زنی دوست داره تجربه کنه. من اون‌قدر خودخواه نیستم که این حس رو از تو بگیرم. ولی همین الآن بگم که من فقط با یه بچه موافقم نه بیشتر.» لیلا گفت: «حالا بذار به امید خدا این بچه سالم به دنیا بیاد. فرهاد، برای تو فرقی داره که دختر باشه یا پسر؟» فرهاد گفت: «اصلاً فرقی نداره. فقط سالم باشه. همین مهمه.» فرهاد از خطرات حاملگی در سن بالا و این‌که احتمال دارد بچه با مشکلات ژنتیکی مهمی به دنیا بیاد چیزهایی شنیده بود برای همین به اتفاق لیلا با دکتر قرار ملاقات گذاشت. دکتر بعد از این‌که نگرانی‌های فرهاد را شنید، گفت: «حاملگی بالای سی‌وپنج سال خطرات بیشتری برای بچه و مادر به همراه داره و هرچه سن مادر بیشتر بشه، این خطرات هم بیشتر می‌شه.» فرهاد پرسید: «من فقط می‌خوام بدونم با توجه به این‌که من چهل‌وهفت سالمه و همسرم چهل سالشه، امکان داره که بچهٔ ما ناقص‌الخلقه باشه؟ ممکنه بچهٔ ما هوشش کمتر از سایر بچه‌ها باشه؟» دکتر گفت: «من پیشگو نیستم و هیچ‌کس نمی‌تونه بگه که بچه یه مادر بیست‌وپنج ساله سالم‌تر و باهوش‌تر از بچهٔ یه مادر چهل ساله‌ست. من فقط دربارهٔ احتمالات صحبت می‌کنم. من می‌گم هرچه سن مادر از سی‌وپنج سال بالاتر بره، احتمال این‌که بچه دارای نقص عضو باشه، بیشتر می‌شه. در ماه دوم حاملگی آزمایشاتی هست که می‌تونه مشخص کنه احتمال این‌که جنین به یکی از دوازده مورد شناخته‌شدهٔ عقب‌موندگی مبتلا باشه، چه میزان هست. البته همهٔ مادران درخواست نمی‌دن که این آزمایش‌ها رو انجام بدن. فکر کنید به پدر و مادری گفته بشه جنین به احتمال زیاد به یکی از بیماری‌ها مبتلاست. تازه اولِ شروع مشکلاته چون تصمیم به ختم دادن حاملگی برای همه آسون نیست.»

به درخواست لیلا و فرهاد آزمایش‌های ژنتیکی در هفته‌های بعدی انجام شد و نتایج نشان می‌داد که احتمال مبتلا شدن جنین به مشکلات ژنتیکی شناخته‌شده بیشتر از حد معمول نیست. با این‌که نتایج خوشحال‌کننده بود، ولی فرهاد هنوز نگران بود، مخصوصاً از این‌که وقتی در جبهه بود، مجروح شیمیایی شده بود و می‌دانست که ممکن است این مسئله در چنین افرادی اثرات نامطلوبی داشته باشد. لیلا مجدداً یاد حرف ژاک افتاد و به فرهاد یادآوری کرد که باز هم دارد زیادی فکر می‌کند و بهتر است به خدا توکل کند.

با این‌که ساعت کاری لیلا هر روز از ساعت نه صبح تا دوازده ظهر بود، ولی بعضی از روزها به علت حالت تهوع مجبور می‌شد زودتر به خانه برگردد. با این‌که هوا رسیدن تابستان را نوید می‌داد، ولی لیلا اگر فعالیتی می‌کرد دچار حالت تهوع می‌شد بنابراین مجبور بود بیشتر ساعت روز را در خانه استراحت کند. تحمل این‌که تنها بدون انجام کار در خانه بنشیند، برایش سخت شده بود. در خودش تفاوت‌ها را حس می‌کرد. قبلاً که کار نمی‌کرد، مخصوصاً زمانی که در کمپ بود، می‌توانست به راحتی بیکاری را تحمل کند، ولی در یکی دو سال گذشته که وارد بازار کار شده بود، تحمل بیکاری برایش سخت شده بود. به‌خصوص که تنها می‌بایست در خانه منتظر برگشتن آرش و فرهاد می‌نشست. به یاد مژگان افتاد که بعد از اتمام کلاس‌های زبان هلندی خیلی کم با هم رابطه داشتند. به مژگان زنگ زد و دعوتش کرد تا بعدازظهر به خانهٔ آن‌ها بیاید. مژگان با لباس‌های شیک و آرایش معمولی واقعاً زیبا به نظر می‌رسید طوری که لیلا به محض دیدنش گفت: «تو چقدر گرفتن اقامت بهت ساخته!» بعد دست مژگان را گرفت تا چرخی بزند و لیلا از پشت‌سر هم بتواند او را ببیند. وقتی لیلا موضوع حاملگی خودش را گفت، مژگان او را درآغوش کشید و ضمن تبریک، برای بچه آرزوی سلامتی کرد. لیلا گفت: «خب کم‌پیدا هستی. بگو ببینم چی‌کار می‌کنی؟» مژگان گفت:

«بعد از کلاس هلندی رفتم دانشگاه. الآنم دارم دندان‌پزشکی می‌خونم.» لیلا با تعجب گفت: «دندان‌پزشکی؟ به‌به، چه رشتهٔ خوبی. ولی برای دانشگاه باید مدرک زبان هلندی ان‌تی۲ داشته باشی. کلاس زبانی که با هم بودیم، حداکثر ان‌تی۱ می‌داد.» مژگان گفت: «آره ولی من بعدش ادامه دادم و ان‌تی۲ رو هم گرفتم.» لیلا گفت: «کدوم دانشگاه درس می‌خونی؟» مژگان گفت: «شهر ایندهون[1] می‌رم. با قطار بیست دقیقه راهه.» لیلا درحالی که چای را جلوی مژگان می‌گذاشت، پرسید: «از اکبر خبری داری؟» مژگان گفت: «آره. از زندان آزاد شده. الآنم تو فنلو با همون خانم هلندی زندگی می‌کنه.» لیلا گفت: «اقامت که نداره، نه؟» مژگان جواب داد: «نه، به خاطر زندان نتونسته از بخشش عمومی استفاده کنه.» لیلا پرسید: «پس بدون اقامت چی‌کار می‌کنه؟» مژگان گفت: «گفتم که، داره زندگی می‌کنه. من یه ماه پیش رفتم دیدمش، خونهٔ همون خانمه. اکبر می‌گه خانمه ده سال از خودش بزرگ‌تره، ولی من فکر می‌کنم بیست سالی از اکبر بزرگ‌تر باشه چون چهره‌اش خیلی بیشتر نشون می‌ده. پشت‌سرهم سیگار می‌کشید. همون یک ساعتی که خونهٔ خانمه بودم به اکبر به فارسی گفتم اگه این خانم به فکر خودش نیست به فکر ما باشه که داریم از دود سیگار خفه می‌شیم. اکبر هم گفت خونهٔ خودشه و من نمی‌تونم چیزی بهش بگم. نمی‌دونم اکبر چه جوری باهاش زندگی می‌کنه چون نه قیافه داره نه پول‌داره. از اون هلندی‌هایی هستش که از اول عمرشون سوشیال می‌گیرن و فقط فس‌فس سیگار دود می‌کنن.» لیلا گفت: «خب اکبر چاره‌ای نداره. بدون اقامت باید بره توی خیابون بخوابه. باز خوبه که همون خانم بهش اجازه داده که خونه‌اش زندگی کنه. تو بهش نگفتی بیاد پیش تو زندگی کنه؟» مژگان گفت: «یه بار گفتم. البته از ته دلم نگفتم. آخه اکبر اگه بیاد دیگه حریم

خصوصی ندارم. مثل این‌که اکبر هم فهمید دارم تعارف الکی می‌کنم بهش. خودش گفت نه، خونهٔ این خانمه راحته. راستی لیلا، تو کجا کار می‌کنی؟» لیلا گفت: «خانه سالمندان کار می‌کنم.» مژگان پرسید: «چی‌کار می‌کنی؟» لیلا جواب داد: «اتاق‌های سالمندان رو نظافت می‌کنم، باهاشون صحبت می‌کنم، اگر دوست داشته باشن براشون قهوه یا چای میارم.» مژگان با تعجب پرسید: «یعنی نظافت‌چی هستی؟» لیلا گفت: «من به تمیز کردن کف اتاق، دیوار، سرویس بهداشتی و خالی کردن سطل آشغال‌ها کاری ندارم. این کارها رو نظافت‌چی‌هایی که استخدام شرکت‌های دیگه هستن انجام می‌دن.» مژگان گفت: «راضی هستی از کارت؟» لیلا گفت: «آره. خداروشکر. همین که رسمی شدم می‌تونم برای زندگیم برنامه‌ریزی کنم. دیگه از نظر مالی هم به فرهاد وابسته نیستم. البته هنوز هم فرهاد بیشتر مخارج رو می‌ده چون من پانزده ساعت در هفته کار می‌کنم.» مژگان گفت: «با این وضعیتی که داری چرا داری درخواست مرخصی استعلاجی نمی‌کنی؟» لیلا گفت: «همیشه که مریض نیستم. گاهی حالت تهوعم زیاد می‌شه طوری که نمی‌تونم به کارم ادامه بدم و می‌آم خونه، مثل امروز.» مژگان گفت: «لیلا، تو دیوونه‌ای. آدم‌های سالم خودشون رو به مریضی می‌زنن که سر کار نرن، بعد تو مریضی می‌گی گاهی مریض هستی. با این وضعیتی که تو داری بهترین موقعیت برای گرفتن استعلاجیه.» لیلا گفت: «نمی‌خوام فکر کنن که دارم از موقعیتم سوءاستفاده می‌کنم. همین‌جوری هم بعضی‌ها می‌گن خارجی‌ها کار نمی‌کنن.» مژگان گفت: «خودِ هلندی‌ها دارن سوءاستفاده می‌کنن. همسایه من یه زن هلندیه که ده ساله داره حقوق بیکاری می‌گیره چون می‌گه مریضه، افسردگی داره و نمی‌تونه کار کنه. بعد شب‌های تعطیلی به‌عنوان راننده تاکسی سیاه کار می‌کنه.» لیلا گفت: «نمی‌دونم. حتماً دلیلی

داره که داره پول سوشیال ‹می‌گیره.» مژگان گفت: «هیچ دلیلی نداره جز بلد بودن زبان. هلندی‌ها چون زبان بلدن، از همهٔ قوانین به خوبی سر درمی‌آرن و می‌دونن برای مصاحبه در ادارهٔ سوشیال چی بگن تا بهشون پول سوشیال بدن. من و تو بلد نیستیم، برای همین حتی وقتی مریض هستیم باید کار کنیم براشون. می‌دونی از حقوق تو و فرهاد چقدر مالیات می‌گیرن؟ ۳۰ درصد مالیات می‌گیرن تا به امثال این خانم بدن که سالم و سرحال هم هست. من که امکان نداره این‌جوری سواری بدم به کسی.»

شب موقع شام، لیلا هنوز به خاطر حالت تهوع اصلاً اشتها نداشت، ولی سر میز کنار آرش و فرهاد نشست. فرهاد با آرش در حال شوخی کردن بود و به آرش می‌گفت که اگر بچه دختر باشد، آرش به‌عنوان یک برادر غیرتی اجازه نمی‌دهد هیچ پسری به خواهرش نگاه کند. آرش که از موقع خبر حاملگی مادرش کمتر با او بحث می‌کرد، پرسید: «اگه پسر بشه چی؟ می‌شه داداش من دیگه.» لیلا به جای فرهاد جواب داد: «خب اون موقع باید ازش مراقبت کنی که کسی اذیتش نکنه.» فرهاد گفت: «نه، باید خودش یاد بگیره از خودش دفاع کنه. آرش که بادیگاردش نیست. تازه، تا موقعی که برادرش بزرگ بشه، آرش رفته سر کار و پیش ما نیست.» لیلا گفت: «راستی گفتی کار. من نمی‌تونم درخواست مرخصی استعلاجی کنم؟» فرهاد گفت: «اگه مریض هستی و نمی‌تونی کار کنی، می‌تونی از مرخصی استعلاجی استفاده کنی.» لیلا پرسید: «خب پس چرا تا حالا این کار رو نکردم؟» فرهاد جواب داد: «این چند روز گذشته هر وقت سر کارت نتونستی کارت رو ادامه بدی اومدی خونه دیگه، درسته؟» لیلا گفت: «منظورم اینه که اصلاً سر کار نرم.» فرهاد گفت: «خب اگه سر صبح حالت خوب نیست، زنگ بزن بگو مریض هستی و نرو سر کارت.» لیلا گفت: «منظورم اینه که تا

---

۱ Sociale uitkering: پولی که دولت به افرادی که به خاطر دلایل موجه مانند بیماری توانایی کار ندارند، پرداخت می‌گردد تا حداقل یک زندگی معمولی رو داشته باشند.

موقع زایمان نرم سر کار.» فرهاد با تعجب نگاهی به لیلا کرد و پرسید: «یعنی اینقدر حالت خرابه؟» لیلا گفت: «نه بابا، آخه خیلی از آدمهایی که سالم هستن خودشون رو به مریضی می‌زنن که سر کار نرن، خونه می‌شینن و پول مفت می‌گیرن. حالا من که مریضم برم سر کار؟» فرهاد درحالی که قاشقش را در بشقاب می‌گذاشت گفت: «چی شده که یاد این مسائل افتادی؟» لیلا گفت: «مژگان امروز اومده بود اینجا. حوصله‌ام سر رفته بود و بهش زنگ زدم که بیاد با هم صحبت کنیم. می‌گفت همسایه‌اش که یه زن هلندی و سالمه، ده ساله که سر کار نمی‌ره و پول سوشیال می‌گیره. حالا من با این وضعیتم باید برم سر کار. خب چی می‌شه اگر منم تا موقع زایمانم خونه باشم و سوشیال بگیرم.» آرش هم خودش را قاتی بحث کرد و گفت: «زرنگ باشی می‌تونی بعد از زایمانت هم سوشیال بگیری. مادر دوستم تا دو سال بعد از زایمانش پول سوشیال می‌گرفت.» فرهاد با حالتی عصبی گفت: «این چرت‌وپرت‌ها چیه که دارین می‌گین؟ این قوانین رو گذاشتن که اگر کسی نمی‌تونه بره سر کار از گرسنگی نمی‌ره و کنار خیابان نخوابه. حالا اگه کسی از این قوانین سوءاستفاده کرد، کار درستی کرده که ما هم انجام بدیم؟ خودت می‌دونی که از‌هر ده تا حرف مژگان یکیش واقعیت نداره. تازه اگر هم واقعیت داشته باشه، مگه زن هلندی همسایه مژگان معلم اخلاق ما هستش که کارهای اون رو انجام بدیم؟» آرش درحالی که از سر میز به طرف اتاقش می‌رفت، گفت: «من نمی‌خوام برای هلندی‌ها کار کنم. می‌خوام رئیس خودم باشم.» فرهاد رو به لیلا کرد و با اشاره به در اتاق آرش گفت: «عزیزم، می‌بینی طرز تفکر نسل دوم خارجی‌ها چطوره؟ اگه من و تو این‌جوری فکر کنیم، دیگه چه انتظاری از بچه‌هامون می‌تونیم داشته باشیم؟ همین خود مژگان، الآن چی‌کار می‌کنه؟» لیلا گفت: «داره دندان‌پزشکی می‌خونه.» فرهاد با تعجب گفت: «چی گفتی؟ خودش اینو بهت گفت؟ کدوم دانشگاه؟ با کدوم مدرک زبان؟» لیلا گفت: «فرهاد، این‌قدر به همه بدبین نباش.

فکر می‌کنی فقط خودت تونستی اینجا درس بخونی؟ مدرک زبانش رو گرفته و الآن هم در دانشگاه ایندهون داره دندان‌پزشکی می‌خونه.» فرهاد گفت: «اولاً ایندهون دانشگاه دندان‌پزشکی نداره، ثانیاً برای این رشته باید مدرک دبیرستانی مطابق این رشته داشته باشی، ثالثاً باید مدارکت رو اینجا گرفته باشی با معدل بالا و از همه مهم‌تر، چون تعداد متقاضی این رشته زیاده، باید در قرعه‌کشی شرکت کنی. حالا مژگان با دیپلم ردّی هنرستان از ایران چطور تونسته وارد این رشته بشه، خدا می‌دونه.» لیلا درحالی که مشغول تمیز کردن میز شام بود، گفت: «حالا که وارد شده، چه تو خوشت بیاد و چه نیاد. راستی، می‌گفت اکبر از زندان آزاد شده و در فنلو با یه خانم هلندی زندگی می‌کنه. شماره‌اش رو هم گرفتم. اگه دوست داری بهش زنگ بزن.»

با نزدیک شدن به زمان زایمان لیلا، خیلی از کارها باید انجام می‌شد. لیلا می‌خواست از خواهر و مادرش دعوت کند تا موقع زایمان در کنارش باشند، هم برای کمک و هم برای تجدید خاطرات گذشته. تدارک دیدن اتاق بچه هم در لیست بلندبالای لیلا بود. از خرید کالسکه تا لباس و تخت‌خواب و...برای همین در یکی از روزهایی که لیلا به خاطر مشکلات بارداری در خانه بود و سر کار نرفته بود و فرهاد هم به خاطر اضافه‌کاری خانه بود، برای مخارج درخواست پول کرد. در واقع این اولین باری بود که لیلا به طور مستقیم از فرهاد درخواست پول می‌کرد. حقوقی که لیلا دریافت می‌کرد به اندازه‌ای نبود که بتواند پس‌انداز کند، هرچند خودش می‌دانست که نمی‌تواند پول پس‌انداز کند و همیشه یک هفته مانده به دریافت حقوق، دستش خالی بود. درعوض فرهاد اقتصاد بهتری داشت تا همیشه مقداری از حقوقش را پس‌انداز کند. فرهاد به لیست لیلا نگاه می‌کرد که لیلا گفت: «باید به شهرداری بریم و برای مادرم و خواهرم دعوت‌نامه بگیریم. می‌خوام یه ماه مونده به زایمانم بیان و اگر بشه تا دو ماه بعد از زایمانم اینجا باشن.» فرهاد با تعجب پرسید: «یعنی سه ماه اینجا

باشن؟» لیلا گفت: «خب آره، همهٔ ایرانی‌ها فامیل‌هاشون رو سه ماه دعوت می‌کنن، البته این‌که سفارت با سه ماه موافقت کنه یا نه بحث دیگه‌ایه. خدا کنه سفارت با ویزای سه ماهه مادرم و میترا خواهرم موافقت کنه.» فرهاد گفت: «چون میترا مجرده فکر نمی‌کنم اصلاً بهش ویزا بدن.» لیلا گفت: «میترا سی سالشه و دیگه جوون نیست. به جوون‌های هجده تا بیست ساله سخت‌گیری می‌کنن.» فرهاد گفت: «با نصف این مبلغی که نوشتی همهٔ این لیست رو می‌شه خرید.» لیلا گفت: «من میانگین قیمت‌ها رو حساب کردم.» فرهاد گفت: «خب ما با توجه به پولی که داریم خرج می‌کنیم.» لیلا پرسید: «یعنی چی؟ یعنی پول نداری؟ تو که هر ماه داری پس‌انداز می‌کنی عزیزم.» فرهاد گفت: «آره پس‌انداز می‌کنم، ولی نمی‌تونم همهٔ پس‌اندازمون رو برای مخارج زایمان بدم که عزیزم.» لیلا که معلوم بود از حرف‌های فرهاد عصبی شده، به حالت کنایه پرسید: «دوباره برای پدر و مادرت پول فرستادی؟» فرهاد با تعجب گفت: «لیلا، من کی برای اون پیرمرد و پیرزن پول فرستادم؟» لیلا گفت: «تو با اولین حقوقی که از شرکت گرفتی براشون پول نفرستادی فرهاد؟» فرهاد جواب داد: «بله فرستادم. باید می‌فرستادم. مخفی‌کاری هم نبود. به تو و آرش هم گفتم. مامان سال‌ها بود که باید برای زانوش پروتز می‌ذاشت، ولی هزینه‌اش رو نداشت. می‌دونی که اون‌ها بیمه نیستن و همهٔ مخارج رو خودشون باید بدن که...» لیلا وسط حرف فرهاد پرید و گفت: «عزیزم، فکر می‌کنی من و آرش مسئول این هستیم که مادر و پدر تو بیمه نیستن؟» فرهاد گفت: «نه ولی من باید به اون‌ها کمک می‌کردم.» لیلا درحالی که اشک در چشم‌هایش جمع شده بود، گفت: «من فکر می‌کردم تو با اولین حقوقت برای من هدیه ازدواج می‌گیری.» فرهاد گفت: «عزیزم، من که هدیه گرفتم.» لیلا گفت: «آره. بعد از این‌که یه سال پول جمع کردی و از پس‌اندازت خریدی، ولی مشکل مادرت رو با اولین حقوقت حل کردی. چرا نمی‌فهمی تفاوت این‌ها رو فرهاد؟ اگر بنا باشه من هم

به مادرم و خواهرم کمک کنم، پس دیگه من و تو پولی برای زندگی خودمون نداریم.» فرهاد گفت: «عزیزم،هر دو ما می‌تونیم از حقوقی که می‌گیریم مقداری برای خودمون پس‌انداز کنیم. دربارهٔ اون پس‌انداز هم خودمون تصمیم می‌گیریم چی‌کار کنیم. می‌تونی به مادرت کمک کنی یا برای خونه چیزی بگیری یا هدیه بخری و ...من نگفتم همهٔ پول‌مون رو بدیم برای کمک به دیگران، گفتم؟» لیلا درحالی که اشک‌هایش را پاک می‌کرد، گفت: «این بحث بی‌فایده‌ست. من فکر می‌کردم تو از مردهای دیگه بهتری و زنت رو خوب درک می‌کنی اما...» فرهاد لیلا را در آغوش گرفت و گفت: «اما حالا فهمیدی من هم یه گهی هستم مثل بقیه، آره؟» لیلا گفت: «من اینو نگفتم.» فرهاد گفت: «عزیزم، جای تأسف داره که من و تو برای پول با هم بحث می‌کنیم. نگران نباش. هزینه‌ها رو پرداخت می‌کنم.»

در اواخر سپتامبر ۲۰۱۱، مادر لیلا وارد هلند شد و لیلا توانست بعد از ده سال او را ببیند. فرهاد نگران بود که شوک این دیدار به جنین آسیب بزند، برای همین از قبل موضوع را به دکتر خبر داده بود. فرهاد اولین باری بود که از نزدیک با مادرزنش دیدار داشت، هرچند از طریق شبکه‌های اجتماعی با خانوادهٔ لیلا آشنا شده بود. با این‌که با ویزای سه ماهه مادر لیلا موافقت کرده بودند و لیلا خیلی خوشحال بود، ولی با درخواست ویزای میترا موافقت نشده بود. در سال‌های اخیر، بسیاری از کسانی که با ویزا وارد حوزهٔ شینگن می‌شدند، ضمن درخواست پناهندگی از برگشت به کشورشان خودداری می‌کردند. اکثراً جوان‌ها یا کسانی که مشکلات اقتصادی داشتند، این راه‌حل را برای ادامهٔ زندگی خود انتخاب می‌کردند، به همین خاطر هم دریافت ویزا برای کشورهایی نظیر ایران سخت شده بود.

اواخر اکتبر ۲۰۱۱، فرهاد پدر شدن را تجربه کرد. دختری با چشم‌هایی به زیبایی چشمان مادرش و رنگ پوست و لب و دهنی شبیه پدرش. یک نوزاد سالم که

نویدبخشی برای ادامهٔ زندگی مشترک لیلا و فرهاد بود. اسم نوزاد را آرمیتا[1] گذاشتند. از آنجایی که آرش با حرف الف شروع می‌شد، لیلا و فرهاد می‌خواستند اسمی انتخاب کنند که با الف شروع شود. آرمیتا در زبان فارسی ایران باستان به معنی الهه نعمت است. ازطرفی فرهاد اصرار داشت اسمی انتخاب شود که تلفظش برای هلندی‌ها آسان باشد چون می‌دانست اگر تلفظ اسم مشکل باشد، ممکن است در مدرسه یا بعدها مسخره بشود. آرمیتا کوچولو برای پدرش بسیار ارزشمند بود. فرهاد احساس می‌کرد که چکیدهٔ همهٔ سختی‌هایی که در هلند تجربه کرده بود، در وجود آرمیتا کوچولو خلاصه شده بود. در دوازده روز بعد از تولد آرمیتا، فرهاد به شهرداری رفت تا پاسپورت او را دریافت کند. زمانی که به پاسپورت نگاه می‌کرد، لبخندی بر لبانش بود، طوری که کارمندی که روبه‌رویش بود، پرسید: «به چی می‌خندی؟» فرهاد گفت: «من بعد از دوازده سال تونستم پاسپورت هلندی بگیرم، ولی این بچه بعد از دوازده روز.» کارمند گفت: «خب چون پدرش هلندیه بلافاصله پاسپورت هلندی می‌گیره، ولی تو پدرت هلندی نبوده.» در راه برگشت به خانه، فرهاد به این فکر می‌کرد که چقدر سرنوشت‌ها به طور اتفاقی نوشته می‌شوند. در همان لحظه که یک نوزاد در هلند به دنیا می‌آید، نوزادی دیگر در روستایی در ایران و نوزادی دیگر در روستایی در بیابان‌های آفریقا به دنیا می‌آید و هرکدام از آن‌ها با توجه به شرایط اطراف‌شان می‌توانند پیشرفت‌هایی داشته باشند. آیا بعد از گذشت بیست سال می‌شود این سه نفر را از نظر پیشرفت مقایسه کرد؟ مسلماً نه، چون شرایط یکسانی نداشتند.»

لیلا با توجه به مشکلات بعد از زایمان اصلاً حوصله و وقت رسیدگی به نامه‌هایی را نداشت که از طرف مدرسهٔ آرش برای والدین ارسال می‌شدند، برای همین فرهاد رسیدگی به این مسئله را به عهده گرفت. آرش دوباره با چند پسر هلندی دعوا

کرده بود و این بار قرار ملاقات در پارک نزدیک مدرسه گذاشته بودند و آرش بنا به گفتهٔ رئیس مدرسه، بینی یکی از هم‌کلاسی‌هایش را شکسته بود. فرهاد در ابتدا می‌خواست موضوع را با آرش در میان بگذارد، برای همین قرار گذاشت تا با هم بیرون بروند. آرش همان اول گفت: «ببین فرهاد، می‌دونم که بیای مدرسه و می‌دونم می‌خوای کلی نصیحت کنی، ولی از همین حالا بگم که هیچ تأثیری روی من نداره.» فرهاد گفت: «مشکل همین‌جاست که تو خودت قاضی می‌شی و آدم‌ها رو جلوجلو متهم می‌کنی و بعدشم واسه‌شون حکم می‌دی. من اصلاً نمی‌خوام تو رو نصیحت کنم. فقط می‌خواستم بدونم نظرت چیه و منم نظرم رو بگم. البته اگه برات جالب باشه.» آرش گفت: «می‌دونی، تو کلاس ما یه پسرهٔ افغانی هست که خیلی کم‌حرفه. اصلاً نمی‌تونه جواب این پسرهای هلندی پررو رو بده. اون‌ها هم فکر می‌کنن همهٔ خارجی‌ها یا به قول خودشون کله سیاه‌ها، مثل این پسر افغانی توسری خور هستن. یکی که جواب‌شون رو می‌ده، کفری می‌شن.» فرهاد پرسید: «لابد اونی که جواب‌شون رو می‌ده تو هستی، آره؟» آرش گفت: «من یا یکی دو تا از بچه‌های کلاس که یکی ترکه و یکی هم مراکشی.» فرهاد گفت: «خب تو می‌خواستی از اون پسره دفاع کنی یا می‌خواستی حرف خودت رو بزنی؟» آرش جواب داد: «اون‌ها فکر می‌کنن توی هلند رئیس هستن. ما هم می‌خوایم...» فرهاد وسط حرفش پرید و گفت: «تو هم می‌خوای بگی که خودت رئیس هستی؟» آرش گفت: «خب معلومه آره. چرا که نه؟ اصلاً کی گفته که اینجا هلندی‌ها و بچه‌های هلندی رئیس هستن و می‌تونن به ما دستور بدن؟» فرهاد گفت: «می‌دونی آرش جان، من فکر می‌کنم خیلی از بچه‌های نسل دوم، یعنی کسانی که اینجا از پدر و مادر خارجی به دنیا اومدن یا اینجا بزرگ شدن، احساس می‌کنن که در جامعهٔ هلند دیده نمی‌شن. البته در خیلی از مواقع حق هم دارن چون واقعاً دیده نمی‌شن.» آرش گفت: «ایول فرهاد، داری حرف دل ماها رو به زبون دیگه‌ای

می‌گی. حالا ما می‌خوایم بگیم نه خیر ما هستیم، خوبم هستیم، وجود داریم.» فرهاد گفت: «خب فکر می‌کنین چرا دیده نمی‌شین؟» آرش گفت: «اون‌ها نمی‌خوان ما دیده بشیم. نمی‌خوان ما حساب بشیم. می‌خوان همهٔ چیزهای خوب رو برای خودشون داشته باشن. ماشین خوب، خونهٔ خوب. فکر می‌کنن ما چون خارجی هستیم باید تو بدبختی و فلاکت باشیم و اون‌ها رئیس باشن. فکر می‌کنن همین که به ما لطف کردن گذاشتن که ما اقامت بگیریم، از سرمون هم زیاده و به خاطر همین لطف باید رئیس ما باشن.» فرهاد گفت: «خب حالا من یه چیزی بگم. اگر یه پسر به قول تو خارجی الآن خیلی خیلی زرنگ باشه، مثلاً نابغه باشه، باز هم فکر می‌کنی دیده نمی‌شه؟» آرش جواب داد: «نمی‌دونم. شاید، ولی کم.» فرهاد گفت: «من فکر می‌کنم همچین پسری می‌تونه پیشرفت‌های خوبی داشته باشه. کار خوب با حقوق خوبی به دست بیاره. خونهٔ خوب و ماشین خوب بخره و به قول تو دیده بشه.» آرش گفت: «آره ممکنه، ولی همه که نابغه نیستن. چون نیستن باید توسری‌خور باشن؟» فرهاد گفت: «من این رو گفتم؟ من گفتم پس هر آدمی می‌تونه دیده بشه به شرطی که چیزی برای دیده شدن داشته باشه. البته از راه دیگه هم می‌تونه دیده بشه، درست برعکس، مثلاً اگر الآن با چاقو بری مدرسه و ده نفر رو زخمی کنی، خب توی روزنامه‌ها عکست رو چاپ می‌کنن و دیده می‌شی. منظورم اینه که بعضی‌ها با کار خلاف، در جهت خلاف آب شنا می‌کنن تا دیده بشن.» آرش گفت: «این کار آدم‌های احمقه. جواب منو ندادی. پرسیدم همه که نابغه نیستن.» فرهاد گفت: «لازم نیست نابغه باشیم. کافیه که در یه زمینه پیشرفت خوبی داشته باشیم، ورزشی، هنری، درسی و... خوبیش اینه که از نظر قانون آدم‌ها تفاوتی با هم ندارن. یعنی اگه در یه زمینه پیشرفت کنی، جلوت رو نمی‌گیرن. نمی‌گن چون خارجی هستی اجازهٔ پیشرفت کردن نداری، درسته؟» آرش گفت: «درسته ولی من خودم خیلی حرف‌های راسیستی در جامعه میشنوم.» فرهاد گفت: «همه‌جور آدمی

همه‌جا هست. در ایران هم خیلی‌ها به افغانی‌ها حرف‌های راسیستی خیلی بدتر از اینجا می‌زنن، تازه قانون هم از همین افراد حمایت می‌کنه. می‌خوام بگم بهتر نیست به جای شکستن بینی یه پسر هلندی، در یه چیزی اون‌قدر تلاش کنی که امثال اون پسر به تو حسرت بخورن؟» آرش گفت: «حالا اگر کسی نتونست در هیچ کاری پیشرفت کنه، باید توسری‌خور بشه؟» فرهاد گفت: «اولاً این برداشت تو از صحبت‌های اون پسر هلندیه، ثانیاً می‌بینن که صحبت‌هاشون تو رو ناراحت می‌کنه و لذت می‌برن چون به نتیجه‌ای که خواستن، رسیده‌ان. یعنی تونستن تو رو تا حد جنون عصبانی کنن، ثالثاً امکان نداره کسی هیچ استعدادی نداشته باشه مگر این‌که خیلی تنبل باشه و بخواد خیلی آسون به همه‌چیز برسه. اگر واقعاً کسی باشه که هیچ کاری نکنه، نه تلاشی و نه زحمتی برای زندگیش، فکر کنم نه‌تنها هلندی‌ها نمی‌بیننش، بلکه اقوام خودش هم به حساب نمی‌آرنش. می‌دونی آرش جان، ما که به سختی اقامت گرفتیم، اغلب قدر زندگی و امکاناتی رو که اینجا بهمون داده می‌شه می‌دونیم، ولی متأسفانه نسل دوم نه. تا چشم باز کرده و همهٔ این‌ها رو داشته، قدر این زندگی در هلند رو درک نمی‌کنن.» آرش گفت: «حالا می‌آی مدرسه صحبت کنی باهاشون؟» فرهاد گفت: «آره می‌آم. صحبت‌های امروزم ربطی به اومدن نداشت. کلی صحبت کردم تا نگاهت به آینده متفاوت بشه.»

این‌که چه میزان حرف‌های فرهاد روی آرش تأثیر گذاشته بود معلوم نبود، ولی فرهاد خوشحال بود که آرش حداقل کسی را دارد که این حرف‌ها را به او بگوید، چون بعضی‌ها حتی یک بار هم این‌جور حرف‌ها را از اطرافیان خود نشنیده‌اند.

بعد از دو ماه از زایمان لیلا، مادرش به ایران برگشت و لیلا باید تنهایی از آرمیتا نگه‌داری می‌کرد. مرخصی زایمان لیلا تمام شده بود و باید به سر کار برمی‌گشت. از آنجا که فرهاد و لیلا هیچ کمکی برای نگه‌داری آرمیتا نداشتند، لیلا مجبور شد کارش

را متوقف کند. هزینهٔ مهدکودک‌ها به قدری زیاد بود که لیلا باید تمام دستمزد خود را بابت نگه‌داری از بچه می‌پرداخت. برای همین تصمیم گرفتند تا چهار سالگی آرمیتا لیلا دست از کار کردن بکشد و از زمانی که آرمیتا به دبستان رفت، دوباره شروع به کار کند. همکاران لیلا و فرهاد می‌توانستند از کمک مادربزرگ‌ها یا پدربزرگ‌ها استفاده کنند، ولی آن‌ها از این کمک محروم بودند.

سختی‌های زندگی درغربت کم‌کم نمایان می‌شد. وقتی که فرهاد و لیلا خودشان را با یک همکار هلندی مقایسه می‌کردند، متوجه می‌شدند که چقدر نسبت به آن‌ها از امکانات کمتری برخوردارند، با این‌که کاری یکسان، زحمتی یکسان و مدرک یکسانی داشتند. این‌که همه‌چیز را از صفر شروع کنی، در کنار نبودن فامیل نزدیک، کسی که بتوانی با او دردِدل کنی، سختی غربت را بیشتر می‌کرد. این‌که کسانی مثل فرهاد سال‌ها در کشور خودشان کار کردند و با مهاجرت سابقهٔ کاری‌شان کاملاً از بین می‌رود و در چهل سالگی، زمانی که تازه کارَت را شروع می‌کنی، سابقهٔ کارت با جوانی که بیست‌وپنج سال دارد و تازه شروع به کار کرده، یکسان است و چون تا زمان بازنشستگی کمتر از بقیه کار می‌کنی، پس حقوق بازنشستگی کمتری می‌گیری. این‌که همان جوان می‌تواند با وامی که از بانک می‌گیرد صاحب خانه بشود و بعد از سی سال که اقساط خانه را کامل داده باشد، صاحب یک خانه می‌شود، ولی فرهاد چون در چهل سالگی کارش را شروع کرده، این امکان برایش وجود نداشت که تمام قسط‌های بانک را تسویه کند. این‌که به خاطر ارتباطات کمتر، فرصت‌های شغلی کمتری برایت پیش می‌آید و هزاران مثال از این دست، همه و همه این حس را به فرهاد می‌داد که باید با کسانی رقابت کند که امکانات خیلی بیشتری دارند و فرهاد می‌خواهد در این رقابت عقب نماند. با سؤال و جوابی که فرهاد از قسمت کارگزینی شرکت کرده بود، معلوم شد که هیچ قانونی برای حمایت از افرادی که با دست خالی باید زندگی جدیدی را

شروع می‌کردند وجود نداشت. فرهاد می‌خواست حداقل سابقهٔ کاری خودش را در ایران به هلند منتقل کند، ولی کار بی‌فایده‌ای بود. گاهی فکر می‌کرد تنها راهی که عقب افتادن در زندگی را جبران کند، این است که ده یا پانزده سال جوان‌تر شود. کاری که ممکن نبود. حالا هم فرهاد و هم لیلا به عمری که در اقامتگاه‌های پناهندگی تلف کرده بودند، سال‌هایی که باید منتظر جواب می‌ماندند، فکر می‌کردند. زمانی یکی از همکارهای فرهاد از ایران به فرهاد گفته بود: «خوش به حالت که رفتی. اقامت هلند هم که گرفتی.» فرهاد با خودش فکر می‌کرد که هیچ‌کس، نه از فامیل نه دوست نه آشنا در ایران به این موضوع توجه ندارد که در پس این دریافت اقامت چه سختی‌ها خوابیده. بسیاری از پناهندگان بهترین سال‌های عمرشان را بیهوده در کمپ‌ها تلف می‌کردند، در انتظار اقامتی که شاید روزی بتوانند اقامت بدست بیاورند. فرهاد به این راضی بود که حداقل در طول دورانی که منتظر اقامتش بود توانسته بود زبان هلندی یاد بگیرد، درسش را بخواند، و مدرکش را بگیرد. خیلی‌ها از این دوران هیچ استفاده‌ای نمی‌کردند جز از دست دادن عمری که هرگز برنمی‌گشت.

باوجود گرفتاری‌های زیادی که فرهاد داشت، مخصوصا از زمان زایمان لیلا، بنا به درخواست میراندا، تصمیم گرفت که هفته‌ای دو ساعت به صورت رایگان در فی‌فی‌ان کار کند، مانند همان زمانی که در کمپ برای آن‌ها کار می‌کرد؛ ولی این بار به‌عنوان مترجم فارسی‌زبانان کار می‌کرد، گاهی تلفنی و گاهی داخل فی‌فی‌ان که در کمپ‌هایی اطراف تیلبورخ بود. از آنجا که فرهاد فردی شناخته‌شده برای مرکز بود و می‌دانستند که صحبت‌های ترجمه شدهٔ پناهندگان کاملاً نزد فرهاد به‌عنوان اصرار کاری محفوظ خواهد بود، پیشنهاد همکاری دادند. روزی فرهاد مترجم یک خانوادهٔ ایرانی بود که درخواست پناهندگی داده بودند. آن‌ها برای بازکردن پرونده و دریافت وکیل به مرکز آمده بودند. در ابتدای جلسه، فرهاد ضمن معرفی خود توضیح داد که

فقط کار ترجمه را انجام می‌دهد و در روند درخواست آن‌ها نقشی ندارد. در جلسهٔ تشکیل پرونده در مرکز، زن و شوهر حدوداً سی و سی‌وپنج ساله به اتفاق دو دختر پنج و هشت ساله حضور داشتند که در انتهای جلسه، ضمن تشکر از فرهاد در خارج از اتاق، از او پرسیدند که چه مدت باید منتظر جواب باشند؟ فرهاد گفت: «زمانی که من پناهنده بودم، یکی دو سال طول می‌کشید، ولی الآن مثل این‌که چند ماهه جواب می‌دن.» خانم که معلوم بود دلهرهٔ زیادی دارد، پرسید: «چقدر ما شانس جواب داریم؟» فرهاد گفت: «من نمی‌دونم چون ادارهٔ مهاجرت تصمیم‌گیرنده‌ست.» خانم مجدداً پرسید: «می‌گن این روزها به ایرانی‌ها خوب جواب می‌دن چون اونجا شلوغ شده.» فرهاد دوباره گفت: «من نمی‌دونم خانم. فقط امیدوارم جواب بگیرید.» مرد که تا آن موقع ساکت بود، گفت: «خدا کنه زودتر جواب بدن چون دیگه واقعاً طاقت‌مون تموم شده.» فرهاد با تعجب پرسید: «مگه چند وقته درخواست پناهندگی دادین؟» خانم به جای همسرش با ناراحتی جواب داد: «پنج ماه که برامون مثل پنج سال گذشته.» فرهاد با خودش گفت: «به پنج ماه می‌گن طولانیه. نمی‌دونن بعضی‌ها ده ساله اینجا هستن و هنوز جواب نگرفتن.»

بعد از ترجمه، لیلیان از فرهاد برای صرف قهوه دعوت کرد تا به منزلش که نزدیک کمپ بود بیاید و در هنگام صرف قهوه، از زندگی فرهاد پرسید. فرهاد دربارهٔ همسرش لیلا و دخترش آرمیتا که چهار ماه شده بود، صحبت کرد. ضمناً تأکید کرد که بعد از دریافت اقامت مشکلات جدیدی در زندگی یک پناهنده به وجود می‌آید که قبلاً اصلاً تصورش را هم نمی‌کردند. لیلیان گفت: «آره ولی دوران بلاتکلیفی اقامت در کمپ بسیار سخت‌تر از هر دوره‌ایه. هفتهٔ گذشته با یه پسر مجرد ایرانی قرار داشتم و مترجم تلفنی گرفته بودم. با خودش نامهٔ ادارهٔ مهاجرت رو آورده بود و من نامه‌هایی رو که جواب منفی بود براش خوندم. بعد از اون به انتخاب‌هایی هم که بعد از دریافت

جواب داشت، اشاره کردم. یک‌دفعه مثل آدم‌های دیوانه شروع کرد به خندیدن، بعد کمی گریه کرد. ضمن خنده و گریه چیزهایی می‌گفت که مترجم تلفنی نمی‌تونست متوجه بشه. بعدش به‌شدت عصبانی شد و شروع کرد به همه فحاشی کردن و وسایل روی میز رو به اطراف پرت می‌کرد. من که خیلی ترسیده بودم، از اتاق خارج شدم. رفتم در اتاقِ میراندا و به پلیس زنگ زدم.» فرهاد گفت: «قسمت‌هایی از رفتارش قابل فهمه.» لیلیان پکی به سیگار زد و گفت: «آره می‌فهمم، ولی دست من که نیست. من تکرار می‌کردم که این تصمیم ادارهٔ مهاجرته و مرکز در تصمیم‌گیری برای پروندهٔ پناهدگی نقشی نداره، ولی اصلاً حالیش نمی‌شد.» بعد از مکثی طولانی، لیلیان به فرهاد گفت: «می‌تونم یه چیزی ازت بپرسم؟ البته اگه دوست نداری می‌تونی جواب ندی.» فرهاد گفت: «سؤالت چیه؟» لیلیان گفت: «تو خودت پناهنده بودی و معنی پناهندگی رو می‌دونی، یعنی کسی که جانش در کشورش در خطره یا تحت شکنجه‌ست. فکر می‌کنی از بین پناهنده‌ها چه تعداد واقعاً پناهنده هستن و نه مهاجر اقتصادی که برای زندگی بهتر می‌خوان به اروپا بیان؟» فرهاد جواب داد: «از همهٔ ملیت‌ها در اینجا درخواست پناهندگی می‌دن. من شناختی از اوضاع کشورها ندارم.» لیلیان گفت: «منظورم پناهنده‌های ایرانیه. چند درصدشون واقعاً فکر می‌کنی پناهندهٔ واقعی هستن نه مهاجر اقتصادی؟» فرهاد با خنده گفت: «مأمورهای ادارهٔ مهاجرت که استاد تشخیص حرف دروغ از راست هستن ممکنه اشتباه تصمیم بگیرن، وای به حال من که تجربه‌ای ندارم.» لیلیان گفت: «یعنی فکر می‌کنی ادارهٔ مهاجرت اشتباه تصمیم می‌گیره؟» فرهاد جواب داد: «به‌هرحال هر انسانی ممکنه اشتباه کنه. مأموران ادارهٔ مهاجرت هم انسان هستن و صددرصد ممکنه به کسانی که واقعاً پناهنده نیستن جواب مثبت بدن و به کسانی که به حمایت نیاز دارن، جواب منفی بدن.» لیلیان گفت: «آره درسته. یک بار در تلویزیون مصاحبه با یکی از این افراد رو نگاه می‌کردم و می‌گفت که واقعاً گاهی

تشخیص این‌که چه کسی راست می‌گه و چه کسی دروغ، غیرممکنه.» فرهاد گفت: «حالا که امکان خطا هست، پس باید کسانی که منفی می‌گیرن شانس دوباره داده بشه.» لیلیان گفت: «من می‌بینم که شرایط کمپ دیپورت که مخصوص پناهنده‌هایی هستش که جواب منفی گرفتن، روزبه‌روز بدتر کردن، امکانات کمتر، اتاق‌های شلوغ‌تر، کلاً شرایط رو برای این‌جور پناهنده‌ها خیلی سخت می‌کنن تا اگر واقعاً پناهنده مشکلی نداره، برگرده به کشورش.» فرهاد گفت: «و اگه واقعاً مشکلی داره چی؟» لیلیان گفت: «خب این‌جور پناهنده‌ها چون واقعاً راه برگشتی ندارن یا اگر برگردن با مشکلات زیادی مواجه می‌شن، شرایط سخت اینجا رو هرجور که شده تحمل می‌کنن تا بالاخره جواب بگیرن، مثل خودت.» فرهاد با خنده گفت: «جالبه، تا حالا این‌جوری به این قضیه نگاه نکرده بودم.» لیلیان گفت: «من فکر می‌کنم ادارهٔ مهاجرت به کسانی که فکر می‌کنن پناهندهٔ واقعی هستن همون بار اول جواب می‌ده. کسانی که جواب منفی می‌گیرن، در شرایط سخت قرار می‌گیرن، حالا یا در کمپ دیپورت شده‌ها یا مثل تو در خیابان ول‌شون می‌کنن تا زندگی غیرقانونی رو شروع کنن. بعد از چند سال ادارهٔ مهاجرت نگاه می‌کنه ببینه کی مونده و کی رفته. خودبه‌خود کسی که مشکل نداره یا مشکل زیادی نداره، برمی‌گرده و این شرایط رو تحمل نمی‌کنه. کسانی که موندگار شدن به طرق مختلف اقامت می‌گیرن. با این روش هست که پناهندهٔ واقعی از پناهندهٔ غیرواقعی تمیز داده می‌شه.» فرهاد گفت: «روش هوشمندانه‌ای هستش، ولی یه اشکال داره.» لیلیان پرسید: «چه مشکلی داره؟» فرهاد جواب داد: «خب خیلی از پناهنده‌هایی که این شرایط سخت رو تحمل می‌کنن، بعداً که اقامت می‌گیرن دیگه از نظر روحی آدم‌های سالمی نیستن. فشار عصبی زیادی که در این مدت باید تحمل کنن، ممکنه به خیلی از اون‌ها آسیب‌های روحی و روانی جدی وارد کنه. اون‌وقت ما به کسانی اقامت می‌دیم که شاید خیلی‌هاشون دیگه آدم‌های نرمالی نیستن. با این روش آدم‌های

روانی رو وارد جامعه می‌کنیم.» لیلیان گفت: «ممکنه این حرف تو درست باشه، ولی فکر می‌کنم اکثرشون این‌جور که می‌گی نمی‌شن یا به این شدت نیستن. البته هر روشی مزایا و معایبی داره، درسته؟» فرهاد ضمن آماده شدن برای رفتن به خانه، سری به علامت مثبت تکان داد و گفت: «الآن منو نگاه کن. کاملاً روانی هستم.» و بعد هر دو با صدای بلند خندیدند.

آرمیتا یک ساله از نظر ظاهر بسیار شبیه مادرش بود، زیبا و دوست‌داشتنی، ولی روزبه‌روز نشان می‌داد که اخلاقش به فرهاد بیشتر تمایل دارد. آرش با وجود مخالفت مادرش و فرهاد به ارتش رفت تا در نیروی دریایی خدمت کند. با رفتن آرش آرامش بیشتری در خانه حکم‌فرما شد. آرش بعد از اتمام دبیرستان بیشتر وقت‌ها با دوستانش بود و کمتر در خانه حضور داشت به جز برای خواب. فرهاد به لیلا گفته بود که اگر از نظر مالی به آرش کمک کند، درحقیقت جلوی پیشرفت او را گرفته و رفتارش شبیه دوستی‌های خاله‌خرسه است. با وجوداین، لیلا هرازگاهی به صورت پنهانی به آرش کمک می‌کرد. فرهاد برای تحریک حس عزت نفس در وجود آرش گفته بود که جای تأسف دارد که دخترهای هم‌سن آرش از نظر مالی خودکفا هستند و با اجارهٔ یک اتاق از پدر و مادر خود مستقل شده‌اند، ولی آرش با این‌که پسر است، ولی هنوز پول توجیبی‌اش را مادرش به او می‌دهد. این حرف باعث شده بود تا آرش کاری در یک رستوران پیدا کند و بعد از روبه‌رو شدن با واقعیت‌های جامعه، به ارتش پیوست.

سال بعد، لیلا و فرهاد مجدداً خواهر لیلا را دعوت کردند و این بار با این‌که میترا هنوز مجرد بود، ولی برای مدت سه هفته توانست ویزا بگیرد. تابستان ۲۰۱۳، میترا وارد هلند شد و از همان روزهای اول، معلوم شد که قصد برگشت به ایران را ندارد. چیزی که فرهاد را به‌شدت عصبانی کرد. میترا با داشتن یک مدرک دانشگاهی از دانشگاهی بی‌اعتبار، هنوز نتوانسته بود شغل مناسبی پیدا کند و به‌عنوان یک دختر

مجرد با سن بالا همیشه فکر می‌کرد که اسباب همهٔ ناکامی زندگی‌اش، زندگی در ایران است. بعد از گذشت یک هفته، بعد از شام، فرهاد تلاش می‌کرد میترا رو متقاعد کند تا بعد از اتمام زمان ویزایش به ایران برگردد. فرهاد به مشکلات زندگی در کمپ، بلاتکلیفی و از همه مهم‌تر حس غربت اشاره کرد که واقعاً برای خیلی‌ها طاقت‌فرسا است. میترا برای دفاع از تصمیمش گفت: «فکر می‌کنی این‌ها رو نمی‌دونم؟» فرهاد گفت: «از من یا لیلا خواهرت این حرف‌ها رو شنیدی، ولی شنیدن کلی فرق داره با واقعیت. الآن همه می‌گن به راحتی می‌تونن تحمل کنن، ولی بعدش متوجه می‌شن این چیزهایی که فکر می‌کردن نیست.» میترا گفت: «فکر می‌کنی من از روی دلخوشی تصمیم گرفتم این کار رو بکنم؟ برام راحته که مادرم رو در ایران تنها رها کنم بیام اینجا؟ من کلی زحمت کشیدم، درس خوندم، مدرک گرفتم، ولی ده ساله که دارم کارهای دفتری انجام می‌دم و یه حقوق بخورنمیر می‌گیرم و هیچ آینده‌ای هم ندارم. این از نظر اقتصادی، از نظر اجتماعی هم که اصلاً دیگه مردم انسانیت رو فراموش کردن. هر پسری که به یه دختر نگاه می‌کنه، فقط یه منظور داره. آمار ازدواج رو دیدی؟ سال به سال جوون‌ها کمتر ازدواج می‌کنن. پسرها فقط می‌خوان با یه دختر دوست بشن و بعد که دل‌شون رو زد ولش کنن برن دنبال یکی دیگه. من هم نمی‌تونم به این‌جور رابطه‌ها تن بدم. از نظر آزادی هم که نه می‌تونی جوری که دوست داری لباس بپوشی، نه می‌تونی به‌عنوان یه جوون شاد باشی و لذت ببری. نه فرهاد جان، ایران دیگه جای زندگی نیست. جوون‌ها دارن تلف می‌شن.»

فرهاد گفت: «ببینم، از یه دانشگاه فکستنی یه مدرک گرفتی، هیچ حرفه و هنری هم که بلد نیستی، انتظار داری الآن تو یه اداره رئیس بشی و ده نفر زیر دست باشن با حقوق ومزایای بالا؟ فکر می‌کنی بر فرض محال اینجا اقامت بگیری، چه شغلی در انتظارت هست؟ می‌دونی کار لیلا چیه؟» فرهاد رو به لیلا کرد و پرسید: «به

خواهرت گفتی کارِت چیه؟» لیلا که تا آن موقع ساکت بود و معلوم بود که نه با تصمیم میترا موافق است نه مخالف، گفت: «کار من چه ربطی به میترا داره؟» با این جواب به فرهاد فهماند که کارش را به میترا نگفته و تصمیم هم ندارد بگوید. میترا گفت: «من هر کاری باشه انجام می‌دم، به شرطی که باهام مثل انسان رفتار بشه، یه زندگی خوب داشته باشم و آزاد باشم.» فرهاد درحالی که می‌خندید، گفت: «همهٔ حرف‌هات به شعار بیشتر شبیهه. واقعیت‌های دنیای پناهندگی با شعار خیلی تفاوت داره.» بعد درحالی که بلند شد برود، گفت: «فقط امیدوارم وقتی درخواست پناهندگی دادی، رو کمک من حساب نکنی. تو هم دقیقاً مثل بقیه پناهنده‌ها باید توی کمپ زندگی کنی. مثل بقیه پناهنده‌ها باید با همون پولی که بهت می‌دن زندگی کنی.» میترا با ناراحتی و بغض گفت: «نگران نباش. من مزاحم شما نمی‌شم.» لیلا گفت: «میترا جان، این چه حرفیه، مزاحمت چیه؟» قبل از این‌که فرهاد از اتاق نشیمن به اتاق خوابش برود، گفت: «در ضمن تو با دعوت‌نامه اومدی و اگه با ویزات درخواست پناهندگی بدی، ممکنه برای من و لیلا دردسر بشه. حداقلش اینه که اگر ما شخص دیگه‌ای رو دعوت کنیم بهش ویزا نمی‌دن.» میترا گفت: «تو خودت هم با ویزا اومدی اینجا و پناهنده شدی. برای کسی که تو رو دعوت کرد اتفاق بدی افتاد که تو اینجا موندی؟» فرهاد نگاه تندی به لیلا کرد و گفت: «من فکر می‌کردم می‌تونم به همسرم اعتماد کنم و خصوصی‌ترین چیزهای زندگیم رو بهش بگم.» لیلا گفت: «من فقط گفتم تو با دعوت‌نامه اومدی، ولی نگفتم کی تو رو دعوت کرده. من چیزی نگفتم چون اصلاً لازم نبود بدونه. میترا، من بهت گفتم چه کسی فرهاد رو دعوت کرده؟» میترا گفت نه، سپس رو به فرهاد کرد و ادامه داد: «حالا من هم می‌خوام همین کار رو بکنم و تو می‌گی درست نیست. مگه من می‌خوام جای تو رو اینجا تنگ کنم؟» فرهاد با عصبانیت برگشت که جواب بدهد، ولی صلاح ندید به بحث کردن ادامه بدهد. فرهاد از تجربه‌ای که از چنین افرادی

داشت، می‌دانست که بحث کردن با کسی که تصمیم خودش را گرفته کار بیهوده‌ای است. برای همین فقط نگاهش کرد و به اتاق‌خوابش رفت.

بعد از مدت‌ها بی‌خبری از مژگان، بالاخره به مناسبت ورود خواهر لیلا، مژگان برای شام فرهاد و لیلا و میترا را به خانه‌اش دعوت کرد. فرهاد به میترا گفت که فعلاً از تصمیمش برای ماندن به کسی چیزی نگوید.

خانهٔ مژگان با این که کوچک و قدیمی بود و آن را از طرف شهرداری دریافت کرده بود، ولی بسیار باظرافت، شیک و باسلیقه تزئین شده بود. در اتاق نشیمن، معلوم بود که هر چیزی با حساب و کتاب خریداری شده و با اصول و نظم معینی در جای خودش قرار گرفته است. چیدمان خانه به بیننده آرامش می‌داد چون بین تمام وسایل، از نظر رنگ دیوار تا پرده‌ها و دیگر وسایل خانه هارمونی و هماهنگی خاصی حاکم بود. زمانی که فرهاد از درس مژگان پرسید، او از داخل آشپزخانه توضیح داد که دورهٔ کمک دندان‌پزشکی را تمام کرده، ولی هنوز کاری پیدا نکرده است. لیلا آرام به فرهاد گفت: «این که می‌گفت دندان‌پزشکی می‌خونه؟» فرهاد گفت: «بی‌خیال عزیزم. من که بهت گفتم روی حرف‌های مژگان زیاد حساب باز نکن.» در همان موقع، مژگان سینی چای را روی میز گذاشت و نظر مهمان‌ها را در مورد خانه‌اش پرسید. لیلا ضمن تعریف از خانه، از مژگان پرسید: «پس الآن کجا کار می‌کنی؟» مژگان گفت: «جایی کار نمی‌کنم. سوشیال می‌گیرم.» لیلا با تعجب پرسید: «سوشیال؟ مگه می‌شه؟ حداکثر زمانی رو که می‌تونستی از سوشیال پول بگیری استفاده کردی. الآن نزدیک سه ساله.» مژگان گفت: «آره ولی من چون مریضم، سوشیال بهم کمک می‌کنه.» فرهاد با تعجب پرسید: «خدا بد نده! مشکلت چیه؟» مژگان گفت: «افسرده هستم، کم‌خوابی دارم، شب‌ها خواب بد و کابوس می‌بینم، فکر می‌کنم هنوز توی کمپ هستم، یا این‌که زندگی غیرقانونی دارم و پلیس قصد داره منو بگیره و برگردونه ایران.» فرهاد گفت:

«چقدر بیماری داری مژگان.» لیلا گفت: «یعنی همهٔ این‌ها رو ازت قبول کردن؟» مژگان گفت: «معلومه که قبول کردن. مگه زندگی گذشتهٔ من معلوم نیست براشون؟ می‌دونی که چه سختی‌هایی کشیدم. توی کمپ که از نظر روحی کلی شکنجه شدم و بعدشم زندگی غیرقانونی منو داغون کرد. همهٔ این‌ها رو خودشون می‌دونن.» فرهاد پرسید: «دارو هم مصرف می‌کنی؟» مژگان گفت: «آره. بهم دادن، ولی به خاطر عوارضی که دارن خیلی‌هاشون رو دور می‌ریزم.» فرهاد گفت: «اولاً من هم همین زندگی و حتی بدترش رو داشتم، ولی حالا سر کار می‌رم. اگر هم بگم افسرده و مریضم سوشیال یک یورو هم بهم نمی‌ده. حالا تو چطوری حرف زدی که تونستی متقاعدشون کنی، خودش هنریه.» مژگان جواب داد: «خب همه که مثل هم نیستن فرهاد جان. خانم‌ها از نظر روحی شکننده‌تر و حساس‌ترن.» لیلا گفت: «من فکر نمی‌کنم با حقوق سوشیال بشه همچین خونهٔ شیکی فراهم کرد.» مژگان درحالی که کمی می‌خندید، گفت: «اتاق‌خوابم رو کردم آرایشگاه کوچیکی که موی سر کوتاه می‌کنم، رنگ می‌کنم، اصلاح می‌کنم. این‌جوری کمی پول دستم می‌آد و الا با پولی که سوشیال خسیس می‌ده که نمی‌شه زندگی کرد. اتفاقاً دعوت‌تون کردم که بگم اگر دوستی، آشنایی یا کسی هست که بخواد موهاش رو کوتاه یا رنگ کنه، منو معرفی کنید.» بعد با خنده گفت: «البته برای شما که خیلی وقته همدیگه رو می‌شناسیم دفعهٔ اول مجانی هست.» و هر سه نفر با هم خندیدند. برای شام مژگان پنج نوع غذا ایرانی همراه سالاد و دسر تهیه کرده بود. وقتی مهمان‌ها سر میز آمدند، لیلا طبق تعارف ایرانی گفت: «واااای مژگان جون، چرا این‌همه زحمت کشیدی؟» فرهاد هم ادامه داد: «مثل این‌که هنوز هلندی نشدی. هلندی‌ها فقط یه نوع غذا اون هم به اندازهٔ تعداد افرادی که دعوت کردن تدارک می‌بینن.» در حین صرف شام، فرهاد ضمن تعریف از مزهٔ غذاها گفت: «دست‌پخت مژگان همیشه خوب بوده، حتی زمانی که در کمپ بود. فقط حیف که

حوصلهٔ آشپزی کردن نداشت.» مژگان ضمن تشکر گفت: «منظورت اینه که دست‌پخت لیلا خوب نیست؟» فرهاد با خنده گفت: «من این رو گفتم؟ دعوا راه ننداز.» میترا که متوجه شد خواهرش از شوخی مژگان و فرهاد کمی دلخور شده، گفت: «دست‌پخت خواهرم در فامیل نمونه بود. الآن هم که دیگه خیلی بهتر از قبل شده.» مژگان گفت: «البته اگه فرهاد بهش اجازهٔ آشپزی بده، چون خود فرهاد دست‌پختش حرف نداره.» لیلا که می‌خواست بحث را عوض کند، پرسید: «از اکبر چه خبرها؟» مژگان گفت: «خیلی ازش خبر ندارم. فقط می‌دونم که با همون خانم هلندی زندگی می‌کنه و زندگی‌شون رو ثبت شهرداری کردن.» لیلا گفت: «یعنی ازدواج کردن؟» مژگان گفت: «ازدواج رسمی نه، ولی ثبت شهرداری که بشن تقریباً شبیه ازدواجه دیگه. میترا جون چقدر ساکتی، از ایران چه خبر؟» میترا گفت: «سلامتی.» مژگان پرسید: «اونجا چی‌کار می‌کنی؟ چرا با همسرت نیومدی؟» میترا که کمی از سؤال مژگان معذب شده بود، گفت: «من مجرد هستم و توی یه شرکت کار می‌کنم.» مژگان گفت: اگه مجردی چرا اینجا نمی‌مونی؟ دوست من از شوهرش جدا شده، می‌خواد بیاد اینجا پناهنده بشه. فقط مشکل اینه که بهش ویزا نمی‌دن. من دعوتش کردم، ولی چون مجرده بهش ویزا ندادن.» فرهاد گفت: «من فکر می‌کنم بهش ویزا ندادن چون تو کار نداری و سوشیال می‌گیری.» مژگان که کمی از این حرف فرهاد ناراحت شده بود، گفت: «چه ربطی داره فرهاد؟ حالا اگه کسی مریض بود و نتونست سر کار بره، نباید کسی رو دعوت کنه؟ چون مریض هستی باید مجازات بشی؟» فرهاد گفت: «من این رو نگفتم. اگر تو یکی از فامیل درجهٔ یک خودت رو دعوت کنی و بتونی نشون بدی که اومدنش برای سلامتی روحی تو مهمه، باوجود بیکار بودنت، بهش ویزا می‌دن.» مژگان گفت: «طوری حرف می‌زنی که انگار قوانین رو می‌دونی.» فرهاد گفت: «باز هم من این رو نگفتم. فقط چیزی که فکر می‌کنم درسته رو بیان کردم.»

زمانی که به خانه برگشتند، لیلا به فرهاد گفت: «تو چرا این‌قدر با مژگان بحث می‌کنی؟ اصلاً به تو چه ربطی داره که به دوست مژگان ویزا می‌دن یا نمی‌دن و یا چرا نمی‌دن؟» فرهاد گفت: «به من ربطی نداره، ولی چون دیدم از میترا از چیزی پرسید که نمی‌خواستیم در موردش صحبت بشه، برای عوض کردن بحث این چیزها رو گفتم.»

با این‌که فرهاد پنج سال در شرکت کار می‌کرد و در این مدت پرسنل جدیدی به تیم اضافه شده بودند، ولی باز هم فرهاد احساس می‌کرد که داخل تیم نیست و کنار تیم است. در بیشتر موارد همکاران فرهاد اگر سؤال کاری داشتند و یا درخواست کمکی، باب صحبت باز می‌شد. به ندرت پیش می‌آمد که در جمع پرسنل، هنگام صرف نوشیدنی یا ناهار کسی صحبتی با فرهاد داشته باشد. فرهاد یاد روزهایی می‌افتاد که در بیمارستان کار می‌کرد و با همکارانش دور هم می‌نشستند. فرهاد یکی از مجلس گرم‌کن‌ها بود و اگر روزی بنا به دلیلی ساکت بود، همه از او می‌پرسیدند چه شده که فرهاد صحبت نمی‌کند. تفاوت فرهنگی یا کافی نبودن سطح زبان هلندی فرهاد و یا اختلاف سنی زیاد با بیشتر پرسنل هم از جمله فاکتورهایی بود که نقش مهمی داشتند. گاهی فرهاد اصلاً موضوع بحث را نمی‌فهمید. گاهی می‌فهمید، ولی برایش جالب نبود که وارد بحث شود درحالی که بقیه صحبت می‌کردند و می‌خندیدند، فرهاد با لبخند سردی به آن‌ها نگاه می‌کرد. در این هنگام، یکی از همکارانش از او می‌پرسید: «متوجه بحث شدی؟» و سپس خودش به جای فرهاد پاسخ می‌داد: «نه، متوجه نشدی. اشکالی نداره.» فرهاد گاهی موضوع را با خارجی‌های دیگر مطرح می‌کرد و خیلی از آن‌ها می‌گفتند که این‌ها اشکالی متفاوت از ریسیستی در جامعهٔ هلند است، در جامعه‌ای که نژادپرست بودن جرم محسوب می‌شود. ولی فرهاد با این نظر موافق نبود و رفتار همکارانش را نوعی از نژادپرستی نمی‌پنداشت. فرهاد می‌دانست که در هر جامعه‌ای افراد دوست دارند با کسی

هم‌صحبت شوند که آشنایی کامل با زبان و فرهنگ آن جامعه دارد. در این حالت، درک متقابل افراد از یکدیگر بالا می‌رود و از هم‌صحبتی با یکدیگر احساس لذت می‌کنند. براین اساس، رفتار همکارانش کاملاً طبیعی بود. خودِ فرهاد هم دوست داشت با کسی که فرهنگ و زبان ایرانی را کاملاً متوجه می‌شود هم‌صحبت شود. بسیاری از جوک‌هایی که در فارسی خنده‌دار هستند برای هلندی‌ها اصلاً جالب نیست و برعکس.

البته فرهاد با برخوردهای نژادپرستی آشنا بود. مثلاً زمانی که در یک جشن خیابانی، مرد و زنی هلندی به فرهاد و لیلا گفته بودند که از خیابانی که جشن هلندی‌ها در آن برگزار می‌شود بیرون بروند. فرهاد بلافاصله به آن‌ها گفت که جشن مال همه است و در خیابان همه آزاد هستند که حضور داشته باشند. زن هلندی رو به شوهرش کرد و گفت: «اگه دولت هلند بی‌عرضه نبود این خارجی‌ها این‌قدر پررو نمی‌شدن که این‌جوری جواب بدن.» فرهاد می‌دانست که بحث کردن با این آدم‌ها فایده‌ای ندارد، برای همین با این‌که لیلا می‌خواست جواب زن هلندی را بدهد، فرهاد دست او را کشید تا از آنجا بروند.

با توجه به سابقهٔ کاری فرهاد و رضایت کامل از کارش، گاهی راهنمایی کارورزانی را که به شرکت می‌آمدند به عهده می‌گرفت. زمانی که یکی از کارورزان به اسم کیم[1] برای سه ماه کارورزی به آزمایشگاه فرهاد آمد، در همان اول فرهاد متوجه شد که کیم از همکاری با او رضایت ندارد. کیم درخواست کرده بود که شخص دیگری در آزمایشگاه وظیفهٔ راهنمایی و کمک به کیم را برعهده بگیرد، ولی با توجه به این‌که موضوع پایان‌نامهٔ کیم کاملاً در حیطهٔ کاری بود که فرهاد انجام می‌داد، مربی کیم عوض نشد. در حین انجام آزمایش تحقیقی، زمانی که فرهاد نکات و اشکالات آزمایش را برای کیم توضیح می‌داد، کیم در بیشتر مواقع در جهت توجیه آزمایش و اشتباهات

---

[1] Kim

برمی‌آمد. بنا به دلایلی که فرهاد نمی‌دانست، کیم سعی می‌کرد کمترین سؤال و برخورد را با فرهاد داشته باشد و فقط اگر واقعاً مجبور بود و یا زمانی که خود فرهاد سؤالی را مطرح می‌کرد، خیلی کوتاه صحبتی بین آن‌ها رد و بدل می‌شد.

در پایان دوره، هنگام دفاع از پایان‌نامه، کیم با نمرهٔ نسبتاً پایین توانست کارش را به اتمام برساند. در جشنی که برای اتمام دورهٔ چند تن از کارآموزان برگزار شد، کیم درحالی که در جمع پدر و مادرش، چندتن از پرسنل و اساتید دانشگاه بود، گفت: «درحقیقت من باید نمرهٔ بهتری می‌گرفتم، ولی متأسفانه چون مربی آموزشی من تسلط کافی به زبان هلندی نداشت، نتونستم نکات مهمی رو که سایر دانشجوها از مربی‌هاشون یاد گرفته بودن و در کارشون به کار برده بودن، من هم یاد بگیرم.» فرهاد در جمع کوچک دیگری، در کنار گروهی که کیم در آن صحبت می‌کرد، حاضر بود و این حرف را شنید. با این‌که فرهاد خیلی حرف‌ها برای دفاع از خودش داشت و مایل بود بیان کند، ولی نمی‌دانست چرا جرئتش را ندارد.

فرهاد می‌خواست بگوید: «من سالی حدوداً پنج تا شش کارآموز دارم و خیلی‌هاشون با نمرهٔ خوبی درس‌شون رو تمام کردن، از نحوهٔ درس دادن من تشکر کردن و برای من هدیه خریدن. چطور اون‌ها درس منو متوجه شدن و تو نفهمیدی؟» در همان ابتدا فرهاد به همهٔ کارآموزانش می‌گفت که زبان هلندی‌اش خیلی خوب نیست، ولی اگر چیزی را نفهمیدند، می‌توانند صدبار سؤال کنند و او تلاش می‌کند جور دیگری توضیح دهد چون برای فرهاد مهم است که کارآموزش آن مطلب را کاملاً درک کند، موضوعی که خیلی از همکاران هلندی فرهاد که در آزمایشگاه‌های دیگر کار می‌کردند، انجام نمی‌دادند و برایشان مهم نبود که کارآموزی که در آزمایشگاه آن‌ها کار می‌کند، مطلب را به درستی درک می‌کند یا نه.

فصل یازدهم
(آمیخته به پناهندگی)

در اواخر تابستان ۲۰۱۳، اکبر چندتا از آشنایان قدیمی را برای مراسم ازدواجش با سِنیتا[1]، همان خانم هلندی که اکبر بعد از آزادی از زندان با او زندگی می‌کرد، دعوت کرد. از آنجایی که میترا هنوز خودش را برای درخواست پناهندگی معرفی نکرده بود، همراه فرهاد، لیلا و آرمیتا کوچولو به جشن عروسی دعوت شده بود. مژگان هم با دوست تازه‌اش که پسری هلندی بود، به جشن آمد. مژگان برای این‌که به همه نشان دهد با یک پسر هلندی پول‌دار دوست شده است، همان اول بعد از معرفی سام به‌عنوان دوستش گفت: «با این‌که بنز سام خیلی داخلش راحته، ولی نمی‌دونم چرا این‌قدر خسته شدم تا اینجا. البته مسافت هم کم نبود.» فرهاد که متوجه منظور مژگان شده بود، گفت: «ما هم با ماشین خودمون اومدیم، ولی کسی خسته نشده، مسافت هم یکی بوده.»

---

[1] Cenitta

فرهاد با اکبرچند دفعه تلفنی صحبت کرده بود و می‌دانست که او بعد از گذشت ده سال از اولین شب آشنایی، بسیار باتجربه و جاافتاده شده. سختی‌های زندگی پناهندگی و زندگی غیرقانونی از اکبر یک مرد جاافتاده ساخته بود که دیگر الکی حرفی نمی‌زد و کاری را بدون فکر انجام نمی‌داد و کلی تغییر کرده بود. باوجوداین، زمانی که اکبر عکس همسرش را برای فرهاد فرستاد و آن‌ها را به جشن کوچک عروسی‌اش دعوت کرد، فرهاد یکه خورده بود ولی صلاح ندیده بود که از پشت تلفن چیزی به اکبر بگوید. فرهاد می‌دانست که همسر اکبر ده سال از او بزرگ‌تر است و از نظر قیافه نیز اکبر سرتر بود. تنها چیزی که فرهاد به ذهنش می‌رسید این بود که سنیتا باید از نظر اخلاقی خیلی با اکبر هماهنگ باشد که اکبر راضی شده به این ازدواج تن بدهد.

جشن کوچک و خودمانی بود، همراه با شام. درحالی که تعدادی از مهمان‌ها در حال رقص و نوشیدن بودند، فرهاد با آرمیتا کوچولو گوشه‌ای نشسته بود. آرمیتا سهم فرهاد در مهمانی‌ها و یا بیرون از خانه بود. برای آرمیتا، فرهاد نه فقط یک پدر بلکه کم‌کم به‌عنوان دوست صمیمی، هم‌بازی و رازدار اصرار مهمی بود که آرمیتا فقط و فقط به او می‌گفت. درحالی که آرمیتا روی دست فرهاد به خواب عمیقی رفته بود، فرهاد گاهی به صورت فرشته مانند دخترش زیر نور ماه و گاهی به رقص مهمان‌ها نگاه می‌کرد که در فاصلۀ نسبتاً دوری در حال جشن و پایکوبی بودند. در همین موقع از پشت‌سر شبهی به فرهاد نزدیک شد و لحظه‌ای بعد اکبر به آرامی در کنار او نشست. اکبر بعد از نگاهی همراه به محبت به صورت آرمیتا به آرامی گفت: «نمی‌خوای تو جشن عروسی رفیق قدیمیت برقصی؟» فرهاد با سر به آرمیتا که روی دستش خوابیده بود اشاره کرد و گفت: «شرمنده، من بدون بچه روی دست رقصم افتضاحه، چه برسه با این وضعیت.» اکبر خواست سیگاری روشن کند که فرهاد گفت: «اگه می‌خوای سیگار بکشی لطفاً برو اون طرف‌تر سیگارت رو بکش بعد بیا کنار من بشین. از حالا یاد بگیر جایی که بچه هست سیگار نکشی. چند وقت دیگه صاحب بچه که شدی می‌فهمی که سلامتی بچه چقدر

واسه‌ات مهمه اکبرجان.» اکبر بعد از پوزخندی گفت: «بچه؟! همینش رو هم بتونم تا آخر تحمل کنم کلی کار کردم عزیز.» فرهاد احساس کرد که اکبر می‌خواهد دردِدل کند، برای همین گفت: «تو واقعاً سنیتا رو دوست داری اکبر؟» اکبر نگاهی به فرهاد کرد و گفت: «فکر می‌کردم آدم منطقی‌ای هستی. چطور می‌تونم همچین موجودی رو دوست داشته باشم؟» فرهاد با تعجب پرسید: «تو داری باهاش ازدواج می‌کنی.» اکبر گفت: «کسی که نه قیافه داره نه اخلاق داره و نه پول، من چطور باید دوسش داشته باشم؟» فرهاد گفت: «این سؤال رو تو باید جواب بدی نه من.» اکبر گفت: «خب تقریباً مثل یه قرارداد نانوشته می‌مونه. من از طریق ازدواج با سنیتا اقامتم رو می‌گیرم و اون هم از طریق من صاحب زندگی مشترک مثلاً می‌شه.» فرهاد گفت: «راستش من فکر کردم تو به خاطر اخلاقش تصمیم گرفتی باهاش ازدواج کنی، ولی حالا می‌بینم که اختلاف نظر زیادی با هم دارین.» اکبر گفت: «بحث اختلاف نظر نیست. این‌جور اختلاف نظرها رو همهٔ زن و شوهرها دارن، ولی سنیتا اخلاقش بسیار تنده و بسیار از خودراضیه و حرف فقط حرف خودش باید باشه.» فرهاد گفت: «البته این نظر توئه، باید نظر اون رو هم شنید.» اکبر گفت: «نمی‌خوام طوری وانمود کنم که دارم تنهایی به قاضی می‌رم، نه. ولی خودت فکرش رو بکن اگه سنیتا واقعاً اخلاق درستی داشت تا حالا از میون این‌همه هلندی با یکی دوست می‌شد و مثل همه دوست‌هاش که الآن ازدواج کردن و صاحب شوهر و بچه هستن، اون هم صاحب این‌ها می‌شد. ولی به قول خودش، با اخلاقی که داشته نتونسته کاری پیدا کنه و نه با کسی بیشتر از چند هفته دوست باشه. سر هر کاری که رفته بعد از چند هفته با همکارهاش دعواش شده و اومده بیرون. دوتا مدرک هم داره، ولی با چهل‌وچهار سال سن هنوز نتونسته یه کاری رو برای چند ماه نگه داره. خودش هم گفت چون همه دوست‌هاش دوست‌پسر یا شوهر دارن و صاحب بچه و زندگی مشترک هستن، همیشه به زندگی اون‌ها حسادت داشته. به این جشن نگاه کن. از این پنجاه نفری که دعوت شدن، نصف بیشترشون دوست‌های سنیتا با خانواده‌شون هستن تا

بهشون نشون بده بالاخره ازدواج کرده و داره مثلاً خوشبخت می‌شه. بالاخره یکی باید پیدا می‌شد که بهش کمک کنه تا خوشبخت بشه. حالا اون آدم منم.» فرهاد پرسید: «چند وقته که با سنیتا دوست هستی؟» اکبر گفت: «چند سالی می‌شه.» فرهاد گفت: «واقعاً می‌خوای با کسی که دوسش نداری ازدواج کنی؟» اکبر نگاهی به آسمان کرد و گفت: «سخته، خیلی هم سخته. من سی‌وسه ساله‌م و خیلی آرزو داشتم و دارم. نمی‌تونم برگردم ایران. این تاوان اشتباهاتی هستش که مرتکب شدم. گاهی که سنیتا سرم داد می‌کشه و بهم توهین می‌کنه و یا تهدیدم می‌کنه که منو از خونه‌اش می‌ندازه بیرون، سکوت میکنم، سرم رو می‌ندازم پایین و به خودم می‌گم: اکبر بکش، حقته، باید تحمل کنی و صدات درنیاد تا اقامتت رو بگیری.» از وسط جمعیت صدای سنیتا می‌آمد که با عصبانیت اکبر را صدا می‌زد تا برای مهمان‌ها نوشیدنی بیاورد. اکبر دستی به شانهٔ فرهاد زد و گفت: «برم تا جشن رو روی سرم خراب نکرده. راستی داش محسن، این‌هایی که گفتم پیش خودمون می‌مونه دیگه؟» فرهاد با لبخندی گفت: «اولاً محسن نه فرهاد، ثانیاً این هم مثل خیلی چیزهای دیگه که بهم گفتی پیشم می‌مونه.» اکبر لبخندی زد و رفت و فرهاد یاد شبی افتاد که جوان بیست بیست‌ویک ساله‌ای از او درخواست سیگار کرد... دوباره به صورت آرمیتا نگاه کرد و گفت: «نمی‌ذارم تو این‌جور زندگی داشته باشی، هرگز عزیزم.»

چند روز بعد از جشن ازدواج اکبر، اواخر تابستان ۲۰۱۳، میترا بالاخره درخواست پناهندگی کرد. فرهاد میترا را با اتومبیل به نزدیک مرکز درخواست پناهندگی برد و گفت که آنجا باید درخواست بدهد. میترا کاملاً توجیه شده بود که این کار را باید به تنهایی انجام بدهد و هیچ‌کس به جز فردی که می‌خواهد درخواست بدهد، حق ورود به مرکز را که شبیه زندان بود، ندارد. میترا خواهش کرد که فرهاد با اتومبیل یک ساعتی منتظر بماند که اگر کار درخواستش تمام شد، برگردد تا با هم به خانه برگردند و فرهاد قول داد که برای یک ساعت منتظر او بماند. بعد از این‌که میترا در مرکزی که نامش تراپل بود

داخل شد، فرهاد به طرف خانه به راه افتاد چون مطمئن بود که میترا برای چند روزی آنجا خواهد بود تا اولین مرحله از درخواست پناهندگی‌اش را طی کند. فاصله تراپل تا تیلبورخ چهار ساعت با اتومبیل بود بنابراین زمانی که فرهاد به خانه رسید، از خستگی حتی نتوانست با آرمیتا بازی کند و بلافاصله خوابید. فردای همان روز میترا تماس گرفت و گفت برای روز دیگر قرار وقت مصاحبه به او داده‌اند تا بپرسند چطور وارد هلند شده است. میترا در ایران شنیده بود که باید پاسپورتش را پاره کند و به دروغ بگوید که با یک کامیون از ایران به ترکیه و از ترکیه به هلند آمده، ولی فرهاد به او تأکید کرد که اگر می‌خواهد شانسی برای پناهندگی داشته باشد، باید راستش را بگوید. بنا به توصیه فرهاد، میترا پاسپورتش را داده و گفته بود که با ویزا وارد هلند شده است.

نگرانی‌ای که لیلا بابت میترا پیدا کرده بود روی اعصابش تأثیر منفی گذاشته بود و خیلی کم‌حوصله شده بود. با کوچک‌ترین چیزی عصبانی می‌شد و با فرهاد بحث می‌کرد، با آرمیتا که به جانش بسته بود کمتر بازی می‌کرد و در محل کارش با همکارش بحث کرده بود. فرهاد خوشحال بود که آرش در چنین وضعیتی خانه نیست و الا مطمئن بود که دعوای سختی بین لیلا و آرش سر می‌گرفت. فرهاد با این‌که وضعیت لیلا را درک می‌کرد، گاهی فشار زندگی، مخصوصاً فشار مالی، باعث می‌شد که جواب لیلا را بدهد و همان موقع بحث شروع می‌شد. از آنجایی که فرهاد بلافاصله وضعیت لیلا را به یاد می‌آورد و از طرفی دوست نداشت که در حضور آرمیتا با او بحث کند، معمولاً بحث بین آن‌ها زیاد طول نمی‌کشید. فرهاد فکر می‌کرد که اگر در تعطیلات آخر هفته بتواند کار کند، از پولی که به دست می‌آورد می‌توانست فشار مالی را کمتر کند، ولی هم خودش و هم لیلا می‌دانستند که حضور فرهاد در خانه در آخر هفته برای روحیه آرمیتا و لیلا بسیار ضروری خواهد بود. در طول هفته فرهاد معمولاً صبح زود از خانه خارج می‌شد، زمانی که هوا هنوز تاریک بود، و شب‌ها هنگامی که هوا باز هم تاریک بود به خانه برمی‌گشت. به همین خاطر آرمیتا پدرش را اغلب در طول هفته نمی‌دید و از آنجا که

فرهاد خسته بود، اکثراً بعد از خوردن شام و استراحت کوتاهی که به رخت‌خواب می‌رفت و کمتر فرصتی برای صحبت با لیلا در طول هفته پیش می‌آمد. با این اوضاع فقط خانوادۀ سه نفرۀ آن‌ها می‌توانست در تعطیلات آخر هفته با هم صبحانه یا شام بخورند و یا با هم به خیابان بروند و این رابطه برای همۀ افراد خانواده لازم بود که فرهاد نمی‌توانست آن را با پول معاوضه کند.

بعد از گذشت یک ماه، میترا توانست در تعطیلات آخر هفته به دیدن فرهاد و لیلا بیاید. خوشبختانه پروندۀ میترا باز شده بود و میترا به کمپ منتقل شده بود که با قطار یک و نیم ساعت تا تیلبورخ فاصله داشت که با توجه به کوچکی کشور هلند، فاصلۀ نسبتاً زیادی محسوب می‌شد. فرهاد با اتومبیل به ایستگاه قطار تیلبورخ رفت تا میترا را به خانه بیاورد و به محض ورود میترا به خانه، خودش را در آغوش لیلا انداخت و بلندبلند شروع به گریه کرد، درحالی که چمدان کوچکی در دست فرهاد بود. ممکن بود این طرز برخورد میترا برای لیلا قابل فهم باشد، ولی فرهاد اصلاً نمی‌توانست آنچه را که می‌بیند تجزیه و تحلیل کند. آن‌ها فقط یک ماه همدیگر را ندیده بودند، پس علت گریه میترا نمی‌توانست دل‌تنگی باشد. شخص دیگری هم که از این طرز برخورد مات و مبهوت شده بود، آرمیتا کوچولو بود که دم در به مادر و خاله‌اش نگاه می‌کرد. فرهاد خودش را نزدیک آن‌ها رساند و آهسته گفت: «آرمیتا داره نگاه می‌کنه. از گریه شما ناراحت می‌شه. بریم داخل.» شب بعد از آن‌که آرمیتا خوابید، فرصتی دست داد تا میترا بتواند بعد از یک ماه با لیلا و فرهاد صحبت کند. از صحبت‌های میترا چنان برمی‌آمد که اصلاً انتظار روبه‌رو شدن با شرایطی را که دیده بود، نداشته به همین خاطر در چند روز اول شوکه شده بود و اگر اصرارهای تلفنی لیلا نبود، در همان چند روز اول به خانه و ایران برمی‌گشته. فرهاد گفت: «ولی ما همه‌چیز رو برات توضیح داده بودیم.» میترا گفت: «آره ولی بین اونچه که آدم می‌شنوه و اون چیزهایی که آدم خودش تجربه می‌کنه، تفاوت هست.» فرهاد گفت: «اتفاقاً همین رو بهت گفته بودم. وقتی در جواب همۀ مشکلات گفتی همه‌چیز در مقابل مشکلات

داخل ایران قابل تحمله و منم گفتم تا مشکلات پناهندگی رو خودت تجربه نکنی نمی‌تونی با مشکلاتی که در ایران تجربه کردی، مقایسه کنی.» لیلا با عصبانیت رو به فرهاد کرد و گفت: «الآن بحث این نیست که چی رو درست گفته. دیگه درخواست پناهندگی داده. باید به آینده فکر کرد.» سپس رو به میترا کرد و پرسید: «وقت مصاحبه‌ات کی هست؟ وکیل گرفتی؟ با وکیل صحبت کردی؟ فرهاد، راستی وکیل تو خوب بود. می‌تونی بگی وکالت میترا رو قبول کنه؟» فرهاد گفت: «آروم باش لیلا، آروم! بذار میترا جواب یه سؤالت رو بده، اون وقت سؤال بعدی رو بپرس.» میترا گفت: «نمی‌دونم وقت مصاحبه‌ام کی هست، ولی وکیلم که یه خانمه برام نامه داده و گفته وقتی تاریخ مصاحبه‌ات معلوم شد، برات وقت می‌ذارم که همدیگه رو ببینیم.» لیلا گفت: «غلط کرده. باید زودتر تو رو ببینه تا بتونه کمکت کنه. تا بتونه ببینه نواقص پرونده چیه و چطوری می‌تونه اون نواقص رو که باعث ترک خاکت می‌شه، برطرف کنی.» فرهاد گفت: «لیلا، مثل این‌که یادت رفته که وکیل در بیشتر مواقع فرمالیته‌ست. نمی‌تونه برات کاری انجام بده.» لیلا گفت: «پس می‌گی بشینیم تا میترا جواب منفی بگیره و مشکلاتی رو که ما داشتیم، تجربه کنه؟» فرهاد گفت: «من این حرف رو نزدم. گفتم نقش وکیل کم‌رنگه. مهم‌ترین نقش رو خودِ میترا بازی می‌کنه. این‌که در مصاحبه‌اش با ادارهٔ مهاجرت چی می‌گه.» میترا گفت: «مشکل اینجاست که نمی‌دونم چی باید بگم که شانس قبولیم بالا بره. توی کمپ با یه خانم پناهندهٔ ایرانی آشنا شدم که خیلی به مسائل پناهندگی وارده. همهٔ اقوامش اینجا پناهنده بودن و اقامت گرفتن و سال‌هاست که اینجا زندگی می‌کنن و این خانمه آخرین‌شون هست که اومده برای پناهندگی. بهم گفت باید مدارک جعلی از دادگاه تو ایران بیارم که می‌خواستن اعدامم کنن و...» فرهاد یک‌دفعه وسط حرفش پرید و گفت: «میترا! مثل این‌که همهٔ حرف‌هایی رو که بهت گفتم یادت رفته، آره؟ گفتم فقط راست بگو. اگه تو ایران مشکلاتی داشتی، چه با دولت چه با مردم یا فرهنگش یا هرچیز دیگه، همین‌ها رو بگو چون فقط همین‌ها رو باور می‌کنن نه چیزهایی رو که به دروغ

بگی.» لیلا گفت: «خب بهش ترک خاک می‌دن این‌جوری. ما می‌خوایم کمکش کنیم تا بتونه جواب مثبت بگیره و بمونه، درسته؟ به نظرم باید پول بدیم به یه وکیل تا یه کیس پناهندگی خوب براش بخریم یا خودمون بشینیم فکر کنیم و یه کیس خوب براش درست کنیم. فرهاد، تو باید کمک کنی چون خیلی چیزها در این مورد می‌دونی.» فرهاد با تعجب گفت: «از کی تا حالا من کیس پناهندگی درست می‌کردم که خودم خبر نداشتم، ولی تو می‌دونی؟ الآن فقط اگر کسی واقعاً مشکلی داشته باشه و بتونه ثابت کنه، جواب می‌گیره و امیدوارم حداقل این یکی رو ازم قبول کنی لیلا.» لیلا که نمی‌خواست فرهاد جلو میترا این‌طور با او صحبت کند، گفت: «فکر می‌کنی ماهی چند ساعت برای فی‌فی‌ان ترجمه می‌کنی، همه‌چیز رو دربارهٔ پناهندگی می‌دونی؟ نه اصلاً. من خودم با خیلی‌ها صحبت کردم تا بتونم به خواهرم کمک کنم، ولی تو فقط می‌گی راستش رو بگو، راستش رو بگو. تو از اولش هم مخالف این بودی که میترا اینجا درخواست پناهندگی بده.» فرهاد با عصبانیت گفت: «منظورت چیه لیلا؟ یعنی من دارم چیزی می‌گم بهش که درخواستش رو رد کنن؟ منظورت همینه؟» لیلا گفت: «به طور مستقیم نه ولی...» میترا یک‌دفعه گفت: «هیس!» همه ساکت شدند. صدای گریه آرمیتا از بالا می‌آمد که به خاطر صدای بالای مادر و پدرش بیدار شده بود. لیلا بلافاصله درحالی که به بالا برود، گفت: «نمی‌تونی آروم صحبت کنی فرهاد؟ بچه رو بیدار کردی.» میترا و فرهاد پایین تنها شدند و بعد از مدتی میترا گفت: «اصلاً نمی‌خوام شماها به خاطر من بحث و دعوا کنین.» فرهاد گفت: «تقصیر تو نیست. به‌هرحال زمانی که یکی از بستگان اینجا می‌خواد درخواست پناهندگی بده، خواه ناخواه تأثیراتی روی خانواده‌ای که اینجاست می‌ذاره.»

در کمپ اولیه، پناهنده‌ها باید هر روز حضور خود را نزد پلیس کمپ اعلام کنند. برای همین فقط در تعطیلات آخر هفته می‌توانند بیرون کمپ باشند. بنابراین با پایان تعطیلات آخر هفته، میترا باید بعد از گذشت دو روز به کمپ خودش برمی‌گشت هرچند احساس می‌کرد که دارد از یک دنیای معمولی و شناخته‌شده به یک دنیای دیگر برمی‌گردد که

قوانینش با این دنیا کاملاً متفاوت است. احساس می‌کرد که به دنیای معمولی تعلق ندارد و باید به همان دنیایی برگردد که به آن تعلق دارد، چه خوشش بیاید و چه نیاید. احساس می‌کرد اینجا آرزوها، بحث‌ها و خواسته‌ها کاملاً متفاوت هستند با دنیای پناهنده‌ها. در مدتی که میترا نزد فرهاد و لیلا بود، تمام سعی‌اش را می‌کرد که کدورت بین آن‌ها که از شب اول به وجود آمده بود، برطرف شود ولی در این کار موفق نبود. میترا در دو شبی که آنجا بود، بیشتر وقتش را با لیلا می‌گذراند و دربارهٔ مصاحبه با ادارهٔ مهاجرت با هم صحبت می‌کردند. فرهاد هم سعی می‌کرد از آرمیتا نگه‌داری کند تا لیلا بتواند در نقش خودش به‌عنوان مشاور به میترا کمک کند. فرهاد تصمیم گرفته بود که دیگر در این مورد دخالت نکند.

با نزدیک شدن به سال نو ۲۰۱۴، فشار کاری فرهاد نیز بیشتر می‌شد. اروپا آرام‌آرام از بحران مالی سال ۲۰۰۸ بیرون می‌آمد و شرکت‌ها دوباره می‌توانستند با حداکثر توان خودشان کار کنند. به همین خاطر شرکتی که فرهاد در آن کار می‌کرد پرسنل بیشتری استخدام کرد، بخش‌های جدید زیادی در شرکت شکل گرفتند و شرکت بسیار گسترش یافته بود. این مسئله باعث شده بود که ارتباط و مشورت بین پرسنل در شرکت دشوارتر شود. زمانی که تمام پرسنل شرکت سی نفر بودند، هنگام ناهار، پرسنل بخش‌های مختلف می‌توانستند دربارهٔ بسیاری از مسائل با هم صحبت کنند، کارهایی را با یکدیگر هماهنگ کنند و با هم تصمیم بگیرند. ولی با بزرگ شدن شرکت و ارتباط بیشتر از طریق ایمیل، تلفن و دیگر وسایل ارتباطی فراهم شده بود. سیستم‌های ارتباطی پیشرفته‌ای به شرکت اضافه شده بودند و فرهاد مثل پرسنل دیگر باید با سیستم‌های جدید آشنا می‌شد. از آنجا که زبان انگلیسی و هلندی فرهاد به اندازهٔ همکاران هلندی‌اش خوب نبود، باید برای درک همه‌چیز انرژی و وقت بیشتری می‌گذاشت. فرهاد دوست داشت که در تصمیم‌گیری‌ها نقش داشته باشد و به‌عنوان کسی که می‌تواند مشکلی را حل کند در مشورت‌های شرکت فعالیت داشته باشد و همین باعث می‌شد زمانی که خسته می‌شد،

فکر کند که ای بابا ولش کن، کنار بکش، چه خوب کار کنی و چه خوب کار نکنی حقوقت رو که می‌گیری، پس چرا دیگه سعی می‌کنی داخل بحث‌ها بشی تا اذیت بشی. گاهی فرهاد فکر می‌کرد که سرعت پیشرفت شرکت به قدری زیاد است که او نمی‌تواند خودش را با تغییرات شرکت همراه کند. از آنجا که فرهاد اصرار داشت که کارش را درست و خوب انجام دهد، مجبور بود کمبودهایی را که در زبان داشت، از طریق دیگری جبران کند، مثلاً با سؤال کردن از همکارانی که دوست داشتند به او کمک کنند. ولی آن‌ها نیز برای این کار وقت چندنی نداشتند و فرهاد گاهی برای دریافت جواب یک سؤال مجبور بود روزها صبر کند. پرسنل جدید که وارد می‌شدند، خیلی زود به این نقطه‌ضعف فرهاد پی می‌بردند و این مورد را فرصتی برای خودشان محسوب می‌کردند که جایگاه فرهاد را در شرکت تصاحب کنند. فرهاد بعد از سال‌ها کار سخت توانسته بود در آزمایشگاه خودش با دستگاه‌ها آشنا شود و آزمایشگاه را خوب اداره کند. اگرچه حتی رئیس شرکت هم به ضعف فرهاد از نظر زبان آگاه بود، ولی دیگر امتیازات فرهاد باعث می‌شد که جایگاه خودش را حفظ کند. ولی همیشه افرادی بودند که می‌خواستند با بزرگ‌نمایی ضعف زبان فرهاد، جایگاه او را تصاحب کنند. با گسترش شرکت باید مسئولین آزمایشگاه با شرکت‌های دیگر برای خرید بیشتر وسایل و ماشین‌های آزمایشگاه تماس می‌گرفتند؛ کاری که فرهاد از سال‌ها قبل انجام می‌داد. حتی می‌توانست وسایل را با کیفیت بهتر ولی قیمت کمتر برای شرکت تهیه کند.

در دسامبر ۲۰۱۳، رومی[1]، یکی از پرسنل جدید شرکت که چند ماهی می‌شد در آزمایشگاه فرهاد مشغول به کار بود، با فرهاد تماس گرفت و توضیح داد که با شرکتی در آمریکا تماس گرفته برای خرید دستگاهی که آزمایشگاه لازم دارد. فرهاد با تعجب پرسید: «این دستگاه رو آزمایشگاه لازم داره و من با چند شرکت تماس گرفتم و این‌جوری دوباره کاری می‌شه، یعنی دنبال یک کاری دونفر افتادن.» رومی گفت: «آره ولی من خواستم کمکی

---

[1] Romy

کرده باشم.» فرهاد گفت: «اگر به من می‌گفتی بهت دربارهٔ شرکت هایی که در این زمینه کار می‌کنن و ما باهاشون از قدیم تماس داشتیم، اطلاعات کامل‌تری به تو می‌دادم.» رومی گفت: «اتفاقاً من به رئیس دانشگاه ایمیل زدم که شرکت‌های جدیدی وارد بازار شدن که دستگاه‌ها رو ارزون‌تر می‌دن و ما می‌تونیم همون دستگاه رو با نصف قیمت بخریم. رئیس هم خیلی خوشحال شد و گفت با تو تماس بگیرم.» فرهاد با کمی دلخوری گفت: «بهتر بود اول نظرت رو به من می‌گفتی و بعد با رئیس قسمت تماس می‌گرفتی.» فرهاد مطمئن بود که اگر به جای خودش یک هلندی مسئول آزمایشگاه بود جور دیگری با رومی برخورد می‌کرد، ولی فرهاد همیشه در این‌طور مواقع با احتیاط برخورد می‌کرد چون می‌ترسید اگر بحثی پیش بیاید، از آنجا که قدرت زبان هلندی‌اش به اندازهٔ همکارانش نبود، در بحث نتواند منظورش را درست بیان کند و از همه مهم‌تر، این‌جور مواقع فرهاد در بین صحبت زمان لازم داشت که بتواند دنبال کلمات مورد نظرش بگردد و همین باعث می‌شد که آرام صحبت کند و گاهی کش‌دار حرف بزند، چیزی که معمولاً هلندی‌ها حوصله‌ای نداشتند که برایش وقت صرف کنند تا صبر کنند و ببیند واقعاً منظور فرهاد چیست. مخصوصاً از زمانی که شرکت گسترش پیدا کرده بود، به خاطر فشار کاری زیاد، بیشتر پرسنل برای انجام کارهای خود عجله داشتند، از جمله موقع صحبت کردن سعی می‌کردند در حداقل زمان بیشترین مفهوم را برسانند و واقعاً این یک هنر بود، چه در موقع بحث با همکاران تا بتوانی پیشنهاد خودت را واضح و خوب بیان کنی و چه موقع دفاع از پیشنهادت، موقعی که رئیس شرکت پیشنهادهای متنوعی از پرسنل دریافت می‌کرد. در کل همین ترس از ادامهٔ توانایی در بحث، باعث می‌شد که حتی موقعی که لازم بود فرهاد از پیشنهادی که می‌دانست مشکلی از مشکلات شرکت حل می‌کند و باید از راه‌حلش دفاع می‌کرد، این کار را انجام ندهد و زمانی که پیشنهادش رد می‌شد، فقط نشان بدهد که ناراحت است. رومی ناراحتی فرهاد را به رئیس دانشگاه انتقال داد و روز بعد فرهاد ایمیلی از رئیس دانشگاه دریافت کرد که ضمن تقدیر از تجربهٔ او، از فرهاد

خواسته بود که در همکاری با رومی با سایر شرکت‌ها هم تماس برقرار کند تا بتوانند بهترین ماشین را با کمترین هزینه بخرند. از نظر فرهاد، همکاری همیشه خوب و مفید بود، ولی در این حالت احساس می‌کرد هیچ نیازی به این همکاری نیست. پس از چند ماه، به دلیل این‌که رومی از نظر زبان هلندی و انگلیسی بهتر از فرهاد بود، به طور کاملاً مستقل وظیفهٔ خرید دستگاه را انجام می‌داد و جالب این بود که بعد از این‌که همهٔ اطلاعات را از فرهاد دریافت کرد، همان دستگاهی را برای آزمایشگاه خرید که فرهاد می‌خواست بخرد و طوری این کار را انجام داد که همگی از جمله رئیس شرکت تصور کنند که رومی شخصاً و بدون کمک فرهاد بهترین دستگاه را با قیمت مناسب خریده. همین مسئله باعث شده بود که رومی خرید وسایل آزمایشگاه فرهاد را به عهده بگیرد و به‌عنوان پاداش، پایه گروهی را که فرهاد بعد از گذشت پنج سال گرفته بود، در همان سال اول دریافت کند. زمانی که حتی قرارداد رسمی هم نداشت. از نظر فرهاد احمقانه بود که این موضوع را به نژادپرست بودن رئیس شرکت یا سیستم ربط دهد، ولی احساس می‌کرد در بیشتر مواقع نقطه‌ضعفش به چشم می‌آید بدون این‌که نقاط مثبتش دیده شوند. همین باعث ناامیدی فرهاد می‌شد. فرهاد می‌دانست که اگر می‌توانست خوب هلندی حرف بزند، بعد از شش سال معاون شرکت شده بود.

اکبر بعد از ازدواج به ایران برگشته بود تا به خاطر ازدواج با اقامت به هلند برگردد و در طول این مدت سنیتا که از اکبر باردار بود، با دلواپسی منتظر برگشت او از ایران بود. در اواخر ماه مارس ۲۰۱۴، اکبر پس از مصاحبه در سفارت هلند در ایران، موفق شد اقامت یک ساله دریافت کند. او بلافاصله این خبر خوب را به سنیتا رساند تا از نگرانی رهایی یابد و فوری بلیت گرفت تا به هلند برگردد.

تابستان ۲۰۱۴، اکبر پدر شد. یک پسر زیبا. چون مادر چهل‌وپنج ساله بود، می‌بایست با عمل سزارین بچه را به دنیا بیاورد و بعد از عمل حال مادر و بچه را خوب تشخیص داده بودند، طوری که روز بعد از بیمارستان مرخص شدند. بعد از زایمان سنیتا، اکبر چند

تن از آشنایان قدیمی را دعوت کرد تا با افتخار پسر زیبایش را نشان دهد. با توافق سنیتا بنا شده بود فقط دوستان اکبر دعوت بشوند.

در اواخر تابستان ۲۰۱۴، اکبر و سنیتا برای بازگشت اکبر از ایران و تولد پسرشان که سیروس نامیده شد، مهمانی بزرگی دادند و اکبر همهٔ دوستان قدیمی را که توانست در هلند پیدا کند، دعوت کرد. فرهاد به خاطر مسافرت تابستانی نمی‌خواست دعوت اکبر را بپذیرد، ولی زمانی که فهمید بسیاری از مهمانان از پناهنده‌های ایرانی هستند که آن‌ها رو می‌شناسند، حس کنجکاوی فرهاد بیدار شد و می‌خواست بداند سایر پناهندگان ایرانی در چه حال و اوضاعی هستند. به همین خاطر برنامهٔ سفر خانوادگی‌اش را جلو انداخت تا بتواند دعوت اکبر و سنیتا را بپذیرد. با توجه به این‌که میترا در تعطیلات تابستانی بیشتر مواقع در خانه فرهاد و لیلا بود، اکبر او را هم دعوت کرد، ولی میترا دعوت اکبر را نپذیرفت. پناهندگانی که در کمپ زندگی می کردند و هنوز اقامت نگرفته بودند، به شرکت در این جشن‌ها تمایلی نداشتند چون حس جدایی از جامعه به آن‌ها دست می‌داد. البته این در مورد پناهندگانی مثل فرهاد که پررو بودند، صدق نمی‌کرد. قرار شد میترا در خانه از آرمیتا نگه‌داری کند و لیلا و فرهاد به جشن اکبر بروند. جشن در یک خانهٔ ییلاقی که سنیتا از پدرش به ارث برده بود، برگزار شد. اطراف این خانهٔ کوچک پر بود از باغ‌های میوه که با کانال‌های آب محصور شده بود. فرهاد و لیلا آخرین مهمان‌هایی بودند که به جشن رسیدند و بلافاصله فرهاد در میان مهمانان آقا محمد را که در کمپ دونگن هم‌اتاق اکبر بود، شناخت. به همین خاطر هم یک‌راست رفت به طرفش، ولی لیلا چون اشتیاق داشت هرچه زودتر پسر اکبر را ببیند، به طرف سنیتا رفت که سیروس را درآغوش داشت. با این‌که آقا محمد پنجاه‌ویک سال داشت، ولی بیشتر از سنش دیده می‌شد که البته برای بیشتر پناهندگان عادی محسوب می‌شد. بعد از سلام و احوال‌پرسی، محمد از وضعیت فرهاد پرسید. البته محمد فرهاد را محسن صدا می‌کرد و نمی‌دانست که اسمش فرهاد شده. فرهاد بعد از این‌که از وضعیت کار و ازدواج و زندگی‌اش صحبت کرد، از

محمد دربارۀ زندگی خودش پرسید. محمد در جواب گفت: «وقتی کمپ بودم، چندباری با مأمورهای کمپ دعوام شد و از همون موقع برام پروندۀ روان‌پزشکی درست کردن و دارو و قرص می‌گرفتم.» فرهاد پرسید: «دارو مصرف می‌کردی؟ ولی من نمی‌دیدم که دارو مصرف کنی.» محمد گفت: «نه بابا، داروها رو می‌گرفتم، ولی نمی‌خوردم و می‌ریختم تو دستشویی چون می‌ترسیدم اگه توی سطل آشغال بندازم، پیدا بشن و گند کار در بیاد.» در همین موقع اکبر آمد به طرف آن‌ها و بعد از سلام از فرهاد پرسید: «چرا میترا نیومد؟» فرهاد گفت: «زیاد حالش خوب نبود و از طرفی چون می‌خواستیم تا دیروقت اینجا باشیم، نمی‌تونستیم آرمیتا رو بیاریم، برای همین موند تا آرمیتا رو نگه داره.» محمد با تعجب گفت: «اکبر تو رو فرهاد صدا کرد؟ مگه اسمت محسن نیست؟» فرهاد گفت: «داستانش مفصله. الآن فقط بدون که اسم من فرهاد هستش.» محمد گفت: «من بهت می‌گم محسن. حالا می‌خواد خوشِت بیاد یا نه.» فرهاد گفت: «خب چی‌کارا می‌کنی؟» محمد جواب داد: «وقتی توی کمپ منفی گرفتم، به دادگاه رفتم و جواب منفی رو که اداره مهاجرت به من داده بود، دادگاه رد کرد و من بدون جواب توی کمپ موندم تا زمانی که با بخشش عمومی اقامت گرفتم. بعد از این‌که یه خونه تو خورونینگن[1] بهم دادن، برام کلاس هلندی گذاشتن، ولی من یکی در میون نرفتم و به خاطر ناراحتی عصبی که از زمان کمپ و مشکلات اون زمان داشتم، با همه دعوام می‌شد. از قدیم هم که پروندۀ روان‌پزشکی داشتم و همین باعث شد دیگه بهم برای پیدا کردن کار فشار نیارن و تا همین حالا هم دارم به خاطر پرونده روانپزشکی که دارم حقوق سوشیال می‌گیرم.» فرهاد با تعجب پرسید: «یعنی تو سوشیال می‌گیری؟» محمد گفت: «آره.» فرهاد یاد حرف‌های مژگان افتاد که قبلاً دربارۀ سوشیال گرفتن به او گفته بود. فرهاد دوباره پرسید: «یعنی واقعاً مشکل روانی نداری؟» محمد جواب داد: «این چه سؤالیه عزیز؟ مگه می‌شه آدمی این‌همه مشکلات رو تحمل کنه و روی اعصاب و روانش تأثیر نذاره؟ مگه می‌شه کسی

---

[1] Gromingan

این‌همه مدت در کمپ باشه و روانی نشه؟ حالا یکی مثل شما تحملش بیشتره و کمتر تأثیرپذیره و یکی مثل من طوری تأثیر می‌گیره که دیگه نمی‌تونه کار کنه.» اکبر که ساکت در کنار آن‌ها نشسته بود، گفت: «یعنی تو واقعاً نمی‌تونی حتی یه کار ساده انجام بدی؟» محمد گفت: «نه، نمی‌تونم. چندباری امتحان کردم، ولی نشد.» فرهاد گفت: «ولی اگه مثلاً در کشوری بودی که بعد از گذشت چند سال دیگه این‌جوری کمکت نمی‌کرد، مثلاً در آمریکا بودی که بعد از دو سال تحت هر شرایطی باید همهٔ پناهنده‌ها کار کنن، اون‌وقت چی‌کار می‌کردی؟ می‌رفتی تو خیابون می‌خوابیدی؟ یا می‌رفتی کاری، حالا هر کاری که از دستت برمی‌اومد، انجامش می‌دادی تا بتونی با حقوقش هزینهٔ یه زندگی آبرومندانه رو بدی؟» محمد با خنده گفت: «فعلاً که هلند هستم نه آمریکا. من از خدامه که برم آمریکا. اگه بهم اقامت آمریکا بدن با سر می‌رم، چیه این هلند! یه زندگی بخور و نمیر به آدم می‌دن و کلی هم منت سرت می‌ذارن. همه‌شون هم نژادپرست هستن.» فرهاد هم با خنده گفت: «آقا محمد، دعا کن که آمریکا نفرستتنت و الا با این وضعیت که از کار کردنت می‌بینم، اونجا باید کنار خیابون بخوابی.» محمد که دید ادامهٔ صحبت به جای دلخواهش نمی‌رود، رو به اکبر کرد و پرسید: «از هم‌خونه‌های دیگه چه خبر؟ دو تا جوون آذری بودن تو خونهٔ ما، اسم‌شون یادم نیست.» فرهاد گفت: «اسم کوچیک‌تره ابراهیم بود، اون یکی دیگه یادم نیست.» اکبر گفت: «بزرگ‌تره اسمش کاوه بود. هر دو بعد از گرفتن ترک خاک از کمپ زدن بیرون. کاوه از مدت‌ها قبلش با یه دختر تو بلژیک دوست می‌شه و می‌ره پیش همون دختره با هم ازدواج می‌کنن و اقامت می‌گیره. گواهی‌نامه پایه یک گرفته و الآن هم با اتوبوس کار می‌کنه.» فرهاد پرسید: «ابراهیم چی؟» اکبر گفت: «بنده‌خدا بد آورد. از کمپ که اخراج شد رفت انگلیس.» محمد گفت: «می‌گی رفته انگلیس که، پس چرا بد آورد؟» اکبر گفت: «از طریق تقی و نقی، همون دوتا برادر اهل خوزستان که اولین منفی رو گرفتن و اولین نفری بودن که به انگلیس رفتن، متوجه شدی چه کسانی رو می‌گم؟» فرهاد و محمد گفتند: «آره بابا،

اون‌ها که با چادر زدن بیرون کمپ و با مصاحبه با روزنامه‌ها شناخته شده بودن.» اکبر گفت: «آره، از اون‌ها شنیدم که ابراهیم زمانی که می‌رسه انگلیس و اونجا درخواست پناهندگی می‌ده بعد از مدتی سرطان می‌گیره. چندبار جراحی و شیمی درمانی می‌کنه. خلاصه که کلی درگیر بیماریش می‌شه بیچاره و پارسال هم فوت کرد. فامیلش می‌خواستن جسدش برای تدفین به ایران بره، ولی هزینه‌اش خیلی بالا بود. همون‌جا تو انگلیس دفنش کردن و چندتا از بچه‌های کمپ توی مراسمش بودن.» محمد پرسید: «بالاخره جواب گرفت یا نه؟» فرهاد با تعجب گفت: «آقا محمد، عجب سؤالی! می‌گه طرف فوت کرده، خب جواب به چه دردش می‌خوره؟ بر فرض که اقامت انگلیس رو با همهٔ امکاناتش بهش بدن، الآن باید سر قبرش بذارن.» اکبر با تکان دادن سرش حرف‌های فرهاد را تائید کرد و گفت: «ولی تقی و نقی خوب شانس آوردن. در انگلیس درخواست اقامت دادن. یه کیس جدید دادن. ادارهٔ مهاجرت انگلیس منفی داد، ولی دادگاه منفی رو رد کرد. مشمول زمان زیاد انتظار شدن و بالاخره جواب گرفتن.» فرهاد پرسید: «حالا چی‌کار می‌کنن؟» اکبر گفت: «درست نمی‌دونم. بیشتر حقوق سوشیال می‌گیرن. آخه اونجا حقوق سوشیال خیلی بهتر از جاهای دیگه اروپاست.» محمد گفت: «آره بابا. گفتم که اینجا گداخونه‌ست.» فرهاد بدون توجه به حرف‌های محمد از اکبر پرسید: «راستی از هم‌اتاقی من حسن که اهل افغانستان بود، خبری داری؟ پسر باحالی بود.» اکبر گفت: «زندانیش تموم شد و آزاد شد و الآن هم نمی‌دونم کجاست و چی‌کار می‌کنه.» فرهاد پرسید: «زندان؟ مگه زندان بوده؟» اکبر جواب داد: «آره بابا. بعد از اخراج از کمپ با هم‌دستی چند نفر دیگه که اون‌ها هم ترک خاک داشتن، به خونهٔ یک پیرزن در دونگن دستبرد می‌زدند. پول زیادی گیرشون نمی‌آد، ولی پیرزن از ترس سکته می‌کنه و می‌میره. حسن و دوتای دیگه دستگیر می‌شن. اول به جرم قتل عمد محاکمه می‌شن، ولی بعد از گزارش پزشکی قانونی به قتل غیرعمد و سرقت محاکمه می‌شن. هرکدوم چند سالی زندانی می‌گیرن و اخراج از هلند. بعد از اتمام محکومیت حسن رو سوار هواپیما می‌کنن

تا اول به فرانکفورت بره و اونجا هواپیماش رو عوض کنه و به کابل برگرده، ولی حسن در فرانکفورت فرار می‌کنه تا به افغانستان فرستاده نشه. حالا هم معلوم نیست کجای دنیاست. بعضی‌ها می‌گن رفته روسیه. بعضی‌ها هم می‌گن همون آلمان هستش و بعضی‌های دیگه هم می‌گن رفته انگلیس.» فرهاد گفت: «تعجب می‌کنم. پسر خوبی بود و من هیچ بدی ازش ندیدم.» محمد گفت: «خب آدم‌ها تحت شرایط خاصی ممکنه تصمیماتی بگیرن که در حالت معمولی نمی‌گیرن دیگه.» فرهاد گفت: «بله و تفاوت انسانیت دقیقاً در همین‌جاها مشخص می‌شه. یادم هست که توی کمپ دونگن یه خونهٔ مجردی دیگه هم بود که تقی و نقی با چندتا جوون مجرد ایرانی زندگی می‌کردن، درسته؟» اکبر گفت: «آره، به غیر از تقی و نقی که خوزستانی بودن، دوتا پسر هم از کرمانشاه بودن، سعید و نادر. باید نادر یادتون باشه چون خیلی خوش‌تیپ و ورزشکار بود.» محمد وسط حرف اکبر پرید و گفت: «آره... آره... یادمه که هر روز می‌رفت اتاق بدن‌سازی و کلی روی عضلاتش کار می‌کرد. قدبلند و خوش‌تیپ بود، کلی دختر هم دنبالش بودن.» اکبر گفت: «آره، بعد از دریافت جواب منفی، من در فنلو زندگی می‌کردم. یه بار رفتم شمال هلند تا دوستم رو ببینم که توی کمپ خرونینگن زندگی می‌کرد. اونجا نادر و سعید رو دیدم که هر دو ترک خاک گرفته بودن، ولی هنوز از کمپ اخراج نشده بودن. اون موقع سعید یه دوست‌دختر اهل روسیه داشت که با هم سیاه کار می‌کردن، ولی نادر کار نمی‌کرد و همیشه توی کمپ بود. بهشون گفتم چیه، امروز نه فردا بالاخره از کمپ اخراج می‌شین. نادر گفت می‌خواد به ایران برگرده و اصلاً خارج با چیزی که تصور می‌کرد شباهتی نداشت. خیلی توی ذوقش خورده بود. فکر می‌کرد که ظرف چند هفته اقامت می‌گیره، و با پشتکاری که داشت می‌تونست چند ساله کلی پول‌دار بشه، ولی بعد از دو سال با داشتن جواب منفی، و زندگی توی کمپ، خلاصه کلی ناامید بود. برعکس سعید مصمم بود که هرطوری شده بمونه. می‌گفت فکر برگشت به ایران از مُردن هم براش بدتره. می‌گفت داره پول جمع می‌کنه تا قاچاقی بره انگلیس. دیگه نمی‌دونم رفته یا نه.

با این که خیلی صمیمی و همشهری بودن، حتی با هم از ایران زده بودن بیرون، ولی اون موقع رابطه‌شون خوب نبود. نادر می‌گفت سعید به خاطر این‌که می‌خواد بمونه و پول جمع کنه، دیگه هیچ چیزی براش مهم نیست و دوستی خودمون رو فدای این هدفش کرده. ازش پرسیدم چطور؟ گفت یه نفر برای من و سعید کار سیاه پیدا کرد. سعید به اون بابا گفت که نادر می‌خواد برگرده ایران و کار سیاه نمی‌خواد، ولی من می‌خوام اینجا تحت هر شرایطی بمونم، برای همین هم هرچه بیشتر کار کنم و پول دربیارم، بیشتر می‌تونم دوام بیارم. سعید به من گفت که طرف تونسته فقط برای خودش کار پیدا کنه و منم حرفش رو قبول کردم و گفتم پس تو برو کار کن. بعد از چند روز، همهٔ این‌ها رو از اون طرفی شنیدم که برای هر دومون کار پیدا کرده بود. تف به این پناهندگی که حتی معرفت و دوستی چندساله رو هم از بین می‌بره. خلاصه خیلی نادر از دست سعید شاکی بود. از زمانی هم که از خرونینگن برگشتم، دیگه خبری ازشون ندارم.»

در همین موقع، مژگان به جمع آن‌ها اضافه شد و گفت: «نکنه حرف‌های مردونه می‌زنین که هیچ خانومی نزدیک شماها نیست، آره؟» محمد لبخندی زد و گفت: «خانم‌ها افتخار نمی‌دن پیش ما بشینن.» فرهاد بعد از سلام و احوال‌پرسی با مژگان، رو کرد به اکبر و پرسید: «به جز این چند نفر، افرادی دیگه‌ای هم بودن توی اتاق مجردها. از اون‌ها خبری نداری؟» محمد به جای اکبر جواب داد و گفت: «منظورت عباس و ابوالفضل هستش که شمالی بودن؟» فرهاد گفت: «نه، منظورم دوتا بچه شیرازی بودن، رضا و رامین.» اکبر زد زیر خنده و گفت: «آخه تو برای ماجرای دوچرخه‌ات از اون‌ها خاطره داری، برای همین هم به یادشون هستی.» محمد گفت: «آره، راست می‌گی.» فرهاد گفت: «خب حالا کجا هستن؟» محمد گفت: «ای بابا، اون‌ها که هر دو سال ۲۰۰۳ برگشتن ایران. نه فقط اون‌ها بلکه عباس و ابوالفضل هم که شمالی بودن برگشتن ایران.» مژگان وسط صحبت آن‌ها پرید و گفت: «راستی لیلا کجاست؟» فرهاد گفت: «نمی‌دونم. مثل این‌که رفته بود پیش سنیتا تا بچه رو ببینه. اکبر، من فکر می‌کردم از بچه‌های کمپ بیشتر اینجا باشن،

ولی فقط ما سه نفر هستیم.» اکبر گفت: «نه بابا بیشتر هستن، ولی تو نمی‌شناسی. آخه من مثل تو نبودم که فقط سرت تو کتاب بود. توی خیلی از کمپ‌ها آشنا دارم و از هر کمپی چند نفری دعوت کردم. راستی از پروندهٔ میترا و اقامتش خبری نشده؟» فرهاد گفت: «نه، منفی گرفته و منتظر دادگاهه.» محمد که برای بار دوم بود که اسم میترا را می‌شنید، با کنجکاوی که همیشه داشت پرسید: «میترا کیه؟» فرهاد گفت: «خواهر خانم منه که اومده اینجا پناهنده شده.» محمد گفت: «پس تو هنوز درگیر کمپ و پناهندگی هستی؟» فرهاد گفت: «من نه، گفتم که خواهر خانم منه.» محمد گفت: با شما زندگی می‌کنه یا توی کمپ؟» فرهاد جواب داد: «توی کمپ ولی تعطیلات می‌آد پیش ما. کمپش از خونهٔ ما دوره.» لیلا برای سلام و علیک کردن نزدیک شد و با محمد آشنا شد. زمانی که شنید محمد اقامت دارد، ولی هنوز مجرد است، چشم‌هایش برقی زد که از نگاه تیزبین فرهاد دور نماند. لیلا رو کرد به محمد و با خوش‌رویی پرسید: «شما چرا ازدواج نکردین آقا محمد؟» محمد با خنده گفت: «کی به من زن می‌ده لیلا خانم؟» لیلا گفت: «وا، از خداشونم باشه. شما که خوش‌تیپی. معلومه که مردمی و خوش‌رفتار هم هستین و این‌ها برای یه مرد مهمه دیگه.» فرهاد که داشت جلوی خنده‌اش را می‌گرفت، عذرخواهی کرد تا برود و فرزند سنیتا و اکبر را ببیند.

ساعت یازده شب، فرهاد و لیلا در حال برگشت به خانه بودند که لیلا گفت: «آقا محمد رو برای شام هفتهٔ دیگه دعوت کردم خونه‌مون.» فرهاد با تعجب پرسید: «تو همین چند ساعت پیش باهاش آشنا شدی. هیچ شناختی ازش نداری. من که سال‌ها می‌شناسمش و باهاش توی کمپ بودم، پس بهتر از تو می‌شناسمش. بهتر نبود قبل از این‌که دعوتش کنی با من مشورت می‌کردی عزیزم؟» لیلا گفت: «از کی تا حالا من بخوام کسی رو به خونه‌مون دعوت کنم باید از تو اجازه بگیرم فرهاد؟» فرهاد با آرامش گفت: «نگفتم اجازه بگیری، گفتم مشورت. شده من یه دوست قدیمی تو رو باهاش آشنا بشم و بعدش بلافاصله بدون نظر تو دعوتش کنم؟» لیلا هم با آرامش بیشتری گفت: «عزیزم، تو

خودت هم که موقع خداحافظی دعوتش کردی.» فرهاد که می‌دید لیلا کاملاً دارد با او بازی می‌کند، گفت: «لیلا، اون یه تعارف معمولی بود که من نه فقط به محمد بلکه به همهٔ ایرانی‌ها موقع خداحافظی می‌گفتم که خوشحال می‌شیم تشریف بیارین خونه‌مون و مهمون ما باشین. طوری حرف می‌زنی که انگار با فرهنگ ایرانی آشنا نیستی. خودت هم بهتر می‌دونی که تفاوت تعارف با یه دعوت رسمی که توی اون زمان و مکان دعوت مشخصه.» لیلا گفت: «حالا مگه چی شده؟ بد کردم یکی از دوست‌های زمان کمپ تو رو دعوت کردم تا با هم از گذشته‌ها یادی کنین و کلی خاطرات رو برای هم زنده کنین؟» فرهاد گفت: «آهان، پس به خاطر من دعوت کردی، آره؟ عزیزم اگه انتظار داری که خواهرت با ازدواج با محمد اقامت بگیره، باید بگم که اصلاً راه‌حل خوبی نیست.» لیلا که از اشارهٔ مستقیم فرهاد به نیتش عصبانی شده بود، گفت: «کی گفته که من همچین تصمیم دارم؟ تو چرا همه‌چیز رو به خواهر بدبخت من ربط می‌دی فرهاد؟ اون بنده خدا الآن نشسته داره از بچهٔ تو نگه‌داری می‌کنه تا تو راحت بیای با دوستای زمان قدیمت خوش‌وبش کنی.» سکوتی حکم‌فرما شد. لیلا کمی بعد آرام‌تر ادامه داد: «بر فرض هم که اون‌ها با هم آشنا بشن توی این دید و بازدیدها، چه اشکالی داره اگه هم رو دوست داشته باشن و میترا از این طریق سر و سامونی بگیره؟» فرهاد با پوزخندی گفت: «محمدی که من می‌شناسم، علاوه بر اخلاق گندی که داره، بیکار هم هست و به همین خاطر نمی‌تونه کسی رو از ایران به‌عنوان همسر اینجا بیاره.» لیلا گفت: «نمی‌تونه کسی رو از ایران بیاره. حالا اگه اون طرف اینجا باشه، می‌شه.» فرهاد گفت: «فرقی نمی‌کنه. باید مسئولیتش رو به عهده بگیره و چون کار نداره نمی‌تونه و در نهایت نمی‌تونه از طریق ازدواج برای همسرش اقامت بگیره.» لیلا با عصبانیت داد زد: «ای بابا، هی نگو نمی‌تونه، نمی‌تونه. فقط بلدی منفی حرف بزنی. خب تو که عقل کل هستی راه دیگه‌ای پیشنهاد کن.» فرهاد گفت: «اولاً آروم صحبت کن. هر دو توی ماشین هستیم و تو جاده. ثانیاً من خیلی خوشحال می‌شم به میترا کمک کنم تا بتونه اقامتش رو بگیره، ولی نمی‌تونم

کمکی کنم جز این‌که اگر ببینم راهی یا چیزی اشتباه هست بهش بگم و اگر هم فکری به ذهنم رسید...» لیلا وسط حرف فرهاد پرید و گفت: «تو فقط بلدی نصیحت کنی تا نظر بدی. کمکی نمی‌کنی که بتونه مشکلی رو حل کنه.» فرهاد دیگر چیزی نگفت، ولی با خودش فکر می‌کرد واقعاً تا کی باید درگیر پناهندگی و ماجراهای پناهندگی باشد. فکر می‌کرد اقامت می‌گیرد و همه‌چیز تمام می‌شود و می‌تواند مثل دیگران زندگی عادی داشته باشد، ولی واقعاً عجیب که نمی‌شد از این موضوع فاصله بگیرد. تا موقع رسیدن به خانه دیگر هیچ صحبتی با یکدیگر نداشتند و با دلخوری به رخت‌خواب رفتند.

بعد از آن‌که محمد و میترا در جلسۀ اول در خانۀ لیلا و فرهاد با یکدیگر آشنا شدند، قرار گذاشتند تا بیشتر همدیگر را ببینند. فرهاد بعد از اولین جلسه به میترا هشدار داد و گفت: «ببین میترا جان، داشتن یه دوست حق مسلم هر آدمی هستش، مخصوصاً وقتی در شرایط سخت پناهندگی هستن، ولی مقصود تو از این آشنایی چیه؟ اگه مقصودت دریافت اقامته، باید بگم که اصلاً راه درستی رو انتخاب نکردی.» میترا درحالی که آمیخته‌هایی از خشم و اندوه در وجودش شعله می‌کشید، گفت: «آقا فرهاد، می‌دونم که می‌خواین به من کمک کنید، ولی می‌شه اجازه بدین خودم راهم رو انتخاب کنم؟» فرهاد دیگر صلاح ندید در این مورد چیزی بگوید چون بلافاصله فهمید که لیلا دربارۀ نصیحت و هشدارهایی که ممکن بود از جانب فرهاد داده شود، از قبل با میترا صحبت کرده بود.

از آنجا که میترا در کمپی زندگی می‌کرد که نزدیک شهر محل زندگی محمد بود، بنا شد که محمد از میترا دعوت کند تا به منزلش برود تا ضمن آشنایی بیشتر با یکدیگر، محمد دیدنی‌های شهر را به او نشان بدهد. بعد از دو ماه که میترا برای دیدن لیلا به خانۀ آن‌ها آمده بود از محمد تعریف می‌کرد و این‌که خوش‌اخلاق است و البته مثل همۀ مردهای ایرانی بدی‌های خودش را دارد! در همین موقع، فرهاد که داشت با کامپیوترش کار می‌کرد، گفت: «توی کمپ که بود آدم جالبی نبود.» لیلا گفت: «خب همۀ آدم‌ها عوض می‌شن. از اون گذشته خودت بهتر می‌دونی که خصوصیات افراد در زمان پناهندگی

می‌تونه کاملاً با اصل خصوصیات همون افراد متفاوت باشه.» میترا اضافه کرد: «چیزی که خیلی ازش خوشم می‌آد اینه که اهل بگوبخنده.» فرهاد پرسید: «تا حالا اومده کمپ دنبالت؟» میترا جواب داد: «نه، من با اتوبوس می‌رم یه شهر کوچیک. بعد از اونجا با قطار می‌رم خرونینگن.» فرهاد گفت: «خب می‌تونه یه بار هم شده با ماشین بیاد دنبالت. با ماشین خیلی راحت‌تره.» لیلا گفت: «ای بابا، میترا می‌خواد بره خونهٔ محمد، بعد محمد بره دنبالش؟» فرهاد گفت: «تا جایی که من محمد رو می‌شناسم آدم خسیسی هستش. اگه واقعاً میترا رو دوست داشته باشه خب برای یه بار هم که شده با ماشین بره کمپ دنبالش.» لیلا رو کرد به میترا و گفت: «محمد خسیسه؟» میترا گفت: «نه زیاد. البته بیشتر مردهای ایرانی خسیس هستن دیگه.» فرهاد با این‌که به خودش قول داده بود که دخالتی در این مورد نداشته باشد، ولی باز هم نمی‌فهمید که چرا میترا و لیلا چشم‌شان را روی حقایق بسته‌اند، برای همین گفت: «من واقعاً نمی‌فهمم میترا. اون نزدیک بیست سال ازت بزرگ‌تره و بیکاره، قیافه و اخلاق هم نداره. تو واقعاً می‌خوای با همچین آدمی ازدواج کنی؟» میترا جواب داد: «اولاً تفاوت سنی ما بیست سال نیست و فقط هجده ساله، در ثانی الآن دیگه اختلاف سنی زیاد مهم نیست.» فرهاد می‌دانست که صحبت کردن در این مورد کمکی به باز کردن دیدگاه میترا نمی‌کند. فرهاد از فشارهای داخل کمپ و از سختی‌های دوران پناهندگی آگاه بود و می‌دانست که متأسفانه در چنین شرایطی خیلی از پناهنده‌ها به دنبال یک روزنهٔ امید هستند، حتی اگر واقعاً روزنه یک سیاهچاله باشد.

در اواخر سال ۲۰۱۴، فرهاد به یک آرامش نسبی رسیده بود و وقت بیشتری داشت تا در تنهایی به گذشته نگاهی دوباره بیندازد. زمانی که آرمیتا در خواب بود و لیلا درگیر مشکلات خواهرش و به همین خاطر هم دلخوری که به وجود آمده بود و همیشه در صحبت‌ها خودش را نشان می‌داد، باعث شده بود که کمتر در خلوت زن و شوهری خودشان مثل سابق با هم درددل کنند و فرهاد فرصت بیشتری داشت تا به موضوعاتی

فکر کند که در گذشته کمتر اهمیت داشتند. پاسپورت هلندی گرفته بود، کار ثابت داشت، ازدواج کرده بود و صاحب یک دختر زیبا شده بود، به قول خودش زندگی‌اش بالاخره در خارج روی غلتک افتاده بود، آن هم بعد از چهارده سال! قبل از دریافت اقامت نگران اقامتش و آینده‌اش در هلند بود و بعد از دریافت اقامت نگران پیدا کردن کار، ازدواج و تشکیل خانواده در آن دوران بود. ولی از زمانی که خیلی از مشکلات حل شده بودند، روزبه‌روز بیشتر به یاد ایران می‌افتاد. با این‌که هلند، کشوری که به فرهاد پناه داده و فرصت را برای پیشرفت او فراهم کرده بود و خانهٔ فرهاد حساب می‌شد، ولی هرگز نتوانسته بود جای خالی ایران، سرزمین مادری فرهاد را پر کند. هر وقت به یاد ایران می‌افتاد، احساس عجیبی پیدا می‌کرد. اسم ایران فقط مفهوم فامیل را برای فرهاد در بر نداشت، بلکه شامل همهٔ دل‌بستگی‌هایی می‌شد که فرهاد با آن‌ها بزرگ شده بود و به آن‌ها علاقه داشت. با خودش می‌گفت: «این چه کششی هستش که فکرم رو مشغول کرده؟ آیا دل‌تنگی پدر و مادرم هست؟ دل‌تنگی کوچه پس‌کوچه‌های محله‌ای که اونجا به دنیا اومدم، یا دل‌تنگ این هستم که وقتی تو خیابان راه می‌رم و مردم صحبت می‌کنن، کاملاً بفهمم چی می‌گن؟» در حقیقت فرهاد دل‌تنگ همهٔ این‌ها بود و شاید دل‌تنگ فرهنگی که گاهی از قسمت‌هایی از آن انتقاد می‌کرد. خبرهای ناراحت‌کننده‌ای دربارهٔ پدرش شنیده بود که در بستر بیماری افتاده و مادرش توان مراقب از پدرش را ندارد. با خود می‌اندیشید که اگر در ایران بود چقدر می‌توانست به حال پدر و مادرش مفید باشد. از خودش سؤال می‌کرد که آیا حاضر است برای زندگی به ایران برگردد؟ پاسخ روشنی می‌داد برای زندگی نه ولی مسافرت یکی از بزرگ‌ترین آرزوهایش بود. شب‌هایی که خوابش نمی‌برد پشت کامپیوترش می‌نشست و از طریق گوگل ارث به خیابان و محله‌هایی که می‌شناخت نگاه می‌کرد. از آن بالا هم می‌توانست شاهد تغییراتی باشد که در چهارده پانزده سال گذشته رخ داده بود. از خودش می‌پرسید اگر برود آنجا، آیا می‌تواند خانهٔ سابقه‌شان را پیدا کند؟ الآن دوستانش چه حال و اوضاعی دارند؟ و هزاران سؤال

دیگر که به فکر هر مهاجری، دیر یا زود، خطور می‌کرد. فرهاد در اوایل مسئله را جدی نمی‌گرفت و با خودش می‌گفت این هم مثل دل‌تنگی‌های زودگذری است که هر چند وقت یک‌بار در این چند سال گذشته داشته‌ام، ولی با گذشت زمان بیشتر و بیشتر می‌شد. نیروی عجیبی از فاصله‌ای دور فرهاد را به خودش جذب می‌کرد، چیزی که قبلاً در وجودش سابقه نداشت.

در بهار سال ۲۰۱۵، میترا از ادارهٔ مهاجرت بابت درخواست پناهندگی‌اش پاسخ منفی گرفت. درحالی که نامهٔ ادارهٔ مهاجرت در دستان لرزانش بود، اشک‌هایش را پاک می‌کرد و می‌گفت: «دیگه تموم شد. دیگه همه‌چیز تموم شد.» لیلا خواهرش را در آغوش گرفت و گفت: «عزیزم، تو هم مثل ما و بقیه پناهنده‌ها بار اول منفی گرفتی. این که ناراحتی نداره. ببینم، انتظار داشتی همون دفعهٔ اول بهت جواب مثبت بدن بگن بفرما این هم اقامت! آره؟» فرهاد وقتی شب از سر کار به خانه رسید، همین حرف‌ها را زد و گفت: «همون اول بهت گفتم که اقامت دادنی نیست و خیلی وقته که گرفتنی شده.»

با شکایت وکیل میترا، پرونده به دادگاه ارجاع داده شد و میترا منتظر زمان دادگاهش ماند. فرهاد از صحبت‌های تلفنی که بین لیلا و میترا ردوبدل می‌شد متوجه شد که روند دوستی میترا و محمد تسریع شده و لیلا از میترا درخواست می‌کرد که بیشتر به ظاهر و رفتار خودش برسد.

فصل دوازدهم
(بازگشت)

زمانی که فرهاد در ایران بود، گاهی از کسانی که خارج از کشور زندگی می‌کردند در مورد غم غربت شنیده بود. شنیده بود که مخصوصاً اوایل مهاجرت این غم غربت سخت است، ولی کم‌کم به این غم عادت می‌کنند. وقتی در این مورد بیشتر از آن‌ها می‌پرسید، می‌شنید که می‌گویند «هرچی بگم نمی‌فهمی. باید خودت خارج از کشور باشی تا بفهمی. چیزی نیست که بشه فهمیدش. باید خودت حسش کنی.» فرهاد نمی‌دانست که واقعاً دارد حسش می‌کند یا نه، ولی آخر چرا بعد از این‌همه سال؟ می‌گفتند اوایل سخت است و بعد به مرور کمتر می‌شود، ولی باز هم شنیده بود که هرگز از بین نمی‌رود. حالا که فرهاد وقت بیشتری برای خودش داشت و با کارها و روال شرکت کاملاً آشنا شده بود و در وقت کمتری کارهایش را درست و به موقع انجام می‌داد، آرمیتا بزرگ شده بود و هرچند بیشتر دوست داشت با پدرش بازی کند، چون معمولاً لیلا این روزها زیاد حوصله نداشت، ولی بازهم فرهاد تعطیلات آخر هفته یا شب‌ها وقتی آرمیتا می‌خوابید وقت داشت

پشت کامپیوتر بنشیند و به اخبار ایران نگاهی بیندازد و یا ببیند چه ایرلاین‌هایی از هلند به ایران پرواز دارند و نرخ بلیت‌ها را چک کند.

تعطیلات تابستانی سال ۲۰۱۵، فرهاد بیشتر وقتش را با آرمیتا می‌گذراند. بعد از تعطیلات، آرمیتا به کلاس اول می‌رفت و همین باعث شده بود که استرس داشته باشد. گاهی می‌پرسید مدرسه چطور جایی است، من که کسی را نمی‌شناسم، اگر چیزی به هلندی گفتند و من نفهمیدم، چی؟ فرهاد سعی می‌کرد در تابستان در مورد مدرسه و تحصیل با آرمیتا صحبت کند. لیلا هم برای یک هفته باید می‌رفت پیش میترا و قول داده بود برای آرمیتا یک عروسک خیلی بزرگ بیاورد.

میترا تقریباً هر روز خانهٔ محمد بود و با او زندگی می‌کرد و فقط برای مُهر زدن هفته‌ای یک‌بار، روزهای سه‌شنبه بین ساعت نه تا دوازده به پلیس کمپ مراجعه می‌کرد. در یکی از روزهای اوایل تابستان که زمان دادگاه میترا بود، لیلا به خرونینگن رفته بود و تصمیم داشت چند روزی در کنار خواهرش بماند. با این‌که میترا از محمد خواسته بود که با او به دادگاه بیاد، ولی محمد گفته بود که یاد دوران پناهندگی‌اش می‌افتد و حالش خراب می‌شود، برای همین در دادگاه فقط میترا، لیلا، مترجم میترا و وکیلش همراه با نماینده‌ای از ادارهٔ مهاجرت حضور داشتند. لیلا می‌دانست که در دادگاه شانس پناهنده کم است و در اکثر مواقع دادگاه رأی منفی ادارهٔ مهاجرت را تأیید خواهد کرد، هرچند دراین باره به میترا حرفی نزده بود، ولی خوشحال بود که میترا شانسی پیدا کرده که از طریق ازدواج اقامت بگیرد، ولی به‌هرحال هنوز حرف‌های فرهاد را دربارهٔ اخلاق محمد فراموش نکرده بود.

بعد از بازگشت لیلا به تیلبورخ (البته با یک عروسک خرسی بزرگ طوری که آدم فکر می‌کرد لیلا یکی را بغل گرفته)، بعدازظهر یک روز جلوی در خانه فرهاد و لیلا یک اتومبیل نسبتاً شیک پارک کرد و آرش از ماشین پیاده شد. فرهاد با آرمیتا در حیاط پشت خانه مشغول آب‌بازی بودند و لیلا طبق معمول مشغول صحبت با میترا بود. گاهی هم با

مادرش در ایران حرف می‌زد. صدای زنگ را لیلا نشنید و آرش مجبور شد از پشت نرده‌های حیاط پشتی با صدای بلند فرهاد را صدا بزند. فرهاد با دیدن آرش یک‌دفعه داد زد: «آرش، کی اومدی؟ خیلی خوش اومدی. چرا قبلش زنگ نزدی پسر؟ چرا نمی‌آی تو؟» آرش گفت: «فقط جواب سؤال آخرت رو می‌دم. زنگ زدم اما کسی در رو باز نکرد. عادت هم ندارم از دیوار خونهٔ مردم بالا برم.» بعد با فرهاد خندیدند.

در اتاق نشیمن لیلا، فرهاد و حتی آرمیتا با تعجب به آرش نگاه می‌کردند. تنها لباس شیک و اتومبیل خوب باعث تعجب آن‌ها نشده بود. آرش فارسی را با لهجهٔ هلندی صحبت می‌کرد، خیلی از کلمات فارسی را فراموش کرده بود و وسط حرف‌هایش خیلی بیشتر از قبل از کلمه‌های هلندی استفاده می‌کرد. زمانی که مادرش با حالت انتقادی به این موضوع اشاره کرد، فرهاد با حالت تحسین‌آمیزی گفت: «باز هم خوشحالم که همین قدرهم می‌تونه با ما فارسی صحبت کنه. آفرین.» آرش خندید و گفت: «شماها هنوز هم تغییر نکردین. مامان خالیه یک بیکر[1] (لیوان در زبان هلندی) دیده و فرهاد جور دیگه‌ای.» لیلا پرسید: «حالا یکی باید ترجمه کنه این رو.» و بعد همراه فرهاد و آرش خندیدند. فرهاد گفت: «داره یه ضرب‌المثل فارسی رو نصف هلندی و نصف فارسی می‌گه. می‌خواد بگه مامان نیمهٔ خالی لیوان رو می‌بینه و فرهاد نیمهٔ پر لیوان رو.» آرش یک بشکن زد و گفت: «آفرین، دقیقاً همین منظورم بود.» لیلا گفت: «فرهاد خیلی زرنگ بود که تونست اینو بفهمه. خب تعریف کن چه خبرها؟ چی شد که سرزده اومدی؟» آرش گفت: «می‌خواستم شما رو سورپرایز کنم.» فرهاد گفت: «خب نگفتی ما شاید تعطیلات تابستونی رو بریم مسافرت؟» آرش با خنده گفت: «دو هفته قبل تلفن کردم و گفتید هلند هستین، پس خونه هستین که بیام.» آرمیتا گفت: «فارسی بد پراتن[2] می‌کنه آرش (پراتن به فارسی یعنی حرف بزن).» لیلا با خنده گفت: «تو رو خدا ببین کی از کی فارسی ایراد

---

[1] Bekar
[2] Praten

می‌گیره.» فرهاد گفت: «آرش، حالا می‌گی تا بیشتر از خودت خبردار بشیم؟ من که هربار تماس گرفتی و پرسیدم چه خبرها، گفتی‌het gaat we «ای می‌گذره.» آرش گفت: «بعد از تموم شدن درسام چندتا opdrachto (دستوری که می‌دن و باید انجام بدی) خوب انجام دادم و حقوقم رو زیاد کردن. من هم پول‌هامو اسپارن[1] (پس‌انداز) کردم و الآن هم تصمیم دارم خونه بخرم.» فرهاد با تعجب گفت: «معلومه که مغز اقتصادی خوبی داری. لیلا، نگفتم آرش از اون جوون‌ها نیست که ولخرج باشه. دیدی؟!» لیلا با خوشحالی به آرش نگاه کرد و گفت: «آفرین پسرم. خوشحالم که به فکر آیندهٔ خودت هستی.» آرمیتا که تا حالا چیزی متوجه نشده بود، پرسید: «یعنی آرش rijk(پول‌دار) شده؟» آرش درحالی که آرمیتا را بغل می‌کرد، به هلندی گفت: «هنوز نه، ولی می‌خوام پول‌دار بشم.» فرهاد گفت: «امشب باید جشن بگیریم. من غذا سفارش می‌دم. هوراااااا...»

شب بعد از این‌که آرمیتا خوابید، لیلا و آرش و فرهاد در آرامش بعد از جشن کوچکی که گرفته بودند شروع به صحبت کردند. فرهاد دوست داشت آرش بیشتر صحبت کند، برای همین کمتر حرف می‌زد. هنوز آرش دربارهٔ تصمیم‌های مهمی که برای آینده‌اش گرفته بود چیز زیادی بیان نکرده بود که تلفن لیلا زنگ خورد و لیلا با عذرخواهی رفت تا تنهایی صحبت کند. فرهاد گفت: «خب ادامه بده.» آرش گفت: «از وقتی اومدم این چندمین باری هست که مامان می‌ره یواشکی praten(صحبت) کنه؟ is er een probleem (مشکلی پیش اومده؟)» فرهاد گفت: «نه، مشکلی نیست. مامانت درگیر خاله میتراست.» آرش پرسید: «خاله هنوز اقامت نگرفته؟» فرهاد جواب داد: «نه، جواب منفی داره.» آرش گفت: «پس می‌خواد terug naar Iran? (برگرده ایران؟)» فرهاد گفت: «الآن با یه مرد ایرانی که خرونینگن زندگی می‌کنه دوست شده و بیشتر پیش اون زندگی می‌کنه. ممکنه از طریق ازدواج بتونه اقامت بگیره.»

---

[1] Sparen

از توضیحات آرش معلوم بود که دربارهٔ آینده‌اش با برنامه‌ریزی خوبی تصمیمات منطقی گرفته. از نیروی زمینی ارتش (آرش استخدام نیروی زمینی ارتش هلند بود) یک بورسیه تحصیلی برای انگلیس گرفته بود که سه سال طول می‌کشید و در پایان این دوره، آرش پست خوب با حقوق بالایی می‌گرفت. فرهاد در روزهای بعد بیشتر با آرش صحبت کرد و البته دربارهٔ دل‌تنگی‌اش برای ایران. آرش هم گفت: «منم گاهی به ایران فکر می‌کنم، ولی اون‌قدر درگیر بودم که با این مسئله مشکل چندانی نداشتم.» فرهاد یک‌دفعه گفت: «چه خوب می‌شد اگه همگی با هم می‌تونستیم برای مسافرت بریم ایران.» آرش با تعجب گفت: «تا حالا بهش فکر نکرده بودم. می‌شه؟» فرهاد گفت: «اول باید مادرت رو راضی کنیم. بعد باید خدمت سربازی تو رو بخریم.» آرش پرسید: «چی بخریم؟» فرهاد گفت: «همهٔ پسرهای ایرانی که به سن هجده سالگی می‌رسن باید به مدت دو سال به خدمت سربازی برن.» آرش گفت: «ولی من که اینجا زندگی می‌کنم.» فرهاد گفت: «ولی اگه بخوای بری ایران باید پاسپورت ایرانی بگیری و اگه پاسپورت ایرانی بگیری، یعنی تو ایرانی هستی و همهٔ قوانین ایران شامل حالت می‌شه. البته می‌تونی به جاش پول بدی و خدمت رو بخری و سربازی نری.»

با برگشت آرش به ارتش و رفتنش به انگلیس، دوباره آرامش به خانهٔ لیلا و فرهاد برگشت. لیلا بسیار نگران به نظر می‌رسید و فرهاد با خودش می‌گفت: «چه کاری از دست من برمی‌آد جز این‌که برای آرمیتا وقت بیشتری بذارم تا بهانهٔ مامانش رو نگیره؟» هنوز چند روزی به پایان تعطیلات تابستانی مانده بود که رأی منفی دادگاه برای میترا صادر شد. ادارهٔ مهاجرت در نامه‌ای که به آدرس کمپ برای میترا فرستاده بود، از او درخواست کرده بود که با توجه به رأی منفی دادگاه، ظرف مدت دو هفته خاک هلند را ترک کند. میترا درحالی که با دستمال کاغذی بینی‌اش را پاک می‌کرد و روی مبل کنار لیلا نشسته بود، رو به لیلا کرد و با ناله گفت: «حالا چی کار کنم؟» لیلا دست میترا را توی دستانش گرفت و گفت: «مگه حالا چه اتفاقی افتاده؟ خودت هم از همون اول

می‌دونستی که شانس گرفتن جواب کمه. الآن هم باید با چنگ و دندون ازشون اقامت بگیری. مثل کاری که فرهاد و بقیه پناهنده‌ها کردن.» فرهاد سینی چای و قهوه را روی میز گذاشت و گفت: «تا زمانی که از کمپ اخراجت نکنن مشکلی نیست. اونجا زندگی می‌کنی. اون‌قدر می‌مونی تا یه بخشش عمومی دیگه اعلام کنن.» میترا با ناراحتی گفت: «اصلاً حرف کمپ رو نزن دیگه. من چند ماهه که دیگه اونجا زندگی نمی‌کنم و پیش محمد هستم. فکر این‌که دوباره به کمپ برگردم و اونجا زنگی کنم، دیوونه‌ام می‌کنه.» لیلا گفت: «فعلاً که پیش محمد زندگی می‌کنی، خب همین رو ادامه می‌دی. فقط برای مُهر زدن می‌ری کمپ.» میترا دوباره اشک‌هایش را پاک کرد و گفت: «ای بابا، اونم از وقتی که به تاریخ دادگاهم نزدیک می‌شد اخلاقش تغییر کرده.» لیلا پرسید: «تغییر کرده؟ یعنی چی؟» فرهاد با نگرانی به صورت میترا چشم دوخت تا ببیند موضوع چیست و ظرف یک ثانیه کل موضوع را در مغزش تجزیه‌وتحلیل کرد: «محمد گفته دیگه نباید اینجا باشی. میترا به کمپ برنمی‌گره، پس می‌خواد خونهٔ ما زندگی کنه. باز درگیری‌ها شروع می‌شه.» میترا رو به لیلا کرد و جواب داد: «چه می‌دونم. بهانه‌گیری می‌کنه. می‌گه چرا حمومت طول می‌کشه، آب زیاد مصرف می‌کنی، چراغ‌ها رو روشن نذار. اینجا ایران نیست و از این‌جور حرف‌ها.» لیلا گفت: «قبلاً هم گفته بودی که کمی خسیسه.» میترا گفت: «آره ولی الآن زیادتر شده. تازه با این‌که من پول خرج می‌کنم و از پول خودم کلی خوراکی می‌خرم، بیرون که می‌ریم اصلاً نشده حتی یه بار دست کنه توی جیبش و پول قهوه رو بده. یا اگه می‌گم شام بیرون بخوریم، می‌گه می‌ریم خونه و یه چیزی درست می‌کنیم. بعد که با اصرار من شام می‌خوریم، من همیشه پولش رو می‌دم.» لیلا گفت: «خب اشکالی نداره. اون هم داره حقوق بیکاری می‌گیره، دستش تنگه. اینجا زن و شوهر هر دو خرج می‌کنن و...» فرهاد با عصبانیت وسط حرف لیلا پرید و خیلی جدی و بلند پرسید: «لیلا! خودت به حرف‌هایی که می‌زنی اعتقادی داری؟ خودت هم خوب می‌دونی که با حقوق بیکاری می‌شه هفته‌ای یه بار بیرون قهوه خورد یا ماهی یکی دوبار بیرون

غذا خورد.» لیلا که فکر نمی‌کرد فرهاد در این موضوع دخالتی کند، با ملایمت گفت: «همه که یه جور نیستن. تو خودت گفتی که محمد خسیسه، مگه نه؟» بعد رو کرد به میترا و ادامه داد: «خسیس یا هرچی دیگه. فعلاً باید رعایت کنی عزیزم. سر به سرش نذار تا بتونی اقامت بگیری.» میترا بار دیگر به گریه افتاد، ولی این بار بدون اشک، چون دیگر اشکی برایش نمانده بود. فرهاد و لیلا فهمیدند که از خیلی از مسائل خبر ندارند. به همدیگر نگاهی کردند و فرهاد به لیلا اشاره کرد که آرمیتا را از آنجا ببرد. درحالی که لیلا دست آرمیتا را گرفته بود و به سمت حیاط پشتی می‌رفتند، آرمیتا پرسید: «مامان، چرا خاله میترا ان‌قدر گریه می‌کنه؟» فرهاد متوجه جواب لیلا نشد. بلند شد و آمد کنار میترا نشست و دست میترا را گرفت. این اولین باری بود که فرهاد دست‌های میترا را می‌گرفت. میترا بلندبلند گریه می‌کرد و وسط گریه چیزهای نامفهومی می‌گفت: «خیلی سخته فرهاد... دوستش ندارم... نمی‌تونم که... حالا باید.... چرا همه‌چیز باید... » فرهاد اجازه داد که میترا هر چقدر می‌خواهد گریه کند، ولی در سکوت خودش به این فکر می‌کرد که چرا اصلاً باید مهاجرت و پناهندگی باشد که بعد یک انسان این‌طور دل‌شکسته شود. خیلی دلش به حال میترا و امثال میترا می‌سوخت، ولی با خودش می‌گفت: «اگه می‌شد به همه اجازه بدن که اینجا زندگی کنن، چقدر خوب می‌شد.» اما خودش هم می‌دانست این خواسته‌اش غیرممکن است. بعد از آرام شدن میترا، فرهاد صلاح ندانست که سرزنش‌ها و تکرار اخطارهای گذشته را شروع کند. بنا شد چند روزی میترا در خانهٔ آن‌ها بماند تا فرهاد تلفنی با محمد صحبت کند و ببیند قصد و نیت واقعی محمد چیست و آیا می‌تواند به میترا در این شرایط سخت کمک کند.

با اتمام تعطیلات تابستانی، فرهاد کارش را در شرکت مجدداً شروع کرد. رئیس شرکت بازنشسته شده بود و رئیس جدیدی به شرکت آمده بود. برخلاف ایران که با روی کار آمدن رئیس جدید تغییرات زیادی ایجاد می‌شود تا به اصطلاح خودی نشان بدهد، در اینجا با تغییر ریاست تغییرات چندنی در قوانین و یا شرایط کارمندان به وجود نمی‌آمد.

فرهاد با مسئولیتی که در بخش خودش داشت پروژه‌ای را در دست گرفت که زمان زیادی در شرکت بدون نتیجه مانده بود. او با خودش می‌گفت: «ای بابا، باز داری خودت رو به زحمت می‌ندازی. تو که این کارهای اضافه رو انجام بدی یا ندی تأثیری در حقوقت نداره، برو دنبال همون مسئولیت آزمایشگاه خودت.» در واقع مسئولیتی که فرهاد بابتش حقوق می‌گرفت این بود که آزمایشگاه را برای انجام پروژه‌ها آماده نگه دارد، همهٔ دستگاه‌ها را در هفته یا ماه کنترل می‌کرد و قابل استفاده نگه می‌داشت، امنیت آزمایشگاه که خیلی مهم بود و آزمایشات روتینی که هر مسئول آزمایشگاهی، بسته به نوع آزمایشگاهی که مسئولش بود، باید انجام می‌داد. ولی فرهاد با توجه به تجربهٔ کاری که پیدا کرده بود، وقت آزاد پیدا می‌کرد و دوست داشت که خودش قسمت‌هایی از پروژه‌های مهمی را که بسیار دشوار بودند، انجام دهد. البته مجبور نبود ولی اگر خودش می‌خواست، می‌توانست با هماهنگی سرپرست پروژه، به انجام آن کمک کند. فرهاد چندبار این کار را کرده بود، ولی بازهم به خاطر داشتن مشکل زبان نتوانسته بود نتایج کارش را به خوبی مطرح کند تا اهمیت کارهایی که انجام داده بود برای دیگران نمایان شود. همیشه زمانی که نتایج آزمایش‌هایش را به سرپرست پروژه توضیح می‌داد، با خوشحالی دستی به پشت فرهاد می‌زد و می‌گفت: «پسر، تو محشری. از کجا به فکرت رسید که این آزمایش رو انجام بدی؟» بعد خودش آزمایشات فرهاد را تکمیل می‌کرد و پروژه را به اتمام می‌رساند و هیچ اسمی از همکاری فرهاد برده نمی‌شد.

همهٔ کارمندان در آخر هر سال یک ارزشیابی داشتند که باید به سؤالاتی دربارهٔ بهره‌وری کاری پاسخ می‌دادند. سؤالات دربارهٔ کاری که فرد مسئولش بوده، آیا خوب انجام داده، کاری اضافه بر مسئولیتش انجام داده، چطور انجام داده و... . از سه نفر از همکارانی که فرد پاسخ‌دهنده خودش معرفی می‌کرد، همین سؤال‌ها را دربارهٔ کیفیت کاری فرد پاسخ‌دهنده می‌پرسیدند. آخر هر سال، هر کارمند یک وقت ملاقات نیم ساعته با رئیس شرکت داشت و دربارهٔ فرم ارزشیابی که خودش و سه نفر ازهمکارانش پر کرده بودند، با

رئیس شرکت حرف می‌زد. رئیس شرکت با توجه به جواب‌ها تعیین می‌کرد که کیفیت کاری کارمند عالی، خوب، متوسط یا ضعیف است و با توجه به این ارزش‌گذاری مشخص می‌شد که حقوق کارمند در سال بعد چه مقدار باید افزایش یابد و البته اگر ارزش‌گذاری ضعیف بود، حقوق کارمند افزایشی پیدا نمی‌کرد. فرهاد همیشه خوب ارزیابی می‌شد. چه سال‌هایی که قسمتی از یک پروژه را علاوه بر مسئولیتش انجام داده بود و چه سال‌هایی که هیچ کار اضافه‌ای انجام نداده بود. در حقیقت فرهاد مسئولیت خودش را خوب انجام می‌داد و این‌که کارهای بیشتر از مسئولیتش انجام داده بود، تأثیری بر ارزشیابی‌اش نداشت. همین مسئله باعث می‌شد که هربار که تصمیم می‌گرفت از وقت اضافی خودش برای کمک به پروژه‌ای دیگر استفاده کند، با خودش کلی کلنجار برود: «باز داری خودت رو به دردسر می‌ندازی؟ خودت می‌دونی که با این کارها توقع‌ها می‌ره بالا و کم‌کم فکر می‌کنن وظیفهٔ توئه که این قسمت از کار پروژه رو انجام بدی.» از طرف دیگر، فرهاد انجام این نوع آزمایشات را دوست داشت و فکر می‌کرد می‌تواند دیده شود. چیزی که نیاز هر خارجی در جامعهٔ هلند است. شرکت هم نمونهٔ کوچکی از جامعهٔ هلند بود که واقعاً فرهاد گاهی در آن دیده نمی‌شد. صبح‌ها که وارد اتاق می‌شد سلام می‌کرد و خیلی‌ها جواب سلام او را نمی‌دادند. بعد از چندبار با خودش گفت: «بی‌خیال بابا» و زمانی که صبح‌ها وارد می‌شد، دیگر سلام نمی‌کرد. مستقیم می‌رفت کیفش را در کمدش می‌گذاشت و کاپشنش را آویزان می‌کرد. همین موقع خانمی که در آزمایشگاه شیمی کار می‌کرد با صدای بلند رو کرد به فرهاد و گفت: «صبح به خیر فرهاد.» و بعد ادامه داد: «ایران رو نمی‌دونم، ولی اینجا کسی که صبح وارد می‌شه صبح به خیر می‌گه.» فرهاد جواب صبح به خیرش را داد و از اتاق خارج شد. چرا نگفته بود که چندبار صبح به خیر گفته بود، ولی کسی جوابش را نداده بود؟ چرا این بار که چیزی نگفته بود، دیده شده بود؟ جالب است که اکثر همکاران فرهاد، حتی همین خانمی که در قسمت شیمی کار می‌کرد، بسیار مهربان بودند و به فرهاد کمک می‌کردند. فرهاد اصلاً نمی‌توانست به این

فکر باشد که این‌ها نژادپرست هستند. اولین چیزی که بعضی از خارجی‌ها در برخورد این‌چنینی دربارهٔ هلندی‌ها می‌گویند. شاید هم تقصیر از فرهاد بود که در وقت‌های استراحت و ناهار و قهوه خوردن زیاد در جمع همکاران نبود و اگرهم بود زیاد حرف نمی‌زد. بیشتر حرف‌هایشان را نمی‌فهمید و زمانی که همکارانش دربارهٔ موضوعی با هم می‌خندیدند، علتش را نمی‌دانست چون موضوع را نمی‌فهمید. همان مشکل همیشگی زبان که مشابه دریچه‌ای به سوی دنیای جدید است، هرچقدر کمتر زبان آن دنیای جدید را بلد باشی، کمتر می‌توانی از آن دنیای جدید شناخت پیدا کنی و شناخت کمتر از دنیای جدید باعث می‌شود کمتر هم با آدم‌های دنیای جدید آمیخته بشی.

به‌هرحال فرهاد نمی‌دانست دقیقاً چرا در وقت اضافه‌اش به پروژه‌ها کمک می‌کرد، ولی بازهم امسال بعد از تعطیلات تابستانی و شروع مجدد کارش انجام قسمتی از یک پروژه را که مدت‌ها روی دست شرکت مانده بود، قبول کرده بود. پروژهٔ دشواری که فرهاد تصمیم گرفته بود با انجام آزمایشاتی راه بیرون رفتن از مشکل را به سایر همکارانش نشان بدهد تا اون‌ها بتوانند پروژه را به اتمام برسانند.

آرمیتا بعد از تعطیلات تابستانی به مدرسه رفت. فرهاد اشک‌های آرمیتا را روز اول دبستان فراموش نخواهد کرد. آرمیتا درحالی که گریه می‌کرد از آغوش فرهاد جدا شد و از او قول گرفت که سر ساعت، حتی چند دقیقه زودتر بیاید دنبالش. لیلا به فرهاد گفت: «تو شرکت هستی و نمی‌تونی بیای دنبالش و من باید بیام دنبالش. چرا قول الکی می‌دی به بچه؟» فرهاد گفت: «امروز زودتر از شرکت می‌آم تا بتونم خودم دنبالش بیام.» لیلا گفت: «عجب، تو که بچه نمی‌خواستی! حالا چطور شده این‌قدر به آرمیتا وابسته شدی؟» فرهاد با پوزخندی گفت: «سؤال مسخره‌ایه. کدوم پدریه که بچه‌هاش رو دوست نداشته باشه؟ اصلاً چه ربطی داره به صحبت‌های ما قبل از تولد آرمیتا؟» لیلا خواست چیزی بگوید که فرهاد گفت: «دیرم می‌شه و باید برم.» و فوری با اتومبیلش دور شد. در طول راه، فرهاد با خود فکر می‌کرد که چرا روابطشان مثل سابق گرم و صمیمی نیست. زمانی که اقامت

نداشتند، رابطهٔ گرم و صمیمی‌شان باعث شده بود که دوران سخت را تحمل کنند. آیا حالا دیگر به اون رابطه گرم و صمیمی نیازی نداشتند؟ یا اولویت‌های زندگی آن‌ها تغییر کرده بود؟ مسلماً لیلا به خاطر درگیری خواهرش اولویت جدیدی پیدا کرده بود، اما فرهاد چطور؟ آرمیتا اولویت فرهاد بود؟ آرمیتا اولویت فرهاد بود؟ ممکن نبود که آرمیتا اولویت لیلا نباشد. برای هر مادری، فرزند اولویت اول است. پس یک چیز مشترک داشتند که برای هردو واجد اهمیت بود. فرهاد می‌دانست که زندگی در غربت با داشتن یک دوست یا همسر صمیمی خیلی آسان‌تر است، پس حداقل اگر به نیاز هم که شده نگاه کنیم، لازم بود که این رابطه گرم و صمیمی بشود. فرهاد با خودش گفت: «درست می‌شه. لیلا رو می‌شناسم. مشکلات‌مون جدی نیستن. همه‌چیز درست می‌شه.»

فرهاد به میترا و لیلا قول داده بود که در رابطه با وضعیت میترا با محمد صحبت کند، برای همین روزی به محمد تلفن کرد. بعد از سلام و احوال‌پرسی تلفنی با محمد، پرسید: «از ترک خاک میترا خبر داری؟» محمد گفت: «آره طفلی، خیلی ناراحت شدم.» فرهاد گفت: «همه ناراحت شدیم، ولی چه کاری از دست‌مون برمی‌آد که براش انجام بدیم، این مهمه.» محمد گفت: «من بهش گفتم اگه از کمپ بیرونت کردن و دوست داشتی می‌تونی یه مدت بیای خونهٔ من.» فرهاد گفت: «این لطف تو رو می‌رسونه، ولی این کمک کوتاه‌مدت هستش و خودت هم می‌دونی که دردی رو دوا نمی‌کنه.» محمد گفت: «خب دست من که نیست بهش اقامت بدم فرهاد جان. این چیزیه که از دست من برمی‌آد. شما هم اگه بهش کمک مالی کنین خوبه. بالاخره اینجا خونهٔ من هم بمونه باید خرج خودش رو بده. خودت که می‌دونی با حقوق بیکاری نمی‌شه خرج دو نفر رو داد.» فرهاد گفت: «ببین محمد جان، من دقیقاً نمی‌دونم دوستی شما چقدر پیش رفته، ولی چون این اواخر میترا همیشه خونهٔ تو بوده، من فکر می‌کنم دوستی و احساس عاطفی بین شما شکل گرفته و ...» محمد وسط حرف فرهاد پرید و گفت: «این‌ها رو میترا بهت گفته یا برداشت خودته؟» فرهاد گفت: «هم میترا چیزهایی گفته و هم برداشت من و لیلاست.»

محمد گفت: «ببین عزیزجان. میترا خانم دوست نداشت تو کمپ بمونه و گفت می‌خواد از کمپ بزنه بیرون. منم گفتم خب بیا خونهٔ من. می‌خواستم روحیه‌اش بهتر بشه. حالا اگه برای خودش تصوراتی ایجاد کرده یا شما از این بابت که مدتی خونهٔ من بوده، تصوراتی پیدا کردین، مشکل من نیست دادا.» فرهاد پرسید: «یعنی تو میترا رو دوست نداری؟» محمد جواب داد: «از چه نظر دوست داشته باشم؟ خب به‌عنوان هم‌وطن...» این بار فرهاد وسط حرفش پرید و گفت: «محمد جان، دیگه این چرت‌وپرت‌ها رو تحویل من نده دادا. من خودم که می‌دونی تو کمپ بودم و گذشته‌ام پر از این لات‌بازی‌هاست. منظورم این بود که تو و میترا به همدیگه اون‌قدر علاقه پیدا کردین که بشه روی یک رابطهٔ دائمی حساب کرد تا هم میترا اقامتش رو بگیره و هم شما زندگی مشترکی رو شروع کنین؟» محمد گفت: «آهان، از اون نظر که نه. من اصلاً اهل زن گرفتن نبوده‌ام و نیستم. میترا دختر خوبیه و ایرادی هم نداره. با همدیگه مشکلی هم نداریم، ولی من خیال ازدواج ندارم.» فرهاد گفت: «خیال ازدواج نداری، ولی می‌تونی کمکش کنی تا اقامت بگیره.» محمد گفت: «یعنی باید با من ازدواج کنه تا از طریق من اقامت بگیره و بعدش جدا بشیم، آره؟» فرهاد گفت: «حتماً لازم نیست ازدواج کنین. هم‌خونه هم که باشین می‌شه، ولی باید طوری زندگی کنین که ادارهٔ مهاجرت باور کنه که همدیگه رو دوست دارین.» محمد جواب داد: «خب این هم می‌شه، ولی به‌هرحال میترا رو دوست دارم و اگه بتونم بهش کمک می‌کنم که اینجا بمونه. چرا که نه.» فرهاد در فکرش خوشحال بود که بالاخره کمک و روزنهٔ امیدی پیدا می‌شود. محمد سپس ادامه داد: «ولی تو این جریان من چه استفاده‌ای می‌برم؟ میترا خانم اقامتش رو می‌گیره، شماها هم خوشحال می‌شین، ولی من چی؟ بعدش نمی‌گین عجب خنگی رو گیر آوردیم؟ الآن نزدیک سی هزار یورو می‌گیرن تا با ازدواج صوری یکی بیاد اینجا. تازه طرف آشنا هم نیست و ممکنه پول بگیره، ولی بعدش زیر حرفش بزنه. حالا من که این‌جور آدمی نیستم، ولی به نظرت نباید من هم این وسط خوشحال بشم و چیزی دستم بیاد؟» فرهاد گفت:

«آهان، پس تو به خاطر پول می‌خوای این کار رو انجام بدی؟ من فکر می‌کردم به خاطر میتراست.» محمد گفت: «میترا خانم که جای خودش. دوستش هم دارم، و این مدت هم کم نذاشتم. حالا هم می‌خوام کمکش کنم، ولی خب هر معامله‌ای باید طوری باشه که هر دو طرف سود کنن دیگه.»

فرهاد همان شب، زمانی که آرمیتا خواب بود، ماجرا را برای میترا و لیلا تعریف کرد. لیلا گفت: «باز خوبه که رک و راست حرفش رو زده و می‌دونیم جای امیدواری هست که بشه از این طریق میترا اقامت بگیره.» میترا با عصبانیت گفت: «بی‌خیال لیلا! تو این آدم رو نمی‌شناسی. پول که بدی باز هزار جور بامبول درمی‌آره و کلی اذیت می‌کنه. تازه شرط گذاشته که من برم باهاش زندگی کنم. من دیگه نمی‌تونم با همچین مردی زندگی کنم.» فرهاد گفت: «اون شرط نذاشته. باید بری باهاش زندگی کنی تا ادارهٔ مهاجرت شک نکنه.» لیلا گفت: «اصلاً هم لازم نیست. عزیزم می‌تونی با ما زندگی کنی و هفته‌ای یه بار بری خونه‌اش سر بزنی. مهم اینه که آدرس خونهٔ تو و محمد در شهرداری یکی باشه.» فرهاد گفت: «حالا از همهٔ این‌ها بگذریم. فکر کردی که این‌همه پول رو از کجا می‌تونی جور کنی میترا؟ کم پولی نیست ها!» میترا غمگین گفت: «خودم ایران پول دارم. طلا و جواهراتم هست. مامانم کمک می‌کنه.» لیلا اضافه کرد: «ما هم می‌تونیم کمکت کنیم. جور می‌شه. خودم باهاش صحبت می‌کنم تا ازش تخفیف بگیرم و ببینم می‌شه با بیست هزارتا راضیش کرد.» فرهاد گفت: «من با این کار مخالفم. تو باید سه سال تحمل کنی. هرچی گفت باید قبول کنی چون تا سه سال کاملاً اقامتت بستگی به محمد داره. منم گفتم که این آدم رو می‌شناسم. نمی‌شه روی قولش و حرفش حساب کرد.» لیلا گفت: «فرهاد، الکی حرف نزن. اگه اینو قبول نداری راه‌حل دیگه‌ای پیشنهاد بده.»

خبر فوت پدر فرهاد کاملاً ناگهانی و در اواخر سال ۲۰۱۵ به او رسید. سر کار بود که یکی از دوستانش زنگ زد و خبر داد. بلافاصله به مادرش زنگ زد، ولی نتوانست زیاد حرف

بزند چون مادرش فقط گریه و ناله می‌کرد. «اگه الآن تو بودی لازم نبود جنازهٔ بابات رو غریبه‌ها جمع کنن. اگه بودی کمک‌دست داشتم. اگه بودی... اگه بودی...» فرهاد به همهٔ این «اگرها» فکر می‌کرد. به همهٔ اگرهای دنیا. به همهٔ خواسته‌های مردم دنیا. خبر فوت پدرش اگر سال قبل به او می‌رسید کمتر دردناک بود، ولی از وقتی که غم غربت در فرهاد شدت گرفته بود، همه‌چیز تحت تاثیر این حس بود، حتی درد فوت پدرش را بیشتر حس می‌کرد. چرا نتوانسته بود برای آخرین بار پدرش را ببیند؟ چرا زودتر به فکرش نرسیده بود که به ایران سفر کند؟ می‌ترسید آنجا دستگیر شود؟ خیلی‌ها که رفتند و برگشتند بدون هیچ مشکلی. فقط کافی بود به سفارت ایران بروی، یک توبه‌نامه امضا کنی تا پاسپورتت را بدهند و بعد بروی ایران.

اصلاً حال و حوصلهٔ برگزاری جشن سال نو، درخت کریسمس و بقیه چیزها را نداشت، ولی به خاطر آرمیتا که برای رسیدن این جشن روزشماری می‌کرد، سعی داشت خودش را شاد نشان بدهد. میترا وسایلش را از کمپ به خانهٔ آن‌ها آورده بود و لیلا می‌خواست به خاطر روحیه دادن به خواهرش، جشن مفصلی بگیرد. فرهاد با این امید که تابستان به ایران مسافرت خواهد کرد، مقداری سرحال شده بود تا در تدارک جشن‌ها انگیزهٔ لازم را داشته باشد.

جشن سال نو را هم‌زمان جشن نامزدی محمد و میترا اعلام کردند. محمد بالاخره با اصرارهای لیلا به بیست و پنج هزار یورو رضایت داد، البته با کلی منت. قرار شده بود از تعطیلات سال نو، میترا خودش را در شهرداری، هم‌خانهٔ محمد ثبت‌نام کند. قبل از این کار، باید ده هزار یورو نقد به محمد می‌داد و بقیه پول را زمانی که میترا کارت اقامت یک ساله‌اش را می‌گرفت. بعد از آن به مدت سه سال، هر سال ادارهٔ مهاجرت نگاه می‌کرد که آیا هنوز با هم زندگی می‌کنند تا اقامت میترا را یک سال دیگر تمدید کند تا بعد از سه سال بتواند اقامت دائم بگیرد. به مهمان‌ها که بیشترشان ایرانی‌هایی بودند که از قدیم با آن‌ها آشنا بودند، میترا و محمد را به‌عنوان نامزد معرفی کردند. میترا با لحن تلخی

می‌گفت: «اصلاً فکر نمی‌کردم توی جشن نامزدیم هیچ احساسی به نامزدم نداشته باشم. باید جلوی همه دستش رو بگیرم، باهاش شوخی کنم و از ته دل بخندم. گاهی فکر می‌کنم دارم توی یه فیلم بازی می‌کنم.» لیلا درحالی که بغلش می‌کرد، گفت: «عزیزم، همین بهترینه که فکر کنی داری فیلم بازی می‌کنی. این دوران هم می‌گذره و تموم می‌شه. اقامت می‌گیری و به زندگی واقعی برمی‌گردی.» میترا با دلهره گفت: «نکنه دنیای واقعی همینه لیلا؟ اصلاً دیگه شک دارم دنیای واقعی و خیالی کدومه!»

اکبر مثل خدمتکار فقط دنبال انجام دادن دستورات سنیتا بود، بااین‌حال با بزرگواری نقش پدری مهربان را بازی می‌کرد و از داشتن پسری زیبا مغرور بود. مژگان با دوست هلندی‌اش به جشن آمده بود و با کنایه آرام به لیلا گفت: «از مردهای ایرانی جز نامردی چیزی به ما زن‌ها نمی‌رسه. همون بهتر که با یه مرد هلندی باشیم.» لیلا با خنده گفت: «مردها همه‌شون یه جورن. دیگه هلندی و ایرانی نداره.» فرهاد که هنگام این بحث زنانه داخل آشپزخانه شده بود، گفت: «باز دارین غیبت مردها رو می‌کنین؟ شما زن‌ها کی می‌خواین دست از سر مردها بردارین؟ خب اگه بد هستن، چرا باهاشون رابطه برقرار می‌کنین؟» مژگان گفت: «خب یکی باید آشغال‌ها رو آخر شب بذاره دم در، لامپ سوخته رو عوض کنه یا تو مسافرت چمدون‌ها رو حمل کنه.» فرهاد گفت: «آهان پس شما مژگان خانم دنبال نوکر قوی می‌گردی، آره؟ حالا این دوست شما چند وقته که افتخار نوکری شما رو دارن؟» مژگان با خنده گفت: «تابستون باهاش آشنا شدم. از زنش جدا شده، یه دختر داره که با زنش زندگی می‌کنه، وضع مالیش خوبه، مثل مردهای ایرانی خسیس نیست، البته اگه اون دخترش بذاره چون هر هفته می‌خواد از باباش پول بگیره. یه بار می‌خواد برای دانشگاهش لپ‌تاپ بخره. رفته اتاق بزرگ اجاره کرده تا پولش رو باباش بده. می‌گم خب یه اتاق کوچیک بگیره، واسش کفایت می‌کنه.» لیلا گفت: «زیاد به دوستت گیر نده که فکر کنه داری بهش دستور می‌دی و ناراحت بشه.» مژگان گفت: «نه بابا، طوری می‌گم که خودش هم بفهمه واسه خودش بهتره. گفتم تا کی می‌خوای

برای زن و بچه‌ات زندگی کنی، از پولت لذت ببر.» فرهاد گفت: «مطمئنم دیگه می‌تونی تمام پول بیکاریت رو پس‌انداز کنی، آره مژگان؟ نگو نه که نمی‌تونی جلوی قاضی معلق‌بازی در بیاری.» مژگان با خنده گفت: «آقا فرهاد، چقدر باهوشی شما. البته که باید پول دوستی با منو بپردازه. خودت می‌دونی که اینجا هیچ‌چیز مجانی نیست.» سپس رو کرد به لیلا و گفت: «راستی میترا چه شانسی آورده که داره با آقا محمد ازدواج می‌کنه. دیگه لازم نیست مثل ما اون‌همه بدبختی و بی‌خانمانی رو تحمل کنه.» لیلا که مشغول آماده کردن سالاد بود، گفت: «از خداش باشه آقا محمد. خواهرم مثل دسته‌گل می‌مونه. البته محمد خیلی اصرار کرد. میترا قبول نمی‌کرد. کلی از من و فرهاد خواست که با میترا حرف بزنیم و راضیش کنیم. به میترا گفتم گناه داره، تو رو از صمیم قلب دوست داره، توهم که بالاخره باید ازدواج کنی، اون هم آدم اهل زندگیه. فرهاد می‌گه تو کمپ به هیچ زنی نگاه نمی‌کرد.» مژگان با شیطنت گفت: «نکنه مشکلی داره که نگاه نمی‌کرد.» بعد او و فرهاد خندیدند، ولی لیلا فقط به فرهاد چشم‌غره رفت. مژگان که دید لیلا ناراحت شده، بحث تازه‌ای را پیش کشید و گفت: «ولی آقا محمد سر کار نیست. این‌جوری نمی‌تونه برای زنش اقامت بگیره. درسته فرهاد؟ باز تو بهتر از همهٔ ما می‌دونی.» فرهاد تا خواست جواب بدهد که درست است و قبلاً این را به میترا و لیلا گفته، لیلا به جای فرهاد جواب داد: «آره ولی می‌خواد بره سر کار. الآن هم داره دنبال کار می‌گرده. تازه اگر هم کار نداشته باشه، وقتی ادارهٔ مهاجرت ببینه که واقعاً به همدیگه علاقه دارن، بالاخره قبول می‌کنه دیگه.» مژگان نشان داد که از جواب میترا قانع نشده است و گفت: «به‌هرحال امیدوارم کارش درست بشه و از بلاتکلیفی در بیاد. همهٔ ما این دوران سخت رو گذروندیم. می‌فهمیم چقدر سخته. ای کاش آرش هم می‌تونست از دانشگاهش در انگلیس مرخصی بگیره تا امشب اینجا پیش ما بود. خیلی وقته ندیدمش.» لیلا با تعجب پرسید: «تو از کجا می‌دونی آرش انگلیس دانشگاه نظامی تحصیل می‌کنه؟» مژگان با دستپاچگی گفت: «خودت گفتی عزیزم، یادت نیست؟» لیلا اول به فرهاد نگاه کرد و بعد

به مژگان و گفت: «من نگفتم. اگر گفته بودم یادم بود عزیزم. لابد فرهاد گفته بهت.» فرهاد که از حرف مژگان تعجب کرده بود، گفت: «من خیلی وقته با مژگان تماس نداشتم. من چیزی نگفتم.» مژگان با خنده‌ای مصنوعی گفت: «وا، من که علم غیب ندارم. بالاخره یکی از شماها بهم گفتین دیگه. حالا مگه چی شده؟ یه مسئلۀ محرمانه بود که من نباید باخبر می‌شدم و حالا فهمیدم؟» لیلا گفت: «نه عزیزم، محرمانه چیه؟ فقط تعجب کردیم تو از کجا این رو می‌دونی. شاید هم من لابه‌لای حرف‌هام بهت گفتم.»

کار پرداخت پول به محمد که تمام شد، میترا توانست به‌عنوان هم‌خانۀ او در شهرداری ثبت‌نام کند. حالا باید همۀ مدارکش را با خودش به ایران می‌برد و از طریق سفارت هلند در ایران درخواست اقامت می‌داد. در صورت موافقت می‌توانست با اقامت یک ساله به هلند برگردد. میترا مقداری از وسایلش را مثل لباس و لوازم شخصی در خانۀ محمد گذاشته بود و هفته‌ای یک روز به آنجا می‌رفت. در خانۀ لیلا و فرهاد، به پیشنهاد فرهاد، شروع کرد به تمرین زبان هلندی. نگه‌داری از آرمیتا بعد از مدرسه بزرگ‌ترین کمک برای فرهاد و لیلا بود، هرچند که بابت این کمک تقریباً نصف پولی را که باید به محمد می‌دادند، به عهده گرفته بودند.

فرهاد دربارۀ سفر به ایران با لیلا صحبت کرد، ولی لیلا قبول نکرد. مطمئن بود همسر سابقش هنوز دنبال اوست تا انتقام بگیرد. لیلا گفت: «کافیه پام به ایران برسه. حتماً یه کاری می‌کنه که دیگه نتونم برگردم.» فرهاد گفت: «از کجا معلوم هنوز تو فکر انتقامه؟ از اون زمان خیلی گذشته لیلا. آرش هم که دیگه بچه نیست که نگران ازدست‌دادنش باشی.» لیلا با ناراحتی به چشم‌های فرهاد نگاه کرد و گفت: «تو فکر می‌کنی من دلم برای ایران، برای مادرم، فامیلم تنگ نشده؟» فرهاد گفت: «خب باهاش صحبت می‌کنیم. همه‌چیز حل می‌شه و تو دیگه راحت می‌شی.» لیلا گفت: «به همین سادگی؟ تو اونو نمی‌شناسی. خیلی کینه‌ایه. هیچ چیز رو فراموش نمی‌کنه. آرش هم که مشکل سربازی داره.» فرهاد گفت: «با آرش صحبت کردم. پولش رو جمع کرده، رفته سفارت تا سربازیش

رو بخره.» لیلا با عصبانیت گفت: «اون بچه رو هم هواییش کردی؟ بدون مشورت با من؟ فرهاد چرا توی کاری که بهت مربوط نیست دخالت می‌کنی؟» فرهاد با تعجب گفت: «به من مربوط نیست؟» لیلا که دید حرف بدی زده، گفت: «منظورم اینه که چرا با من مشورت نکردی؟ اگه باباش نذاشت برگرده چی؟» فرهاد جواب داد: «آرش بیست و چند سالشه. دیگه نه باباش می‌تونه برای زندگیش تصمیم بگیره نه شخص دیگه‌ای. من فقط بهش گفتم می‌خوام برم ایران، اونم گفت دوست داره جایی رو که به دنیا اومده ببینه، همین. باید بگم خیلی هم خوشحالم که آرش علاقه پیدا کرده به ایران بیاد. بارها گفتم که بچه‌های ما اینجا صددرصد هلندی که نمی‌شن. اگه ملیت اول خودشون رو هم فراموش کنن، دچار بی‌هویتی می‌شن. پس بهتره رابطه‌شون رو با ایران حفظ کنن، مخصوصاً با فرهنگ ایرانی.» لیلا با لحنی متفکرانه گفت: «فرهاد، برات عجیب نیست که آرش یک‌دفعه به فکر ایران افتاده؟» فرهاد گفت: «خب هم‌زمان شده با فوت پدرم و دلتنگی من به ایران. این‌ها شاید انگیزه شده براش.» لیلا گفت: «با شناختی که من از آرش دارم، عجیبه که این چیزها بهش انگیزه بده.» فرهاد پرسید: «پس فکر می‌کنی چی شده؟» لیلا جواب داد: «می‌ترسم پدرش باهاش تماس گرفته باشه و تشویقش کرده باشه بره ایران.» فرهاد گفت: «چه بهتر. بالاخره پدرشه، دوست داره پسرش رو ببینه. هر پدر و مادری از بزرگ شدن و پیشرفت بچه‌هاشون لذت می‌برن.» لیلا گفت: «من به آرش می‌گم که تنهایی اجازه نداره بره ایران. تو باید همه‌جا باهاش باشی. اون فارسیش خوب نیست، اونجا رو نمی‌شناسه، ممکنه سرش کلاه بذارن. مخصوصاً پدرش.» فرهاد با خنده گفت: «هنوز هم ازش نفرت داری؟ بس کن لیلا! اون مرد پدر پسرته، هرچند که بد باشه.» لیلا گفت: «تو مردی نمی‌فهمی. بعضی از بلاهایی که یه مرد سر یه زن میاره، زن هرگز فراموش نمی‌کنه.» فرهاد درحالی که دست لیلا را با مهربانی گرفته بود، گفت: «می‌دونم. نگفتم فراموش کن. گفتم اون مرد پدریه که دلش می‌خواد پسرش رو ببینه.

باشه، قول می‌دم اگه آرش با من اومد ایران، همه‌جا باهاش باشم و با خودم برش گردونم صحیح و سالم پیش مادرش، اوکی؟»

برای درخواست اقامت از طریق ازدواج میترا می‌بایست به ایران برمی‌گشت و از طریق سفارت هلند در تهران اقدام می‌کرد. قرار شد میترا، فرهاد و آرش با هم به ایران سفر کنند و با هم برگردند. فرهاد از سفارت ایران پاسپورت ایرانی‌اش را دریافت کرد و آرش با پرداخت دو هزار یورو توانست خدمت سربازی‌اش را بخرد تا موقع برگشت مشکلی برای خروجش از ایران نداشته باشد. هر سه نفر با دل‌نگرانی‌های خودشان می‌خواستند به ایران برگردند. میترا مطمئن نبود که به او اقامت می‌دهند یا نه. فرهاد با این‌که فرم توبه‌نامه را پر کرده و پاسپورت ایرانی‌اش را گرفته بود، ولی بازهم نگران بود که آیا موقع برگشت مشکلی برایش پیش می‌آید یا نه. و آرش نیز نگرانی‌های خودش را داشت و بهتر دید که قبل از سفر با فرهاد صحبت کند.

در تعطیلات ماه مه، آرش برای چند روزی پیش فرهاد و لیلا بود. از همه بیشتر آرمیتا خوشحال بود چون داداش آرش برایش سوغاتی حسابی آورده بود. آرش، فرهاد را دعوت کرد تا یک روز با هم نوشیدنی بخورند. وقتی لیلا با ناراحتی گفت: «ما هم می‌آیم. چرا فقط فرهاد رو دعوت می‌کنی؟» آرش گفت: «به قول ایرانی‌ها، مجلس مردونه‌ست.» میترا خندید و گفت: «خاله، خوبه هنوز پات به ایران نرسیده داری اداهای زشت مردهای ایرانی رو یاد می‌گیری.» بالاخره خانم‌ها راضی شدند که به فرهاد و آرش دو ساعت مرخصی بدهند و بعداً همگی به پیک‌نیک بروند.

فرهاد درحالی که آرام قهوه‌اش را مزه می‌کرد به صحبت‌های آرش که به هلندی بیان می‌کرد گوش می‌داد و در این فکر بود که موضوع را چطور به گوش لیلا برساند تا قشقرق به پا نشود. حالا فرهاد می‌فهمید که مژگان از کجا می‌دانست که آرش در دانشگاه نظامی در انگلیس مشغول تحصیل است چون از مدت‌ها قبل با آرش، به دور از چشم لیلا و فرهاد در تماس بود. آرش از طریق مژگان با دختری در ایران آشنا می‌شود. از طریق چت

مدتی با هم تماس داشتند. آرش چند ماه پیش چند روزی به ترکیه می‌رود. جایی که با آن دختر قرار ملاقات داشت. مژگان نیز همراه آرش و دوست هلندی‌اش به ترکیه می‌روند. الآن هم قرار شده که آرش به ایران برود تا با خانوادهٔ دختر آشنا شود و برای خواستگاری قرار بگذارند و همهٔ این کارها به دور از چشم لیلا و فرهاد انجام شده بود. فرهاد پرسید: «خب چرا من؟ چرا مادرت رو در جریان نذاشتی پسر؟» آرش جواب داد: «بابا فرهاد، خودت که مامان رو می‌شناسی. داد و قال می‌کرد و می‌گفت نه. بعدشم با خاله مژگان دعوا راه می‌نداخت. خاله مژگان گفت تا زمانی که قضیه ازدواج حتمی نشده چیزی به مامانت نگو. به تو هم که می‌گفتم می‌دونستم صددرصد به مامان می‌گی، نمی‌گفتی؟» فرهاد گفت: «آرش جان، این موضوع مهمه و به نظرم مامانت حق داره بدونه.» آرش گفت: «دیدی، پس می‌گفتی.» فرهاد گفت: «من نمی‌فهمم. خب من یا مامانت نظرمون رو می‌دیم، خواستی قبول کن خواستی نکن. زندگی خودته و خودت باید تصمیم بگیری.» آرش گفت: «ولی مامان بارها گفته باید با اونی که من می‌گم ازدواج کنی.» فرهاد گفت: «ای بابا، آرش تو دیگه بزرگ شدی. مامانت یه چیزی می‌گه حالا. منظورش که واقعاً اون نیست.» فرهاد دید که وقت‌شان دارد تمام می‌شود، برای همین به آرش گفت: «حالا بریم اون‌ها منتظرمون هستن. بعداً بازهم صحبت می‌کنیم، ولی یک چیزی رو نفهمیدم. چرا الآن این موضوع رو به من گفتی؟» آرش کمی مکث کرد و گفت: «درسته که خاله مژگان رو دوست دارم و خیلی کمکم کرده، ولی می‌خواستم با یه مرد هم مشورت کنم. راستی فرهاد، با یکی از ایران ازدواج کنم بهتره یا با یکی از اینجا؟ آخه یه دوستی دارم اهل تونس هستش. یه بار ازدواج کرده با یکی از کشورش، ولی زود جدا شدن. زمانی که زنش اقامتش رو گرفت. به من می‌گه با یکی از اینجا ازدواج کن چون دخترهای اونجاها به خاطر اقامت باهات ازدواج می‌کنن. می‌خوام بدونم حرفش درسته یا نه.» فرهاد نگاهی به آرش کرد و گفت: «چقدر دوسش داری؟ راستی اسمش چیه؟» آرش گفت: «خیلی زیاد. مهربونه، تا حالا عصبانی نشده از من. باهام مخالفت نمی‌کنه. هرچی می‌گم می‌گه

نظرت خوبه.» فرهاد با ترس نگاهی به آرش کرد و گفت: «پس قبل از رفتن به ایران حتماً باید با هم صحبت کنیم، باشه؟» آرش گفت: «اوکی ولی تو رو خدا چیزی به مامان نگو چون دعوا به پا می‌کنه.»

برای اولین بار در طول دوران کاری فرهاد، رئیس جدید بازدهٔ کاری او را عالی ارزیابی کرد، چیزی که باعث تعجب فرهاد شد. هرچند خودِ فرهاد مثل سال‌های قبل خودش را خوب ارزیابی کرده بود؛ ولی رئیس جدید بالاتر از نظر خود فرهاد نمره داد بود و زمانی که فرهاد پرسیده بود چرا، رئیس جدید گفت: «با توجه به کاری که در کنار مسئولیت خودت انجام می‌دی، و با توجه به نظر همکارانت، غیر از عالی نمی‌تونستم تو رو ارزشیابی کنم.» فرهاد گفت: «اما زبان هلندی من خوب نیست.» رئیس گفت: «همین باعث تعجبه منه که با این سطح زبانت چطوری تونستی مسئولیت خودت رو به نحو خوبی انجام بدی. البته در کنارش حتی به پروژه‌ها هم کمک کردی.» فرهاد حس خوبی پیدا کرده بود چون دیده شده بود. چون کارش را دیده بودند، یا این‌که چون توانسته بود کاری کند که خیلی از همکارانش نمی‌توانستند انجام بدهند. می‌ترسید این ارزشیابی باعث حسادت بشود. اصلاً صلاح ندانست که قضیه را با همکارانش در میان بگذارد، هرچند از صمیم قلب دوست داشت بزند داد که در طول سال گذشته وظایفش را خیلی عالی انجام داده.

فرهاد اصلاً صلاح ندانست که دربارهٔ حرف‌های آرش فعلاً چیزی به لیلا بگوید. می‌دانست که لیلا به شدت از کاری که مژگان کرده ناراحت خواهد شد و همین موضوع به دعوا ختم می‌شود، برای همین تصمیم گرفت که خودش با مژگان تماس بگیرد. به محض اینکه فرهاد مژگان را به نوشیدن قهوه در یک کافه دعوت کرد، مژگان فهمید که موضوع چیست و خوشحال شد که فقط فرهاد را می‌بیند. مژگان توضیح داد که آرش روزی گفته که دخترهای ایرانی زیباترین دخترها هستند، برای همین او را با دختر یکی از دوستاش آشنا کرده. به آرش هم گفته که او فقط نقش یک رابط را دارد و بقیه کارها با خودش است. فرهاد گفت: «فکر نکردی بهتره موضوع رو به ما هم بگی؟» مژگان گفت: «آرش

می‌ترسید از مامانش. گفت چیزی به شماها نگم.» فرهاد گفت: «ولی آرش می‌گه که تو پیشنهاد دادی که چیزی به ما نگه.» مژگان گفت: «تو خودت که جوون‌های این سن و سال رو می‌شناسی و می‌دونی که هزار کلک سوار می‌کنن واسه این‌که به خواسته‌شون برسن.» فرهاد گفت: «آرش تو هلند بزرگ شده، جایی که روابط دختر و پسر محدود نیست پس لازم نیست مثل ایران دنبال دختر باشه.» مژگان گفت: «همه جای دنیا پسرها یواشکی با دوست‌دخترشون قرار می‌ذارن. حالا نمی‌خواد بگی که آرش با بقیه فرق داره و اصلاً دختر ندیده و دوست هم نداره با دخترها دوست بشه.» فرهاد دید که صحبت کردن در این مورد بی‌نتیجه است، پس پرسید: «این سرکار خانم رو چقدر و چند مدته که می‌شناسی؟» مژگان جواب داد: «من مادرش رو از ایران می‌شناسم. دختر خوبیه. دانشجوئه، خیلی هم خوشگله و کلی هم در ایران خاطرخواه داره.» فرهاد با شیطنت پرسید: «چقدر عشق خارج اومدن داره؟» مژگان گفت: «وضع مالی باباش خوبه و اصلاً دوست ندارن دخترشون ازشون جدا بشه. به آرش هم گفتم که مامان و باباش خیلی مخالفن. این‌جوری نگاه نکن که بگی از طرف ما همه‌چیز اوکی هست پس کل قضیه اوکی شده. نه. دختره کلی مشکل داره تا مامان و باباش رو راضی کنه.»

فرهاد توی این فکر بود که چطور با آرش صحبت کند. آرش در سنی بود که واقعاً عشق می‌توانست آدم را کور کند. صحبت با دلیل و برهان با آدمی که عاشق است کار بیهوده‌ای است. پس باید روش صحبتش را عوض می‌کرد. فرهاد تقریباً مطمئن بود که این نقشه، کار مژگان است، اما نمی‌دانست در قبال آن قرار است به چه چیزی برسد. درست است که مژگان آرش را اجبار نکرده بود تا با آن دختر دوست شود، ولی همین که سرنخ را دستش داده بود، با توجه به این‌که از بی‌تجربه بودن آرش مطمئن بود، خودش گواهی می‌داد که کاسه‌ای زیر نیم‌کاسه است. مطمئن بود که با دعوا نمی‌شود به آرش کمک کرد پس بهترین راه این بود که خود آرش را به فکر کردن وادار کند و از فرصتی که به دست آورده، تجربه کسب کند.

«خب اگه بخوای با دختری از ایران ازدواج کنی باید بیاد اینجا و چند سالی صبر کنی تا با محیط آشنا بشه، زبان یاد بگیره، با قوانین آشنا بشه و بعد نگاه کنه ببینه چه کاری رو دوست داره و کار پیدا کنه و .... ولی اگر با دختری ازدواج کنی که اینجا بزرگ شده، نمی‌گم هلندی باشه، می‌گم که اینجا بزرگ شده باشه، دیگه این مشکلات رو نداری.» آرش با دقت به حرف‌های فرهاد گوش می‌داد درحالی که در پارک نزدیک خانه به بازی بچه‌ها نگاه می‌کرد. فرهاد هم از دور مراقب بود که آرمیتا کجا و با کی بازی می‌کند. سپس فرهاد ادامه داد: «البته بگم که بحث دوست داشتن هم در جایگاه اوله، ولی باید ببینی این حسی که داری عشقه یا دوست داشتن.» آرش با تعجب به فرهاد نگاه کرد و پرسید: «فارسی من نیست خوب و تو هم مشکل‌تر می‌کنی. این‌ها که مثل هم هستن، عشق و دوست داشتن.» فرهاد نگاهی به آسمان کرد و گفت: «سال‌ها پیش ایران که بودم، همین سن و سال تو، عاشق دختری شدم که پرستار بیمارستان بود.» آرش با تعجب پرسید: «جدی؟ نگفته بودی. باهاش ازدواج کردی؟» فرهاد با لبخند گفت: «نه، نشد.» آرش پرسید: «چرا نشد؟» فرهاد جواب داد: «بگذریم. فقط می‌خوام بگم احساست رو درک می‌کنم. اون موقع همه بهم می‌گفتن این دختر به دردت نمی‌خوره و البته با دلیل و منطق هم می‌گفتن، ولی من قبول نمی‌کردم. به قول معروف عشق کورم کرده بود واحساس عاشقانه اجازه نمی‌داد که واقعیت‌ها و دلایل دیگران رو درک کنم و فقط اون دختر رو می‌دیدم.» فرهاد سپس با حالتی جدی رو به آرش کرد وگفت: «اگه بخوام احساس اون موقع رو با احساسی که به مادرت پیدا کردم مقایسه کنم، می‌گم اولی عشق بود و دومی دوست داشتن.» آرش گفت: «یعنی با اونی که ازدواج نمی‌کنی عشقه و با اونی که ازدواج می‌کنی دوست داشتن؟» فرهاد از ته دل خندید و گفت: «نه، نه، بذار یه مثال بزنم. فرض کن تو رو در دریایی عمیق و زیبا پرت می‌کنن. کف دریا پر از زیبایی‌هایی هستش که فقط باید به تهش بری تا بتونی اون‌ها رو ببینی. این دریا همون حسیه که دختر و پسر یا زن و مرد نسبت به هم پیدا می‌کنن. اسمش رو بذار دریای

عواطف و محبت . خب عاشق شدن یعنی غرق شدن در دریای عواطف. می‌ری به ته ته دریا و می‌تونی زیبایی‌هاش رو از نزدیک ببینی. اگه کسی اون‌ها رو برات تعریف کنه، نمی‌فهمی چی هستن. هرکی می‌خواد اون زیبایی‌ها رو درک کنه خودش باید در اون دریا غرق بشه. می‌گم غرق بشه چون رفتی پایین دیگه برگشتی توش نیست. ولی دوست داشتن یعنی شنا کردن در دریای عواطف. ممکنه نتونی زیبایی‌هایی عمق اون دریا رو ببینی، ولی می‌تونی طولانی شنا کنی، غرق نمی‌شی، پس شنا می‌کنی و فقط می‌تونی همون زیبایی روی دریا رو ببینی که خب به پای زیبایی‌های ته دریا نمی‌رسه، ولی طولانی‌تر توی دریا شنا می‌کنی و مثل اولی کوتاه‌مدت نیست که غرق و رابطه فنا بشه.» فرهاد به چشمان قهوه‌ای و زیبا با مژه‌های بلند آرش نگاه کرد که بفهمد چقدر از حرف‌هایش را درک کرده، سپس پرسید: «چیزی از حرف‌هام گرفتی؟» آرش سرش را خاراند و گفت: «اگر راستش رو بگم کامل نه، ولی...» مکثی کرد. فرهاد پرسید: «ولی چی؟» آرش جواب داد: «ولی اون‌قدری که بتونه بهم کمک کنه، فهمیدم. به نظرت موضوع رو به مامان بگم یا نه؟» فرهاد گفت: «نمی‌دونم. اگه حرفم رو درک کردی و می‌تونه کمکت کنه که درست تصمیم بگیری، می‌تونی با خیال راحت موضوع رو به مادرت بگی چون در مقابل حرف‌های مادرت دلیل و برهان برای تصمیمت داری.» و بعد چشمکی به آرش زد و گفت: «یعنی ان‌قدر از مادرت می‌ترسی؟» آرش خنده‌ای کرد و گفت: «نه، فقط احترامش رو دارم.» سپس با قیافه‌ای جدی پرسید: «می‌گن بعضی از دخترها فقط برای این‌که بیان اینجا ازدواج می‌کنن و تا پاسشون رو می‌گیرن همه‌چیز رو فراموش می‌کنن، درسته؟» فرهاد گفت: «کاملاً درسته. نه فقط ایرانی‌ها، برای تمام خارجی‌ها همین‌طوره. حتی من هلندی رو دیده‌ام که با یه خارجی ازدواج کرده و اومده اینجا بعدش که خارجی اقامت گرفته، از هم جدا شدن.» آرش گفت: «ولی خیلی‌ها هم که اینجا ازدواج می‌کنن بعد از مدتی جدا می‌شن.» فرهاد گفت: «آره خب، نمی‌شه جدا شدن رو فقط به گرفتن اقامت نسبت داد، ولی می‌گم در این مورد احتمالش زیادتره.»

آرش پرسید: «از کجا می‌شه فهمید کسی که می‌خوای باهاش ازدواج کنی به خاطر اقامته یا نه؟» فرهاد دوباره به آسمان نگاه کرد و گفت: «ساده‌ست. اگر قصدش فقط گرفتن اقامت باشه، خیلی خیلی سعی می‌کنه تا موقعی که اقامتش رو نگرفته، مخصوصاً تا زمانی که پاش به اینجا نرسیده، تو رو ناراحت نکنه، باهات مخالفت نمی‌کنه، سعی می‌کنه نشون بده که صددرصد خواسته‌هاش شبیه خواسته‌های توئه. رنگی که دوست داری اونم دوست داره، در مورد غذا و... در نهایت می‌خواد نشون بده که توجه زیادی بهت داره.» آرش گفت: «خب شاید واقعاً این‌جوری باشه.» فرهاد گفت: «آدم‌ها پپسی‌کولا که نیستن. خیلی کم پیش می‌آد که دو نفر رو پیدا کنی که کاملاً از نظر عقیده مثل هم باشن و زیبایی زندگی مشترک هم در همینه که طرف باهات متفاوت باشه تا بتونین نقاط ضعف همدیگه رو پر کنین.» آرش باز سرش را خاراند و گفت: «باز سخت شد.»

صدای انفجار به قدری شدید بود که فرهاد حس می‌کرد گوشش دیگر چیزی نمی‌شنود. دود زیادی همراه گرد و خاک در چادر امداد پزشکی که در خط مقدم جبهه جنگ ساخته شده بود، دیده می‌شد. فرهاد بیشتر از یک متری خودش را نمی‌توانست ببیند. اجساد سربازان و سایر همکاران کادر پزشکی را می‌دید که سوخته و خون‌آلود روی تخت‌ها و روی زمین افتاده بودند. معلوم نبود که خمپاره به چادر امداد خورده یا گلولهٔ توپ. زخمی‌ها با التماس درخواست کمک می‌کردند و فرهاد در این فکر بود که خودش هم زخمی شده و با نگرانی به بدن خودش دست می‌کشید. از دورها صدایی همراه با صدای هلیکوپتر که تازه نشسته بود، زخمی‌ها را فرا می‌خواند. فرهاد مطمئن بود که تنها راه نجات رسیدن به هلیکوپتر است. باید خودش را به هلیکوپتر می‌رساند، ولی نمی‌توانست حرکت کند، درست مثل این‌که در شن‌زاری برای گام برداشتن بیهوده تلاش کنی. شن‌ها از زیر پا به عقب می‌غلتند، ولی تو جلو نمی‌روی. باید بیشتر تلاش کرد درغیر این‌صورت هلیکوپتر پر خواهد شد و پرواز خواهد کرد و تو در جهنمی از خون و آتش جا خواهی ماند. درست وسط جهنمی واقعی... فرهاد خیس عرق از خواب پرید، به اطراف نگاه کرد و دید لیلا

خواب است. سعی کرد بلند شود. لیلا در خواب و بیداری گفت: «واااای فرهاد چته؟ چرا اینقدر تکون میخوری؟ چرا نمیخوابی؟» و فرهاد بدون پاسخ به سوی آشپزخانه رفت تا آبی بنوشد و نفسی تازه کند. چند وقتی بود که بدون کمک قرصهای خواب و آرامبخش نمیتوانست درست بخوابد. سیگار را شروع کرده بود، البته فقط چندتا در روز. به او ثابت شده بود که مهاجرت و علتهای مهاجرت نقطهٔ شروع دارد ولی نقطه پایانی ندارد. مهاجرت جریانی کشدار است که عواقبش تا پایان عمر گریبانگیر فرد خواهد بود. حداقل برای فرهاد اینطور بود. هرچه به روز مسافرت نزدیکتر میشدند، بیشتر خوابهای آشفته میدید. چند شب قبل خواب دید که به خاطر مشکلی که پاسپورتش داشت، اجازه نمیدادند به هلند برگردد. فکر اینکه دیگر نتواند آرمیتا را ببیند، دیوانهاش میکرد. به تمام مقدسات سوگند میخورد که این اشتباه را سفارت ایران در هلند مرتکب شده، ولی آنها در ایران میگفتند که خودت در پاسپورتت دست بردهای. چنان در خواب ناله میکرد که لیلا مجبور شد او را از خواب بیدار کند.

بالاخره روز حرکت فرا رسید. چمدانها بسته و بلیتها و پاسپورتها برای صدمین بار کنترل شدند. در چهرهٔ هیچیک از مسافران اثری از خوشحالی قلبی دیده نمیشد، گرچه همه لبخند به لب داشتند و فرهاد با شوخی سعی میکرد به همه روحیه بدهد. لیلا برای هزارمین بار نصیحت خودش را برای آرش تکرار کرد. «از پیش فرهاد تکون نمیخوری. به حرف پدرت گوش نمیدی. هیچجا بدون اجازهٔ فرهاد قرار نمیذاری» و آرش هم با صدای بلند میگفت: «مامان، من بیستوچهار سالمه. بیخیال.» فرهاد به لیلا نگاه کرد و گفت: «نگران نباش. سالم برش میگردونم.» و خوشحال بود که لیلا از ماجرای دوست آرش در ایران خبر نداشت و الا مشکلات چندین برابربود. میترا تنها کسی بود که با گریه در آغوش لیلا همگی را با حرفهایش متأثر میکرد. در میان حقحق گریه به لیلا گفت: «اگه دیگه همدیگه رو ندیدیم حلالم کن. خیلی به تو و فرهاد زحمت دادم.» و لیلا که آرامآرام اشک میریخت، گفت: «این چه حرفیه عزیزم؟ اقامتت رو میگیری و زود

برمی‌گردی.» هم فرهاد و هم لیلا می‌دانستند که احتمالش هست با درخواست اقامتش مخالفت کنند، حتی با این‌که محمد تازه سر کار رفته بود تا بتواند به بقیه پولش برسد. در قطاری که آن‌ها را به فرودگاه می‌برد، فرهاد برای این‌که به میترا قوت قلب بدهد، گفت: «درست دو سال پیش با ویزا اومدی اینجا، یادته؟» میترا با تأثر به فرهاد نگاه کرد و گفت: «آره. چه زود گذشت.» فرهاد گفت: «نسبت به خیلی‌ها جلو هستی. خیلی‌ها منفی گرفتن و یا برگشتن به کشورشون یا دارن غیرقانونی زندگی می‌کنن، ولی تو با داشتن مدارکی که نشون می‌ده نامزد داری، می‌خوای بری و درخواست اقامت کنی. کار مهمی کردی.» میترا گفت: «هنوز که اقامت نگرفتم. ممکنه هزارتا بامبول در بیارن و درخواستم رو رد کنن. واااای فرهاد اگه نتونم برگردم، تو ایران دیوونه می‌شم.» آرش که داشت با موبایلش ور می‌رفت، گفت: «مگه ایران خیلی بده خاله؟» میترا گفت: «واسه من آره. به همه گفته بودم دیگه به ایران برنمی‌گردم. حالا همه مسخره‌ام می‌کنن که دارم برمی‌گردم. فقط مامان خوشحاله چون باز یکی هست کمکش کنه.»

زمانی که هواپیما وارد خاک ایران شد، فرهاد داشت در تاریکی شب به چراغ‌های روی زمین نگاه می‌کرد. یاد روزی افتاد که با هواپیمایی از ایران خارج شده بود. آن موقع هم شب بود. به چراغ‌های زیر پایش نگاه می‌کرد و می‌گفت: «یعنی می‌شه دیگه هیچ‌وقت اینجا رو نبینم؟» و حالا با هزاران شوق، بعد از پانزده سال، به چراغ‌ها نگاه می‌کرد. ناگهان ترس عجیبی درونش شعله‌ور شد. آیا تصمیم درستی گرفته بود؟ ممکن بود نتواند برگردد؟ اصلاً چرا حس دیدار از وطن را در خودش کنترل نکرده بود؟ چرا این ریسک را قبول کرده بود؟ کارش، لیلا، همه و همه را به بازی گرفته بود. ولی دیگر برای این حرف‌ها دیر شده بود. در جریان رودخانه افتاده بود و نمی‌توانست در خلاف جهت آب شنا کند. به یاد مادرش افتاد. لیلا مادرش را موقع زایمان آرمیتا دیده بود، ولی فرهاد بعد از پانزده سال می‌خواست مادرش را در آغوش بگیرد. به خودش می‌گفت: به چیزهای خوب فکر کن فرهاد. باید خیلی چیزها تغییر کرده باشد.

در پاس کنترل، فرهاد را بیش از هر مسافر دیگری نگه داشتند و از او سؤال‌های زیادی پرسیدند، ولی بالاخره بدون مشکل توانست از این مرحله بگذرد. تنها کسی که به پیشواز آن‌ها آمده بود، دوست دوران مدرسهٔ فرهاد بود که فرهاد به او تاریخ و زمان ورودش را گفته بود. مادر فرهاد و لیلا به خاطر کهولت سن نتوانسته بودند بیان. آرش و فرهاد به خانهٔ مادر فرهاد رفتند و میترا هم به خانهٔ مادرش رفت و قرار شد فردا با هم تماس بگیرند.

جا گرفتن در آغوش گرم مادر بعد از پانزده سال باعث شده بود که فرهاد به گریه بیفتد. چیزی که آرش تا حالا از او ندیده بود. خیابان‌ها با زمانی که فرهاد ایران بود کلی متفاوت شده بودند، ولی خانهٔ پدری تقریباً دست‌نخورده بود و تنها خانهٔ ویلایی‌ای بود که در میان آپارتمان‌های چندین طبقه به جا مانده بود و به کوچه شکل ناهمگونی داده بود. بنا به گفتهٔ مادر، مهندس‌هایی قصد داشتند خانه را به کلی تخریب کنند تا آپارتمان بسازند. مادر هم گفته بود جمع‌وجور کردن خانه مشکل است و برای افراد مسن آپارتمان برای زندگی آسان‌تر است. مادر با حقوق بازنشستگی پدر و کمک‌های فرهاد زندگی دشواری را سپری می‌کرد، بااین‌حال خدا را شکر می‌کرد که کارش به خانهٔ سالمندان نکشیده است. فرهاد اتاق‌خوابش را به آرش نشان داد تا آرش در آن اتاق بخوابد.

میترا باید اول از سفارت وقت مصاحبه می‌گرفت تا مدارکش را همراه با درخواست تحویل بدهد و دربارهٔ نحوهٔ آشنایی و میزان آشنایی‌اش با محمد توضیح بدهد. معمولاً سفارت برای دو تا سه ماه بعد وقت مصاحبه تعیین می‌کرد. مدت زمانی که برای میترا مانند چندین سال به نظر می‌رسید.

روز بعد فرهاد به اتفاق آرش در کوچه پس‌کوچه‌های محلهٔ قدیمی پیاده می‌رفتند و فرهاد با تعجب تفاوت‌ها و سازه‌های جدید را نگاه می‌کرد که گاهی این تفاوت‌ها چنان زیاد بودند که فرهاد نمی‌توانست بگوید قبلاً چه بوده‌اند. هرچند برای فرهاد بسیار جالب بود، ولی بعد از چند ساعت برای آرش کسل‌کننده شده بود. در گرمای داغ تابستان تهران،

آرش حتی انگیزه نداشت تا به محلی سر بزند که در آن به دنیا آمده و سال‌های کودکی‌اش را در آن گذرانده بود. درعوض، روز دوم به سارا، دختری که عاشقش شده بود زنگ زد و در پارکی قرار گذاشته بود. فرهاد اصرار کرده بود که حضور داشته باشد، بنا به قولی که به مادرش داده بود، اما آرش حضور فرهاد را در اولین جلسهٔ دیدارش با سارا غیرضروری می‌دانست.

فرهاد در بازار راه می‌رفت و حالا می‌توانست اطرافش را درک کند. مردمی که صحبت می‌کردند، چیزهایی که می‌دید، چیزهایی که آمیخته به فرهنگ ایرانی بودند. وقتی از مقابل کله‌پزی می‌گذشت، با خودش گفت: «خوبه چندتا عکس بگیرم و به همکارهام نشون بدم.» ولی بعد منصرف شد. حوصلهٔ انتقاد شنیدن را نداشت. اولین صبحانه حلیم بود که بعد از پانزده سال می‌خورد. زمانی که حلیم‌فروش فهمید در هلند از حلیم‌فروشی خبری نیست، از فرهاد پرسید: «آقا، من اگه بیام اونجا ماهی چقدر درآمد دارم؟» البته این سؤال خیلی‌ها بود. وضعیت اقتصادی طوری بود که همه، مخصوصاً نسل جوان فکر می‌کردند اگر استعداد و زحمت خود را در کشور دیگری صرف کنند، به پول بیشتری می‌رسند. تا می‌فهمیدند که فرهاد از هلند آمده، یکی می‌گفت: «به‌به کشور گل‌ها، دیگه تو گل زندگی می‌کنین، آره!» دیگری می‌گفت: «آقا چه جوریه که همهٔ مرغ‌های هلندی یک اندازه و زودپز و خوشمزه هستن؟» تعمیرکاری که برای تعمیر آبگرم‌کن مادر آمده بود، پرسید: «من فنی کار هستم. خیلی هم علاقه دارم. مجردم. اونجا به این کار من ماهی چقدر می‌دن؟» و زمانی که فرهاد به پول ایران حقوق یک کارگر فنی کار را گفت، تعمیرکار با تأسف گفت: «من یک‌دهم این رو دارم می‌گیرم به خدا. آقا چه جوری می‌تونم بیام اونجا؟ اگه می‌شه کمکم کنین.» فرهاد توضیح می‌داد که آنجا خرج و مخارج زیاد است، مثلاً پول آب و برق پنج برابر است یا اجارهٔ خونه زیاد است، ولی تعمیرکار با کمی فکر گفت: «بازم تهش اونجا چیزی می‌مونه، اینجا که هیچی.» فرهاد بیشتر وقتش را با مادرش بود. کارهای مالی را سر و سامان می‌داد، به دردل‌های مادرش گوش می‌داد،

انتقادهای مادرش را گوش می‌کرد و با سر تأیید می‌کرد. اگر نکته‌ای به نظرش می‌رسید که می‌توانست به مادرش کمک کند تا دوری از فرهاد را راحت‌تر تحمل کند، درباره‌اش حرف می‌زد. از اقوام و آشنایان پرسید و مادر به خاطره ورود فرهاد آن‌ها را دعوت کرد. البته همهٔ هزینه‌ها را خود فرهاد می‌پرداخت، شاید به جبران غمی که خودش باعث شده بود در دل مادرش به وجود بیاید. فرهاد از هر فرصتی برای شاد کردن مادر استفاده می‌کرد.

همه ازاین‌که موهای فرهاد تقریباً کامل سفید شده بود تعجب می‌کردند و می‌گفتند: «ای بابا شما دیگه چرا؟ می‌گی به خاطر مشکلات زندگی موهات سفید شده؟ اونجا که وضع خوبه. مثل اینجا نیست که از صبح تا شب باید دنبال یه لقمه نون سگ‌دو بزنی.» فرهاد لازم نمی‌دید که برای مادرش و دیگران توضیح بدهد که در این پانزده سالی که از ایران خارج شده، فقط چند سال آخر را زندگی نرمالی داشته. لازم نبود از سختی‌ها و چیزهای وحشتناکی که دیده بود، حرف بزند. هم‌سن و سال‌های فرهاد همه پیر شده بودند. جوان‌ها حالا دیگر خودشان پدر شده بودند. بچه‌ها جوان‌های بلندقدی شده بودند با توقع‌هایی که صدها بار بیشتر از جوان‌های هم‌دورهٔ فرهاد بود. همهٔ پدر و مادرها در این فکر بودند که چطور برای جوان‌ها خانه یا کاری دست و پا کنند. جوان‌ها اکثراً طوری بار آمده بودند که می‌خواستند همه‌چیز را راحت و فوری داشته باشند. زمانی که فرهاد توضیح می‌داد که تقریباً همهٔ جوان‌ها در هلند از پانزده شانزده سالگی در سوپرمارکت یا جاهای دیگر برای پول اندکی کار می‌کنن، یا دانشجوها تعطیلات آخر هفته کار می‌کنند، حتی دانشجوهایی که وضع مالی خانواده‌هایشان خوب است، هم‌وطنان فرهاد می‌گفتن: «خب اونجا کار کردن ننگ نیست، ولی اگه اینجا پسر من بره همچین کارهایی کنه، از فردا همه مسخره‌اش می‌کنن.»

آرش و سارا چندباری در خانهٔ پدری سارا و در پارک نزدیک خانه‌شان ملاقات داشتند، به همین خاطر فرهاد از آرش درخواست کرده بود که سارا را به خانهٔ مادر فرهاد دعوت کند.

کاری که روز چهارم انجام شد. آرش از پذیرایی در ایران، با چند نوع میوه و شیرینی بسیار متعجب بود، ملاقاتی که در هلند با چای یا قهوه و درنهایت یک نوع بیسکویت سر و تهش هم می‌آمد.

از طرز پوشش سارا معلوم بود که دختری امروزی است. همچنین از طرز صحبتش معلوم بود که دختری اجتماعی است که با دقت صحبت می‌کرد و هر کلمه را با دقت انتخاب می‌کرد و بعد از بیان حرفش به شنونده خیره می‌شد تا ببیند تأثیر مورد نظرش در شنونده ایجاد شده یا نه. از صحبت‌های سارا و آرش معلوم بود که مژگان از هلند با هر دو آن‌ها تماس دارد، اگرچه به فرهاد گفته بود که پس از آشنا کردن آن‌ها، خودش را کنار کشیده. حرفی که فرهاد همان موقع هم باور نکرده بود. فرهاد از سارا پرسید: «اگه همهٔ کارها به خوبی پیش بره و بتونی وارد هلند بشی، زندگی تو هلند برات مشکل نیست؟ می‌تونی دل‌تنگی و دوری از خانواده‌ات رو تحمل کنی؟» سارا با لبخندی جواب داد: «به نظرم اگه آدم کسی رو دوست داشته باشه، تا کرهٔ ماه هم می‌ره دنبالش.» هم‌زمان به آرش نگاه کرد و به همدیگر لبخند زدند. بقیه حرف‌ها دربارهٔ میزان زیاد علاقه‌ای بود که به همدیگر داشتند، شباهت‌های زیادی که از نظر اخلاقی به هم داشتند و دربارهٔ زندگی مشترک در هلند.

همان شب آرش با فرهاد دربارهٔ دودلی که داشت صحبت کرد. این‌که دوست‌دختری که قبلاً در هلند داشته، چند هفتهٔ پیش، از برزیل برگشته. فرهاد پرسید: «به خاطر پسر دیگه‌ای رفته بود برزیل؟» آرش با تعجب گفت: «نه، اصلاً این‌جور دختری نیست. یه کار خوب تو برزیل پیدا کرده بود. من گفتم غیرممکنه بتونم بیام اونجا. همدیگه رو خیلی دوست داشتیم به همین خاطر خیلی سخت جدا شدیم، می‌فهمی؟» فرهاد با سر جواب مثبت داد. آرش با تفکر گفت: «یه بار که خاله مژگان زنگ زده بود بهم، من دربارهٔ دوستم گفتم بهش. اونم گفت واسه فراموش کردنش باید یه رابطهٔ جدید داشته باشم و شمارهٔ سارا رو بهم داد. حالا آنجلیک از برزیل به هلند برگشته و داره دنبال کار می‌گرده.قبل از

اینکه بیام ایران رفتم خونش دیدمش .» فرهاد پرسید: «خب از من چه کمکی برمی‌آد؟» آرش با صدای بلندی که ناشی از سردرگمی بود، گفت: «نمی‌دونم با کی رابطه جدی ایجاد کنم فرهاد!» فرهاد نگاهی پدرانه به او انداخت، دستش را روی شانهٔ آرش گذاشت و گفت: «من نمی‌تونم بگم با کدوم. فقط می‌تونم بگم خوبی و بدی هر تصمیم چیه.» و درحالی که دوباره کنار آرش می‌نشست، ادامه داد: «فکر می‌کنی چقدر ایرانی موندی؟ چقدر هلندی شدی پسر؟» آرش جواب داد: «نمی‌دونم. خب من هلند بزرگ شدم. چیز زیادی از ایران یادم نیست. الآن هم خیلی چیزها اینجا ناشناخته‌ست برام. چرا اینو پرسیدی؟ چه ربطی داره؟» فرهاد گفت: «خیلی ربط داره. اگه فرهنگ ایرانی داری یا فرهنگ ایرانی رو دوست داری، خیلی مهمه یکی رو از همون فرهنگ به‌عنوان شریک زندگیت انتخاب کنی. کسی که بتونه حرف‌هات رو درک کنه. یه دختر هلندی محاله بتونه در کنار مردی که با فرهنگ ایرانی بزرگ شده درک کنه چی می‌گه و برعکس. مرد ایرانی بفهمه زنش که هلندی هست چی می‌گه و بتونه درکش کنه. تو در هلند بزرگ شدی، پس به نظرم بیشتر هلندی هستی تا ایرانی.» آرش گفت: «یعنی هرکسی اونجا بزرگ بشه هلندیه دیگه؟» فرهاد گفت: «نه، به خانواده‌اش بستگی داره. خیلی از ترک‌ها در هلند فقط با هم رفت‌وآمد دارن، فقط ترکی صحبت می‌کنن، هر سال به ترکیه مسافرت می‌کنن و همهٔ این‌ها باعث می‌شه بچه‌هاشون که اونجا به دنیا می‌آن با فرهنگ ترکی بزرگ بشن.» آرش پرسید: «این بده؟» فرهاد جواب داد: «ما در مورد بد یا خوب بودن صحبت نمی‌کنیم. در مورد واقعیت‌ها صحبت می‌کنیم.» آرش با بی‌حوصلگی گفت: «این‌ها کمکی بهم نمی‌کنه تا تصمیم درستی بگیرم.» فرهاد گفت: «هنوز حرفم تموم نشده. مثال دیگه همونیه که قبلاً بهت گفتم. عشق و دوست داشتن. فکر می‌کنم تو عاشق سارا هستی، ولی آنجلیک رو دوست داری.» آرش با تعجب پرسید: «از کجا اینو می‌گی؟» فرهاد گفت: «راحته، تو چند وقته با آنجلیک بودی؟» آرش جواب داد: «سه سال.» فرهاد گفتم: «خب گفتم که عشق درسته چیزهای خیلی زیبایی رو بهت نشون

می‌ده، ولی موقته. کمتر پیش می‌آد که عشقی سه سال ادامه داشته باشه.» آرش یک‌دفعه پرسید: «بعد چه بر سر عشق می‌آد؟» فرهاد گفت: «اگه هر دو طرف خوش‌شانس باشن، عشق‌شون به دوست داشتن تبدیل می‌شه. دیگه کورکورانه همدیگه رو دوست ندارن. می‌تونن عیوب همدیگه رو ببینن، درحالی که هم‌زمان همدیگه رو دوست دارن و می‌تونن واقعیت‌های زندگی مشترک رو سبک‌سنگین کنن.» آرش با تعجب پرسید: «و اگه شانس نیارن؟» فرهاد جواب داد: «معمولاً بیشتر عشق‌ها با شکست مواجه می‌شن. من خیلی‌ها رو می‌شناسم که عاشق هم بودن، دیوانه‌وار، بعد که به هم رسیدن، بعد از مدتی، چنان از هم متنفر شدن که دیگه حتی نمی‌تونستن یه روز همدیگه رو تحمل کنن. بعضی‌ها می‌گن اگه می‌خوای عشقت جاودانه بشه، هیچ‌وقت دو طرف نباید به هم برسن.» آرش با تعجب پرسید: «آخه چرا؟ این خیلی بده.» فرهاد گفت: «آرش جان، عشق انتظارات هر دو طرف رو از همدیگه بالا می‌بره، طوری برای همدیگه قدیس می‌شن که انتظار کوچک‌ترین بی‌حرمتی رو از هم ندارن.» آرش آهی کشید، از روی صندلی بلند شد و به طرف عکس جوانی فرهاد رفت که مادرش به دیوار زده بود. همان‌طور که به عکس نگاه می‌کرد، گفت: «قیافه‌ات خیلی فرق کرده.» فرهاد گفت: «خوب فرق کرده یا بد؟» آرش گفت: «خیلی پیر شدی. مامان لیلا می‌گه خیلی سختی کشیدی.» فرهاد نزدیک آرش رفت و گفت: «به قول ایرانی‌ها، ازدواج مثل یه هندوانهٔ سربسته‌ست. ممکنه شیرین از کار در بیاد و ممکنه نه. زیاد دیگه وارد بحث نمی‌شم، ولی تا زمانی که با یکی زیر یه سقف زندگی نکنی، نمی‌تونی کاملاً بشناسیش.»

هرچه زمان برگشت فرهاد نزدیک‌تر می‌شد، مادر دل‌تنگ‌تر می‌شد و بیشتر آه می‌کشید. فرهاد با این قول که سعی می‌کند زود به زود به ایران بیاید یا دفعهٔ دیگر آرمیتا را هم با خودش بیاورد تا مادربزرگش را ببیند، سعی می‌کرد به مادرش دلداری بدهد. میترا از سفارت هلند وقت مصاحبه گرفته بود. به قدری استرس داشت که روزی چندبار با مادرش دعوا راه می‌انداخت. روزی که فرهاد به خانهٔ آن‌ها رفته بود، مادر لیلا دم گوش فرهاد

نجوا کرده بود که کاش میترا به ایران برنمی‌گشت. میترا از اتاقش درحالی که دنبال آلبوم عکس‌های قدیمی لیلا می‌گشت، داد زد: «باز داری غیبت منو می‌کنی مامان؟ کاش بمیرم هم خودم راحت بشم و هم تو.» فرهاد به میترا گفت: «به محمد زنگ بزن. باهاش گاهی صحبت کن تا بتونی از زمان و مدت تماس‌هات باهاش پرینت بگیری تا با خودت به مصاحبه ببری. این‌جوری می‌تونی نشون بدی که از وقتی که اومدی ایران، باهاش تماس داشتی.» میترا با اکراه گفت: «ازش متنفرم. تلفن کنم چی بهش بگم؟» فرهاد با تعجب گفت: «میترا! تو می‌خوای اقامت بگیری نه اون. پس حتی شده باید فیلم بازی کنی و خوب هم بازی کنی.»

با این‌که آرش با پدرش یکی دوبار صحبت کرده بود، ولی فرهاد موفق نشده بود قرار ملاقاتی را با او جور کند. می‌خواست به این دعوای قدیمی بین پدر و مادرش پایان بدهد. پدر آرش به او گفته بود تا زمانی که زنده است کینهٔ لیلا را در قلبش دارد چون بی‌خبر او را ترک کرده و از آن مهم‌تر، پسرش را از او گرفته. او به آرش گفته بود نمی‌خواهد فرهاد را ببیند چون ممکن است عصبانی شود و کاری دست خودش بدهد. وضع مالی پدر آرش خوب بود. چند خانه و اتومبیل داشت، ولی آرش از زندگی خصوصی‌اش چیزی نفهمیده بود و زمانی که از پدرش دربارهٔ ازدواج پرسیده بود، پدرش ضمن بد و بیراه گفتن به لیلا، به آرش گفته بود: «مگه من از وضع تو و اون مادر از خدابی‌خبرت خبر دارم که شما دربارهٔ زندگی من می‌پرسین؟» آرش از آن روز دیگر نخواست پدرش را ببیند. فرهاد متوجه شد که پدر آرش بدون آن‌که ازدواج کند، با پول و امکاناتی که داشت، با چند زن رابطه برقرار کرده بود.

روزهای آخر اقامت فرهاد در ایران، برای تجدید خاطرات با دوستان و همکاران قدیمی صرف شد. بعضی از آن‌ها را فرهاد از زمان مدرسه می‌شناخت. بعضی‌ها را از دورهٔ دانشگاه و برخی را از خدمت سربازی. تقریباً همگی صاحب خانه‌های زیبا و بزرگ، اتومبیل و همسر و فرزند بودند. فرزندان برخی از آنها داشتند برای کنکور و دانشگاه درس می‌خواندند

و تقریباً همگی در منزل معلم خصوصی داشتند. یکی از دوستان فرهاد برای آن‌که از وضع اقتصادی در ایران بگوید، با خنده گفت: «بابا فرهاد، یوروهات رو بیار اینجا بهت یه گونی تومان بدیم و برو حالش رو ببر.» فرهاد با خنده گفت: «فعلاً که می‌بینم وضع مالی شماها از من بهتره. من پونزده سال درجا زدم. خونه‌ام خیلی کوچیک‌تر از خونه‌های شماست. مثل خونهٔ شما نه دکوراسیون داره نه پارکینگ شخصی. تازه همون رو با وام بانکی خریدم که اگر زنده بمونم سی سال دیگه می‌تونم نصف وام رو تسویه کنم.» اشکان، دوست خدمت سربازی فرهاد که سرپرستار آی‌سی‌یو بود و با همسرش دو شیفت کار می‌کرد، گفت: «من نمی‌دونم این چه حسیه که شماها که از خارج می‌آین اینجا ما رو اسکول فرض می‌کنین. یعنی می‌خوای بگی وضع مالی تو در هلند از ما بدتره؟» همه زدند زیرخنده، حتی فرهاد. مرتضی، همکار قدیمی فرهاد، گفت: «یکی در میون هم از کلمات خارجی استفاده می‌کنن که کلاس بذارن و بگن بله فارسی مشکل، نتونست فارسی حرف زد خوب.» باز همه زدند زیر خنده. فرهاد این بار در حین خنده گفت: «اتفاقاً هلندی و انگلیسی من خیلی افتضاحه. اگر هم گاهی از کلمات خارجی استفاده کردم باور کنین به خاطر اینه که معادل فارسیش رو یادم رفته یا به طور خودکار به زبونم می‌آد.» مرتضی این بار با نیشخند گفت: «منم همین رو می‌گم بزرگوار، سرور، باکلاس، شما هم فارسی مشکل داشت، آره؟» باز همگی خندیدند. فرهاد گفت: «نمی‌گم وضع مالی من از شماها بهتر یا بدتره، ولی ملاک‌های خوشبختی اونجا با اینجا فرق می‌کنه. اگه کسی دنبال خونهٔ بزرگ و زندگی تشریفاتی هستش، اینجا بهتره.» همان موقع برق قطع شد و مرتضی گفت: «بفرمایید! هر هفته چندبار همین وضع رو داریم. خونهٔ بزرگ بدون برق. هلند هم این‌جوریه؟» در تاریکی همه دوباره خندیدند.

شب توی رخت‌خواب، فرهاد از این پهلو به آن پهلو می‌شد. حسی غریبی داشت. گاهی فکر می‌کرد دوستانش حرفش را نمی‌فهمند. ناخودآگاه بین خودش و آن‌ها یک دیوار می‌دید. نه این‌که فکر کند بالاتر از آن‌هاست یا آن‌ها بالاتر هستند، ولی دیگر آن

صمیمیت قبل را نداشتند. به جز سیامک که دوست دوران مدرسهٔ فرهاد بود. دوستانش در صحبت‌ها یا شوخی‌هایشان طوری حرف می‌زدند که انگار فرهاد با مهاجرتش دیگر از آن‌ها نیست، مال ایران نیست. دیگر جوک‌های ایرانی را نمی‌فهمید تا مثل آن‌ها به جوک‌ها بخندد. چند جوک هلندی گفته بود که هیچ‌کس حتی خودش هم نخندیده بود. یاد زمانی افتاد که گرم‌کنندهٔ مجالس بود. از درز دیوار طوری جوک می‌ساخت که همه از خنده دل‌درد می‌شدند. ناگهان ترس زیادی وجودش را گرفت. احساس می‌کرد دیگر واقعاً ایرانی نیست. مطمئن بود که هلندی هم نیست. بلند شد رفت دست‌شویی، چراغ‌ها را روشن کرد، آبی به صورتش زد و خودش را در آینه نگاه کرد. خیلی آرام به فردی که در آینه می‌دید، گفت: «تو کی هستی؟ ریشه‌ات کجاست؟ نکنه مثل گلدون می‌مونی، گاهی پشت پنجره، گاهی که هوا خوبه تو حیاط پشتی. زمانی هم تو اتاق‌خوابی. اصلاً ریشه‌ای برات مونده؟ چیزی که برات مسلمه دیگه درخت ریشه دار نیستی!»

صبحِ چند روز مانده بود به برگشت به هلند، آرش و فرهاد با سروصدای زیاد بیدار شدند. مادر که برای خرید نان تازه بیرون رفته بود، با عجله وارد خانه شد و گفت: «همون خانمی که گفتی دوست آرش هستش با پدرش و پلیس دم در خونه دارن داد و بیداد می‌کنن. فرهاد پاشو فدات بشم ننه. من اینجا آبرو دارم. تاحالا پلیس دم این خونه نیومده.» فرهاد بلافاصله حدس زد چه شده و با نگرانی رو کرد به آرش و پرسید: «با سارا بهم بزنی؟» آرش گفت: «آره، دو روز پیش گفتم بهش علاقه دارم، ولی این ازدواج نه به نفع منه و نه به نفع اون.بهش گفتم بزار فقط دوست های صمیمی برای هم باشیم، همین.» فرهاد درحالی که سریع لباس می‌پوشید که برود دم در، گفت: «آرش گند زدی به مسافرت‌مون. قبلش یه مشورت می‌کردی باهام که می‌خوام با سارا به هم بزنم. پاشو زود لباست رو بپوش.» آرش با نگرانی پرسید: «خب مگه حالا چی شده؟ روزی هزارتا دختر و پسر به هم می‌زنن.» فرهاد با عصبانیت نگاهی به او انداخت و گفت: «هلند آره، ولی اینجا وضعیت طور دیگه‌ایه، می‌فهمی؟» فرهاد تا در را باز کرد، سارا به طرفش حمله

کرد و به صورتش مشت زد و با فریاد گفت: «همه‌اش تقصیر همین مرتیکه‌ست. مژگان گفته بود که این مخالفه. نمی‌ذاره آرش با من ازدواج کنه. من باور نمی‌کردم.» پدر دختر تا آمد جلو مشت دوم را حوالهٔ فرهاد کند، مأمور پلیسی که آنجا بود اجازه نداد و با اشاره به آرش گفت: «باید با اون آقای دیگه(فرهاد) با من بیاین اداره پلیس.»

در کلانتری، پلیس شکایت‌نامه را به آرش داد تا بخواند، ولی از آنجا که آرش نمی‌توانست فارسی بخواند، آن را به فرهاد داد تا برایش بخواند. سارا به خاطر اغفال از آرش شکایت کرده بود. گواهی پزشکی قانونی نشان می‌داد که سارا دوشیزه نیست و گفته بود که آرش با قول ازدواج و بردنش به هلند گولش زده است. فرهاد بعد از اتمام متن شکایت‌نامه، رو کرد به آرش که گیج و منگ به او نگاه می‌کرد و پرسید: «فهمیدی شکایت رو؟» آرش با اشارهٔ سر جواب منفی داد. فرهاد به سروانی که آنجا بود، گفت: «می‌تونم چند لحظه با آرش صحبت کنم؟ اون اصلاً از قوانین اینجا چیزی نمی‌دونه.» سروانی که پشت میزش بود، با اشاره به لباس‌های فرهاد گفت: «لباس‌تون خونیه. اگه بخواین می‌تونین به جرم ضرب و شتم ازشون شکایت کنین.» فرهاد گفت: «نه ممنون. فقط اگه اجازه بدین...» سروان وسط حرف‌هایش پرید و گفت: «برین اتاق بغلی.» فرهاد در اتاق مجاور دوباره شکایت را برای آرش به زبان هلندی توضیح داد و آرش با تعجب گفت: «خودش دوست داشت با من رابطه داشته باشه.» فرهاد با عصبانیت گفت: «تو هم که بدت نمی‌اومد، آره؟» آرش به زبان هلندی با عصبانیت گفت: «بابا فرهاد، من که دخترندیده نیستم. خودش خواست.» فرهاد به اتاق برگشت و به سروان گفت: «این گواهی می‌گه این دختر دوشیزه نیست، ولی از کجا معلوم کار آرش باشه؟ ممکنه اصلاً قبل از آشنایی این دو نفر، این اتفاق افتاده.» سروان گفت: «الآن خیلی از آقا پسرهای اون ور آب همین ترفندها رو به کار می‌برن و چند وقتی در ایران با دختری هستن، با کلی وعدهٔ ازدواج و گرفتن اقامت از دختر سوءاستفاده می‌کنن. بعدش می‌رن، تا سال بعد که باز تو اینترنت یه دختر دیگه رو گیر بیارن.» فرهاد گفت: «درسته جناب سروان، ولی اون پسرها قبل از رفتن که

نمی‌گن از ازدواج پشیمون شدن تا مشکلی براشون ایجاد نشه. اصلاً تاریخ برگشت‌شون رو نمی‌گن به طرف که این‌جور مشکلات براشون پیش نیاد، ولی آرش خیلی روراست همه‌چیز رو بهش گفته. اون‌ها حتی تاریخ برگشت ما رو می‌دونن.» سروان ابروهایش را بالا انداخت و گفت: «خب این دیگه از سادگی پسرخوندهٔ شماست.» فرهاد گفت: «یعنی اگه کسی تو ایران صادق باشه، این‌جوری باهاش برخورد می‌کنن؟» سروان گفت: «این رو دیگه تو دادگاه به قاضی بگین. خود شما اگه یه پسری با دخترتون این کار رو بکنه، چه احساسی پیدا می‌کنین؟» آرش با رنگی پریده گفت: «دادگاه؟ دادگاه چرا؟ مگه من چی‌کار کردم؟»

فرهاد رویش نمی‌شد خبر را به لیلا بگوید. اولین چیزی که یادش آمد قولی بود که به لیلا داده بود که کاملاً مراقب آرش خواهد بود. تاریخ برگشت عقب افتاد. تاریخ دقیق برگشت مشخص نبود. آرش را به قید وثیقه آزاد کردند، اما پاسپورتش را گرفتند. لیلا از همه‌چیز باخبر شد و با مژگان دعوا کرد. فرهاد همهٔ تلاشش را می‌کرد تا قبل از دادگاه رضایت بگیرد، اما سارا و خانواده‌اش گفتند فقط با ازدواج رضایت می‌دهند. پس از کلی صحبت با پدر سارا، معلوم شد که مژگان بابت این کار از آن‌ها پول گرفته، نصفش اول کار و نصف دیگرش زمانی که سارا به هلند اومد. در واقع مژگان با خالهٔ سارا دوست قدیمی بود و سال گذشته خالهٔ سارا از مژگان پرسیده بود آیا برای او در هلند پسری را می‌شناسد تا سارا از طریق ازدواج بتواند به هلند بیاید. مژگان به یاد آرش می‌افتد، ولی هم‌زمان می‌گوید که این کار خرج دارد. خالهٔ سارا که از طمع مژگان آگاه بود، با خنده گفته بود که اگر بتواند ازدواج آرش و سارا را تسهیل کند، پدر سارا زحمات او را بدون پاداش نخواهد گذاشت.

بعد از آن‌که فرهاد از پرداخت پول از جانب پدر سارا به مژگان مطلع شد، با پدر سارا تماس گرفت و ضمن ابراز بی‌اطلاعی از این مسئله، قبول کرد تمام هزینه‌ها را پرداخت کند. در ضمن متذکر شده بود، با وضعی که پیش آمده، دیگر هیچ علاقه‌ای بین سارا و

آرش وجود ندارد و ازدواجی که بدون علاقه باشد، برای هر دو طرف ناخوشایند است. سارا که نزدیک پدرش نشسته بود و می‌توانست صحبت‌های فرهاد را بشنود، داد زد: «به درک که از هم خوش‌مون نمی‌آد. منو با ازدواج ببره هلند بعد هر غلطی خواست بکنه. البته اگه توی مرتیکهٔ رذل اجازه بدی. اگه تو دخالت نکرده بودی من و آرش تا حالا ازدواج کرده بودیم.» فرهاد با تحکم گفت: «اولاً شما به صورت من مشت زدی و تا حالا کلی حرف‌های زشت بارم کردی. اگه تا حالا جوابی ندادم به خاطر این بوده که خواستم مشکل بدون دردسر حل بشه و الا من هم می‌تونم خیلی بی‌ادبانه‌تر و احمقانه‌تر از تو رفتار کنم. ثانیاً اگه حتی با ازدواج به هلند بیای و روز بعدش آرش اعلام کنه به صورت صوری ازدواج کردین، بلافاصله تو رو برمی‌گردونن ایران.»

پدر سارا با تجربه‌ای که داشت متوجه شد فرهاد اگرچه پانزده سالی از ایران دور بوده، ولی باتجربه و دنیادیده است و می‌تواند به‌راحتی آیندهٔ سارا را نابود کند و اگر تا حالا از دست او و سارا شکایتی مطرح نکرده، دلیل بی‌عرضگی و بی‌اطلاعی او نیست و فقط صلاح ندانسته. ولی حالا کاملاً مشخص بود که کاسهٔ صبرش در حال لبریز شدن است. به همین خاطر دخترش را به آرامش دعوت کرد و بعد از کلی صحبت از فرهاد خواست تا فردا خصوصی با یکدیگر حرف بزنند.

فردای آن روز، فرهاد و پدر سارا در خانهٔ مادر فرهاد با هم قرار گذاشتند تا در مورد مشکل پیش آمده صحبت کنند، البته بدون حضور سارا و آرش. پدر سارا گفت: «ببینید، من از اولش با این ازدواج موافق نبودم، ولی اصرار سارا و مادرش منو وادار کرد به مژگان پول بدم و حالا هم که وضعیت این‌جوری شده. به نفع ما و شما نیست که موضوع به دادگاه کشیده بشه. اگه آرش قول بده به سارا کمک کنه به هلند بیاد، ما هم گذشت می‌کنیم. البته هزینه‌هاش رو من می‌دم.» فرهاد که متوجه نشده بود، گفت: «چه هزینه‌ای؟» پدر سارا آهسته‌تر گفت: «من حاضرم پول خوبی به آرش بدم تا با سارا ازدواج کنه.» فرهاد که دید کلاً قضیه چیز دیگری است و با همکاری مژگان نقشه‌ای طراحی شده، فکری

به ذهنش خطور کرد و گفت: «آخه، چه جوری بگم. این مژگان خانم بهتون نگفته که آرش نامزد داره و نمی‌تونه طبق قانون هلند با دختر دیگه‌ای ازدواج کنه.» پدر سارا بعد از کمی مکث با خشم گفت: «اگه این موضوع صحت داره، پس چرا آرش سعی کرده با دخترم دوست بشه و چرا بهش قول ازدواج داده؟ یا چیزی که داری می‌گی دروغه تا ما از شکایت خودمون دست بکشیم یا این‌که حقیقت داره که اون‌وقت نشون می‌ده آرش پسر دروغ‌گویی هستش.» و سپس با عصبانیت خانه را ترک کرد.

فرهاد چند روز بعد همراه آرش با پدر سارا قرار ملاقاتی در خانهٔ آن‌ها گذاشت. این بار هم سارا حضور نداشت. آرش با فارسی شکسته‌بسته ماجرای دوستی‌اش را با آنجلیک و سپس جدایی از او را توضیح داد و بعد از آن گفت که مژگان خواسته به او کمک کند تا از طریق آشنایی با سارا جدایی از آنجلیک را راحت‌تر فراموش کند. با هر جملهٔ آرش، فرهاد توضیحاتی برای درک بهتر منظور آرش ارائه می‌داد تا پدر سارا کاملاً متوجه توضیحات او شود. پدر سارا به صداقت گفته‌های آرش پی برد و سپس گفت: «تو جای پسر من هستی. حرف‌هات رو صادقانه بیان کردی. اگر واقعاً می‌تونی به سارا کمک کنی که از ایران خارج بشه، حالا به هر طریقی، چه ازدواج و چه راه دیگه‌ای، ازت خواهش می‌کنم به دخترم کمک کنی و واقعاً ممنونت می‌شم.» فرهاد که دید آرش تحت تأثیر حرف‌های پدر سارا دچار تردید شده و ممکن است از روی ترحم پیشنهادی بدهد که باز دچار دردسر شود، بلافاصله گفت: «همون‌طور که گفتم و خود آرش هم توضیح داد با وجود داشتن نامزد، آرش نمی‌تونه سارا یا دختر دیگه‌ای رو به هلند بیاره.» سپس فرهاد رو به آرش کرد و گفت: «البته مگر این‌که آرش از نامزدش آنجلیک جدا بشه.» با این حرف فرهاد، احساسات آرش نسبت به آنجلیک بار دیگر بر حس ترحمی که نسبت به سارا و پدرش پیدا کرده بود غلبه یافت و به همین خاطر با تحکم گفت: «من نمی‌تونم از آنجلیک جدا بشم.»

چهار هفته بعد، آرش و فرهاد داخل هواپیما بودند، ولی این بار بدون حضور میترا. با پرداخت پول و رضایت شاکیان، پروندهٔ سارا و آرش به دادگاه نرفت.

آرش چنان از موضوع سارا و سفر به ایران سرخورده شده بود که به خودش قول داد دیگر هرگز به ایران سفر نکند. فرهاد خندید و گفت: «حماقت تو چه ربطی به ایران داره؟ اتفاقاً من می‌خوام سال دیگه بیام ایران، ولی این دفعه با مادرت و آرمیتا.» فرهاد مقداری از ریشهٔ پوسیدهٔ خودش را پیدا کرده بود. هنوز هواپیما پرواز نکرده بود که دلش هوای کوچه پس‌کوچه‌های محلهٔ قدیمی‌شان را کرده بود. دلش می‌خواست به همه‌جا سفر کند. ایران کشور بزرگی بود. می‌توانست تابستان‌ها به نقاط سرد ایران سفر کند و زمستان‌ها به جاهای گرمسیر. می‌دانست آن‌قدر مکان‌ها و چیزهای دیدنی دارد که اگر هر سال به ایران سفر کند، باز هم ایران برایش حرف‌های تازه‌ای دارد.

هواپیما هنوز نیمه‌شب در فضای ایران بود و فرهاد از داخل هواپیما به ایران نگاه می‌کرد و به خودش می‌گفت: «عجیب بعد از این‌همه سال، از تجاوز مغول‌ها و اعراب گرفته تا خشک‌سالی و زلزله و جنگ، هنوز با شکوه تمام وجود داره. هرچند زخم‌های زیادی بر تن داره، ولی هنوز هم اسمش دل خیلی‌ها رو به لرزه می‌ندازه. هنوز هم شوق دیدارش در جای‌جای صحبت‌ها، آهنگ‌ها و شعرهای ایرانی‌های دور از وطن دیده می‌شه. چگونه ممکنه آدم تو رو فراموش کنه؟

آرزو می‌کنم بعد از مرگم جسدم رو بسوزونن، خاکش رو پای یه درخت توت در کنار جاده‌ای چال کنن، شاید هرازگاهی مسافری خسته برای استراحتی کوتاه زیر سایه درخت توت توقف کنه، مسافری از جنس آرش‌ها، آرمیتاها و...

چند اثر دیگر از انتشارات

برای تهیه کتاب ها از آمازون یا وبسایت انتشارات می توانید بارکدهای زیر را اسکن کنید

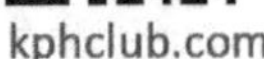
kphclub.com

Amazon.com